Heretaunga Pat Baker

Die letzte Prophezeiung

MANA

Das Buch:
Der erste historische Roman aus der Feder eines Maori gibt das Leben der Vorfahren der neuseeländischen Ureinwohner wieder, wie es wirklich war: Heretaunga Pat Baker, selbst Sohn eines Häuptlings, hat aufgeschrieben, was ihm die Stammesältesten erzählt haben – lediglich die Namen sind fiktiv.

Schauplatz der Handlung ist die Region der heutigen Bay of Plenty auf der neuseeländischen Nordinsel im späten 18. Jahrhundert unmittelbar vor der Ankunft der Flotte Captain Cooks – jene *Canoe Coast*, zu der der aus dem Wasser ragende Vulkan Whakaari (White Island) mit seinen Dampfwolken 500 Jahre zuvor den großen Kanus der polynesischen Vorfahren den Weg gewiesen hatte. Nachdem die Gesellschaft der Maori ihre höchste Blüte erreicht hat, lässt die stark gewachsene Bevölkerung die Ressourcen knapp werden. Die Frage des Überlebens ist untrennbar verbunden mit dem Begriff des *mana* und der Stammesehre. Das mühsam ausbalancierte Machtgefüge stützt sich auf das Ansehen der Häuptlinge und familiäre Verbindungen unter ihren Kindern – die Kehrseite dazu bilden blutige Stammeskriege, Kannibalismus und Sklaverei.
Die zentrale Figur des Romans ist die Häuptlingstochter Rangipai, eine außergewöhnliche Persönlichkeit, die durch ihre Ausstrahlung sogar den einstigen Feind in ihren Bann zieht. Mutig und entschlossen widersetzt sich die zierliche Prinzessin den Stammestraditionen, in der tiefen Einsicht, dass die Maori als Volk auf Dauer nur durch Zusammenhalt eine Zukunft haben können. Eine Erkenntnis, die gerade zur rechten Zeit kommt – just vor der Ankunft des Fremden ohne Tätowierung, von dem die Prophezeiung spricht ...

Ein fesselnder, authentischer Roman, der einen tiefen Einblick in die alte Kultur und Tradition der Maori gibt.

Der Autor:
Heretaunga Pat Baker (1920 – 1988), Sohn eines Stammeshäuptlings, gilt mit seinen beiden historischen Romanen „Behind the Tatooed Face" über die Maori-Gesellschaft vor der Ankunft der Europäer und „The Strongest God" über den gesellschaftlichen Umbruch infolge der Kolonisierung als bedeutender Vertreter der Maori-Renaissance der neuseeländischen Literatur.

Heretaunga Pat Baker

Die letzte Prophezeiung

Ein Maori-Epos

Historischer Roman

Deutsch von
Anja Welle

MANA-Verlag

© 2012 MANA-Verlag, Berlin
Die Originalausgabe erschien 1975 und 1990 unter dem Titel
»Behind the Tatooed Face« bei Cape Catley Ltd, Whatamango Bay,
Queen Charlotte Sound, Neuseeland © Heretaunga Pat Baker
2., überarbeitere Auflage 2012
(1. Auflage 2000, MANA-Verlag)
Lektorat: Patrick Pohlmann
Satz und Layout: MANA-Verlag
Umschlaggestaltung: MANA-Verlag, Jürgen Boldt
Druck und Bindung: Aalexx, Großburgwedel, Deutschland, EU
ISBN 978-3934031-17-3
Titelbild: Tukukino, Stammesführer des Hauraki-Distrikts, 1878
Gemälde von Gottfried Lindauer (1839 - 1926)

Tihe mauri ora!

Für meine Familie und besonders für Hinetitama (Dawn),
Mihiterina (Christine) und Kahukore (Felicity), die mit mir
die Schicksalsschläge des Lebens ertrugen, durch Stürme gingen
und der Prophezeiung ins Auge sahen.

*

Kei muri i te awe kapara he tangata ke,
Mana te ao, he ma.

Hinter dem tätowierten Gesicht steht ein Fremder,
Eines Tages wird er es sein, der die Welt beherrscht –
Und er wird keine Tätowierung tragen.

Vorwort

Dieser Roman ist wahr, nach den Geschichten und Legenden meines Volkes, den Whakatohea.

Als ich als kleiner Junge in Omarumutu aufwuchs, besaß ich das Privileg, im Versammlungshaus unseres Stammes anwesend sein zu dürfen, als diese Geschichten erzählt wurden. – Ich habe sie nie wieder vergessen können. Ich fühlte, dass sie ein Teil von mir waren.

Hinter unserem *pa* liegt der große Hügel Makeo, Zufluchtsort in gefährlichen Zeiten. Vor unserem *pa* liegt der weite, sonnenüberutete Strand. Hier landeten unsere Vorfahren nach einer 3000 Meilen langen Reise aus Tahiti kommend mit ihren Kanus.

Hier war es, wo die führenden Frauen des Stammes ihr *mana* begründeten, das vielen Generationen nützlich wurde. Dieses *mana* legte vor vielen hundert Jahren das Fundament zur Befreiung der Frau aus den gesellschaftlichen Fesseln in Neuseeland.

Unterhalb unseres *pa* liegt der Waiaua River. Dort befindet sich der Hügel, auf dem unser kriegerischer Vorfahre Punahamoa aus Palisaden eine Festung errichtete, um bevorstehende Angriffe abwehren zu können.

Unterhalb Omarumutus, an der Flussmündung, befinden sich die Kriegsschauplätze, und hier ießt das kleine Flüßchen Waiwhero, dessen Wasser rot gefärbt war von dem Blut der Angreifer, die so blutig zurückgeschlagen wurden. Das Kriegsbeil aus Jade, das diesen Sieg bezeugt, wurde anläßlich der Feier zu Ehren Kapitän Cooks im Museum von Canterbury ausgestellt. Dieses Kriegsbeil erlangte seine Bedeutung durch eine grausame Begebenheit, genauso wie das Kriegsbeil, das in diesem Buch beschrieben wird.

Die Älteren erzählten mir, dass wir nie auf unserem Boden besiegt worden sind und dass unser Land gegen alle Angreifer erfolgreich verteidigt wurde. Mehr noch, unsere Krieger führten Angriffe weit über die Grenzen ihres Landes hinaus aus.

Unser Farmland ist nun seit fast 600 Jahren im Familienbesitz, und ich kenne jeden Quadratmeter dieses Landes. Es gab für mich keinen anderen Weg als den, mich mit der Geschichte und Tradition unseres Stammes eins zu fühlen.

Eines Tages wusste ich, dass ich diese Geschichte niederschreiben mußte. Dieser Roman soll der erste von mehreren sein. Er soll die tiefe Bedeutung der Stammestraditionen und die Vielfalt der Legenden wiedergeben.

Es ist nicht meine Absicht, Unfrieden zwischen den Stämmen der Maori und unter meinen Verwandten zu stiften. Deshalb sind die Namen von Orten und von allen Personen in diesem Roman fiktiv. Die vorkommenden Personen stehen in keinem Zusammenhang mit lebenden oder verstorbenen Personen, aber sie sind wahrhaftig durch den Geist der Zeit.

Tenei te maioha atu nei.

Heretaunga Pat Baker

1. KAPITEL

Opfert sie!

Er blickte auf und sah, dass sie wartete.

Sie stand allein, ihr langes schwarzes Haar wehte wie Rauch in der Morgenröte.

So wie sie da stand, wusste er, dass sie den Kampf um sein Leben verloren hatte.

Er spürte, dass sie gekommen war, um auf ihre eigene, sonderbare Weise Abschied von ihm zu nehmen.

Er führte die lange Prozession nach Taiharuru an, dem Berg der Donnernden Meere. Im frühen Morgenlicht ragten die wuchtigen geschnitzten Ahnenfiguren bedrohlich über den Haupttoren zum *pa* empor.

Ein Schmerzensschrei ließ ihn plötzlich zusammenfahren, und er sah wieder zu den gequälten Sklaven, die unter der gewaltigen Last der Pfosten ins Schwanken gerieten. Er hörte den wütenden Ruf einer Wache: »Lasst ihr den Pfahl fallen, müßt ihr alle sterben!« Ruten knallten auf nacktes Fleisch, und gehässige Speerstiche trieben sie vorwärts.

Er ging langsam und mit stolz erhobenem Kopf, für das besondere Ritual in feinste Gewänder gekleidet. Dann näherte sich der hochgewachsene Krieger Haukino Te Onewa, verantwortlich für die Wache *Te Hokowhitu a Tu*, und sprach zu ihm.

»Schiss?«

»Nein.«

»Aber bald.«

»Wieso?«

»Du stirbst bei Sonnenaufgang.«

»In Ehren?«

»Umjubelt und verehrt.«

»Nach meinem Tod?«

»Ha! So sind eben die Launen von *Hinenuitepo*, der Königin der Dunkelheit.«

»Geweiht?«

»Dem Kriegsgott *Tumatauenga*.«

Weitere Wachen gesellten sich zu ihrem Anführer. »Das ist eine große und mutige Sache, die du vor dir hast«, fügten sie grinsend hinzu, lachten aus vollem Hals und wünschten ihm alles Gute, während sie neben ihm gingen.

Er wusste, er konnte nicht entkommen, selbst wenn er es gewollt hätte, denn seine Hände waren fest auf seinem Rücken zusammengebunden, und ein Seil um seinen Körper wurde von zwei Kriegern gehalten. Von seinen Bewachern wurde er nur mit größter Vorsicht und Respekt behandelt. Sie wussten, schon beim geringsten Tropfen Blut oder einem Kratzer müßten auch sie sterben. Ganz anders verhielt es sich mit niederen Sklaven: Sie wurden schonungslos mit Ruten gepeitscht und mit Speeren gestoßen, um sie unter ihren gewaltigen Lasten zur Eile anzutreiben. Niemand scherte sich um sie.

Mit einem raschen Blick über die Schulter sah er seine anderen drei Gefährten in der geheiligten Ordnung des Opferrituals, dicht gefolgt von ihren Bewachern. Hinter ihnen schleppten sich Reihe um Reihe immer mehr Sklaven dahin, von den schweren Pfählen für die Hauptpalisade fast erdrückt.

Neben ihm wankten Sklaven. Blut rann aus den Wunden herab, die ihnen ungeduldige Aufseher zugefügt hatten.

Als das Mädchen sah, wie er zu ihr aufblickte, tat sie einen Schritt nach vorne, biss sich auf die Lippen und kämpfte mit den Tränen. Schweigend beobachtete sie, wie er sein Schicksal mit stiller Würde hinnahm.

Um sie herum ragten in erbarmungsloser Aufstellung hohe Palisaden empor, mit geschnitzten Figuren und den Schädeln einstiger Feinde geschmückt. Sie erstreckten sich in einer Zweierreihe und in weitem Bogen wie eine Armee von Eroberern, die mit ihren grausigen Kriegstrophäen in die See marschiert. Dahinter lag noch die unvollendete Palisade. Ihre großen Pfähle lagerten neben klaffenden Gruben und Haufen gelber Erde – spitze Zähne, die darauf warteten, zuzuschnappen.

Ein alter Mann ging zu ihr, als er sie so allein und abseits von der Menge stehen sah. Sanft legte er ihr seine Hand auf die Schulter, sprach zu ihr und versuchte, sie zu trösten. Der Name des alten Mannes war Te Amokura und das Mädchen, kaum fünfzehn Jahre alt, war seine Enkelin Te Rangipai, eine hochgeborene *mareikura*, eine Prinzessin ihres Stammes. Sie standen dicht beieinander und beobachteten die sich unter ihnen entfaltende Szenerie.

Der alte Mann empfand ein besonderes Wohlwollen für seine Enkelin und nannte sie »meine Rangipai«, so dass Te Rangipai allen nur als Rangipai bekannt war. Auch ihr gefiel diese leicht verkürzte Form ihres Namens – ihr Sklave hatte sie genauso gerufen.

2

Plötzlich erregten Klänge von Gesängen Rangipais Aufmerksamkeit. Dann setzte ein mitreißender Kriegstanz ein.

Ohne aufzublicken wusste sie, wer nun kam.

Te Tawhiro, ihr Onkel, Häuptling des Stammes, ein *tohunga*, ein Hohepriester von hohem Ansehen, hatte seinen eindrucksvollen Auftritt.

Verschwenderisch aufgetragenes Salbungsöl ließ sein Gesicht glänzen und betonte die tief in sein falkenhaftes Antlitz geschnittenen tiefblauen Linien der Tätowierung. Er war ein großer, gutaussehender Mann, der selten lächelte. Voller Selbstvertrauen schritt er voran. Neben ihm gingen der Häuptling Te Hau O Te Rangi und ein Gast, Häuptling Te Wherowhero. Dutzende von Fackelträgern folgten ihnen, bereit, ihre Fackeln zu entzünden, falls die Dunkelheit hereinbrechen sollte, ehe die Zeremonie beendet war.

Voller Begeisterung zeigte der Hohepriester dem Gast die Stelle, wo die Zeremonie bald stattfinden sollte.

Scharen von Menschen schoben sich aufgeregt schwatzend hin und her, als sie den Weg für die Prozession freimachten, die vom Hohepriester und der Leibgarde angeführt wurde.

So mancher in der Menge zählte die Gefangenen in der Prozession und klatschte mit offensichtlicher Freude in die Hände. »Das wird bestimmt eine Zeremonie, die selbst unsere Götter beeindrucken wird!«, schrien sie. Andere, die an den eigentlichen Sinn der Versammlung dachten, stimmten zu: »Wenn solche Krieger am Fuß der Palisaden geopfert werden, wird niemals ein Feind dieses *pa* erobern können.«

»Nein, nicht einmal der mächtige Raumoko.«

»Ja, jetzt wird er es sich zweimal überlegen, ob er hierher kommt…«

»Es ist eine große Ehre, die wir den Gefangenen angedeihen lassen«, lachten ihre Freunde, und ein Mann schloss, während er auf die vier Gefangenen zeigte: »Die wissen gar nicht, was für ein Glück sie haben.«

Die lärmende Menge tanzte johlend und singend an der Prozession entlang.

»Hier ist das große pa
Das uneinnehmbare pa
Oh, gesegnetes *pa* des Kriegsgotts
Zuflucht von Männern
Mächtiges Tawhitiroa.«

Grüppchen von kleinen Jungen pisackten die Sklaven, indem sie lange, spitze Stöcke unter deren *piupius* stachen und miteinander kicherten. »Meiner ist ʼne Echse mit ʼnem Schwanz!«, schrie einer. Die Sklaven wurden so lange weiter gequält, bis die Wachen die Kinder vertrieben. Unter den Jungen befand sich auch Pene, der jüngste Sohn des großen Häuptlings Te Wherowhero, der seine Verwandten, zu denen auch die Familie des Hohepriesters gehörte, besuchte. Pene war der Anführer, und es bereitete ihm großes Vergnügen, die Sklaven zu quälen, die sich nicht wehren konnten.

Noch einmal erklangen die Chöre, und diesmal fiel die Menge mit Begeisterung ein.

Von ihrem Aussichtspunkt sah Rangipai hinunter auf die sich zuspitzenden Ereignisse. Da kamen sie, die Krieger in langer Reihe, die die Unglücklichen begleiteten.

Rangipai sah ihn unter den auserwählten Vieren, die man zusammengebunden und deren Hände man fest gefesselt hatte. Er fiel sofort auf – der Stolze, ihr Lieblingssklave, der immer so gut zu ihr gewesen war. Eine unheilvolle Veränderung in den Gesängen der Menge kündigte an, dass die Zeremonie sich ihrem Höhepunkt näherte. »Opfert sie! Opfert sie! Tu! Tu! Dem Kriegsgott Tu!«

Rangipai hasste sie und jeden, der an diesem Bluttag beteiligt war.

Sehr bald würde er sterben müssen.

Seine Beweise der Aufmerksamkeit, die Köstlichkeiten und Heilmittel, die er ihr immer gebracht hatte, wenn sie krank gewesen war, diese kleinen Gesten und noch viele andere schossen

ihr durch den Kopf und zogen andere nach sich und alle drängten
darauf, Zugang zu den Pfaden ihrer Erinnerung zu erhalten.

Als Antwort auf diese Gefühle der Trauer sang Rangipai ihm
ein Lied des Abschieds.

»Lebe wohl mein Geliebter!
Ist es das immerwährende *tapu*,
Das uns so unnötig trennt?
Du, der du mich geliebt hast,
In Banden des Gestern
Gestrandet an fernen Gestaden,
Nur um in grauenvollem Opfer
Den Weg von Tumatauenga,
Zu beschreiten
Meine Liebe zu dir,
Wie die goldenen Blüten des *kowhai*
Überströmt mit Nektar,
Zitternd in wirbelnden Winden,
Tränen von Honig vergiessend,
Unsere reine Liebe
Lebt weiter – in kostbarer Erinnerung.
Wie Binsen, die sich im Wind bewegen,
Stehe ich geschüttelt
Von Schluchzern der Trauer,
Lebe wohl, o Geliebter, lebe wohl!«

Die Menge schwieg, so schien es, eine Ewigkeit lang – als habe
es ihr die Sprache verschlagen. Doch der Geruch von Blut hing
schwer in der Luft. Mit den Rufen von Hunderten, die ein Opfer
einforderten, wurde die grausige Zeremonie fortgesetzt.

3

Rangipai hatte alles versucht, um ihn zu retten.

Noch gestern hatte sie ihren Onkel, den Hohepriester Te Tawhiro, um sein Leben angefleht. Seine kalte Ablehnung hallte ihr
noch in den Ohren.

»Du mußt die Zeremonie als etwas Größeres als den Tod deines persönlichen Sklaven betrachten. Ich habe strengste Sorgfalt walten lassen, diesen Mann ordnungsgemäß zu weihen, so dass er uns als Menschenopfer dienen kann«, hatte er gesagt.

Und sie erinnerte sich, wie erschüttert sie gewesen war, als ihr Onkel zur Bekräftigung seiner Worte plötzlich aufgesprungen war: »Unser Kriegsgott Tumatauenga billigt nur das Blut der Tapferen! Dein Sklave erfüllt diese Voraussetzung vortrefflich, denn war er nicht ein großer Krieger und furchtloser Kämpfer? Da er bereits geweiht ist und nun dem Kriegsgott gehört, darf es niemand wagen, sich einzumischen – selbst ich habe da keine Einflussmöglichkeiten mehr.«

Dann schien es ihm großes Vergnügen zu bereiten, Rangipai zu erklären, auf welche Weise der Sklave sterben sollte. »Er wird gefesselt, bis auf die Haut ausgezogen und auf den Lehmboden der tiefen Grube gelegt, bereit für den Eckpfeiler der Hauptpalisade. Dann wird der schwere Pfahl, den nur die Kraft von zwanzig Männern bewegen kann, auf ihn gesenkt. Die übrigen drei Sklaven werden an den anderen Ecken der Befestigungsanlage von Tawhitiroa geopfert. Schließlich wird der Boden so festgestampft, dass der Pfahl für immer in aufrechter Position verbleibt, als Symbol der Wachsamkeit. Dein Sklave wird das ganze Gewicht auf ewig tragen«, hatte er leise gekichert.

Als Rangipai vor Zorn zu widersprechen begann, hatte ihr Onkel hintergründig erwidert: »Sein Geist wird für immer als Wächter über diese Palisade fortleben, um dir den Schutz zu geben, der dir in deiner Stellung rechtmäßig zukommt.« Und er fügte mit kaum vernehmbarer Stimme hinzu: »Ich bin sicher, dass selbst dein Sklave dem zustimmen würde. Also, bemitleide ihn nicht zu sehr in diesem Leben – denn erst in der anderen Welt wird er dir beistehen können, mehr, als es ihm von dieser aus möglich ist.« Der Hohepriester hatte in seiner entwaffnenden Art weitergesprochen: »Es gibt Zeiten, wo ein jeder materielle und persönliche Bedürfnisse aufgeben muß, um ein tieferes Verständnis für unsere Götter zu erlangen.«

Noch während er zu ihr sprach, hatte sie ihrem Onkel den Rücken zugekehrt und war gegangen. Beim Gedanken an ihren Sklaven liefen ihr Tränen der Wut und Enttäuschung über die Wangen. Doch auch der Hohepriester hatte seine eigene Meinung dazu – kein Sklave würde jemals die Gelegenheit bekommen, einer *ariki* zu nahe zu kommen.

Jetzt also sah sie dabei zu, wie ihr Sklave zusammen mit den anderen tapfer in den Tod ging. Sie versuchte, ihre Tränen zurückzuhalten, doch die Anstrengung war zu groß, als sie sah, wie er direkt zu ihr hinaufsah. Da war eine Botschaft in seinen Augen, die sie jetzt deutlich lesen konnte. »Lebwohl, meine Schöne«, hatte er ihr in einem Abschiedsgruß übermittelt, der mehr sagte als bloße Worte.

Rangipais tränenverschleierter Blick wanderte hinüber zum hochgewachsenen Befehlshaber der Wachen. Das ist er also, dachte sie, Haukino Te Onewa, einer, der das Fleisch von Menschen liebt. Und doch – ich könnte versuchen, mit ihm zu reden – er hört mich bestimmt an.

Sie musterte sein breites, flaches Gesicht, das über und über mit Tätowierungen bedeckt war, seine weit auseinanderstehenden Augen, die platte Nase mit den geblähten Nasenflügeln, die dicken Lippen und die Fülle seines lockigen, schwarzen Haares. Er war ein Mann, der ganz offensichtlich den Kampf liebte und der aus jeder Pore seiner glänzenden Haut Selbstvertrauen ausströmte. Haukinos Einheit war es gewesen, die den schwerverwundeten Krieger gefangengenommen hatte, der bis zum letzten Augenblick weitergekämpft hatte.

Rangipai erinnerte sich noch, dass sie den Befehlshaber persönlich um diese besondere Kriegstrophäe gebeten und so den verwundeten Mann vor einem sofortigen Tod bewahrt hatte. Er war wieder völlig gesund geworden und hatte seiner Lebensretterin fortan als treuergebener Sklave gedient.

4

Ein sanfter Druck auf ihrer Schulter gab ihr die Gelegenheit, sich von dem Geschehen abzuwenden. Sie würde weder zusehen, wie ihr Sklave starb, noch ihrem Onkel durch ihre Anwesenheit Befriedigung verschaffen.

»Oh, Großvater«, wandte sie sich um und schlang beide Arme um den Hals des alten Mannes. »Ich bin so froh, dich zu sehen

– es ist so schrecklich hier! Bitte, bring mich weg von hier – ich hasse den Onkel, ich hasse ihn, ich hasse ihn!«

Verständnisvoll nickend, führte ihr Großvater sie fort von der Zeremonie, zurück zum *marae*.

Sie liessen die Haupttore hinter sich.

»Wir gehen hinunter zum Strand. Dort wird heute niemand sein. Ich kenne einen schönen Platz, unter dem gewaltigen *pohutukawa*, wo wir uns hinsetzen und reden können«, sagte der alte Mann.

»Oh ja, ich bin gern so nah am Meer. Die Wellen scheinen zu sprechen, sie erzählen mir von so vielen Dingen. Ja! Bring mich dorthin«, sagte Rangipai, die noch immer ganz aufgewühlt war. Sie empfand eine große Müdigkeit, hatte sie doch die ganze Nacht hindurch gewacht – und gewartet.

Schließlich erreichten sie den großen Baum und setzten sich. Beide schwiegen eine Weile, dann fragte Rangipai ihren Großvater:

»Mußte er sterben?«

»Die einzige Möglichkeit«, antwortete er ruhig.

»Nicht unbedingt!«

»Wieso?«

»Es ist Mißachtung.«

»Des *tapu*?«

»Ja!«

»Unsere Überzeugung!«

»Das Blut überall!«

»So grausam?«

»So entsetzlich traurig!«

»Wir wissen warum.«

»Warum ermordet?«

»Er wurde geopfert!«

»Ist das etwas anderes?«

»Für einen Sklaven – ja!«

»Geehrt?«

»Der Unehre entkommen!«

»Hin zur Glückseligkeit.«

»Hiervon zehrt die Erinnerung!«

Rangipai saß ganz ruhig und lauschte den Wellen. Bald schlief der alte Mann neben ihr tief und fest. Sie stand leise auf und ging am Strand entlang. Das Meer kam herauf, um sie zu grüßen, als würde es ihre Trauer spüren. Zärtlich liebkoste die See ihre Knöchel, als wollte sie ihre Schmerzen lindern und an glücklichere Momente im Leben erinnern.

Aus der Ferne drangen Sprechchöre von der Zeremonie zu ihnen. Erst nach langer Zeit kehrte Rangipai zurück, legte sich neben den alten Mann und schlief ebenfalls ein.

Sie erwachten beide, als ihnen der erste kühle Windhauch von den Bergen ins Gesicht wehte. Sie fühlte sich unwohl, beengt, als ob die Berge und Wolken sie plötzlich erdrücken würden. Sie sah, wie ihre losgelöste Seele ganz zerquetscht und an einer fremden, wilden Küste angespült wurde. Dort sollte sie sterben – gebrochen und vergessen.

Die westliche Sonne, die in feurigen Farben im Meer versank, schien Rangipai symbolisch den Pfad mit Blut zu beflecken, und langsam machten sie sich auf den Rückweg zum *pa*.

5

Mit der Enkelin an seiner Seite stieg der alte Mann langsam die sanfte Steigung hinauf, die zu Tapuae hinaufführte, dem Haus ihres Obersten Häuptlings und Hohepriesters. Alle nannten es das Haus des Anführers. In der Halle der Vorfahren, die von vielen Schnitzfiguren gesäumt war, die berühmte Personen der Vergangenheit darstellten, traf sich der Stamm zu besonderen Anlässen. Heute abend nach der Zeremonie würden sich alle hier versammeln.

Als Rangipai und ihr Großvater eintraten, sahen sie, dass nicht jeder bei der Opferung der Sklaven zusah. Nichtsdestotrotz genoß der Hohepriester erhebliche Unterstützung, wie die leeren Plätze von Familienmitgliedern im Häuptlingshaus bewiesen.

Auf Rangipais Gesicht erschien ein Lächeln, als einige Stammesälteste, darunter eine Tante und ein Onkel, sie riefen: »Komm und setz dich zu uns. Hier ist ein Platz für dich«. Sie boten ihr eine feingewebte Matte an, die über den trockenen Sandboden ausgebreitet war. Andere winkten ihrem Großvater zu: »Te Amokura, bring unsere Hübsche aus der Kälte herein, damit sie sich ausruhen kann.«

Obwohl es niemand direkt aussprach, wusste Rangipai, dass ihre Entscheidung, der Zeremonie fernzubleiben, die volle Zustimmung der Ältesten und Verwandten gefunden hatte. Froh, die gemütliche Wärme und Freundlichkeit im Haus des Anführers zu spüren, gesellten sich der alte Mann und das junge Mädchen zu den anderen.

Ein Haufen rot-glühender Kohle, der in einem Kreis aus großen Flusssteinen aufgeschichtet worden war, befand sich in der Mitte der Halle.

Als Rangipai vortrat, verstummten die Gespräche allmählich, und eine erwartungsvolle Stille breitete sich aus. Alle schauten sie schweigend an. Sie wusste, worauf sie warteten, und ging zu ihnen hin. Vor den Ältesten, die mit übergeschlagenen Beinen auf ihren Matten saßen, verbeugte sie sich tief und kniete dann bescheiden nieder. Dann drückten sie ihre Nasen aneinander, und Rangipai begrüßte jeden einzelnen persönlich. Nachdem sie den Stammesältesten ihren Respekt erwiesen hatte, durfte Rangipai ihre Einladung annehmen.

Niemand erwähnte den Hohepriester oder die Sklaven, doch auch hier war es nicht möglich, die Zeremonie zu vergessen. Das ferne Brausen eines *haka* und die Stimmen singender Menschen drangen durch die Wände.

»Hebt ihn, hebt den Eckpfahl,
Setzt ihn ab ganz sachte, ja, ganz sachte.
Auf diesem Land errichtet
Steht er nun, in die Höhe gereckt, für immer wachsam.«

Der Gesang erinnerte Rangipai an das, was sich an den Palisaden abspielte.

Als würde ein unausgesprochener Wunsch erfüllt werden, begannen die Menschen im Hause immer lauter zu reden und übertönten allmählich alle Geräusche, die von draußen kamen.

Es war ein langer Tag des Schreckens gewesen, und nun bewirkte die Hitze des Kohlefeuers, dass Rangipai schläfrig wurde. Schon fast im Halbschlaf beobachtete sie, wie ein schwaches Wölkchen Rauch aufwärts durch ein Loch im Vorderende des Giebels stieb. Sie sah auch, dass die meisten Leute im Gemeindehaus eng an den Steinkreis gerückt waren, um die Wärme zu geniessen.

In dieser flüchtigen Welt ganz am Rande des Schlafes nahm der Rauch des Feuers eine neue Dimension an. Er war jetzt lebenswichtig und belebt, als ob er Rangipai mit den Elementen der Erde und des Himmels verbinden würde, dort, wo sie zuletzt mit der Ewigkeit verschmelzen würde…

Auch die geschnitzten Figuren um sie herum schienen belebt zu sein und erweckten die Geister der Ahnen bis zum Anbeginn der Schöpfung zum Leben. Jetzt konnte sie *Te Rauroha* betreten und mit *Rangi* und *Papa* in Kontakt treten, ihren Urahnen, den Eltern der Kinder des Lichts.

Während sie schlief, füllte sich die Halle bis auf den letzten Platz mit Leuten, die von der Zeremonie zurückkehrten.

Es wurden viele Reden gehalten, die das Weiheritual priesen. Als Erwiederung darauf erhoben sich auch Stimmen gegen das Vorgehen, Gefangene zu töten, die gute und nützliche Sklaven waren.

6

Außer den hochgeborenen Stammesoberhäuptern, Männern wie Frauen, war es niemandem erlaubt, sich dem Hohepriester Te Tawhiro zu nähern. Wollte er etwas von ihnen, dann sprangen selbst seine gefürchtetsten Krieger von der Elitetruppe *Hokowhitu a Tu*, als würde es sich um den letzten Befehl zwischen Leben und Tod handeln.

Der Boden, auf dem er ging, war *tapu*, und auch die Person des Hohepriesters selbst durfte niemals berührt werden. Wenn es für Tawhiro an der Zeit war zu essen, legten ihm seine Verwandten die Speisen an einem langen Stock in den Mund, so dass keine Gefahr bestand, dass ihn irgend etwas berühren konnte. Denn galt es nicht als unumstößliches Gesetz des *tapu*, dass auch nur bei der kleinsten Berührung einer Person mit jenen Geräten, die als unberührbar galten, dieser unglücklichen Person ein baldiger Tod sicher war? Die Aufgabe, den Priester zu füttern, kam oft mehreren jungen Sklavinnen zu, die sich abwechselten und dabei vor Angst zitterten.

Um sich auf die Weihe der Palisaden vorzubereiten, hatte der Hohepriester einen ganzen Tag lang nichts gegessen. Unter freiem Himmel hatte er zu *Tu* gebetet, dem Kriegsgott, denn er verachtete Tempel und alles von Menschenhand Geschaffene. Nach dem Ende der Zeremonie war er nun äußerst hungrig und saß in seinem Haus zusammen mit den beiden Häuptlingen Te Wherowhero und Te Hau O Te Rangi. Seine Gäste, die ebenfalls *tapu* waren, fielen nach dem langen Fasten heißhungrig über das Essen her.

Wohlweislich hatte Tante Mihi die Anweisung gegeben, besondere Köstlichkeiten, wie im eigenen Fett gegarte titi – Rußsturmtaucher –, eingelegte Tauben, geräucherten Aal und dampfend heiße *kumara* im Speisehaus des Priesters zu lagern, so dass der Priester und seine Gäste sich selbst bedienen und alleine essen konnten, ohne der Gefahr ausgesetzt zu sein, durch gewöhnliche Sterbliche verunreinigt zu werden. Zwei Krieger standen vor dem Haus Wache, um sicherzustellen, dass während des Essens das *tapu* des Hohepriesters und das seiner Gäste in keiner Weise mißachtet wurde.

Noch während sie ihren Hunger stillten, begannen die drei Häuptlinge miteinander zu reden. Abwechselnd äußerten sie ihre Meinung oder stellten Fragen.

»Wie stehst du persönlich dazu?«, fragte Wherowhero.

»Ist mir lästig«, antwortete sein Gastgeber.

»Du handelst aus Demut?«, beharrte Te Hau O Te Rangi.

»Ha, was glaubst du!«

»Wie dann?«

»Es geht um Kontrolle!«

»Des Stammes?«

»Aller.«

»Hängt an einem dünnen Faden!«

»Gehorchst du?«

»Dem Gesetz immer«, sagte der Hohepriester bestimmt.

»Jawohl!«

»Die Zeremonie?«

»Vollendet!«

»Die Waschung?«

»Am Fluss!«

»Jetzt.«

»Heute nacht Tapuae!«

»Ah! Diese Gastfreundschaft!«, schloss Te Wherowhero.

Zufrieden lächelnd und müde nach dem anstrengenden Tag, wuschen sich die drei Häuptlinge gründlich mit kaltem Wasser. In frischer Kleidung gesellten sie sich zu den anderen Gästen und Stammesmitgliedern, unter denen sich auch Haukino befand.

Ein besonderer, hölzerner Weg führte durch das Haus zu Tawhiros Sitzplatz in der Ecke, wo er mit seinen beiden Gästen auf feinen, handgewebten und mit Vogelfedern gefüllten Matten saß. Bald würden die Reden beginnen.

Plötzlich ließ ein Schrei Tawhiro zusammenfahren. Er machte sich auf nachzusehen, was passiert war. »Ich bin gleich zurück«, rief er seinen Gästen zu.

Te Hau O Te Rangi, der Häuptling von Te Hairini, war eine eindrucksvolle Erscheinung. Er war groß und kräftig gebaut; sein tätowiertes Gesicht und seine feinen Züge zeugten von seinem Status als *ariki*. Seine Freunde nannten seine Nase *ihu kaka* oder Papageienschnabel. Sein Haar war zu einem Knoten auf dem Kopf zusammengebunden und mit einem Kamm aus Walfischknochen geschmückt, der mit Splittern der *paua*-Muschel verziert war. Ein auffälliger roter Federumhang fiel von seinen Schultern. Um seinen Bauch hatte er das gewaltige Grünstein-*mere* ›Spiegel der Götter‹ geschnallt, eine mächtige Nahkampfwaffe, die in tödlicher Weise als Verlängerung der Handkante geschwungen wurde. Bislang hatte es noch niemand geschafft, sich länger als zwei Minuten gegen ›Die Winde des Himmels‹ Te Hau O Te Rangi zu behaupten. Welche Waffe die Gegner auch wählen mochten – der Tod war ihr einziger Lohn.

Eine sehr attraktive Frau mit langem, welligem Haar saß neben ihm – seine Frau Waiherere. Sie trug einen atemberaubenden schneeweißen Umhang über ihren Schultern, gefertigt aus den weichen Federn des Albatros. Dieser brachte ihre äußerst dunkle Haut und ihre blitzenden schwarzen Augen noch besser zur Geltung. Gesellschaft leistete ihnen Te Wherowhero, der Häuptling der Ngati Aotea, eines befreundeten Nachbarstamms. Er war bei weitem nicht so hochgewachsenen wie sein Freund, seine Schulterbreite aber war geradezu legendär: Man behauptete, dass es schwer sei zu erkennen, ob Te Wherowhero liege oder stehe. Über den Schultern trug er einen gegerbten Reiseumhang aus Flachs. Te Wherowhero sprach zu seinem Freund:

»Wie hat dir die Zeremonie gefallen?«

»Mir sind Sklaven bei der Arbeit in meinen *kumara*-Gärten lieber.«

»Ja, vielleicht, aber war die Zeremonie nicht trotzdem beeindruckend?«

»Unter meinen Palisaden in Te Hairini liegen keine Opfer, und ich glaube nicht, dass es einen großen Unterschied macht – alle Palisaden brennen gleich gut.«

»Ich habe gehört, dass Raumoko unter jedem Palisadenpfosten ein Opfer liegen hat, und zwar bei allen drei oder vier Palisadenwällen, die er um Tuanuku gebaut hat!«

»Könnte sein, dass er noch jedes einzelne dringend brauchen wird – wenn er so weitermacht wie bisher.«

Während des Gesprächs saß Waiherere still da; niemals würde sie auch nur daran denken, ohne Aufforderung ihres Mannes das Wort zu ergreifen, und so wie Te Hau O Te Rangi die Sache sah, machten Frauen ohnehin zu viel Lärm – warum sollte man ihnen also überhaupt die Gelegenheit zum Sprechen geben?

Genau in diesem Moment kehrte Tawhiro zurück. »Es war nur Rangipai, die einen schlechten Traum hatte«, verkündete er lächelnd.

Die Redner hatten zu sprechen begonnen. Als erstes rühmte Haukino die vielen Vorzüge der, wie er sich ausdrückte, beeindruckenden und ergreifenden Zeremonie. Gleich darauf stimmte er einen Sprechgesang an, in den viele Krieger einfielen, um den Hohepriester und Tumatauenga zu preisen. Haukino war sich sicher, dass die Weihe der Palisaden ihren Zweck erfüllen würde. So wie die gewaltigen Klippen bei Taiharuru den Ozean zurückschleuderten, so würde jeder Eindringling bei dem Versuch, das *pa* zu stürmen, zurückgeworfen werden.

7

Rangipai hörte nichts von der Unruhe, die daraufhin um sie herum entstand. Durch den Schlaf freigesetzt, brachen fremdartige und unangenehme Ereignisse aus ihrem Unterbewusstsein hervor. In ihren Träumen war sie mit ihrem Sklaven zusammen, der ihr Geliebter geworden war. Er befand sich in einem hungrigen, klaffenden Loch, genau an dem Ort, den der Hohepriester für ihn vorgesehen hatte. Die Gesänge der Krieger kündigten an, dass der Pfosten gleich fallengelassen würde.

Sie hörte ihn flüstern: »Komm mit mir, Geliebte, kein Leid kann dir hier geschehen.«

Es war dunkel und kalt in der Opfergrube, doch da er sie rief, schmiegte sie sich eng an ihren Sklaven. »Halt mich fest«, flüsterte sie. »Lass mich niemals los, halt mich für immer in deinen Armen.«

So lagen sie allein beieinander. Langsam wurden die Chöre immer lauter, während sie die Tänze, die die Erde erschütterten, kaum noch ertragen konnten. In diesen letzten Sekunden durchlebte sie ihr ganzes Leben noch einmal. Plötzlich war der Himmel so weit entfernt.

Der gewaltige Eckpfosten war an seinen Platz gestürzt, alles war vorbei.

Seltsamerweise lebten sie aber noch. Um sie herum entstanden viele Welten, die durcheinanderwirbelten und ein Netz aus Licht bildeten. Dies war das Zeichen für die Liebenden, die nun über ein Wissen verfügten, das über ihre zerquetschten und gebrochenen Körper hinausging.

Hier gab es kein Leid mehr. Gemeinsam wandelten sie Hand in Hand. Doch plötzlich hörten sie Stimmen, die ihnen Angst einflößten. Die Stimmen klangen fordernd, als würden sie etwas Furchtbares voraussehen. »Liebe, schenk mir Liebe, verweigere mir nicht die Freude süßer Erfüllung.« Sie hörten andere Stimmen rufen, die fast vor Verzweiflung schrien. »Schenk mir den Tod, damit ich die reine Liebe erkennen kann.« Auf einmal war Rangipai allein.

Vor ihrem inneren Auge erschien eine beängstigende Vision. Ihre Gedanken eilten zurück, verzweifelt versuchte sie, sich an etwas zu erinnern, das die Vision erklären könnte. Ganz allmählich näherte sie sich in Gedanken der Vergangenheit, bis sie vor sich *Hinenuitepo* sah, die Königin der Finsternis. Hinenuitepo herrschte, bevor das Licht in die Welt der Menschen kam.

Rangipai fühlte sich, als würde sie in einen tiefen See blicken, den Hinenuitepo bewachte. Es gab keine Zeit mehr. Sie sah, dass sich nichts über dem See befand, und doch wurde alles auf wunderbare Weise zu ihr zurückgespiegelt.

Ja! Es war die große Göttin der Finsternis und des Todes, die gekommen war, um mit ihr zu sprechen. Rangipai überlegte fieberhaft: War die Vision der Göttin zuerst da gewesen, oder entsprang sie ihrem verstörten Geist?

Zitternd vor Angst, hörte sie die Stimme sagen: »Ich bin der Geist des Todes.«

Langsam wandten sich ihr die mächtigen Augen der Göttin zu, und in ihren unvorstellbaren Tiefen, so schwor Rangipai, konnte sie alle Geister der Toten gespiegelt sehen.

Hinenuitepo kam ihr mit ausgestreckten Armen entgegen und flehte: »Komm, lass mich dich einsaugen in die Gebeine des Morgen, dass du die wahre Liebe kennenlernst. Rangipai konnte die Erscheinung nicht länger ertragen und floh in großer Angst, während ihr die Worte eine leuchtende Bilderwelt ins Gedächtnis zurückriefen. Sie rannte den Weg zurück an den Ort, wo die liebliche Göttin *Hinetitama*, das Mädchen der Morgenröte, ihr aus der Welt des Lichtes zuwinkte. Einen Moment lang verweilte sie am Rande der Visionen und schaute sich um.

Der große Pfahl hatte ihre Körper zu einem Haufen gebrochener Knochen und wäßrigen, blutigen Schlammes zerquetscht.

Rangipai erkannte, dass sie eins geworden war mit seinem Blut, das in die Erde unter dem Pfahl sickerte.

Gierig nahmen die hungrigen Fasern des sterbenden Baumstamms den blutigen Schlamm auf, sogen ihn ein bis zum geschnitzten Kopf an seiner Spitze, der hoch über dem Boden thronte, stiessen wie von selbst den lebensspendenden Saft zu der gewaltigen Laubkrone hinauf, die er einst als Riese des Waldes getragen hatte. Als er die frisch eingesetzten Augen aus *paua*-Muscheln erreichte, tropfte der rote Saft tränengleich das häßliche Gesicht hinunter, dessen finsterer Blick für immer dem Meer zugewandt blieb.

Schweißgebadet erwachte Rangipai aus ihrem Alptraum und schrie so durchdringend, dass viele im Versammlungshaus erschreckt zusammenfuhren.

Von der gegenüberliegenden Seite des Raums kam Tante Mihi herbeigeeilt, sprach liebevoll mit ihrer Nichte und ließ sanft ihre Finger durch Rangipais Haar gleiten.

»Schlaf wieder ein, es war doch nur ein Traum«, beruhigte sie Tante Mihi.

Doch Rangipai fühlte sich noch kalt und leblos wie der von Blut gefärbte Schlamm in der tiefen Grube, von dem sie gerade geträumt hatte.

»Geht es ihr gut, Mihi?«

»Ja, ich glaube, es war nur ein böser Traum.«

Zufrieden nickend, kehrte der Hohepriester zu seinen Gästen in der vorderen linken Ecke des Versammlungshauses zurück und nahm wieder seinen Platz ein.

8

Als erstgeborene Tochter einer langen Ahnenreihe erstgeborener Stammesoberhäupter besaß Rangipai Vorrang vor allen anderen.Ihre herausragende Stellung wurde von den herrschenden Familien des Stammes anerkannt, und das junge Mädchen wurde von regelrechten Abordnungen enger weiblicher Verwandter betreut, die ihr unablässig jeden Wunsch von den Augen ablasen.

Als Rangipai das Alter von zwölf Jahren erreicht hatte, war sie von ihren Lehrern sorgfältig in die feinen Künste des Singens und Tanzens eingeführt worden. Ihre Lehrmeister unterwiesen sie auch in der Weberei hochwertiger Federgewänder und Schlafmatten. Der Hohepriester hatte es sich zu seiner besonderen Aufgabe gemacht, seine Nichte in der Abstammungslehre und den alten Stammesüberlieferungen zu unterrichten, so dass sie sich bei Debatten mit den Ältesten des Stammes behaupten konnte. Sie war eine äußerst intelligente und gelehrige Schülerin. Eines Tages verblüffte sie sogar den Hohepriester, als sie ihm zuliebe die gesamte Stammesgeschichte auswendig hersagte, was dem Inhalt vieler Lehrwochen entsprach.

Als Rangipai dann in die Pubertät kam, stand Tante Mihi ihr bei.

Tante Mihi hatte die Angelegenheit mit dem Hohepriester besprochen.

»Es ist die Zeit des Mondes«, hatte sie gesagt.

»Sie hat geblutet?« hatte der Hohepriester interessiert gefragt.

»So ist es!«

»Wo ist es geschehen?«

»In Puketapu.«

»In der Nähe des hohen Felsens?«

»Du scheinst erfreut?«

»Ganz entschieden!«

»Weshalb?«

»Dss ist ein Zeichen!«

»Von wem?«

»Vom Stern *Kopu*!«

»Du hast ihn heute nacht gesehen?«

»Ohne Zweifel! Er liegt im Schoß des Mondes!«

»Solche Zeichen…!« stieß sie hervor.

»Von den Göttern geschickt«, erwiderte der Priester.

»Oh ja!« war alles, was sie sagen konnte.

»Wir werden dem Felsen einen neuen Namen geben«, fügte Tawhiro hinzu. »Wir werden ihn Te Mate Marame O Te Rangipai nennen – der Ort, an dem Rangipai das erste Mal blutete.«

Lächelnd hatte der Hohepriester das Gespräch beendet: »Wenn es ihr wieder besser geht, Tante Mihi, dann werden wir ein Festmahl abhalten, um ihren Ehrentag zu feiern.«

9

Rangipai war erst sechs Jahre alt, als ihr Vater Heke Taia, oberster Häuptling der Ngati Whakaari und ältester Bruder des Hohepriesters, tödlich verwundet wurde, als er seine Einheit in einem letzten Angriff anführte. Doch da die Schlacht bereits gewonnen war, stürmten seine Krieger weiter zu einem triumphalen Sieg.

Obwohl sie noch so jung gewesen war, konnte sich Rangipai noch gut daran erinnern, wie die Leiche ihres Vaters zum *pa* zurückgebracht worden war, wo sie feierlich aufgebahrt wurde. Sie erinnerte sich auch daran, wie ihn sein trauerndes Volk mit einem gewaltigen *tangi* geehrt hatte.

Sie dachte an das Grauen, als sie gesehen hatte, wie ihre Mutter Rangimai sich Brust und Gesicht mit einem scharfen Messer aus Obsidian aufgeschlitzt hatte und verblutet war.

Rangipai erinnerte sich daran, wie die Leiche ihres Vaters zwei Jahre lang in einem flachen Grab in den Dünen unterhalb Tawhitiroas begraben lag.

Dann hatte man das größte Fest in der Geschichte des Stammes gefeiert – das *hahunga*.

Ihr Onkel, der Hohepriester, war mit einigen Männern in die Dünen gegangen und hatte die Gebeine ihres Vaters ausgegraben. Die Knochen waren sorgfältig gesäubert, einzeln poliert und auf einer schönen Federmatte ausgebreitet worden. Das *hahunga* hatte über einen Monat angedauert. Jeder Stammesangehörige hatte der Feier beigewohnt und war gekommen, um die Gebeine ihres Vaters in Augenschein zu nehmen. Diese lagen auf einer Bahre unter einem speziellen Unterstand gleich rechts neben Tapuae auf dem *marae*.

Diese Tage des Schmerzes über den Gebeinen des verstorbenen Häuptlings waren Tage von tiefer Trauer, aber zugleich auch Tage voller Geselligkeit, an denen mehrere Festessen zu Ehren des Häuptlings stattfanden. Man erinnerte an seine großen Taten in mitreißenden *hakas* und andauernden Gesängen.

Sie konnte sich noch gut daran erinnern, wie sie ein Gespräch zwischen ihrem Onkel und ihrem Großvater mitangehört hatte.

Der Hohepriester hatte gesagt:

»*Tapu*!«

»Wurde alles ausgeführt?«

»Im *rourou*!«

»Ist dort die geweihte Speise?«

»Ja!«

»Wer kann es bezeugen?«

»Der ganze Stamm.«

»Auf dem *marae*.«

»Dort ist das blank geriebene Gebein.«

»Es ist geheiligt!«

»Nun jammert!«

»Und weinet!«

»Vor den gefürchteten Knochen.«

Voller Angst war Rangipai zu Tante Mihi gelaufen, die erklärt hatte: »Sorge dich nicht, mein Liebes, es ist dein Vater, dem die ganze Aufmerksamkeit gilt. Du hast nichts zu befürchten. Geh hinaus und schau dir seine Knochen selbst einmal an.«

Das hatte Rangipai getan, aber es schien, als würde sich eine geisterhafte Figur vor ihr bewegen, die die geliebte Gestalt ihres Vaters angenommen hatte. Und sie sah seine Person vor sich und nicht seine Gebeine.

Erinnerungen kamen auf und strömten immer wieder zurück zu Rangipai. Ein kleiner Teil von ihr, das wusste sie, würde immer in der Vergangenheit bleiben – bei ihrem Vater.

Schließlich folgte das heilige Ritual, bei dem die Gebeine ihres Vaters in einer geschnitzten Truhe in der Familiengruft versenkt wurden, tief in den Bergen des Raukumara-Gebirgszugs. Diese Gruft würde eines Tages auch ihr *urupa*, ihre letzte Ruhestätte sein.

10

»Motu Turei, ich möchte, dass du Verwalter des *pa* wirst und die Aufsicht über die Sklaven übernimmst.«

Mit diesen Worten hatte der Hohepriester seinen Stammesverwandten in eine der wichtigsten Positionen des Stammes berufen.

»Ich will mein Bestes tun, um deine Wünsche zu erfüllen«, erwiderte der hochgewachsene junge Mann.

Die vielen Beschwerden des Stammes über die rauhe Behandlung der Sklaven hatten den Hohepriester nicht unberührt gelassen, und er war bemüht, die führenden Familien zu besänftigen. Deshalb hatte er Motu für diese Position ausgewählt, denn dieser war beliebt und genoß hohes Ansehen. Der Hohepriester hatte auch daran gedacht, wie Rangipai sich geweigert hatte, der Opferung der Sklaven für die neuen Palisaden beizuwohnen.

»Vielleicht behandelst du die Sklaven ein wenig sanfter, Motu, sonst könnten wir es am Ende mit einer Revolte wie in Turangi zu tun bekommen. Dort haben die Nichtswürdigen sogar versucht, das *pa* zu übernehmen – kannst du dir so etwas vorstellen? Sklaven, die ein *pa* führen! Unser eigentliches Problem hier sind allerdings nicht so sehr die Sklaven, sondern unsere Leute.«

»Was meinst du damit?«, fragte Motu überrascht.

»Es scheint, als wären die Wachen während der Errichtung der neuen Palisaden zu hart mit den Sklaven umgesprungen, so dass viele danach nicht arbeitsfähig waren.«

»Was schlägst du vor, wie sollte ich sie denn behandeln?«

»Sei streng, aber verzichte auf Speerstiche und Auspeitschungen, es sei denn, sie verweigern bewusst deine Befehle.«

»Angenommen, es versuchen einige zu fliehen?«

»Dann töte sie.«

»Brauche ich dafür zuerst deine Erlaubnis?«

»Nein. Ich erwarte, dass du in allen Angelegenheiten nach eigenem Ermessen handelst. Schließlich trägst du die Verantwortung. Ich weiß, dass du ein Mann von Güte und Aufrichtigkeit bist. Die Sklaven werden es zu schätzen wissen, wie du sie behandelst.«

»Ich danke dir, dass du meine Familie ehrst, indem du mich in diese Position berufst. Ich will versuchen, dafür zu sorgen, dass unsere Leute sich nicht noch einmal über ihre Sklaven beschweren, wenn sie für ein Stammesvorhaben eingesetzt werden. »

Der Hohepriester hatte Motu Turei angelächelt. »Die Arbeit wird dir gefallen. Übrigens schicke ich dir ein Dutzend unserer ältesten Krieger, die es in ihrem Alter etwas langsamer angehen lassen müssen. Sie werden dir dabei nützlich sein, Ordnung und Disziplin unter den Sklaven aufrechtzuerhalten. Ich glaube, unser Fehler lag zum großen Teil darin, dass wir die Leibgarde eingesetzt haben, um die Disziplin zu wahren. Und die sind so ans Töten gewöhnt, dass ihnen Milde unbekannt ist. Ich glaube, du wirst mit den neuen Regelungen weitaus zufriedener sein.« Der Hohepriester drehte sich um und wollte gehen. Dann erinnerte er sich plötzlich an etwas: »Übrigens, Mihi ist ja noch gar nicht vermählt«, und rasch entfernte er sich in Richtung Tapuae.

Nicht lange nach diesem Gespräch begann der Verwalter, sich wegen seiner neuen Verantwortung Sorgen zu machen. Er beschloss, Tiwai Wharepapa aufzusuchen, einen vor kurzem geweihten Priester. Er wurde von Tawhiro persönlich unterwiesen, für den Fall, dass ihm selbst etwas zustoßen sollte. Dies war nur eine reine Vorsichtsmaßnahme und bedeutete keineswegs, dass der Hohepriester kein Vertrauen in sich setzte. Im Gegenteil – sein Vertrauen zu sich selbst war grenzenlos.

Tiwai stand vor seinem Haus in der Nähe der dritten Palisade, als Motu sich näherte. Es war das erste Mal, dass die beiden Männer – alte Freunde – Zeit gefunden hatten, um miteinander zu reden, seit Motu vor fast einer Woche aus Koroareka im hohen Norden zurückgekehrt war. Die Sonne ging unter, bevor Motu Turei sich verabschiedete, um zu seinem Haus zurückzugehen.

Motu gehörte der *ariki*-Familie an, und nach Art seiner Familie war er tätowiert. Er trug das seltene *kahu-kekeno*, einen Umhang aus Seehundfell, den er um seine Schultern gelegt hatte. Dieses Kleidungsstück war ein Geschenk enger Verwandter unter den Waitaha in Te Waipounamu, der großen Insel fern im Süden, der Heimat des kostbaren Grünsteins.

11

Beinahe ein Jahr war vergangen, seit die Palisaden eingeweiht worden waren. Merkwürdigerweise hatte niemals jemand wieder von der Zeremonie gesprochen. Es schien fast, als würden die Leute versuchen, das Geschehene zu vergessen, indem sie sich eifrig auf die vielen Tätigkeiten stürzten, die dazu dienten, das bevorstehende Festmahl, das Erntedankfest des Mondes *Rongo*, vorzubereiten.

Eines Tages schickte Te Tawhiro nach Tante Mihi. Sie war gerade dabei, in den *kumara*-Pflanzungen zu jäten und reagierte nicht sehr erfreut. »Und wer denkt an meine armen Füße? Meine alten Knochen werden es ganz und gar nicht zu schätzen wissen, wenn ich jetzt den ganzen Weg zu Fuß zurücklegen muß, und das nur, um mit Te Tawhiro zu reden.«

Tante Mihi war eine üppig gewachsene Frau, über einen Meter achtzig groß und mit einem Taillenumfang von sicher einem Meter dreißig. Sie wog weit über 120 Kilo. Ein Rock aus geflochtenem Flachs, der ihr bis zu den Knien ging, ließ sie noch üppiger aussehen. Wenn sie lachte, zog sich ihr Lachen über das ganze runde Gesicht und strahlte auf ihren Körper aus, der den Scherz begeistert aufzunehmen schien. Auf Unterlippe und Kinn hatte sie sich die besonderen Zeichen ihrer Familie tätowieren lassen, was ihrer Erscheinung einen gewissen Charme verlieh. Ein großes *tiki*, das seit vierzehn Generationen im Besitz ihrer Familie war, hing an einer dünnen Schnur geflochtenen Menschenhaares über ihrer Brust. Sie war 36 Jahre alt und trotz ihres hohen Gewichts äußerst beweglich.

Ihr Gesichtsausdruck war ernst, als sie mit mehreren sie begleitenden Frauen und vier Sklaven das Haus des Hohepriesters erreichte.

Te Tawhiro begrüßte sie herzlich. »Ah, Mihi! Du hast dich also um die *kumara* gekümmert. Ich hoffe, sie werden rechtzeitig zu Rongos Festmahl erntereif sein. Erlaube mir, dir zu deinem Fleiß zu gratulieren.« Dann lächelte er. »Komm herein, komm herein. Ich habe das *tapu* eigens für deinen Besuch aufgehoben, so dass dir kein Leid zustoßen kann.« Alle folgten ihm vorsichtig ins Haus.

»Tawhiro, es freut mich, dass du zur Abwechslung einmal zufrieden aussiehst«, begrüßte Tante Mihi ihn herausfordernd. Keiner aus der Familie nannte den Hohepriester bei seinem vollen Namen, man nannte ihn einfach ›Tawhiro‹, wenn man mit ihm sprach.

»Was meinst du nur? Ich dachte, ich sehe immer zufrieden aus und besonders heute, wo uns ein Festmahl bevorsteht…« Er schwieg einige Sekunden lang, schien diesem Gedanken etwas hinzufügen zu wollen, und sagte dann, als habe er seine Meinung plötzlich geändert: »Das ist doch schließlich etwas, auf das wir uns alle freuen können, nicht wahr?«

Tante Mihi ergriff wieder das Wort: »Du hast mich doch sicherlich nicht darum gebeten, diesen weiten Weg zu machen, um über das Festmahl zu sprechen – jeder weiß, wann es stattfindet.« Sie hielt einen Moment lang inne. »Es geht doch nicht etwa um noch eine Opferung?«

»Oh nein! Nein! Ganz und gar nicht. Es…«

Er hatte keine Gelegenheit, den Satz zu beenden, denn Tante Mihi unterbrach ihn:

»Du meinst, es geht um jemanden… wie unsere Rangipai zum Beispiel?«

»Du bist zu misstrauisch, Mihi, doch sei unbesorgt. Morgen werde ich mich auf den Weg nach Te Mahia machen, um unseren Verwandten Te Wherowhero, den Häuptling der Ngati Aotea, aufzusuchen. Als er unserer Weihezeremonie beiwohnte, hat er mich sehr herzlich eingeladen, an Rongos Festmahl in seinem *pa* teilzunehmen. Ich werde prüfen, ob die Verbindung, die Te Hau O Te Rangi vor vielen Jahren mit Te Wherowhero abgesprochen hat, nun eingegangen werden kann. Es geht um die Vermählung von Te Wherowheros ältestem Sohn Nuku mit Rangipai. Selbst die Sterne prophezeiten damals Außergewöhnliches für den Fall, dass sie sich vermählen sollten.«

Tante Mihi war sprachlos. Ihr Gesicht wurde ganz blutleer. Dann stammelte sie: »Du willst sie mit Te Wherowheros Sohn verheiraten? Das also willst du tun?«

»Ja doch. Meinst du nicht auch, dass das eine hervorragende Idee ist? Immerhin ist die Ehe bereits mehr oder weniger in die Wege geleitet.«

»Aber das würde bedeuten, dass Rangipai woanders leben müßte! Schließlich weißt du ganz genau, dass Nuku nach dem Tod seines Vaters Häuptling werden wird und deshalb nicht bei uns wohnen kann. Tawhiro, in dieser Sache kann ich dir einfach nicht zustimmen«, und verärgert drohte sie dem Hohepriester mit ihrem großen Finger, während ihr *tiki* aufgeregt zwischen ihren Brüsten auf und ab wippte, als würde es mit ihr fühlen. »Rangipai muß hierbleiben!« Sie schrie es fast. »Außerdem – wer sollte ihren Platz beim *karanga* übernehmen? Keiner von uns kann so hohe Töne singen wie sie. Sie ist eine wunderbare Sängerin mit einer Stimme von seltener Klarheit.«

Der listige Hohepriester hatten diesen Widerspruch erwartet. Nachdem er zunächst vorgegeben hatte, ihre Meinung in Erwägung zu ziehen, antwortete er schließlich: »Ich stimme dir zu; ihre Stimme ist großartig; doch wir müssen auch an ihre Zukunft denken. Nuku wäre eine sehr gute Partie. In der Tat sind die Götter der Verbindung gegenüber günstig gestimmt, und vor allem wird sie unsere beiden Völker gegen die andauernde Bedrohung durch Raumoko stärken.«

Er ließ diese Worte wirken und wartete ein paar Sekunden ab, bevor er scharf fragte: »Hältst du das nicht auch für eine gute Idee, Mihi? Schließlich hast du Raumokos habgierige Art aus erster Hand erfahren, oder irre ich mich?«

»Die Idee könnte gut sein«, gab Tante Mihi widerwillig zu. Sie dachte an den Tag, an dem sie den Pfad zum *pa* eiligst hatte hinauseilen müssen und die Haupttore gerade noch rechtzeitig erreichte, um einem Raubzug Raumokos nach Frauen und Sklaven zu entkommen.

Die Eindringlinge waren knapp außerhalb der Speerwurfweite stehen geblieben und hatten gebrüllt: »He, fettes Weib, beim nächsten Mal sind deine Beine nicht so flink!« Nach Luft schnappend, war sie außerstande gewesen zu antworten, und voller Wut brachte sie sich keuchend in Sicherheit.

»Wann hast du vor, Rangipai zu Nuku zu bringen?« fragte sie und blickte den Hohepriester streng an.

»Das werde ich mit Te Wherowhero absprechen, wenn ich ihn sehe und wir den Zeitpunkt für die Hochzeit bestimmen.«

Beim Gedanken an eine Hochzeit hellte sich Tante Mihis Miene auf, und sie lächelte sogar. Dann aber verlor sie ihre Selbstbeherrschung und brach plötzlich in Tränen aus. Sie dachte daran, wie sehr sie alle Rangipai vermissen würden. Sofort ärgerte sie sich jedoch heftig über sich selbst, weil sie so weit gegangen war, auch nur über Rangipais Vermählung nachzudenken. Noch ärgerlicher war sie aber darüber, dass sie dem Hohepriester so deutlich ihre Gefühle gezeigt hatte.

Tante Mihi hatte die junge Prinzessin stets wie ihre eigene Tochter behandelt, und der Gedanke, dass sie nicht mehr hier im *pa* leben würde, war ihr unerträglich. Sie hievte ihren massigen Körper von der Matte, auf der sie gesessen hatte, und stürmte wütend mit ihren Begleiterinnen hinaus. Tawhiro hingegen glaubte, einen großen Sieg errungen zu haben. Er war sich sicher, dass sie nach ein wenig zusätzlicher Überredungskunst schließlich doch überzeugt sein würde. Nun, so weit, so gut, dachte er und wandte sich bereits in Gedanken der Reise zum Stamm in Te Mahia zu.

Der Hohepriester sagte niemandem etwas über den eigentlichen Grund für seinen Besuch bei Te Wherowhero – er wollte seinen Verwandten bitten, sich einem Kriegszug gegen einen Nachbarstamm anzuschliessen. Dieser Nachbarstamm war ihm lästig geworden, weil er allzu freundliche Beziehungen zu seinem Rivalen Raumoko unterhielt. Deshalb begleiteten ihn auch keine Frauen oder Kinder auf seiner Reise nach Te Mahia.

2. KAPITEL

Der große Sieger

Tawhiro erreichte Te Mahia mit seiner Elitetruppe, einer großen Truppe von 140 Kämpfern, die als *Hokowhitu a Tu,* ›die einhundertvierzig Krieger des Kriegsgottes Tu‹, bekannt war. Sie wurde vom respekteinflößenden Haukino befehligt, der neben seinem Häuptling einherschritt. Muscheltrompeten und ein donnernder Kriegsgong kündigten ihr Kommen an.

Der Hohepriester, der ganz vorne marschierte, hielt an und überblickte die Schar von Kriegern, die sich zu seiner Begrüßung aufgestellt hatte. Er hoffte, seinen alten Freund Te Wherowhero zu entdecken, der vor kurzem so freundlich gewesen war, der Weihe der Palisaden von Tawhitiroa beizuwohnen.

Haukino murmelte seinem Häuptling ins Ohr: »Wild aussehender Haufen, deine Freunde und Verwandten, Tawhiro. Glaubst du wirklich, dass sie uns friedlich empfangen?«

»Das steht absolut außer Frage. Te Wherowhero ist mein Vetter ersten Grades, und seine Leute sind von meinem Blut. Haben wir unsere Freundschaft und Verwandtschaft nicht noch gefestigt, indem wir unsere Rangipai dem jungen Krieger und zukünftigen Häuptling Nuku versprochen haben?«

Er fügte mit gedämpfter Stimme hinzu: »Natürlich werden wir vorsichtig sein müssen. Der Zeitpunkt ist kritisch. Ich gehe davon aus, dass sie das *wero* schleudern werden, anstatt es mir friedlich zu Füßen zu legen. Du weißt also, was du zu tun hast – aber übertreibe es nicht. Gleich werden drei Krieger hervorspringen, um uns herauszufordern. Sobald sie diese Vorstellung beendet haben, mußt du mit zwei unserer schnellsten Männer versuchen, die Herausforderer zu fangen. Ah, sieh nur! Da ist ja Te Wherowhero.«

Erleichtert seufzend, nickte Tawhiro dem Kommandanten seiner Wache zu und murmelte: »Jetzt sind wir sicher.«

Haukino lächelte und flüsterte seinem Häuptling zu: »Denk nicht mehr daran, dass die Herausforderer gefangen werden müssen, Tawhiro. Meine Männer und ich werden schon dafür sorgen.«

Hinter ihrem Rücken spürten die beiden Männer ein erregtes

Vibrieren, das von ihren Kriegern ausging. Erwartungsvoll reckten sich die Krieger vor, um die Herausforderer zu beobachten.

»Schaut euch bloß mal an, wie der Mann jetzt springt«, tuschelten Tawhiros Männer untereinander. »Und achtet darauf, wie er mit den Augen rollt und seine Zunge herausstreckt. Und schaut euch an, wie lang sein Penis ist. Welch unglaubliche Männlichkeit! Was für eine Kraft und Unerschrockenheit!«

Der Herausforderer wurde von zwei Gefährten begleitet, die den Besuchern in einer Scheinattacke entgegensprangen, dann aber langsam in Richtung des Gastgeber-*pa* zurückwichen. Plötzlich schleuderte erst ein und dann ein weiterer Krieger den vorrückenden Besuchern ein *wero* entgegen, worauf sie wieder zu den eigenen Reihen zurückliefen.

»Ha! Wartet nur, wie unser Haukino darauf reagieren wird! Noch zu Hause wird man ihn brüllen hören, denn seine Männlichkeit sucht ihresgleichen«, riefen seine Waffengefährten und waren bereit, ihre Speere zu ziehen, als der letzte Herausforderer sich näherte. Würde er in angemessener Entfernung stehenbleiben oder das *wero* schleudern? Selbst die Luft schien plötzlich unter Spannung zu stehen; alle hielten den Atem an. Würde er den Besuchern das *wero* zu Füßen legen?

Plötzlich schleuderte der letzte Herausforderer das schlanke *wero* auf die Besucher, machte auf dem Absatz kehrt und raste mit seinen beiden Gefährten wie ein Wahnsinniger zu den eigenen Reihen zurück. Die Besucher stiessen nun einen Seufzer der Erleichterung aus – zumindest waren sie willkommen.

Ein gutes Zeichen war es außerdem, dass alle *weros* zwischen den Stämmen in waagerechter Position gelandet waren und nicht etwa diagonal. Immer lauter wurden nun auf beiden Seiten die Stimmen.

Zunächst hatte niemand gesehen, wie Haukino und seine beiden Gefährten hervorgesprungen waren, als das *wero* aus der Hand des letzten Herausforderers schnellte, und dann hatte der flinke Kommandant der Wache seinen Gegenspieler schon fast eingeholt.

»Rennt, rennt, springt, fliegt! Für die Ehre von Te Mahia!« erklang es dröhnend vom Chor des Gastgeberstamms.

Vorsichtig passte Haukino den richtigen Zeitpunkt ab.

In einem gewaltigen Sprung zog er mit dem flüchtenden Herausforderer gleichauf, dann stieß er seinen Speer mit einem triumphierenden Schrei zwischen die Beine von Wherowheros Krieger, um ihn kopfüber in den Staub und vor den Augen seines Stammes in Schande stürzen zu lassen, gerade als die beiden anderen Angehörigen der Ngati Whakaari heraneilten, um die Schultern ihrer Gegenspieler zu berühren, so, wie es die Tradition verlangte.

Beim Anblick ihres gefallenen Helden und unter den Jubelrufen der Besucher schnappte ganz Te Mahia nach Luft, unfähig, auch nur einen Laut von sich zu geben.

2

Der Hohepriester war verärgert und dachte bei sich: »Haukino hätte doch bestimmt zulassen können, dass Te Wherowheros Mann in Sicherheit gelangt. Dann hätte er ihn entsprechend den Vorschriften nur noch mit seinem Speer berühren müssen. Aber nein, er will einfach jedesmal der ›Große Sieger‹ sein.«

Jetzt hieß es, schnell zu handeln, sonst würde noch in diesem Moment zwischen Gastgebern und Gästen Krieg ausbrechen. Man spürte bereits, wie die Spannung wuchs.

Ein Zeichen des Hohepriesters genügte, um seine Männer zum Schweigen zu bringen. Er stieß einen Schrei aus und sprang vor, wobei er über seinem Kopf einen Stab hielt. Willentlich übersah er die beiden Gestalten im Staub, die sich von zwei Seiten angenähert hatten. Wie zwei Feuerhölzer, schon durch Reibung erhitzt, drohten sie, das trockene Holz der Stammesbeziehungen in Brand zu setzen.

Über der Versammlung ertönten die Worte des Hohepriesters.

»Freunde und Verwandte, hört mich an, hört mich an. Ngati Whakaari grüßt dich, Te Wherowhero und dein Volk in Te Mahia. Siege kennen wir nur, wenn wir gemeinsam als eine Familie marschieren, als ein *hapu*, als ein Stamm, wie unser Volk es schon früher als ›die Myriaden von *Panenehu*‹ unter *Tu Tamure* getan hat. Darum lasst uns heute diesem Beispiel nacheifern. Ich komme, Te Wherowhero, um dich und dein Volk um einen Gefallen zu bitten. Lasst uns noch einmal gemeinsam kämpfen, als ein

35

Stamm. Lasst uns mit den Ngati Whakaari in die Schlacht ziehen, um unsere Feinde zu besiegen. Lasst uns den Häuptling Taupiri in seinem großen *pa* Hakatere angreifen – und das Leid rächen, das er eurem Volk am Hafen von Ohiwa vor zehn Jahren zugefügt hat. Lasst uns damit für immer Raumokos ergebensten Verbündeten auslöschen und eure Erinnerung an dieses Ereignis nun mit Sieg vergelten!«

Diese plötzliche Wendung des Geschehens brachte Te Wherowhero dazu, sofort vor seine Krieger zu springen.

»Willkommen, Gäste aus der Ferne, von Tawhitiroa von Te Hairini. Willkommen, große Häuptlinge und Hohepriester, willkommen mit euren Kriegern auf unserem *marae*. Kommt! Tretet näher in Frieden, auf dass wir gemeinsam im Kampf marschieren, wie euer edler Führer gesagt hat. So werden wir unserem großen Vorfahren nacheifern, *Tu Tamure*, dessen unübersehbar große Anzahl von Stämmen stets als ein Volk zum Sieg marschierte – als die *Panenehu*!«

Um die Aufrichtigkeit seiner Worte zu betonen, begann Te Wherowhero mit seinen Kriegern einen Kriegstanz zu Ehren der Vorfahren der Ngati Whakaari. Die Ngati Whakaari antworteten, von Tawhiro in einem *haka* angeführt, und priesen die Ngati Aotea.

Langsam kehrten die Stammesbeziehungen zur Normalität zurück. Die Frauen des Gastgeberstammes liessen ein *karanga* erklingen, und so rasch begrüßte man nun die Ngati Whakaari, dass alles durcheinander lief und die Spannung abgebaut wurde.

Die zwei Führer traten aufeinander zu und pressten ernst ihre Nasen aneinander. Es folgte das *hongi* mit Jammern und Klagen, in dem man feierlich derjenigen gedachte, die seit ihrem letzten Treffen in den jeweiligen Stämmen verstorben waren.

Niemand schien mehr auf die beiden Gestalten zu achten, die die Unstimmigkeiten zwischen den Stammesbeziehungen auf die Spitze getrieben hatten. Auch sah man nicht, wie sie sich im Staub voneinander trennten, leise zu ihren jeweiligen Reihen zurückgingen und sich zum *hongi* aufstellten, als sei niemals etwas zwischen ihnen vorgefallen.

Nachdem der Toten gedacht worden war, begann man, über den möglichen Angriff auf Hakatere zu sprechen. Hakatere war ein gewaltiges *pa* auf der Whakatane zugelegenen Seite des Hafens von Ohiwa, einer der hübschesten und ergiebigsten Fischgründe im ganzen Land. Hier lag die Hauptbastion der Verbündeten Raumokos, die auf freundschaftlichem Fuß mit dem Volk der Ngati Awa standen und mit den Whakatohea oft um die Hoheit über die reichen Fischgründe Krieg führten.

Nach dem *hongi* dauerte es nicht lange, bis sich Gäste und Gastgeber angeregt unterhielten. Die Schande des gestolperten Herausforderers war schon so gut wie vergessen.

Währenddessen stand Haukino mürrisch blickend bei seinen Männern. Doch bei dem Gedanken an Krieg hellte sich seine Miene auf. Die Vorfreude auf »gewisse Köstlichkeiten«, wie den Fisch von Tu, ließ ihm das Wasser im Mund zusammenlaufen. Er lächelte sogar schon wieder und sprach davon, wie nahe doch ein Sieg liegen würde.

»Männer, wir haben eine gute Chance zu gewinnen«, verkündete er den versammelten Wachen. »Ich kenne einen geheimen Weg in das *pa* hinein, den ich ganz zufällig entdeckt habe, als ich dort vor vielleicht zwölf Jahren als Junge mit anderen Kindern gespielt habe. Natürlich ist der Weg äußerst *tapu*, und niemand darf es eigentlich wagen, sich auch nur in seiner Nähe aufzuhalten, aber wenn unser Priester uns anführen würde – ach, meine Freunde! Nichts könnte uns dann aufhalten!«

Seine Männer kamen voller Vorfreude näher, um seiner Kriegsrede zu lauschen. Doch Haukino unterbrach sich selbst: »Kommt schon, unsere Gastgeber wollen unsere Gaumen mit einem Festmahl verwöhnen. Seht nur!« Er zeigte mit dem Finger auf heraneilende Frauen und Sklaven. »Sie bringen die Speisen aus den *hangi*.« Nun sahen auch seine Männer die langen Reihen von singenden und tanzenden Frauen, die Flachsbehälter mit Speisen trugen.

Kurze Zeit darauf genoß man bereits das Festmahl, unterhielt sich angeregt und schmiedete Kriegspläne. Haukino war mit Nuku, dem Sohn seines Gastgebers, ernsthaft in ein Gespräch vertieft. Nuku war sehr erpicht darauf, alles über Rangipai zu erfahren. »Wie macht sie sich? Erwähnt sie eigentlich manchmal meinen Namen? Was tut sie alles im pa? Ich wette, sie ist hübscher denn je. Ich kann es gar nicht abwarten, sie zu sehen, die meisten Frauen hier sind ja meine eigenen Kusinen, und Vater ist ganz und gar nicht scharf darauf, mich mit einer von ihnen zu verheiraten. Er sagt, wir müssen frisches Häuptlingsblut von anderen Stämmen bekommen.«

Haukino antwortete lächelnd: »Da hat er wohl recht. Komm, schließ dich dem Kriegszug nach Ohiwa an, dann kannst du nach der Schlacht mit nach Tawhitiroa zurückkommen.« Schließlich gesellten sich die beiden Männer wieder zum Hohepriester und ihren Gastgebern.

3

Bevor sie Te Mahia erreichten, hatte der Hohepriester seinen Männern erklärt: »Mein Verwandter Te Wherowhero ist 42 Jahre alt und ein Krieger seit seinem sechzehnten Lebensjahr. Voller Stolz trägt er mehrere Narben aus früheren Schlachten, und ihr werdet mir bestimmt zustimmen, wenn ich sage, dass sein Gesicht, unter dichten Tätowierungen verborgen, seinen guten Ruf nur noch steigert. Te Wherowhero ist bekannt als scharfsinniger Militärtaktiker, dem selbst Raumoko Respekt entgegen bringt. Vergesst nicht, wie schwierig es war, ein Gleichgewicht zwischen den Stämmen in unserem Gebiet herzustellen. Und doch gelang es Te Wherowhero während seiner Herrschaft über die Ngati Aotea. Und heute sind sie ein Stamm, der uns unterstützt. Jede Verschiebung in diesen Stammesbündnissen, jeder Angriff von außen auf treue Verbündete, wird hart bestraft werden. Deshalb müssen wir in unseren Stammesbeziehungen so umsichtig sein. Es ist immer möglich, dass Krieg zwischen zwei Stämmen ausbricht. Manche streben nach Macht, andere wollen nur ein neues Gleichgewicht zwischen den Stämmen herstellen. In so einem Kampf könnten mehrere Stämme vernichtet werden.

Nach den letzten Kämpfen nennen wir uns nun die Te Wherowhero von Ngati Aotea in Te Mahia und Te Hau O Te Rangi von Te Hairini. Sollte einer der beiden Häuptlinge es versäumen, die Ngati Whakaari zu unterstützen, könnten wir alle in Gefahr sein. Deshalb müssen wir alles tun, um gut mit unseren beiden Hauptverbündeten auszukommen. Auch sie haben inzwischen unsere Abhängigkeit voneinander erkannt und haben schließlich zugestimmt, als unabhängige Häuptlinge unter meine Oberhoheit zu kommen, wenn wir es mit Feindseligkeiten zu tun haben. In solchen Zeiten ist wohl jeder bereit, mich anzuerkennen. Doch in Friedenszeiten trifft das nicht länger zu.«

Tatsächlich ahnte der Hohepriester, dass er sich nie der vollen Unterstützung seiner beiden Verbündeten sicher sein konnte, selbst zu Kriegszeiten nicht, und er wünschte eine verbindlichere Übereinkunft. Sein Vorhaben, Taupiri in Hakatere anzugreifen, solange er ihre Unterstützung genoß, würde allen im Kampf gegen ihren Hauptgegner Raumoko nutzen und ihnen sogar einen gewissen Vorteil in der Kampfstärke verschaffen.

Weit entfernt, in der Nähe von Matata, lag das *pa* von Ihaka, Tawhiros jüngerem Bruder, der nur dann bereit war, in das Geschehen einzugreifen, wenn Tawhiro selbst angegriffen wurde und nicht nur dessen Verbündete. Doch Ihaka empfand keine Achtung für seinen Bruder und pflegte abfällig von ihm zu sprechen. Manchmal nannte er ihn sogar einen ›vertrockneten Geisterpriester‹.

Auf der Gegenseite stand Raumoko, ein Riese von einem Mann und der meistgefürchtete Krieger von allen. Das von ihm beherrschte Gebiet war ebenso groß wie die der drei Verbündeten unter Tawhiro zusammengenommen. Sein kriegerischer Vater hatte es verstanden, in den letzten zwanzig Jahren sechs kleinere Stämme buchstäblich aufzusaugen. Der ältere Raumoko war in einer seiner vielen Schlachten seinen Verletzungen erlegen, doch sein Sohn übernahm ohne zu zögern die Herrschaft.

Raumoko und sein Stamm fühlten sich sicher und sandten sogar Lebensmittel, um ihren Nachbarn in Zeiten schlechter Ernten auszuhelfen. Sein Hauptverbündeter war der Häuptling Taupiri, dessen furchteinflößendes *pa* den Hafen von Ohiwa überragte. Weil es Raumoko gestattet war, dort saftige Muscheln zu sammeln und Flundern zu fangen, während der Hafen zu bestimmten Jahreszeiten von großen Haien wimmelte, erwies er Taupiri viele Gefälligkeiten und gab ihm auch Sklaven. Man konnte Raumokos Boote also oft beim Fischen in Ohiwa antreffen, wo sich nun seine bevorzugten Fischgründe befanden.

Doch es gab noch einen anderen und mindestens ebenso wichtigen Grund für Raumoko, engen Kontakt mit seinem Verbündeten zu pflegen. Taupiri hatte eine junge und schöne Tochter – Awanui. Raumokos verwitwete Mutter hatte beschlossen, dass sich ihr junger Enkel Rewi, Raumokos einziger Sohn, mit Awanui vermählen sollte, sobald der junge Mann 21 Jahre alt sein würde und Awanui 20.

Doch nun planten der Hohepriester und seine Verbündeten heimlich Krieg gegen Taupiri und sein Volk.

4

»Du weißt, was das bedeutet?« fragte Te Wherowhero seinen Gast und sah ihn prüfend an. Sie saßen beieinander und aßen genüßlich saugend Taubenschenkel. Der Hohepriester beobachtete zunächst, wie die Menschenmenge und die Krieger um sie herum das Festmahl genossen, war einen Augenblick in Gedanken versunken und ganz regungslos. Dann sagte er betont: »Krieg mit Raumoko!«

»Willst du solch ein Risiko eingehen?«

»Es ist keines!«

»Wieso nicht?«

»Sie sind zahlenmäßig unterlegen!«

»Also…!«

»Mein Entschluss steht!«

»Aber…!«

»Diesmal ist er dran!«

»Der gewaltige Krieger Raumoko…!«

»Also, wie stehen die Chancen?«

»Mindestens drei zu eins.«

»Überleg doch! Im Moment steht es zu unseren Gunsten.«

»Und wenn wir's nicht tun?«

»Wäre eine großartige Gelegenheit vertan!«

»Und Hakatere?«

»Im Sturmangriff erobern!«

»Hoffnung auf Sieg?«

»Wir werden siegen!«

»So sicher?«

»Ganz sicher.«

»Weißt du von den geheimen Absprachen?«

»Raumoko greift Ihaka bei Matata an.«

»Wann?«

»In einer Woche.«

»Er bereitet sich jetzt schon vor?«

»Wie wild – mit einer enormen Kriegsflotte.«

»Und dann planst du den Angriff auf Taupiri?«

»Welcher Zeitpunkt könnte besser sein?«

»Oh! Dein armer Bruder...«

»... ist der Köder für den Hai!«

»Hat er...?«

»Mich um meine Hilfe gebeten?« fiel der Hohepriester ein.

»Ja!«

»Er sandte einen Hilferuf.«

»Und so willst du dein eigen Fleisch und Blut behandeln?« – Te Wherowheros Stimme war hart vor Verachtung.

»Der Preis ist der Sieg.«

»Ohne Ehre?«

»Sieg ist Ehre«, erwiderte der Hohepriester mit Bestimmtheit.

»Auch, wenn man tötet?«, sein Gastgeber schnappte nach Luft und wechselte rasch das Thema: »Es gibt so viele angenehmere Dinge, über die man sich bei einem Festmahl unterhalten kann, lass uns über etwas anderes sprechen. Ich finde es schade, dass du Rangipai nicht mitgebracht hast. Nuku hat kürzlich noch von ihr gesprochen. Sie hätte unserer Zusammenkunft Charme verliehen, und ihre künftige Vermählung wäre dadurch befördert worden. Wir hätten uns auf einen Tag einigen können!«

Der Hohepriester verbarg seine Gefühle so gut er konnte, lächelte und antwortete: »Es geht ihr sehr gut, und sie freut sich in der Tat darauf, hierherzukommen.«

»Wenn es nur nicht so viele Kriegstrupps in der Gegend gäbe«, schloss Te Wherowhero. Sie aßen wortlos weiter.

Der Hohepriester wusste nun, dass er bei seinem Angriff auf Taupiri in Hakatere auf sich allein gestellt sein würde.

Haukino, der zufällig mit angehört hatte, was vorgefallen war, drehte sich zum Hohepriester um und flüsterte: »Ich weiß, wie wir siegen werden. Wir brauchen weder Te Wherowhero noch seine Hilfe.«

Der Hohepriester lächelte beruhigt und wandte sich erneut an seinen Gastgeber. »Wir alle haben ganz eigene Ansichten zu diesen Dingen. Erlaube mir, deine Wünsche zu respektieren. Immerhin ist es meine Familienangelegenheit, und vielleicht war es falsch zu erwarten, dass du mir bei etwas hilfst, das dich nicht betrifft.«

»Es trifft mich sehr, dass du das Blut deines Bruders vergiessen willst, um einen Sieg zu erringen.«

»Aber eigentlich helfe ich ihm, indem ich Raumokos Verbündeten angreife.«

»Das tust du nicht wirklich!«

»Was meinst du?«

»Wenn Raumoko vor den Palisaden des *pa* deines Bruders eintrifft, wird er, wie du mir erzählt hast, mit einer großen Flotte von Kriegskanus angereist sein. Du hast viele Krieger, die ihn am Strand abfangen und deinem Bruder helfen könnten, den Angriff abzuwehren. Das wäre eine ausgezeichnete Gelegenheit, Raumoko zu schlagen. Ich könnte dir helfen, indem ich in seiner Abwesenheit einen Angriff auf Raumokos eigenes *pa* bei Tuanuku unternehme. Wir könnten es sogar im Sturm einnehmen, wenn du es schaffen könntest, ihn bei Matata lange genug aufzuhalten. Es gibt mindestens drei Palisadenreihen um Tuanuku herum, außerdem Gräben und hohe Speerwurf-Türme. Es ist ein gewaltiges *pa*, und es wird für keinen leicht sein, es einzunehmen! Also brauche ich Zeit.«

»In dieser Sache kann ich dir nicht zustimmen, Te Wherowhero«, sagte sein Gast. »Wenn wir so vorgingen, würden wir unsere Kräfte über ein zu großes Gebiet verteilen. Unsere Verständigung wäre nur schwer möglich, und wir könnten leicht aus dem Hinterhalt angegriffen werden. Ich will mich lieber auf Taupiri konzentrieren und ihn vernichten. Wenn die Zeit reif ist, können wir Raumoko besiegen, ohne dass sich jemand von außen einmischen muß. Warum sollte ich den ganzen Weg nach Matata zurücklegen, wenn ich vor meiner eigenen Haustür mit ihm kämpfen kann?«

»Für einen Sieg wirst du zu spät kommen, Tawhiro – aber gerade rechtzeitig für den Tod!« So wie Te Wherowhero die Worte ausstieß, hatten sie eine beunruhigende Wirkung auf den Hohepriester.

Nuku, der neben Haukino saß, wandte sich traurig an seinen Gast. »Es tut mir leid, doch es scheint, als könnte ich jetzt noch nicht mit euch ziehen. Vater läßt es nicht zu, dass ich mich ohne seine Begleitung einem Kriegstrupp anschließe.«

»Mach dir keine Sorgen, deine Zeit wird kommen«, antwortete Haukino freundlich.

Dieses Gespräch führte dazu, dass Tawhiro seinen Besuch vorzeitig abbrach. Schon früh am folgenden Morgen brach er mit der Elitewache auf, um Taupiris *pa* am Hafen von Ohiwa zu belagern und es, so waren seine Worte, »in den Staub zu stürzen«, während Raumoko unterwegs war, um Ihaka bei Matata nachzustellen.

Der Kriegstrupp überquerte zwei breite Flüsse, den Otara und den Waioeka, kreuzte schnell den Bergkamm bei paerata landeinwärts und bewegte sich dann auf die Hafeneinfahrt von Ohiwa zu. Ihre Zelte schlugen die Krieger in dieser Nacht bei Ruatuna auf und setzen ihren Weg bei Tagesanbruch fort.

Für den Fall, dass Raumoko ihn angreifen sollte, verließ sich der Hohepriester auf seine beiden Verbündeten, die ihm allein schon deshalb helfen würden, um ihre eigene Haut zu retten.

Sie stiegen die schmale Schulter des Hiwarau hinauf, überquerten das Flussbett und marschierten weiter gen Wainui. Als sie im Laufschritt um die Mündung der Bucht von Ohiwa marschierten, ließ Tawhiro Haukino wissen: »Ich werde Te Wherowhero und Te Hau O Te Rangi zeigen, dass ich auch ohne ihre Hilfe auskommen kann, aber ohne mich kommen sie nicht zurecht.«

»Du hast ja so recht«, säuselte Haukino dem Priester ins Ohr. »Warum sollten wir uns mit ihnen abmühen? Ich bin überzeugt, dass wir uns unter deiner Führung gegen jeden Stamm allein behaupten können.«

»Ah! Weise gesprochen, Haukino, wirklich sehr weise gesprochen. Wenn diese Schlacht geschlagen ist, dann werde ich dich zum Kriegshäuptling aller Ngati Whakaari ernennen – falls mir etwas Unvorhergesehenes zustoßen sollte.«

»Du bist sehr umsichtig, Herr!« sagte Haukino lächelnd. »Wann tritt dieses unvorhergesehene Ereignis ein?«

»Ach, mein Freund, solltest du überleben, dann wirst du es dir wahrlich verdient haben, Häuptling zu werden. Du bist der einzige, dem ich trauen kann, und jeder bewundert deinen Mut. Aber glaub mir, wann es soweit ist, wirst du schon merken…«

Gegen Abend, als der Kriegstrupp die Anhöhe von Wainui zum Hafen herabstieg, wurde ihr Gespräch von den Rufen der zurückkehrenden Späher unterbrochen.

Jeder hielt seine Waffe noch fester umschlossen, und alles Reden verstummte, als sich die Streitmacht leise durch den Wald auf das mächtige *pa* zu bewegte.

3. KAPITEL

Ein pa fällt

»Du wirst also das *pa* in Hakatere mit vierzig Männern mit großer Wucht angreifen«, richtete sich der Hohepriester an den Befehlshaber der Wache. »Sorge mit Krach und Geschrei dafür, dass es so aussieht, als würden weit mehr als vierzig Männer angreifen.«

»Ich kann es kaum erwarten«, erwiderte Haukino.

Der Hohepriester fuhr fort: »Ich bin sicher, dass sie zu den Palisaden eilen werden, um ihr *pa* zu verteidigen. Also müßt ihr mit brennenden Speeren angreifen und versuchen, ein paar der Häuser innerhalb des *pa* in Brand zu stecken.«

»Meine Männer können es kaum erwarten, ihre Befehle zu erhalten«, sagte Haukino grimmig.

»Umso besser. Nach dem Angriff zieht euch langsam in Richtung Ohope und Otarawairere zurück. Ihr müßt so tun, als wäret ihr geschlagen worden, als würdet ihr verzweifelt darum kämpfen, nicht von ihren Männern umzingelt zu werden. Denn diese werden sich inzwischen versammelt haben und zum Gegenangriff übergegangen sein, um euch den Weg abzuschneiden.«

»Auch das werden wir tun!«, erwiderte Haukino eifrig.

»Zieht euch noch weiter zurück, und lockt sie aus ihrem *pa* heraus. Danach müßt ihr sie abschütteln. In der Nacht begebt euch auf den Rückweg, und kommt über Wainui zurück. Ich werde hier auf euch warten.«

»Und was passiert dann?«, fragte Haukino überrascht.

»Wir werden leise das *pa* umzingeln und uns den Verteidigern anschliessen, wenn sie bei Morgengrauen von der vergeblichen Suche nach euch zurückkehren. Es sollte uns möglich sein, einfach mit ihnen ins *pa* hineinzuspazieren, da sie uns im schwachen Morgenlicht nicht von ihren eigenen Männern werden unterscheiden können.«

»Einfach hineinspazieren…«, Haukino traute seinen Ohren kaum.

»Ja. Tu so, als wärest du einer von ihnen, der von der Suche nach dem Feind zurückkehrt.«

»Wie soll der Angriff aussehen, wenn wir hineinmarschiert sind? Was schlägst du vor?«

»Bewegt euch in Richtung des gegenüberliegenden großen Beobachtungsturmes. Du erinnerst dich doch an ihn?«

»Selbstverständlich! Und dann?«

»Dann zeig mir deinen geheimen Weg, der in die Festung führt. Ich werde außerhalb des *pa* mit hundert Männern im Dickicht versteckt warten. Auf ein Zeichen hin werden sich deine Männer, die Einlass erlangt haben, plötzlich gegen den Feind erheben und so viele von ihnen töten, wie sie können. Verschont niemanden, weder Mann noch Frau noch Kind. Im geeigneten Moment werden wir plötzlich mitten unter die Feinde springen. Das sollte ausreichen, um sie vor Panik Fehler machen zu lassen. Der Rest ist dann ein Kinderspiel.« Der Hohepriester lächelte seinen Kommandanten an. »Nun geh, damit wir uns wieder einmal am süßen Geschmack des Sieges erfreuen können!«

Begleitet von unheimlichen Eulenschreien und den flackernden Schatten des Waldes führte Haukino seine Männer bei Vollmond ihrer wichtigen Aufgabe entgegen. In Gedanken verfluchte Haukino die Eulen, denn er wusste, dass sie seiner Truppe durch den Wald folgen würden. Die aufmerksamen Wachposten des feindlichen *pa* würden dadurch leicht erkennen, dass sich etwas auf sie zu bewegte.

Unter ihnen glitzerten im Mondlicht die weiten, friedlichen Wasser des Hafens von Ohiwa. Das Meer spiegelte den Himmel wider, der durch die Sterne hell leuchtete.

Es war Flut. Auch der Wald an der Küste lag still, und die vielen Inseln, kleine wie große, schwammen wie Kanus vor Anker im silbrigen Licht. In der Ferne unterbrachen die Gesänge der Wachen im feindlichen *pa* das sanfte Murmeln der trägen Brandung vor der Sandbank, die sich dem Ozean bei Ohope entgegenstellte.

2

Es schien schon eine lange Zeit vergangen zu sein, seit Tawhiro mit hundert Männern im Wald verborgen wartete. Die immer lauter werdenden Rufe, die aus Richtung des feindlichen *pa* zu ihnen drangen, zeugten davon, dass Haukino fleißig dabei war, den ersten Teil seiner Aufgabe auszuführen.

Tawhiro begann, sich Vorwürfe zu machen. »Ich hätte auf Te Wherowhero hören sollen. Es war wirklich verrückt zu versuchen, ein solch gewaltiges *pa* wie Hakatere mit nur hundertvierzig Männern einzunehmen. Ich hätte nach Tawhitiroa zurückgehen und noch 1000 Männer holen sollen – aber dann hätte natürlich jemand Taupiri warnen können. Ich weiß, dass er Verwandte in unserem *pa* hat, Whitikau zum Beispiel, Rangipais persönlichen Späher und Kommandanten der Kriegerwache des *pa*. Ich bin mir ganz sicher, dass er mich nicht unterstützen würde – und er könnte Taupiri leicht vor einem Angriff warnen.

Also, je mehr ich nun darüber nachdenke, desto deutlicher spüre ich, dass ich doch recht hatte…«

Plötzlich wurden seine Gedanken durch ein heiseres Männerflüstern unterbrochen.

»Schaut euch das an! Der ganze Himmel über Hakatere ist hell erleuchtet.«

Erschrocken rief der Hohepriester aus: »Dieser Haukino – immer muß er es übertreiben. Ich hoffe, er läßt uns noch etwas Arbeit übrig.«

Langsam verschwand der grelle Schein und mit ihm das Geschrei, das nach und nach vollständig verstummte.

Und wieder hörte man nur das Schreien der Eulen im Wald und das Murmeln der See in der Ferne.

Angespannt warteten sie auf Haukinos Rückkehr, hielten Ausschau und warteten.

Dann kam er. Wie ein Schatten huschte der Kommandant der Wache zurück und erstattete Bericht. Seine Truppe hatte keinen Schaden genommen.

»Wir haben deine Befehle ausgeführt. Wie du es erwartet hast, sucht der Feind den Wald nach uns ab. Jetzt ist unsere Zeit gekommen. Schlag zu, und Hakatere ist unser.«

Nacheinander blickte Tawhiro jeden Mann an. Ihre entschlossenen Gesichter zeigten, dass sie nur an Sieg dachten.

Langsam, doch mit Gefühl und Überzeugung, gab er den Befehl, auf den alle warteten.

»Vorwärts!«

»Vorsicht, Vorsicht! Keinen Mucks«, flüsterte der Hohepriester, als sich Gruppe leise ihren Weg zum feindlichen *pa* bahnte. So vertraut mit dem Busch und der Dunkelheit waren die Krieger, dass nicht einmal das Knacken eines trockenen Zweiges ihre Anwesenheit verriet.

»Der Eingang liegt uns gegenüber, auf der Südseite«, flüsterte Haukino seinem Häuptling zu.

»Gut, kannst du schon jemanden sehen?«

»Du wartest hier – ich nehme zwei Männer und schaue nach. Ich bin gleich zurück.«

»In Ordnung, ich werde hier mit den anderen warten. Beeil dich!«

Der Hohepriester bemerkte, dass der Wasserstand stetig fiel. Schon tauchten mehrere Sandbänke aus dem Wasser auf.

Haukino und die beiden Männer krochen vorsichtig vorwärts, während der Hohepriester und der Kriegstrupp in fiebrigem Schweigen warteten. Nach kurzer Zeit sah man drei schattenhafte Gestalten zurückkeilen.

»Etwas ist schiefgegangen«, flüsterte Haukino seinem Priester in gereiztem Tonfall zu. »Die Tore sind geschlossen und die Palisaden schwer bemannt. Es sieht so aus, als ob sie jemanden erwarten würden. Glaubst du, sie könnten unseren Plan erraten haben, Tawhiro?« Der Kommandant der Wache fügte mit einem Grinsen hinzu: »Und einen netten kleinen Empfang für uns vorbereitet haben?«

»Das glaube ich kaum. Wahrscheinlich befindet sich ihr Suchtrupp irgendwo hier draußen im Busch und ist noch nicht zurückgekommen. Wir müssen vorsichtig sein, damit wir unsere Position nicht verraten.«

»Und wenn sie nicht vor Tagesanbruch zurück sind?« fragte Haukino besorgt.

Der Hohepriester schwieg einen Moment lang, dann fragte er: »Haukino, kannst du mir den geheimen Weg in die Festung zeigen – den, von dem du uns erzählt hast?«

»Der ist dort drüben auf der anderen Seite zur See hin.«

»Können wir dorthin gelangen, ohne gesehen zu werden?«

»Nicht bei Tageslicht!«

»Könnten wir es jetzt schaffen?«

»Ja! Wenn wir uns beeilen!«

»Also, worauf warten wir noch? Du gehst voran, und ich folge dir mit unserem Kriegstrupp.«

»Wir gehen hier entlang«, Haukino zeigte den Weg. »Siehst du die niedrige Sandbank, die dort am Rande des Wassers verläuft?«

»Ja!«

»Dahinter müssen wir uns geduckt halten. Sie führt zu dem versteckten Eingang.«

»In Ordnung! Du zeigst uns den Weg.«

Mal krochen sie auf allen Vieren, mal kauerten sie sich zusammen, dann wieder rannten und schwammen sie und näherten sich so dem Strand. Langsam schoben sie sich millimeternah am Hauptaussichtsturm vorbei, ohne dass jemand sie bemerkte. Dann waren sie endlich außer Sichtweite der Palisaden und konnten sich nun schneller bewegen.

Alle fühlten sich langsam sicherer, während sie vorwärts krochen.

»Bald ist es soweit«, wisperte Haukino über seine Schulter.

4

Der Weg nach Hakatere hinein, zu dem Haukino seinen Kriegstrupp führte, war ein enger, vom Wasser ausgewaschener Spalt, durch den ein Mann nur hindurchgelangen konnte, wenn er seitwärts hindurchschlüpfte.

»Diese Öffnung hier führt zu einer großen Quelle innerhalb der Hauptpalisadenwand, und nur dadurch wird das *pa* mit Wasser versorgt. Es ist für alle Zwecke außer zum Trinken *tapu*, und niemand benutzt es für etwas Anderes.«

»Gut«, antwortete der Hohepriester. »Ich werde das *tapu* aufheben, damit die Männer hindurchgelangen können!«

Der Tag war fast angebrochen, als der Kriegstrupp dort haltmachte, wo das Wasser plätschernd über den Sand in die Bucht von Ohiwa floß.

»Ihr müßt im Wasser vorwärtswaten und dem Lauf des Wassers

folgen,« flüsterte Haukino heiser. »Dann müßt ihr euch durch den Spalt in den Felsen zwängen, und immer weiter dem Wasser folgen. Es führt uns unter die Palisaden, und niemand wird uns sehen, sobald wir alle drinnen sind. Dort ist es wie in einer sehr dunklen, kleinen Höhle.«

»Aber wie kommen wir ins pa?« fragte der Hohepriester erregt.

»Folgt mir, und ich zeige es euch.« Im Gänsemarsch mit Haukino an der Spitze verschwand der gesamte Trupp in der engen, farnbedeckten Spalte. Im Wasserlauf war es kalt und feucht, und das Wasser stieg ihnen bis zu den Knien. Es war tiefschwarz, nicht ein Lichtschimmer war zu sehen.

Nur die Anwesenheit des Hohepriesters, der sanft ein Gebet sang, um Übel fernzuhalten, machte es den Männern möglich, weiterzugehen. Jeder hielt finster blickend die Waffe seines Vordermannes fest, während sie nacheinander vorrückten. Nach einer Strecke, die ihnen wie Meilen vorkam, aber in Wirklichkeit nur wenige Kettenlängen* weit vom Eingang entfernt war, hielt Haukino an.

»Was sollen wir jetzt machen?«, fragte der Hohepriester.

»Passt auf, genau vor uns befindet sich ein tiefes Becken«, antwortete der Kommandant der Wache. Er tastete sich mit seinen nackten Füßen vorwärts. »Ah! Hier ist es ja.« Schweigend warteten alle, dass er sprechen würde. Dann sagte er leise: »Taucht in dieses Becken, und schwimmt unter Wasser. Ihr könnt euren Weg vorwärts sogar ertasten. Er führt euch durch ein sehr tiefes Becken und auf der anderen Seite nach oben, direkt in das *pa* hinein.

»Wie wäre es, wenn du zuerst gingest und mir dann Bericht erstattest?« schlug der Hohepriester vor. In seinem Innern machte sich Unruhe breit, doch nach außen hin blieb er ruhig, um seine Männer zu stärken. Plötzlich hatte er eine glänzende Idee. Er wandte sich seinen Kriegern zu und sprach: »Te Hokowhitu a Tu, ich widme dieses Becken unserem Kriegsgott Tumatauenga, auf dass alle, die in diese Wasser eintauchen, nur Siege kennen mögen!«

Wieder zu Haukino gewandt, sprach er in gesenktem Tonfall:
»Jetzt!«

Haukino griff sein *taiaha*, tauchte lautlos in das Becken und bewegte sich immer tiefer in das Wasser hinab. Der Hohepriester vermutete, dass er verschwunden war, denn man konnte weder eine Bewegung noch ein Geräusch wahrnehmen.

Alle im Kriegstrupp warteten gespannt, wie es schien eine Ewigkeit.

Endlich hörten sie, wie sich jemand schnell im Wasser bewegte. Dann vernahmen sie ein Luftschnappen und schließlich eine Stimme. »Der Weg ist frei, aber ihr müßt euch beeilen. Die Sonne geht auf, und es sieht so aus, als werde der Suchtrupp jeden Moment zurückerwartet.«

»Rasch, Männer«, wisperte Tawhiro. »Folgt Haukino. Ich werde warten, bis ich die letzten von euch sicher auf der anderen Seite weiß.« Dann sprach er die bedeutungsvollen Worte:

»Geht mit dem Selbstvertrauen eurer Vorfahren und mit der Kraft des Kriegsgottes aufrecht in die Schlacht. Lasst eure Waffen, blitzend in der steigenden Sonne, euren Sieg spiegeln!«

5

Awanui, einziges Kind und Tochter von Taupiri, dem Häuptling von Hakatere, war allgemein für ihre Schönheit bekannt. Groß und schlank, mit einem bezaubernden Lächeln, hatte sie Rewi Raumoko entzückt, den Sohn des großen Kriegshäuptlings in Tuanuku.

Zu jener Zeit unterhielten sich Raumokos Mutter, Rere Raumoko, und der Häuptling Taupiri gerade über einen geeigneten Zeitpunkt für Awanuis und Rewis Hochzeit.

»Diese besondere Zeremonie wird während des Festmahls von Rongo stattfinden, und unsere beiden Stämme werden dann vereint sein«, hatte Taupiri stolz verkündet. »Aber wir werden so lange warten, bis die Sterne am günstigsten stehen.«

Dies war die Botschaft, die Taupiri seinem Volk an dem Abend, an dem das *pa* angegriffen wurde, verkündet hatte.

Noch war niemand besonders beunruhigt, da hundert Krieger aus den Toren geströmt waren und die fremden Eindringlinge, wer immer sie waren, wie ängstliche *wekas* in den Busch gerannt waren.

Im Schein eines großen Feuers, das das *marae* in Hakatere erleuchtete, hatten Taupiri und seine Tochter ihre Plätze im Eingangsbereich ihres *Whare Tapere* eingenommen. Die meisten

Krieger hatten sich bei den Palisaden auf der Hafenseite versammelt, um die Rückkehr ihres Kriegstrupps zu erwarten, der ausgerückt war, um die Störenfriede zu vertreiben. Vom Osten her erschienen die ersten blassen Streifen der Morgendämmerung am Himmel über Hakatere.

Plötzlich jedoch ging eine Lawine von ›tanzenden Dämonen‹, die furchteinflößende Schreie ausstiessen, über ihnen nieder. Menschen, vor Angst erstarrt, wurden in Stücke gehauen, wo sie standen.

Furcht ergriff das gewaltige *pa*. Vor Schreck rannte alles wild durcheinander. Die Menschen waren nur von einem Gedanken beseelt: dem Grauen, das ihre Heimstätte erfasst hatte, zu entfliehen.

Viele Gebäude gingen in wild lodernden Flammen auf, was die Verwirrung und das Durcheinander noch verstärkte. Dann begann das schreckliche Blutbad, als große Gruppen von Männern, Frauen und Kindern zu Ehren des Kriegsgottes Tu niedergemetzelt wurden.

Taupiri wurde mit Wucht auf den Boden geworfen, und das letzte, was er sah, bevor er durch einen raschen Schlag bewusstlos geschlagen wurde, war seine Tochter, die schreiend von einem riesigen, lachenden Krieger fortgeschleppt wurde.

Die Hölle brach aus, als die Verteidiger, nun verstärkt durch zurückkehrende Krieger, neue Kraft schöpften. Aber nach der Gefangennahme ihres Anführers fehlte ihren Bemühungen die leitende Hand, und obwohl einige Krieger heldenhaften Widerstand leisteten, brannte ihr *pa* bald wild vor ihren Augen. Unerschrocken kämpften viele weiter, bis sie der Tod ereilte.

In genau dem Augenblick, als Hakatere fiel, stieg die Sonne über die fernen Berge, um eine der blutigsten Niederlagen zu bezeugen, die je ein Stamm erlitten hatte.

Noch Tage nach der Schlacht waren die Wasser um die Bucht von Ohiwa rot von Blut.

6

Für Te Tawhiro, den Hohepriester und Obersten Häuptling, war der Fall Hakateres der Höhepunkt eines langen Lebens, das er dem Kriegsgott Tumatauenga gewidmet hatte. Nach der Unterwerfung des *pa* trat er mit einem Lächeln vor seine Männer, sprang rückwärts und vorwärts, wobei sein *mere* aus Jade in der Sonne glänzte.

»Hakatere fällt durch unsere Krieger, deren Waffen dem Kriegsgott Tu geweiht wurden. Tu, großer Tu! Ja! Dein *tapu* ruht auf uns, ruht auf unseren Waffen, um uns den Sieg zu schenken.

Hakatere ist besiegt, es brennt und ist dem Erdboden gleichgemacht. Dieses große *pa* hat sein *mana* verloren, hat sein *tapu* verloren, ist ein Ort ohne Bedeutung. All seine Bewohner haben ihr *mana* verloren, und das *tapu* ist von ihnen gewichen, wie der Nebel von den Bergspitzen weicht, wenn sich die aufgehende Sonne nähert.

Was geschieht mit Menschen, die ihr *mana* und ihr *tapu* verloren haben?« Er schrie diese Frage seinen Männern zu und gab selbst sofort die Antwort, die allen bekannt war: »Sie sind Fische, in einem Netz gefangen. Wie Vögel werden sie aufgespießt auf dem Speer des Fängers, nur noch dazu nutze, um als Sklaven oder Speise zu dienen!«

Die Krieger erwiderten lautstark: »Wir wollen den Kriegsgott ehren, wir wollen seine Geschenke annehmen!«

Es waren diese Worte, die die Überlebenden von Hakatere vor Angst erzittern liessen. Sie fürchteten sich davor, verspeist zu werden.

Viele hätten sich freiwillig unterworfen, aber so blieb ihnen keine andere Wahl. Hastig bildeten sie in ihrem eingenommenen *pa* neue Kampfgruppen und kämpften erbittert weiter. Die Eindringlinge jedoch hatten den Sieg bereits fest in der Hand. Wild sprangen sie umher, dämonische Tänzer, die alles, was sich ihnen in den Weg stellte, blutrünstig niedermetzelten.

7

Die Menschen gerieten in Panik. In Scharen versuchten sie, den tanzenden Dämonen durch verzweifelte Sprünge von ihren Palisaden zu entkommen. Der Angriff von innen, angeführt von Haukino und gekonnt geleitet vom Hohepriester, hatte die Menschen in der Festung völlig überrascht. Die furchterregenden Befestigungen, die man errichtet hatte, um eine längere Belagerung zu überstehen, wurden nun zum Gefängnis ihrer unglücklichen Verteidiger und Bewohner.

Die meisten Häuser im *pa* waren in Brand gesteckt worden, so dass viele der Einwohner in der Falle steckten. Die Flammen trieben sie auf das *marae* zu. Hier kämpften die übriggebliebenen Krieger von Taupiris Armee verzweifelt darum, einen Rest von Kontrolle über ihre sich rasch verschlimmernde Situation zurückzugewinnen.

Haukino selbst bildete die Angriffsspitze und sprang zwischen die Verteidiger, sein *taiaha* war ein einziger Todeswirbel. Zehn seiner besten Männer folgten ihm, wurden aber sofort von den Verteidigern niedergestochen. Nur Haukino blieb übrig – eine wütend kämpfende Gestalt, die keine Schonung erwartete und keine gewährte.

Minutenlang kämpfte man um den bewusstlosen Leib von Taupiri. Schließlich schafften es seine Männer mit all ihrer Kraft, ihn aus dem Getümmel heraus in Sicherheit zu schleppen.

Plötzlich wurden die Reihen der Verteidiger durchbrochen, als Hunderte von wild dreinblickenden Menschen versuchten, ihrem Schicksal zu entkommen, erfüllt von der Furcht, getötet und verspeist zu werden. Im Gewühl wurden viele zu Boden gestoßen und niedergetrampelt. Haukino, der in letzter Minute beiseite sprang, sah, wie seine ehemaligen Gegner von ihren eigenen Leuten überrannt wurden, als sie verzweifelt versuchten, sich in Sicherheit zu bringen. Bald war alles vorüber, und die Eindringlinge beherrschten die Lage.

Es war wahrhaftig der Tag des Blutes.

8

Haukino tanzte vor seinem ersten Opfer, einem lebendig gefangenen Krieger, und schrie aus vollem Hals: »Hier ist der erste Fisch, der unter meinem *mere* fallen wird. Lasst ihn uns in Ehren kleiden für diesen Tag der Opfer und des Blutes!«

Auf Befehl des Hohepriesters stimmte er einen Gesang an, in dem er dem Kriegsgott Tumatauenga für ihren Sieg dankte.

»Tu, der du die Tapferen schützt, siehe das ›Messer des Todes‹, das tief in das Fleisch dringt!« Während er sang, jagte Haukino die lange Schneide aus Obsidian in die wogende Brust des gefangenen Kriegers.

Erst dann trat der Hohepriester vor, schob seine Hand in die klaffende Wunde und riss das noch schlagende Herz heraus. Er hielt es hoch und ließ das Blut an seinem erhobenen Arm herunterlaufen. Dann sang er:

»Tu, der du uns den Sieg schenkst,
Nimm nun an unsere Gabe, diesen Ersten Fisch,
der durch unsere Waffen fiel und dir geweiht ist,
in unserem Weihefeuer, aus dem stechender Rauch aufsteigt.
Sieh, wie wir Deiner gedenken. Sieh, wie unser Dank aufsteigt!«

Während die Gesänge andauerten, reichte er Haukino das Herz. Dieser spießte es auf einer Speerspitze auf und hielt das noch zuckende Herz über ein kleines heißes Feuer, das von Manaia umsichtig gehütet worden war. Es war Manaias besondere Aufgabe, anlässlicher wichtiger mit dem *tapu* belegter Handlungen die Opferfeuer zu entzünden.

Allmählich flammte das Fett um das geopferte Herz herum auf, so dass es ein klagend blubberndes Geräusch ausstieß wie ein schwaches Schluchzen.

Dies war das Zeichen für den dröhnenden Sieges-*haka*, und das eingenommene *pa* hallte vom Donner des Kriegsgesangs wider. Immer wieder wechselten sich die Krieger darin ab, den *haka* anzuführen und sprangen in wilden Tänzen umher. Langsam liessen auch diese nach, um durch die Klagen weinender Frauen ersetzt zu werden.

»So passende und sanfte Musik, um den Ohren des Kriegsgottes zu schmeicheln, was, Manaia?« Haukino war herübergekommen, um seinem ersten Krieger Anordnungen für das Festmahl von Tu zu erteilen.

Manaia war unter den Dämonentänzern einer der Besten und brauchte nur wenig Zeit, um die Besiegten für das Mahl herzurichten. Manaia war sehr beweglich, von mittlerer Größe und von Kopf bis Fuß mit Tätowierungen bedeckt. Er war völlig nackt, so wie die meisten der Hokowhitu a Tu. Seine bevorzugte Waffe war ein *tewhatewha*, gefertigt aus der harten Wurzel des mairi-Baums. Diese Waffe war über anderthalb Meter lang und ähnelte einem langgriffigen Beil – mit dem einen Unterschied, dass ihre beiden Enden tödlich waren.

»Lasst die Sklaven noch viel mehr Steine vom Fluss hochtragen. Geh du dorthin, Manaia, und nimm sechs Männer zur Aufsicht mit.« Haukino gab wieder Anweisungen, und er genoß jede Minute, in der sich die elenden Gefangenen quälen mußten. »Wenn sie zurückkommen«, fügte er hinzu, »dann sorge dafür, dass sie die hangis mit Liebe herrichten und die Steine genau bis zur richtigen Temperatur aufheizen. Wenn sie dann so schön ihre Betten gemacht haben, sieh zu, dass sie gut zugedeckt sind und es gemütlich haben.«

»Solche Befehle sind mir die liebsten«, antwortete Manaia mit einem Lächeln. »Aber lass mich erst dafür sorgen, dass diejenigen, die wir heute nicht mehr brauchen, nicht entkommen können. Kommt her, Männer«, befahl er, »bringt mir alle überzähligen Speere.«

»Sofort.«

Mitleiderregendes Jammern und klagende Bitten um Schonung stiessen auf taube Ohren, als die Krieger die unglücklichen Gefangenen, Männer, Frauen und Kinder, griffen, ihre Hände und Beine mit Flachs zusammenbanden und sie zu Boden warfen. Dann setzten sie die Spitzen ihrer Speere genau auf die Nabel ihrer Opfer und schoben die Schäfte ganz durch die Leiber ihrer Gefangenen, die auf diese Weise auf dem Rücken liegend im Lehmboden aufgespießt lagen.

»Ha! Das ist eine sehr effektive Art, um sicherzustellen, dass sie nicht entkommen können«, lachte Haukino, als er zwischen den Reihen der am Boden schreienden, dem Tode nahen Unglücklichen hindurchschritt.

Sein *mere* reibend, schaute er Manaia an. »Frisches Fleisch für morgen!«

Mit langen, knallenden Gerten trieben die Wachen die Gefangenen, die man nicht als Sklaven für Tawhitiroa gebrauchen konnte, in einen wilden Trab, damit sie die so dringend für das *hangi* benötigten Steine heranschafften.

»Ich mag mein Fleisch nur, wenn es vor dem Kochen gut durchgewalkt wurde!« gröhlte Manaia seinem Befehlshaber zu, während sie bergab verschwanden.

»Richtig! Die *paua*-Muscheln schmecken so auch am besten«, lachte Haukino, während er die Zerstörung des *pa* überwachte.

9

In fürchterlicher Angst vor ihrem Schicksal versuchte Awanui vergeblich, sich zu befreien. Ihre Hände waren gefesselt und über dem Kopf festgebunden. Immer, wenn sie sich zu befreien versuchte, schnitten ihr die scharfen Flachsseile noch tiefer ins Fleisch.

Die Seile, mit denen Awanuis Hände gefesselt worden waren, hatte jemand über das Ende eines geschnitzten Palisadenpfostens gewickelt, so dass sie nun gezwungen war, auf Zehenspitzen zu stehen. Sie war inzwischen nackt und stand mit dem Rücken zum Pfosten, an dem sie festgebunden war. Von überall her kamen die Rufe der Sieger und die Schreie der Sterbenden und Verletzten, vermischt mit dem gräßlichen Gestank von Verbranntem und erstickenden Dämpfen, die Zeugnis ablegten vom wild brennenden *pa* ihres Vaters.

Sie sah nicht, wie ihr Vater zu einer großen Grube voller glühend heißer Steine geschleppt und zusammen mit anderen gefesselt und noch bei lebendigem Leib schreiend in die sengende Hitze geworfen wurde.

Haukino war mit den Vorbereitungen für das Festmahl beschäftigt. Er schritt vor und zurück und erteilte aufgeregt Anweisungen.

»Stoßt sie jetzt hinein. Beeilt euch. Wir können nicht den ganzen Tag aufs Essen warten. Kommt schon, wird's bald?«

Dann sah er, wie ein nackter und gefesselter Körper auf die glühend heißen Steine geworfen wurde. Dieser wand sich, verdrehte sich schrecklich und krümmte seinen Rücken krampfartig, als das Fleisch, das an den heißen Steinen kleben blieb, abriss. In einer letzten trotzigen, doch völlig unbewussten Reaktion hatte die arme Kreatur eine Erektion, urinierte schließlich auf die Steine und ließ so eine Dampfwolke aufsteigen.

»Ha! Ha!«, höhnte Haukino. »Du versuchst wohl, unser Feuer

zu löschen, was?«, während alle Krieger, die um ihn herumstanden, laut und herzhaft über den Witz lachten.

Schließlich schlug Manaia Taupiri mit seinem langgriffigen *tewhatewha* auf den Kopf und brach ihm den Schädel, obwohl die Hitze ihn schon für immer von seinem Leid erlöst hatte.

»Kocht besser mit offenem Schädel«, grinste er Haukino an.

10

Um genügend Opfer für das Festmahl des Tu, das dem Fall des *pa* folgte, zusammenzubekommen, hatten in der Eile und Aufregung mehrere Frauen den Häuptling Taupiri in die Kochgruben begleiten müssen. Darunter befand sich auch Raumokos unglückliche alte Mutter. Streng erteilte Haukino den verantwortlichen Männern für diese unangemessene Eile eine Rüge. Wussten sie denn nicht, dass man Frauen immer gut als Sklavinnen gebrauchen konnte?

»Merkt euch das, ihr Fresssäcke!«, hatte Haukino gebrüllt. »Frauen sind euch lebendig nützlicher, als wenn ihr sie in euren Mägen habt.«

In diesem Moment kam der Krieger Manaia auf ihn zu. Er trug nun einen Kriegsgürtel und war somit der Sprecher der Wachkommandanten. Auf seinem meisterlich tätowierten Gesicht trug er ein breites Lächeln.

»Wir möchten dir gerne eine zeigen, Herr, von der auch du sagen wirst, dass sie sich neben oder unter dir besser machen würde, als – in dir.«

»Ah! Ist das so? Dann zeigt mir diese Frau. Ist sie jung?«

»Komm mit uns.«

»Ist es weit?«

»Nein – nur um diese Ecke.«

»Wer ist sie?«

»Taupiris Tochter!«

»Oh! Welch ein Zufall! Ich habe soeben ihren Vater genossen. Und jetzt schlagt ihr vor, ich solle sie geniessen«, erwiderte Haukino und stocherte mit dem Zeigefinger in seinen Zähnen herum.

»Und, ist das keine gute Idee?«

»Doch! Es ist eine ausgezeichnete Idee, vorausgesetzt, Taupiris Tochter sieht gut aus.«

»Das tut sie zweifellos!«

Haukino konnte seine Neugier nicht länger zügeln und folgte Manaia in die beschriebene Richtung. Mehrere Krieger begleiteten sie.

»Wer hat sie gefunden?«

»Ich«, erwiderte Manaia, »und ich habe sie hier angebunden, damit du eine Entscheidung über ihre Zukunft treffen kannst.«

»Das ist sehr…«

Sie hielten abrupt an, und das Gespräch verstummte.

Die Gefangene war befreit worden, um ihre Schultern lag der Hundefellumhang des Hohepriesters.

Ein halbes Dutzend Krieger der Elitewache stand müßig herum und beäugte Haukino mit offensichtlicher Belustigung. Alle wussten, dass nun niemand Awanui berühren konnte, ohne die Erlaubnis Tawhiros, des Häuptlings und Hohepriesters.

Haukino fühlte sich betrogen, sagte aber nichts. Er wollte gerade zum Festmahl zurückkehren, als Tawhiro in einem Hauseingang erschien und Haukino zu sich winkte.

»Komm, großer Krieger, und nimm dir deinen Lohn – aber denk immer daran, dass sie mein Geschenk an dich ist; behandle sie als solches mit Güte und Respekt, um dir so meine Dankbarkeit für deinen Mut und deinen Beitrag zu unserem Sieg zu erhalten. Heute nacht ist deine Hochzeitsnacht, und ihr beiden werdet die Ehe vor meinen Augen und allen Kriegern vollziehen. Ohne Haukinos Fähigkeiten würde das *pa* Hakatere unseren Angriffen noch immer trotzen. Geht nun und sorgt für ein Feuer, das bei Sonnenuntergang entzündet werden soll, um unseren Sieg dem ganzen Land zu verkünden.«

11

Haukinos Herz raste.

»Zurück zum *marae*«, schnauzte er die Krieger an, die schweigend hinter ihm standen. Sie gehorchten und fielen in einen schnellen Trab. Bald hatten sie sich wie befohlen versammelt.

Über dreihundert gesondert ausgewählte Gefangene standen bereit, um von Haukino gemustert zu werden. Zusammen mit Manaia schaute er sich zuerst die Frauen und Kinder an.

»Sind das die Stärksten und Hübschesten?«

»Ja!« versicherte Manaia seinem Kommandanten eilig.

»Irgendwelche alte Leute dabei?«

»Ääh…!«

»Antworte gefälligst, und steh nicht 'rum wie ein *tekoteko*!«

»Zwanzig alte Männer und Frauen leben noch.«

»Bringt sie her!«

»Wie ihr befehlt, Herr!«

Die zitternden Gefangenen wurden zusammen mit Dutzenden ihrer Verwandten mit Hilfe von Speerspitzen vorwärts geschoben, um dann verwirrt vor dem stechenden Blick des schonungslosen Kommandanten stehenzubleiben.

»Wo stehen eure Hütten?« fragte Haukino die Alten und ignorierte die anderen Gefangenen völlig.

Nervös deuteten sie auf einige rauchende Ruinen. »Dort«, antwortete eine alte Frau.

»Manaia!«

»Ja, Herr!«

»Lass die Gefangenen näher an mich herantreten.«

Das grimmige Antlitz musterte die Ausbeute des Krieges noch einmal. Wieder ertönte seine Stimme: »Schaut euch die Tätowierung an, die mein Gesicht bedeckt. Habt ihr mich gehört?!«, brüllte er, als niemand es wagte, sich zu rühren. »Sagt mir, was ihr hinter der Tätowierung seht. Kommt schon! Ihr habt doch sicher noch Zungen zum Sprechen!«

Einige Gefangene krochen vor, Tränen der Angst strömten aus ihren Augen.

»Sklaven, was seht ihr?«

»Die Zeichnung des *taniwha* läßt unsere Herzen vor Furcht und Schrecken fast stehenbleiben«, wimmerte einer. »Hinter der Tätowierung sehen wir den Schrecken, oh Glorreicher!«

»Ah! Ihr seht ihn also. Ihr könnt nicht leugnen, was ihr mit eigenen Augen seht, nicht wahr?« Die Stimme war hart, zerstörend, furchteinflößend.

»Ja! Ja! Herr, es ist wahr, du bist in der Tat ein *taniwha* von großem *mana*, und dein Anblick erfüllt unsere Herzen mit Furcht.«

Das Gejammer kam von allen alten Leuten.

»Ihr habt das Herz des Tapferen in meiner Hand um Gnade schreien hören?«

»Das haben wir, oh Gefürchteter!«

»Dann will ich Gnade walten lassen…!«

»Du bist großherzig, Herr, viel großzügiger als wir jämmerlichen Besiegten es verdienen!« brachte eine Gruppe der Gefangenen vor, in der schwachen Hoffnung, sie könnten gemeint sein.

»Ihr nicht!« brüllte er.

»Aber…?« Vor Erstaunen brachten die zitternden Stimmen nur ein Wimmern zustande.

»Die alten Leute – sie dürfen frei davonziehen – und sechs Kinder sollen geschont werden, um für sie zu sorgen.«

»Oh, Herr«, erwiderte eine alte Frau lächelnd, »die Götter werden dich schützen.«

»Das werden sie in der Tat! Manaia! Nimm diese alten Leute und sechs der Kinder, und bring sie in den Fischerhütten unten bei den pohutakawas nah am Strand von Ohopes unter. Sie werden dort sicher und ihrem eigenen Volk nahe sein.«

»So soll es geschehen.«

»Dann beeil dich – steh nicht herum!«

»Herr!«

Schnell ließ Manaia nun die alten Leute zusammenkommen – einige konnten kaum gehen – und wählte sechs junge Mitglieder der Besiegten aus, drei Jungen und drei Mädchen. Dann begann sich die jammervoll langsame Prozession ihren Weg hinunter weg vom rauchenden und besiegten *pa* in die Sicherheit zu bahnen.

12

»Nun, lasst uns unsere Gefangenen und zukünftigen Sklaven in Augenschein nehmen«, wandte sich Haukino an alle *Hokowhitu a Tu*.

»Bedient euch selbst an den jungen Frauen, Männer. Ihr könnt doch alle noch zusätzliche Frauen gebrauchen. Ah!« Der Kommandant der Wache begaffte eine Gruppe hübscher Mädchen, die nackt vor ihm stand.

Er schob seine Speerspitze zwischen die Schenkel eines Mädchens. »Komm schon, mach die Beine breit«, gröhlte er.

»Komm du her und schau nach, ob sie eine Jungfrau ist«, befahl er einem strahlenden jungen Krieger.

Der junge Mann beeilte sich, dem Wunsch seines Kommandanten nachzukommen. Er ließ sich auf die Knie fallen und steckte seine Finger in das Mädchen, hoch zwischen ihre Schenkel, und ein breites Lächeln erschien auf seinem Gesicht.

»Reizend, Herr, ganz reizend!«

»Was soll das bedeuten? Ich habe dich gefragt, ob sie eine Jungfrau ist?«

»Nein. Deshalb ist es ja so reizend.«

»Ah«, und ein Lächeln schien ganz kurz über das versteinerte Gesicht zu huschen.

Bald untersuchten die erwartungsvollen Besitzer mit Begeisterung ihre zukünftigen Sklavenmädchen, und viele Rangeleien brachen zwischen den Männern und den Mädchen aus. Einige der Mädchen nahmen die Absichten ihrer neuen Besitzer sichtlich übel. Endlich rief Haukino sie zur Ordnung, und der Trubel legte sich. Wütend über ihre Behandlung, beschwerten sich einige der Mädchen bei Haukino. »Solchen Kampfgeist sehe ich bei jungen Frauen gern. Das heisst, ihr werdet euren Männern keine bloßen Fußabtreter sein – ihr werdet gute Krieger heranziehen. Ja! Euer Schneid gefällt mir!« sagte er.

»Nun, du wirst dich halt bei dieser ein bisschen mehr anstrengen müssen«, antwortete Haukino mehreren seiner Männer, die Jungfrauen meldeten. »Beschwert euch nicht über Jungfräulichkeit – genießt sie. Ich will Krieger, mehr Krieger; also verschwendet keine Zeit. Krieger sind wie Bäume, sie brauchen zwanzig Jahre, um heranzuwachsen. Außerdem sind Jungfrauen gewöhnlich sexuell sehr befriedigend. Ich glaube nicht, dass ihr enttäuscht werdet.«

In Begleitung einiger Krieger inspizierte Haukino eine große Gruppe Frauen; viele hatten Babys auf den Rücken gebunden.

»Habt keine Angst«, erklärte er. »Ihr habt nicht versucht zu fliehen und habt den Worten meiner Krieger, euch auf mein Geheiß hin hier zu versammeln, wohl gehorcht. Diejenigen aber, die zu fliehen versuchen...«, er hielt inne und deutete zur Verstärkung seiner Worte auf die Reihen der Verdammten, die noch lebten und sich jammernd am Boden wälzten. Bedeutungsvoll fügte er hinzu: »Ich bin sicher, ihr alle werdet euren Aufenthalt in Tawhitiroa geniessen.«

Gerade noch hatte Haukino mit seinen Männern darüber gesprochen, wie sie ihre auserwählten Sklavenfrauen behandeln sollten, als er nun selbst den Kern seiner Rede in die Tat umsetzen mußte – vor der versammelten Menge der Krieger, die ihn freudig und erwartungsvoll anstarrte.

Haukino war weit entfernt davon, beim Gedanken an die öffentliche Zurschaustellung seiner Manneskraft glücklich zu sein. Aber wie in den meisten Dingen des Lebens mußte man, sobald man ein Führer war, allen anderen zeigen, dass man mit Überzeugung und Autorität sprach und von den Männern nichts verlangte, was man nicht selbst zu erfüllen imstande war.

Entschlossenheit ergriff sein Herz, und er machte sich auf den Weg, die gefangene Prinzessin Awanui zu suchen, die ihn an Rangipai erinnerte – auch sie war jung und schön.

13

Was wäre, wenn Haukino das Geschenk des Hohepriesters ablehnen würde? Ohne Zweifel würde dieser sehr zornig reagieren, und der Hohepriester konnte einem das Leben wirklich sehr schwer machen. So tat Haukino zwar sehr ernsthaft, was ihm befohlen war, aber er war äußerst beunruhigt und fühlte sich unwohl. Es war eine Sache, das Mädchen zur Frau zu nehmen, aber seine Ehe vor jedermann zu vollziehen, entsprach nicht seiner Vorstellung von einer gemeinsamen Nacht, insbesondere, da das Mädchen zweifellos eine Jungfrau war. Die Sache erforderte Zeit und Taktgefühl. Er wusste, dass seine Männer ihm mit viel Rat zur Seite stehen würden, mit zu viel Rat, um genau zu sein.

Er rieb sich seine Brauen und bemerkte, dass sich schon jetzt Schweißperlen auf seiner Stirn angesammelt hatten. Im Augenwinkel bemerkte er einen amüsierten Ausdruck im Gesicht des Hohepriesters.

»Tawhiro, wie wär's mit ein wenig Privatleben heute nacht? Immerhin ist es...«

»Nein! Nein! Nein! Ist dir nicht klar, dass dies eine der seltensten Zeremonien ist?« unterbrach ihn der Hohepriester. »Die Siegeshochzeit – und die Ehe gilt nicht, wenn sie nicht noch am Tag des Sieges vollzogen wird. Ich freue mich zu sagen, dass wir nur dann mit Sicherheit feststellen können, dass die Zeremonie zur Zufriedenheit der Götter ausgeführt worden ist, wenn wir alle dem Geschehen beiwohnen.« Darauf ließ der Hohepriester ein warnendes Wort folgen: »Sei sehr vorsichtig, Haukino, im Umgang mit meiner Gabe an dich!«

Also das ist es, dachte Haukino, jetzt bringt er sogar die Götter mit ins Spiel. Er schaute auf das Mädchen hinunter, das vorgeführt worden war und nun neben ihm stand. Er ging zu ihr, um ihr tröstend die Hand auf die Schulter zu legen.

Ein Wutschrei ließ die Versammelten plötzlich zusammenfahren. Awanui hatte sich in Haukinos Hand festgebissen. Hysterisch heulend, schrie sie so laut sie konnte: »Geh weg von mir, du Mörder. Du niederer Sklave, Metzger von Frauen und Kindern! Trag deine Tücke und dein dreckiges Übel nach Tawhitiroa. Wie kannst du es wagen, mich zu berühren, du – du Hundedreck! Du wirst nie meinesgleichen sein. Eher sterbe ich, als dass ich dein Kind gebäre. Es wäre ein rückgratloser Sklave, wie sein verdorbener Vater! Oh – bei deinem Anblick wird mir schlecht. Töte mich! Töte mich! Auf dass ich nach *Te Reinga* zu den wahren Kriegern reisen darf.«

Unter den scharfen Beleidigungen war Haukinos Hand an seinen Gürtel geglitten, wo er sein *mere* trug. Dann aber erinnerte er sich daran, dass dieses schimpfende Wesen ein Geschenk des Hohepriesters war, besann sich eines Besseren und zog seine Hand langsam zurück. Stattdessen packte er Awanui grob an ihren langen, schwarzen Haaren. Vor Zorn brachte er nur ein Flüstern hervor und zischte: »Das ist nicht meine Schuld. Es war die Idee unseres Priesters und Häuptlings, dessen Autorität wir alle anerkennen. Kein Mann – kein Mann stellt sie in Frage – und schon gar keine Frau. Heute nacht werde ich seine Anweisungen ausführen, und du wirst helfen, ihnen zu gehorchen.«

Haukino wollte gerade weitersprechen, als er plötzlich an sein Gesicht fasste.

Rasend vor Wut schrie er: »Dich werde ich lehren, mir ins Gesicht zu spucken!«, während er um seine Fassung kämpfte und Awanui unter dem brüllenden Gelächter der Männer einen Schlag auf den Hintern versetzte.

»Sieht schon aus wie ein liebendes paar«, lachte Tawhiro zu Manaia gewandt. »Ich wette, heute nacht wird Haukinos Rute sie zähmen.«

»Das weiß ich nicht so genau«, erwiderte Manaia. »Sie ist ein echter Drachen, und ich denke, sie wird schon dafür sorgen, dass Haukino sich fühlt, als habe er hundert Schlachten geschlagen, wenn er mit ihr fertig ist.«

»Mmmm!« machte der Hohepriester und rieb sich nachdenklich das Kinn.

»Es könnte sogar seine erste Niederlage werden.«

Manaia krümmte sich vor Lachen. »Ich werde dafür sorgen, dass wir heute nacht das allerbeste Feuer haben. Wir wollen schließlich nichts verpassen, was, Herr?«

»Das überlasse ich dir«, erwiderte der Hohepriester, als er zurück in das große Haus trat, das ihm nun als Hauptquartier diente.

Haukino, der Awanui noch immer am Haar festhielt, hob sie fast von ihren Füßen, als er ihr ins Gesicht schielte. Er schaute sich sein Geschenk aus nächster Nähe an. Sie war wirklich schön, trotz ihrer mit Wut, Stolz und Tränen vermischten Furcht, und er begann zu fühlen, dass er vielleicht doch die schönste Gabe erhalten hatte, die man ihm je hatte machen können. Das junge Gesicht, das zu ihm aufschaute, war vom Weinen trüb. Awanuis Schultern hingen herab, und ihre Handgelenke zeugten auf grausame Weise von den Einschnittstellen der Seile, gegen die sie angekämpft hatte. In den Tiefen ihrer Augen erblickte Haukino eine Flamme unvergänglichen Hasses. Er wusste, sie würde ihn niemals lieben.

Doch das allein war Herausforderung genug. Er schwor sich: »Heute nacht werde ich ihr ein Erlebnis verschaffen, das sie immer an mich erinnern wird.«

Sie folgten dem Hohepriester auf das *marae*, wo die meisten der übriggebliebenen Frauen und Kinder zusammengetrieben worden waren, um sie als Sklaven heimzubringen. Erneut erschien Tawhiro und nahm in einer symbolischen Geste den Umhang von Awanuis Schultern, während sie neben Haukino stand, der noch immer ihr Haar festhielt.

»Heute nacht«, wandte sich der Hohepriester an die Versammlung, »werden wir die Vermählung unseres Kommandanten Haukino mit Awanui feiern. Diese *Whare Tawhere* wird entzündet werden«, und er deutete auf das große Gebilde vor dem *marae*, »um uns als Fackel zu dienen, so dass alle sehen können, wie glorreich unser Sieg war.«

Mitreißender Jubel brach überall im besiegten *pa* aus, während die siegreichen Krieger splitternackt vor dem Hohepriester und Haukino und Awanui ein Sieges-*haka* tanzten.

Huldvoll nahm der Hohepriester den Beifall und die *hakas* seiner Männer entgegen und erwiderte: »Ich möchte euch für das danken, was ihr im Angesicht großer Widerstände vollbracht habt, doch lasst uns immer daran denken – die Hand des Kriegesgottes Tumatauenga führte uns zum Sieg!«

Daraufhin riefen alle.«Tu! Tu! Dem Kriegsgott Tu!«

»Morgen brechen wir mit unserer Kriegsbeute nach Tawhitiroa auf.«

Daraufhin zerriss ein weiterer gewaltiger Jubelschrei die Luft. »Tawhitiroa! Tawhitiroa!«

4. KAPITEL

Ein Augenblick des Schmerzes

Bei Sonnenuntergang wurde Manaia zur Vorbereitung der Zeremonie die Aufgabe erteilt, das gewaltige geschnitzte *Whare Tawhere* in Brand zu stecken. Als das große Gebäude in Flammen aufging, ertönten die jammervollen Klagen der vielen Sklaven über den eingenommenen *marae*, der bis dato ihre Heimat gewesen war.

Angeführt vom Hohepriester tanzten die Krieger einen wilden *haka* im Licht der Flammen, die sich auf ihrer schweißnassen nackten Haut spiegelten. Ihre Bewegungen und Gesten forderten Haukino unmißverständlich auf, sich nun endlich daran zu machen, die Siegeshochzeit zu vollziehen.

Die mondlose Nacht war heiß und schwül. Ab und zu fielen Regentropfen wie geisterhafte Tränen aus den niedrighängenden Wolken.

Nachdem er seine Aufgabe erfüllt hatte, kehrte Manaia dorthin zurück, wo einige Krieger sich auf dem Boden liegend ausruhten, bevor sie einen weiteren *haka* vollführten.

»Ah, da sind sie ja!« sagte er und deutete aufgeregt auf Awanui und Haukino, die auf dem Boden herumrollten. »Es wurde aber auch Zeit, dass sie anfangen.«

Die roten Flammen des brennenden *Whare Tawhere* beleuchteten das paar, als würde ihr Akt den Mittelpunkt einer Bühne bilden.

»Oh! Seht mal, was Haukino da macht«, lachte einer der Krieger.

»Bald hat er's geschafft!«, und ein paar Krieger tanzten auf äußerst anzügliche Weise wild vor dem Brautpaar herum.

»Ha! Jetzt hat sie ihre Beine wieder gekreuzt«, lachten andere.

»Sie schlägt sich tapfer«, erwiderte Manaia.

Plötzlich erregte ein schriller Schrei des Mädchens die Aufmerksamkeit der Zuschauer, die sogleich schneller und lauter zu singen begannen.

Manaia konnte jetzt sehen, wie die Beine des Mädchens zu beiden Seiten von Haukinos nacktem Gesäß hilflose Bewegungen in der Luft vollführten. Awanui stemmte ihre Fersen verzweifelt gegen sein Kreuz, doch es gelang ihr nicht, ihn von sich zu schieben. Da ertönte ein durchdringender Schrei des Mädchens – »Aah! Aa! Du dreckiger Vergewaltiger!« Plötzlich Stille.

»Er ist drin! Er ist drin!«, lachte Manaia. »Aber ich glaube, er hat sich sein *taiaha* verbogen.«

Die beiden Gestalten begannen, sich rhythmisch zu bewegen. »Jetzt verstehen sie einander«, riefen die Krieger.

»Es ist immer dasselbe«, richtete sich Manaia an einen grinsenden Krieger, der neben ihm stand. »Für die Frau ist es ein Augenblick des Schmerzes, der langsam zur Süße wird.«

In Erwartung von Haukinos Höhepunkt sprangen die Krieger weiter in einem wilden Tanz herum, der ewig anzudauern schien.

Schließlich, als die beiden keuchenden Gestalten erschöpft niedersanken, um sich auszuruhen, ging Manaia mit einer Gruppe von Kriegern davon. Bald werden sie beide schlafen, dachte er. Heute nacht trug er die Verantwortung für die Wache, und er wollte sicherstellen, dass niemand einen Überraschungsangriff durchführen konnte.

Mehrere Stunden später, als Manaia mit der Patrouille zurückkam, rannte Haukino herum und schrie dabei wie ein Wahnsinniger. »Findet Awanui, sie ist verschwunden! Ich werde sie umbringen, sich so über mich lustig zu machen! Ich werde sie ihrem Vater hinterher schicken«, brüllte der erboste Krieger aus vollem Hals und knirschte außer sich vor Wut mit den Zähnen.

Gegen Morgen hatte man Awanui noch immer nicht gefunden, und der unglückliche und wütende Haukino marschierte mürrisch mit dem Hohepriester an der Spitze der Wachen in Richtung Tawhitiroa.

Neben ihnen schleppten sich Sklaven, die aneinandergebunden waren, in langen Reihen vorwärts.

»Mach dir nicht solche Sorgen«, riet der Hohepriester Haukino. »Eines Tages wirst du eine große und angenehme Überraschung erleben.« Doch Haukino war zu niedergeschlagen, um etwas zu erwidern, und marschierte düster blickend mit gesenktem Kopf voran.

Awanui war von Haukinos Seite geschlichen, während er schlief. Vorsichtig blickte sie um sich und stellte fest, dass die meisten Krieger in Schlaf gesunken waren.

Haukinos Schnarchen erregte ihre Aufmerksamkeit – dann sah sie das riesige *mere*, das er in seinen Gürtel geschoben hatte. Sanft glitt ihre Hand hinunter, und Zentimeter für Zentimeter löste sie es aus seinem Bauchgurt. Nach einer Weile, die ihr wie Stunden vorkam, hatte sie die fürchterliche Waffe endlich herausgezogen. Jetzt war es soweit!

Sie würde diese verabscheuungswürdige Kreatur neben ihr töten und den Tod ihres Vaters rächen. Eine plötzliche Bewegung aber ließ sie erstarren. Sie wagte kaum zu atmen und horchte.

Angespannt lauschend, versuchte sie, noch das kleinste Geräusch wahrzunehmen. Sie spürte, dass jemand sich näherte – doch wer konnte das sein? Die Schritte waren leicht – wie die eines Kindes. Ruckartig drehte sie sich und blickte direkt in die verängstigten Augen ihrer jüngsten Kusine, Tapene.

»Ssch! Ssch!«, beruhigte sie das Kind in ihrer Verzweiflung und drückte die zitternde kleine Gestalt an ihre Brust. »Oh, du liebe Kleine – du Schätzchen, du bist ihnen allen entkommen. Es sind wirklich die Götter, die dich beschützen!«

Verzweifelt blickte sie um sich, doch die Krieger, befriedigt vom Festmahl und den anstrengenden *haka*-Aufführungen, schliefen weiter.

Awanui war splitternackt. Das Kind in den Armen wiegend, rutschte sie vorwärts und erreichte die Dunkelheit, die sich von der grellen Glut des noch immer brennenden *Whare Tawhere* scharf abhob.

»Sei jetzt ganz still, mein Liebling, wir werden zu Onkel Eru laufen. Dort werden wir beide in Sicherheit sein. Ssch! Ssch!« flüsterte sie.

Es gab einen Weg, der in einen tiefen Graben mündete, der rund um die Palisaden führte. Rasch hatte Awanui diese vorläufige Zuflucht erreicht. Sie hatte es kaum geschafft, als sie sah, wie eine Gruppe Krieger hinüberstieg und in der Richtung, aus der sie gerade gekommen war, zurück ins *pa* verschwand. Als sie außer

Sicht waren, kletterte Awanui, ihr wertvolles Bündel fest im Arm, durch ein großes Loch, das vor kurzem in die Verteidigungsanlagen geschnitten worden war. Sobald sie hindurch geschlüpft war, rannte sie leichtfüßig wie eine *weka* davon und verschwand in die schützende Deckung des Waldes. Sie kannte den Weg zu Onkel Eru, und trotz der Dunkelheit des Waldes fand sie den Pfad, der am Gebirgsgrat entlangführte.

Sechs Tage später schleppten sich die flüchtigen Mädchen, halbtot vor Hunger und Angst, in das *pa* von Whare Haunui, wo man sehr überrascht war. Die gewaltige Festung lag auf einem Höhenzug weit im Landesinneren, unweit des Flusses Motu.

Endlich fühlte Awanui, dass sie und ihre kleine Kusine in Sicherheit waren.

3

Der Häuptling hatte die Anweisung gegeben, Awanui und ihrer jungen Kusine ein eigenes Haus zur Verfügung zu stellen.

Eines Tages bat er Awanui, ihn aufzusuchen.

»Du bist von Haukino schwanger?«

»Ja.«

»Wann ist es soweit?«

»In fünf Monaten!«

»Ich möchte, dass du weißt, dass dein Heim hier ist und wir dir helfen möchten. Bleib bei uns, wenn dein Kind geboren ist. Deiner Kusine scheint es hier zu gefallen, und sie hat sich gut eingelebt. Wir haben so viel Platz, dass du sogar einen neuen Stamm gründen könntest«, lachte er.

»Danke, Onkel, für alles, was du und dein Volk getan habt. Ich nehme deine Einladung gerne an.«

»Wohl gesprochen, Awanui. Oh, hier kommen zwei Sklaven mit deinem Essen. Wenn es dich nach irgend etwas Besonderem gelüstet, lass es mich wissen«, und mit dieser guten Nachricht schob der hochgewachsene Häuptling Awanui sanft zur Tür des Gemeindehauses und hinaus auf die andere Seite des *marae*, wo die beiden Sklaven warteten.

Eru blieb stehen und beobachtete, wie das junge Mädchen zu

seinem eigenen Haus hinüberging. In seinem Kopf wirbelten die Gedanken durcheinander, vor allem dachte er über seine Beziehung zu Tawhiro nach. Wenn er doch nur die Verbindung zwischen den beiden Stämmen festigen könnte, zum Beispiel, indem er seinen Sohn, den Krieger Waru, mit Te Rangipai verheiratete, der jungen Prinzessin der mächtigen Ngati Whakaari…

So könnte man ein Bündnis schaffen, das beiden Stämmen von Nutzen wäre. Je mehr er darüber nachdachte, desto überzeugter war er, dass nur diese Heirat ihren Stamm stärken konnte.

Er hatte Raumoko nie gemocht und neigte dazu, den Häuptling von Tuanuku als eitlen Angeber zu betrachten. Er hatte Taupiri wegen seines Bündnisses mit diesem Häuptling gewarnt und ihm gesagt, dass es Tawhiro gegen ihn einnehmen würde. Aber der Bruder seiner Frau hatte sich stur gestellt, auf niemanden hören wollen und war seinen eigenen Weg gegangen, indem er Raumoko bei Ohiwa fischen ließ, wann immer der wollte. So hatte der ganze Ärger angefangen. Jetzt war die gewaltige Festung gefallen, nur wegen der Starrköpfigkeit eines Mannes.

Was Eru jedoch größere Sorgen bereitete, war etwas ganz anderes: Hier in seinem *pa* hatte jenes Mädchen Zuflucht gefunden, das Rewi Raumoko versprochen war. Und nun erwartete Awanui ein Kind von Haukino Te Onewa.

Gedankenversunken folgte er ihr mit den Augen, während sie mit den Sklaven in Richtung ihres Hauses verschwand.

4

Der Kriegstrupp des Hohepriesters, der Dutzende Sklaven aus dem gefallenen Hakatere mitbrachte, sang triumphierend von seinem Sieg, während er im Laufschritt heimwärts zog. Haukino bildete mit mehreren Kriegern die Nachhut, um dort für Ordnung zu sorgen, und war noch nicht zurückgekehrt.

Schließlich gelangten sie in Reichweite ihres *pa*. Über ihnen ragte die eindrucksvolle Festung Tawhitiroa in die Höhe. Sie konnten die Menschenmengen sehen, die den Hügel säumten, und Gruppen von Kriegern, die ihnen bereits entgegenkamen.

Tawhiro überlegte eifrig, mit welchen Worten er sich nun an sein Volk wenden wollte. Ah! Ja, so würde er beginnen.

»Der Kriegsgott Tumatauenga hat es für gut befunden, eure tapferen Krieger mit Sieg zu belohnen. Und mit was für einem Sieg! Lasst mich euch berichten, wie Haukino uns in diese Festung führte – in die bedrohlichste, die je erobert wurde – und wie wir unser Ziel trotz widrigster Umstände erreichten. Ganz ohne Verluste haben wir es natürlich nicht geschafft. Dreißig unserer tapferen Männer liegen in verborgenen Gräbern unterhalb dieser ehemaligen Bastion, doch seht nur, was wir euch an ihrer Statt mitgebracht haben – dreihundert Sklaven – alle arbeitsfähig. Ich…«

Auf einmal bemerkte er, dass Haukino ihn heftig an der Schulter schüttelte und so seine Gedanken unterbrach.

»Dies hier wurde gerade unserem Trupp zugeworfen – von feindlichen Spähern, die in einem schnellen Kanu mit einem Dutzend weiterer Männern den Fluss hinabgeeilt sind. Sieh doch nur! Das ist der Kopf von Ihaka, deinem Bruder aus Matata.«

Tawhiro blieb abrupt stehen, und der gesamte Kriegstrupp tat es ihm gleich. Niemand wagte es, das Wort zu ergreifen. Ein bedrücktes und ängstliches Schweigen senkte sich über die Gruppe.

Tawhiro sprach zu Haukino. »Gib mir den Kopf, ich werde ihn tragen.« Tränen liefen ihm über die Wangen, und er sang eine Abschiedsklage an seinen toten Bruder. Endlich blickte er auf. »Gibt es Überlebende?«

»Als die Späher sich zurückzogen, riefen sie: ›Du brauchst nicht die Leiche deines Bruders zu suchen, denn er ruht in unseren Bäuchen, und die, die noch leben, sind nun unsere Sklaven. So soll das Schicksal aller sein, die Raumoko herausfordern. Taupiri ist gerächt! Hütet euch! Der Stamm, der alte Frauen frisst, kann selbst zum Futter unserer Krieger werden‹.«

Schwer atmend, fragte Tawhiro: »Was haben sie noch gesagt?«

»Während sie sich zurückzogen, brüllten sie dieses *haka*«, erwiderte Haukino und sang:

›Häng wie eine Fliege,
Gefangen in einem Netz!
Ihaka! Ihaka! Ihaka!
Gefesselt bist du, Arme und Beine gespreizt!
Auf den Palisaden deines *pa*!

Sieh nur im Feuer
Deine eigenen Söhne
Zu Bällen von Grillfleisch
Zusammenzucken, auf glühendem Stein!
Ah! Die Säfte
Und das triefende Fett
Der zarten Süße
Vom Menschenfleisch‹.«

Tawhiro wischte die Tränen und den Schweiß fort und hielt sich den Magen, denn ihm war übel, und seine Eingeweide zuckten vor Trauer. Dann übergab er sich, und seine Leute fühlten mit ihm, als er schreckliche Rache schwor:

»Tod für Raumoko!«

Langsam und niedergeschlagen setzten sie ihren Heimweg fort.

Über Tawhitiroa schwebten die klagenden Töne eines *putorino*. Unheimlich und traurig wie eine verlorene Seele schwoll die Musik an und ab, sanft verstummend, als der Nebel sie umschloss.

5

Rangipai war nicht in Tawhitiroa, um den Hohepriester mit seiner Kriegsbeute nach seinem Sieg willkommen zu heißen.

Stattdessen war Rangipai mit ihrem Großvater Te Amokura nach Te Haurini, Te Hau O Te Rangis großem *pa* einige Meilen weiter die Küste hinab, gezogen.

Ihre Abwesenheit machte dem Hohepriester plötzlich klar, welche Meinungsverschiedenheiten zwischen ihnen bestanden. Er wurde auch daran erinnert, dass er niemals den ganzen Stamm hinter sich haben würde, wenn er nicht auch Rangipai auf seine Seite ziehen könnte. Er sah nun, was seine Nichte ihm mehr als deutlich gemacht hatte: Sie war es, die das Gleichgewicht des Stammes in der Hand hielt, und sie hatte vor, diese Macht zu nutzen. Darauf mußte sich der Hohepriester einstellen. Seine Gedanken gingen wild durcheinander, als er überlegte, wie man Ihakas Tod vergelten konnte.

Seine Stimmung besserte sich jedoch, als große Menschenmengen zu seiner Begrüßung herbeiströmten und ein Willkommenslied sangen. Immer mehr Krieger kamen, führten einige *hakas* auf und fragten aufgeregt nach dem Verlauf der Schlacht. Dann verstummten sie plötzlich, als sich ihnen der gräßliche Anblick von Ihakas blutigem Kopf bot. Ein spitzer Stock war durch seine Zunge getrieben worden, die nun scheußlich hervorstand.

Jetzt wusste das Volk, dass die endgültige Kraftprobe zwischen den zwei mächtigsten Stämmen der Küste nicht mehr lange auf sich warten lassen würde. Der Hohepriester sah bereits, wie der Krieg mit Raumoko immer näher rückte. Und wenn er keine Geschlossenheit in seinen Stamm bringen konnte, würde letztlich nicht er selbst, sondern Raumoko als Sieger daraus hervorgehen.

Er war fest entschlossen, mit Te Hau O Te Rangi zu sprechen. Kaum in Tawhitiroa angekommen, begann er Pläne für ein Treffen mit seinem engen Verwandten und stärksten Verbündeten, dem großen Häuptling in Te Hairini, zu schmieden.

6

Der Hohepriester befahl seinem Boten: »Lauf zu meinem Verwandten, Te Hau O Te Rangi und bitte ihn, Rangipai hierher zu begleiten und das Festmahl der *Matariki* in unserem *pa* einzunehmen.«

Wie ein Blitz rannte der schnelle Läufer davon. Manaias persönlicher Sklave Tete wurde normalerweise für solche Aufgaben ausgewählt, weil er Meile für Meile, bergauf und bergab, einen schnellen Trab durchhalten konnte, immer den Pfad an der Hügelkette entlang, die nach Te Hairini führte. Die Furcht, nicht rechtzeitig einzutreffen, gab seinen Beinen zusätzliche Kraft. Außerdem sprach für Manaias Sklaven, dass er sich bei seiner Ankunft immer daran erinnern konnte, was er sagen sollte.

Tawhiro hoffte, dass Rangipai zurückkommen würde, um den Vorschlag ihrer Vermählung mit Nuku, dem Sohn Te Wherowheros, mit Te Hau O Te Rangi zu besprechen. Aber vor allem wollte er die Stammesbündnisse im Licht seines jüngsten Sieges in Hakatere und Raumokos Zerstörung des *pa* seines Bruders in Matata besprechen.

Während er noch angestrengt überlegte, was er Te Hau O Te Rangi sagen sollte, warnte plötzlich der donnernde Gong des Ausgucks vor heranrückenden Feinden, gefolgt von dem Ruf: »Ein Kanu kommt! Ein riesiges Kanu mit vielen Kriegern!«

Tawhiro eilte zum Haupttor hinüber und schaute weit den Strand hinunter. Ja! Da landete wirklich ein großes Kanu.

Als die Krieger sich mit gezogenen Speeren um ihn herum aufstellten, bedeutete er ihnen: »Wartet einen Moment. Ich will sehen, was sie zu uns führt.«

Das Kanu lief mit dem Bug auf Sand, und vierzig Männer sprangen heraus. Jeder von ihnen trug ein kleineres Kanu, das er oberhalb der Flutlinie auf den Strand setzte. Sie bestiegen erneut ihr Kanu und liefen gerade soweit aus, dass sie außerhalb der Brandung waren.

»Los!« rief Tawhiro. »Lauft hin, und seht nach, was sie da machen.«

In einer Wolke von Lehmstaub stürmten über zweihundert Krieger durch die Haupttore und den Hügel zum Strand hinunter. Dann rannten zwei der Männer zurück, um Bericht zu erstatten.

»Also, was befindet sich in den Kanus?« fragte der Hohepriester.

»*Kumara*!« war die verblüffende Antwort. »Es sind Friedenskanus!«

Plötzlich hörten sie vom Kanu her eine Stimme rufen, und jeder wandte sich um, um sie zu hören.

»Raumoko sendet dieses Geschenk persönlich als Zeichen dafür, dass er Frieden will. Er sagt, wir sollen den Ngati Whakaari ausrichten, dass es hier nun zwei bedeutende Stämme gibt; möge Frieden zwischen ihnen sein. Wir haben nichts zu gewinnen, wenn wir einander bekämpfen. Lasst die Siege der Vergangenheit Erinnerungen bleiben.«

Dann glitten die Besucher von der Küste fort und hinaus auf den Ozean, ihre Paddel blitzten in der Sonne zur Melodie eines mitreißenden Meeresgesangs, als sie die Seestrecke nach Tuanuku nahmen.

Zwar traute der Hohepriester kaum seinen Ohren, doch er dachte, dass Raumoko vielleicht trotz allem darauf erpicht war, den Frieden zu wahren. Schließlich hatte es zwischen ihnen keine direkte Konfrontation gegeben, seit sich die beiden Stämme vor vielen Jahren auf ein Friedensabkommen geeinigt hatten – aber warum sandte er nun diese symbolischen Friedenskanus?

Er ging allein über den *marae*, mehrere Krieger folgten ihm in taktvollem Abstand. Während er so ging, wuchs sein Misstrauen.

Wie auch immer, er würde also neben Rangipais Vermählung noch etwas anderes mit Te Hau O Te Rangi zu besprechen haben. Er schickte einen der Krieger, die ihm folgten, aus, um dem Häuptling Motu Turei die Anweisung zu geben, ein Festmahl vorzubereiten. Denn Motu Turei oblag die Verwaltung Tawhitiroas. Aus Angst, seinen schonungslosen Herrn enttäuschen zu können, flog der Bote beinahe zum Haus des Verwalters, wo er mit dem Befehl herausplatzte: »Der Schreckliche spricht über ein Festmahl, Herr, für Te Hau O Te Rangi und seinen Stamm. Du mußt sofort mit den Vorbereitungen beginnen.«

Unbeeindruckt und gelassen antwortete Motu Turei, der geschäftig einen Speer polierte, ohne aufzusehen: »Sag ihm, dass ich komme, wenn ich fertig bin.«

»Aber er hat jetzt gesagt, Herr!«

»Ich habe gehört, was du gesagt hat.« Motu sprach mit fester, entschlossener Stimme.

»Ja, Herr!«

»Dann lauf zurück, und sag ihm, dass ich herüberkomme. Es gibt große Mengen an Speisen in unseren Lagerhäusern. Wir haben auch viele zusätzliche Sklaven, die die Arbeit verrichten können. Ich werde alles bereit haben, wenn Te Hau O Te Rangi und *Matariki* mit der Gabe des Neuen Jahres eintreffen.«

Der Bote rannte zurück, um Bericht zu erstatten. Motu Turei sah zu, wie er verschwand, und ein breites Lächeln legte sich über sein Gesicht, als er murmelte: »Alles zu meiner Zeit, Tawhiro, zu meiner Zeit.«

5. KAPITEL

Auf dem marae

Angeführt von den Frauen, unter denen Rangipai und Waiherere das hohe *karanga* sangen, kam der gesamte Unterstamm aus Te Hairini nach Tawhitiroa. Dies gab Tawhiro das sichere Gefühl, dass die Feierlichkeiten wahrhaftig ein Erfolg werden würden.

Aus weiter Entfernung sah die große Anzahl der Besucher aus wie Bäume, die sich im Wind bewegten, denn viele hatten die grünen Blätter des kawakawa-Baumes als Zeichen ihres Respekts in ihren Kopfschmuck geflochten.

Im *karanga* zollten die Sängerinnen den Vorfahren beider *pas* ihren Tribut. Während sie sangen, stiegen die Besucher weiter aus dem Tal herauf und näherten sich langsam dem geschnitzten Eingang des Gastgeber-*pa*. Nun schien es, als würde sich aus der Erde selbst, auf der sie gingen, ein anschwellender Gesang von klagenden menschlichen Stimmen ergiessen.

Plötzlich sprang aus den Kriegerreihen der Besucher eine einzelne Gestalt hervor, mit einem *mere* aus Walknochen bewaffnet, tanzte und drehte sich wie ein Wirbelwind, streckte die Zunge heraus, rollte mit den Augen und schrie aus vollem Hals.

Auf diese eindrucksvolle Weise rückte der Krieger immer näher, bis er kurz vor seinen Gastgebern stand. In der Hand hielt er das *wero*.

Dann sprang er hoch in die Luft, und nachdem er sanft gelandet war, kniete er auf einem Bein, die Zunge schnellte vor wie bei einer Eidechse, die Augen rollten; und vorsichtig legte er das *wero* vor sich auf den Boden, so dass die Spitze direkt geradeaus zeigte.

Wieder sprang er in die Luft und bewegte sich eine kurze Strecke zurück. Der Name dieses Kriegers war Tawa, er war einer der besten Krieger von Te Hau O Te Rangis Hokowhitu.

Haukino trat im Namen des gastgebenden Stammes vor und nahm das Angebot an, indem er das *wero* aufhob. Die Besucher waren willkommen. Tawa, der diese Geste richtig deutete, rannte daraufhin zu seinen eigenen Reihen zurück, die inzwischen auf das Tor des *pa* vorrückten.

Während die Besucher Tawhitiroa betraten, schritt eine Gruppe auserwählter Frauen in Richtung Tapuae, noch klagend und singend. Allmählich, nach einer halben Stunde vielleicht, verstummten die jammernden Wehklagen.

Alle waren nun bereit, dem Häuptling der Gastgeber ihre Aufmerksamkeit zu schenken. Würdevoll erhob sich der hochgewachsene Tawhiro, um die Besucher auf seinem *marae* willkommen zu heißen. Die Festlichkeiten hatten begonnen.

Obwohl er es nie ausgesprochen hätte, hatte seine Nichte den Hohepriester mit ihrer perfekten Darbietung des *karanga* äußerst beeindruckt. Einen Augenblick lang schaute er sie direkt an, und seine Gedanken drückten aus, welche Hochachtung er ihr entgegenbrachte: »Nur unserer Rangipai ist es möglich, das tiefe Mitgefühl und die Bedeutung unseres *aroha* – unserer Liebe – auf diese Art in sich aufzunehmen und bei unserer Totenklage, dem *tangihanga*, den Quell unserer Tränen wieder freizusetzen; vielleicht hatte Tante Mihi doch Recht…«

Dann ging er über zu seiner Willkommensrede und wandte sich an die versammelten Stämme.

»*Tihe mauri ora!* Willkommen, Te Hau O Te Rangi und ihr Leute aus Te Hairini. Willkommen auf Tapuae, dem *marae* unseres großen Vorfahren und engen Verwandten eurer berühmten Ahnin *Hinewai Te Puni* von *Rehu Marino*, dem Kanu unserer Ahnen.

Willkommen Rangipai auf deinem *marae*, dein Volk und ich selbst sind beglückt, dich wieder in unserer Mitte zu sehen.«

Der Hohepriester wandte sich noch einmal an seine Gäste und deutete auf die wundervoll geschnitzten Holzfiguren der Vorfahren, die beiden Stämmen gemeinsam waren, mit denen sein geschnitztes Haus verziert war.

»Mächtige Häuptlinge und Völker dieses Schutz-*pa*, schaut her!« Und er zeigte mit seinem Beil aus Grünstein auf die vielen interessanten Einzelheiten, um seinen Worten Nachdruck zu verleihen.

»Seht nur! Te Heke steht über uns!«, rief er, als er mit dem *tekoteko* hoch oben auf die vorderen Lastplanken zeigte, dann hinunter zu den vielen anderen Schnitzereien rund um das Foyer herum, während die Augen der Zuhörer ihm voller Begeisterung folgten.

»Kurawhatua ist hier unten,

Wo *manaia* aus Gedanken Bilder schaffen.

Rangipai Te huia grüßt euch am Eingang
Mit *Tuhoto* und *Manuhati*.
Und versammelt die vielen Stämme.
Dort steht *Te Amokura* stolz und heisst willkommen
Die Myriaden unseres Stammes,
Gemäß der Aufforderung von Tapuae.
Die Planken unseres Kanus sind zusammengeschnürt,
Bewacht von *marakihau*!
Und es wird schweben wie ein Albatros.
Es hebt sich, es steigt,
Es gleitet in Sicherheit.
Hui-e!
Taiki-e!«
Die Menge fiel in den volltönenden Gesang ein.
»Die Pfeiler unseres Hauses sind aus *rimu* und aus *totara*,
An der Tür steht *Te Rangihiroa*! Innen zur Linken ist *Rewarewa*
Und *Hiko O Te Rangi* zur Rechten!
Denn dies ist das Haus von Tapuae, dies ist sein *marae*,
Willkommen Te Hairini, dreifach willkommen.
Willkommen Macht! Willkommen Furcht!«
Der raffinierte Hohepriester hoffte, dass diese geschickt gewähl-
te Anspielung auf den Status seines hohen Besuchers und das *pa*
seines Stammes nicht unbemerkt an der Versammlung vorüber-
gehen würde. Während er fortfuhr, hob er seinen Stab symbolisch
zum Himmel.
»In den Stunden der Finsternis scheinen die Lichtstrahlen unserer Götter fort und siehe! In den Himmeln kündet *Matariki*
vom Neuen Jahr. Dies erinnert uns daran, dass die Weisheit unserer Ahnen allein uns und uns wohlgesonnene Sternzeichen über
die unbekannten Meere des Schicksals führt!«
Lautes, respektvolles Murmeln stieg aus der Menge auf, als der
Hohepriester seine Rede mit folgenden Worten beschloss:
»*Haere mai. Naumai! Haere mai*!«

2

Haukino folgte seinem Häuptling und zeigte einen furchterregenden bewaffneten Kampf mit dem *taiaha*. Dann stimmte

er seinen Lieblingsgesang an, der dem Kriegsgott Tumatauenga gewidmet war. Seine alten Freunde von den *Hokowhitu a Tu* aus Tawhitiroa stimmten begeistert ein.

Viele Redner folgten mit *waiatas* und Gesängen, in die die Leute einfielen, um dabei zu helfen, besonders wichtige Stellen stimmgewaltiger zu gestalten.

Endlich war es an den Gästen zu antworten.

Te Hau O Te Rangi in einem rotgefiederten Umhang, den er um seine Schultern gelegt hatte, mit dem ›Spiegel der Götter‹ in der Hand, der wie ein grüner Blitz aufleuchtete, sprang auf den *marae* und sang eine Hymne, um das Neue Jahr zu preisen. Ihm folgten sogleich Tawa und seine Krieger, die mit ihrem Häuptling einen wilden Kriegstanz begannen.

Nachdem diese Vorstellung beendet war, lief Te Hau O Te Rangi mit federnden Schritten zum Mittelpunkt des *marae*, um ein Lied anzustimmen, das seinen Ahnen gewidmet war. Es beschrieb die Ankunft seiner Familie aus *Tawhiti* Generation für Generation ganz zurück bis zum Kanu ihrer Vorfahren. Immer wieder fielen viele Mitglieder seines Stammes in die *waiatas*, *hakas* und Lobgesänge ein.

Dem großen Häuptling aus Te Hairini folgte dann Redner auf Redner, bis alle ihren Gastgebern geantwortet hatten. In einer letzten bedeutungsvollen Geste schritt Te Hau O Te Hangi, begleitet von Rangipai, Waiherere und weiteren Mitgliedern seines Stammes, in den Mittelpunkt des *marae* und legte dort schöne Umhänge aus Seehundfell und *kiwi*-Federn nieder. »Dieses *koha* ist eine besondere Gabe, um ein glückverheißendes Ereignis unter den Sternen des Neuen Jahres anzuzeigen«, schloss er.

Nachdem die Besucher vorgetreten waren, um ihr *koha* niederzulegen, erneuerten einige Frauen, angeführt von Tante Mihi, den Ruf des *karanga* und gingen hinaus auf den *marae*, um die Besucher zu begrüßen. Hier hoben sie das *koha* auf, und noch immer das *karanga* singend, zogen sie sich wieder in in die Reihen der Frauen des *pa* zurück. Plötzlich verstummte das *karanga*, und Haukino ließ den Ruf erschallen: »Stellt euch auf zur Begrüßung der Gäste!«

Sämtliche Gastgeber stellten sich nebeneinander in einer Reihe auf, standen vor Tapuae und bildeten nach innen zum *marae* hin blickend einen großen Halbkreis.

Von links nach rechts traten die Besucher einzeln vor.

Die Ngati Whakaari begrüßten einander gemäß der uralten Tradition ihres Volkes mit dem *hongi*.

Die lange Begrüßungsreihe wurde häufig für längere Zeit aufgehalten, wenn die Ältesten und die alten Frauen der jeweiligen *pa* einander begrüßten, ihre Nasen aneinanderpressten und dabei zur gleichen Zeit sangen und klagten.

Am späten Nachmittag war das *hongi* beendet, und jeder lief herum, um alte Bekanntschaften aufzufrischen und neue Freundschaften zu schliessen.

Ein reichhaltiges Mahl, das von den Frauen unter Mithilfe von Hunderten Sklaven bereitet worden war, wurde von Gästen und Gastgebern gleichermaßen gierig verzehrt.

3

Als die Nacht hereinbrach, waren alle Häuser des *pa* dicht mit Gästen belegt, während die Ältesten, Häuptlinge und Frauen von Rang sich in Tapuae versammelten.

In der Halle der Vorfahren hatte sich ein interessantes Streitgespräch entwickelt, in dem es um die hochwichtige Angelegenheit der Stammesahnenreihe ging. Dieses Streitgespräch war als *whaikorero* bekannt, und diente dazu, das *whakapapa* in Erinnerung zu rufen, um alle zu ermahnen, ihre Herkunft zu achten. Die Erinnerung an die Familienoberhäupter wurde bewahrt, indem sie öffentlich präsentiert wurde. Dadurch lebte die Vergangenheit weiter, und die Vorfahren wurden mit Ehrfurcht und Stolz in Erinnerung behalten. Man rief eine Zeitspanne von vierhundert Jahren in Erinnerung, indem jeder einzelne Ahne – ohne die Möglichkeit, auf schriftliche Aufzeichnungen zurückzugreifen — beim Namen genannt wurde. Mehr noch, die Kandidaten mußten ohne zu zögern in der Lage sein, auch den Namen zu nennen, der als nächster genannt werden mußte.

Es war, als würde man eine große Anzahl Menschen aus der Vergangenheit gemeinsam zum Leben erwecken, um eine Fundgrube an Wissen für jedes nur erdenkliche Vorhaben bereitzustellen. So liessen sich sogar Antworten auf Fragen nach der Existenz des Stammes oder der Begründung seines Verhältnisse zu seinem Land finden. Alle waren einander durch immerwährendes *aroha* verbunden. Hierher konnten die Leute kommen, um ihr Wissen auszutauschen und einen eigenen Beitrag zu den stattfindenden Diskussionen zu leisten. Da diese Diskussionen vor den Augen des Volkes stattfanden, wurden sie aufmerksam verfolgt, und die Familienoberhäupter ergriffen das Wort, wann immer sie wollten.

Plötzlich sprang Te Hau O Te Rangi auf und tanzte einen *haka*, bei dem ihn alle unterstützen, die aus Te Hairini kamen. Dann sang er einen *waiata* über seine Familie.

»Te Haereroa«, sagte der Hohepriester darauf. »Ich stamme von seiner ältesten Tocher ab, aber nicht von seinem ältesten Sohn, der ranghöher ist.«

»Tahurangi«, sagte Te Hau O Te Rangi.

»Te Heke.«

»Te Wehi.«

»Kurawhatua.«

»Rangiwhakarurua.«

So ging es immer weiter. In bester Übereinstimmung rezitierten sie Ahnen auf Ahnen.

»Tamaiwahias zweiter Sohn Wharau«, sagte Te Hau O Te Rangi nach einer kurzen Stille.

»Rangipai Te Huia«, erwiderte der Hohepriester lächelnd. »Oberste Führerin und *ariki* von höchster Geburt, ebenso unsere größte Ahnin, nach der unsere Rangipai heute ihren Namen trägt.« Jubel brandete auf, gefolgt von einem *haka*, das die erstaunlichen Taten dieser großen Ahnin pries, die unter anderem einem ganzen Kriegstrupp getrotzt hatte, wahrhaftig eine sehr mutige Frau.

»Rangi Te Hairini, Oberste Führerin und Gründerin unseres *pa* Te Hairini, namensgebende Stammesmutter des ganzen Volkes in Te Hairini zur heutigen Zeit.«

Zustimmende Rufe ertönten in der Halle, und alle Leute von Te Hairini sangen ein langes Gedicht auf die Prinzessin Rangi von Te Hairini.

Nun wurde deutlich, dass der Hohepriester seinen hochgeborenen Vorfahren an Bedeutung nicht nachstand. Wieder erhob sich Tawhiro, um seinem Volk den Namen ihres Stammes, die Ngati Whakaari, ins Gedächtnis zu rufen.

»Ja, mein Volk, wir sind Whakaari, so lautet der Name, den der große Kupe der rauchenden Insel gleich dort draußen gab«, und sein Arm deutete in Richtung des grollenden Vulkans, der vierzig Meilen vor der Küste lag.

»Unsere Leute auf dem Kanu unserer Vorfahren, Rehu Marino, hatten sich nach mehreren Tagen schlechten Wetters und Stürmen in ihrer Richtung geirrt. Ohne dass sie es wussten, steuerten sie nun in Richtung des Gefrorenen Meeres von Run [das Eismeer des Südpols], als ihnen plötzlich die lange weiße Wolke, die *Kupes* Frau beschrieben hatte, vom fernen Horizont her zuwinkte, als würde sie sie dorthin rufen, wo das Land sie erwartete.

Wir haben Whakaari für vieles zu danken, und um die Erinnerung an dieses Zeichen, das uns den Weg wies, und die zufällige Landung unserer Vorfahren vor über vierhundert Jahren in Ehren zu halten, nannten wir unseren Stamm Ngati Whakaari.«

Um diese Geschichte abzuschliessen, sang Tawhiro ein Lied, das der Rauchenden Insel gewidmet war.

»Whakaari, du schützende Insel von Kupes langer weißer Wolke,
Leuchtendes Zeichen in *Te Moananui a Kiwas* grenzenloser Tiefe,
Winkst uns über dem Horizont, der stets zurückweicht,
Ziehst Rehu Marino an diesen sanften, weißen Sand,
Während Erinnerungen an *Tawhiti* in der Ferne
Auf dem plätschernden Kielwasser schwimmen.«

4

Als er sich nun wieder dem Publikum zuwandte, konnte er die Spannung in der Menge spüren, und er wusste, dass er sie erneut für sich eingenommen hatte.

»Und unser gewaltiges *pa*, Tawhitiroa, gedenkt unserer früheren Heimat, gedenkt der Inseln von *Tawhiti*. Doch sollte jemand einmal die Frage stellen: ›Woher kommst du?‹, erinnert euch der Antwort eurer Ahnen, die sagten: ›Wir kommen von *Tawhiti*, aus der Ferne, von *Tawhitinui*, aus der weiten Ferne, und von *Tawhitipamamao*, aus der sehr weiten Ferne‹.«

An dieser Stelle sprang Haukino auf. »Mein *tupuna* sprach immer von *Hawaiki*, *Hawaikinui* und *Hawaikipamamao*. Du aber verwendest den Namen *Tawhiti*. Kannst du diesen offensichtlichen Unterschied in unseren Traditionen erklären?«

Lange schaute der Hohepriester Haukino an, während alle äußerst gespannt auf seine Antwort warteten.

Endlich erwiderte Tawhiro: »Diese Namen sind beide ein entscheidender Teil des *whakapapa* unserer Familien. Sie sind auch metaphorische Verweise auf unsere Urheimat, weit über den entferntesten Horizont hinaus.

Der Name *Tawhiti* betont die Entfernung und die Zeit, ruft uns die vielen Meilen ins Gedächtnis, die unsere Vorfahren in ihren Hochseekanus zurücklegten, *ara moana* – den über Weg das Meer – unter *Ranginui e tu nei* – den großen ewigen Himmeln. Es ruft uns auch die vielen Orte ins Gedächtnis, an denen unser Volk verweilt haben muß, auf seinen großen Entdeckungsfahrten, die den Sternen folgten, die Augen immer der aufgehenden Sonne zugewandt. Es wird an die enorme Zeitspanne erinnert, die unsere Ahnen als Seefahrer auf dem Meer verbracht haben, als sie Insel um Insel entdeckten.

Viele Generationen sehen uns hier heute nacht in direkter Verbindung mit unserer ersten und am weitesten entfernten Heimat, die in unseren Überlieferungen klar als *Tawhiti* bezeichnet wird.

Das Land, in dem unsere Vorfahren zu einer späteren Zeit lebten, nannte man dann *Tawhitinui*. Und haben nicht die Whakatohea, unser Nachbarstamm, ein *pa*, das Tawhitinui genannt wurde, während ein anderes Tawhitirahi heisst und noch ein anderes Opotikimaitawhiti? Ja! *Tawhiti* hat eine ganz besondere Bedeutung für Whakaari. *Tawhiti* liegt uns sehr am Herzen.«

»Aber würdest du nicht sagen, dass *Hawaiki* möglicherweise ein älterer Name sein könnte?«, beharrte Haukino.

»Dem kann ich nicht zustimmen«, erwiderte der Hohepriester. »Die beiden Überlieferungen sind völlig verschieden. Die Beschreibungen von *Hawaiki* als unserem Heimatland in diesen Überlieferungen unterscheiden sich vollkommen von denen *Tawhitis*. Ich glaube wirklich, dass sie für zwei verschiedene Routen über *Te Moananui a Kiwa* stehen.

Unsere Legenden beschreiben *Tawhitinui* als ein gewaltiges Land mit mächtigen Bergen, weiten Ebenen und riesigen Flüssen, die den umgebenden Ozean mit der Farbe des heiligen Ockers tönten. Es war in Tawhitinui, wo unsere Vorfahren erstmals die Geheimnisse und Eigenschaften des wertvollen *pounamu* erkannten.

In den Überlieferungen zu *Hawaiki* wird auch ein Ort namens *Irihia* erwähnt und auch andere fremde Länder, darunter eine große Insel, auf der Nahrung in Hülle und Fülle wuchs, von Menschenhand unberührt.

Irgendwo weit hinter der untergehenden Sonne liegt das Land Hawaiki. Hier prophezeiten die Seher der Vorzeit, dass Inseln unter fremden neuen Gestirnen in der unermesslichen Weite des Ozeans *Te Moananui a Kiwa* entdeckt werden würden. Sie gaben unseren Vorfahren sogar genaue Anweisungen für die Seereise, die sie hierher bringen würden – und doch hatten sie nie einen Fuß auf dieses ferne Land gesetzt. Um genau zu sein, Haukino«, fügte der Hohepriester hinzu, »die Tradition deiner Familie, die Toten nach *Hawaiki* zu verabschieden, ist direkt verknüpft mit eurem überlieferten Glauben, genau wie wir unsere Toten nach *Tawhiti* verabschieden.«

»Ah, Tawhiro, es freut mich, dass du uns in deiner Weisheit die Unterschiede und Ähnlichkeiten diese zwei Überlieferungen aufgezeigt hast. Die Möglichkeit, dass unser Volk auf zwei voneinander getrennten Routen über den großen Ozean gekommen sein könnte, war mir nicht eingefallen.«

Te Hau O Te Rangi erhob sich sogleich, um ein uraltes Lied anzustimmen, das an *Tawhiti* erinnerte, in das Tante Mihi einfiel. Begleitet wurde sie von einer großen Anzahl von Leuten beider *pas*, die den Hohepriester und die von ihm betonte Bedeutung des Namens *Tawhiti* unterstützten.

Dann erhob sich Motu Turei, um ein Lied zu singen, das den Abschied von Hawaiki beschrieb und das von mehreren Legenden berichtete. Sogleich stimmten Haukino und viele andere mit ein, die auf diese Weise den Traditionen *Hawaikis* Gehör verschafften.

Als dieses Lied endete, wandte sich Tawhiro wieder an sein Publikum. »Heute abend haben wir gesehen, wie zwei völlig unverbundene Überlieferungen zusammengeführt wurden, um in unseren Herzen und in unserem Geist das Wissen um unsere Vorfahren zu erhalten. Ihr Mut und ihre Beharrlichkeit bei der Verfolgung ihrer Ziele schenkt uns Vertrauen für unsere Zukunft. Während wir sorgfältig unsere jeweiligen eigenen Überlieferungen bewahren, lasst uns nie vergessen, dass wir mit *Tawhiti* und *Hawaiki* unsere Geschichte in Ehren halten.«

5

Während er fortfuhr, schlug der Hohepriester mit der Hand kurz auf die Schnitzfigur an seiner Seite und fügte beim Springen in einen *haka* hinzu: »Und dieses große Haus unserer Ahnen ist nach einem unserer bedeutendsten Vorfahren benannt – dem mächtigen Tapuae. Und genau in diesem Haus versammeln wir uns, in dem Haus, das den Häuptlingen unseres Volkes geweiht ist. Jawohl, meinem Ahnen ist es geweiht – und nicht dem Ahnen irgendeines anderen. Wir sind im Hause von Tapuae!«

Und die ganze Versammlung tat es ihm gleich und wiederholte im Chor: »Tapuae! Tapuae!« Die Sache war für die Leute äußerst interessant geworden und sie konnten ihren Tatendrang kaum zügeln.

Endlich rief der Hohepriester: »*Te Amokura*, Gründer und Vater aller Ngati Whakaari, Kapitän von *Rehu Marino*!«

»Hinewai Te Puni, Te Amokuras Frau«, schloss Te Hau O Te Rangi. Auf diese Weise blieb die Angelegenheit offen, denn Hinewai Te Puni war selbst eine Prinzessin und Te Amokura in jeder Hinsicht gleichgestellt. Sie hatte sich mit Te Amokuro in Tawhiti vermählt, bevor Rehu Marino die Segel Richtung *Aotearoa* setzte.

In ihrer Familie war es Tante Mihi, die das Gleichgewicht der Macht in den Händen hielt.

Es war ein gutes Gespräch gewesen, und an die Meisterleistungen des Erinnerungsvermögens, die von allen Teilnehmern erbracht worden waren, würde sich jeder noch viele Jahre später erinnern. Und doch war es der junge Priester Tiwai Wharepapa, der Tawhiro während dieser Gespräche mehr als alles andere Freude machte.

Tiwai war kein schöner Mann, mittelgroß wie er war und von knochigem Aussehen, während sein leicht tätowiertes Gesicht sein Ansehen bei den Frauen auch nicht gerade verbesserte. Doch es gab ein Gebiet, auf dem Tiwai sich auszeichnete: Er besaß ein ganz außerordentliches Erinnerungsvermögen.

Heute abend schlug er die Menge in seinen Bann, indem er, anscheinend ohne auch nur Atem zu holen, einen sehr langen *waiata* und einen Gesang rezitierte, in dem die gesamte Geschichte des Stammes mit besonderen Verweisen auf alle führenden Familien, auf bedeutsame Aussprüche, Hass, Liebe und Kriege in Erinnerung gerufen wurde.

Dann hatte er ein Lied gesungen, das dem besonderen Jadebeil namens *Te mana O Kahukura* gewidmet war, welches der Hohepriester als zeremoniellen Stab benutzte. Dieses Stück Jade von sehr hoher Qualität war das Stammessymbol für Autorität und als Beil an einem schön geschnitzten Griff befestigt und mit Hundehaar verziert. Es war außerdem das Schlachtemblem des Stammes und wurde im Kampf vom Hohepriester getragen.

Tiwai hatte eine schöne Stimme, und viele fielen in seine Gesänge und *hakas* mit ein. Als er sein Repertoire beendet hatte, dankte ihm der Hohepriester.

»Sehr gut, Tiwai, fabelhaft, um genau zu sein. Ich wusste gar nicht, dass du dich so genau an meine Lehren erinnerst. Ausgezeichnet«, sagte er mit sanfter Stimme.

Sogar Te Hau O Te Rangi kam herüber und gratulierte dem jungen Priester zu seinem Können.

Am besten hatte allen gefallen, wie der Hohepriester die Position des *ariki* ruhig und leidenschaftslos hervorgehoben hatte, so dass nicht einmal Rangipai gebeten werden mußte, in den Wettstreit einzugreifen. Das war Bestätigung genug. Rangipai, die Tochter Heke Taias, des ältesten Bruders des Hohepriesters, ranghöher als er, hielt ihre Stellung als *ariki* in ihrer Eigenschaft als Sproß der Hauptlinie von *Te Amokura*, der seine Hoheit als *ariki* vor vierhundert Jahren von *Tawhiti* hierher getragen und in ein neues Land verpflanzt hatte, wo sie angenommen worden war und weiterhin wuchs und gedieh.

6

Einige Tage später sagte Te Hau O Te Rangi zu seinem Verwandten Tawhiro: »Es ist gut, dass wir Zeit haben, uns gelegentlich zu treffen, so dass wir die Möglichkeit haben, uns um die vielen Bedürfnisse unseres Volkes zu kümmern.« Dann schaute er Tawhiro ernst an. »Ich glaube, du hast Hochzeitspläne gemacht. Sind die Götter dir wohlgesonnen?«

Tawhiro war nur zu froh, seinem Besucher zu erläutern, was er im Sinn hatte. »Ich habe wirklich jede Vorsichtsmaßnahme getroffen. So wie ich die Sache jetzt sehe, wären wir dumm, sie nicht sofort weiterzuverfolgen. Rangipai zeigt die prächtigen Eigenschaften ihrer glorreichen Ahnen«, sagte Tawhiro lächelnd, »und denk nur daran, wie fabelhaft sie das *karanga* ausführte, als sie hereinkam.«

»Aber vergiß nicht, dass sie einen starken Willen hat. Es könnte sein, dass wir unseren Wunsch nicht ohne weiteres bei ihr durchsetzen können. Du erinnerst dich doch sicher noch an die Absprachen, die du mit Te Wherowhero wegen seines ältesten Sohnes, Nuku, getroffen hast, und wie zufrieden damals alle waren?«

»Ja, ich erinnere mich. Es scheint nun schon so viele Jahre her zu sein.«

»Nun, ich glaube, es wird Zeit, dass wir die damalige Absicht zu einem Abschluss bringen und diese jungen Leute verheiraten.«

Te Hau O Te Rangi war sich der vielen Augen, die auf ihm ruhten, bewusst und wandte sich an seinen Gastgeber, während er zur gleichen Zeit die Menschen um ihn herum anschaute und bewusst wahrnahm, so dass sie das Gefühl bekamen, selbst am Gespräch teilzunehmen: »Ihr alle erinnert euch daran, dass ich, als Rangipais Vater und Mutter noch lebten, eine Vermählung arrangiert habe, die zu einem späteren Zeitpunkt zwischen Nuku und Rangipai stattfinden sollte, wenn sie beide ein geeignetes Alter erreicht haben würden.«

Zustimmendes Murmeln erhob sich aus der Menge.

»Nichts ist geschehen, das meine Meinung in dieser Angelegenheit geändert hätte, und ich denke wirklich, dass es langsam Zeit wird, dass die jungen Leute einander vorgestellt werden.«

Zustimmende Rufe ertönten von allen Seiten.

»Ja«, schloss er gedankenvoll, schaute Tawhiro an und legte seine Hand auf die Schulter seines Freundes, »deine Reise, um die Vereinbarung endgültig festzulegen, könnte von großer Bedeutung für unsere beiden Stämme sein. Wann schlägst du vor, aufzubrechen?«

»Der Mond steht in drei Tagen günstig. Ich werde…«

Plötzlich wurden sie auf furchtbare Weise unterbrochen.

Ein wilder Schrei vom Haupttor – »Te Mahia, Te Wherowheros großes *pa* ist gefallen«, schnitt Tawhiro das Wort ab.

Er konnte vor Entsetzen kaum glauben, was er gehört hatte, und verlangte schreiend nach weiteren Nachrichten. Schon eilte die Elitewache hin, um nachzufragen, während wie von Zauberhand aus allen Richtungen Krieger erschienen.

»Te Wherowhero und Nuku, ihr ganzes Volk – die Ngati Aotea gibt es nicht mehr.« Der qualvolle Ruf hallte noch über dem *pa* wider und ließ die Versammlung vor Entsetzen erstarren.

Tawhiro fasste sich an den Hals. Jetzt, so spürte er, war sein Augenblick des Schmerzes gekommen, der stark, sogar furchteinflößend war.

Plötzlich bahnte sich von den Haupttoren her eine zerzauste und blutverschmierte Gestalt einen Weg durch die Menge, gefolgt von Scharen von Menschen, die schrien und voller Abscheu auf sie zeigten. Die Gestalt brach vor dem verblüfften Tawhiro und Te Hau O Te Rangi zusammen und stieß hervor: »Te Wherowhero und sein Sohn Nuku sind tot. Raumoko hat unser *pa* angegriffen und es bis auf die Erde niedergebrannt. Unser ganzes Volk ist entweder tot oder versklavt – nur Treibholz und die Vögel sind noch geblieben.

Der Bote brach in Tränen aus. »Meine Frau und drei Töchter sind Sklavinnen in Tuanuku, und meine beiden Söhne sind tot. Ebensogut könnte auch ich tot sein«, und während er sprach, rieb er sich die Lenden. »Meine Saat wurde vor meinen Augen zerstört, und meine Lenden sind nun leer.« Vor Schmerz schlug er seinen Kopf auf die harte Erde und heulte und wimmerte herzerweichend.

7

Tante Mihi, die sich neben den schluchzenden Boten gekniet hatte, legte seinen blutverschmierten Kopf sanft in ihren Schoß und versuchte, ihn zu trösten. Allmählich dämmerte ihr die Wahrheit über die Identität des Mannes. Tante Mihi wandte sich um zu der rasch größer werdenden Menge und fragte diejenigen, die ihr am nächsten standen: »Erkennt ihr ihn nicht? Das ist Takarehe, er hat früher in unserem *pa* gelebt!«

Die Nachricht, dass Takarehe Raumokos Angriff auf Te Mahia entkommen und nun in Tawhitiroa war, verbreitete sich durch die große, stetig wachsende Menge wie ein Lauffeuer. »Das ist Takarehe. Einer unserer Verwandten ist zurückgekehrt. Oh! Wie er gelitten haben muß! Schaut euch bloß seine Wunden an.« Kinder kreischten, und Frauen fielen in Ohnmacht.

»Bringt ihm Wasser«, befahl eine Stimme, und die Leute begannen, für den Hohepriester Platz zu machen, der sich näherte, um der klagenden Gestalt zu helfen.

Tante Mihi erhob sich langsam: »Ich kann ihn in unser Familienhaus bringen, er kann dort bleiben, bis er wieder gesund ist.«

»Gut, dann werde ich seine Wunden dort behandeln.« Der Hohepriester und Tante Mihi tauschten einen Blick des Einverständnisses. Diejenigen in der Menge, die in der Nähe standen, wussten, dass alles versucht werden würde, um ihn wieder gesund zu pflegen.

Alle redeten miteinander und besprachen Takarehes Los, die einen boten ihre Hilfe an, andere stellten viele Fragen, deren Antworten sie nicht einmal abwarteten, bevor sie ihre eigene Meinung vorbrachten. Manch einer jammerte vor Mitleid, während es auch solche gab, die über Rache sprachen.

Noch immer aufgeregt tuschelnd, bewegte sich die Menge allmählich in Richtung von Tante Mihis Familienhaus, während die wimmernde, humpelnde Gestalt von zwei Kriegern gestützt wurde. Über ihnen ragte Taiharuru auf, der Berg der Donnernden Meere.

Eindrucksvoll hob sich der gewaltige, geschnitzte Pfosten in der Ecke der äußeren Palisadenwand vom Spätnachmittagshimmel ab, als würde er das Geschehen von oben herab betrachten.

6. KAPITEL

Ein zahmer Papagei war an allem schuld

»Schuld an allem waren diese groben Bemerkungen, die Te Wherowhero über Raumokos zahmen Papagei gemacht hat!«

Der Hohepriester war skeptisch. »Was meinst du damit?«

»Den Fall von Te Mahia«, erwiderte Takarehe. »Das große *pa* fiel wegen eines einzigen Vogels!«

Dank Tante Mihis mitfühlender Behandlung schien es ihm bereits besser zu gehen, und auch die besonderen Kräuter aus dem heiligen Hain des *mamaku*-Farns, die der Hohepriester eigens für eine baldige Genesung verschrieben hatte, taten ein übriges.

Erst gestern war Rangipai gekommen, um Takarehe zu besuchen und ihre Anteilnahme an dem Verlust seiner Familie und seinen Verletzungen zu bekunden. Sie hatten sich lange miteinander unterhalten.

Jetzt saß er vor Tante Mihis Haus, hatte seinen Rücken gegen eine Schnitzfigur mit runden goldenen Augen gelehnt und erzählte dem Hohepriester, wie dessen Cousin und Verbündeter Te Wherowhero der Ngati Aotea eine dumme Bemerkung gemacht und damit ausgerechnet Raumoko provoziert hatte, sein *pa* Te Mahia anzugreifen.

»Erzähl uns, wie alles anfing«, sagte der Hohepriester, von plötzlichem Interesse gepackt.

Takarehe schwieg eine ganze Weile, während er sich unter Schmerzen etwas bequemer hinsetzte. Dann schaute er Tawhiro aufmerksam an. »Es begann alles mit einem harmlosen Vergnügen, als ein paar Kinder aus Raumokos *pa* in Tuanuku ihre Drachen steigen liessen.«

Immer mehr Leute begannen, sich um ihn zu scharen und aufmerksam zuzuhören.

»Ganz plötzlich wurden die Drachen von einer starken Böe erfasst, und die Schnur riss, als die Kinder den Strand unterhalb Tuanukus entlangrannten. Ihr wisst, welchen Strand ich meine.«

Die Zuhörer nickten zustimmend.

Während Takarehe sprach, kamen auch Rangipai und ihre Gefolgschaft herbei, um sich im Foyer von Tante Mihis Haus zu ihm und dem Hohepriester zu gesellen. Bald hatte Takarehe eine große Zuhörerschaft, und er genoß es, vor so vielen Leuten zu sprechen. Viele zeigten Interesse an seiner Geschichte und wollten alles über Te Mahia erfahren. Er fühlte sich bereits viel besser.

Da es das zunehmende Gemurmel schwierig machte, etwas zu verstehen, sorgte der Hohepriester mit erhobenem Stab für Ruhe. Innerhalb von Sekunden hörte jeder Takarehe zu.

»Nun, erzähl uns, was mit den Kindern geschah«, bat Tawhiro, der neugierig wurde.

»Ihr wisst ja alle, wie Kinder sind. Natürlich liefen sie ihren Drachen hinterher, und bald waren sie hinter den pohutakawas außer Sichtweite. Zunächst machte sich in Tuanuku niemand Sorgen um die Kinder, als sie nicht wieder auftauchten. Doch soweit ich weiß, wurde Alarm gegeben, als man bei Einbruch der Dunkelheit noch immer kein Lebenszeichen von den Kindern hatte; und ein großer Suchtrupp rückte mit Fackeln aus, um die Vermissten zu suchen. Sie wurden nie gefunden.« Takarehe hielt inne und wandte sich an diejenigen, die ihm am nächsten standen, darunter natürlich der Hohepriester, Rangipai und Tante Mihi.

»Was glaubt ihr, was geschehen war?«

Auf die Fortsetzung gespannt, schauten alle den Redner erwartungsvoll an.

»Der Wind hatte die Drachen durch das Tal über einen kleinen Bach und die lange Anhöhe nach Pukehinau hinauf getragen. Ihr kennt den Ort, an dem die Ngati Aotea ihre Toten begraben, genau auf der anderen Seite des Flusses Motu?«

»Oh ja, den kennen wir gut,« bestätigten die Zuhörer.

«Zum Unglück der Kinder ließ der Wind nach, und die Drachen segelten nach Pukehinau und landeten auf dem *marae*, gerade als Te Wherowhero dort eintraf. Natürlich rannten die Kinder den Drachen hinterher und wollten sie wiederhaben. Doch Te Wherowhero ließ sie ergreifen und töten.«

»Aber warum?« klang es einstimmig vom Zuhörerchor. »Te Wherowhero mochte Kinder – er war ständig mit ihnen zusammen – ob es seine eigenen waren oder nicht!«

»Sie waren über die Begräbnisstätte der Ngati Aotea-Häuptlinge gelaufen, waren dann auf den *marae* gerannt und hatten es so entweiht. Stellt euch das vor – ausgerechnet den *marae* hatten sie entweiht.«

»Oh, die armen, armen Kinder,« seufzten die Zuhörer voll Mitgefühl.

»Eines der Kinder war der jüngste Sohn von Atawhai, dem Hauptverwalter Raumokos.

Als nun die Leute in Tuanuku ungefähr zwei Tage lang gesucht und keine Spur von ihren Kindern gefunden hatten, wussten sie, dass etwas Schlimmes passiert sein mußte, und einige unserer Fischer am Fluss berichteten, dass sie die Leute in Tuanuaku um den Verlust ihrer Kinder hatten wehklagen hören.

Es ergab sich so, dass Atawhai, der länger als alle anderen weitergesucht hatte, auf seinem Heimweg die Fußspuren der Kinder fand, die zum Bach und nach Pukehinau hinaufführten. Nun wurde offensichtlich, welches Schicksal die Kinder ereilt hatte.«

Takarehe seufzte und fuhr fort. »Die Kleinen haben mir sehr leid getan, aber ich konnte nichts tun, um ihnen zu helfen. Sie hatten nun einmal das *tapu* entweiht. Die kleinen Kerle waren zu jung, um wirklich zu verstehen, worum es ging, und deswegen mußte man sie töten. Wären sie älter gewesen, dann hätte Wherowhero ihnen die Strafe erklären können, die die Götter für eine derartige Entweihung vorgesehen haben. Und sobald sie die Wahrheit erfasst hätten, wären sie sicherlich ganz von selbst gestorben. Aber, seht ihr, die armen Dinger waren noch zu jung, um überhaupt Wahrheit erfassen zu können, also mußten sie auf diese Weise sterben. Raumoko hätte sie besser beaufsichtigen lassen sollen.« Die Zuhörer nickten zustimmend. »Ich gebe Raumokos Leuten die Schuld, weil sie die Kinder haben herumstreunen lassen.

Wir haben dann nichts mehr von Raumoko gehört und schließlich gedacht, dass es wohl auch nach ihrer Meinung falsch gewesen war, nicht besser auf ihre Kinder aufgepasst zu haben. Sie hatten allem Anschein nach beschlossen, die Angelegenheit mit Te Wherowhero auf sich beruhen zu lassen. Nun, wie ihr wisst«, sagte Takarehe, verlagerte sein Gewicht vorsichtig auf seine linke Seite und schwieg ein paar Minuten lang, während er erneut seine Stellung änderte, »die Ngati Aotea und Raumoko gingen gewöhnlich gemeinsam an der Mündung des Motu fischen.

Als die Zeit kam, den *kahawai* zu fangen, nahmen sie Nuku und eine Gruppe der Ngati Aotea mit ins Boot, damit sie ihnen mit den Netzen helfen konnten, so wie es in der Vergangenheit

Brauch gewesen war. Diesmal jedoch baten sie Nuku, das andere Ende des Netzes zu nehmen und ins tiefe Wasser hinauszuziehen, während sie knöcheltief im Wasser standen.

Nuku und seine Männer erreichten die vorher abgemachte Stelle und mußten feststellen, dass sie bis zum Hals im Wasser standen. Jemand am Ufer rief etwas, und noch bevor Nuku und seine Männer wussten, wie ihnen geschah, waren Raumokos Leute schon in den Kanus, hatten das große Netz um ihre Helfer der Ngati Aotea gezogen und nahmen alle im Netz gefangen. Raumokos Leute lachten und riefen: »Schaut euch den Fisch an, den wir heute gefangen haben!« Takarehe machte wieder eine Pause.

»Dann begann es.«

2

»Was?«, fragten alle Zuschauer, von der Geschichte mitgerissen.

»Das Morden natürlich.«

Vielen verschlug es den Atem, und Rangipai schaute mit traurigem Blick ihre Onkel an. Beide waren sichtlich erschüttert von der Erzählung. Rangipai fühlte auf einmal, dass Männer, die für sie ausersehen waren, immer leiden mußten, ob sie nun tatsächlich ihre Bekanntschaft gemacht hatte oder nicht. Sie spürte Schmerz für Nuku.

Takarehe räusperte sich und fuhr fort. »Es dauerte nicht lange, bis sich der Strand vor Blut rot färbte. Als das Netz ans Ufer gezogen wurde, standen sie alle mit *meres* und Speeren da und schlugen wie wild auf die unglücklichen Überlebenden der ersten Attacke ein – bald waren alle tot. Etwas war aber seltsam – wir hatten den Eindruck, dass Raumoko Nukus Tod nicht gerne sah, denn er sandte seine Leiche zurück nach Te Mahia. Warum er das tat, wird wohl keiner je erfahren, und niemand wagt, Raumoko nach seinen Gründen für irgend etwas zu fragen.«

»Was ist dann passiert?« fragte der Hohepriester.

»Natürlich machte die Nachricht vom Tod seines Sohnes Nuku Te Wherowhero rasend vor Wut. Er tötete jeden Mann aus Raumokos Abordnung, die die Leiche seines Sohnes zurückgebracht hatte. Dann begann er, eine gewaltige Streitmacht von Kriegern zu versammeln, um Tuanuku niederzubrennen. Er prahlte, dass er sich Raumokos sprechenden Papagei schnappen und ihn in eine höchst schmerzhafte Öffnung schieben würde, so dass der verräterische Raumoko immer gezwungen werden könnte, mit zwei Zungen zu sprechen, einer an jedem Ende sozusagen, um allen zu zeigen, wie falsch er ist.«

Die große Zuhörerschar fing bei dieser Bemerkung an zu lachen.

Te Hau O Te Rangi lehnte sich zu Tawhiro hinüber. »Übel, sehr übel«, sagte er.

»Ja, wir wissen alle, für wie heilig Raumoko seine Person hält. Er behauptet, dass er *tapu* sei und von den Göttern abstamme«, erwiderte der Hohepriester.

»Mir scheint, als habe Te Wherowhero den Ärger heraufbeschworen – so etwas über Tutu zu sagen und dann allen davon zu erzählen. Er hätte seinen Angriff auf Tuanuku, Raumokos *pa*, in aller Stille vorbereiten sollen.«

»Scheint, dass er seinen Feind unterschätzt hat. Schlimmer noch, er hat ihm törichterweise genau gesagt, was er tun wollte.«

»Das hat er!«, erwiderte der Bote und griff den Faden seiner Geschichte wieder auf. »Raumoko hörte von den groben Bemerkungen über seinen zahmen Papagei und dass Te Wherowhero damit prahlte, Tuanuku niederzubrennen. Ich glaube, dass die Bemerkungen über Tutu, den Papagei, Raumoko mehr als alles andere aufgebracht haben, obwohl ich nicht weiß, wie wahr diese Geschichte ist. Aber Raumoko ist ein schlauer Kerl, er wusste, dass er nicht so viele Krieger hatte wie Wherowhero und arbeitete daran, ihm zuvorzukommen. Er plant seine Angriffe im Voraus und, da bin ich mir sicher, lacht dabei aus vollem Hals über unsere furchtbare Hilflosigkeit, die er voraussieht.

Gestern morgen ganz früh begann Raumoko einen Überraschungsangriff auf Te Wherowheros großes *pa* in Te Mahia«, fuhr Takarehe fort.

»Wir alle kämpften verzweifelt und so gut wir konnten. Ich erinnere mich, wie ich vier Männer oben von den Palisaden herunterstieß, als sie versuchten, herüberzuklettern. Tatsächlich dachten wir einen Augenblick lang, dass wir ihren Angriff dadurch vereitelt hätten, weil keine weiteren Versuche gemacht wurden, die Palisaden zu übersteigen. Aber dann kamen die Feuerpfeile hereingeregnet und setzten die Strohdächer vieler Häuser in Brand. Auch das unseres *Whare Tapare* wurde angezündet.

Während wir uns bemühten, das *Whare Tapare* zu retten, stürmte Raumoko an der Spitze von vierzig Kriegern die Tore und gelangte so ins *pa*. Seine Männer halfen noch vielen weiteren Kriegern, die Verteidigung zu durchbrechen, und wie Flutwellen strömten sie herein.

Da die Feuer nun außer Kontrolle waren und wild züngelten, rief Te Wherowhero uns zu, wir sollten Raumoko im Nahkampf begegnen. An Rückzug war nicht zu denken. Raumokos Männer erschienen von allen Seiten. Wir waren eingeschlossen und mußten einfach weiterkämpfen.«

Während er sprach, begann der Hohepriester, sich Taupiris Lage in Hakatere vor Augen zu führen. Mein Angriff auf ihn wird dem Raumokos auf Te Wherowhero sehr ähnlich gewesen sein, dachte er bei sich – völlig überraschend.

Das Kräftemessen mußte gnadenlos gewesen sein.

Aber dann dachte er daran, wie sich Te Wherowhero letztlich geweigert hatte, ihm beim Angriff auf Hakatere beizustehen und wie das Schicksal seinen alten Freund und Verwandten schließlich eingeholt hatte.

Takarehe räusperte sich, was die Aufmerksamkeit des Hohepriesters wieder auf die Erzählung seines Gastes lenkte.

»Inzwischen ging die Sonne gerade hinter den Bergen auf. Wir alle eilten Te Wherowhero nach, um dabei zu helfen, den Feind aus dem *pa* zu drängen, und bald waren wir alle in einen verzweifelten Kampf verwickelt.

Ich habe noch nie gesehen, dass so viele Männer von einem einzigen Mann getötet wurden wie von diesem Raumoko. Er muß allein an diesem Tag mindestens zwanzig Krieger getötet haben. Die furchteinflößende Weise, wie er sein *taiaha* führte, war gnadenlos; niemand konnte ihm das Wasser reichen. Wie sehr Te Wherowhero sich auch bemühte, er war ihm nicht gewachsen, und ihr alle wisst, auch er war ein großer Krieger.

Bald war die Schlacht vorüber, Te Wherowhero umgeworfen, auf dem Boden liegend und dem Großen Mann ausgeliefert. Wir kämpften selbstverständlich noch weiter gegen die Feinde und sie gegen uns.

Das Letzte, woran ich mich erinnere, ist ein Schlag auf den Kopf und wie ich das Bewusstsein verlor. Als ich zu mir kam, fand ich mich auf einen Haufen geworfen, reif für das Siegesmahl und fast begraben unter einem Haufen übel zugerichteter Leichen. Ich schaffte es, ein paar Arme und Beine wegzuschieben und blinzelte vorsichtig hinaus. Nie werde ich den gräßlichen Anblick vergessen, der sich mir bot, und ich dachte einen Augenblick lang, dass ich mir das alles einbildete. Aber das, was ich sah, war wahr.

Ich sah Raumoko mit einem Speer, dessen Spitze rot glühte. Er brüllte unseren Häuptling Te Wheorwhero an, der nackt ausgezogen worden war und mit seinen Knien vor seiner Brust gefesselt dalag, genau wie ein Hund. Raumoko brüllte: ›Das hier kommt genau an die Stelle, in die du Tutu stecken wolltest!‹

Armer Te Wherowhero. Von seinen Schreien habe ich noch immer Alpträume – und über allem ertönte auch noch das grausige Gelächter Raumokos.«

Alle schwiegen. Dann beschrieb Takarehe, wie er in der Dämmerung aus dem Leichenhaufen geflohen war und dann im Mondlicht eine große Schar seiner eigenen Leute, alle zusammengebunden, gesehen hatte, die von Raumokos Kriegern fort von den schwelenden Ruinen Te Mahias in Richtung Tuanuku getrieben wurden. »Meine Frau und meine Töchter waren unter ihnen«, fügte er unter Tränen hinzu, »und auch der jüngste Sohn von Te Wherowhero, versklavt.«

Jetzt spürten alle, dass sie dem Boten ihr Mitgefühl bezeugen sollten, und viele boten ihm Speisen und Getränke an und sagten, dass er jetzt in Sicherheit sein würde. »Sogar eine neue Frau werden wir für dich finden, bleib bei uns«, drängten sie. Rangipai, erschüttert von der drastischen Schilderung von Te Wherowheros und Nukus Tod, kehrte schluchzend mit ihrer Gefolgschaft in ihr Haus zurück. Allmählich kehrte jeder wieder zu seinem Haus zurück, während die beiden Häuptlinge mit den Stammesältesten nach Tapuae gingen. Melancholie senkte sich wie eine Wolke über Tawhitiroa. In der Ferne schien selbst der Ruf der Wache voll Trauer die Täler hinabzuhallen.

Der Hohepriester, der sehr besorgt war, behielt seine Gedanken für sich. Nun standen nur noch die Ngati Whakaari zwischen Raumoko und der Eroberung der Küste. Er fragte sich, wie lange Raumoko ihr Friedensabkommen einhalten würde – hatte er nun ›Friedenskanus‹ gesandt oder nicht.

3

Takarehe hatte sich so weit erholt, dass er mit Hilfe eines Stockes umhergehen konnte. Es hatte länger gedauert, als er gedacht hatte, fast drei Monate, aber nun fühlte er sich viel besser.

Er schleppte sich aus Tante Mihis Haus heraus und durch den *marae* zu den Haupttoren. Von dort schaute er auf die große *kumara*-Anpflanzung unten nah am Fluss und dann weit aufs Meer hinaus, auf die rauchende Insel Whakaari, die hinter dem Horizont lag und aussah wie ein gewaltiger Wal, der erbost Wasserfontänen ausstieß.

Heute befanden sich alle unten bei der *kumara*-Anpflanzung, abgesehen von einer Gruppe Krieger, die Wache hielten und die Aussichtstürme des *pa* bemannten. Die Männer winkten ihm freundlich zu, als er vorbeihumpelte.

Sogar Tawhiro persönlich war mitgegangen, um die Früchte des Feldes zu segnen und die Hilfe der Götter für den Erfolg der Ernte herbeizurufen.

Takarehe dachte daran, den Pfad herabzusteigen, doch dann kamen ihm Zweifel. Gerade wollte er durch die Tore zurückkommen, als er Motu Turei traf.

Er bemerkte, dass der Aufseher der Sklaven nicht wie üblich von zwei oder drei Gefangenen umgeben war, sondern tatsächlich selbst einen Korb trug, und er grüßte ihn freudig: »Alle Sklaven heute schwer bei der Arbeit, Motu?«

»Tawhiro hat im Moment alle Sklaven in der *kumara*-Anpflanzung beschäftigt, und da ist kein Mann zu entbehren.«

»Alle sagen, dass die Sache mit den Sklaven viel besser läuft, seitdem du die Führung übernommen hast.«

»Oh, die Sklaven sind schon in Ordnung, wenn man sie richtig behandelt«, erwiderte der Aufseher, als er davoneilte.

Takarehe lächelte vor sich hin, als er sah, wie Motu plötzlich in Richtung von Tante Mihis Haus abbog, immer noch mit dem Korb in der Hand. Er wusste, was der Korb enthielt, und er wusste auch, für wen der Inhalt gedacht war.

Er beschloss, Zurückhaltung zu üben, und ging nach Tapuae zurück.

7. KAPITEL

Wer soll es sein?

Te Hau O Te Rangi und Tawhiro verbrachten die Nacht mit den Leuten in Tapuae.

Früh am Morgen wurde der wütende Ruf »Tod für Raumoko« immer lauter.

Te Hau O Te Rangi wusste, dass es noch anderes zu bedenken gab, und wollte keinen Ärger mit Raumoko, und so erhob er sich sofort von seinem Schlafplatz, sprach sogleich zu den Leuten und bat sie um Geduld. »Unsere Häuptlinge haben ein Friedensabkommen mit Raumoko, das erst anerkannt wurde, nachdem wir seinen Onkel nach vielen langen Jahren beinahe unaufhörlichen Krieges bei Mananui besiegt hatten.« Dann sang er ein Lied, das dem Vertrag gewidmet war und die Gründe für den Frieden zwischen beiden Stämmen nannte. »Raumoko hat uns nie direkt angegriffen, und vergesst das Geschenk nicht, das er uns mit den ›Friedens-Kanus‹ gemacht hat!«

Te Hau O Te Rangi fuhr fort: »Wir werden nicht diejenigen sein, die diese Übereinkunft brechen, denn bis jetzt hat Raumoko alles getan, um deutlich zu machen, dass er unser Abkommen einhalten wird. Ihr erinnert euch selbstverständlich daran, dass er uns sogar eine Bootsladung mit Nahrung geschickt hat, um uns auszuhelfen, als wir im letzten Jahr eine schlechte Ernte hatten, und jetzt hat er uns sogar noch ein Geschenk an Speisen gemacht.

Te Wherowhero war in einen langen, bitteren Kampf mit Raumoko verwickelt, und jetzt scheint es, dass er ein für allemal geschlagen ist. Dann ist Taupiri von unserem Verwandten Eru Taka davor gewarnt worden, allzu freundschaftlich mit Raumoko umzugehen, weil er so das Gleichgewicht zwischen den Stämmen stören und Tawhiro zwingen würde, ihn anzugreifen. Aber wollte er hören? Nein! Während wir mit Takarehe um seinen bedauerlichen Verlust trauern, war es doch nicht unser Stamm, die Ngati Whakaari, der angegriffen wurde, sondern die Ngati Aotea. Es war Te Wherowhero, der prahlte, diesen Papagei in eine gewisse Öffnung zu stecken. Es war Taupiri, der Raumoko einlud, nach Belieben in Ohiwa fischen zu gehen.

Außerdem, Te Wherowhero provozierte seine Niederlage, weil er sich einfach nicht dazu bereit erklärte, unserem Stamm beizutreten. Er wollte ein eigenständiger Häuptling sein und so der Welt trotzen. Ich aber frage nun: Ist es besser, am Leben zu sein und etwas weniger Macht zu haben – oder ein toter Häuptling zu sein, wie er es jetzt ist? Wir baten ihn einst, auch unter unserem Häuptling Tawhiro zu leben, doch er lehnte unser Angebot ab.«

Er hatte kaum aufgehört zu sprechen, als Tante Mihi ärgerlich aus der Menge hevorstürmte. Man sah, wie sie heftig mit ihren großen Händen gestikulierte. »Also mußtet ihr versuchen, eine Verbindung zwischen unserer Rangipai und Nuku zu schaffen, die unsere zwei Stämme schützen sollte, wie du es nennst. Aber das hätte für unsere Rangipai ein Leben im Exil bedeutet, und das hat uns niemand gesagt. Wir wussten nicht, dass sie von Tawhitiroa hätte fortgehen müssen und sogar fort von unserem Stamm. Und dies alles nur wegen eurer Unfähigkeit, ein Abkommen mit Häuptling Te Wherowhero zu treffen, in dem er sich bereit erklärt, sich uns anzuschliessen. Jetzt ist Te Wherowhero tot – so viel waren eure Pläne also wert! Hört nur alle genau hin – die Wahrheit kommt immer heraus!«

Während Tante Mihi ihre Hände in einer theatralischen Geste an die Brust drückte, fügte sie hinzu: »Auch ich trauere mit meinem Verwandten Takarehe um den schmerzvollen Verlust seiner Familie, insbesondere auch, da ich seine Verletzungen sehe. Aber er handelte gegen die Wünsche unseres Volkes, als er sich mit einer ehemaligen Sklavin vermählte, und so ging er hin, um in Te Mahia zu leben, wo er ebenfalls Verwandte hatte. Nun heiße ich ihn gerne wieder willkommen; er ist immer gern gesehen. Aber die eigentliche Frage, die uns beschäftigt, ist folgende: Wie sieht es mit Rangipai aus?«

Viele Frauen von Rang erhoben ihre Stimmen, um Tante Mihi zu unterstützen. »Was du sagst, ist richtig.« Dann riefen einige: »Wo ist Rangipai? Bringt Rangipai her, damit wir hören können, was sie zu sagen hat.«

»Hier kommt sie schon«, schrien andere, während die Aufregung über den Disput zwischen den von Tante Mihi angeführten Frauen und dem Hohepriester und Te Hau O Te Rangi an Intensität zunahm.

Über ihren Köpfen zogen von der See her dunkle Gewitterwol-

ken heran, und die Brandung krachte in Gischtsäulen gegen den
Fuß von Taiharuru, doch obwohl es drohte zu regnen, fiel kein
Tropfen. Es schien wahrhaftig so zu sein, als würden die Götter
selbst den bevorstehenden Sturm zurückhalten.

2

Begleitet vom betagten Te Amokura, dem Vater des Hohepriesters, näherte sich Rangipai mir ihrem Gefolge von sechs Frauen
Tapuae, während es aus der Menge einstimmig ertönte: »Rangipai, Rangipai, Rangipai.«

Tante Mihis scharfe Kritik kam für Tawhiro überraschend. Er
hatte mit vielen Problemen des Stammes zu kämpfen und litt unter
dem schockierenden Tod seines Bruders und nun auch Te Wherowheros. Doch angesichts dieser Schwierigkeiten beherrschte
er sich trotz seines Ärgers. Er wusste, dass er unter ernsthaftem
Druck stand und Antworten auf Tante Mihis Anklage finden
mußte, wenn er seine einflussreiche Stellung behalten und nicht
in den Augen seines Volkes an Ansehen verlieren wollte. Er war
wütend auf Tante Mihi, weil sie ihn in diese Lage gebracht hatte,
doch er blieb ruhig.

Er konnte auf zweierlei Weise mit Tante Mihi fertig werden. Er
brauchte nur seine Hand zu heben, um Haukino und seinen am
Rande des *marae* versammelten Kriegern ein Zeichen zu geben,
und Tante Mihi würde dort niedergestreckt werden, wo sie gerade
stand – oder er konnte sie mit ihren eigenen Waffen schlagen. Der
Hohepriester wählte letzteren Weg. Auf diese Weise konnte er den
Stamm zusammenhalten und würde die bereits bestehende Kluft
nicht noch vergrößern.

Tante Mihis Anklage völlig ignorierend, wandte sich Tawhiro
Rangipai zu. Er hielt seinen Stab, das schön gefasste Jadebeil namens *Te mana O Kahukura*, hoch und verlangte so nach Aufmerksamkeit.

»Rangipai, deine Zukunft ist von den Göttern deines Volkes
bestimmt. Haben wir nicht den heiligen *tohi*-Ritus bei deiner Geburt über dir ausgeführt und dein *pito* in die heilige Höhle gelegt,
den Nabel der Welt? Sollte dich deine Stellung als Erstgeborene

unseres Volkes nicht dazu berechtigen, den Vorrang vor allen anderen zu haben?«

Er sah Tante Mihi ein, zwei Sekunden lang bedeutungsvoll an, dann wandte er sich wieder Rangipai zu und fuhr fort: »Unser ganzes Volk weiß, dass du eine *mareikura* bist und eine Prinzessin unseres Stammes. Und ist es nicht die Ehe einer Prinzessin, der die Götter ganz besondere Aufmerksamkeit schenken? Das bedeutet, dass wir dich nur dem noch freien Sohn des höchsten Häuptlings des mächtigsten Stammes anvertrauen dürfen. Schließlich bist du dazu auserwählt, dich nur mit denjenigen zu vermählen, die selbst von ihren Priestern für das höchste Amt unter den Göttern geweiht worden sind.«

Streng fuhr Tawhiro fort. »Die Vermählung mit Nuku, die Te Hau O Te Rangi arrangierte, war das Allerbeste, was wir tun konnten, und niemand hat sie je in Frage gestellt. Außerdem war Te Wherowhero dieser geplanten Vermählung wohlgesonnen. Du weißt, Rangipai, es ist eine althergebrachte Sitte, dass die *mareikura* nur mit den Söhnen großer Häuptlinge verheiratet werden, und Nuku wurde dieser Rolle auf vortreffliche Weise gerecht. Nun ist er tot, und die Vereinbarung, die wir trafen, kann nicht mehr eingehalten werden. Vielleicht…«, er hielt mitten im Satz inne, während er sich zu Rangipai wandte, »vielleicht haben die Götter eine Antwort auf diese Frage.

Da du nun das Alter erreichst, in dem dein Einfluss in Stammesangelegenheiten immer bedeutender wird«, – wieder schaute er Tante Mihi an – »was denkst du über diese ausgesprochen wichtige Frage? Sollen die Götter dir eine Stellung geben, in welcher du für Männer etwas Unerreichbares bist, so wie die Jungfer der Morgenröte Hinetitama, die auf ewig über die Himmel flieht, gerade außerhalb der Reichweite der flehenden Arme *Tanes*? Oder sollen wir dein geschnitztes Haus in einem eingefriedeten Fort stehen sehen, umgeben von vielen Menschen, dem wahren Symbol der Führerschaft?«

Vollkommene Stille herrschte, als Rangipai in die Mitte der Eingangshalle von Tapuae ging. Dort gab sie folgende Antwort:

»Ich habe nur eine Bitte – dass es mir, wenn ich mich vermähle, erlaubt sein wird, die Entscheidung selbst zu treffen. Doch könnte ich dies nicht ohne euren führenden Einfluss tun. Ihr sollt mir Hinweise geben, wer der richtige Mann sein könnte. Schließlich

– wer könnte es besser wissen als ihr beiden, Onkel Tawhiro und Onkel Te Hau O Te Rangi? Dann könnte uns Tante Mihi helfen, die Zeremonie vorzubereiten. Jedoch, bis jetzt habe ich keine Entscheidung getroffen, und bis dies getan ist, lege ich mein Schicksal in eure Hände, mein Volk, so dass wir alle Anteil haben an der endgültigen Wahl. Denn mein großer Wunsch ist es immer, dass ihr Teil meines Lebens seid. Dann werden wir unser geschnitztes Haus in einem eingefriedeten Fort stehen haben, ganz wie ihr es euch wünscht.« So schloss sie mit einem Lächeln für das Volk und die beiden Häuptlinge.

Begeisterter Jubel brach im ganzen *marae* aus, während der Hohepriester und Te Hau O Te Rangi Rangipai anlächelten und ihr zu ihrer Antwort gratulierten. Tante Mihi bahnte sich einen Weg durch die Menge, umarmte Rangipai und schluchzte: »Jetzt kannst du bei uns bleiben, du gehörst zu uns, du gehörst zu uns.«

Wie zur Antwort brach die Sonne durch die Wolken und eine leuchtende Wärme breitete sich in den Herzen der Menschen aus. Alle waren glücklich.

Doch Tante Mihi hatte nicht mit der Entschlossenheit des Hohepriesters gerechnet. Er sprach bereits zum Volk. Sie wandte sich um, um zuzuhören, und stellte überrascht fest, dass er eigentlich zu ihr sprach.

3

Die plötzliche Wendung im Lauf der Ereignisse kam für Tante Mihi völlig überraschend. Während sie versuchte, eine Antwort zu stammeln, begann der Hohepriester wieder zu sprechen, bevor sie etwas erwidern konnte.

»Tante Mihi, würdest du sagen, dass der älteste Sohn deines Cousins, des Häuptlings Eru Taka, ein geeigneter Mann für unsere Rangipai wäre?«

Jetzt schauten alle Leute Tante Mihi an und warteten auf ihre Antwort. Sie erkannte, dass der Hohepriester es sehr geschickt so eingefädelt hatte, dass Rangipais Vermählung ihre Angelegenheit wurde.

Auf seine entwaffnende Weise lächelnd, sagte er »Warum lädst du ihn nicht ein, das Festmahl von Rongo in Tawhitiroa zu verbringen? Ich werde sofort die Läufer mit deiner Einladung losschicken und ihnen natürlich eine besondere von mir selbst mitgeben. Eru kann auch seine Familie mitbringen, und wir können uns anschauen, wie sein Sohn aussieht. Soviel ich weiß, hat sich dieser junge Mann bereits in eigenen Kriegszügen als tüchtiger Krieger erwiesen – er braucht nicht mehr auf die Erlaubnis seines Vaters zu warten, um sich einem Kriegstrupp anzuschliessen.

Seine Abstammung ist einwandfrei, und jetzt« – der Hohepriester blickte Tante Mihi an – »muß sich nur noch unsere Rangipai entscheiden.«

Ausnahmsweise gab sich Tante Mihi geschlagen. Still vor sich hin nickend, gab sie ihre Zustimmung. Aber sie fasste wieder Mut, als sich die Menge um sie scharte und voller Begeisterung jubelte und klatschte.

Tawhiro fühlte, dass er im Gegensatz zu Te Hau O Te Rangi nicht bereit war, seinem Nachbarn Raumoko zu trauen. Die kürzlich empfangenen Speisen hatten seine Meinung nicht geändert. Er nahm seinen Besucher beiseite, und zusammen traten die beiden Männer in die Tür von Tapuae, wo sie ein paar Augenblicke ungestört sein konnten. »Betrachte es so«, sagte Tawhiro in kaum mehr als einem Flüstern. »Eine Verbindung mit Eru Taka könnte eine Sache von *mana* sein und unserem Stamm im Kriegsfall moralischen Auftrieb geben. Auch hat er viele Krieger. Es kann nicht schaden, Tante Mihi in dieser Angelegenheit zu benutzen. Tante Mihi wird die Idee mit der Zeit gefallen und sie wird am Ende denken, es sei ihre eigene gewesen, was natürlich bedeutet, dass sie immer auf unserer Seite sein wird.«

Lächelnd lobte Te Hau O Te Rangi: »Du denkst weit voraus, Tawhiro!«

»Mit dem Niedergang der Ngati Aotea fühle ich, dass wir allein sind«, erwiderte Tawhiro, »und ohne Freunde in diesem Teil der Welt. Raumoko hat bis auf uns jeden Stamm in der ganzen Gegend besiegt. Ich muß vorausdenken. Wenn Rangipai sich mit Erus Sohn vermählte, würde das den Stamm erheblich stärken. Unsere gemeinsame Stärke würde als Abschreckung gegen unseren ehrgeizigen Nachbarn Raumoko dienen und ihn in seine Schranken weisen. Es würde auch dir helfen«, versuchte er Te Hau O Te Rangi zu überreden, »da wir alle stark wären.«

»Es tut mir leid, aber so sehe ich das nicht«, sagte Te Hau O Te Rangi, der verärgert an Tante Mihis Einwurf dachte, den er geradezu für unverschämt hielt.

»Um genau zu sein, ich mag es nicht, wenn Frauen versuchen, uns zu sagen, was wir zu tun und zu lassen haben. Tante Mihi muß sich da 'raushalten. Es steht ihr nicht zu, ihre Nase in diese Angelegenheiten zu stecken. Wenn du nicht auf sie aufpasst, Tawhiro, dann schnappt sie dir noch den Posten des Hohepriesters weg!«

»Ja, ich gebe dir recht, aber du kennst Tante Mihi nicht so gut wie ich. Solange sie reden darf, weiß ich zumindest, was sie denkt, und wenn sie es will, kann sie mir nützlich sein. Sie ist die Halbschwester meiner Mutter. Mein Großvater mütterlicherseits, wie du zweifellos weißt, heiratete zweimal. Mihi war ein viel späterer Nachkömmling aus seiner zweiten Ehe. Natürlich ist sie rangniedriger als ich, doch da sie in direkter Linie von *Muriwai* abstammt, hat sie ihren eigenen Häuptlingsstatus und darf auf dem *marae* genauso wie alle anderen Stammesoberhäupter sprechen. Aber du weißt, wie sie ist – sie will den ganzen Stamm organisieren – meine Person eingeschlossen. Sie sollte ruhig dasitzen und nur auf Aufforderung hin sprechen – aber das ist nichts für sie – oh nein! Was ich jedoch betonen möchte, ist, dass Tante Mihi Rangipais Vertrauen besitzt und eine Menge Einfluss im Stamm hat.« Tawhiro schwieg einen Moment und fragte dann spitz: »Hast du irgend einen anderen Vorschlag?«

Te Hau O Te Rangi erwiderte lange Zeit nichts. Er stand da und blickte hinaus auf das Meer, auf die rauchende Insel, und dann sagte er ganz unerwartet: »Nun – Raumoko hat einen Sohn. Warum lassen wir uns nicht vom Schicksal der Ngati Aotea gewarnt sein und versuchen, Rangipai mit Raumokos einzigem Sohn zu vermählen? Immerhin haben wir Frieden, und das könnte ein sehr guter Weg sein, die Beziehungen zwischen unseren Völkern für alle Zeiten zu festigen, obwohl du seine Mutter getötet hast. Aber er denkt wahrscheinlich, dass ihr quitt seid, nachdem er deinen Bruder Ihaka umgebracht hat.«

»Hast du den Verstand verloren?« explodierte Tawhiro. »Es wären Raumokos Bedingungen, denen wir uns unterordnen müßten. Wenn überhaupt, hätten wir nur einen sehr geringen Einfluss auf unsere Stammesangelegenheiten. Nein! Dem kann ich nicht zustimmen. Komm, selbst du wärst damit nicht einverstanden – oder doch? Sei ehrlich, und beantworte mir diese Frage. Raumoko als unser Häuptling – wärest du bereit, das zu akzeptieren?«

»Nun, wir könnten vielleicht…«

»Komm, zieh dein Kanu an seinen Landeplatz – warum immer wieder die Insel umsegeln?« erwiderte Tawhiro, der langsam ungeduldig mit seinem Gast wurde.

»Wir sollten es mit so einem Übereinkommen versuchen, es würde nicht schaden«, sagte Te Hau O Te Rangi, der versuchte, seinen Standpunkt zu verteidigen.

»Ja, aber es wird Raumokos Übereinkommen sein, und das ist die einzige Art von Übereinkommen, die er kennt. Es liegt an uns, unser Schicksal selbst zu bestimmen.«

»Selbstverständlich bestimmen wir unser Schicksal selbst, aber wir bestimmen auch das Schicksal Raumokos, wenn wir die Sache so machen, Tawhiro.«

»Nein! Mit dieser Idee bin ich immer noch nicht einverstanden. Überleg' doch, Raumoko würde das als einen guten Vorwand nehmen, unseren Stamm zu unterwerfen, nachdem wir ihm aufgezwungen haben, den Frieden zu akzeptieren. Das würde darauf hinauslaufen, dass wir unseren Sieg leichtsinnig verspielen.«

Die beiden Männer schauten sich schweigend an, dann wanderten ihre Blicke zu der wachsenden Anzahl von Menschen auf dem *marae*.

»Ich schlage vor, wir besprechen die ganze Angelegenheit, wenn wir mehr Zeit haben, darüber nachzudenken. Komm, wir müssen jetzt zu den anderen gehen, sonst fangen sie an, Fragen zu stellen«, sagte Tawhiro.

Te Hau O Te Rangi gab keine Erwiderung von sich, als sie zurückgingen, um sich wieder unter die Menge zu mischen. Er hatte eine seltsame Vorahnung. Je länger er darüber nachdachte, wie die Dinge standen, desto stärker fühlte er, dass sie auf eine Katastrophe zusteuerten. Und doch tauchte in seinen Gedanken immer wieder Rangipai auf. War es ihr vielleicht möglich, ihren Stamm zu retten?

4

Beim Gedanken, bald den großen Häuptling von der anderen Seite der zerklüfteten Berge zu empfangen, wurden die Stammesmitglieder ganz aufgeregt und unterhielten sich über den bevorstehenden Besuch. »Es wird wohl ein Willkommensfest geben«, sagten einige hoffnungsvoll.

»Ja«, erwiderten andere. »Und es wird bestimmt ein wirklich großes Festmahl werden.«

»Wie sieht es mit unseren Vorräten aus?« fragte Tawhiro, der so tat, als ob sein innerer Frieden durch nichts gestört worden wäre.

»Unser Essen reicht für ein ganzes Jahr von Festen«, antworten einige aus der Menge, von Eifer gepackt. Unter den Versammelten auf dem *marae* erkannte er plötzlich Koro, Hinewais Mann, den Priester, der für die Fischerei verantwortlich war. Er schaute jeden Mann fragend an, und alle nickten kräftig als Zeichen ihrer Zustimmung.

»Gut, dann können wir Eru Taka bewirten. Ich werde ihn bitten, zum Fest von Rongo nach Tawhitiora zu kommen.«

Tawhiro ließ seinen Blick über die langen Reihen ordentlich strohgedeckter Häuser schweifen, die vom zentral gelegenen *marae* strahlenförmig ausgingen. Dann wandte er sich an einen hochgewachsenen Mann, der bereitstand, um jeden nur denkbaren Befehl des Hohepriesters auszuführen. »Motu Turei, sorge dafür, dass die Leute alle Gassen zwischen den Häusern aufräumen. Wir wollen nicht, dass unsere Gäste ein unordentliches *pa* zu sehen bekommen.«

Sofort gab der Hauptverwalter des Hohepriesters, der ein Neffe Te Hau O Te Rangis war, den Sklaven die Anweisung, den Befehl ihres Herrn auszuführen.

Bald waren Hunderte von Sklaven damit beschäftigt, die Gassen zu fegen und Müll aufzusammeln. Wachen, die Speere trugen, trieben sie an, doch diesmal verzichteten sie auf ihr übliches Vorgehen, so dass die armen Sklaven die ganze Zeit wie wild arbeiteten und sich wunderten, warum man sie so gut behandelte. Niemand wurde mit einem Speer gestochen oder ausgepeitscht.

Dies lag allein an Motu Turei, dem neuen Aufseher der Sklaven. Dieser hatte die Anweisung gegeben, dass kein Sklave mißhandelt werden sollte. »Sklaven sind sehr wertvoll. Behandelt sie gut, und sie werden gut arbeiten. Ich will niemals sehen, dass einer schlecht behandelt wird. Denkt daran, Sklaven sind Männer und Frauen«, hatte er gesagt, als er langsam zwischen ihnen umherschritt. Dabei nahm er alles, was geschah, in Augenschein, lächelte sie an, ermutigte sie und gab den Sklaven das Gefühl, dass sie gebraucht wurden und ihm nicht gleichgültig waren.

Es hatten sich bereits mehrere Sklavenläufer bei Tawhiro gemeldet und den Befehl erhalten, Eru Taka nach Tawhitiroa einzuladen. Im allgemeinen freudigen Durcheinander, ausgelöst durch das in Aussicht gestellte Festmahl und das bevorstehende Treffen zwischen Rangipai und Erus Sohn, legte sich der Schock über die Katastrophe von Te Mahia allmählich.

Te Hao O Te Rangi schaute zu seinem Gastgeber hinüber, als sie sich wieder unter die Leute auf dem *marae* mischten. »Ich sehe, dass unser Vorgehen bereits Wirkung zeigt«, und er wies mit dem Daumen über seine Schulter hinweg auf Tante Mihi. »Sie ist jetzt auf unserer Seite«, fügte er hinzu. Der Hohepriester lächelte wissend.

Um sie herum führten verschiedene Mädchengruppen unter Rangipais Leitung einige Tanzlieder auf. Die Menge jubelte. Als Erwiderung auf die Vorführungen der Mädchen zeigten die jüngeren Krieger, begleitet von den schrillen Begeisterungsschreien der vielen Kinder und unter dem tosenden Beifall von Hunderten von Zuschauern, einen kühnen *haka*.

Unwillig spürte Te Hau O Te Rangi, dass er den Widerstand gegen seinen Gastgeber wohl fürs Erste aufgeben mußte, aber er war weit davon entfernt, mit allem zufrieden zu sein.

Er beschloss, am nächsten Tag zu seinem *pa* in Te Hairini zurückzukehren und dort zu überlegen, welche weiteren Schritte er in die Wege leiten würde.

Te Hau O Te Rangi war sich völlig im Klaren darüber, dass ihre beiden *pas*, Te Hairini und Tawhitiroa, zu ein und demselben Stamm gehörten, den Ngati Whakaari. Ursprünglich von derselben Familie aus dem Hochseekanu Rehu Marino besiedelt, repäsentierten die beiden *pa* nun zwei getrennte Familien, doch noch immer waren sie die Ngati Whakaari. Das Wichtigste war also, so erkannte er, diese Stammesverbindung für alle Zeiten zu erhalten.

Verfolgte er die Entwicklung beider Unterstämme seit Rehu

Marino, erkannte er aber auch, dass die beiden Unterstämme langsam auseinanderstrebten, um eigene, getrennte Wege zu gehen. Dies mußte verhindert werden, wenn sie überhaupt bestehen wollten – gerade heutzutage war das Zusammenhalten wichtiger denn je.

Damals war nur Te Hairini befestigt gewesen und diente als Bastion, die das größere, schutzlose *pa* in Tawhitiroa verteidigen konnte. Später, wegen der ständig drohenden Gefahr, von Plünderungstrupps und mächtigen Nachbarstämmen wie dem Raumokos überfallen zu werden, begann man, auch Tawhitiroa zu befestigen. In der Tat wurden die letzten Palisaden erst kürzlich fertiggestellt.

Manchmal konnte sich Te Hau O Te Rangi Tawhiros Einstellung wirklich nicht erklären. Tante Mihi so nachzugeben, fand er, zeugte von Verweichlichung. Da gab es etwas am Hohepriester, das ihn beunruhigte, und doch konnte er nicht klar sagen, was es war.

8. KAPITEL

Tante Mihi freut sich

Der alte Häuptling Te Amokura, der Vater des Hohepriesters, war krank gewesen, und Te Hau O Te Rangi hatte ihn in sein *pa* eingeladen, damit er sich dort erholen sollte.

»Komm doch mit uns zurück. Unser *pa* liegt doch viel näher am Strand und ist nicht so hochgelegen wie dieses hier. Ich kann dir ein schönes und bequemes Haus geben, so dass du nicht weit zu laufen brauchst, um an deine *pipi* zu kommen. Peta, unser Familienältester, wird sich freuen, dich unterzubringen, denn ich glaube, er möchte mit dir besprechen, wie wir zuletzt mit vereinten Kräften den Sieg über Raumoko erringen konnten.«

»Ah! Das ist in der Tat etwas, worüber Peta und ich reden sollten. Es ist wichtig für euch jüngeren Leute, diese Geschichte zu kennen. Tatsächlich wollten Peta und ich schon seit längerer Zeit zusammenkommen und verschiedene Stammesangelegenheiten besprechen, insbesondere da die Dinge jetzt so ernst stehen.«

»Gut, dann habt ihr nun die Gelegenheit, miteinander zu sprechen. Wir brechen morgen früh zeitig auf. Sobald du fertig bist, kannst du mit uns kommen.«

Te Amokura war hocherfreut über diese Einladung, und sein persönlicher Sklave eilte umher, um sein Hab und Gut zusammenzupacken und die Reise vorzubereiten. Tatsächlich waren sowohl Sklave als auch Herr voller Vorfreude auf die geplante Reise. Der alte Mann war sehr gut zu seinem Sklaven und behandelte ihn mit Respekt und Rücksichtnahme.

Rangipai kam, um sich am Morgen bei den Haupttoren von beiden zu verabschieden. Als ihr Großvater langsam den Hügel hinabstieg, rief sie ihm nach: »Pass auf dich auf, Papa. iss nicht zu viele von diesen *pipi*, sonst bekommst du eine Magenverstimmung. Oh! Und denk daran, immer auf der Federmatte zu schlafen, die ich dir gegeben haben, sonst werden dir wieder die Knochen weh tun. Auf Wiedersehen«, winkte sie.

»Auf Wiedersehen, auf Wiedersehen«, winkten die beiden vom Pfad aus zurück.

2

Das warme, sonnige Eckchen vor Tapuae ermunterte Rangipai und Tante Mihi, ihren Lieblingsplatz im *pa* einzunehmen.

Schweigend flochten die beiden Frauen Kleidungsstücke aus Federn, die sie bei festlichen Anlässen tragen würden, und genossen die kurze Zeit, die sie für sich hatten. Bald schloss sich ihnen ein Dutzend anderer Frauen an, jung und alt, die miteinander schwatzten und über die letzten Ereignisse und Begebenheiten im Stamm plauderten. Es dauerte nicht lange, bis Rangipai eifrig in ein Gespräch mit mehreren anderen Frauen vertieft war, die versuchten, das Problem zu lösen, welche Frau die richtige für Takarehe sein könnte.

»Eine gute Frau wird dafür sorgen, dass er sich glücklicher fühlt.«

»Ja, schon! Er ist noch jung, aber der Mangel an Erfahrung könnte ihm bei einer Frau zum Verhängnis werden«, erwiderten andere zweifelnd.

»Ha! Du hast immer nur das eine im Kopf«, lachten einige ihrer Freundinnen.

»Haben ihm denn einige unserer Frauen ernsthafte Aufmerksamkeit entgegengebracht?«, erkundigte sich Rangipai und wünschte angesichts der Antworten, die sie herausforderte, sofort, diese Frage nicht gestellt zu haben.

»Oh ja, frag nur Puti hier drüben«, kam es im Chor von mehreren Frauen, die lachend auf das verlegene Mädchen zeigten. »Sie ist gestern abend zu seinem Haus gegangen«, fuhren sie fort.

»Wie war's denn, Puti? Ist er noch ein ganzer Mann? Erzähl's uns, Puti«, riefen sie alle zugleich.

»Also, warum lassen wir ihn nicht Puti, wenn er es will«, sagte Rangipai, die versuchte, die Neckerei des jungen Mädchens ein wenig abzumildern.

»Takarehe könnte da etwas mitzureden haben«, mischte sich Tante Mihi ein. »Er hat sehr an seiner Frau, der Sklavin, gehangen, und an seinen Töchtern – möglicherweise will er keine neue Frau oder die Verantwortung für eine neue Familie.«

»Doch, das will er bestimmt, kein Mann kann es lange ohne eine Frau aushalten«, spotteten einige ihrer Freundinnen. Nach einer kleinen Pause fügten sie lachend hinzu: »Wenn er hat, worauf es ankommt.«

Und so äußerten sie alle ihre Meinung, außer Puti, die nach einer Weile ihren neuerworbenen Ruhm unter ihren Kameradinnen zu geniessen begann und an den passenden Stellen kleidsam errötete.

Jedoch, so viel sie auch geredet haben mochten, als der Abend hereinbrach, hatte keine der Frauen eine Antwort auf Takarehes Problem gefunden. Die Sache würde sie noch eine Weile beschäftigen und ihnen Gesprächsstoff für die nächsten paar Tage liefern.

3

Die Vorbereitungen für das Festmahl liefen nun schon seit drei Monaten. Schließlich stand alles für die Ankunft Eru Takas bereit. Die Küstenbeobachter hatten bereits berichtet, dass seine Kanuflotte dabei war sich zu versammeln, um günstiges Wetter für die Schiffsreise nach Tawhitiroa abzuwarten.

Seit Motu Turei die Aufsicht über die Sklaven übernommen hatte, brauchte Tante Mihi, wie sie feststellte, keine Arbeit mehr selbst zu tun. Jeden Tag kümmerten sich Sklaven um die vielen Arbeiten, die sie gewohnt gewesen war, selbst zu verrichten. Manche Sklaven fragten jetzt sogar, ob sie etwas tun könnten, um ihr zu helfen.

Für diese Zuwendung war Tante Mihi durchaus empfänglich, und allmählich war sie von Motu Turei aufgrund seiner Aufmerksamkeiten sehr angetan. So suchte sie ihn eines Tages auf, um ihm für das, was er tat, zu danken. Genauer gesagt, bat sie ihn in ihr Haus, um dort etwas zu essen, bevor die Dunkelheit hereinbrach. Da Takarehe auf Tawhiros Einladung hin einen Platz in Tapuae eingenommen hatte, war Tante Mihi allein, als Motu sie besuchte.

Von da an trafen sie sich öfter.

Eines Tages bemerkte Rangipai scherzhaft gegenüber ihrer Tante: »Motu Turei hält eine Menge von dir, Tante Mihi. Warum heiratet ihr beiden nicht? Immerhin, eure beiden *whakapapa* passen zueinander.«

Um ihre Verlegenheit zu überspielen, erwiderte Tante Mihi grob: »Aber er ist acht Jahre jünger als ich!«

»Darüber solltest du dir keine Sorgen machen. Was ist falsch daran, einen jüngeren Mann zu haben? Ist das kein Vorteil?«, fragte sie schelmisch.

»Oh, scher dich fort, meine Nichte. Du bist so jung. Was weißt du schon darüber, ob zwei Leute heiraten sollten?«

»Ich bin eine Frau, Tante Mihi, so wie du, und ich kann es daran sehen, wie Motu dich anschaut.«

Fassungslos stand Tante Mihi mit offenem Mund da, unfähig, Rangipais nüchterner Sichtweise etwas entgegenzusetzen. Doch dann platzte es aus ihr heraus: »Du kümmere dich mal lieber um deine eigenen Angelegenheiten. Du weißt mehr, als gut für dich ist.« Tante Mihi fing an, sich aufzuregen. Hier war ein zierliches Persönchen, gerade mal 18 Jahre alt, das ihr erzählte, wie man mit Männern umzugehen hatte.

Erpicht darauf, dem Gespräch eine andere Wendung zu geben, sagte Tante Mihi: »Rangipai, wir werden sehen, wie schlau du bist, wenn Eru Takas Sohn uns besucht. Mal sehen, was du dann zu sagen hast«, fuhr sie mit einem triumphierenden Trällern in der Stimme fort. Sie stand auf, rauschte aus der Tür hinaus und rief verschmitzt über die Schulter zurück: »Ich muß den Frauen in Tapuae bei der Fertigstellung der neuen Schlafmatten helfen, die für Erus Besuch bestimmt sind. Wir müssen auf alles vorbereitet sein.« Dann drehte sie sich um und ging betont langsam über den *marae*.

Kaum war Tante Mihi gegangen, erschien Motu Turei mit einem Korb voller Tauben, die kurz zuvor im Wald gefangen worden waren. Er schien verlegen, Rangipai anzutreffen, und bot ihr halbherzig den Taubenkorb an. Lächelnd erkannte sie sein Dilemma und sagte: »Mach dir keine Sorgen, Motu, Tante Mihi wird bald zurück sein, und dann kannst du ihr die Tauben geben. Es ist sehr freundlich von dir, sie mir anzubieten – aber Tante Mihi dürfte sie mehr zu schätzen wissen, besonders, da du sie ihr bringst.« Dann wandte sie sich um, winkte ihren drei Begleiterinnen und kehrte zu ihrem Haus zurück, Motu zurücklassend, der sich fragte, ob er richtig gehandelt hatte.

Allerdings mußte er nicht lange warten, bis er Tante Mihi zurückkommen sah. Wieder ging sie langsam über den *marae*.

Motu wartete, bis sie beinahe in ihrer Tür stand und trat dann hinter einer Wand hervor, die ihm als Versteck gedient hatte.

Tante Mihi blieb vor Überraschung stehen, doch war sie angenehm überrascht und sagte es auch. Motu Turei überreichte ihr die Tauben mit den Worten: »Die werden dir schmecken, Mihi, ich habe sie heute gefangen.«

Tante Mihis Gesicht leuchtete auf wie die Sonne. »Oh Motu! Du bist so freundlich – jetzt mußt du aber hereinkommen und mit mir essen. Wir werden ein paar Tauben in Lehm hüllen und sie in der Glut backen«, sagte sie und bekam vor Freude feuchte Augen.

Nicht lange nach diesem Zusammentreffen verkündeten Motu Turei und Tante Mihi ihre Absicht, in naher Zukunft eine Schlafmatte in Tapuae zu teilen. Die Leute nahmen ihre Entscheidung mit Begeisterung auf. Endlich würde sich Tante Mihi vermählen! Das allein war Neuigkeit genug, um die Frauen des *pa* in den nächsten Monaten mit Klatsch zu versorgen.

Auch Tawhiro war erfreut, und er schenkte Tante Mihi einen großen Ohrring aus Grünstein, der viele Generationen lang in Besitz seiner Familie gewesen war. Das bedeutete natürlich, dass ihr Häuptling ihre Absichten billigte, und verlieh ihrer angekündigten Hochzeit einen Status, der nur Häuptlingen zugestanden wird. Ferner bedeutete es, dass auch ihr *whakapapa* die Zustimmung des Häuptlings fand.

Der Hohepriester gab die Anweisung, dass das Festmahl zu Ehren Eru Takas gleichzeitig die Hochzeit von Motu und Tante Mihi besiegeln sollte. Es würde ihre erste Nacht zusammen in Tapuae sein. Jeder in Tawhitiroa war gespannt auf die bevorstehende zweifache Zeremonie während des Festmahls zu Ehren Rongos, und der gesamte Stamm war damit beschäftigt, Speisen aus dem gesamten Gebiet heranzuschaffen. Auf diese Weise würde das Festmahl zu einem unvergesslichen Ereignis werden.

4

Erschrocken fuhr der Hohepriester zusammen, als plötzlich einer der Wachmänner vom Aussichtsturm nach Tapaue hineingerast kam und aufgeregt rief: »Feindliche Krieger sind überall draußen! Unsere Männer jagen sie davon – im Moment weiß niemand genau, wo die Eindringlinge sein könnten. Es scheint, als hätten sie aus irgendeinem Grund hier herumspioniert.«

Direkt hinter dem Wachmann kam der große, schlanke Häuptling Whitikau herein, unter seinen Kameraden als ›Tätowiertes Hinterteil‹ bekannt, wegen der dichten Tätowierungen, die bei jedem Schritt, den er tat, unter seinem kurzen *rapaki* hervorblitzten. Der Häuptling ging zum Hohepriester und berichtete: »Wir haben gerade die Botschaft erhalten, dass in mehreren Gegenden Stammesunruhen ausgebrochen sind. Es wurde mir auch berichtet, dass der Stamm auf der anderen Seite des Berges, *Whakatohea*, wieder auf dem Kriegspfad ist und eines der *pa* von Eru Takas Verbündeten geplündert hat. Raumokos Kriegstrupps sind auch auf Raubzügen unterwegs, aber sie haben sich von hier ferngehalten und sechs große *pa* weit im Inland angegriffen; zwei davon haben sie eingenommen und niedergebrannt. Wieder hat Raumoko zahlreiche Menschen versklavt.«

Kaum hatte er seine Rede beendet, als Tante Mihi auf ihre übliche überschwengliche Art in Tapuae hereingeplatzt kam. Sie war von der *kumara*-Pflanzung, wo sie die üppige Ernte vorbereitete, heraufgekommen. Aufgeregt gestikulierend, überschlug sich ihre Stimme beinahe, als sie auf unmißverständliche Weise erklärte: »Sie kämpfen überall! Es ist nur gut, Tawhiro, dass du diese zusätzliche Palisade errichtet hast. Die Stämme um uns herum streben alle nach Macht. Das ist die größte Kraftprobe seit Jahren«, keuchte sie. »Man kann die Orte gar nicht mehr zählen, an denen zumindest einer gegen einen anderen kämpft. Schaut euch nur den Rauch an!«

Und sie rannte zur Tür. In der Vorhalle blieb sie stehen und fuchtelte wild mit den Händen in mehrere Richtungen zugleich, während sich neugierige Zuschauer um sie scharten und ihre Gesten durch Angst- und Wutschreie begleiteten.

»Schaut euch diese armen Leute an. Sie werden noch zu Sklaven der Whakatoeha und von Raumoko, wenn das so weitergeht. Viele *pa* stehen in Flammen«, und sie wandte sich dem Hohepriester zu. »Komm schon, Tawhiro, du mußt dir ansehen, was ich meine.« Und sie rannte mit rotem Gesicht und nach Luft schnappend zur Aussichtsplattform.

Gerade hatte Tante Mihi die Aussichtsplattform erreicht, als Motu Turei herbeigerannt kam, während er den Wachen Anweisungen und Warnungen zurief.

Dann sah er Whitikau. »Ich bin sehr froh, dass du hier bist – wir werden Krieger hinunter zur *kumara*-Pflanzung bringen müssen. Schaut euch den Kriegstrupp drüben in den Hügeln an, da!« Und er zeigte Tawhiro und Whitikau, wo sich viele große Gruppen von Kriegern beinahe endlos zwischen den Bäumen hindurchschlängelten.

Der Hohepriester hatte genug gesehen. Er konnte es sich nicht leisten, die *kumara*-Ernte aufs Spiel zu setzen, ausgerechnet zur Erntezeit.

Er lief in Richtung Tapuae und rief nach den Kriegsgongs und den Muscheltrompeten. »Lasst den Ruf zu den Waffen erschallen!«

Bald darauf hörte man die donnernden Echos der Warnsignale über Tawhitiroa, und zur Antwort trommelten Hunderte nackter Füße auf die harte Erde. Es ertönte das Rasseln der Waffen, gefolgt von kurzen Befehlen.

Tawhiro eilte mit seiner Elitetruppe, die sich aus verschiedenen Kriegergruppen zusammensetzte, vorwärts und brüllte: »Komm, Motu, du nimmst die anderen Krieger und näherst dich der Pflanzung von hinten. Ich versuche, sie von hieraus abzufangen.«

Während er sprach, deutete er auf die unbekannten Krieger, die stetig über die Hügel gerannt kamen. »Vielleicht können wir mit ihnen sprechen, bevor es zu spät ist. Schnell, schnell«, drängte er, und sein ganzes Kommando eilte den Hügel von Tawhitiroa in einer Staubwolke hinab, die sich immer schneller auf die *kumara*-Pflanzung zu bewegte.

Am Fuß des Hügels teilte sich das Kommando in zwei getrennte Kriegstrupps. Der eine folgte Motu Turei und der andere dem Häuptling Tawhiro, der seinen Männern in einem Singsang Anweisungen gab. Diese antworteten auf die gleiche Art, während sie in schnellem Trab weiterliefen. Der Alarmgong hallte noch aus der Richtung des *pa* wider, und bald sah man, wie sich ein weiteres Kommando unter dem Häuptling Whitikau schnell näherte, um die Kriegstrupps, die sich bei den Pflanzungen versammelten, zu verstärken.

Häuptling Whitikau war Rangipais Späher. Groß und dünn von Statur, war er sehr dunkel, eigentlich fast schwarz. Außer seinem Hinterteil und in geringem Maße seinen beiden Nasenflügeln und seinen Wangen war keines seiner Körperteile tätowiert.

Alle pflegten zu sagen, dass es reine Verschwendung von Whitikau sei, überhaupt Tätowierungen machen zu lassen, denn auf seiner dunklen Haut konnte man sie kaum erkennen. Er sprach ruhig und leise, bewegte sich leichtfüßig wie ein Schatten – und nahm nur selten an einem Ritual teil.

Gewöhnlich befehligte er die Krieger der Wache und hielt ein sehr wachsames Auge auf Tawhitiroas Befestigungen.

Auf dem Kriegspfad war er still und bewegte sich so lautlos wie ein umherhuschender Schatten. Niemand sah ihn kommen, niemand sah ihn gehen – doch gab es stets eine vielsagende Leiche.

Seine Schwester Waiherere war mit Te Hau O Te Rangi vermählt, dem Häuptling von Te Hairini.

6

Große Gruppen von Frauen und Kindern, angeführt von Rangipai und begleitet von Scharen von Sklaven, die unten an den Pflanzungen gearbeitet hatte, strömten bereits zurück in die Sicherheit von Tawhitiroa, jeder einzelne beladen mit möglichst vielen Körben der frischen Ernte. Nur Rangipai ging unbeladen, doch waren es die Leute gewesen, die darauf bestanden hatten. Die Frauen und Kinder riefen den düster wirkenden Kommandos Mut zu, während sie an ihnen vorüberzogen.

Als Motu Turei sich von hinten an die Pflanzungen heranschlich, in der Erwartung, die Eindringlinge schon vorzufinden, mußte er überrascht und sogar erleichtert feststellen, dass niemand zu sehen war.

Vor ihm raschelten die dunkelgrünen Blätter der *kumara*-Pflanzen in der leichten Brise unter einer glühend heißen Sonne. Zwischen den Reihen hatte man große Haufen der Knollen hastig mit Blättern und Ranken der Pflanzen abgedeckt, um sie vor

Wind und Wetter zu schützen, bis die Ernte in die Sicherheit des *pa* geschafft werden kann.

Weit auf der anderen Seite des Feldes am Eingang des Tals stand einsam die geschnitzte Figur von Poro, dem *kumara*-Gott, und strahlte eine feierliche Erhabenheit aus.

Vorsichtig ging Motu Turei um die verlassene Pflanzung herum und gelangte dorthin, wo er Tawhiro und die andere Hälfte des Kommandos erwartete.

Bald entdeckten Motu Tureis Truppen ihre Kameraden, die unbeweglich dastanden und auf die Mündung des Flusses blickten.

Tawhiro kam näher, sobald er seinen Verwalter sah und sagte mit offensichtlicher Erleichterung: »Nun, Motu, das waren wirklich die *Whakatohea* unter der Führung dieses schrecklich aussehenden Hexers, aber sie sind auf dem Kriegspfad geblieben, der am Höhenzug entlang zum *pa* in Kekeparaoa und nach Turanga führt. Sie haben es sorgfältig vermieden, unseren Weg zu kreuzen, und deshalb haben wir ihr Durchgangsrecht respektiert. Naja, die Whakatoeha verhalten sich immer so, sind allzu eifrig dabei, den Ngati Kahungunu nachzujagen. Mit ihnen gibt es selten Ärger, ganz im Gegenteil zu Raumoko.«

Nach einer kurzen Pause fügte Tawhiro hinzu, »Jetzt können wir zurückgehen und Mihi sagen, dass sie sich nicht aufzuregen braucht, was, Motu?« Das Kommando lachte, als sie nach Hause umkehrten. Ein paar Krieger, die direkt hinter Motu gingen, zogen ihn mit Mihi auf und fragten immer wieder, wann denn die große Nacht stattfinden sollte. Sie betonten, dass jeder einzelne Mann in diesem Kommando nur allzugern kommen würde, um seinen allerbesten *haka* nackt vor dem Brautpaar zu tanzen. »Wie könnten dir deine Waffenkameraden eine bessere Ehre erweisen? Du mußt deinen Penis auf volle Länge und schön fest kriegen, damit das mit dem *whakapapa* richtig klappt«, lachten sie.

Motu trabte an der Spitze des Kriegstrupps und ignorierte ihre Bemerkungen völlig, doch seine Haltung und seine offensichtliche Verlegenheit spornten seine Männer nur noch mehr an, weitere Ratschläge zu geben, wie er sich Mihis unsterbliche Liebe sichern könnte.

Die unerwünschten Vorschläge und das anzügliche Gelächter verstummten erst, als sie in die Nähe der Haupttore kamen. Die Männer wollten Mihi nicht mit ihren Bemerkungen beleidigen.

Sie wäre sonst vielleicht sogar imstande, die große Nacht zu verschieben und ihnen damit den Genuß des mit Freuden erwarteten Festmahls zu verderben. Sie wollten sich auf keinen Fall die ersehnte Mahlzeit entgehen lassen, und so bewahrten sie ein respektvolles Schweigen, als sie das *pa* betraten, sehr zu Motus Erleichterung.

Zurück an der Pflanzung besetzte die Abordnung unter dem Häuptling Whitikau rasch die vorderen Aussichtsposten und die provisorischen Befestigungen und riegelte damit den Eingang zum Tal ab.

Der Hohepriester ging somit kein Risiko ein, seine Ernte an irgendwelche Plünderer zu verlieren.

In dieser Nacht wetteiferten die fernen Chöre der Wachen mit dem traurigen Ruf der Eulen.

7

Rangipai hatte die Einladung ihres Onkels, des Hohepriesters, und der Ältesten ihres Stammes angenommen, sich als ihr Gast bei ihnen einzuquartieren, während ihr eigenes Haus repariert wurde. Auf diese Weise gelang es dem Hohepriester, Tante Mihi glauben zu machen, dass er Vorbereitungen für Rangipais weiteres Leben im *pa* nach ihrer Vermählung treffen würde.

Es war eine kalte, windige Nacht mit vielen Regenschauern und gelegentlichen Donnerschlägen. Rangipai war froh über die Gesellschaft ihrer Leute, und es wurde unermüdlich geredet. Sie besprachen das *whakapapa* des Stammes und sangen Lieder über die Taten ihrer Vorfahren bis weit in die frühen Morgenstunden, während das Lärmen des Sturms Schlaf fast unmöglich machte.

Rangipai und eine große Gruppe Mädchen aus führenden Familien sangen beinahe die ganze Nacht hindurch.

Ein großer Haufen glühendheißer Kohlen war im Steinring in der Mitte der Halle aufgehäuft worden. Ab und zu legte man Baumrinden auf die Haufen der glühenden Kohlen, um die freundlich züngelnden Flammen zu ermuntern.

Der Rauch, der sich anschickte vom Dach aus zu entweichen,

wurde vom starken, böigen Nordwestwind, der von der See her wehte, zurückgetrieben.

Der Wind benahm sich ganz so wie die ruhelosen Wellen des Ozeans und blies selbst durch ein Loch am vorderen Ende des Giebels hindurch, das als kombinierter Rauch- und Luftschaft diente. Der Wind hielt den Rauch unter den Balken fest und wirbelte drinnen wie eine geheimnisvolle Echse herum, so dass alle Augen sich röteten und tränten. Tränen verschmierten die Gesichter der einen, Rauch brannte in den Kehlen und Nasen der anderen.

Plötzlich schoß der Wind wild über das Dach, riss den ganzen Rauch aus der Halle und klärte so die Luft.

Als dies geschah, leuchtete das Feuer auf, die Schatten tanzten wieder an den Wänden, und es wurde für einen Augenblick merklich heller. Rangipai mußte einfach tief einatmen, als der durchdringende Geruch der flackernden Walöllampen, die in große *paua*-Muscheln eingesetzt waren, durch den Raum wehte.

Die kleinen Flammen dieser Lampen, die zischten und flackerten, schienen wie winzige rote Zünglein aus den Mündern der vielen Schnitzfiguren, die von den Wänden herabblickten, herauszuzischeln. Rangipai dachte, wie seltsam belebt die Figuren plötzlich erschienen.

Ab und zu fiel eine einzelne Kakerlake, vom Öl angezogen, in ein *paua*-Muschelgefäß, kämpfte eine kurze Zeit lang verzweifelt, gab dann allmählich auf und sank langsam zu Boden, gefangen im dicken Öl. Mit der Zeit trug sie so zur Substanz der Lampe bei.

Der Geruch so eng zusammengepferchter menschlicher Körper mischte sich mit den Ausdünstungen vielleicht eines Dutzend zahmer Hunde, die verstreut bei ihren Besitzern lagen. Ein scharfer Geruch von Pflanzen- und Lehmfarben lag in der Luft und mischte sich mit dem Geruch von handgewebten Flachsmatten und Federkleidung.

Ein frischer Duft eines sonnigen Berghangs wurde mit den Matratzen aus trockenem Farn, die auf dem sandigen Boden lagen, hereingetragen. Dieser Duft wiederum verschmolz mit dem Aroma der brennenden Baumrinde auf dem glühenden Kohlenfeuer.

Rangipai war froh, dass man die Fenster und Türen geschlossen hielt, da man nie wusste, ob nicht irgendein unbekannter Dämon oder Geist mit bösen Absichten, der in der Dunkelheit draußen heulte, versuchen würde, in Tapuae einzudringen. Der Sturm wurde immer bedrohlicher, und Ranigpai stellte sich alle möglichen unbekannten Geister vor, die in dieser Nacht umherwandelten. Sie war froh, im schützenden Busen von Tapuae, ihres großen Ahnen, zu sein.

Was sie nicht sah, geschah in der Ecke auf der anderen Seite des Raums. Fast verdeckt von den Schatten seiner schlafenden Eltern kratzte ein kleines Kind heimlich im Sandboden ein Loch, um sich dort zu erleichtern. Sorgfältig deckte es seine Ausscheidungen ab, bevor es an die Seite seiner Eltern zurückkehrte. Hier schmiegte sich das Kind an seinen Hund, der endlich seinen kleinen Spielgefährten wieder hatte und ihm Gesäß, Gesicht und Hände abschleckte.

Wieder blies der Wind durch den Luftschacht und ließ den Rauch in die Halle strömen.

Dieses Schauspiel wiederholte sich die ganze Nacht hindurch, und Rangipai, die abwechselnd wachgelegen und gedöst hatte, war froh, die ersten schwachen Streifen der Morgendämmerung zu sehen.

Der Morgen war noch kalt und nass, und die Wolken schienen für alle Zeit auf den Bergkuppen festzusitzen. Das Feuer im Steinring mußte man noch brennen lassen, und der Wind trieb weiterhin seinen Schabernack mit dem Rauch.

Wann immer sich Leute nach draußen wagten, zerrte der Wind an ihren Kleidern, ließ ihre Kleider über dem Kopf zusammenschlagen, wenn sie nicht aufpassten, und pfiff rauh um ihre nackten Beine und Körper herum.

Im ganzen *pa* waren alle Häuser verschlossen, um das Wetter draußen zu halten. Nur gelegentlich forderte eine tapfere Person die Elemente heraus oder ging zu den Küchen, um etwas zu essen. Ansonsten blieb man drinnen, um sich warm zu halten.

Rangipai ging einige Male mit Tante Mihi hinaus, um sich in den Küchen etwas zu essen zu holen, da Speisen auf dem Gelände von Tapuae nie angeboten wurden. Einmal schien der Sturm sogar noch stärker zu werden, und der Regen prasselte in wahren Sturzbächen herunter, so dass sie gezwungen waren, in den Küchen zu bleiben, die sehr kalt und zugig waren, denn diese Gebäude hatten keine Seitenwände, sondern nur ein Dach. Endlich, nachdem sie dort fast zwei Stunden lang festgesessen hatten, schlüpften sie blitzschnell zwischen zwei Schauern in die Wärme und Geselligkeit von Tapuae zurück.

Der Sturm hielt drei Tage lang an, wurde allmählich schwächer und trieb schließlich wie etwas Lebendiges, sich am Himmel drehend und windend, über die See hinweg.

8

Langsam wurde das Wetter besser, und die ersten, die das zu schätzen wussten, waren die Kinder, die man nicht aus dem *pa* herausgelassen hatte. Solange sie ans Haus gefesselt waren, hatten sie ihre Eltern und Verwandten mit ihrem Lärm beinahe in den Wahnsinn getrieben.

Das Leben schien plötzlich nach Tawhitiroa zurückzukehren, und die Kinder spielten und lachten wieder in der Sonne.

Alle freuten sich nun auf die Ankunft Eru Takas und seines Sohnes.

Der nächste Tag war wunderbar warm, und man konnte zwei Frauen beobachten, die das Wetter in vollen Zügen auskosteten.

»Ich habe eine nette Überraschung für Tawhiro«, sagte Tante Mihi zu Rangipai, als die beiden Frauen vor Tapuae saßen und sich unterhielten, und sie fügte hinzu: »Meine vier Sklaven kümmern sich um die Vorbereitungen.«

»Darf ich fragen, um welches Rezept es sich handelt, Tantchen?«

»Natürlich.« Tante Mihi legte eine Kunstpause ein, um die Bedeutung ihres Geschenks hervorzuheben. »Haumia-Kuchen.«

»Haumia-Kuchen«, wiederholte Rangipai erstaunt. »Das ist seine Lieblingsspeise! Ich glaube, seitdem du ihm das letzte Mal etwas davon gegeben hast, hat er sie nie wieder bekommen.«

»Dann wird er diese um so mehr schätzen. Du weißt, ich sorge mich um ihn, wo er doch nicht verheiratet ist. Er sollte ein oder zwei Frauen haben, die sich um ihn kümmern«, vertraute sie Rangipai an. »Er scheint so in seinem Amt als Priester aufzugehen«, erwiderte Rangipai. »Er hat wenig Zeit für anderes.«

»Du hast recht. Deshalb bemühe ich mich immer, ihm ein paar Leckereien zuzustecken, wann immer es mir möglich ist. Im übrigen hatte ich eine sehr gute Ernte in diesem Jahr – meine *rua aruhe* ist fast voll. So stelle ich auf meine Weise sicher, dass die Ernte der nächsten Saison ausreicht.«

»Auf welche Weise, Tantchen?«

»Ich weiß, dass Tawhiro ein besonderes Gebet für die *aruhe* an die Götter richtet, also kann ich es gar nicht vermeiden, dass meine Großzügigkeit auch für mich Vorteile hat.«

»Der Onkel hat schon immer gesagt, dass die Götter unsere Gebete erfüllen.«

»Natürlich tun sie das – doch die Gebete, mit denen wir uns an sie wenden, müssen aufrichtig sein, und deshalb vertraue ich nur Tawhiro. Er weiß, wie man die Götter erreicht; erweise ich mich ihm gegenüber als großzügig, wird meine Dankesbotschaft weitergereicht.«

»Und deine nächste Ernte ist gesichert, was, Tantchen?«

»Ganz recht, meine Liebe, ganz recht. Komm, ich zeige dir, wo die Kuchen gemacht werden.«

Die beiden Frauen gingen über den *marae* und einen Pfad an der hinteren Seite des *pa* hinunter, der mit Muschelsplittern bedeckt war.

Sie kamen zur Rückseite von Tante Mihis Haus, wo mehrere Sklaven bei der Arbeit waren.

»Hier! Versucht diesen mal«, sagte ein Sklave, als er den Frauen je einen Kuchen reichte.

Sie bissen in die knusprig-zarte süße Substanz.

»Du warst ein guter Krieger, bevor du hierherkamst, Hui, aber du bist ein noch viel besserer Koch«, lachte Tante Mihi, als sie ihren obersten Sklaven lobte.

»So zart und süß«, stimmte Rangipai zu.

An diesem Abend nahm der Hohepriester sein Mahl in seinem besonderen Speisehaus allein ein.

Er aß Kuchen aus aruhe.

»Nichts darf Tante Mihis Gabe verderben – sie ist wirklich sehr aufmerksam«, sprach er zu sich selbst. »Für meine Mahlzeit brauche ich nichts weiter als diese wunderbaren süßen Kuchen.«

Doch zuvor dankte der Hohepriester Haumiatiketike, dem Gott der Wurzeln des Adlerfarns, des aruhe.

»Lass uns dich um deine Hilfe anflehen, oh Haumiatiketike, bei der Erhaltung dieser Früchte. Erhabener der Kinder des Lichts, ich danke dir für diese Gaben!« Nachdem der Hohepriester das

Gebet beendet hatte, machte er sich hungrig über den Kuchen-berg her. Auf seinem faltigen, tätowierten Gesicht erschien ein breites Lächeln, als er die Süße schmeckte und den Kuchen ge-nußvoll hinunterschluckte.

Einige Kuchen legte er in einem Flachsbehälter beiseite.

»Diese werden Tiwai bestimmt schmecken«, murmelte Ta-whiro, dann aß er schweigend weiter.

9. KAPITEL

Besucher in Tawhitiroa

Unter den Strahlen der Morgensonne kamen sie aus dem Meer, die großen Männer sprangen durch die Wellen, die nasse, salzige Gischt glänzte wie flüssiger Obsidian auf ihrer nackten Haut.

Aufgeregt versammelten sich Gruppen von Frauen und Kindern auf den Klippen und an den Zugängen zu Tawhitiroa.

Rangipai, die einen günstigen Platz auf der Hauptaussichtsplattform eingenommen hatte, beobachtete sie und sah dann, wie die Besucher näherkamen. Sie konnte ihr Interesse nicht verbergen und fragte: »Tante Mihi, glaubst du, dass er unter diesen Ankömmlingen ist?«

Die massige Frau war still, doch lächelte sie wissend und sagte dann: »Das wirst du schon herausfinden, schau einfach weiter hin.«

Immer mehr Kanus kamen und glitten über die Wellen heran. Rangipai bemerkte, dass die Männer sich perfekt formiert hatten und in dieser Aufstellung blieben, als sie den trockenen Sand erreicht hatten. Dann bewegte sich der *ope* in der Form eines Rechtecks sich rasch bewegender Gestalten über die Hochwassermarke hinweg. Dort, unter den Rufen ihrer Häuptlinge »Versammeln! Versammeln! Lasst uns zusammenkommen«, rückte der *ope* langsam in Richtung *pa* vor.

Eine große, athletische Gestalt ganz auf der linken Seite der Einheit, die den *ope* an Land führte, zog Rangipais Aufmerksamkeit auf sich. Ja, dachte sie spitzbübisch bei sich. Dieser Mann könnte interessant sein. Ich frage mich, ob er der Häuptlingssohn ist, über den alle sprechen. Ja! Er könnte es sein!

Rangipai spürte sogar ein leichtes Ziehen von Eifersucht, als sie hörte, wie die Frauen und Mädchen um sie herum seufzten und auf den Mann zeigten, der auch ihr aufgefallen war: »Oh, da ist er, der Stattliche, schaut euch nur seine wundervolle Nacktheit an, seine Männlichkeit und Stärke.« Dann hörte sie, wie sie einander neckten und lachten, was für einen wunderbaren Liebhaber er abgeben würde. Wieder ertönten Seufzer und Rufe. »Der Klügste, der Größte, der Stärkste, oh, möge er an Land kommen, bald,

bald, bald!« klang es heiter in einem Singsang von oben. Niemand achtete auf sie, doch das schien ihre Begeisterung nicht zu dämpfen, während sie fröhlich weitersangen.

Der Hohepriester hatte sorgfältig drei der herausragendsten jungen Krieger ihres Stammes ausgewählt, darunter den respekteinflößenden Krieger Haukino Te Onewa, allen bekannt als der Mann von hartem, grauen Stein.

Stolz beobachtete Rangipai, wie diese Männer ihre Positionen vor den herannahePnden Besuchern einnahmen. Sie tanzten mit weros herum, streckten trotzig ihre Zungen heraus und zogen Grimassen, um eine Abwehr vorzutäuschen. Dann wichen sie plötzlich wieder ein Stück zurück, um die Vorstellung zu wiederholen. Dabei rückten sie nach und nach immer näher an das *pa* heran.

Die Vorstellung der drei Männer hatte die Zuschauer auf der Klippe in Atem gehalten, obwohl sich die Aufmerksamkeit vieler Frauen auf etwas ganz anderes richtete. Rangipai hörte sie noch immer sagen: »Schnell, schnell, komm zu mir!« Diese schamlosen Flittchen, dachte sie.

2

Die Elitewache unter Tawhiro war seit dem frühen Morgen damit beschäftigt gewesen, eine angemessene Begrüßung der Besucher vorzubereiten.

»Wir müssen schon von weitem zeigen, dass der bloße Anblick unserer Krieger sogar die tapfersten Herzen erzittern läßt.« Der Hohepriester zischte die Worte fast, als sie sich zum Kriegstanz entkleideten und ihre nackten Körper mit Öl und rotem Ocker salbten.

In einem Rechteck stand die Elitewache gedrängt beieinander, wartete unmittelbar vor den Haupttoren und beobachtete, wie der erwartete *ope* näherrückte.

Rangipai, die voller Bewunderung zusah, wie ihr Onkel die Situation meisterte, beobachtete, wie er das Signal gab. Wie ein Mann knieten die Hokowhitu a Tu, Tawhitiroas beste Kampftruppe, auf ihren linken Knien nieder, den rechten Fuß fest auf den Boden gesetzt. In der rechten Hand hielten sie die taiahas, deren

Spitzen sich bedrohlich nach vorne links richteten. Alle blieben vollkommen still.

Erst jetzt verstummte das Plappern der Mädchen auf den Klippen. Diesmal waren alle ruhig und verharrten in einem erwartungsvollen Schweigen.

Noch immer bewegte sich der *ope* der Besucher gleichmäßig im Laufschritt und verringerte so die Entfernung zwischen den beiden Kriegergruppen.

Plötzlich erhob sich aus Tawhiros kniender Wache der erste der drei ausgewählten Herausforderer. In seiner Hand trug er eine dünne, lange, und zur Spitze hin weiße Rute aus manuka – das *wero*. Diese Ruten waren eigens für diese Gelegenheit vom Hohepriester gesegnet worden. Der Mann näherte sich den Besuchern mit schnellen, federnden Schritten, wartete den richtigen Augenblick ab, schnitt Grimassen und stieß wilde Zisch – und Grunzgeräusche aus. In angemessener Entfernung schleuderte er den Besuchern das *wero* ins Gesicht und zog sich ein kurzes Stück zurück.

Die Besucher eilten weiter voran und beachteten ihn nicht. Sie hielten ihre Formation auf dem weiten, wellenüberspülten Strand perfekt ein. Aber sie liefen nicht mehr im Gleichschritt. Das gab dem vorrückenden *ope* ein ungewöhnliches Aussehen, es bewegte sich auf und ab und sah aus wie eine gewaltige braune Echse, die sich rasch auf die Tore des *pa* zu bewegt.

Alle waren nackt, und doch erweckten die vielen Tätowierungen den Eindruck, als wären die Männer passend gekleidet. Die Krieger, die entweder mit einem *taiaha,* einem *tewhatewha* oder einem *mere* bewaffnet waren und ihre Waffen in Bereitschaft hielten, boten ein faszinierendes Schauspiel.

Eru Taka hatte bereits seinen Sohn Waru und zwei weitere seiner schnellsten Läufer ausgewählt, die versuchen sollten, ihre Herausforderer im geeigneten Moment einzuholen.

Erneut kündigten durchdringende Töne eine weitere Herausforderung an. Der zweite Läufer sprang aus der knienden Wache hervor und rückte auf dieselbe Weise vor wie der erste Läufer, um den Besuchern sein *wero* aus manuka entgegenzuschleudern und sich dann ein kurzes Stück zurückzuziehen. Doch auch ihn beachteten sie nicht, als er vor ihnen tänzelte und Grimassen schnitt, und liefen weiter auf die Haupttore von Tawhitiroa zu.

Jetzt war Haukino an der Reihe. Er war zweifellos der schnellste Läufer der Ngati Whakaari und sprang rasch vor. In der linken Hand das *wero,* tänzelte er so schnell, dass seine Füße kaum den Boden berührten. Immer wieder schrie er aus vollem Hals, um die Gegner zu provozieren.

Rangipai wusste, dass er ein Krieger war, wie man ihn nur selten sah – und er war splitternackt, als er auf die Besucher zurannte.

Und doch beachteten ihn die Besucher nicht.

Plötzlich schleuderte Haukino das weiße *wero* der Herausforderung, das wie eine Sternschnuppe auf die herannahenden Krieger zuraste. Das *wero* hatte kaum seine Hand verlassen, als er rechts herum abdrehte und wie toll zu den Ngati Whakaari zurückrannte, begleitet von den ersten beiden Herausforderern.

Atemlos vor Staunen rief Rangipai ihren Begleiterinnen zu: »Schaut euch das an – wie der Mann rennen kann!«

Das *wero,* das Haukino geworfen hatte, war noch in der Luft, als plötzlich jener athletische Kieger aus der Formation der Besucher heraussprang, den Rangipai und die Frauen vorhin bemerkt hatten. Begleitet wurde er von zwei leichtfüßigen Kriegern. Sie spannten jeden Muskel an, überholten den flüchtenden Haukino und seine beiden Gefährten und versuchten, ihnen Speere zwischen die Beine zu stoßen, um sie zum Stolpern zu bringen. Hinter ihnen kamen die Besucher in schnellem Trab angerannt und zischten angriffslustig.

Haukino rannte, wie er noch nie gerannt war. Er erreichte mit seinen Gefährten gerade noch rechtzeitig die eigenen Reihen, so dass die ausgestreckte Hand der Herausforderer nur knapp seine Schultern berührte. Dies war für beide Seiten ein gutes Zeichen.

Niemand war eingeholt oder von seinen Gegnern zum Stolpern gebracht worden. Und doch hatten die Gegner tatsächlich die Schultern der schnellsten Läufer der Ngati Whakaari berührt.

Die drei Herausforderer der Besucher, die gleichzeitig mit dem schnell heranrückenden *ope* einfielen, hatten sich jetzt wieder ihren eigenen Reihen angeschlossen.

Kaum zwanzig Ellen von ihren Gastgebern entfernt, ließ sich der *ope* lautlos nieder und wartete.

Plötzlich zerschnitt ein wilder Schrei die Luft, und beide Seiten sprangen wie rasend aufeinander zu, sich geschickt in letzter Minute zur Seite wendend, so dass der *ope* der Besucher ihre Gastgeber rechts passierte.

Nachdem sie eine kurze Strecke marschiert waren, wandten sich beide Gruppen um und wiederholten die Vorstellung. Auf diese Weise standen sie sich nochmals in ihrer ursprünglichen Aufstellung gegenüber, kaum zwanzig Ellen voneinander entfernt.

3

Die junge *ariki* der Ngati Whakaari beobachtete gespannt, wie die Besucher näherkamen. Plötzlich ließ ein markerschütternder Schrei sie zusammenfahren. Sie sah ihren Onkel, den Hohepriester aufspringen – das war das Zeichen, auf das seine Männer gewartet hatten. Wieder fielen die Wachen zur gleichen Zeit in ein mitreißendes *haka*.

In der prallen Sonne erzitterte der Boden unter Hunderten von Fußpaaren, die in gleichmäßigen Schritten auf die Erde stampften, so dass Staubwolken zum donnernden Refrain des Kriegstanzes aufwirbelten.

»*Kia kutia au; au!*
Kia rere atu te kekeno
Ki tawhiti titiro mai ai!
A – e! a – e! ha!«

Tante Mihi und Rangipai hatten ihren Aussichtspunkt verlassen und standen nun am Rande des *marae* vor Tapuae. Von dort aus konnten sie das Geschehen besser überblicken.

Die Besucher zeigten ein herausforderndes und grimmiges *haka*, das selbst die Himmel zum Klingen brachte, als jede Seite versuchte, die andere mit der Wildheit ihres Kriegstanzes zu übertreffen.

Die vielen Frauen, die schwer gearbeitet hatten, um alles für ihre Gäste vorzubereiten, genossen diese Darbietung außerordentlich.

Rangipai wusste, dass sie und einige Frauen unmittelbar nach den Kriegstänzen das beinahe halbstündige *karanga* ausrufen würden. Im Anschluss daran würden die führenden Häuptlinge beider Seiten ihre Reden halten. Sie selbst würde ein paar Worte des Willkommens sprechen, alle würden zum *hongi* und zum Totengedenken zusammenkommen, um schließlich am Festmahl teilzunehmen. Unterdessen hoffte Tante Mihi, dass man sich sputen würde, damit sie endlich ihre Verwandten treffen konnte. Sie wartete geduldig auf dem *marae*, mit Motu Turei an ihrer Seite, der ziemlich befangen war.

So kam es, dass Eru Taka und sein Sohn Waru, Haukinos Herausforderer, beim Betreten Tawhitiroas direkt in die Arme der begeisterten Tante Mihi liefen, die sie mit ihrer Zuneigung fast erdrückte. Sofort stellte sie den Besuchern ihren Zukünftigen vor und machte Waru ausfindig, um ihn zu Rangipai zu führen.

Kurz gesagt, Tante Mihi war jetzt rühriger denn je und genoß jede Minute.

Der Hohepriester wusste kaum, wohin er sich zuerst wenden sollte, denn schon war die Zeit für das Festmahl gekommen. Er mußte ein besonderes Ritual für den Gott Rongo ausführen und ihm für die erfolgreiche Ernte danken. Er hatte dafür zu sorgen, dass Rangipai und Waru sich näher kommen konnten, er mußte Eru Taka und seine Krieger bewirten, Te Hau O Te Rangi begrüßen, der in Kürze anläßlich der Festlichkeiten mit dem gesamten Stamm aus Te Hairini das *pa* betreten würde, der Hochzeitszeremonie von Tante Mihi und Motu Turei beiwohnen und Willkommensreden für die Besucher aus der Ferne halten – dies alles mußte praktisch gleichzeitig geschehen, und die ganze Zeit über sollte er entspannt aussehen und so tun, als ob er alles völlig unter Kontrolle hätte. Das ist eine der Freuden, die es mit sich bringt, Häuptling zu sein, dachte er, während er herbeieilte, um seine Willkommensrede zu beginnen.

Der Hohepriester wartete einen günstigen Moment ab und schaffte es schließlich, seinen Gast Eru Taka allein anzutreffen. Es gab eine wichtige Angelegenheit, die er mit seinem Besucher besprechen wollte. »Rangipai«, eröffnete er das Gespräch.

»Wunderschön«, erwiderte Eru Taka.

»Waru?«

»Vernarrt.«

»Sicher?«

»Kein Zweifel.«

»Whare Haunui?«

»Da ist Platz für sie beide.«

»Ah!«

»Das freut dich?«

»Ungemein.«

»Jungfräulichkeit?«

»Garantiert!«

»Das wird unserem Stamm *mana* schenken!«

»Rangipai und Waru?«

»Vermählt.«

»Vereinigung!«

»Und Stärkung der Kampfkraft!«

»Unbedingt!«

»Kia kaha!« schloss Eru, während sie gemeinsam zurückgingen, froh darüber, dass sie sich so einig waren. So kehrten sie wieder zu den Gästen in Tapuae zurück.

Am besten unterhielt Eru Taka die Versammelten, denn er erzählte die Geschichte von seinem Sieg über Raumoko.

Zuvor war er mehr als entzückt gewesen über den Empfang, den ihm die Menge an diesem Abend in Tapuae bereitet hatte. Er hatte sogleich mit seiner Geschichte begonnen.

»Männer sterben in der Schlacht, Männer werden in der Schlacht zu Männern. Eru Taka Krieger sind solche, die die wahren Qualitäten ihrer glanzvollen Ahnen zeigen – und als Männer handeln. Jawohl! Wir siegten über Raumokos Stamm. Mit der Hilfe unserer Götter gelang uns ein großartiger Sieg gegen eine überwältigende feindliche Übermacht – wir liessen den Gegner vom Feld rennen wie quiekende *weka*-Küken. Tatsächlich konnten sie nicht schnell genug nach Tuanuku kommen. Ich wusste wirklich nicht, dass sie so großartige Sprinter waren.«

»Das muß ich Raumokos Männer lassen«, fuhr er fort. »Sie sind die besten Läufer der Welt, wenn es darum geht, sich in Sicherheit zu bringen – man sieht, sie wollen nicht sterben«, sagte er unter brüllendem Gelächter.

»Sag's uns! Sag's uns! Wie habt ihr das geschafft?« brüllte die Menge, die ganz genau wusste, dass er weitererzählen würde.

»Wir waren gerade dabei, an der Grenze zu Raumokos Gebiet einen neuen Jagdgrund für die Vogeljagd zu untersuchen, als einer unserer Späher plötzlich sagte: ›Sieh nur, Eru, wir sind von vielen Kriegern umzingelt.‹ Ich sah sofort, dass die Situation es erforderte, eindeutig und überlegt zu handeln. Genau in diesem

Moment bemerkte ich, wie sich dichter Nebel um unsere Stellung am Hang legte. Dann sprachen die Götter zu mir.«

Die Menge schnappte vor Erstaunen nach Luft – ein leichtes Lächeln erschien einen Augenblick lang um die Mundwinkel des Hohepriesters, während Eru mit seiner Geschichte fortfuhr.

»Ich wusste sofort, was ich zu tun hatte: Die Männer hintereinander aus dem Nebel marschieren lassen, dabei Raumokos Truppen nicht aus den Augen verlieren, zurück um die andere Seite der Hügelspitze herum – und wieder in den Nebel hinein. Wir machten so viel Lärm, dass man glauben mußte, es wären viel mehr als unsere vierzig Männer unterwegs. Immer im Kreis marschierten die Männer, hinauf zu mir, wo ich stand, zurück hinunter um den Berg herum, hinein in das Blickfeld von Raumokos Kriegstrupp – aber die ganze Zeit über erweckten sie den Eindruck, als ob zahllose Truppen kämen, um sich mir anzuschliessen. Ich saß da und schaute zu. Zuerst beachteten Raumokos Männer das Spektakel nicht. Dann aber hielten sie inne und berieten lange Zeit, was nun zu tun sei. Ihr alter Häuptling, der Vater des jetzigen alten Raumoko, kam und überblickte das Geschehen. Herum und hinauf, herum und hinunter marschierten meine Männer, alle machten unablässig Lärm. Jetzt fingen wir an, Parolen und Schlachtrufe zu brüllen. Auf einmal bemerkte ich, dass sich der Feind zurückzog – alles ging ganz schnell. Ich wartete auf einen geeigneten Moment – dann gab ich meinen Männern den Befehl zum Angriff. Nie habe ich jemanden so schnell rennen sehen! Ich glaube, Raumokos Männer dachten, dass wir sie mit einer gewaltigen Armee umzingelt hätten. Nun, wir folgten ihnen und konnten zehn Nachzügler töten, bevor sie über den Motu entkommen konnten. Ich wäre ihnen gerne gefolgt, aber dann hätten wir unsere Strategie preisgegeben, und so blieben wir auf unserer Seite des Flusses. An diesem Tag müssen zweihundert Männer in Raumokos Kriegstrupp gewesen sein. Selbstverständlich habe ich seit damals immer gesagt, fürchtet Raumoko nicht, er kann mit Waffen aus Nebel geschlagen werden.«

Dazu brüllten und klatschten die Leute. Dann sprang der Hohepriester auf, und gemeinsam sangen sie aus dem Stegreif ein Lied auf die Macht des Nebels, die den mächtigsten Gegner zu Fall bringen konnte und wie toll vom Schachtfeld rennen ließ.

Nun versuchten die anderen, die Worte des Liedes nachzuahmen und stimmten mit ein.

Wehmütig lächelten Haukino und mehrere seiner Krieger.

Nachdem Eru Taka im Verlauf einer Woche immer wieder mit dem Hohepriester zusammengekommen war und mit ihm gesprochen hatte, spürte er, dass er seinen Gastgeber gut genug kannte, um mit ihm über eine gewisse heikle Angelegenheit zu sprechen.

Die beiden Häuptlinge saßen ruhig beieinander und tauschten Vertraulichkeiten aus.

Plötzlich flüsterte Eru seinem Gastgeber ins Ohr: »Ich habe da auch noch eine Frau, eine sehr hübsche!«

»Oh, und wer ist sie?«

»Nun, das ist eigentlich ein Geheimnis, und du mußt versprechen, es nicht Haukino weiterzusagen.«

»Aber wieso nicht Haukino?«

»Es ist seine Frau, Awanui!«

Der Hohepriester pfiff vor Überraschung durch die Zähne. »Sie ist zu dir gekommen?«

»Ja!«

»Wann?«

»Nach dem Fall von Hakatere am Hafen von Ohiwa. Sie ist die Nichte meiner Frau. Ich habe für sie gesorgt, während sie Haukinos Sohn austrug.

»Sie hat einen Sohn von Haukino«, und der Hohepriester pfiff erneut durch die Zähne.

»Ich sorge für sie beide. Er ist ein strammer Junge. Eines Tages, wenn er alt genug ist, werde ich ihn zu seinem Vater schicken. Aber ich habe einen Pakt mit Awanui – ich kümmere mich um sie, und sie kommt des nachts zu mir. So weiß niemand, was wir tun. «

»Wart´s nur ab«, erwiderte der Hohepriester, »irgend jemand wird es herausfinden, und dann haben wir richtigen Ärger. Ich glaube, es war ein Fehler, dass du sie zu deiner Geliebten gemacht hast..«

»Aber sie hat wirklich Gefallen an mir. Naja, kein Wunder, ich habe ihr alles gegeben, was sie sich nur wünschen könnte – ein eigenes Haus, Sklaven, die sie bedienen – es geht ihr in Whare Haunui genauso gut wie früher im *pa* ihres Vaters.«

»Ich glaube trotzdem, dass du einen Fehler machst. Awanui sollte zu ihrem rechtmäßigen Mann geschickt werden. Stell dir nur den Ärger vor, den es machen würde, wenn Haukino herausfände, dass seine Frau deine Geliebte ist.«

»Deshalb erzähle ich es dir ja, damit du Bescheid weißt. Außerdem habe ich mit ihr abgesprochen, dass sie – sollte mir etwas zustoßen – hierherkommen soll, zurück zu Haukino. Ich habe mich bemüht, sie hierherzuschicken, aber sie will wirklich nicht.«

»Bist du sicher, dass du dich bemüht hast?«

»Ja! Natürlich! Ich habe sogar einen Kriegstrupp ausgesandt, der sie hierherbegleiten sollte, aber sie hat sich geweigert, mitzugehen.«

»Hat sie jemals verlauten lassen, dass sie Haukino nicht mag?«

»Was mir Sorgen macht, ist, dass sie sich weigert, überhaupt über ihn zu sprechen.«

»Ich kann mir vorstellen, warum. Schließlich hat Haukino ihren Vater gegessen«, sagte Tawhiro.

»Das ist Grund genug.«

»Nun, man kann es ihr nicht vorwerfen, solche Gefühle zu haben.«

»Nicht wirklich!«

»Dann solltest du dein Geheimnis für dich behalten, sonst zieht Haukino noch in den Krieg, um seine Frau wiederzubekommen, und das könnte damit enden, dass alle unsere Pläne zerstört werden.«

»Ich werde es geheimhalten.«

»Gut«, sagte Tawhiro und wechselte das Thema. »Wir sind an der Reihe, zu den Leuten zu sprechen. Ich glaube, sie möchten die Geschichte von deinem Sieg über Raumokos Kriegstrupp noch einmal hören.«

Und der Hohepriester blickte starr geradeaus, als sein Gast sich erhob, um zu sprechen. Er fühlte sich nicht ganz wohl bei der Sache. Irgend jemand wird bestimmt alles ausplaudern, dachte er, und wie ich Haukino kenne, stehen die Chancen für Eru nicht sonderlich gut.

Er selbst konnte nicht viel mehr machen als vorsichtig zu sein – und abwarten, was geschehen würde.

Am Tag darauf lief Tante Mihi ganz aufgeregt in der Gegend herum. »Ich bin sicher, ich kann die Zeichen erkennen«, rief sie verzückt Motu Turei zu. »Ja doch, es ist Liebe auf den ersten Blick. Sieh nur, wie sie zusammen umhergehen, und erst gestern abend sah ich sie so eng beieinander sitzen, du hättest keine *pipi*-Muschel dazwischen schieben können.«

»Wenn sie uns auch nur ein wenig ähneln, dann wird es nicht lange dauern, bis sie wahrhaftig verheiratet sind«, lachte er zur Erwiderung.

Tante Mihi hatte ihr Bestes getan, um soviel wie möglich herauszufinden, aber nicht, indem sie unbeholfene und peinliche Fragen stellte, sondern einfach, indem sie mit Rangipai über Waru sprach:

»Ist er nicht wirklich ein netter junger Mann, ein echter Häuptling und Aristokrat – solche Männer findet man heutzutage wahrhaftig selten genug. Und er ist auch ein großer Krieger – schau dir nur an, wie er den *haka* ausgeführt hat. Du liebe Zeit, selbst ich fing an, mich zu fürchten, als ich ihn gestern abend tanzen sah. Und außerdem, denk an die Stellung, die du haben würdest. Eru ist wegen seiner engen Verwandtschaft zu mir und unserem Hohepriester bereit, dir Häuptlingsstatus in seinem Volk zuzubilligen.

Vergiß nicht, wohin auch immer du in Erus *pa* gingest, du würdest eine Frau von großer Bedeutung sein, und sein Volk würde ganz wie dein eigenes zu dir aufschauen.

Allerdings muß ich immer noch herausfinden, welche Stellung Waru genau hätte, wenn er in Tawhitiroa leben würde. Diese Frage muß ich deinem Onkel stellen«, fügte sie nachdenklich hinzu.

Dann zog Rangipai die Tante an ihre Brust, und die beiden Frauen standen lange Augenblicke schweigend da; sie fühlten, dass die Ereignisse der letzten Tage eine neue Ära des Glücks für sie beide bringen würden. Schließlich sprach Rangipai, »Du bist so gut, Tante Mihi, ich wüßte nicht, was ich ohne dich tun sollte.«

Gemeinsam verliessen sie Tante Mihis Haus, überquerten den *marae* und gingen hinüber, um sich Waru, seinem Vater Eru Taka, Te Hau O Te Rangi und dem Hohepriester anzuschliessen. Dies geschah unter lauten Jubelrufen und Glückwünschen der vielen Verwandten und Freunde. Sie kamen herüber, um miteinander zu sprechen und ihre Nasen an Rangipais Nase zu drücken, als Zeichen ihrer tiefen Zuneigung für die junge Prinzessin, die ganz offensichtlich in den jungen Krieger verliebt war, der die Zustimmung aller gefunden hatte.

5

Im Verlauf der nächsten Tage wurde es ganz offensichtlich, dass Waru von Rangipais Schönheit entzückt war, während ihre tiefe, sanfte Stimme beinahe eine hypnotische Wirkung auf ihn ausübte. Er war gern in der Gegenwart dieses Mädchens und spürte, dass er in Rangipais Gesellschaft verweilen wollte.

Rangipai für ihren Teil war erfreut, festzustellen, dass ihr Besucher allem, was sie über ihn gehört hatte, entsprach, und außerdem eine sehr gewinnende Art hatte. Er war ein Mann, den sie lieben konnte.

Von Anfang an kamen sie gut miteinander aus. Eru Taka und der Hohepriester waren zufrieden, Te Hau O Te Rangi war entzückt, und sogar Tante Mihi begann, sich keine Sorgen mehr wegen Rangipais Zukunft zu machen.

»Nun, Waru ist ein guter Junge«, sagte sie zum Hohepriester, »und er wird sich sehr gut in Tawhitiroa einleben.«

Der Hohepriester nickte heftig, was Tante Mihi als bereitwillige Übereinstimmung deutete.

Es war tatsächlich so, dass die meisten Leute zufrieden damit waren, dass sich Waru und Rangipai sehr gut verstanden, aber jeder hatte andere Gründe dafür. Dennoch schienen alle davon auszugehen, in der Frage von Rangipai und Waru einer Meinung zu sein. Jeder genoß die besondere Stimmung, in der man sich befand – vor allem Rangipai und Waru.

Zusammen schauten sie den vielen Wettkämpfen, Tanzliedern und *hakas* zu, bei denen die jungen Leute beider Stämme ihr Können zeigen und dabei in freundschaftlichen Wettstreit treten konnten.

Als Tante Mihi nicht dabei war, planten sie gewissenhaft, was sie am folgenden Tag tun wollten. Sie entschieden, sich heimlich davonzustehlen und allein zum Strand hinunterzugehen.

Geschützt durch die Sanddünen, lagen sie beieinander. Über ihren Köpfen kreisten die Seevögel langsam und majestätisch, als ob sie den beiden zuschauten und ihre Verbindung gerne sehen würden.

Die Wellen, die an den Strand rollten, schienen sich bis an ihre äußersten Grenzen zu strecken, als ob sie versuchen würden, zu ihnen zu sprechen, bevor sie mit einem seufzenden Geräusch ausliefen und dann vom Ozean zurückgeholt wurden, Flüßchen aus Sand zurücklassend, die sich in friedlichen Strudeln drehten, bevor sie wieder wie toll heranrauschten, um das Spiel von vorne beginnen zu lassen.

Dazu wehte ein warmer Wind aus den Tropen im Norden, berührte die Blüten des goldenen *pingao*, die voll Erwartung bebten, sich neigten und verbeugten wie treue Untertanen, die von einem Geheimnis wissen, das nur ihnen alleine gehört.

Verspielt bückte sich der junge Mann neben der jungen Frau, nahm eine Handvoll Sand auf, ließ ihn durch die Finger rinnen und in der Mitte ihres nackten Rückens hinunterlaufen.

Das Mädchen spürte das leichte Kitzeln, streckte seine Hand aus und versuchte, ihn am Handgelenk zu packen. »Du kitzelst mich, hör auf«, lachte sie, gleichzeitig hoffend, dass er nicht aufhören, sondern ewig so weitermachen würde.

Es schien den beiden Verliebten in den wenigen kurzen Momenten, die sie alleine waren, als würde alles, was sie umgab, auf ihre Freude antworten, als hätte die ganze Welt zu singen begonnen.

Und so kam es, dass Tante Mihi, rot im Gesicht und schnaubend wie eine Seekuh, mit ihren Begleiterinnen gerade noch rechtzeitig angerannt kam, um Waru zu unterbrechen, als er spielerisch versuchte, Rangipais *maro* zur Seite zu ziehen.

Rangipai ärgerte sich darüber, dass man ihr gefolgt war, aber anstatt nach Entschuldigungen zu suchen, sagte sie höflich und mit fester Stimme: »Ich weiß, dass niemand etwas dagegen haben kann, wenn Waru und ich alleine einen Spaziergang machen, bevor er wieder nach Hause aufbricht. Wir sind gerade auf dem Weg zurück zum *pa*.«

Waru beeilte sich, ihre Worte zu bestätigen. »Stimmt, wir gehen gerade. Komm«, sagte er und hielt dem Mädchen seine Hand hin, »lass uns den Weg nehmen, auf dem wir gekommen sind.«

Sie gingen vor, gefolgt von Tante Mihi und ihren Begleiterinnen.

Niemand sprach ein Wort, bis sie das *pa* erreichten, dann trafen sie fast nur noch auf lächelnde Gesichter.

Rasch führte Tante Mihi Rangipai und Waru nach Tapuae, wo sie unter Leuten waren und voreinander sicher sein konnten.

»Nun, nach ihrem Benehmen zu urteilen, werden sie sich zumindest gut verstehen«, flüsterte sie dem Hohepriester zu, der breit grinste: »Ich bin froh, das zu hören, Mihi.«

6

Einige Abende später im dichtbesetzten Tapuae erhob sich der Hohepriester, begleitet von Eru Taka und Te Hau O Te Rangi, um eine Rede zu halten.

Jedoch waren alle so in ihre Gespräche vertieft, dass niemand bemerkte, dass der Hohepriester sich erhoben hatte. Schließlich rief Haukino nach Ruhe, worauf das Tosen der Stimmen leiser wurde, bis nur noch ein gleichmäßiges Murmeln zu vernehmen war.

»Dies ist die Zeit der Götter«, begann der Hohepriester und erreichte so die Aufmerksamkeit der Zuhörer. Anspielungen auf die Götter schienen immer Wirkung zu zeigen. Es herrschte Stille.

»Wenn wir *Rongomatane*, dem Gott des Friedens und der Landwirtschaft unseren Dank sagen, dann danken wir Rongo ergeben für unsere reichhaltige *kumara*-Ernte, und wir danken Rongo für den Frieden. Dennoch ist es wahr, dass der Mensch nicht in einem immerwährenden Frieden leben kann. Andauernder Krieg jedoch würde ihn vollständig zerstören, und so müssen wir ruhen und im Schatten Rongos wandeln, wann immer die Feuer des Kriegsgottes zu heftig brennen. Wir brauchen Rongo, der uns hilft, unsere Pflanzen zu züchten, Vögel zu fangen, fischen zu gehen. Wir brauchen den Frieden, um die Gemeinschaft in unseren Familien zu geniessen, um zu lieben. Wir brauchen den Frieden, damit unsere kleinen Kinder, jetzt noch kaum mehr als zarte Pflänzchen, zu mächtigen Bäumen heranwachsen können. Ja, wahrhaftig, es gibt Zeiten, wichtige Zeiten, in denen wir den Frieden brauchen, damit sich die Nahrung der *Papatuanuku* zu unserem Nutzen im glanzvollen Namen Rongos mehren kann«, und er stimmte eine Lobeshymne auf Rongo an, in die alle miteinstimmten.

Als der Gesang beendet war, räusperte sich der Hohepriester – und wartete auf Ruhe.

»Heute ist nun ein willkommener Anlass, von großen Ereignissen auf der Erde zu sprechen, die durch Zeichen in den Himmeln angekündigt werden.«

Er wartete ab, während die Menge vor Erstaunen nach Luft schnappte, und lächelte innerlich, als die Leute geradezu an seinen Lippen hingen und dann seine ausgestreckte Hand bemerkten, die über seinen Kopf hinweg zeigte.

Er fuhr fort: »Es hängt ein Komet in der Schwärze der Nacht, inmitten eines Scheins von Herrlichkeit; während Meteore, die Boten unserer Götter, in den Himmeln brennen!«

Vor mehreren Nächten hatte der Hohepriester als erster den niedrigstehenden Kometen am westlichen Himmel entdeckt, beinahe verdeckt von großen Wolkenbänken, die schon seit einiger Zeit über der Gegend hingen. Er wusste, dass der Komet jede Nacht höher steigen würde. Bevor er Tapuae betrat, blickte er kurz nach oben und stellte fest, dass der Komet höher am Himmel stand und sehr viel heller leuchtete. Doch war er durch den schweren Dunst über der See kaum sichtbar. Wenn man nicht genau wusste, wohin man den Blick zu wenden hatte, würde man die Gegenwart eines Kometen nicht einmal erahnen können. Der Hohepriester war sich sicher, dass ein Meteorregen jetzt bald einsetzen würde. Er spürte, dass dies die Zeichen waren, auf die er gewartet hatte.

»Wir können nun sicher sein, dass unsere Verbindung mit Eru Taka den Segen der Götter hat. Und welcher Zeitpunkt könnte für Tante Mihi und Motu Turei günstiger sein, sich zu vermählen?

Mein Volk – wir haben uns auch versammelt, um ein Ereignis von wahrlich großer Tragweite zu feiern, die Verlobung unserer Rangipai mit Waru Taka!«

Sogleich sprangen viele der Frauen auf und stimmten ein Lied an, das Rangipai und Waru gewidmet war. Nach und nach fielen alle, auch der Hohepriester und Haukino, in den Gesang ein. Sie schlossen mit einem lebhaften Tanzgesang und einem *haka*, das an die Krieger unter den Vorfahren von Waru und Rangipai erinnerte.

Rangipai dankte den Leuten und stimmte ein Tanzlied zu Ehren Tante Mihis und Motu Tureis an. Es handelte von dem Wunsch für ein langes Leben und Glück in den Jahren, die vor ihnen lagen. Wieder erhob sich der ganze Saal, um gemeinsam zu singen. Sie sangen für Mihi und Motu Turei, die ihre Ehe heute nacht feierlich vollziehen würden, indem sie im Beisein ihrer Verwandten und Besucher zusammen auf Mihis Matte in Tapuae schlafen würden.

So war es Mihis Wunsch gewesen. Sie hatte dem Hohepriester gesagt: »Motu und ich möchten eine schöne beschauliche Hochzeit – und keine Hektik. Lass uns nur zusammen auf meiner Matte im Beisein aller schlafen. Gibst du uns dann noch deinen Segen und die Geschenke, ist das völlig ausreichend. Das *haka*ri, das Festmahl, das für die Besucher vorgesehen ist, reicht für uns alle.«

»Sei unbesorgt, Mihi«, erwiderte der Hohepriester. »Wir werden deinetwegen das *haka*ri einfach noch ein paar Wochen ausdehnen.«

Und so war es beschlossen und wurde angenommen. Rangipai war verlobt, Tante Mihi und Motu Turei vermählt, und alle hatten Rongo Respekt gezollt.

Es war wahrhaftig ein aufregender Festmonat gewesen. Doch bevor ein großartiges Fest langsam zu Ende ging, traten mehrere Leute nach draußen, wo sie mit einem einzigartigen Blick auf den Kometen belohnt wurden. In der Tat, das *mana* des Hohepriesters vermehrte sich in dieser Nacht um das zehnfache. So aufregend war das Geschehen, dass viele Leute die ganze Nacht über wach blieben und über das Fest sprachen und darüber, wie die Götter die Feier so eindrucksvoll segneten, ganz, wie der Hohepriester es vorhergesagt hatte.

7

Schließlich war die Zeit des Aufbruchs für die Gäste gekommen. Das Abschiedsmahl für Eru Taka wurde in den folgenden zwei Tagen auf dem *marae* in Tawhitiroa abgehalten. Dort wiederholte man die Tänze und *hakas*, diesmal jedoch mit einer gewissen Traurigkeit, weil die Gäste abreisen würden. Dennoch waren sich alle einig, dass dieses Fest von Rongo, mit dem Besuch Eru Takas, Tante Mihis Hochzeit und Rangipais Verlobung das großartigste Ereignis war, an das sie sich erinnern konnten.

In dieser Nacht sagte Waru seiner Rangipai in einem Vers Lebewohl, den das Volk noch lange Jahre später singen sollte.

»Ich, der aus dem Dunst des Meeres kam,
Ich, der auf den Lippen des Mondes heranglitt,
Mein trauriges Herz rief sanft zu dir,
Wisperte deinen Namen, wahrhaftig für ewig,
Und mein *mere* aus Jade aus der Hand der Götter,
Ist dein, meine Liebste, bis die Berge zusammenstürzen.«

Der junge Häuptling hatte sein *mere* erhoben, es zitterte in seiner Hand, und er rief alle Versammelten auf, ihm zuzuhören. Er sprach zu Rangipai, als er ihr die Waffe mit dem Handstück nach vorn hinhielt: »Wenn wir vereint sind, dann sind all die Dinge, von denen ich gesprochen habe, auch dein, sie werden den Ngati Whakaari gehören, und so werden sich unsere beiden Stämme vereinigen und ein einziger Stamm sein.«

Die gewaltige Menschenmenge ließ ihren Gefühlen freien Lauf und fiel in einen Sprechgesang, der Eru Taka pries und seinen prächtigen Sohn – den würdigen Bräutigam für Rangipai.

Nun tauschten die beiden Häuptlinge Te Hau O Te Rangi im Namen des Hohepriesters und seines Stammes und Eru Taka Geschenke von Walknochen und Jadewaffen aus. Dies geschah vor den Augen aller, um die Vereinbarung zwischen ihren beiden Stämmen zu besiegeln und der Verlobung von Rangipai und Waru zuzustimmen.

Dann trat der Hohepriester vor, verkündete dem Volk die Botschaft der Sterne, dass die Götter dem Vorhaben wohlgesonnen seien und die Hochzeit in Tawhititroa stattfinden sollte. »Rangipai wird sich vermählen, wenn der Stern *Kopu* im Schoß des Mondes steht«, war die prophetische Verheißung.

Sobald der Hohepriester seine Rede beendet hatte, hatte Eru Taka gesagt, »Du mußt Rangipai und Tante Mihi auf einen Besuch zu uns schicken. Ich möchte, dass sich Rangipai unser *pa* ansieht und selbst feststellen kann, dass sie bei uns glücklich sein wird. Kommt in sechs Monaten. Die Saison für den Aalfang geht dann zu Ende.« Die Leute hatten verstanden und nickten.

Früh am Morgen des darauffolgenden Tages brach Erus Kanuf-lotte auf, um nach Hause zurückzukehren.

Die gesamte Bevölkerung von Tawhitiroa kam zum Strand hin-unter, um sie zu verabschieden. Die letzten, die sich vor den Augen der versammelten Stämme Lebewohl sagten, waren Rangipai und Waru.

Als sich die Kanus von der Küste wegdrehten, die sie so freund-lich empfangen hatte, und sich langsam Richtung Heimat aus-richteten, standen Rangipai und Waru immer noch beieinander und hielten sich in den Armen. Liebevoll pressten sie ihre Nasen aneinander und sagten sich Lebewohl, blind für alles, was um sie herum geschah. Schließlich mußte Eru Taka seinen Sohn sogar anbrüllen, während Te Hau O Te Rangi und Tante Mihi Rangipai aus der Brandung zurückzogen. »Wir sehen uns bald wieder«, rief sie, als Waru seine Hände zum Abschied ausstreckte.

»Mein Geliebter, ich denke nur an dich.

Und so lasst die Windstille sich ausbreiten,

Die See wie Grünstein glänzen,

Und das Glitzern des Sommers

Über deinen Pfad tanzen.«

Er rief ihren Namen, als sein Kanu über die Brecher hinweg-glitt. Sie winkte ihm weiter vom Strand aus nach, bis sein Kanu außer Sichtweite war und außer ihrer getreuen Tante die meisten Leute nach Hause ins *pa* zurückgegangen waren.

8

Der Hohepriester war verärgert. Ein Bote hatte die schlechte Nachricht gebracht, dass Eru Taka darum bat, Rangipais Reise um ein Jahr zu verschieben. Eru hatte als Grund einen Besuch angegeben, den er machen mußte, um seinen Verwandten in der Gegend von Tainui zu helfen, die von einem Stamm aus dem Sü-den angegriffen wurden. Seine Verwandten waren in großer Be-drängnis und wünschten seine Anwesenheit, um wieder Ordnung herzustellen. Widerwillig verschob der Hohepriester die Reise zu Erus *pa*.

»Waru nimmt auch eine große Truppe von Kriegern mit, so dass die beiden Männer einige Monate fort bleiben werden«, hatte der Bote berichtet.

Rangipai war sehr aufgeregt und wollte Waru unbedingt sehen, bevor er loszog.

Der Hohepriester jedoch machte sie auf die Gefahr aufmerksam, die Reisen im Land zur Zeit mit sich brachten.

»Dieser Tage kannst du nicht die kleinste Strecke zurücklegen, meine Liebe, ohne das Risiko einzugehen, in irgendeinen Krieg hineingezogen zu werden. Mach dir keine Sorgen, ich werde schon zusehen, dass du zu Waru gelangst.« Er lächelte zuversichtlich.

Die Zeit verging. Dann kam eine willkommene Abwechslung, die Ankunft von Tante Mihis und Motu Tureis Baby, einer Tochter, Rina.

Der Hohepriester nahm dieses Ereignis gerne zum Anlass, ein üppiges Festmahl abzuhalten. Gäste kamen von allen Teilen des Stammes, um den Säugling zu sehen und Geschenke zu bringen. Monate zogen ins Land, und bald würde wieder die Zeit des Aalfangs kommen. Die Leute begannen, ihre *hinaki* und Reusen auf dem Fluss fertigzumachen.

10. KAPITEL

In Tuanuku

Es war früh an einem Morgen im Tikaka Muturangi, dem Monat April. Tipu Tapeka, Priester und Seher, war eifrig damit beschäftigt, ausgewählte Schüler für weitergehende Studien in der Heiligen Schule der Gelehrsamkeit im befestigten *pa* Tuanuku vorzubereiten, der Hochburg des mächtigen Raumoko. Wie immer war der Priester in Eile, und diesmal war er aufgeregter denn je, als er rannte, um der Sonne zuvorzukommen.

»Bewegt euch, Jungs! Wenn auch nur einer von euch zu spät kommt, werdet ihr den heutigen Abend damit verbringen, die Geschichte aller großen Kanus eurer Vorfahren zu rezitieren. Schnell, schnell, zieht euch aus«, drängte er, immer ungeduldiger werdend, und stieß mit seinem Krückstock nach zwei oder drei Jungen, die noch ganz schlaftrunken hinterherstolperten.

Plötzlich aber wurden die Jungen lebendig und rannten um die Wette, um sich im kleinen Umkleidehaus auszuziehen. Von dort aus liefen sie nackt und ohne auf die kalte Morgenluft zu achten, über den kleinen Hof zu einem besonderen Gebäude, das ohne Schnitzereien war. Niemand würde es wagen, auch nur daran zu denken, den Schulbereich, der äußerst *tapu* war, in seinen Alltagskleidern zu betreten. Denn das würde die Götter beleidigen und Lernen unmöglich machen. Außerdem würde dieses Verhalten harte Konsequenzen nach sich ziehen, denn die Lehrer handelten, so glaubten die Jungen, auf Befehl der Götter. Dieser Glaube kam den Lehrern sehr gelegen, erleichterte er es doch ungemein, die Disziplin aufrechtzuerhalten.

In der Schule legten die Jungen besondere Kleidungsstücke an, die immer auf ihren Sitzplätzen lagen. Die Roben der Lehrer wurden am hinteren Ende des Hauses aufbewahrt. Jeder Schüler begegnete Tipu Tapeka mit Respekt, doch war immer auch ein wenig Furcht dabei. Seine Drohungen und dazu das Drängen mit dem Krückstock genügten, um jeden Schüler in den erwünschten Zustand der Lernbereitschaft zu versetzen. Der Unterricht konnte beginnen. Hochgewachsen und von hagerem Aussehen, wandte sich der alte Priester seinen Schülern zu.

Nur die Tatsache, dass er sich bewegte und sprach, hob ihn von den dunklen, schmucklosen Wänden ab, die ihn umgaben. Er ging mit Hilfe eines Stockes, der so gebogen war wie der Schwanz einer Echse.

Vollkommene Stille herrschte im *Whare Wananga*, der Schule der Gelehrsamkeit, als der Strahl der Sonne im Osten gleichmäßig stärker wurde. Sie waren der Sonne nur knapp zuvorgekommen.

Die erste sanfte Röte am Himmel deutete der Priester als die Flucht der Jungfer der Morgenröte Hinetitama vor ihrem Geliebten, der aufgehenden Sonne, personifiziert durch den Gott Tane.

Langsam verblassten die letzten Sterne am Himmel. In den vielen Tälern unterhalb Tuanukus begannen Millionen Vögel lautstark zu singen, um den Anbruch eines neuen Tages zu verkünden.

In der Schule standen nun alle still und warteten, bereit für das, was kommen sollte. Tipu Tapeka räusperte sich, atmete tief ein, hielt den Atem einen Moment und blickte nach oben – er hatte die Zeit meisterhaft genau abgepasst.

»Sonne!« In einem tiefen Bariton erklang sein Sprechgesang, »Gewaltige rote Sonne«, und während er sang, schlug er mit der Handfläche gegen den Pfosten an der hinteren Hauswand, so dass es laut widerhallte. Alle Schüler sangen ihm pflichtbewusst nach: »Sonne, gewaltige rote Sonne«, als die feurige Kugel Tanes wieder einmal in den Himmel glitt, auf ewig Hinetitama verfolgend. Alles war so, wie der alte Priester es lehrte. Während sie mit ihrem Gesang auf Tane fortfuhren, waren die Schüler immer fasziniert von diesem Ereignis, und die Kräfte ihres Lehrers schienen jedesmal, wenn sich das Schauspiel am Himmel wiederholte, größer zu werden. Wie für den Beginn einer Lehrstunde üblich, fiel der Priester dann sofort in einen anderen Sprechgesang, in den seine Schüler einstimmten.

»Ergeben flehen wir dich an,
Io, der Elternlose, Unveränderliche, Immerwährende,
Io, die Quelle allen heiligen Wissens,
Io, der Weise
Io mit dem verborgenen Antlitz
Großer Io,
Mächtiger Io
Schöpfer der Götter, höre unser Gebet.

Lass deine Gedanken sich sanft auf uns senken,
Auf uns, die wir uns mühen, deine Allmacht zu verstehen.
Wir flehen, lass uns das Wissen durchdringen
Leite uns, wie du unsere Vorfahren damals geleitest hast…«
Immer weiter ging der Singsang, der die Schüler geistig darauf
vorbereiten sollte, mit ihrem Lehrer zu kommunizieren. Denn
nur er allein beschritt den Pfad der Gelehrsamkeit.

Tipu Tapeka lehnte sich vor, stützte sich auf sein knorriges Knie
und rang um Atem. Dann fuchtelte er vor den Schülern mit seinem Krückstock herum, um die Bedeutung seiner Worte zu betonen. Er war der letzte der alten Priester seines Stammes und
als Mitglied der allseits berühmten *Kawai Matamua* war es seine
besondere Pflicht, esoterisches Wissen an ausgewählte Schüler
weiterzugeben.

Alle Schüler saßen still als wären sie aus Stein – und warteten.

Gleich würde die nächste Lektion beginnen.

2

»Ich werde euch nun davon berichten, wie alles anfing, und
wieso unser Volk Tawhiti verließ und in dieses Land kam«, sagte
Tipu Tapeka.

»Das Volk von Raumoko kämpfte unweit von Tawhiti mit den
Priestern von Rangiatea in einer langen Schlacht, in der es um
die Herrschaft über den großen Tempel Taputapu-atea ging, der
Hauptkultstätte und des bedeutendsten *marae* aller Inseln. Da unser Vorfahre Raumoko ein weiser Mann war, sah er, dass er sich
bald geschlagen geben mußte, da die Priester und ihre Anhänger
in der Überzahl waren, besonders auf der Hauptinsel Tawhiti. Ein
Waffenstillstand wurde ausgerufen, um über Frieden zu sprechen.
Dann eröffnete euer Vorfahre Raumoko den Priestern und den
versammelten Stämmen seinen Plan.

›Wir haben uns entschlossen, Rangiatea zu verlassen und dazu
die ferne Seestraße zu nehmen, die in die silberne See unten im
Süden führt, genannt *Tiritiri O Te Moana*. Wir werden zu einem
neuen Land aufbrechen, das der große Kupe vor zweihundertfünfzig Jahren mit seinem Schiff Matahorua entdeckte. Dieses

Land wurde von seiner Frau Hine Te Aparangi, einer Frau, die mit den Eigenschaften des Ozeans wohlvertraut war, Aotea genannt. Später wurde dieser Name in *Aotearoa* umgeändert, denn das Land war größer als Tawhiti.‹

›Wieviel Zeit brauchst du, um dich vorzubereiten?‹ fragten die Priester.

›Gebt uns drei Jahre‹, erwiderte euer Vorfahre. ›Wir müssen ein geeignetes Schiff bauen und ausstatten, um diese lange Reise zu machen.‹

›Werdet ihr uns alle auf diesem Schiff verlassen?‹ fragten die Priester.

›Das wird jeder für sich entscheiden. Diejenigen, die die Insel verlassen wollen, mögen mit uns kommen. Diejenigen, die bereit sind, die Autorität von Taputapu-atea anzuerkennen, und nicht die von Tane, und die zu bleiben wünschen, mögen bleiben.‹

›Dies sind Worte der Weisheit‹, erwiderten die Priester. ›Beginnt mit den Vorbereitungen für die Reise. Wir werden helfen, wo wir nur können.‹

So kam es, dass die Priester besondere Bäume auswählten, die nach einem strengen Ritual für den Bau eines Schiffes gefällt wurden. Dieses Ritual wurde nach einem unserer Vorfahren Hotumatua benannt.

Drei Jahre später waren alle bereit für die Reise, und Hotumatua lag anmutig wie ein Seevogel auf dem Wasser der geschützten Lagune.

Eure Vorfahren hielten sich genau an die Anweisungen, die noch von Kupe weitergegeben worden waren und sagten sich unter ihrem Häuptling Raumoko ihr letztes Lebewohl. Unter vielen Tränen und Rufen auf beiden Seiten machten sie sich daran, die Insel zu verlassen. Viele waren traurig, denn sie wussten, dass sie einander nie wiedersehen würden.

Schließlich kam der Moment des endgültigen Abschieds, und ihr könnt euch vorstellen, wie sich eure Vorfahren dabei fühlten. Sie wussten, dass sie niemals zurückkehren würden.

Hotumatua schwenkte von ihrem Ankerplatz fort und glitt über die Lagune durch eine Öffnung im Riff auf den Ozean hinaus. Wölkchen von Sprühnebel stiegen wie Rauch in die Luft.

Während die schäumenden Buge von Hotumatua sich ihren Weg durch die Seestraße bahnten, sangen die Paddler einstimmig im Chor. Auch der alte Priester begann zu singen, um seiner Erzählung Nachdruck zu verleihen:

›Ah! Auswärts der Hub und der Schlag,
Rasch einwärts der Stoß und der Schwung
Die rauschenden, wirbelnden Strudel, das schäumend
weiße Wasser am Kiel
Und die Gischt, die von meinem Paddel springt…‹

Und so sangen sie stets von neuem, während das Kanu für immer der Heimat enteilte.

Schon näherten sie sich den gewaltigen Wogen von *Te Moananui a Kiwa*. Nun würden sie ihr Können unter Beweis stellen müssen – doch Hotumatua, gesegnet mit der Macht der Götter, hob sich wie ein Albatros, ohne dass auch nur ein Tropfen Wasser an Bord gelangte.

Tief hinunter in ein weites Tal ging es und dann wieder hinauf auf den Kamm der Welle. Diesmal sang die Besatzung in donnerndem Chor:

›*Eke,Eke!*
Eke panuku
Hui e-
Taiki e-‹«

»Eure Vorfahren wussten, hier war ein Schiff, das jedem Sturm trotzen konnte«, fuhr der Priester fort, »und sie richteten ihren Kurs mit Hilfe von Sonne und Sternen auf den fernen Horizont, zuversichtlich, dass sie ihr Ziel erreichen würden.

Nach vielen langen Tagen bemerkte der Ausguck endlich das Zeichen, das Kupe erwähnt hatte – eine lange weiße Wolke, die auf dem Horizont zu sitzen schien. Stellt euch vor, wie überrascht sie waren, als der untere Teil der Wolke bei Anbruch der Dunkelheit in einem matten Rot glühte und eine zornige Stimmung zu verbreiten schien. Sie wussten, dass dies keine gewöhnliche Wolke sein konnte. Als sie sich ihr näherten, stellten sie fest«, und der alte Mann zeigte mit seinem Krückstock seewärts, »dass eine rauchende Insel, Whakaari, riesige Dampfsäulen viele Meilen hoch ausstieß. Dies war das Leitzeichen, das ihnen Sicherheit gab, und ihnen auf den letzten paar hundert Meilen den Weg zu dem Land wies, das wir *Aotearoa* nennen. Hier landeten unsere Leute, wo sie weiterhin Tane anbeten konnten, ohne von den Priestern Taputapu-ateas daran gehindert zu werden. Dort unten am Strand landete Hotumatua.

Das war keineswegs überraschend gewesen; mein Vorfahre, Tapeka, der Hohepriester Raumokos, hatte den Kurs genau eingehalten – ein wahrlich großartiger Navigator. Ihm haben wir es zu verdanken, dass wir nun seit beinahe sechshundert Jahren hier sind. Schaut euch um, und erkennt das Wesen aller Dinge!«

Der alte Priester holte mit seinem Stock weit aus, um seiner Klasse die große Ausdehnung des *pa* anzudeuten. »Seht! Tuanuku hebt sich dem Nebel auf dem Gipfel Pukearangis entgegen. Vier Palisadenreihen, hohe Wachtürme und ein Labyrinth von Gräben wurden hinzugefügt, um uns Schutz vor Überraschungsangriffen zu geben. Ihr wisst, dass uns heutzutage überall Feinde auflauern können. Wir müssen immer mit Angriffen rechnen. Als unser Volk dieses Land betrat, gab es niemanden, der es störte. Die Menschen lebten dort unten friedlich am Strand. Es war ein unbeschwertes Leben in jenen Tagen, niemand dachte an Krieg oder an irgendwelche Streitereien. Ach, das waren wunderbare Tage.

Auch jetzt noch könnt ihr erkennen, dass dieses Land von ewiger Schönheit ist. Schaut euch um, und ihr werdet waldbedeckte Berge sehen, die in weitem Bogen wie zwei gewaltige Arme den Ozean umfangen. Hier umklammern die Wellen, die sich in ihrem Zaum überstürzen, die immergrünen Gestade in weißer Umarmung. Diese Gegend wurde berühmt als Kanu-Küste, wegen der vielen Kanus, die uns im Laufe der letzten sechshundert Jahre in dieses Land folgten und hier landeten. An langen Sommertagen hängen unzählige manuka-Blüten von den Bergspitzen wie gefrorene Lawinen glitzernden Schnees«, und wieder zeigte er auf die überwältigende Schönheit der Natur.

»Dort drüben könnt ihr hohe Gipfel sehen, die von den Wolken trinken und kristallklares Wasser zu den Bergen und Tälern leiten. Dort wimmeln die Bäche von Fischen, und wohlschmeckende Aale erwarten die Fischer. An den Klippen und Stränden werdet ihr sehen, wie sich im Sommer unzählige pohutakawa-Blüten im tiefen Blau des Ozeans spiegeln, bis die ganze Küstenlinie in einem purpurnen Feuer glüht. An dieser Küste war es, dass euer Ahne, der erste Raumoko, seinen Häuptlingsumhang aus Tawhitis heiligen roten Federn in den Ozean hinausschleuderte und beim Anblick der glühenden Natur von der Küste her ausrief: ›Nun nehme ich den Umhang unseres neuen Landes an.‹ Mit dieser Tat schwor unser Ahne, dass er und seine Nachfahren für alle Zeit mit diesem Land verbunden sein würden.

Zunächst wurden wir als die Tini O Raumoko bekannt. Später verkürzte man den Namen und benutzte nur noch den Namen unseres Vorfahren – Raumoko – und unter diesem Namen sind wir bis heute im ganzen Land bekannt und gefürchtet.

Vergesst nie, dieses Land, unser Land, ist zweimal gesegnet worden, zuerst von unseren Göttern aus dem Götterreich von *Io* und dann von unserem großen *tupuna* Raumoko.

Lasst uns einen Moment lang aufstehen und schweigen, um unseren Geist auf den besonderen rituellen Chorus einzustimmen, den wir zum Lobe der *Kawai Matamua* eingeübt haben, unseren Priestern früherer Zeiten, deren Lehren wir fortsetzen.«

Leise begann der Priesters zu singen. Gleichmäßig lauter werdend, stimmte die Klasse mit ein.

»*Kawai Matamua*!
Hohepriester
Im Angesicht der Morgenröte
Lasst uns Lob singen
Diesen Männer von Ehre
Die, als *upoko ariki*,
Herrschaft über die Erde besaßen
Und in ihrer Weisheit
Als Helfer glänzten,
Allwissend waren in ihren Prophezeiungen,
Und Führer in den Gesetzen des *tapu*,
Meister in w*hakapapa*
Und in *whaikorero*
Erfahren in der mündlichen Lehre,
Den überlieferten Legenden
Und der Stammesgeschichte,
Gründer des *Whare Wananga*,
Hüter des heiligen *mana*,
Für die auserwählten *ariki*

Erstgeborener,
Die als Priester
Alle Macht
Io zuwiesen,
In Rangiatea,
Dem höchsten der Himmel.«

Leise verklang der Gesang.

Der Priester sah plötzlich den Schatten der Sonne. Es war beinahe Mittag. So in ihre Studien vertieft, hatten die Schüler nicht bemerkt, wie schnell die Zeit vergangen war. Bald würde der Unterricht enden müssen. Denn Tipu Tapeka lehrte nur vom Sonnenaufgang bis zum Mittag. Nur diese Zeitspanne wurde als geeignet für das Lernen angesehen, denn man verband sie mit der Geburt des Tages und der Sonne, die in glanzvoller Vorherrschaft ihrem Zenit entgegenstieg.

Nun, da die Sonne ihren Höhepunkt überschreiten und bald gen Westen sinken würde, verkörperte sie Verfall und Tod. Dies war keine geeignete Zeit für große Gelehrte.

Der Sprechgesang des Priesters war das Zeichen, dass der Unterricht beendet war. Begeistert stimmten die Schüler in den Gesang ein und eilten dann davon, um sich umzuziehen. Dabei hatten sie nur einen Gedanken im Kopf – das Mittagessen.

3

Raumoko, der stärkste und meistgefürchtete Krieger an der Küste, hatte beschlossen, das Gesicht seines Sohnes in der traditionellen Weise seines Stammes tätowieren zu lassen. Er sprach darüber mit seinem Meistertätowierer.

»Hotene, du wirst die Tat morgen ausführen. Auf mein Nachfragen hat mir Tipu Tapeka versichert, dass die Sterne morgen in ihrer günstigsten Konstellation stehen werden. Aber vergiß nicht, was ich dir letztes Mal gesagt habe, als wir die Sache besprochen haben. Wenn auch nur ein Schrei oder Jammerlaut von seinen Lippen kommt, wird er gezwungen werden, in meinem Stammeshaus vor seinesgleichen zu stehen und seine Feigheit zu beichten.

Dann muß er sie um Vergebung für seine Schwäche bitten. Denn ist es nicht so, dass nur die Gesichter der Tapferen tätowiert sind?«

»Überlass das ruhig mir, Herr«, antwortete Hotene, »Ich werde einen Trick anwenden, der sie alle eins von zwei Dingen tun läßt – entweder sie brüllen oder sie pissen vor Schmerz. Es liegt bei Rewi.«

»Ha ha ha!« brüllte der Häuptling. »Lass mich wissen, Hotene, ob er ein Pisser oder ein Schreihals ist.«

Halb ängstlich, halb erwartungsvoll wartete Rewi. Das erste, was er hörte, war ein Geräusch sanften Klopfens. Dann stieg der Schmerz wie ein glühendes Stück Kohle, das seine Wange hinabraste, in seinen Schädel. Seine Lippen bebten, seine Augen brannten unter fest geschlossenen Lidern, und seine Zunge blutete zwischen den zusammengebissenen Zähnen.

Er hatte das Gefühl, als würden Eisstücke sein Rückgrat hinunterrollen. Er mußte dringend urinieren, doch er riss sich zusammen.

Im Hintergrund erklang der rituelle Gesang des Priesters.

Nackt auf dem Rücken liegend, spürte Rewi, wie die Sonne seinen gemarterten Körper wärmte und allmählich Kraft in seinen Leib zurückströmte. Wie ein echter Krieger bemühte er sich, äußerste Schmerzverachtung zu zeigen.

Die Frauen, die bei ihm waren, freuten sich über solch vielversprechende Zeichen von Männlichkeit und Selbstbeherrschung bei ihrem jungen Häuptling, der eines Tages die Position des großen Raumoko als Kriegshäuptling ihres Stammes einnehmen würde. Sie saßen um ihn herum, sangen Lieder, um ihm in seiner Qual beizustehen und massierten seine Männlichkeit. Allmählich wurde er sich seiner Erektion bewusst, und sie half ihm, den Schmerz zu mildern.

In regelmäßigen Abständen tauchte der Meistertätowierer die Spitze des Instruments in eine *paua*-Muschelschale und schob dickflüssigen schwarzen Farbstoff in eine tiefe Furche in Rewis Fleisch. Nach der Wundheilung würden nur noch die zarten schwarzen Linien im Gesicht zu sehen sein. Der Priester hatte sehr sorgfältig darauf geachtet, dass nur die nadelscharfe Spitze des *uhi* vom Flügelknochen des *toroa* verwendet wurde.

Denn diesem Vogel schrieb man außergewöhnliche Eigenschaften zu. Unter der Führung von *Tangaroa*, dem Gott des

Ozeans, flog *toroa* weiter, um unbemerkt von den Menschen in fernen Himmeln zu herrschen. Hier pflegte *toroa* Umgang mit den Elementen, die ihm ewiges Leben schenkten. Immer seewärts über die wogende Brust Hinemoanas, der Jungfer des Meeres, folgte er im geisterhaften Kielwasser der großen Seekanus der Meereskönige den Vorfahren Raumokos. Vielleicht sah er sogar, wie diese gewaltigen Schiffe in die Nacht hinausfuhren, dorthin, wo der Himmel die Erde berührte. Nur aus dem Knochen eines solchen Vogels konnte ein Instrument vervollkommnet werden, mit dem das Gesicht eines mächtigen Häuptlings tätowiert werden durfte.

Während Rewi den Liedern und dem Ritual lauschte, fühlte er, wie er in eine weit entfernte Welt entglitt. Und als er den Ruf des einsamen Albatros vernahm, spürte er den Schmerz nicht mehr.

Klopf, klopf klopf, klopf klopf. Dann war es vorbei.

Der kleine dünne Mann wischte das Blut fort, das aus der aufgerissenen Wange quoll. Er lächelte und half Rewi auf die Beine. »Das hast du gut gemacht, junger Mann.« Er sprach mit dünner und rauher Stimme, seine Augen lagen tief in ihren Höhlen. Die Hakennase und festen Lippen zeugten von seiner aristokratischen Herkunft. Hotene war selbst ein Häuptling, doch er hatte sich dazu entschieden, die besondere Kunst der Tätowierung zu erlernen. Jetzt, mit weit über sechzig Jahren, war er, der Meister, als der beste Künstler des Stammes, wenn nicht des ganzen Landes, bekannt.

Er trat ein paar Schritte zurück, um seine Arbeit zu bewundern.

»Bevor wir mit der anderen Seite weitermachen, wird *toroa* an einem besonderen Ort unter *tapu* verwahrt werden, bis dein Gesicht verheilt ist. Du bist sehr tapfer gewesen.« Dann fügte er mit einem Lachen hinzu: »Aber die Frauen, hmm? Sich von den Frauen massieren zu lassen, war das Ganze schon wert, was, Rewi? Sie sind wunderbar, diese Frauen. Sie helfen dir, den Schmerz zu vergessen. Dein Vater wird sich sehr freuen, wenn ich ihm von deiner Tapferkeit berichte.«

Der Boden außerhalb der Palisaden, wo das Blut Rewis während des Tätowierungsprozesses vergossen worden war, wurde für *tapu* erklärt. Hotene sang eines seiner besonderen Lieder und forderte die Götter auf, dieses Stück Land für alle Generationen heilig zu halten.

Noch einmal wendete er sich an Rewi und trug im Singsang vor: »Lasset uns alle jauchzen, dass die Heftigkeit des Schmerzes, den du heute ertragen hast, nur seinesgleichen hat an der Bereitschaft von Frauen, dich zu bewundern und zu liebkosen. Doch Rewi, denk nur an die Furcht, die der Feind bei deinem Anblick fühlt. Das allein ist den Schmerz wert, den du heute erträgst.«

Tapfer murmelte Rewi durch geschwollene Lippen seinen Dank und ging erleichtert zum Haus seines Vaters. Der stechende Schmerz in der Wange, die tätowiert worden war, ließ langsam nach, bis nur noch eine dumpf pochende Taubheit übrigblieb.

Am nächsten Tag war sein Gesicht übel angeschwollen, und auf der tätowierten Seite konnte er nichts mehr sehen. Er wurde von seinen militärischen Pflichten entschuldigt und erhielt den Auftrag, bei der Aufsicht der Kinder zu helfen.

4

Ungefähr zwei Wochen später machte sich Hotene auf den Weg, um das *tara whakairo* an Renatas Frau Kura auszuführen, die in Opotikimaitawhiti lebte. Dieses große *pa* oberhalb des Strandes von Waiotahi gehörte ihren Verwandten, den Ngati Rua von den *Whakatohea*.

Er war keineswegs erfreut, diese Aufgabe ausführen zu müssen, und beschwerte sich bei Raumoko über die eigentümlichen Launen von Frauen, die um der Schönheit willen unendlich viel Schmerzen und Mühen auf sich nahmen.

Außerdem war er immer verlegen, wenn er diese gewisse Tätowierung ausführte. Und überhaupt, wer würde das große Glück haben, diese verlockenden Regionen ihrer Schenkel zu betrachten, außer Renata?

Raumoko ermahnte ihn zu großer Vorsicht. »Sieh nur zu, dass du einen klaren Kopf behältst, Kura ist sehr verführerisch.« Innerlich schmunzelnd, war er doch bemüht, ernsthaft besorgt zu erscheinen. »Hotene, du verstehst natürlich, wie wertvoll du für unseren Stamm bist. Sei sehr vorsichtig und achte darauf, dass du in keiner Weise verletzt wirst. Dies könnte wahrlich eine sehr gefährliche Aufgabe sein. Und vergiß auch nicht«, sagte er, »dass wir nicht möchten, dass Rewi mit nur mit einem halbtätowierten Gesicht zurückbleibt.«

»Und dennoch läßt du es zu, dass ein alter Mann alleine auf diese gefährliche Mission geht?«

»Es könnte ein interessanter Tod sein«, erwiderte Raumoko, der nun sein Vergnügen nicht länger verbergen konnte.

»Hast du die gräßliche Warnung vergessen, von der die Geschichte von Maui und Hinenuitepo berichtet? Begreifst du nicht, wie tapfer ich bin?«

»Und ob, und wie ich eben schon gesagt habe, ich weiß die Gefahr einzuschätzen, und ich bewundere deinen herausragenden Mut.«

Immer noch murrend, zog Hotene mit seiner kleinen Truppe los. »Ich komme wieder!« rief er, als sie durch das Haupttor schritten.

Noch ahnte es niemand, doch die Reise, auf die sich der Meistertätowierer begab, sollte seine letzte sein.

5

Hotene hielt das Versprechen, das er Kura gegeben hatte. Pünktlich erreichte er das Haus von Kuras Familie in Opotikimaitawhiti.

»Wir beginnen ganz früh am Morgen bei Sonnenaufgang«, sagte Hotene, als Kura ihn nach dem Zeitpunkt ihrer Tätowierungen befragte, und fügte hinzu: »Ich werde mit einem besonderen rituellen Gesang beginnen, auf dass deine Wünsche und Sehnsüchte mit dem *tara whakairo* Erfüllung finden mögen. Sorge dafür, dass du auf einer guten, sauberen Matte sitzt. Lass deine Verwandten mit Chören und Gesängen helfen – es wird dich ermutigen.«

Als die ersten Sonnenstrahlen am nächsten Morgen über den fernen Bergen Tuanukus erschienen, war Kura bereit und völlig nackt. Sie saß auf einer Matte zwischen Renatas Beinen, ihren Rücken gegen seine Brust gelehnt. Er hatte beide Arme um seine Frau gelegt und die Hände unter ihren Brüsten gefaltet. Kura spreizte ihre Beine.

Hotene hielt das Tätowierungsinstrument einsatzbereit in seiner begnadeten Hand, und als die Sonne das Tätowierungsinstrument anstrahlte, setzen die Gesänge ein.

Mit flinken Bewegungen machte er einen Einschnitt oberhalb Kuras *puke*, ihrem Venushügel, und zog die nadelscharfe Spitze seines Werkzeugs rasch bis zu ihrem Schritt hinunter. Kura biss sich auf die Lippen und unterdrückte einen Schmerzensschrei. Ihre Fingernägel gruben sich in die Flachsmatte. Ihr Körper zitterte, Schweiß quoll aus allen Poren, und sie stemmte ihre Fersen so heftig in den harten Lehm, dass kleine Staubwölkchen aufstiegen. Unwillkürlich drückte sie ihre Knie weiter auseinander und schob ihre Beine unter die Schenkel. Sie presste ihr *puke* fest gegen das sich geschwind bewegende Instrument, während es durch die zarten Hautlagen schnitt; erst die eine Seite hinunter, dann die andere, sich drehend und wendend, dem Entwurf im Geist des Tätowierers folgend. Der Schmerz wurde rasend – fast unerträglich. Die Gesänge wurden lauter.

Hotene unterbrach sein Tun, um schwarzes Pigment tief in das aufgeschlitzte Fleisch zu schieben, nahm dann das Werkzeug wieder auf und schnitt mit sicherer Hand durch die Schichten bebender Haut.

Renata spürte, wie Kura zitterte, und wandte seine Augen ab von ihrem blutverschmierten Fleisch. Er weinte an ihrer Stelle, voller Bewunderung für ihre innere Kraft, denn nicht ein wimmernder Laut kam aus ihrem Mund. Er hielt sein tätowiertes Gesicht fest an Kuras Wange gepresst, drückte seine Nase und seinen Mund an ihre fiebrigen Lippen.

Glühende Krämpfe zogen nun an jeder Faser ihres Schoßes, zerrten an ihrem Magen, rauschten durch ihre Lenden, bogen ihren Rücken von der Matte, auf der sie saß.

Jeder neue Schnitt des *uhi* rief bei ihr nie dagewesene Empfindungen hervor, die ihre Nerven zu zerstören drohten. Dann pochten wirbelnde Feuerkreise zwischen ihren Schenkeln.

Während der Tätowierer ein letztes Muster über ihren Venushügel schnitt, wurde sie von einem unkontrollierbaren Höhepunkt überwältigt. Kura keuchte in einem schmerzdurchtränkten Orgasmus.

Sie wusste sofort, dass das *tara whakairo* ihr das Glück bringen würde, das sie sich so sehr wünschte, ein Kind von Renata. Es würde ihre Fruchtbarkeit sichern.

Überglücklich brach Kura völlig erschöpft in Renatas Armen zusammen, während seine Tränen flossen und über ihre Wangen liefen.

Als er endlich aufschaute, um dem Tätowierer zu danken, waren nur noch die Frauen anwesend und unterhielten sich leise. Hotene war schon auf seinem Weg zurück nach Tuanuku.

Doch er kam nicht weit.

Auf seinem Heimweg von Opotikimaitawhiti überfiel ihn eine von Eru Takas Patrouillen aus dem Hinterhalt, und er starb in einem verzweifelten Kampf um sein Leben.

Raumoko raste beinahe vor Wut, als er die Nachricht vom Tod seines Meistertätowierers hörte und schwor Eru Taka grausame Rache.

Eines nicht so fernen Tages sollte er seine Drohung in die Tat umsetzen.

6

Tipu Tapeka schwieg einige Sekunden lang und starrte in die frühmorgendliche Dunkelheit, während er seine älteren Schüler durchzählte. Er rieb sich die Augen und schaute noch einmal hin. Es konnte doch nicht wahr sein, dass der Sohn ihres Häuptlings bei der heutigen Lehrstunde fehlte? »Nur elf von euch!« rief er. »Wo ist unser Wilder, wo ist Rewi? Kommt schon, ihr wisst doch alle, wo er ist. Warum ist er nicht hier? Ich wette, es ist wieder die alte Geschichte – eine Frau.«

Wieder machte sich eine angsterfüllte Stille breit.

Verärgert rief der Priester einen seiner Schüler und ließ ihn vortreten. »Rua, du gehst und findest Rewi und bringst ihn sofort hierher. Oh, und vergiß nicht, dich umzuziehen, bevor du nach draußen gehst.«

Rua machte sich eiligst auf den Weg und ging in Richtung einer Reihe von Häusern, die auf der anderen Seite des *marae* standen. Er wusste genau, wohin er gehen mußte, zum Haus von Kahu, der zu den jüngeren Kriegern Raumokos gehörte. Kahu war auf einem Kriegszug, und Rua wusste, dass seine junge Frau Hine es satt hatte, dass ihr Mann so selten zu Hause war, seit sie verheiratet waren.

Kurz entschlossen näherte sich Rua der Rückseite des Hauses und klopfte vorsichtig an die Tür. Niemand antwortete. »Das ist komisch«, murmelte er vor sich hin. »Ich bin sicher, dass sie noch hier sind.« Jetzt war er sich allerdings nicht mehr ganz so sicher. Vorsichtig schob er die Tür zur Seite und versuchte, in das dunkle Innere des Hauses zu spähen. Alles war ruhig, und das Haus schien leer.

Plötzlich erschreckte ihn eine Frauenstimme. Er glaubte nicht, dass jemand wach war, da niemand auf sein Klopfen geantwortet hatte, aber er war doch froh, eine Stimme zu hören. Sie beruhigte ihn, da er im Dunkeln immer ein wenig ängstlich war, obwohl er das niemals gegenüber jemandem zugeben würde.

»Ich bin's, Rua«, flüsterte er heiser. »Wo ist Rewi?«

Dieselbe Stimme antwortete, diesmal ziemlich gereizt. »Wie soll ich das wissen? Schlafe ich vielleicht mit ihm?«

»Ich dachte, er würde bestimmt hier sein.« Rua ließ nicht locker,

»Dann hast du dich eben geirrt. Geh zu deinem Priester zurück, und sag ihm, Rewi ist nicht hier. Ich habe ihn seit Tagen nicht gesehen.

»Aber er muß hier sein, ich habe nicht gesehen, dass er weggegangen ist«, erwiderte Rua in überzeugendem Tonfall.

»Wenn du jetzt nicht weggehst, dann sage ich unserem Häuptling, dass du mich belästigt hast, während mein Mann unterwegs war.«

»Das würdest du nicht wagen, Hine.«

»Oh doch, und wenn du jetzt nicht machst, dass du rauskommst und die Tür schließt, dann gehe ich noch heute morgen zu unserem Häuptling.

Du hast wirklich kein Recht, hier zu sein, also geh bitte«, sagte sie ärgerlich.

Von Hines Abfuhr wirklich betroffen, glaubte Rua, dass er einen schwerwiegenden Fehler gemacht haben könnte, und er dachte, dass Heldenmut vielleicht wirklich zum Großteil aus Umsicht bestand. Er war gerade dabei, die Tür zuzuwerfen, als er ein unterdrücktes Lachen hörte, von dem er sicher war, dass es Rewi gehörte.

Verärgert, weil er sich von Hine so leicht hinters Licht hatte führen lassen, schob er die Tür auf, beachtete das Mädchen überhaupt nicht und sagte: »Komm, Rewi, du kannst dich nicht dein ganzes Leben hinter einer Frau verstecken. Es geht nur um unseren Priester, der versuchen will, dir zu deinem eigenen Besten etwas beizubringen – nicht um einen Kriegstrupp, für den sie dich brauchen«, spottete er.

Gekränkt durch diese Bemerkung, sprang Rewi Raumoko aus der Ecke auf, in der er mit Hine gelegen hatte und jagte Rua aus der Tür hinaus.

Als die beiden jungen Männer in das frühe Licht des Morgens rannten, machte sich Rewi, der bei weitem der Größere war, daran, Rua zu fangen. Dieser lief direkt zum Umkleidehaus an der Schule der Gelehrsamkeit, wo er sich endlich sicher fühlen können würde.

Er wusste, wenn Rewi ihn einholen würde, dann würden sie sich schlagen, und für ihn würde es wahrscheinlich mit einer blutigen Nase enden, also rannte er, so schnell seine Beine ihn nur trugen.

Rewi seinerseits war über die Störung verärgert und fest entschlossen, sich diesen kleinen Schnüffler zu schnappen. Die beiden Jugendlichen rasten wie wild zwischen den Häuserreihen entlang, am *marae* vorbei und durch das noch schlafende *pa*, ohne dass einer von ihnen über mehr als hundert Ellen den Abstand zum anderen hätte verändern können.

Dann aber begann der Größere der beiden zum Kleineren aufzuschliessen. Rua sah, wie Rewi ihn einholte, und erinnerte sich an die Abkürzung zur Umkleidehütte. Er bog plötzlich ab und sprang durch einen offenen Eingang in eine alte, nicht mehr benutzte Hütte, aber Rewi sprang mit ihm, und beide stiessen auf dem Boden der leeren Hütte zusammen.

Rewi griff seinen kleineren Gefährten und schleuderte ihn auf den Lehmboden zurück, sprang auf ihn und und drückte seine Schultern nieder. Dann saß er auf seiner Brust und schob seine Arme zurück.

Rua, der verzweifelt versuchte, freizukommen, bemühte sich, seinen größeren Gegner hinunterzuschieben, und beide kämpften wild entschlossen in der Hütte. Schließlich schnappte Rewi nach Luft: »Nun, hast du jetzt genug davon, mir nachzulaufen, um mich bei unserem Priester zu verpfeifen?«

»Runter mit dir, runter, du stinkst!« keuchte der kleinere Widersacher ärgerlich.

»Ach, ich stinke, was? Und – wie gefällt dir denn das hier?«

»Du riechst scheußlich – nimm das dreckige Ding da weg!«

So gegeneinander kämpfend, wurden die beiden Jugendlichen von mehreren Kriegern gefunden, die dem Lärm in der Hütte auf den Grund gehen wollten. Die Krieger griffen sich die zwei Streithähne und schleppten sie zu ihrem Häuptling, der gerade eben erst sein großes Stammeshaus verlassen hatte.

Der Häuptling Raumoko war ein riesiger Mann. Er hatte feine Gesichtszüge mit einer Adlernase, und die Tätowierung in seinem Gesicht war die meisterlichste, die je ein Mensch gesehen hatte. Sein Haar, das er zu einem großen Knoten gebunden auf dem Kopf trug, wurde mit Kämmen und huia-Federn gebändigt. Er betrachtete die Übeltäter mit einem eisigen Blick.

»Nun, Renata«, wandte er sich an den Anführer der Gruppe, »was haben diese Burschen angestellt?« Der Häuptling sprach mit einer täuschend ruhigen Stimme, und jeder wusste, dass dies ein Anzeichen für bevorstehenden Ärger war. Es bedeutete, dass Raumoko wirklich übelster Laune war und man auf alles gefasst sein mußte.

Renata tat sein Bestes, um so zu tun, als würde es sich nur um eine öffentliche Kraftprobe zweier Jugendlicher handeln, und antwortete schlicht: »Wir fanden sie in der alten Hütte in der Nähe des Whare Wananga, Herr. Und da wir uns an deine Anweisung erinnerten, jegliche Störung in der Gegend aufzuklären, brachten wir die beiden zu dir, damit du dich mit ihnen befassen kannst. Schließlich handelt es sich bei dem einen um deinen Sohn, Herr.«

Die Tatsache, dass Renata die Schule der Gelehrsamkeit erwähnt hatte, ließ Raumoko noch leiser flüstern, und alle begannen, sich unwohl zu fühlen. Die Sache würde schlecht ausgehen, sehr schlecht, das fühlten sie.

»Ah!« sagte der Häuptling. »Ihr drückt euch also vor dem Unterricht, was? Ihr alle wisst, dass ihr vor Sonnenaufgang in der Schule sein müßt. Schaut!« Und er zeigte auf die Sonne, die nun deutlich über den Bergen stand. »Das ist nicht der Mond, der da aufgeht.«

Der Häuptling spürte genau, dass etwas anderes hinter dieser Torheit stecken mußte, und fragte erneut, noch immer mit derselben leisen Stimme: »Rua, erzähl mir, was passiert ist, bevor ich es von eurem Priester erfahre.«

Rua, der nun in der Falle saß, berichtete widerwillig die betrübliche Geschichte. Er erzählte, wie ihn der Priester losgeschickt hatte, um Rewi zu suchen, und ließ die Ereignisse, die dann gefolgt waren, Revue passieren. Er versuchte, so zu tun, als ob das ganze nur ein Zwischenspiel gewesen wäre, hinter dem nichts Ernstes steckte. Er tat dies, obwohl er wütend auf Rewi war, der schließlich gemein zu ihm gewesen war, auf seiner Brust gesessen hatte und Sachen mit ihm angestellt hatte, als er am Boden lag. Aber hiervon erwähnte er nichts.

Raumoko war außer sich vor Wut und tobte vor seinem Sohn.

»Du, du – nennst dich einen Mann, während der arme Kahu als Anführer meiner Kriegstrupps unterwegs ist. Du vergnügst dich mit seiner hübschen jungen Frau, drückst dich vor der Schule und kämpfst mit denen, die versuchen, dich zu bändigen. Die Zeit für dich, mein Sohn, ist gekommen, dich als Mann zu bewähren und dir das Vertrauen und den Respekt deines Volkes zu verdienen. Wenn du, mein Sohn, dort, wohin ich dich schicke, versagen solltest, wirst du durch die Hand des Feindes sterben – das ist die Belohnung für Versagen. Du hattest deine Chance, jetzt ist es an dir zu beweisen, ob du das Spielzeug einer Dame bist oder ein Mann, der es verdient, Häuptling zu sein. Und jetzt verschwinde, und lass dich hier nicht eher wieder blicken, als bis du mir den Kopf eines feindlichen Häuptlings auf die Türschwelle legen kannst.«

Die hektische Befragung war vorüber, und Raumoko wandte sich ärgerlich an Renata. »Wann kommt Kahu mit dem Kriegstrupp zurück?«

»Morgen, Herr.«

»Gut, sieh zu, dass dieser Schürzenjäger hier ausgeschickt wird, um seinen Platz einzunehmen. Unterweise ihn, dann kann er zur Abwechslung auch mal einen Kriegstrupp führen. Und was dich angeht, Rua«, sein gewaltiger Arm beschrieb eine eindeutige Bewegung, »mach, dass du zurück in die Schule kommst und sie mit den nächsten Sommerexamen abschließt, oder ich schicke dich auch auf die nächste Patrouille in Begleitung deines Verwandten hier.«

Diesmal lächelte Raumoko, als er zu Renata sagte: »Ich bin froh, dass du sie rechtzeitig gefunden hast. Wir wollen keinen Ärger mit den Frauen, wenn ihre Männer unterwegs sind. Diese Strafe wird dem Treiben ein Ende setzen. Und noch eins, Renata, wenn sich mein Sohn von einer Kampfexpedition zurückmeldet, schick ihn gleich wieder los, sofern er keine Wunden hat. Ich will, dass er den anderen Kriegern beweist, dass er ebenso gut, wenn nicht gar besser ist als sie. Denk daran, Raumoko fordert nie etwas von den Männern, das er nicht selbst leisten könnte. Das sollte dem jungen Schwerenöter zu denken geben. Und wenn sein Kampf mit dem *taiaha* auch nur annähernd so erfolgreich ist wie seine Bemühungen bei den Frauen, dann sollte er aus der Prüfung als Sieger hervorgehen, was, Renata?«

Renata lachte, als er antwortete: »Du beurteilst die Situation vollkommen richtig, Herr. Ich werde zusehen, dass er genügend Zeit im Dienste des Kriegsgottes verbringt. «

»Bestens, Renata, ich weiß, dass ich mich auf dich verlassen kann«, sagte der Häuptling in einer selten guten Laune und verschwand in Richtung des Übungsgeländes der Krieger.

So kam es, dass Rewi Raumoko, der gerade 18 Jahre alt geworden war, zum Anführer einer der Kriegstrupps seines Vaters wurde. Rua hingegen, ein Jahr jünger als Rewi, verstand den Wink des Häuptlings und legte mit einer beeindruckenden Reihe von Erfolgen die Prüfungen zum Priester seines Häuptlings ab, was selbst den Großen Mann zufriedenstellte.

11. KAPITEL

Ein Krieger wird geformt

Immer wieder schoß die brutale Waffe unter den verzweifelt springenden Füßen der Krieger hindurch.

Endlich brüllte Atawhai vor Wut: »Macht schon, nicht lahm werden. Auf! Auf! Hoch mit euren Beinen und Füßen, oder ich werde dafür sorgen, dass ihr die ganze Nacht hierbleibt und den nächsten Tag noch dazu. Ich werde euch zeigen, dass ich mit diesem *taiaha* hier nicht scherze. Wenn auch nur eines eurer Beine in seinen Weg gerät, das verspreche ich euch, wird der Schuldige nie wieder gehen können. Unachtsamkeit lasse ich nicht zu, denn die könnte zu einem Unglück auf dem Schlachtfeld führen. Habt ihr mich verstanden?« schrie er die Männer wieder an.

»Jawohl, Herr!« kam die gehorsame Antwort, während die gesamte Abteilung im Gleichschritt exerzierte.

»Alle Bewegung einstellen. Stillgestanden!«, brüllte Atawhai. »Hört euch an, was ich zu sagen habe. Vergesst niemals, warum ihr ein *maro* tragt. Es dient nicht dazu, einfach eure Nacktheit zu verdecken, denn Nacktheit ist ein Symbol der Stärke. Und soll nicht eure Männlichkeit zu toben beginnen, sobald ihr in die Schlacht zieht? Warum also das Zeichen eurer Kraft und Zuversicht verstecken wollen! Lasst eure Männlichkeit vor den Augen des Feindes toben- sie wird selbst die tapfersten Herzen vor Angst erzittern lassen. Jawohl, meine hoffnungsvollen jungen Freunde, ihr tragt euer *maro*, um eure Mitte zu gürten, um eure Eingeweide zusammenzubinden, falls irgendein schlauer Feind euch so nahe gekommen ist, dass er eure Bauchdecke aufschlitzen konnte, euch dann aber aus Mitleid nicht getötet hat. Eurer *maro* ist dazu da, euch den Bauch zu verbinden, falls ihr verwundet werdet, um euch eine letzte Chance zu geben, die manchmal eure einzige ist! Wenn ihr nicht auf dem Schlachtfeld getötet werdet, dann kämpft immer weiter – also los, was habe ich euch beigebracht?«

»Wir kämpfen, wir kämpfen weiter, nur der Tod stillt unsere Mühen!«, brüllten die Krieger zur Erwiderung.

»Ah, ihr fangt an, mich zu verstehen. Also wird es so etwas wie Kapitulation nicht geben?«

»Eher sterben wir! Es ist die größte Ehre des Kriegers, in der Schlacht zu sterben, und himmlische Jungfern werden die Schmerzen unserer Wunden lindern und unsere Herzen beglücken«, rief die Abteilung in dröhnendem Chor.

»Gut, gut, ich bin von eurer Begeisterung beeindruckt. Bald, meine jungen Freunde, werdet ihr auf die Probe gestellt werden. Denn was ist Vorbereitung ohne Herausforderung, und was ist Herausforderung ohne Erfüllung, und was ist Erfüllung ohne den süßen Geschmack des Sieges? Nun lasst mich noch einmal euren Kriegsschwur hören.«

»Wir dienen unserem Häuptling Raumoko und unserem Volk bis zu unserem Tode, aus Liebe zu unserem Stamm, für die Ehre unserer Vorfahren, unserem Kriegsgott zum immerwährenden Ruhme!«

»Schnell jetzt, stellt euch auf, und ab geht's in einem schnellen Trab um die äußere Palisade herum. Ihr trefft mich hier wieder. Hopp! Hopp!« schnauzte er die Abteilung an.

Als die Männer zurückkehrten, fielen sie vor Erschöpfung fast um. Doch Atawhai brüllte sie erneut an und forderte sie auf, sich ein letztes Mal anzustrengen: »Noch einmal! Auf! Alle auf jetzt! Das ist es, jetzt kapiert ihr's, alle gleichzeitig, und alle Füße zusammen vom Boden. Ah! Ihr könnt es also, wenn ihr nur wollt. Nun, das ist genug für heute, ihr könnt wegtreten – aber morgen bei Sonnenaufgang seid ihr wieder hier.«

Mit dieser letzten Bemerkung drehte er den Männern den Rücken zu und trabte zum Haus des Häuptlings, das auch das Stammeshaus von Raumoko war. Er wusste, dass sein Häuptling bereits den Bericht über die Fortschritte der Männer erwarten würde. Atawhai war durchaus zuversichtlich. Die Männer machten gute Fortschritte, und der junge Rewi, der Sohn des Häuptlings, zeigte sich äußerst vielversprechend. All das, da war er sicher, würde den Großen Mann aufhorchen lassen; vielleicht würde er sogar lächeln – sein seltenes Lächeln – wenn er mit dem Bericht zufrieden war. Also, dann mal los, dachte er, als er sich bückte, um durch die geschnitzte Fassade zu treten.

Der Häuptling Raumoko saß mit dem jungen Priester Rua zusammen, als Atawhai Raumokos Haus betrat. Statt darauf zu warten, dass der Ausbilder näher kam, sprang der Häuptling mit seinem gewaltigen *taiaha* vor und simulierte einen Angriff auf

Atawhai, der vor Schreck beinahe in Ohnmacht fiel. Doch als die grausame Klinge an seinem Hals lag, begann der Große Mann herzlich zu lachen.

»Da war etwas in deinen Augen, Atawhai«, und wieder schüttelte Gelächter die riesige Gestalt. »Es sah so aus, als hättest du dich bereits mit dem Tod abgefunden, aber du hast ihn doch sicher nicht wirklich mit solcher Endgültigkeit angenommen!« Es folgte noch mehr Gelächter, das durch die geschnitzte Halle der Vorfahren schallte.

Atawhai, der sich den Schweiß von der Stirn wischte, hatte sich inzwischen mehr oder weniger erholt und erwiderte eisig: »Ich bin gekommen, um dir über die Fortschritte deines neuen Kommandos zu berichten. Dein Sohn Rewi zeigt sich vielversprechend. Und diesmal haben alle Männer ihre Füße während des Kriegstanzes an den vorgeschriebenen Stellen hochgehoben, und weder Beine noch Füße sah man herunterhängen, die den Anblick hätten verderben können. Ich habe sie für heute entlassen und ihnen befohlen, morgen bei Sonnenaufgang zu weiteren Übungen anzutreten.«

Die hochgewachsene Gestalt stand neben Atawhai, und eine gewaltige Hand senkte sich auf seine Schulter, die ihn fast zu Boden drückte, während die Stimme leise schnurrte: »Dein Bericht freut mich ungemein. Diese Krieger werden einen erstklassigen Kriegstrupp abgeben. Du selbst zeigst, dass du die Truppe gut leitest.« Er machte eine Pause von mehreren Sekunden und fuhr dann fort: »Atawhai, es tut mir leid, dich erschreckt zu haben, aber du hast dich aus der Fassung bringen lassen, und ich konnte Angst in deinen Augen sehen.« Dann wurde die Stimme schroff: »Meine Ausbilder können es sich zu keiner Zeit leisten, sich überrumpeln zu lassen. Darüber hinaus zeigen sie selbst im Angesicht des Todes keine Furcht.«

Atawhai antwortete, ohne seinen Kopf zu wenden. »Das nächste Mal werde ich mein Bestes tun, Herr, um so zu handeln, wie du es verlangst.«

Die beiden Männer gingen auseinander, aber der Empfang war nicht ganz so verlaufen, wie Atawhai ihn erwartet hatte, und er war besorgt, als er ging. Er wusste, dass der Große Mann einen erneuten Angriff plante, aber er würde ihn nicht danach fragen. Er wusste, dass man ihm schon früh genug Bescheid geben würde.

Jetzt mußte er daran denken, wie Renata dasselbe passiert war wie ihm. Und auch andere Häuptlinge Raumokos hatten immer dann Bekanntschaft mit Raumokos Praktiken gemacht, wenn der Große Mann wieder einmal das Todesurteil über ein *pa* gefällt hatte. Damals hatte er über sie gelacht. Jetzt hatte er aus erster Hand Erfahrungen mit Raumoko gemacht, und er wusste, dass dies nicht zum Lachen war. Obwohl er ein zäher Krieger war, zitterte Atawhai beim Gedanken daran, was mit den unglücklichen *pa* geschehen würde, die bedeutend genug waren, um in die nähere Auswahl des Häuptlings zu kommen.

2

Schließlich hatten Rewi Raumoko und sein Kommando ihre Exerzierübungen und Schlachtfeldtaktiken mit Auszeichnung hinter sich gebracht. Ganz Tuanuku war aus dem Häuschen und applaudierte ihrem Kriegstanz.

Der große Häuptling hatte sich bereit erklärt, mit dem Priester Rua zu kommen und die Krieger unter den Schutz des Kriegsgottes zu stellen, bevor sie auf ihre erste Mission gingen.

»Jetzt ist eure Zeit gekommen, euch als Männer zu erweisen«, hatte die dröhnende Stimme nach der Zeremonie befohlen. »Ihr werdet Whare Haunui, das Haus des Windes, die Festung Eru Takas, angreifen. Wenn diese Festung gefallen ist, dann werden wir den letzten und endgültigen Angriff planen, der uns die Gewalt über die gesamte Küste zurückgeben wird, die wir in früheren Tagen hatten.«

Plötzlich sprang Raumoko in ein wildes *haka*. »Tod! Tod unseren Feinden!« schrie er und schüttelte sein gewaltiges *taiaha*, um seinem Ausruf besonderen Nachdruck zu verleihen.

Der Blick des Großen Mannes fiel auf seinen Sohn, der den Kriegstrupp anführen sollte.

Rewi wusste, dass er nun an der Reihe war, seinem Vater und dem versammelten Stamm zu beweisen, dass sowohl er als auch seine Männer für die Schlacht bereit waren und sich entsprechend gewappnet hatten. Bis auf seinen Kriegsgürtel nackt, sprang Rewi in ein *haka*, das er mit einem Sprechchor abschloss:

»*Homai taku tu* – Gebt mir meinen Gürtel
Homai taku maro – Gebt mir mein Lendentuch
Kia rawea – Dass sie gebunden werden mögen
Kia karapaku mana ko te kiri – Dass Zorn und ich verschmel-
zen mögen
Maua Ko te nguha – Wut und ich.
He maro riri te maro – Das Lendentuch steht für Ärger
He maro nguha te maro – Das Lendentuch steht für Wut
He maro kai taua. – Das Lendentuch steht für die Vernichtung
von Kriegstrupps.«

Ein zustimmendes Lächeln huschte flüchtig über Raumokos
Gesicht. Dann begann er ein wildes peruperu, in das sein Sohn
und seine Krieger einfielen:

»Seht das Verlangen nach Siegen wüten,
Kanu-Küste und Lande in Abwehr,
Seht trotzige Palisaden fallen,
All unsere Feinde zerschmettert,
Ihre Bastionen überwältigt,
Ihre Krieger rösten auf rotglühendem Stein,
Saftig in *Rehuas* Gruben.
Hört unseren Siegestanz und unser Triumphgeschrei,
Zittert vor unseres Kriegsgottes Donner,
Raumoko zu den klingenden Himmeln!«

Zur Erwiderung antwortete der Stamm mit schallenden Rufen:
»Die Bastion fällt! Die Bastion fällt! Zittert vor unseres Kriegsgottes Donner! Raumoko zu den klingenden Himmeln.«
Das gesamte *pa* hatte sich versammelt, um die Krieger davonziehen zu sehen.
Unter den stolzen Augen seines Vaters zog Rewi, an seiner Seite
der junge Priester Rua, der das geschnitzte Symbol von Te Rehua
O Raumoko trug, an der Spitze seiner Männer aus den Haupttoren hinaus. Sie marschierten an einem hutzeligen alten Mann vorüber, der seinen Krückstock schwenkte, und betraten den Kriegspfad, der sie in den Tod oder zu Ruhm führen sollte.

Mühsam kletterten sie aus dem Fluss, während der Priester seine Gebete beendete, in denen er den Kriegsgott anrief, das auf den Kriegern lastende *tapu* aufzuheben, damit sie das *pa* wieder betreten konnten.

Ein Sklave ging neben zwei Kriegern, die die kraftlose Gestalt seines Herren stützten. Immer wieder betrachtete er die grausige Trophäe in dem Korb, den man ihm zu tragen befohlen hatte.

Der hochgewachsene, junge Krieger schleppte sich vorwärts, aus tiefen Wunden quoll Blut, und er lehnte sich mit letzter Kraft auf die beiden Männer. Sein Gesicht war voller Blutergüsse und so dick angeschwollen, dass er nicht sehen konnte, wohin er ging, und er trug einen gebrochenen Arm in einer Schlinge.

Der leicht verwundete Priester Rua sprach ihm die ganze Zeit über Mut zu. »Jetzt bist du zu Hause, du hast einen großen Sieg errungen. Schau dir den Kopf im Korb an, den dein Sklave trägt. Das ist dein Sieg, Rewi. Warte nur, bis dein Vater das sieht. Oh, da ist Atawhai.«

Eine gewaltige Menschenmenge hatte sich versammelt, um das furchtbar zugerichtete Kommando wieder willkommen zu heißen, das über die Hälfte seiner Streitkraft im Busch am Fuße des Passes begraben zurückgelassen hatte, und nicht ein Mann war unverwundet davongekommen.

Schon heulten und wehklagten viele Witwen über den Verlust ihrer geliebten Männer, die erst vor wenigen Tagen so voller Zuversicht ausgezogen waren. Nach und nach verstummten sie, auch die Hunde und Kinder, und alle Köpfe drehten sich in eine Richtung. Dort trat Raumoko selbst hervor und betrachtete eingehend die abgekämpfte Gestalt seines Sohnes.

»Rewi, du trägst einen Kopf in diesem Korb – ich nehme an, du glaubst, dass du einen großen Sieg errungen hast. Nun, auf gewisse Weise hast du das auch, aber du hast die Hälfte deiner Männer verloren, und alle anderen sind verwundet. Schau dich nur an, was für ein trauriger Anblick, und für mindestens sechs Monate völlig nutzlos für den Kriegspfad. Nein, mein Sohn, du magst einen Kopf in diesem Korb tragen, doch du mußt noch lernen, wie man kämpft und gleichzeitig das Leben seiner Männer bewahrt.

Wichtiger aber ist, dass dies nicht der Kopf Eru Takas ist. Du hast einen nutzlosen Sieg errungen. Du hast den Feind zu seinem *pa* in Whare Haunui zurückgejagt, und dieses *pa* steht wegen der Verluste, die du am pass erlitten hast, immer noch trotzig da.«

Was weder Rewi noch sein Vater zu diesem Zeitpunkt ahnten, war, dass Awanui, die Rewi versprochen war, in Whare Haunui als Geliebte Eru Takas lebte, und dass sie bei sich ihren kleinen, von Haukino gezeugten Sohn hatte.

Awanui hatte tatsächlich von den Befestigungsanlagen aus zugesehen, wie die Angreifer zurückgedrängt wurden, doch wusste sie da noch nicht, dass Eru tot war, noch ahnte sie, dass ihr Verlobter dort unten kämpfte.

Raumoko wandte sich an seinen Sohn. »Eru war einfach zu gut für dich. Es mag sein, dass du ihn besiegt hast, indem du ihn in das *pa* gejagt hast, aber was kannst du uns jetzt vorweisen, um deinen Sieg zu bezeugen?«

Unter Schmerzen richtete sich der verletzte Krieger schwankend auf: »Ich werde dir sagen, war für einen Sieg ich errungen habe. Schau dir den Kopf noch einmal genau an, beachte das *moko* in seinem Gesicht, und schau dir das Haar an, es wird grau an den Seiten. Und vergiß nicht, die Ohrgehänge zu betrachten. Das ist Eru Taka. Jawohl! Sein Sohn ist mir entkommen, aber ich habe seinen Vater gefangen, der ihn retten wollte. Es ist sein Kopf, der im Korb liegt. Bis wir Whare Haunui erreicht hatten, hatten wir so viele Männer verloren, dass ich zur Rückkehr gezwungen war.«

Rewi, dem zwei seiner Männer halfen, aufrecht zu stehen, hielt seinen unverletzten Arm hoch und rief heiser: »Wann fällt ein *pa*?« Dann gab er die Antwort auf seine eigene Frage: »Ein *pa* fällt, wenn der *ariki* dieses Stammes mit seinem Volk besiegt werden kann. Vater, ich habe all dies vollbracht, ohne Whare Haunui einnehmen zu müssen. Das ist mein Sieg!«, und er brach wieder in den Armen seiner Männer zusammen.

Zum ersten Mal in seinem Leben war der mächtige Raumoko völlig sprachlos. Dann riss er dem Sklaven eilig den Korb aus der Hand und untersuchte noch einmal die grausige Trophäe, während sich seine Krieger um den verwundeten Rewi scharten, aufgeregt miteinander sprachen und auf den Korb zeigten.

Raumoko richtete sich zu seiner ganzen Größe von sechs Fuß auf, legte seinen gewaltigen Arm um die Taille seines verwundeten Sohnes und half ihm, auf den Beinen zu bleiben. Dann hielt er dem Volk den Korb entgegen und rief, dass alle es hörten: »Lasst uns unseren größten Sieg feiern! Rewi ist wirklich mit dem Kopf Eru Takas heimgekehrt, eines mächtigen Häuptlings, dessen Stamm uns, wie ihr wisst, einst besiegte. Nun ist dieser Größenwahnsinnige tot, mein Sohn hat die Anzahl unserer Verluste ausgeglichen, und ich erkläre die Angelegenheit für abgeschlossen.«

Dann schaute er noch einmal in den Korb: »Nun, mein Freund Eru, jetzt gibt es keine Geschichten mehr über Waffen aus Nebel.« Unter schallendem Gelächter wandte er sich an das Volk.

»Diese Heldentat ist der Sieg meines Sohnes. Lasst sie auch als Sieg unseres Stammes feiern.«

Eilig versammelten sich mehrere Krieger um den Großen Mann und stellten sich in Reihen auf. Bald hallte der donnernde Kriegstanz »Raumoko zu den klingenden Himmeln« über den Befestigungen Tuanukus, während große Menschenmengen die Siegesfeierlichkeiten vorbereiteten.

4

Raumoko sorgte dafür, dass sein Sohn die dringend notwendige Behandlung von Tipu Tapeka erhielt, und am nächsten Tag schon konnte er herumlaufen und seinen gebrochenen Arm pflegen, den er in einer Schlinge trug. Seine Wunden waren verbunden worden, und er konnte sogar bereits aus den Augen schauen, da die Schwellung gekonnt behandelt worden und zurückgegangen war.

Die Siegesfeier jedoch entsprach nicht ganz dem, was Raumoko sich gewünscht hätte.

Den größten Teil seiner freien Zeit verbrachte er am geschützten pohutakawa-Strand, wo über hundert große Kriegskanus eiligst seefertig gemacht wurden.

Rua und Tipu Tapeka hatten früher bereits zu verschiedenen Gelegenheiten mit Raumoko den Strand besucht, um zu den Besatzungen zu sprechen.

Rua war eifrig dabei, das Stammesemblem des Sieges, das Symbol ihres Kriegsgottes Te Rehua O Raumoko, neu zu streichen. Aus einem einzigen, geraden Stück Walknochen geschnitzt und ungefähr drei Fuß lang, sah das Symbol aus wie ein kleines *taiaha*, wobei das geschnitzte und mit roten Federn geschmückte Kopfstück den Kriegsgott Rehua darstellte. Man sprach besondere Gebete, bevor ein Kriegstrupp loszog, um den Geist des Gottes zu ermuntern, das Emblem zu bewohnen oder auf ihm zu ruhen, und sie zum Sieg zu führen. Gewöhnlich trug Rua mit seinem Häuptling das Emblem. Bislang hatte der Gott Rehua sie nie enttäuscht, wenn er die Krieger begleitete. Raumokos Männer zeigten daher großes Vertrauen in ihr Emblem und würden bis zum Äußersten für ihren Häuptling und zum Ruhme ihres Stammes kämpfen. Niemand zweifelte an der Kraft von Te Rehua O Raumoko, dem höchsteigenen Kriegsgott der Stammesfamilie.

Bei seinem letzten Besuch hatte Rua zu Raumoko gesagt: »Schlag in fünf Tagen zu, und der Sieg ist dein.«

Doch so sehr sie sich auch bemühten, die großen Schiffe konnten in dieser Zeit nicht zu Wasser gelassen werden, und Raumoko mußte warten, kochend vor Wut über die Verzögerung.

Raumokos Verwalter Atawhai hatte sein Bestes getan, um alles bereitzustellen, aber lange Verzögerungen bei der eigentlichen Konstruktion der Kriegsschiffe hatten zu einem Aufschub des gesamten Vorhabens geführt.

Jetzt, unter seinen Augen, überstürzten sich die Besatzungen geradezu, um ihre Schiffe so früh wie möglich seefertig zu haben.

In der Zwischenzeit ging in Tuanuku das Festmahl weiter.

Rewi amüsierte sich, und es dauerte nicht lange, bis er schon wieder in der Gesellschaft von Frauen gesehen wurde.

Diesmal aber lächelten die Leute und drückten beide Augen zu, und selbst Raumoko, der solches Benehmen nicht direkt gutheißen konnte, ließ seinem Sohn gegenüber doch eine gewisse Nachsicht walten und bemerkte: »Offenbar trägt er nur seinen Arm in der Schlinge, was, Atawhai?«

5

»Tutu muß den Feierlichkeiten beiwohnen. Er wäre äußerst beleidigt, wenn ich ohne ihn ginge.« Der Häuptling Raumoko bestand seiner Frau gegenüber darauf, dass sich auch sein zahmer *kaka*, sein sprechender Papagei, vergnügen sollte.

»Es ist mir ganz egal, ob er das lauteste Mitglied unseres Stammes ist. Er ist ein Häuptling seines Stammes, so wie ich, und hat ein Recht darauf, so viel Krach zu machen, wie er nur will. Weißt du noch, wie dieser Te Wherowhero so grob über Tutu gesprochen hat? Nun, Tutu ist noch hier. Aber wo ist Te Wherowhero?« lachte er.

»Und sein Sohn Nuku – ein netter, ruhiger Junge, ein ausgezeichneter Fischer, der die Kunst des Friedens höher schätzt als die Kunst zu kämpfen. Nichts daran auszusetzen – aber was muß ihn dieser törichte Dummkopf Te Wherowhero zum Fischen schicken, ohne dass ich davon weiß, und zu einer Zeit, wo unsere Leute durch das *utu* innerlich brannten, weil ihre Kinder getötet worden waren, nachdem sie ihre Drachen verloren hatten.

Armer Nuku – er hatte nicht die geringste Chance.

Und dann läßt Te Wherowhero auch noch diese groben Bemerkungen über Tutu fallen und prahlt damit, Tuanuku niederzubrennen – nachdem er noch mehr von unseren Leuten getötet hat, die ich geschickt hatte, um Nukus Leiche heimzubringen. Der Mann muß wahnsinnig gewesen sein. Kein Ärger mehr mit Te Wherowhero, was, Tutu?« Raumoko schaute seine Frau an und fügte lächelnd hinzu: »Außerdem finden die meisten der Kinder Tutu sehr lustig, besonders wenn er sagt »*Turituri*!« Und du weißt, wie es sie enttäuschen würde, wenn Tutu nicht dabei wäre.«

Tutu war ein schön anzusehender Vogel, mit einer tiefroten Brust und grünem Rücken. Unter seinen Schwingen trug er ein rötlich-braunes Federkleid. Ein Sklave war unablässig damit beschäftigt, im Wald *huhu* zu sammeln, um Tutus nie nachlassenden Appetit zu stillen.

Tapairu Hinerangi, die Frau des Raumoko, war ganz und gar dagegen, dass der Vogel auf der Schulter ihres Mannes sitzen sollte, wenn von ihr erwartet wurde, ihn zu offiziellen Verpflichtungen auf dem *marae* zu begleiten. Hinerangi mochte es überhaupt nicht, wenn der Vogel seine langen Krallen in ihre nackte Schulter grub, weil er ihre Schulter als den bequemeren Sitzplatz wählte, wenn Raumoko wieder einmal in einen *haka* ausbrach, um für das Publikum eine bestimmte Stelle seiner Rede besonders zu veranschaulichen.

Und immer war es Hinerangis Schulter, auf der Tutu hocken wollte, wenn er nicht bei Raumoko war, nie die eines anderen.

Zuerst hatte Hinerangi den sehr zutraulichen Vogel auch ermuntert, bis er sich einmal in ihre langen Ohrgehänge aus Jade verliebte und versuchte, sie hinunterzuschlucken, während sie noch an ihren Ohrläppchen hingen.

Als sie sich daraufhin bemühte, ihn loszumachen, hatte Tutu höchst ungebührlich Krach geschlagen, gekreischt und in seiner hohen Fistelstimme gerufen: »patu« – »Töten«.

Dann hatte Hinerangi Tutu gegriffen, doch der hinterlistige Vogel hatte mit seinem äußerst krummen Schnabel nach ihrem Finger geschnappt und sie arg verletzt. Infolgedessen war sie verständlicherweise dagegen, den Vogel bei der Zeremonie dabei zu haben, und sie drohte: »Raumoko, entweder nimmst du Tutu mit oder mich. Für uns beide ist da kein Platz mehr!«

Raumoko hatte dann seinen Vogel genommen und war ohne ein Wort zu den Kanuschuppen gegangen.

Dort sagte er zu einem der Sklaven: »Flechte eine Schnur aus Menschenhaar, die lang genug ist, dass man sie um Tutus Bein und meinen Oberarm binden kann. Ich will sie auf der Schulter verknoten. Das wird Tutu davon abhalten, Hinerangi zu belästigen.

Der Sklave hatte die Schnur schnell hergestellt, und so wurde Tutu an der Schulter seines Herren befestigt.

Nach mehreren Versuchen wegzuspringen, versuchte Tutu, die Kordel von seinem Bein abzubeißen. Aber er gab auf, wann immer sich Raumoko bewegte, denn er mußte sich festhalten, um nicht herunterzufallen.

Am Ende fügte sich der Vogel in sein Schicksal und entwickelte einen speziellen Griff, um auf Raumokos Schulter sitzenzubleiben.

Bei allen Kindern, die das für großartige Unterhaltung hielten, vergrößerte sich Tutus Ansehen selbstverständlich erheblich, und ebenso das seines Herren. Sie waren besonders entzückt, wenn der Vogel versuchte, die Worte des *haka* nachzuahmen, mit seinen Flügeln im Takt schlug, um sein kompliziertes Gleichgewicht nicht zu verlieren, und seinen Herrn während des Kriegstanzes wie eine Handpuppe begleitete.

Am Abend von Rewis Sieg saß seine Mutter, wie sie es immer

tat, in Raumoko, ihrem gewaltigen Stammeshaus, neben dem Häuptling und lauschte friedvoll den Lobreden und *haka*s, die der Stamm ihrem Sohn zu Ehren aufführte.

6

Am dritten Tag des Festgelages war im Wald oberhalb des pohutakawa-Strandes etwas Befremdliches vorgefallen.

Eine ihrer Patrouillen war einem kleinen Trupp von Spionen begegnet.

Atawhai berichtete seinem Häuptling. »Wir sahen, wie sich diese beiden Männer von der Klippe wegschlichen, von der man Aussicht auf die Kanus hat. Ich bin sicher, dass sie gesehen haben, was wir gerade taten.

Unsere Patrouillen haben sie entdeckt, als sie versuchten, davonzukommen. Es gab einen wilden Kampf im Farngebüsch, und wir töteten einen von ihnen, und sie töteten zwei von unseren Männern, aber sie nahmen ihre Leichen mit, und so konnten wir die Männer nicht mit Sicherheit identifizieren. Aber der Beschreibung nach bin ich sicher, dass Te Hau O Te Rangi, dieser große Krieger und Häuptling aus Te Hairini von den Ngati Whakaari, unter ihnen war, und dass er es war, der unsere zwei Männer getötet hat. Seltsamerweise sind mehrere Frauen beim Trupp dabei gewesen und vielleicht sogar auch ein Baby. Ich verstehe das überhaupt nicht.«

Raumoko, der während Atawhais Bericht schweigend dagesessen hatte, hatte genug gehört. Jetzt sprang er auf. »Habt ihr die ganze Gegend abgeriegelt, so dass niemand hinein oder heraus kann?«

»Jawohl! 200 Männer bewachen das Gebiet – niemand hat es verlassen.«

»Du sagtest, die Patrouille berichtet von Frauen, die bei diesem Trupp, nach dem wir suchen, gesehen wurden?«

»Sie haben eine Frau mit einem Baby gesehen, aber ich verstehe nicht, was die hier zu schaffen haben könnten. Fast hätte niemand etwas davon bemerkt, aber einer unserer Männer glaubte, ein

Baby weinen zu hören. Die Patrouille denkt wohl, dass auch noch andere Frauen bei diesem Trupp dabei waren.

»Noch andere Frauen?« Nach einer Pause packte der Häuptling vor Aufregung Atawhais Arm: »Ich habe jetzt erst begriffen, was das alles zu bedeuten hat. Du weißt von Waru, den Rewi vor ein paar Tagen angegriffen hat und dessen Vater er am Ende tötete?«

»Schon, aber was hat das damit zu tun?«

»Nun, ich habe gehört, dass er auf dem Weg war, eine Gruppe von Leuten aus Tawhitiroa zurück zu Erus *pa* Whare Haunui zu begleiten, als Rewi ihn überfiel. Es scheint, dass diese Leute, die von unserer Patrouille entdeckt wurden, kurz davor waren, sich mit Waru zu treffen – nur dass stattdessen Rewi auf Waru traf. Das erklärt alles.«

»Was meinst du, Herr?«

»Rangipai gehört zu dieser Gruppe – die oberste *ariki* und *puhi* der Ngati Whakaari.

Sie hat sich erst kürzlich mit Waru verlobt und war wahrscheinlich auf dem Weg zu seinem *pa*, als sie gleichzeitig mit Rewis Überfall auf Waru von unseren Patrouillen abgefangen wurde.

Von Renata, der ein sehr geschätzter Freund und Verwandter meiner Frau ist, habe ich gehört, dass die Ngati Whakaari und Eru Taka beschlossen hatten, sich gegen uns zu verbünden. Durch die Vermählung von Rangipai mit Waru sollte das Band geknüpft werden, um die Vereinbarung zu besiegeln. Was mal wieder zeigt, dass man Tawhiro nicht trauen kann, obwohl wir Frieden haben« – wieder ertönte sein Lachen – »und zu denken, dass ich ihm eine Ladung Speisen und Friedenskanus geschickt haben, nur damit er sich sicher fühlt und wir in Ruhe seinen Tod vorbereiten können!«

»Du hast eine großartige Intuition, Herr«, bemerkte der Verwalter, der darauf achtete, lauthals zu lachen, während er sprach.

»Atawhai, du mußt diese Gruppe finden. Sie ist von seltenem Wert, und wenn wir sie jetzt schnappen können, ohne Tawhitiroa anzugreifen – dann brauchen wir Tawhiro nur noch zu erpressen.« Wieder wurde die gewaltige Gestalt von Lachen geschüttelt, und Atawhai, der sich an frühere Begebenheiten erinnerte, entschied sich rasch, auch seinerseits wieder zu lachen.

Plötzlich nachdenklich geworden, drehte sich der Häuptling langsam zu seinem Verwalter, der sich einen Augenblick lang fragte, welche Gedanken sich wohl jetzt hinter dem tätowierten Gesicht verbargen.

»Sie wäre eine gute Partie für Rewi«, war die verblüffende Verkündung, »und würde mir gleichzeitig Kontrolle über ihren Stamm verschaffen. Ach, Atawhai, die Götter meinen es wirklich gut mit uns. Ein Schnäppchen im Werte mehrerer Kanuflotten ist direkt hier in unserem Territorium, und man könnte sagen, fast in unseren Händen. Komm mit! Wir wollen sie finden, und nimm auch meinen Sohn mit. Sag ihm, dass ein weißer Reiher ihn erwartet. Das wird ihn scharf machen, und ich garantiere, er wird alles aufspüren, was man nur aufspüren kann.

Und sollte es uns nicht gelingen, diesen weißen Reiher zu finden«, fuhr Raumoko fort und schaute seinen Kommandanten Atawhai an, »dann werden wir die Kriegsflotte von einhundert Kanus in See stechen lassen, um den weißen Reiher in seinem Nest zu fangen.«

»Du sprichst Worte großer Weisheit, Herr«, erwiderte Atawhai lächelnd, voller Vorfreude auf das, was Raumoko als nächstes geplant hatte.

12. KAPITEL

Die vollkommene Ordnung

Zufrieden mit dem, was sie taten, bereiteten sich die Leute wieder einmal auf das Fest von Matariki vor, das mit dem Anstieg der Plejaden im frühen Juni zusammenfallen würde.

Viele der jungen Männer und Mädchen hatten wochenlang geübt, um für dieses Ereignis vorbereitet zu sein und das Neue Jahr mit Gesang und Tanz zu begrüßen. Tawhiro, Häuptling und Hohepriester der Ngati Whakaari, freute sich immer auf diese Zeit, weil sie allen gestattete, sich zu vergnügen. Die jungen Leute konnten in sportlichen Wettkämpfen etwas Dampf ablassen, beim Schwimmen, Tanzen, bei den *hakas* und *waiatas*.

Rangipai und Tante Mihi hatten ihrer Konzerttruppe den letzten Schliff gegeben, damit sie sich mit den Mädchen aus Te Hairini messen konnte, die mit ihrem Häuptling Te Hau O Te Rangi anreisen würden.

Whitikau und Motu Turei hatten hart daran gearbeitet, den neuesten Kriegstanz zu vervollkommnen, und die Krieger brannten darauf, dieses Stück den Leuten, und besonders ihren Liebsten, vorzuführen. Gerade rechtzeitig wurde man dann auch noch mit der Instandsetzung Tapuaes fertig, einem wahrlich großen Unternehmen. Der Hohepriester hatte das Werk soeben begutachtet und stand nun in der leeren Halle neben der gewaltigen Schnitzfigur von Tapuae, nach dem sein Stammeshaus benannt war. Er legte seine Hand auf die Hüfte der Schnitzerei und sprach zu dem Repräsentanten seines Ahnen als käme es von Herzen:

»Ich nehme an, dass du es zu deiner Zeit auch nicht leicht hattest. Unser Volk scheint sich wohl nicht sehr geändert zu haben, was? Es ist sein nach Unabhängigkeit strebendes Wesen, das man äußerst behutsam beherrschen lernen muß. Natürlich respektiere ich die Einstellung unserer Leute und versuche mein Bestes, mich ihres Respektes als würdig zu erweisen und sie nicht von oben herab zu behandeln.

Aber dann sagen sie immer, dass alles mir gehören würde, die Kanus, Speere, Fischgründe, das *pa*, eigentlich sei ja der ganze Stamm mein. Und doch besitze ich nichts wirklich, da auch ich

Teil unseres Stammes bin. Aber warum sind sie nur so verletzlich? Obwohl ich annehme, dass auch diese Eigenschaft zu deiner Zeit keine andere war. Heutzutage haben wir hier zum Beispiel unsere Tante Mihi, eine ›Rebellin‹, ich weiß wirklich nicht, was ich mit ihr anfangen soll. Und ich bin mir auch nicht sicher, ob sie selbst so genau weiß, was sie tut. Oh, diese Frauen!

Rangipai ist unsere *puhi*, sie hat einen starken Willen. Und obwohl wir uns bei den meisten Anlässen recht gut verstehen, weiß ich doch, dass ich nie hoffen kann, den Stamm eines Tages mit ihr gemeinsam zu führen. Ich denke gerade an diese wunderbare Begebenheit, als du deine Autorität gegenüber deiner Tante bewiesen hast. Nun, ich werde deinem Beispiel folgen, indem ich Rangipai fortschicke in ein anderes *pa*. Ah!« Und er hielt seinen Zeigefinger erhoben und sah zu der Schnitzfigur, während er sprach. Niemand sonst weiß etwas davon. Siehst du, ich gebe sie dem Sohn eines mächtigen Häuptlings zur Frau. Das wird uns in Zeiten der Bedrängnis sehr helfen.

Heutzutage scheint sich niemand mehr um Befehle zu scheren. Ich muß mein Volk fast auf Knien anbetteln – bitte überlegt euch dies, bitte überlegt euch das, was haltet ihr von meinen Vorschlägen und so weiter. Schließlich entscheiden sie sich dann nach endlosem Gerede, meine Ansichten in Erwägung zu ziehen. Wenn ich Glück habe, dauert diese Debatte nur zwei Wochen. Am Ende glauben sie, dass es durchaus möglich sein könnte, eine Entscheidung zu treffen. Ich bin bei dieser Nachricht fast außer mir vor Freude, bleibe aber ruhig und sage wenig mehr als: ›Ihr habt recht, mein Volk.‹ Ja, sie haben sich dazu entschieden, mich zu unterstützen und Tapuae rechtzeitig zu den Feierlichkeiten zum Neuen Jahr instandzusetzen. Jedoch sind keineswegs alle auf meiner Seite. Ein paar glauben, dass es Tapuae noch ein weiteres Jahr tun würde, weshalb sie für den Bau eines großen Hochseekanus stimmten. Kannst du dir das vorstellen? Sie wollen versuchen, ihre Verwandten im fernen Tawhiti zu besuchen. Das kann mich zur Verzweiflung bringen, denn sie wollen ja nur zu ihrer eigenen Befriedigung nachforschen, ob unsere genealogischen Lehren stimmen und ob sie wirklich von dort gekommen sind. Natürlich habe ich diesem Unfug schnell ein Ende gesetzt. Ich habe ihnen einfach meine Dienste als Priester verweigert, und ohne meine Worte kann kein Baum gefällt werden.

Dann gibt es da auch noch die nie enden wollenden Kriegsvorbereitungen. Manchmal unterstützt uns Te Hau O Te Rangi mit seinen Kriegern, aber dann sagt er wieder, dass wir ohne seine Hilfe in den Krieg ziehen müssen. Nie können wir uns sicher sein, ob er uns zu Hilfe kommt oder nicht. Ich danke unseren Göttern immer dafür, dass es Raumoko gibt, denn ohne ihn wären die Bande zwischen unseren Stämmen niemals so eng. Im Moment haben wir Frieden mit ihm, aber ob unsere Nachbarn uns unterstützen werden, ist fraglich. Dennoch gibt es etwas, was uns alle zusammenhält und mir die oberste Macht gibt, das wunderbare Gesetz des *tapu*. Es war eine sehr weise Entscheidung von dir, dem Hohepriester durch das Gesetz des *tapu* Macht über Leben und Tod zu geben. Ich werde ganz nach deinem Vorbild dafür sorgen, dass man dem *tapu* bis auf die letzte Silbe gehorcht. Denn dies ist die einzige Kontrolle, die ich habe.« Dabei tätschelte Tawhiro die Schnitzfigur, lächelte sie an und ging hinaus in den Sonnenschein.

Tawhiro wusste, dass alle zusammenarbeiteten, ungeachtet der zu verrichtenden Arbeit, sei es Fischen, Vogelfang, Kanubau, Pflanzen, Ernten, selbst Kriegszüge oder Bauarbeiten im *pa* wurden immer gemeinsam durchgeführt. Darin sah man die größte Erfüllung. Vielleicht, so dachte er, liegt es daran, dass alle ausgesprochene Einzelgänger sind. Sie können zwar zusammenarbeiten, doch bewahren sie dabei immer ihre eigene Identität, die notwendig für den Stammeszusammenhalt ist.

Ich bin sicher, dachte Tawhiro weiter, dass dieses Wissen um die eigene unverwechselbare Identität zur Bereitschaft führt, das Leben innerhalb der Vorstellung vom *tapu* zu akzeptieren. Dies wiederum führt dazu, dass sich die höchsten Leistungen des Einzelnen im gemeinschaftlichen Tun unseres Stammes zeigen. All unser Handeln ist von diesem Gedanken bestimmt. Ich weiß, dass darin der ursprüngliche Sinn unseres wohlbewährten *ohu*-Systems liegt.

Um genau zu sein, kann mein Volk nur gemeinsam arbeiten. Ich selbst kenne auch nur diese Art von Arbeit. Die Frauen und Kinder haben genau wie die Männer eine Aufgabe. Wir alle arbeiten als eine Familie. Niemals käme jemand auf den Gedanken, nur zu seinem eigenen Vorteil zu arbeiten. Immer müßte der Nutzen des ganzen Stammes an erster Stelle stehen. Das ist nur recht so.

Dann gibt es da noch unser Land. Als wir hier eintrafen, haben die Götter selbst verfügt, dass wir dieses Land nutzen und mit Respekt behandeln sollen.

Der Hohepriester hatte es noch nie erlebt, dass Nahrungsmittel gewinnbringend verkauft wurden. Sie waren immer ein Geschenk, mit Dank an Rongo, um die Großzügigkeit des Stammes hervorzuheben und sein Ansehen zu steigern. Er verabscheute den Gedanken, dass eine andere Gruppe oder ein anderer Stamm großzügiger sein könnte als sein Volk. Alle profitierten von dem Ansehen, das man durch die Übergabe von Geschenken erwarb. Jedoch, so dachte der Priester bei sich, gibt es natürlich besondere Männer, die diese Tätigkeiten überwachen, wie meine Mitpriester, die Speisen, Kleidung und Unterkunft als Gegenleistung für ihre Fertigkeiten und ihr besonderes Wissen erhalten.

Großzügigkeit und Güte im Frieden, doch schonungslose Entschlossenheit in Zeiten von Krieg oder Notstand – jawohl, dies waren seit jeher die wichtigsten Eigenschaften eines Häuptlings, und dafür sind die *ariki* und ihre Abkömmlinge berühmt.

So wie sich jeder nur zu gern auf die Abkunft von einem *ariki* berufen möchte oder die Verwandtschaft mit einem Häuptling betont, eifert natürlich der ganze Stamm den Qualitäten eines *ariki* nach. Tawhiro lächelte wissend und überlegte weiter. Ja, genau diese Eigenschaften sind von großer Wichtigkeit. Sie helfen, den Zusammenhalt unseres Stammes zu stärken.

Und wenn eine Person an sich selbst denkt, so tut sie es immer als Teil des Stammes, niemals nur zu ihrem eigenen Nutzen. All unser Sport und Spiel, all unsere Tänze, all unsere *waiatas*, Gebete und *hakas* dienen dazu, das Gemeinschaftsgefühl des Stammes zu stärken. Jedem einzelnen wird ermöglicht, sein Bestes zu zeigen, so dass der gesamte Stamm Gewinn daraus zieht. Eigentlich hat niemals jemand in Tawhitiroa oder selbst in Tuanuku, dem *pa* unseres Rivalen, oder überhaupt irgendwo anders das sonderbare Gefühl eines vereinzelten Ich erfahren. Wie zutiefst einsam und jämmerlich es sich anfühlt, wenn ich vergebens versuche, mir diesen hypothetischen Zustand vor Augen zu führen! Wie könnte man auch, wo jeder innerhalb unseres Stammes seinen Platz hat und dabei mit allen anderen Stammesmitgliedern verbunden ist? Durch das Gefühl der Zugehörigkeit in unserer Gemeinschaft findet der einzelne Glück und Freude, aber zugleich auch Sicherheit und Stärke.

Man kann sich unseren Stamm eigentlich als eine Person vorstellen. Ich selbst stelle als Häuptling zusammen mit dem Rat der Ältesten den Kopf dieser Person dar. Jedoch, der eine Teil kann ohne den anderen nicht funktionieren. Es reichte nicht, als Häuptling geboren worden zu sein.

Ich mußte mich bewähren, mich der Unterstützung meines Volkes als würdig erweisen. Erst dann konnte die Ordnung vollkommen werden.

2

Der Hohepriester war zufrieden mit sich und ging eilig zu den Männern, die die Kanus fertigmachten, um zum Fischen auszufahren. Nach seiner Rückkehr würde er dafür Sorge tragen, dass auch die jungen Leute mit seinen Gedanken vertraut gemacht werden würden.

Tawhiro gesellte sich zu den Fischern am Strand, die über seine Gesellschaft hocherfreut waren. Es versprach, ein wunderbarer Tag auf dem Wasser zu werden.

Letzte Nacht hatte er bemerkt, wie die Milchstraße in weitem Bogen vor Sternen strahlte und das Licht des Vollmonds selbst die Berge erleuchtete, deren Gipfel in weiße Umhänge von Nebel gekleidet waren. Der Ozean lag still und spiegelte das mystische Emblem von *Whakaruru-hau* wider, die Magellanwolken. Der Hohepriester wusste, dass dies geschah, wenn eine ruhige See und leichte Winde zu erwarten waren. Es war, als würde der Ozean zu ihm sprechen: ›Komm, nun ist es Zeit für Götter und Menschen, fischen zu gehen. Bereite dich auf einen Besuch im Reich der großen, blasenden Fische des Meersgottes *Tangaroa* vor. Dort wirst du eine reiche Ernte an *moki* einfahren.‹

Tawhiro fühlte Befriedigung, als er die Männer singen hörte. Er begriff, dass auch sie spürten, dass die gemeinsame Arbeit zugunsten des Stammes, von dem sie selbst ein Teil waren, eine der denkbar edelsten Tätigkeiten war. Der Hohepriester konnte deutlich erkennen, dass die Männer zufrieden waren. Als Dank für ihre Begeisterung rief er die Götter an, ihnen Glück zu bringen. Auf diese Weise würde er zum Erfolg der Fischer beitragen, während seine Gegenwart die sichere Aussicht auf einen ausgezeichneten Fang verstärkte.

Der Hohepriester und Koro, der als Priester für die Fischerei zuständig war, stimmten einen mitreißenden Tiefseegesang an. Zu diesen Klängen legte das Kanu mit großen Netzen in seinen beiden geräumigen Rümpfen ab und entschwand eilig in die Umarmung des Ozeans und fort zu den Fischgründen.

3

Schließlich waren die vielen Gedanken, die sich der Hohepriester darüber gemacht hatte, wie er Rangipai zu Eru Takas *pa* bringen könnte, kurz davor, in die Welt des Lichtes einzutreten, so dass sie für alle sichtbar werden würden.

Nach vielen Tagen des Argumentierens hatte er es geschafft, seinen Vetter Te Hau O Te Rangi davon zu überzeugen, dass Eru ein besserer Verbündeter sein würde als Raumoko.

Der Hohepriester war hocherfreut gewesen, als er sah, wie gut sich Eru Taka und Te Hau O Te Rangi während Erus Besuches verstanden hatten. Die zwei Männer, die beide Experten im Gebrauch des *mere* waren, hatten ihr gemeinsames Interesse entdeckt und viel Zeit damit verbracht, etliche Besonderheiten zu besprechen und sogar neue Taktiken voneinander zu lernen.

Schließlich war es Tawhiro gelungen, viele der Ältesten dazu zu bewegen, einem Besuch Rangipais in Eru Takas großem *pa* Whare Haunui zuzustimmen. Dieses *pa* lag viele Meilen hinter den Bergen.

Eigentlich war es Rangipais offensichtliches Interesse an Eru Takas Sohn gewesen, das viele Leute dazu bewegt hatte, im Sinne des Hohepriesters zu entscheiden. Doch keiner wäre jemals auf den Gedanken gekommen, dass Rangipai woanders als in Tawhitiroa leben würde.

Viele der Ältesten fühlten, dass sich das junge Paar vermählen sollte. Allzuviel Ermutigung würde es dafür nicht benötigen, hatte man doch gesehen, wie sich die beiden am Strand verhalten hatten. Und wirklich, die Leute sprachen noch immer über diese Episode, während Tante Mihi ihre Geschichte oft wiederholen mußte: »Und da stand Waru, scharf wie ein Barracuda, und machte sich gerade daran, Rangipais *maro* wegzuziehen! Ich bin gerade noch rechtzeitig gekommen. Oh! Wenn ich nur daran denke, was alles hätte passieren können…« Dann hielt sie immer beide Hände vors Gesicht, um ihren vermeintlichen Schreck auszudrücken.

Der Ältestenrat hatte beschlossen, dass Rangipai auf der Reise zu Eru Taka von Tante Mihi und drei weiblichen Dienerinnen begleitet werden sollte. Ihr Onkel, der Häuptling Te Hau O Te Rangi, würde die Gesellschaft zusammen mit Motu Turei und dem respekteinflößenden Krieger Haukino anführen.

Der Hohepriester würde sie mit seiner Abordnung der Elitewache über Land zu Eru Takas *pa* begleiten, bis sie die Hälfte der Reise hinter sich gebracht hätten. Dann würde er nach Hause zurückkehren. Eru Takas Sohn hatte vereinbart, Rangipais Gesellschaft entgegenzukommen und sie nach Whare Haunui zu begleiten, so dass sie nur wenige Stunden ohne größtmöglichen Schutz durch ein Gebiet ziehen würden, das man als sicher betrachtete. Es war schließlich ihr eigenes Land, das Land der Ngati Whakaari, in dem man keine Feinde vermutete. Waru sollte sie an der Grenze zwischen den beiden Stämmen treffen. Man zog diese Strecke dem Seeweg vor, und Tawhiros Männer benutzten sie oft, wenn sie zwischen den beiden *pa* hin und her reisten.

Seitdem die Reise feststand, hatten sich Tante Mihi und Motu Turei über eine wichtige Sache gestritten.

»Ich nehme das Baby mit – die Reise wird dem Mädchen guttun«, hatte sie entschieden erklärt.

»Nein! Du irrst dich. Ich glaube wirklich, dass das Baby zu klein für eine so weite Reise ist. Lass sie bei meiner Schwester Tareti. Sie würde uns liebend gern diesen Gefallen tun und auf Rina aufpassen.«

»Ohne sie wäre ich todunglücklich. Und außerdem sind meine Brüste voller Milch, ich habe mehr als genug für sie, Motu.«

»Ich glaube, dass du einen großen Fehler machst. Diese Reise könnte ziemlich gefährlich werden. Keiner weiß, wem wir auf dieser Strecke begegnen könnten, vielleicht treffen wir sogar auf einen Kriegstrupp. Was würdest du dann tun?

Bei dieser Bemerkung weinte Mihi bitterlich. »Motu, du willst wohl, dass ich überhaupt nicht mitkomme, du suchst nur nach Ausreden. Liebst du mich denn nicht mehr?« fragte sie. »Warum sollten wir uns denn solche Sorgen machen, wenn sogar Tawhiro mit der Elitewache mitkommt und Waru uns aus der anderen Richtung bis zur Grenze entgegenkommt? Wir reisen die meiste Zeit durch unser eigenes Land. Ich denke, wir können uns ganz sicher fühlen«, schloss sie hartnäckig.

»Mihi, du weißt, wie sehr ich dich liebe. Ich denke nur an dein Wohlergehen und an die Sicherheit unserer kleinen Rina.«

»Oh Motu!«

»Na, von mir aus«, gab er sich ärgerlich geschlagen »Aber wenn du unbedingt mitkommen mußt, dann beeil dich. Komm, nimm das hier für das Baby«, und er gab ihr einen warmen Federumhang. »Der wird es dir leichter machen«, sagte er. »Du kannst ihn so um Rina herumwickeln, dass du sie auf deinem Rücken tragen kannst.« Das schien Mihis Stimmung zu bessern, und sie lächelte sogar.

»Nun, bist du soweit? Hast du das Essen für unsere Reise?«

»Ja«, erwiderte sie. »Es ist in diesem *pikau*. Hier, trag du es.« Motu schlüpfte mühsam in die Gurte und band sich die Wegzehrung auf den Rücken.

»Komm«, sagte er lächelnd. »Es wird Zeit, dass wir gehen. Wir müssen uns jetzt Rangipai und den anderen anschliessen.« Dann nahm er sein *taiaha* und trat aus der Tür.

Eine große Menschenmenge hatte sich auf dem *marae* versammelt, um sich von Rangipai, die ihre Heimat zum ersten Mal verließ, zu verabschieden.

Der Hohepriester hoffte, dass Eru Takas Sohn Waru Rangipai bald im Beisein ihres ganzen Volkes in Tawhitiroa heiraten und sie dann mit zu seinem *pa* nehmen würde. Er rechnete nicht damit, dass Rangipai danach wieder zurückkehren würde und hoffte, dass sie ihren Aufenthalt in Whare Haunui geniessen und Warus Stamm kennenlernen würde. Man sollte sie dort als eine der ihren anerkennen.

Früh am Morgen brachen alle auf, angeführt von Tawhiro und der Elitewache.

Am zweiten Tag hatte die Gesellschaft bereits ein gutes Stück des Weges hinter sich gebracht. Die Mündung des Motu lag nun weit hinter ihnen, als Tawhiro entschied, dass es jetzt sicher genug war, die Gesellschaft zu verlassen und nach Hause zurückzukehren. Man befand sich bereits in den Vogeljagdrevieren des eigenen Stammes.

Die Späher berichteten, dass Waru Takas Vorhut rasch vorrückte und sich der Grenze näherte. Sie würden warten, bis Waru ankam.

Nachdem er diese Nachricht erhalten hatte, ging der Ḥohepriester eigens zu seiner Nichte, um ihr Lebewohl zu sagen. Er wirkte äußerst betrübt. Rangipai hatte ein eigentümliches Gefühl. Doch da sie die offensichtlich ehrlich gemeinte Erschütterung ihres Onkels erstaunte, sagte sie nichts und fragte sich dennoch die ganze Zeit, weshalb er so aufgewühlt war. Sie würde doch bald wieder heimkehren.

Im Verlaufe des Tages trennten sich die beiden Gruppen. Die Gruppe, die bei Rangipai blieb, fasste den Entschluss, weiter in Richtung Stammesgrenzen zu marschieren. Die andere Gruppe kehrte unter der Führung des Hohepriesters nach Tawhitiroa zurück.

4

Auf seinem Weg zu Rangipai bemerkte Waru Taka erst dann, dass etwas nicht stimmte, als seine Späher ihm berichteten, dass Feinde sie grundlos angegriffen und zwei ihrer Männer getötet hatten.

»Konntet ihr die Tätowierungen auf den Gesichtern eurer Angreifer erkennen?« fragte er besorgt.

»Nein«, erwiderten seine Späher, »aber wir glauben, dass es Raumokos Leute gewesen sein könnten.«

Der junge Häuptling machte sofort halt, um die Situation einzuschätzen. Dann sah er plötzlich, wie mehrere Gruppen von Kriegern auf dem Bergkamm über ihm auftauchten. Mit ruhiger Stimme befahl er seinen Männern: »Zieht euch zurück, sie versuchen, uns zu umzingeln.«

Die Abteilung machte sofort kehrt und folgte der Spur der Krieger. In raschem Laufschritt liefen sie in die Richtung, aus der die Krieger gekommen waren. Waru befahl seinen Männern: »Wir müssen es schaffen, den Rückweg über den Pass zu nehmen, bevor die anderen ihn erreichen, sonst werden wir abgeschnitten. Schnell! Wir haben noch vier Meilen vor uns.«

Die Abteilung beschleunigte das Tempo, während Waru die Nachhut bildete.

Plötzlich sprang ein gewaltiger Krieger mit zottigem Haar aus dem Unterholz oberhalb des Pfades, griff die Abteilung mit einer Gruppe seiner Männer an und versuchte, die Aufstellung von Warus Kriegern zu durchbrechen.

Waru wusste nun, dass man sie in einen Hinterhalt gelockt hatte, doch er begriff, dass er die Disziplin seiner Leute aufrechterhalten mußte, wenn sie überleben wollten.

»Bleibt eng zusammen!« brüllte er so laut, dass er das Durcheinander, das nun einsetzte, übertönte. »Bleibt in euren Reihen, haltet die Geschwindigkeit gleichmäßig!« Sie liefen immer weiter, doch die Angreifer blieben ihnen dicht auf den Fersen. Noch konnten sie jeden Schlag parieren, während sie gleichmäßig und entschlossen weitertrabten. Da die Abteilung sich erfolgreich behaupten konnte und so ihr Selbstvertrauen wiedergewann, waren sie in der Lage, weitere Angriffe abzuwehren.

Waru blickte über das Tal. Sie waren jetzt nur noch zwei Meilen vom Pass entfernt. Er hatte mit wachsender Sorge beobachtet, wie ein Mann, den er für den Anführer ihrer Angreifer hielt, mehrfach versuchte, seine dichtgeschlossenen Reihen zu durchbrechen. Langsam arbeitete er sich vor, um in einer günstigen Position zu sein, wenn es galt, den Eindringling herauszufordern. Ganz plötzlich stand Waru seinem Gegenspieler direkt gegenüber.

Er bemerkte, dass auf der gegenüberliegenden Seite aus dem Gehölz eine weitere Gruppe von Angreifern aufgetaucht war. Jetzt kamen die Angriffe von überall.

Einen kurzen Moment lang fragte er sich verzweifelt, ob es sich bei den Männern vielleicht um Tawhiros Leute aus Tawhitiroa handeln würde, die zu seiner Rettung kamen, aber der entschlossene Angriff der Krieger machte ihm schnell ihre wahren Absichten klar. Jetzt war es nur noch eine halbe Meile bis zum Pass.

»Macht weiter, Männer, nur noch ein bisschen, wir sind fast da.«

Kaum hatte er diese Worte ausgesprochen, durchbrach der riesige Krieger seine Reihen, tötete nacheinander drei von Tawhiros Männern, bevor Waru selbst sein *taiaha* auf den großen, wild aussehenden Kopf krachen ließ, so dass der Eindringling aus der Abteilung heraus in den Farn am Wegesrand flog.

Waru schaute in die Ferne. Er erkannte in knapp hundert Metern den hohen *rimu*, der den eigentlichen Pass markierte. Als die Abteilung sich abmühte, den Pass zu erreichen, blieben weitere sechs ihrer Männer sterbend am Rande des Kriegspfades zurück. Allmählich fiel Waru zurück zur Nachhut und kämpfte verzweifelt, während der Feind näherrückte. Endlich zeichnete sich der schmale Eingang zwischen den Bergen über ihnen ab. Sie hatten den Pass erreicht.

Waru winkte mehrere seiner Krieger zu sich und rief: »Ihr bleibt bei mir. Wir werden die Angreifer hier aufhalten. Ihr anderen lauft nach Whare Haunui und lasst meinen Vater Eru von Raumokos Angriff wissen. Versucht, uns Hilfe zu schicken, wenn ihr könnt. Wir werden hier weiterkämpfen.«

5

In völliger Unkenntnis dessen, was mit Waru Takas Streitkräften geschah, spähte Haukino den Pfad aus, der nurnoch ein paar hundert Ellen entfernt war. Er sorgte dafür, dass Rangipais Trupp auf ihrem Weg zu Eru Taka gut vorankam. Sie hatten die Grenze erreicht und sich entschieden, weiterzumarschieren. Bald würden sie mit Erus Sohn zusammentreffen, der sich mit seiner Eskorte auf sie zu bewegte. Nach Haukinos letzten Berichten zu urteilen, tat er dies offensichtlich mit großer Geschwindigkeit und Begeisterung.

Sie befanden sich nun weit in Eru Takas Territorium, Raumokos Stammesgebiet hatten sie bereits verlassen.

Plötzlich kam Haukino zurückgeeilt: »Versteckt euch in dem Farngebüsch da drüben«, flüsterte er den Frauen heiser zu, »und bewegt euch nicht, bis ich zurückkomme. Vor uns ist ein Kriegstrupp.« Dann richtete er sich an Te Hau O Te Rangi und Motu Turei: »Kommt! Folgt mir, ich muß euch unbedingt etwas zeigen.«

Leicht verwirrt folgten sie dem Späher und schlichen vornübergebeugt langsam auf eine Klippe zu, die das Meer überragte.

13. KAPITEL

Eine schreckliche Reise

Auf dem Bauch liegend, schob Motu Turei das hohe Tussock-gras am Rande der Klippe auseinander. Hinter ihm ertönte eine Stimme, ein kaum hörbares Flüstern.

»Kannst du etwas erkennen?«

Mit einer Geste bat er um Schweigen, und in der Hoffnung, dass ihn niemand sehen würde, schaute er verstohlen hindurch.

Zu seiner Überraschung bot sich unter ihm ein wildes Geschehen. Erschreckt drehte er sich um:

»Kriegskanus!«

»Wieviele?«

»Es müssen mindestens hundert sein«, sagte Motu, während es ihm kalt den Rücken herunterlief.

»Bist du sicher?« keuchte die Stimme vor Überraschung.

Er schwieg eine lange Zeit, bevor er antwortete.

»Ich kann 95 Kanus zählen. Es könnten sogar fünf oder sechs mehr sein, die von den anderen verdeckt werden. Aber ich sehe ein paar sehr große Schiffe, die auf Kufen bereitstehen.«

Weit unten zu ihrer Linken, an einem Strand, der versteckt hinter pohutakawa-Bäumen lag, wurden viele große Kriegskanus seefertig gemacht. Niemand würde glauben, dass von diesem gut abgeschirmten Strand Gefahr ausgehen könnte.

Banner und Wimpel aus bunten Federn flatterten von den hohen Heckmasten vieler Kanus, und Gestalten, die wie Ameisen umhereilten, bevölkerten die langen, schlanken Schiffe am Rande der Flut.

Der Mann neben Motu Turei war sein Onkel, der Häuptling Te Hau O Te Rangi. Er trug das kurze *maro* des kämpfenden Mannes. Um die Hüfte geschnallt trug er das *mere* aus Grünstein, ›Spiegel der Götter‹. Sein Haar war hoch auf dem Kopf zusammengebunden und mit zwei *huia*-Federn geschmückt.

Haukino, ihr Späher, hatte sie gewarnt. »Ein großer Kriegstrupp befindet sich auf unserem Weg. Wir können nicht weiterlaufen.«

Das waren entmutigende Neuigkeiten. Die kleine Gesellschaft kam rasch zusammen, um zu beratschlagen, was nun zu tun sei.

Der Großteil der Krieger unter dem Hohepriester war nach Ta-whitiroa zurückgekehrt, und der Feind hatte nun zwischen beiden Truppen Stellung bezogen. Sie waren isoliert und noch nicht einmal in der Lage, Waru Taka zu erreichen, von dem sie wussten, dass er ganz in der Nähe sein mußte, wenn auch in entgegengesetzter Richtung.

Te Hau O Te Rangi hatte keine Zeit verschwendet, als er seine Meinung kundtat. Sie waren in ernster Gefahr. Er mußte schnell handeln. »Sind es nicht unsere *tipuna*, die uns die warnenden Worte mit auf den Weg gegeben haben, dass diejenigen, die den Kriegspfad kreuzen, ebenso ihr Blut vergiessen werden wie ein fliegender Fisch auf dem sausenden Bug des Kriegskanus? Wir spüren kein Verlangen danach, zu fliegenden Fischen zu werden.«

Da sich alle einig waren, dass Ärger mit dem Kriegstrupp vermieden werden sollte, hatten sie beschlossen, sofort nach Hause umzukehren.

»Der beste und kürzeste Weg, der uns offensteht, verläuft durch das Gebiet des Häuptlings Raumoko«, hatte der hochgewachsene Mann gesagt. »Wenn wir vorsichtig sind und außer Sichtweite bleiben, dann ist es möglich, dass Raumokos Späher uns nicht sehen. Immerhin haben wir Frieden miteinander«, schloss er hoffnungsvoll, »und die Angreifer werden uns möglicherweise nicht auf ihrem eigenen Gebiet suchen. Sie beschlossen, dass es den Versuch wert war.

Während sie einen engen Pfad im Territorium Raumokos querten, um eine Abkürzung zurück zu ihren eigenen Ländereien zu nehmen, erweckte ein verlockender Klang von Sprechgesängen ihre Aufmerksamkeit.

Die beiden Männer, die von ihrem Aussichtspunkt starr auf die Küste hinunterblickten, konnten sehen, wie eine Gruppe von Kriegern einen hohen hölzernen Beobachtungsturm bewegte.

»Keiner kommt in unsere Richtung. Ich glaube nicht, dass man uns gesehen hat«, sagte Motu Turei und zog seine Hand zurück, so dass der Wind das Tussockgras wieder an seinen Platz wehen ließ.

Te Hau O Te Rangi war wütend. Er spürte, dass sein Stamm von seinen Nachbarn betrogen worden war. Er erinnerte sich daran, wie er sich früher einmal mit Tawhiro gestritten hatte, weil er eine Verbindung zwischen Rangipai und Raumokos Sohn arrangieren wollte. »Das bedeutet, dass Raumoko sich heimlich auf einen Krieg vorbereitet hat, während er vorgab, mit uns Frieden geschlossen zu haben, und uns sogar Nahrungsmittel geschenkt hat, um unsere Zweifel zu zerstreuen. So wie diese Invasionsflotte aussieht, ist sie kurz davor, zuzuschlagen.« Fast hätte er vor Enttäuschung losgeheult. »In einer Woche wird Vollmond sein. Dann werden sie bei Flut ablegen«, prophezeite er. »Es sieht beinahe so aus, als hätten wir die Kriegsvorbereitungen sehen sollen. Der Kriegstrupp, der uns aufgehalten hat, könnte die Rettung Tawhitiroas gewesen sein. Raumoko meint es ernst!«

»Wird er uns angreifen?«

»Ja!« erwiderte der Häuptling.

»Aber wieso nur?«

»Ich erinnere mich, wie die alten Leute davon sprachen, dass er geschworen habe, unseren Stamm auszulöschen. Das ist das Gesetz des *utu*. Er will die Niederlage, die wir seinem Volk vor vielen Jahren zugefügt haben, rächen. Sonst würde er sich nicht die Mühe machen, über hundert Kriegskanus bereitzustellen. Und außerdem steht nur unser Stamm, die Ngati Whakaari, zwischen ihm und der vollständigen Unterwerfung der ganzen Küste. Dennoch dachte ich, dass wir Frieden geschlossen hätten, aber Tawhiro hatte wohl doch recht!«

Er tätschelte liebevoll sein Grünstein-mere, während er sich zu dem jüngeren Mann hinüberlehnte. Ein schwaches Lächeln erschien um seine Mundwinkel.

»Du siehst diese Waffe. Mein Vater eroberte sie in der Schlacht, in der wir Raumokos Onkel bei Mananui besiegten. Alle, die von ihr wissen, nennen sie ›Spiegel der Götter‹.« Er fügte sanft hinzu: »Und was für eine Geschichte von Siegen und Niederlagen sie uns erzählen könnte. Ich weiß, dass Raumoko nicht vergessen hat, wie sie seiner Familie verlorenging. Mag sein, dass die beiden ein gräßliches Wiedersehen erleben werden.«

Weit unten übertönte der Klang der Chöre noch einmal das Tosen der See. Diesmal gab es keinen Zweifel. Was sie hörten, war der mitreißende Kriegsgesang der unzähligen Krieger Raumokos, die sich für die Schlacht postiert hatten und exerzierten.

»Wir müssen alles tun, um unsere Leute sofort zu warnen«, sagte Motu Turei äußerst besorgt über das, was er sah.

Sein Häuptling erwiderte selbstbewusst: »Unser Kriegsgott Tumatauenga reitet die Himmel, um uns zu warnen«. Und er zeigte mit seinem *mere* zur untergehenden Sonne. »Seht nur!« Es sah so aus, als würde am ganzen Horizont Blut herabtropfen, das den Ozean befleckte.

Die Erwähnung des Kriegsgottes gab dem Schauspiel eine furchterregende Bedeutsamkeit.

Das Phänomen dauerte nur einige Sekunden und beschränkte sich seltsamerweise nur auf die See direkt vor den Kriegskanus.

Die beiden Männer waren tief beeindruckt und schworen, der großen Festung in Tawhitiroa, dem Heim ihres Häuptlings, des Hohepriesters Tawhiro, und dem Haupt-*pa* ihres Stammes Ngati Whakaari, eine Botschaft zukommen zu lassen.

»Der Kriegsgott wird uns heimführen. Davon bin ich überzeugt.«

Der ältere Mann sah seinen Neffen an. Er war beeindruckt, wie groß das Vertrauen war, das dieser in die Götter seiner Ahnen setzte.

»Dein Glaube soll nicht unbelohnt bleiben. Unsere Götter betrachten diejenigen mit Wohlwollen, die ihre Majestät annehmen und an sie glauben. Jetzt aber«, fügte er hinzu, »müssen wir uns beeilen.«

Sie krochen dorthin zurück, wo sich die anderen versteckt hatten, und bemühten sich, außerhalb des Blickfeldes der Aussichtstürme zu bleiben.

3

Versteckt im Farngebüsch saß Mihi mit ihrem Baby Rina und ihrer Nichte Rangipai. Tante Mihi bemerkte, dass Rangipai zu einer auffallend schönen Frau herangewachsen war. Sie hatte die gerade Nase und die vollen Lippen ihres Vaters geerbt und von ihrer Mutter, einer Tochter des verstorbenen Hohepriesters Parekura, das schwarze, wellige Haar, das ihr bis zur Taille reichte, und große braune Augen mit langen Wimpern. Wenn sie ging, dann tat sie es mit dem grazilen Hüftschwung, den man onioni nennt. Auf ihrem entschlossen wirkenden Kinn war das *moko* der Stammesaristokratie tätowiert, weitere Muster würden folgen, wenn sie sich vermählte. Um ihren Hals trug sie das Grünsteintiki Rongomai, ein Familienerbstück, das ihre Mutter ihr hinterlassen hatte. Sie trug ein taniko-Band um ihren linken Arm, dessen beide Enden mit einer langen Nadel aus Walknochen auf ihrer rechten Schulter zusammengefasst wurden. Von dort hing das seltene kahu-keneno, der Seehundfellumhang, herab, ein Geschenk von Motu Turei und Tanti Mihi anläßlich ihrer Verlobung mit Waru Taka. An ihren Füßen trug sie zierliche Sandalen aus dichtgewebtem Flachs.

Nun zwanzig Jahre alt, war sie von sehr großem Wert für ihren Stamm.

Wie gewöhnlich waren ihre Dienerinnen bei ihr. Sie hatten strenge Anweisung, sie vor Unbill zu schützen und dabei, wenn nötig, diplomatisch vorzugehen. Diese Aufgabe war keineswegs leicht, denn sollten sie aus irgendeinem Grund einmal versagen, würde dies ihren Tod bedeuten. Und Rangipai konnte manchmal sehr dickköpfig sein. Dennoch verhielt sie sich gegenüber ihren Dienerinnen immer rücksichtsvoll und vermied sorgfältig jede Situation, in der sie ihr Wohlergehen aufs Spiel setzen könnte. Infolgedessen war sie über ihre gegenwärtige Zwangslage aufs Tiefste besorgt.

Plötzlich ertönte das durchdringende Weinen eines Babys. Motu Turei, der nur zu rasch begriff, was die Entdeckung seiner Tochter bedeuten würde, eilte hinüber, um den Säugling zu beruhigen. »Halt sie ruhig!« zischte er ärgerlich. »Zwanzig von Raumokos Männern stehen am Gipfel des Hügels Wache. So ein Geräusch wird nicht unbemerkt bleiben.«

»Es tut mir leid«, flüsterte Mihi demütig und legte dem Baby schnell ihre Hand über den Mund.

»Du mußt vorsichtig sein«, fuhr er sie an.

Te Hau O Te Rangi hatte gesehen, wie sich hinten im Tal die hohen Farne bewegten. Es schlich sich jemand heran. Er wandte sich an seine Nichte und ihre Dienerinnen. »Rangipai, lauf schnell vor zu Haukino – er ist auf der anderen Seite des Baches – und bleib bei ihm, bis ich zu euch stoße. Du auch, Mihi. Schnell, schnell.«

Das Mädchen erhob sich und bürstete hängengebliebene Farnstücke aus ihrem langen Haar. Sie winkte ihre Dienerinnen zu sich und lief los. Tante Mihi nahm ihr Baby in den Arm und lief langsam hinterher.

Der Häuptling, der sich so lautlos wie ein Wesen des Waldes bewegte, trieb die kleine Gesellschaft vor sich her, während er ihren Rückzug absicherte. Plötzlich blieb er stehen und blickte zurück. »Achtung, da kommt jemand.« Als er schnelle Schritte hörte, sprang er rasch zwischen die Bäume. In diesem Augenblick krachte ein großer, zottiger Kopf durch das Unterholz, und ein Riese von einem Mann sprang ihn mit einem *taiaha* an.

Mihi schrie und versuchte, sich mit ihrem Baby in Sicherheit zu bringen. Drei Männer durchbrachen das Unterholz.

Motu Turei rannte vor, sein *taiaha* in Abwehrposition, um die Frauen und das Baby zu schützen. Plötzlich ging er zum Angriff über, versetzte dem ersten Eindringling einen heftigen Schlag und sprang gleichzeitig zur Seite, bevor er einen gehässigen Speerstoß des zweiten Angreifers abwehrte. Die Frau mit dem Baby, denen der Angriff gegolten hatte, nutzte die Möglichkeit, um ins Unterholz zu springen und davonzulaufen.

Während Motu Turei so verzweifelt kämpfte, gelang es dem dritten Eindringling, sich von hinten an ihn heranzuschleichen. Dann, mit einem widerlichen Krachen, spaltete er ihm den Schädel genau über dem Ohr. Der Aufseher der Sklaven und Hauptverwalter Tawhitiroas sank zu Boden, tot.

Te Hau O Te Rangi war es viel besser ergangen. Der Riese, der ihn angesprungen hatte, lag ausgestreckt auf dem Boden. Aus einer häßlichen Wunde über seiner Stirn tropfte Blut, das sich auf dem Boden in einer Pfütze sammelte.

Als die Angreifer sahen, wie ihr Gefährte fiel, richteten sie ihre Aufmerksamkeit auf den hochgewachsenen Krieger. Sie stiessen furchteinflößende Schreie aus und täuschten von mehreren Richtungen zugleich Angriffe vor, doch der Häuptling schien übermenschliche Kräfte zu entwickeln. Langsam schwang er auf seinen Fußballen hin und her und presste das Grünstein-mere dicht an seinen Körper. Plötzlich verdrehte er sich wie ein Barracuda beim Angriff. Wie von einem Lichtstrahl getroffen, blitzte die Waffe auf, als sein kraftvoller Arm einen großen Bogen beschrieb und ein weiterer seiner Angreifer vornüberfiel. Als sie erkannten, was geschehen war, verschwanden die beiden übriggebliebenen Eindringlinge rasch dorthin, von wo sie gekommen waren. Sie hatten genug gesehen und keine Lust, das Stehvermögen ihres Gegners auf die Probe zu stellen.

4

Schweigend hob der trauernde Häuptling die Leiche seines Neffen auf. Gefolgt von Motu Tureis verängstigter Frau, die ihr Baby dicht an ihre Brust gedrückt trug, verschwand er eilig in die Deckung des Waldes.

Inzwischen hatten Rangipai und ihre Dienerinnen Haukino am Bach eingeholt.

Als Rangipai die leblose Gestalt Motu Tureis wahrnahm, wurde sie von einer gräßlichen Angst ergriffen, und blind stolperte sie vorwärts. Glückliche Kindheitserinnerungen schossen ihr durch den Kopf, nahmen ihr fast den Atem und schnürten ihr die Kehle zu.

Zart liebkoste sie den blutverschmierten Kopf, den sie so geliebt hatte. »Was sollen wir nur ohne dich tun? Die arme Tante Mihi und das Baby brauchen dich so sehr, so sehr«, flüsterte sie, senkte ihren Kopf und gab sich ihrer Trauer hin.

Mihi presste ihr Gesicht gegen das feuchte Antlitz, das gerade noch so voller Leben gewesen war. Ein Schrei des Verlangens entströmte ihren Lippen.

Sie weinte und flüsterte immer wieder die Worte: »Motu, Motu.« Aber die Worte hallten hämisch in ihrem Kopf wieder, schwach zunächst, dann wie der Schlag eines großen Gongs, lauter, immer lauter, dann mit unerträglicher Intensität.

Verzweifelt dachte sie daran, was mit ihnen geschehen würde, selbst wenn es ihnen gelingen würde, aus dem Wald herauszukommen. Sie dachte an die Einsamkeit, die sie erwartete, an die Einsamkeit einer Frau. Und das, nachdem sie endlich Erfüllung gefunden hatte. Doch dann bewegte sich das Baby an ihrer Brust, und sie erhob sich. Das Wissen, dass sie noch gebraucht wurde, gab ihr neue Kraft. Noch immer weinten die Frauen bitterlich, während die beiden Männer die Leiche Motu Tureis unter einem Felsvorsprung nah am Bach versteckten. Später würden sie zurückkehren und seine Überreste zur Beerdigung heimführen.

Te Hau O Te Rangi legte seine Hand sanft, doch mit festem Druck auf die Schulter der trauernden Witwe und sprach: »Mihi, wir müssen gehen, sie werden hier bald nach uns suchen. Schnell, hier entlang«, und er eilte davon.

Der Krieger Haukino ging mit ihnen. Er trug ein geflochtenes Flachsband um seinen Kopf, damit ihm sein langes Haar nicht in die Augen fiel. Vorsichtig betastete er die alte, gewaltige Narbe, die ihm vom Ohr bis zum Schlüsselbein lief, ein Andenken an eine frühere Schlacht. Er war stolz auf dieses Zeichen und hatte die Gewohnheit, sie in Gedanken mit seinen Fingerspitzen zu berühren, wenn er mit jemandem sprach. Viele Tätowierungen bedeckten Gesicht, Arme und Schenkel. Seine Erscheinung gab den anderen einen Moment lang das Gefühl, sich dem Feind mutig entgegenstellen zu können.

Haukino sprach zu seinem Häuptling. »Es wird uns schwerfallen, ihnen auszuweichen«, und er deutete das Tal hinunter. »Raumokos Krieger kommen von beiden Seiten des Baches auf uns zu.«

Langsam dämmerte der kleinen Gesellschaft die Wahrheit. Sie saßen in der Falle wie Aale in einem Netz. Rangipais Dienerinnen waren verängstigt, so sehr verängstigt, dass ihnen speiübel wurde. Sie schauten Rangipai an und hofften, dass ihre Herrin sie beruhigen konnte.

»Glaubst du, dass es eine Chance für uns gibt zu entkommen?« fragte eine der Frauen und wischte sich die Tränen weg.

»Was glaubst du wird mit uns passieren, wenn wir gefangen werden?« fragte eine andere und schluchzte.

»Werden sie uns foltern?« fragte eine dritte schüchtern.

»Es wird nicht sehr angenehm sein«, sagte Rangipai. »Kommt, wir haben Wichtigeres zu tun, als darüber zu sprechen, was alles passieren könnte, wenn sie uns fangen sollten.«

Der Häuptling wandte sich an Rangipai. »Wohl gesprochen, die Frauen sind schon ruhiger«, und er lächelte gequält.

Hinter ihnen fiel die gewaltige Klippe steil zum Ozean hinab; vor ihnen rückten die Kriegerhorden Raumokos unerbittlich näher.

Schweigend flohen sie weiter durch den Wald. Mihi mit ihrer Last stolperte von Zeit zu Zeit auf dem unebenen Boden. Rangipai hielt oft an und half ihrer Tante, indem sie das Baby nahm und es in einem gewebten Schal auf ihrem Rücken trug.

Rangipai mußte ständig an ihre düsteren Vorahnungen denken, doch die Stimme ihres Onkels trieb sie vorwärts. »Wir können nicht anhalten, schnell! Schnell!«

Sie dachte an ihr Heim im großen *pa* Tawhitiroa und daran, wie sicher es dort immer gewesen war. Wie wundervoll wäre es, wieder dort zu sein, wo jeder Einzelne schon daraus Kraft schöpfte, ein Mitglied des Stammes zu sein.

Wie einsam sie in diesem Augenblick war! Ihre Beine fühlten sich schwach an, aber sie zwang sich zum Weitergehen. »Macht euch meinetwegen keine Sorgen, mir geht es gut«, antwortete sie auf besorgte Nachfragen ihrer Dienerinnen. Das Baby jedoch hatte ein besonderes Gespür für Rangipais Not. Es war hungrig und begann wieder zu weinen. Rangipai drehte das Bündel nach vorne und nahm Rina an ihre Brust.

Sanft hielt sie ihre Hand über den winzigen gespitzten Mund und versuchte, sie zu trösten. »Sch… Sch… Du Kleine, kleine Rina, nicht weinen, bald sind wir wieder zu Hause!«

Sie schmuste mit dem Baby, während sie marschierten, liebkoste das winzige Gesicht mit ihren Lippen. Sie fühlte sich sehr mutlos, aber Rina lächelte sie an. Da wusste Rangipai in ihrem Herzen, dass ihre Kusine versuchte, ihr auf ihre Weise zu helfen. Sie spürte, wie die Kraft in ihre Beine zurückströmte, und sie lief weiter, bis sie ihren Onkel und Haukino eingeholt hatte. Ihre Tante ging mit den Dienerinnen einige Schritte hinter ihr. Allmählich tauchten dunkle Wolken am Himmel auf. Ein paar Tropfen begannen zu fallen, und der Wind wurde plötzlich sehr kalt. Man wanderte wieder einmal in Richtung Meer.

Plötzlich blieb Ranpipai stehen. »Onkel, glaubst du, dass wir uns verstecken können?«

Ganz in der Nähe wuchs ein gewaltiger pohutakawa, um dessen Stamm sich ein riesiger Busch rankte.

Mit drängender Stimme zeigte sie auf die Stelle: »Dort drin!«

Entsetzt wichen sie zurück, als sie sahen, was sie meinte. Aber Te Hau O Te Rangi sah sofort, welchen unschätzbaren Vorteil dieses Versteck hatte. Weil es so dicht mit Dornen besetzt war, würde niemand darauf kommen, sie dort zu suchen.

»Ja, einen besseren Platz finden wir nicht. Kriecht hinein, während ich dieses Ende hier hochhalte. Wir haben nicht viel Zeit, schnell, schnell.« Er wurde zunehmend ungeduldiger, während er die Ranken und Dornen vorsichtig mit einer Stockspitze anhob.

Die Flüchtenden wickelten sich so gut sie konnten in ihre Kleidungsstücke, um ihre Körper zu schützen, und schoben sich hinein. Die Dornen fanden dennoch viele Stellen, an denen sie reißen und hängenbleiben konnten, als würden sie das Eindringen der Gruppe übelnehmen. Als sie die Mitte ihres Verstecks erreichten, hatten sie blutende Wunden und schmerzhafte Kratzer.

Te Hau O Te Rangi, der als Letzter hineinkroch, ließ die Ranken zurück über den engen Eingang fallen.

Sie waren froh, festzustellen, dass die verflochtenen Ranken eine Art Dach über einer großen, flachen Kuhle im Felsen bildeten.

Der Häuptling, der nun auf der feuchten Erde saß und Zeit hatte, sich umzuschauen, lächelte seine Nichte an. »Du hast scharfe Augen. Wie bist du darauf gekommen?«

»Ich sah eine *weka* hineinlaufen und dachte, es könnte sich lohnen, dieses Versteck in Augenschein zu nehmen.«

»Ich bin sicher, diese weka wird nichts dagegen haben, sein Versteck mit uns zu teilen«, erwiderte der Häuptling.

»Oh, da läuft es ja«, sagte Rangipai, als das kleine braune Waldhühnchen in einer Felsspalte verschwand.

Te Hau O Te Rangi lächelte. »Offensichtlich kann es seine neue Gesellschaft nicht leiden.«

Wenn man sehr vorsichtig war und es vermied, mit den Blättern zu rascheln, konnte man sich sogar hinlegen. Stehen allerdings war unmöglich. Angespannt warteten sie. Der Häuptling verbot es, sich zu unterhalten. Nur ein sehr leises Flüstern war erlaubt.

Mihi schaute sich in ihrem beengten Versteck um und versuchte, die junge Frau an ihrer Seite anzulächeln. Was für Gedanken wohl hinter ihren zarten Augen vorbeizogen? Sie wusste es nicht. Sie fühlte sich einsam, als sei sie allein an diesem Ort. Vorsichtig berührte sie Rangipais schlanke Finger in der Hoffnung, dass dieser Körperkontakt ihr Trost spenden würde. Sie war stolz auf ihre Nichte. Rangipai besaß alle außergewöhnlichen Qualitäten einer Prinzessin. Und dieses Versteck hatte sie entdeckt.

Die beiden Männer schauten einander fragend an. »Was war das für ein Geräusch?«

»Knie dich hin, und horch am Boden«, flüsterte der Häuptling.

Mir der Hand schob Haukino die gefallenen Blätter und toten Dornen beiseite und presste sein Ohr auf den Boden. Besorgnis zeichnete sich auf seinem Gesicht ab, und er wagte kaum zu atmen: »Sie sind nicht mehr weit.«

14. KAPITEL

Der Tod einer Prinzessin

Haukino hatte gerade angefangen zu sprechen, als der halberstickte Schrei des Babys die angespannte Stille im Versteck durchbrach. Der Häuptling, der sich hingehockt hatte, drehte sich rasch auf der Ferse herum: »Das ist das dritte Mal, dass Rina uns das angetan hat.« Sein Flüstern war kaum hörbar, doch seine Stimme klang kalt, und seine Miene war regungslos wie gemeißelter Stein. Alle wussten, was seine Worte bedeuteten. Allmählich richtete er sich auf und blickte Mihi scharf an.

»Nein, nein, nicht mein Baby!« Mihis Arme schlossen sich fester um den winzigen Körper. Ihr Gesicht war plötzlich alt und schmerzverzerrt.

»Gib ihr noch eine Chance, bitte, bitte! Gib ihr noch eine Chance, nicht Motus Baby, du weißt, was das für uns und unsere Familie bedeutet, sieh doch, wie schön sie ist!« Sie flehte ihn an, flüsterte hilflos und wusste tief in ihrem Herzen, dass es sinnlos war. Wieder versuchte sie es: »Schau, ist sie nicht ein wunderbares Kind?« Dann: »Ich bringe mich um, wenn du sie mir wegnimmst!« Sie keuchte und presste ihr tränenverschmiertes Gesicht an den weichen Flaum des kleinen Kopfes.

Der Häuptling wusste, dass er jetzt handeln mußte, so schrecklich es war. Er ignorierte Mihis Drohung, dass sie sich das Leben nehmen würde, und sagte: »Es gibt keine andere Möglichkeit, wir könnten hier tagelang festsitzen. Schon jetzt sind deine Brüste leer. Rinas Weinen wird hartnäckiger werden, und denk daran, wie sehr sie leiden würde. Außerdem ist das Risiko, entdeckt zu werden, viel zu groß. Jemand muß aber überleben, um unser Volk zu warnen.«

Mihi schaute die anderen in wilder Entschlossenheit an. Bestimmt konnten sie ihr helfen.

Rangipai spürte, welche grausamen Konsequenzen die Entscheidung des Häuptlings hatte: »Lass uns unser Leben, lass uns alle am Leben!« Sie schlang ihre Arme um ihre Tante und ihre kleine Kusine. »Lass nicht den Tod uns so früh trennen, bitte, Onkel, bitte.« Doch niemand antwortete.

Von draußen hörte man Rufe und Laufgeräusche. Sie konnten hören, wie eine Stimme im Wald Befehle erteilte. War es etwa der gefürchtete und verhasste Häuptling Raumoko?

Wieder ertönte die Stimme: »Findet sie, findet sie, sie dürfen nicht entkommen, ich will nicht, dass Tawhiro gewarnt wird. Sucht überall! Ich will Rangipai lebend und unverletzt. Alle anderen werden wir töten und in den Gruben des Kriegsgottes schmoren. Sie geben bestimmt ein gutes Futter für unsere Hunde oder Sklaven ab. Eine größere Ehre können wir ihnen gar nicht zuteil werden lassen!«

Man konnte herzliches Lachen hören.

Sie alle wussten, dass es der gefürchtete Raumoko selbst war, der draußen vor dem Versteck umherging. Doch von drinnen konnte man ihn noch nicht sehen, denn das dichte Unterholz hielt die kleine Truppe sowohl gefangen als auch versteckt vor dem Blick ihrer Feinde.

Lautlos nahm Te Hau O Te Rangi Mihi das Baby weg, legte seine Hand über Rinas Mund, so dass niemand ihren Schrei hören konnte. Mihis Körper verkrampfte sich, und sie fiel wie gelähmt zu Boden.

2

Rangipai kroch zu der zusammengekauerten Gestalt ihrer Tante Mihi und beugte sich über sie. In einem letzten Versuch, ihre Kusine den Armen ihres Onkels zu entreißen, stürzte sie sich auf ihn. Sie zitterte vor Panik und fühlte sich, als ob alles langsam in ihr sterben würde. Sie spürte, was geschehen würde und empfand plötzlich einen so starken Hass, dass sie beinahe nicht mehr atmen konnte.

Haukino packte ihren sich windenden Körper, fast hätte er ihr die Rippen gebrochen, und hielt ihr die scharfe Spitze seines Speeres an die Kehle. Rangipai wusste, dass Haukino sie ohne zu zögern beim ersten Laut, den sie von sich geben würde, töten würde.

In diesem Moment begann sie, Haukino aus vollem Herzen zu hassen. Wie konnte er es wagen, Hand an eine Prinzessin der ariki-Linie zu legen! Für diese Anmaßung würde sie ihn strafen.

Ihre drei Dienerinnen flehten Rangipai an, von ihren Versuchen, an das Baby heranzukommen, abzulassen.

»Beweg dich nicht!« flüsterten sie. »Bitte bleib still. Haukino tut nur, was er tun muß, damit wir unser Volk warnen können.« Tief im Innern wussten sie, dass auch sie mit ihrem Leben bezahlen würden, wenn Rangipai etwas zustoßen sollte. Aber noch war es völlig ungewiß, ob sie Tawhitiroa jemals erreichen würden.

Rangipai wurde von Wut verzehrt. Jetzt also stellten sich auch ihre Dienerinnen gegen sie und unterstützten dadurch ihren Onkel und diesen Hund Haukino. Wartet nur, bis sie in Tawhitiroa davon erzählen würde. Sie würde sie dafür zahlen lassen, dass sie den Tod ihrer Kusine beschlossen hatten.

Noch immer spürte Rangipai die Speerspitze an ihrer Kehle. Von Grauen erfasst, sah Rangipai schweigend zu, wie ihr Onkel einen spitzen Stein in seine Hand legte. Er ließ ihn über den Kopf des Kindes gleiten, bis die heimtückische Spitze auf der Fontanelle ruhte.

Dann drückte er kraftvoll zu.

Das Baby zitterte in seinen Armen, stieß einen tiefen Seufzer aus und lag still.

Der Häuptling atmete schwer und stoßweise. Wie in einem Alptraum versuchte er zu sprechen, versuchte sich für das, was er getan hatte, zu rechtfertigen.

»Ihr Leben wurde geopfert, damit wir unser Volk in Tawhitiroa warnen können. Sie ist wahrhaftig eine große Kriegerin«. Doch die Worte schienen ihn nur zu verhöhnen und hörten sich nicht aufrichtig an, obwohl er in seinem Herzen wusste, dass sie es waren.

Verzweifelt versuchte er erneut, mit seinen Stammesmitgliedern zu sprechen. »Wir müssen unserem Volk die warnende Botschaft überbringen, es geht jetzt um Leben und Tod für unser ganzes Volk.

Niemand in Tawhitiroa weiß vom drohenden Angriff Raumokos. Einer von uns, ich wiederhole, einer von uns, muß durchkommen, koste es, was es wolle. Jemand muß überleben, um Tawhitiroa zu warnen.«

Langsam löste Haukino seinen Griff, mit dem er Rangipai festgehalten hatte, und hoffte gleichzeitig, dass sein Häuptling Te Hau O Te Rangi es für richtig halten würde, lobend von seinem Handeln zu berichten, wenn sie nach Tawhitiroa zurückkehrten.

Rangipai riss sich aus Haukinos Armen, als er seinen Griff lockerte, um anzudeuten, dass nun alles vorbei war.

Rangipai schluchzte leise. Sie fühlte, dass sie das Baby auf irgendeine Weise im Stich gelassen hatte. Hass gegen sich selbst stieg in ihr auf, weil sie sich einredete, versagt zu haben. Furchtlos ging sie hinüber und kniete sich neben dem das kleine Wesen, das nun vor ihr lag. »Rina, kleine Rina, nie werde ich vergessen, wie du mir auf deine eigene kleine Weise beigestanden hast.«

Ihr Onkel Mutu Turei war tot, und nun auch ihre Kusine. Sie küßte das winzige schlafende Gesicht zum letzten Mal und richtete sich auf.

Sie war nun ruhiger. Wie stark sie sich plötzlich fühlte, beinahe wie neugeboren, als habe ein anderer Geist den ihren zum Trost aufgesucht. Sie erinnerte sich, wann sie sich genauso gefühlt hatte. Es war, als sie versucht hatte, ihre Kusine zu trösten.

Rangipai wandte sich von dem toten Baby ab und kroch auf die andere Seite des Verstecks, dorthin, wo ihre Tante lag. Sie beachtete ihre drei Dienerinnen nicht und schloss die erschlaffte Gestalt ihrer Tante in die Arme. Dabei fühlte sie, dass ihr eigenes Herz warm und stark schlug.

3

Haukino war mit sich selbst zufrieden. Allmählich wurde ihm bewusst, dass er einer der ersten Männer gewesen war, die Rangipai je in ihren Armen gehalten hatten. Er mochte den süßen Duft der Öle, mit denen sie ihre Haut salbte. Noch eine ganze Weile, nachdem er Rangipai ergriffen hatte, um sie ruhigzuhalten, spürte er ein warmes Glühen, und er hatte sie weiterhin halten wollen, doch er wusste, dass er sie loslassen mußte.

Er mußte innerlich darüber lächeln, dass hübsche junge Frauen wie Rangipai ihm auf angenehme Weise deutlich machten, über welche Männlichkeit er verfügte. Der Duft ihrer Haut erinnerte ihn an Awanui. Und er lächelte, als er an die Siegeshochzeit dachte und das Festmahl, das darauf gefolgt war. Ha! Es gab offensichtlich andere Dinge im Leben, an die man denken konnte, selbst wenn man von Feinden umzingelt war.

Selbst wenn er in der Schlacht tödlich verwundet würde, das spürte Haukino, würde seine Männlichkeit zuallerletzt sterben.

Doch schon plagten ihn wieder große Zweifel, ob sie überhaupt entkommen konnten. Er erinnerte sich an die Zeit, als er in die Elitewache des Hohepriesters eingeführt worden war. Dort war jeder sorgfältig darauf vorbereitet worden, wie man die üblen Machenschaften gegnerischer Priester abwehren konnte, die manchmal heimtückisch genug waren, sogar durch Hexerei ihre Ziele erreichen zu wollen.

Obwohl Haukino sich in unmittelbarer Nähe des Feindes befand, war er aufgrund von Umständen, die er nicht beeinflussen konnte, nicht imstande zu kämpfen. Das schmerzte Haukino. Je länger er über die Situation nachdachte, desto mehr überzeugte er sich selbst davon, dass ihre ausweglose Situation in der Hexerei von Raumokos Priestern begründet lag. Deren erste Tat nämlich würde es sein, einen Mann in eine Lage zu bringen, in der er nicht kämpfen oder sich verteidigen konnte. Das war ein mieser, dreckiger Trick, den nur Sklaven anwenden würden. Auf diese Weise also würde auch Raumoko kämpfen!

Darauf gab es nur eine Antwort. Haukino versicherte sich, dass niemand zuschaute, drehte sich dann mit dem Rücken zu seinen Gefährten auf die Seite, langte hinab und nahm seinen Penis fest in die Hand. Er rezitierte die besonderen Beschwörungen, die ihm der Hohepriester für solche äußerst verzweifelten Situationen offenbart hatte. Er wusste, dass nur dies allein noch etwas bewirken konnte. Man tat es nur in der äußersten Notlage. Wenn es nach Haukino ging – diese hier war eine solche.

»Lass das, was mich angreift, meinen Penis angreifen. Ah! Greif ihn an, und zieh von dannen«, keuchte er.

Langsam kehrte seine Zuversicht zurück. »Lobet den Namen des Hohepriesters.«

Verblüfft über das Ausmaß seiner Erektion, war er überzeugt, dass sie wahrhaftig ein Zeichen dafür war, dass sie schließlich doch noch erlöst werden würden. Wie sonst könnte er sonst in diesem Zustand sein, wenn er bald sterben sollte? »Lobet den Namen des Hohepriesters. Alles Lob dem Tawhiro.«

4

Te Hau O Te Rangi grub seine Finger gewaltsam in die Erde. Er schaute weder auf, noch beachtete er seine Gefährten. In seinem Herzen hoffte er, dass die Götter seiner Ahnen ihm gegenüber eine gewisse Milde walten lassen würden. Das Opfer eines Lebens für die Sicherheit des ganzen Volkes – er dachte, dass die Götter sein Gesuch anhören und es vielleicht sogar überdenken würden, aber nie könnte er sich ihrer Antwort sicher sein.

Er hatte das seltsame Gefühl, dass sie ihn möglicherweise für das, was er getan hatte, zahlen lassen würden, vielleicht schon bald.

Stück für Stück kratzte er die Erde zwischen den Felsen auf. Dies geschah völlig lautlos. Schließlich hatte er eine Kuhle ausgehoben, die groß genug für die kleine Leiche Rinas war.

Schweigend brachte er Tane, dem Gott des Waldes, ein Gebet dar.

Während er mit dem Ausheben des flachen Grabes fertig wurde, verdunkelte eine plötzliche Todesahnung seine Gedanken. Ohne ersichtlichen Grund dachte er an die Mitglieder seines Stammes, die vor vielen Jahren gestorben waren. Er versuchte sich vorzustellen, wie es ihren Seelen wohl auf der langen Reise hin zu ihren Vorfahren im so fernen Tawhiti ergangen war, dem Land der Seelen ihres Volkes, der uralten Heimat irgendwo in Richtung der untergehenden Sonne hinter den Nebeln der Zeit.

Einige Sekunden verharrte er bewegungslos auf seinen Knien. Krampfhaft hielt er die feuchte Erde zwischen seinen zitternden Fäusten, während einen kurzen Augenblick lang ein seltsames Licht in seinen Augen erschien.

Mühsam holte er sich in die Wirklichkeit zurück und fing an, Erde über die winzige, leblose Gestalt zu kratzen. Bald war das Grab fertig und mit trockenen Blättern und Dornen bedeckt.

Niemand würde Rinas letzte Ruhestätte jemals entdecken.

Noch neben dem Grab kniend, sagte er seiner kleinen Verwandten Lebewohl, während ihm Tränen die Wangen herabliefen. »Lebewohl, mein kleiner Liebling, geh nun und geselle dich zu deinen Ahnen auf der anderen Seite des großen Ozeans, wo alle Erinnerung an diese Erde dahinschwinden wird und du nur

Glück kennen wirst. Lebewohl, kleine Prinzessin, geh dorthin, wo in paradiesischen Feldern nur Königinnen herrschen dürfen. Fahre davon, tapferes kleines Herz, nach Tawhiti, nach Tawhitinui, Tawhitipamamao.«

Über ihren Köpfen klagte der Wind in den Bäumen. Langsam setzte die Dunkelheit ein und mit ihr ein langes Schweigen der Trauer.

»Tantchen, geht es dir gut?« Die ältere Frau lag mit starren Augen da. Ihr Mund bewegte sich in einem verhärmten Gesicht, doch kein Geräusch kam heraus.

Rangipai blickte sie ängstlich an und sprach dann ruhig und ernst zu ihrem Onkel. »Wir müssen etwas tun, um Tantchen zu helfen, sonst stirbt sie. Wir können sie nicht einfach so daliegen lassen.«

Te Hau O Te Rangi ging zu Mihi hinüber und befahl dann Rangipais Dienerinnen, sie vorsichtig aufzusetzen. Er schaute in ihr Gesicht und wusste, dass der Schock über den Verlust ihres Mannes und nun auch der ihres Babys sie für immer gezeichnet hatte.

Mihi würde nie wieder sie selbst sein. »Macht es ihr so bequem wie möglich«, sagte er, obwohl er nicht wusste, wie das auf so beengtem Raum möglich sein sollte.

5

Über ihnen erschienen die ersten Sonnenstrahlen, die aussahen wie suchende Finger, die bis in die dunklen Winkel des Waldes vordringen. Eine Myriade von Vögeln antwortete im Chor, während viele *kiwis* von ihrer nächtlichen Jagd heimkehrten und im Schutz des Unterholzes verschwanden.

Die kleine Gesellschaft in ihrem Versteck wurde sich langsam ihrer Lage bewusst. Der Alptraum des vorigen Abends war noch nicht vergessen. Sie waren verfroren und hungrig, doch zu träge, um sich zu bewegen.

Von der Decke ihres Verstecks hingen Trauben von dunkelroten *tutu*-Beeren einladend herab. Sie waren die letzten der Saison. Rangipai beschloss, welche zu holen. Das schien immer noch besser zu sein als nur herumzusitzen und zu warten.

Langsam und vorsichtig, damit sie nicht die Büsche bewegte und so ihr Versteck verriet, reckte sie sich zu den dornenbesetzten Stengeln. Obwohl sie nichts hörte, wusste sie, dass Raumokos Männer in der Nähe waren. Vorsichtig streckte sie ihre Hand aus. Es gelang ihr, genug Beeren für alle zu pflücken.

Rangipai, die immer noch zornig über den Tod ihrer Kusine war, begann erneut zu zweifeln, ob sie jemals lebend entkommen würden. Vielleicht war es gar nicht so schlecht, dass Rina tot war. Zumindest das Baby würde nicht mehr leiden, wenn man sie gefangennehmen würde. Sie gab ihrem Onkel die Schuld an allem, obwohl sie diese Gedanken nie aussprechen würde. Doch auch ihr war nicht ganz klar, wieso sie die Schuld bei ihm suchte.

Jetzt ärgerte sich Rangipai über sich selbst, weil sie einen Moment lang froh über Rinas Tod gewesen war. Was für ein furchtbarer Gedanke. Wurden sie nun alle wahnsinnig? Sie hatte keine Zeit, sich diese Frage zu beantworten, denn ihre Aufmerksamkeit wurde auf etwas Wichtigeres gelenkt.

Wie eine eisige Hand ergriff Furcht ihr Hirn und betäubte ihre Gedanken. Hatte man sie gesehen?

Als sie sich vorsichtig zurück zu ihrem Versteck bewegte, hatte sie plötzlich ein ganz starkes Gefühl, als würde sie jemand beobachten.

Sie konnte aber niemanden sehen, und es schien alles ruhig zu sein. Langsam kehrte ihre Zuversicht zurück.

Sie häufte die übriggebliebenen Beeren auf einige Blätter, die auf dem Boden lagen. Später würden sie die Früchte brauchen, dachte sie, wenn ihnen die süßen, saftigen Beeren helfen würden, den Schmerz ihrer trockenen Kehlen zu lindern. Sie mußten jedoch darauf achten, dass sie nicht die winzigen Samen der Beeren zu sich nahmen, denn diese waren giftig. Rangipai brachte ihrer Tante etwas von dem Obst, und indem sie den Saft in Mihis Hände rinnen ließ, erleichterte sie ihr das Trinken. Mihi nickte.

Plötzlich konnte man von draußen Stimmen hören. Hatte sie doch jemand gesehen? Rangipai fühlte sich, als ob ihr Herz aufhören würde zu schlagen. Niemand im Versteck rührte sich, und nur ihre Augen bewegten sich in die Richtung, aus der die Geräusche kamen. Von seinem Platz aus konnte Te Hau O Te Rangi mehrere Feinde am Fuß des Baumes stehen sehen, nicht weit vom Eingang zu ihrem Versteck. Sie lauschten.

Dies war ziemlich schlau, überlegte Te Hau O Te Rangi, es war so still, dass ihnen kein noch so leises Knacken eines Zweiges entgehen würde.

Nun begannen zwei der Feinde leise miteinander zu sprechen, während sie in Richtung des Verstecks der Flüchtlinge gingen. Sie kamen so nah, dass man deutlich hören konnte, was sie sagten.

»Sie können nicht weit sein«, sagte eine Stimme.

»Was, wenn sie zurückgelaufen sind und das Bachbett hinunter entkommen sind?«

»Sie hätten keine Chance, unsere Männer haben zu beiden Seiten des Baches Position bezogen. Aber ich weiß beim besten Willen nicht, wohin sie gegangen sind. Es sieht so aus, als habe die Erde sie verschluckt.«

Als er so sprach, trieb der Krieger, der ihnen am nächsten stand und ein äußerst kurzes *maro* trug, auf boshafte Weise seinen Speer in die Erde. Mit Nachdruck fügte er hinzu: »Das würde ich gerne mit denjenigen machen, auf dessen Fersen wir sind.«

Diese Worte hatte Haukino nicht überhören können, und nur mit der größten Mühe gelang es Te Hau O Te Rangi, seinen rasenden Gefährten zurückhalten.

»Lass mich nur an sie ran«, zischte Haukino zwischen zusammengebissenen Zähnen.

Als der feindliche Krieger sich vornüber beugte, um den Boden genauer zu untersuchen, schob sich sein *maro* so hoch, dass seine Hinterbacken zu sehen waren. Wieder einmal mußte Te Hau O Te Rangi seine Hand beschwichtigend auf seinen erregten Gefährten legen.

»Oh! Was für ein hübsches Ziel«, wiederholte Haukino immer wieder. Keinen Zweifel an seinen Absichten lassend, fügte er hinzu: »Mein Speer wäre für ihn die reine Überraschung – am einen Ende rein und am anderen wieder raus«, und während er sprach, befühlte er den schlanken Schaft.

Rangipai und die Frauen konnten die Krieger nicht sehen und wandten ihre Köpfe von Haukino ab. Zuvor jedoch hatte eine Frau einen leeren Korb, den sie bei sich trug, direkt hinter sich gestellt.

Dies bemerkte auch an Te Hau O Te Rangi, und er lehnte sich hinüber und flüsterte: »Werdet nicht nervös, Haukino denkt nur laut. Hier drinnen wird er seinen Speer nicht benutzen«, und mit einem Lächeln drehten sich beide Männer um.

Langsam löste sich die Anspannung. Rangipai spürte jedoch, dass der Tod ihnen nun nicht näher kommen konnte, ohne sie auch einzuholen.

Haukino wollte gerade noch eine Bemerkung machen, als ihm sein Mund vor Erstaunen offen stehenblieb. Ohne Vorwarnung näherte sich leichtfüßig vom Waldrand ein Riese von einem Mann. Nackt bis auf einen sehr kurzen *rapaki* und praktisch auf jedem sichtbaren Fleck seines Körpers tätowiert, gesellte er sich zu den Kriegern. Die beiden Männer saßen schweigend in ihrem Versteck und warteten. Dann flüsterte der Häuptling: »Schau dir nur sein fein tätowiertes Gesicht an, und sieh nur, wie hochmütig er sich verhält. Obwohl ich ihn noch nie gesehen habe, ist das zweifellos Raumoko, das Übel der Küste.«

»Es ist lange her, dass ich ihn zuletzt gesehen habe, aber er ist ein Mann, den man nie vergisst«, erwiderte sein Gefährte.

Rangipai war fasziniert. »Ich habe nie eine solche Menge Haar in einem Knoten hoch auf dem Kopf zusammengebunden gesehen. So wirkt Raumoko größer denn je«, flüsterte sie ihrem Onkel zu.

Während die kleine Gesellschaft sich schweigend zusammenkauerte, sahen sie, dass sich ihm ein jüngerer Mann von ebenso enormen Ausmaßen anschloss, den man sofort als Raumokos einzigen Sohn erkannte, den Krieger Rewi Raumoko. Der junge Krieger humpelte und sein Arm lag in einer Schlinge, aber beide Männer waren mit gefährlich aussehenden taiahas bewaffnet, an deren Enden rote Büschel befestigt worden waren.

Der Große Mann sprach zu seiner Gruppe. »Renata, du bleibst hier und stellst mit diesen sechs Kriegern die Wache auf, während wir den Wald durchsuchen.«

Der Rest von dem, was er sagte, ging im allgemeinen Trubel der Gespräche am feindlichen Posten unter.

Bei der Erwähnung des Namens Renata wechselten die beiden Männer im Versteck einen erstaunten Blick. »Glaubst du, dass dieser Renata unser Verwandter sein könnte?«

Haukino schaute verwirrt. »Könnte gut sein – aber ich dachte, er sei in Tauranga, um den schwarzen Obsidian für die Schnitzer zu besorgen.«

»Dann können wir nur hoffen, dass es sich nicht um dieselbe Person handelt«, sagte der ältere Mann.

Kaum zwanzig Meter entfernt, bangte der kleine Trupp mit jedem Atemzug um sein Leben.

Wie unter Zwang mußte Rangipai den jüngeren Mann, der sie direkt anzublicken schien, beobachten. Sie war dankbar, dass dichte Blätter ein schützendes Dach über ihrem Versteck bildeten. Während sie den jüngeren Mann beobachtete, wandte sich dieser herum und sprach mit seinem Vater.

Unwillkürlich hielt sie schnell eine Hand vor den Mund, um einen Überraschungsschrei zu ersticken. Denn als der jüngere Raumoko seinen Kopf umwandte, konnte Rangipai sehen, dass nur eine Seite seines Gesichts tätowiert worden war.

Für kurze Zeit vergaß sie, wo sie sich befand, als sie sich dabei ertappte, dass sie über den Sohn des Häuptlings ihrer Feinde nachdachte. Empört über ihr Verhalten, drehte sie sich eilig um, damit sie ihn nicht mehr sah.

Ein paar Sekunden später, als sie doch wieder hinsah, verschwanden Raumoko und sein Sohn gerade im Wald.

Sie war erstaunt, dass der verwundete Sohn seinen Vater tatsächlich begleitete.

6

Am Abend des zweiten Tages kehrte Raumoko zu seinem Wachposten am Fuße des Baumes zurück, aber sein Sohn war nicht bei ihm. Rangipai war erleichtert und hatte doch seltsamerweise das Gefühl, als wäre sie betrogen worden.

Haukino meinte, dass der feindliche Häuptling sich ärgerlich anhören würde. – »Morgen früh durchsucht ihr jeden Baum und jedes Gebüsch, und ihr hört erst auf, wenn ihr sie gefunden habt.«

Rangipai lauschte angespannt. Aus den Tiefen der Nacht drangen Sprechchöre und Gesprächsfetzen zu ihr. Sie vernahm die Stimmen von Männern und Frauen.

»Das war das beste Fest, das wir je in Tuanuku gefeiert haben«, sagte eine Stimme.

»Ja«, erwiderte eine andere aus derselben Richtung. »Rewis Sieg hat unseren Häuptling wirklich überrascht.«

»Wann, glaubst du, wird unsere Kanuflotte seefertig sein?«

»Oh, ich würde sagen, in einer Woche.« Die Gesprächskulisse wurde immer lauter, so dass der Rest der Erwiderung unterging.

Rangipai fragte sich, auf welchen Sieg die Stimme anspielte. Dann erinnerte sie sich an Rewis Wunden, als sie ihn zusammen mit seinem Vater gesehen hatte. Der Kampf konnte nicht lange zurückliegen, dachte sie. Ich frage mich, wen er geschlagen hat – und dann dieses ganze Gerede über die Kanuflotte. Es war alles sehr befremdlich.

Doch sie war neugierig und wollte wissen, was ihre Feinde vorhatten. Vorsichtig blinzelte sie nach draußen, doch außer der Schwärze der Nacht, die so undurchlässig schien wie schwarze Tinte, sah sie nichts.

Dann hörte sie, dass Holz gehackt wurde. Das Geräusch brechender Zweige verschmolz mit den Lauten der Nacht.

Nun vernahm sie das weiche Stapfen vieler nackter Füße auf hartem Boden, gefolgt vom Rasseln der Speere. Befehle wurden gerufen.

Rangipai, die eine plötzliche Kühle verspürte, wickelte ihren Umhang aus Seehundfell um ihren Körper. Ihre drei Frauen rückten näher an sie heran. Gemeinsam bildeten sie nun einen dichtgeschlossenen Kreis und teilten einander leise ihre Eindrücke über die Geräusche zu, die sie hörten. Nur Mihi sprach nicht.

Te Hau O Te Rangi flüsterte Haukino zu: »Hört sich an, als ob eine große Abteilung heranrückt.«

»Sie haben wohl gern Gesellschaft und kampieren deshalb direkt neben uns«, war die niederschmetternde Antwort. Plötzlich flammte eine Stichflamme in der Dunkelheit auf und beendete ihr Gespräch.

Das Feuer übte eine seltsam hypnotische Anziehungskraft aus, so dass sie mit weit aufgerissenen Augen dasaßen, als das Feuer in der nächtlichen Brise unheimlich zu flackern begann. Langsam wurde die Flamme immer größer und heller, bis sie zu einem gleichbleibenden Lichtkreis wurde, der umgeben war von sternengleichen Funken.

Rangipai wisperte ihren Gefährtinnen zu: »Ich glaube, sie bereiten sich darauf vor, etwas zu kochen.«

»Jetzt ist der Zeitpunkt gekommen, wo wir hinausgehen könnten, um sie zu fragen, wie es um ihre Gastfreundschaft bestellt ist«, schlug Haukino mit schelmischem Blick vor.

Erheblich mehr Menschen konnte man nun draußen in der Dunkelheit umhergehen hören. Dann kamen noch weitere hinzu.

»Hört euch an, was für einen Lärm sie machen. Das müssen mindestens hundert oder mehr sein, Onkel.«

Der Häuptling lächelte seine Nichte an. »Ich hoffe, sie hindern uns nicht am Schlafen.«

Im Schein des Feuers sah Rangipai ihre Silhouetten vor dem Hintergrund des Waldes. Einige Frauen waren auch dabei, um das Abendessen zu bereiten, während die meisten Männer schwatzend und lachend herumsaßen.

Aus dem Hintergrund ertönten die gleichmäßigen Sprechgesänge der bewaffneten Wache.

Inzwischen war das Feuer heruntergebrannt und einem großen Haufen Glut gewichen, die rot leuchtete. Schon bald wehte ein verführerischer Duft von gegrillten Speisen zu den hungernden Flüchtlingen herüber.

»Das ist die Art von Folter, die auch Raumoko gefallen würde«, sagte Te Hau O Te Rangi.

»Es ist zu schade, dass er nicht hier ist, um unsere Qualen zu geniessen«, murmelte sein Gefährte.

Kaum hatte er das gesagt, als mehrere Sklaven Fischgräten und Abfall genau auf ihr Versteck warfen. Haukino fluchte: »*Pokokohua*! Jetzt erleichtern sie sich«, und er mußte wegrücken, als Urin an seinem Sitzplatz vorbeiströmte. In diesem Moment mußte Rangipai über Haukinos Unbehagen lächeln. Dort, wo sie mit ihrer Tante und den Frauen saß, bot ihr der große Stamm des pohutakawa Schutz.

Allmählich wurde es immer heller. Die Flüchtlinge reckten ihre Hälse in die andere Richtung und sahen, dass Raumokos Männer zwei gewaltige Feuer angesteckt hatten. Diese brannten munter, während seine Krieger ihre Mahlzeit aßen. Mehrere Frauengruppen bedienten die Männer.

Es war Sitte, dass die Frauen ihr Mahl einnahmen, wenn die Krieger gegessen hatten.

Rangipai bemerkte, dass dennoch einige Frauen zusammen mit den Kriegern aßen. Wahrscheinlich handelte es sich um bedeutungsvolle Persönlichkeiten aus Raumokos Stamm, schloss sie und fragte sich, wer sie wohl waren.

Die Geräusche, die darauf hindeuteten, dass der Feind geschäftig war, gingen langsam in ein gleichmäßiges Gemurmel der Gespräche über.

Plötzlich wurde Rangipais Aufmerksamkeit auf einen feindlichen Krieger mit einer Frau gelenkt, die ein günstiges Plätzchen für ein Stelldichein unter dem gefallenen Stamm eines gewaltigen matai-Baumes gefunden hatten, fast genau neben ihrem Versteck.

Dort war das Paar so geschützt und weit entfernt von neugierigen Augen, dass es ein kleines Feuer angezündet hatte, bevor es seine Matten ausbreitete und sich zur Nacht niederlegte. Das kleine Feuer tauchte die beiden in ein warmes, freundliches Licht.

Zuerst wurde Rangipai von den Bewegungen des Mannes gefesselt, der eine geheimnisvolle Macht über die Frau auszuüben schien. Für Rangipai sah es so aus, als wäre die Frau eher eine Art Handpuppe in einem fremdartigen, stummen Spiel.

So benahm sich mit Sicherheit niemand zu Hause in Tapuae. Tatsächlich hätte sie nicht gedacht, dass es möglich sei, all die Dinge zu tun, die sich vor ihren Augen abspielten. Dennoch war das, was sie sah, provokativ und auf irgendeine Weise schockierend. Es war das, von dem nur die älteren Frauen des Stammes in Andeutungen sprachen. Und doch, das Mädchen war ja direkt neben ihr und benahm sich so, als ob sie ewig so weitermachen wollte.

Rangipais Gefährten konnten das Paar von ihrem Versteck aus nicht sehen, und es schien, als sei sie eine Zuschauerin bei einem verbotenen Spiel und schaue direkt in das Leben anderer Menschen hinein, wo Sinnlichkeit die Vernunft regierte.

Sie war so erstaunt über das Geschehen gewesen, dass sie mit offenem Mund dagesessen hatte, während die ganze Szene wie toll an ihren Augen vorbeigerast war. Jetzt war es zu spät, um die Zeit zurückzudrehen.

Langsam breitete sich Stille aus, die nur unterbrochen wurde vom fernen Ruf des *ruru* und von den Chören der immer wachsamen feindlichen Posten. Rangipai fiel in einen unruhigen Schlaf.

15. KAPITEL

Flieht!

Sie erwachten früh.

Alle Mitglieder der kleinen Gruppe litten unter Durst, und einigen der Frauen, darunter Rangipai, fiel es zunehmend schwer zu schlucken.

Mihi starrte mit leerem Blick vor sich hin und sagte die ganze Zeit kein Wort. Während der Nacht hatte sich viel Tau auf den Blättern des Bruyereholzes gebildet, der nun herabtropfte. Die kleine Menge Feuchtigkeit diente ihnen dazu, ihren Durst ein wenig zu lindern. An diesem dritten Tag ging die Sonne wieder am blauen, wolkenlosen Himmel auf, und sie aßen die letzten der *tutu*-beeren. Ihr Anführer, der in einem heiseren Flüsterton sprach, versuchte, sie zu trösten.

«Es ist gut möglich, dass sie morgen abrücken. Solange halten wir es noch aus.«

Sorgenvoll schaute er Mihi an und versuchte verzweifelt, ihr Mut zuzusprechen: »Es gibt noch so vieles für dich im Leben. Denk an deine Nichte, Rangipai, und daran, wie sehr sie dich liebt. Morgen nacht können wir vielleicht entkommen.« Mihi nickte kaum, ihr Gesicht war leblos.

Haukino wurde langsam unruhig. Er fühlte sich unbehaglich und wandte sich an seinen Häuptling. »Bevor ich hierbleibe und vor Durst sterbe, gehe ich raus, um zu kämpfen.«

»Du machst, was ich dir sage. Wenn sie bis morgen nacht nicht abgerückt sind, dann warten wir, bis nur noch wenige Männer an den Wachposten stehen. Dort haben wir dann vielleicht eine Chance, sie zu überwältigen und davonzukommen.«

»Wenigstens zeigt das den Willen zum Kampf«, sagte Haukino, und bei diesem Gedanken zuckte ein Lächeln über sein Gesicht.

Sie verbrachten den Rest des Tages in traurigem Schweigen und bewegten sich nur gelegentlich, um ihre verkrampften Muskeln etwas zu lockern.

Dennoch fühlten sich alle erleichtert, nachdem entschieden worden war, was getan werden sollte. Sie fielen in einen unruhigen Schlaf.

2

Mitternacht war vorüber, als plötzlich der unheimliche Schrei einer Eule den Häuptling aus dem Schlaf schreckte.

Zuerst glaubte er, geträumt zu haben, aber nein, da war jemand, der von draußen seinen Namen rief. Er setzte sich auf. Diese Stimme gehört keiner Eule, dachte er. Wieder vernahm er leise Töne, die aus der Dunkelheit kamen.

Da sprach jemand, diesmal gab es keinen Zweifel. »Kannst du mich hören?« sagte die Stimme. »Ich bin Renata, Cousin deines Häuptlings Tawhiro. Kannst du mich hören da drinnen, he!« Die Stimme gab nicht auf, klang so, als ginge es um etwas Wichtiges. Der Tonfall schien von Aufrichtigkeit zu zeugen.

Te Hau O Te Rangi erinnerte sich an das Gespräch, dessen Zeuge er gewesen war. »Wenn du wirklich Renata bist, unser Verwandter, dann komm durch diese Öffnung hier.« Und dabei deutete er ihm die Stelle an, indem er Haukinos *taiaha* so schüttelte, dass die überhängenden Blätter des Laubdachs sich bewegten.

»Ja, ich sehe sie. Warte, ich komme herein.«

Noch immer ungläubig rückte Te Hau O Te Rangi in die Nähe des Eingangs und schob die Blätter auseinander. Dann sprach er zu der nur schemenhaft erkennbaren Gestalt, die in der Dunkelheit vor ihm stand. »Wieso wusstest du, dass wir hier sind?«

»Jetzt ist keine Zeit für Erklärungen«, kam die Antwort von draußen. »Hol schnell die anderen. Beeil dich, wir haben nur sehr wenig Zeit – lass alle herauskommen.«

Inzwischen war jeder im Versteck wach. Haukino war skeptisch und flüsterte seinem Häuptling zu: »Glaubst du nicht, dass dies eine Falle sein könnte?«

Wieder ertönte die Stimme: »Ich kann euch beweisen, dass ich es ehrlich meine. Zufällig sah ich, wie Rangipai vor zwei Tagen Beeren gepflückt hat. Da ich aber eng mit ihr verwandt bin, habe ich nichts gesagt.« Nachdrücklich fügte er hinzu: »Und wenn ihr unseren Familienstammbaum kennt, dann wisst ihr, dass wir sogar sehr nahe Verwandte sind.

Nun aber kommt, Raumoko weiß, dass ihr alle hier seid und will sehen, wie lange ihr euch wie ängstliche *kiwi*-Küken versteckt, anstatt zu kämpfen!«

»Er weiß, wo wir sind?« erwiderte Haukino ungläubig.

»Ja doch!«

»Das kann ich nicht glauben. Wieso hat er uns dann nicht schon angegriffen?« fragte Rangipai misstrauisch.

»Raumoko fing gestern abend an zu lachen, als wir uns beim Lagerfeuer unterhielten«, erwiderte Renata.

»Worüber hat dieser Kürbiskopf denn gelacht?« schimpfte der hochgewachsene Häuptling.

»Er sagte, seine größte Angst bestehe darin, dass ihr vielleicht eher vor Hunger und Durst sterben würdet als herauszukommen und wie echte Krieger zu kämpfen. Er meinte, dass es sehr rücksichtsvoll von ihm wäre, seine Häuptlingsmacht auf diese Weise auszuüben. Denn dadurch würde er euch dabei helfen, die Art von Tod zu wählen, die am besten zu eurem erstaunlichen Mut passe.«

»Das hat dieser... dieser Raumoko gesagt?« stotterte Haukino und bekam vor Wut fast keine Luft mehr.

»Und du willst sagen, dass die Sklaven all den Abfall und die Essensreste auf unser Versteck geschmissen und dann darauf gepisst haben, weil Raumoko sich auf unsere Kosten einen kleinen Witz erlaubt hat?« fragte Te Hau O Te Rangi.

»Richtig! Sie lachen noch immer darüber«, erwiderte Renata.

Erregt und blind vor Zorn stolperte Haukino aus seinen Versteck und keuchte: »Wo... wo sind sie? Zeig mir, wo ich diesen Raumoko finde!«

Renata hatte diesen heftigen Gefühlsausbruch seines Verwandten vorhergesehen. »Und wenn ich euch stattdessen zeige, wie ihr entkommen könnt? Dann könntet ihr eure Leute in Tawhitiroa warnen.« Der kurze, gedrungene Mann, der so freimütig seine Hilfe anbot, schaute Haukino scharf an und fragte dann: »Was ist wichtiger – hier sinnlos zu sterben? Oder zu leben und euer Volk zu warnen?«

»Wir werden unser Volk warnen«, unterbrach Rangipai entschieden. »Meinst du nicht auch, Onkel?« fragte sie Te Hau O Te Rangi.

»Unser Volk jetzt im Stich zu lassen, wäre schreiender Unsinn. Wir müssen versuchen, nach Tawhitiroa zu gelangen, um unser Volk zu warnen.« Der hochgewachsene Häuptling blickte Renata scharf an und verlangte dann in forderndem Ton: »Zeig uns, wie dies vollbracht werden kann.«

Verdrossen folgte Haukino seinen Verwandten in die Dunkelheit, während Renata sie unterwies.

»Ihr werdet euch beeilen müssen, denn Raumoko wird früh am Morgen erscheinen, um Rangipai zu retten, die er als Frau für seinen Sohn auserwählt hat. Dann wird er euer Versteck in Brand stecken. Seine Krieger freuen sich schon auf das Vergnügen, wenn ihr versucht, wie Ratten aus dem brennenden Versteck zu rennen. Schaut! Da ist Hinetitama. Es ist fast hell. Schnell! Schnell!« wiederholte er besorgt.

Te Hau O Te Rangi machte sich Sorgen um Mihi und wollte sie so schnell wie möglich zu ihren eigenen Leuten zurückbringen.

Nach einigen Sekunden des Schweigens sagte er schließlich: »Ich glaube, Renata hat recht, wir müssen uns beeilen.«

Er mußte immer noch an die Eule denken, die ihn geweckt hatte, und war beunruhigt. Vielleicht war sie ein Geistervogel – und keine Eule. Te Hau O Te Rangi fiel auf, dass der Wald eigentümlich still war und keine andere Eule schrie.

Jedoch behielt er seine Gedanken für sich und entschied, dass die Eule wirklich ein Geistervogel gewesen war. Dies war ein schlechtes Zeichen, eine Warnung der Götter. Er schaute seine kleine Truppe wieder an. »Wir werden uns beeilen müssen«, sagte er einfach.

Rangipai war überglücklich. Vor Aufregung glänzten ihre braunen Augen, als sie ihrer Tante auf die Beine half. »Stütz dich auf mich, ich werde dir helfen, so gut ich kann, komm, wir gehen heim, Tante Mihi, endlich heim.«

Als Mihi das Wort ›heimgehen‹ hörte, kehrte etwas von ihrem früheren Mut zurück. Sie richtete sich gerade und stolz auf und schaute ihre Nichte an. Ihr Blick sagte mehr als Worte, sie würde ihre Gefährten nicht im Stich lassen. Rangipai lächelte, denn sie wusste, dass ihre Tante die kommenden Anstrengungen durchstehen würde. Als sie zum Ausgang des Verstecks rückten, stiessen sie vor Aufregung gegeneinander. Vorsichtig schoben sie sich ins Freie und warteten im Schatten des großen Baumes, endlich befreit vom Blätterdach, das sie gefangengehalten hatte. Rangipai hielt ihr Gesicht in die kühle, erfrischende Luft, die vom Meer herangeweht kam. Die Sterne, die über ihr am Himmel leuchteten, wirkten so nah, als hätten sie sich aus dem Himmel gelehnt, um mit ihr zu sprechen.

Eine Gestalt flüsterte in der Dunkelheit: »Am Wachposten schlafen sie alle. Ich bin es, der Wache stehen soll! Nach dieser Bemerkung konnte er sich eines unterdrückten Lachens nicht erwehren. »Folgt mir zur Klippe, und wenn euch euer Leben lieb ist, dann werden euch Flügel wachsen.«

Lautlos krochen sie an den ahnungslosen, schlafenden feindlichen Kriegern vorbei.

Rangipai hielt Mihis Hand, einen Arm hatte sie um Mihis Taille gelegt, um sie zu stützen. Sie hoffte, dass niemand das Pochen ihres Herzens hören würde.

Renata erteilte Anweisungen. »Seht ihr, dort gibt es einen schmalen Pfad, der zu den Kriegskanus hinunterführt. Dort ist im Augenblick niemand, sie sind alle hier oben und warten auf euch.«

Aus der Ferne hörten sie Stimmen und Befehle.

»Rasch, Raumoko kommt zurück. Ich erkenne seine Stimme. Nah am Wasser werdet ihr ein kleines Fischerkanu finden. Die Ruder sind unter den Sitzen versteckt. Nehmt das Boot, es ist gut und schnell. Mehr kann ich nicht für euch tun. Sagt meinem Cousin Tawhiro, dass ich an ihn denke.«

Sie hatten kaum Zeit, ihm zu danken, denn schon drehte er sich um und eilte zurück, um wieder seinen Platz in der Wache einzunehmen. Diese unerwartete Hilfe von ihrem Verwandten sollte noch weitreichende Nachwirkungen haben. Doch noch für einige Zeit ahnten sie nichts davon.

3

Bei jedem Laut aufhorchend, kämpften sich die Flüchtlinge mühsam den gewundenen Pfad hinunter. Es schien, als sei eine Ewigkeit vergangen, bis sie endlich den Fuß des Berges erreichten. Ein Bächlein mit kristallklarem Wasser, das zwischen den Felsen plätscherte, glänzte im frühen Licht des Morgens. Sie tauchten ihre Hände hinein und tranken in großen Schlucken.

Wieder sah Rangipai ihre Tante an und war beruhigt.

»Ich kann das Kanu sehen«, sagte Haukino. »Dort drüben ist es«, und er zeigte mit seinem Speer in die Richtung.

Sie huschten an den hohen Heckpfosten der großen Kriegskanus vorbei und kamen zum Ufer, wo das kleine Kanu lag.

Plötzlich ertönte über ihnen ein Ruf, und man konnte Gestalten sehen, die oben auf der Klippe entlangliefen.

Rasch, mit zitternden Händen, schoben sie das Kanu ins Wasser.

»Rudere so schnell du kannst – lass auch die Frauen rudern. Ich werde zurückgehen, und während ihr flieht, werde ich den schmalen Pfad sichern«, sagte Te Hau O Te Rangi.

Zuerst weigerte Haukino sich. »Nein, du kommst mit uns, wir lassen dich hier nicht sterben.«

»Dies ist mein letzter Befehl an dich. Geht zurück nach Tawhitiroa, und warnt unser Volk, dass Raumoko den Vorsatz gefasst hat, ihr *pa* zu zerstören. Ich kann seine Krieger so lange auf diesem schmalen Pfad festhalten, bis ihr alle entkommen seid. Denn sie können mich nur nacheinander angreifen. Erreichen sie jedoch ihre Kanus, müssen wir alle dran glauben.«

Verzweifelt flehte Haukino seinen Häuptling ein letztes Mal an: »Wir können es zusammen schaffen, bevor es zu spät ist – komm, komm!«

»Nein«, erwiderte die Stimme voll tiefen Gefühls. »Ich habe hier meine Pflicht zu erfüllen.«

Als Haukino zum Abschied die Nase an die seines Häuptlings presste, strömten Tränen seine Wangen hinab. Blind vor Schmerz half er, das Kanu in die Wellen hinauszuschieben.

Rangipai ergriff die Hand ihres Onkels, hielt sie an ihre Brust und flehte ihn an: »Komm mit uns Onkel, es ist nicht recht, dass auch du sterben sollst.«

»Es ist die einzige Möglichkeit. Lebewohl, meine Hübsche.«

Sie mußte schluchzen, als das Kanu davonglitt, denn so hatte er sie immer am liebsten genannt. Als das Kanu tiefes Wasser erreichte, hatte Rangipai allen vergeben, auch Haukino.

So, erkannte sie, sollte das Leben sein. Es hatte keinen Sinn, Hass in seinem Herzen zu hegen.

Die einsame Gestalt am Strand blieb einen Moment lang still stehen, während die Flut ihre Knöchel umspielte. Te Hau O Te Rangi schaute dem kleinen Kanu hinterher und war zufrieden, als es schneller wurde und über die Brandung ins offene Meer hinausfuhr.

Haukino und Rangipai würden die Botschaft überbringen. Niemand wäre dazu besser in der Lage als sie. Sie würden ihr Volk warnen, dachte er.

Das eigentümliche Gefühl, das er gehabt hatte, als er Rina beerdigte, war wieder da, diesmal jedoch sehr viel stärker.

Jetzt wusste er, wie die Götter entschieden hatten.

Mit einer trotzigen Geste zog Te Hau O Te Rangi den ›Spiegel der Götter‹ aus seinem Gürtel und wandte sich dem schmalen Pfad zu.

Weit oben war der Felsvorsprung, an dem er Raumokos Krieger aufhalten konnte. Sie waren bereits auf dem Weg hinunter. Wenn er sich beeilte, konnte er vor ihnen am Felsvorsprung sein.

Er erreichte ihn als erster und wartete.

4

Haukino kam sich vor wie ein Feigling, der davonrannte und seinen Häuptling allein am feindlichen Ufer zurückließ. Den Stamm zu warnen, war der letzte Befehl des Häuptlings gewesen. Er würde dafür sorgen, dass er ausgeführt wurde. Hinter ihnen im Osten wurde es stetig heller.

Das Kanu umschiffte eine Landzunge und schnellte die Küste hinab. Wild rudernd, spürte Haukino das starke Verlangen, an der Seite seines Häuptlings kämpfen zu dürfen.

Aus einem Meer von Farben brach die Sonne aus dem Ozean hervor und schien am Horizont entlangzusegeln, bevor sie endlich in den Himmel glitt.

Für einen kurzen Moment wurde Haukino wie magisch von ihrer Schönheit angezogen. Als er sich abwandte, waren seine Augen tränennass. Trauer schien ihn zu überwältigen.

»Schneller, schneller!« schrie er die Frauen an, die ihm ihre schmerzenden Rücken zugewandt hatten. Grimmig richteten sie ihren Blick auf die hohen Berge, die wie von Zauberhand errichtet aus dem Ozean aufstiegen.

Weit im Süden, dort, wo Tawhitiroa lag, stieg bläulicher Rauch in die Luft. Es sah so aus, als würde er den Flüchtlingen ermutigend zuwinken.

Rangipai, die sich kurz zwischen ihren Ruderschlägen ausruhte, schaute ihre Tante besorgt an. Zum ersten Mal, seit sie das Kanu bestiegen hatten, sprach sie, und ihre Stimme war von großer Sorge erfüllt. »Wie fühlst du dich, Tantchen?« Doch die ältere Frau schwieg. »Es ist jetzt nicht mehr weit, kannst du noch?« Mihis Augen folgten dem Rauch der fernen Feuer ihrer Heimat. Sie war seekrank, fühlte sich schwindlig und müde, doch sie lächelte und ruderte weiter.

Rangipai versuchte zu verstehen. Ihr Herz schmerzte, als sie die tiefen Gefühle ihrer Tante nachzuempfinden versuchte, die doch nur die ältere Frau kannte, die Leben geschenkt hatte und dann zusehen mußte, wie man es ihr aus den Händen riss.

Wieder erklang Haukinos Stimme, doch diesmal sang er. Sie schauten ihn tadelnd und mit müden Augen an, doch sie wussten, was er eigentlich bezwecken wollte.

Allmählich stimmten alle außer Mihi in das Lied ein und ruderten im Rhythmus des schnellen Taktes. Dies war Haukinos Art, die letzten Kraftreserven aus seinen geschwächten Ruderinnen herauszuholen.

Einen Augenblick lang stand er am höchsten Teil des Hecks und suchte langsam den Horizont ab. Aber es gab keine Anzeichen für eine feindliche Verfolgung. Te Hau O Te Rangi hatte seine Sache gut gemacht.

Rangipai beobachtete, wie sich langsam der Umriss ihres großen *pa*, das ganz oben auf der fernen Hügelspitze lag, immer deutlicher gegen den Horizont abzeichnete. Direkt hinter den Bergen lag die Festung von Te Hairini, das Schutz-*pa* Tawhitiroas und das Heim Te Hau O Te Rangis.

Der leicht pulsierende Klang der Trompete aus dem Ausgucks in Te Hairini wehte über das Wasser herüber, und aus der Ferne erschallte zur Antwort der Ruf aus Tawhitiroa.

Die Ruderer konnten sehen, wie viele bewaffnete Truppen zum Strand hinunterliefen, um für ihre Ankunft bereitzustehen.

Haukino, der am Heck saß und das Boot steuerte, schwenkte den Bug des kleinen Kanus zur Brandung und dann zum Ufer. Er wartete, bis der Zeitpunkt günstig war, und glitt auf dem Kamm einer Welle ans Ufer. Dabei wurde das Boot auf den sandigen Strand katapultiert. Sie waren daheim.

16. KAPITEL

Rache! Rache! Rache!

Die immer größer werdende Menschenansammlung am Ufer stand in gedämpftem Schweigen. Plötzlich ging ein überraschtes Raunen durch die Reihen, als man erkannte, dass Rangipai und ihre Tante mit den anderen im Kanu saßen und näherkamen. Einige ihrer Verwandten, überglücklich sie zu sehen, rannten ans Ufer. Man hörte die Rufe:»Rangipai, Rangipai!« Eine kleine Gruppe scharte sich um sie.»Sag uns, was passiert ist«, baten sie alle zugleich.

Eine große Frau, die die anderen um einiges überragte, kämpfte sich durch die Menge und umarmte sie.»Rangipai, wo ist dein Onkel, wo ist das Baby? Wir haben uns Sorgen um dich gemacht.« Die Frau war Hinewai, die ältere Schwester von Motu Turei, dem toten Häuptling. Fast sechs Fuß groß, mit rotem Haar und einer Haut von der Farbe wilden Honigs, war Hinewai eine äußerst attraktive Frau. Sie trug das *moko* der *ariki* auf ihrer Unterlippe und auf ihrem Kinn.

Rangipai konnte ihre Tränen nicht länger zurückhalten. Sie mußte ihnen sofort die Wahrheit sagen. Alle hörten zu und schwiegen vor Entsetzen. Dann setzte langsam die Totenklage ein. Waiherere trat zu ihnen, die Frau Te Hau O Te Rangis, die vor Kummer schluchzend im Sand zusammenbrach, als sie vom Tod ihres Mannes erfuhr. Mehrere Gefährtinnen eilten zu ihr und stützten sie. Waiherere war die Schwester von Whitikau, dem Kommandanten der Wache.

Jetzt stand sie auf und hielt eine zerbrochene *pipi*-Muschel fest in der Hand.»Oh Te Hau, dies soll meine tiefe Trauer zu zeigen! Über meine Brüste schneidet die scharfe Klinge, aus meinem Gesicht saugt sie das Blut, schneidet meine Rippen hinunter, die du liebkost hast, schneidet, schneidet, Blut, tropfendes Blut mischt sich mit meinen Tränen, meinen salzigen Tränen, die in den Wunden brennen, um meine Trauer zu zeigen.« Wieder erklang die Klage aus ihrem blutenden Mund. Und Hinewai stimmte mit ein. Die beiden Frauen boten einen fesselnden Anblick, als sie nach *utu* verlangten, nach Vergeltung für den Tod ihrer Häuptlinge.

Daraufhin schlossen sich alle Frauen der Trauerklage an, die abwechselnd an- und abschwoll, bis auch die Berge zu weinen schienen.

2

Ein hochgewachsener Mann, der einen Umhang aus Hundefell über seinen Schultern trug, erschien. Bestürzt blieb er einen Moment lang mit offenem Mund stehen, als er Rangipai sah.

Als er sich von seinem Schreck erholt hatte, keuchte er: »Ich dachte, dass du inzwischen bei Eru Taka seist. Was ist nur passiert, meine Liebe?« Und er nahm das weinende Mädchen in die Arme. Sie brauchte jetzt seine Stärke, das *tapu* seiner Person mußte auch auf seine Nichte übergehen, um ihr die Kraft zurückzugeben. Er hoffte, dass das *tapu* stark genug für sie beide sein würde.

Alles, was er herausbrachte, war: »Ich bin froh, dass du in Sicherheit bist!« Doch viele unbeantwortete Fragen gingen ihm durch den Kopf.

Das Dröhnen in seinen Ohren schien ihn am Denken zu hindern, und er strich sich mit der Hand über die Stirn. Ja! Das war's. Die Leute verlangten nach ihm. Er hörte ihre Stimmen, die voller Zorn und lautstark Taten forderten. »Wir müssen unsere Verwandten rächen. Schon jetzt sind drei von uns tot. Wir haben Glück, dass Rangipai entkommen ist. Seht, da kommt Haukino.«

Haukino war aus dem Kanu gesprungen, hatte es festgemacht und kam auf sie zu gelaufen. Die beiden Männer umarmten sich würdevoll und pressten ihre Nasen aneinander. Tawhiro hatte die Totenklage gehört, als er noch ein Stück entfernt gewesen war, und ahnte, was für furchtbare Nachrichten ihn erwarteten. Er konnte sich nicht mehr gedulden. »Haukino«, rief er. »Was lief falsch? Wo sind unsere Leute, die bei euch waren? Ich spüre, dass Übel über uns gekommen ist, sprich, so sprich doch!«

Haukino versuchte zu sprechen, doch die Erinnerungen überwältigten ihn, und seine Stimme versagte.

Wieder versuchte er es: »Deine drei Verwandten sind leider tot. Wir wurden hinterhältig von Raumokos Kriegern angegriffen. Wenn Rangipai nicht so ein gutes Versteck gefunden hätte, hätte man uns alle gefangengenommen und getötet. Rangipai hat uns gerettet.«

Sein Selbstvertrauen kehrte langsam zurück, und so berichtete Haukino von der Ritterlichkeit Te Hau O Te Rangis. Er beschrieb, wie jener sich selbst opferte, nachdem er ihnen den Befehl gegeben hatte, zurückzukehren und die Leute vor Raumokos baldigem Angriff zu warnen. Er erzählte, wie Rina gestorben war und wie Renata ihnen das Leben gerettet hatte, indem er es ihnen ermöglichte, mit einem Kanu zu entkommen. Zum Schluss berichtete er, wie sie die Leiche Motu Tureis am Ufer eines Baches tief im Inneren von Raumokos Gebiet versteckt hatten.

Haukino dachte, dass er nun für seine Mühen belohnt wurde. Denn jetzt war er es, der auf persönliche Anweisung des Hohepriesters Bericht erstattete. Seiner Geschichte hörte man gebannt zu, und nicht der Erzählung Rangipais oder irgendeines anderen.

Er wusste, dass der Hohepriester auf das, was er sagte, angemessen reagieren würde.

Plötzlich drehte Tawhiro sich um und zeigte der trauernden Menge sein Gesicht. Zorn ergriff ihn und wütete in seinem Inneren wie eine züngelnde Flamme. Er brach in einen wilden Kriegstanz aus. Zitternd hielt er den Stab Te *mana O Kahukura* hoch.

Aus vollem Hals brüllte er: »Rache, mein Volk, Rache. Das Blut unserer armen erschlagenen Verwandten schreit nach Rache, unsere Götter werden Rache verlangen, unser Land, unsere Ahnen schreien nach Rache. Aus den Himmeln wird es Blut regnen und donnernd werden sie den Tod verlangen, wenn wir wieder nach Rache schreien, Rache! Wir werden nicht ruhen, ehe Raumokos Kopf von unseren Palisaden hängt.«

Ein gewaltiger Schrei erschallte aus zahllosen Kehlen: »Rache, Rache, Rache!«

Und wieder erklang die Totenklage.

3

Rangipai ging zu ihrer Tante zurück. Einige besorgte Verwandte hatten ihr aus dem Kanu geholfen und sie an einen angenehmen Platz am Strand gebracht. Rangipai, die ihre angespannten

Gesichter sah, sagte: »Es geht Tante Mihi nicht gut, helft ihr mir bitte, sie nach Hause zu bringen?«

In Rangipais Stimme schwang eine neuer Unterton von Autorität mit, der sie beeindruckte. Sie traten vor und verfolgten mit Blicken, wie die ältere Frau, die sich schwerfällig auf ihre Nichte und ihre Schwägerin stützte, langsam den Hügel hinaufstieg. An ihrer Seite ging Waiherere, die noch immer sehr weinte. Das Blut lief von ihren Brüsten.

Als sie innerhalb der Haupttore des *pa* ankamen, begleitete man Rangipai und ihre trauernden Verwandten zu der Haupteingangshalle von Tapuae, dem Haus ihres Häuptlings und der Halle ihrer Vorfahren. Hier wurden sie von Tareti begrüßt, der jüngeren Schwester Motu Tureis. Die Neuigkeiten versetzen ihr so einen Schock, dass sie von Tawhiro verlangte, Raumoko ohne zu zögern anzugreifen.

»Jawohl, auch ich verlange *utu*!« schrie Hinewai und pflichtete ihrer jüngeren Schwester bei.

»Das wird euch gewährt werden«, erwiderte der Hohepriester, »aber wir dürfen nichts überstürzen. Erstens müssen wir überlegen, wie wir Raumoko am besten entgegentreten, zweitens werden wir sicherstellen, dass er nicht überlebt, damit er uns mit seiner Heuchelei nicht noch einmal hinters Licht führen kann, und drittens, Hinewai«, lächelte er die hochgewachsene rothaarige Frau an, die noch immer heulend und vor Wut bebend vor ihm stand«, soll dir die Gelegenheit gegeben werden, dich Tiwais Sonderkommando anzuschliessen. Du kannst dich dann um die Verwundeten auf dem Schlachtfeld kümmern, um diejenigen, die zwischen Leben und Tod schweben und versuchen, sich noch ein wenig von diesem Leben zu erstehlen. Hinewai, nimm das *mere* deines Bruders und pflege die Verletzten auf deine Art, auf der Straße nach *Rarohenga*. Ich überlasse es dir, wie du ihre Schritte sanft in die gewünschte Richtung lenken wirst.«

»Oh, ich danke dir, Onkel. Kann ich mich jetzt gleich der Abteilung anschliessen?«

»Ja. Ich werde Tiwai unterrichten.« Dann wandte sich der Hohepriester an Tareti: »Wir haben mehr von dir, wenn du zurückbleibst und dich um Hata kümmerst. Also bitte mich nicht darum, dich deiner Schwester anschliessen zu dürfen.« So kam er der jüngeren Frau zuvor, die ehrgeizig vorgetreten war.

Enttäuscht sah sie, wie Hinewai davonging. Dann schien sich ihre Stimmung zu heben. Sie hatte sich wohl um andere interessante Dinge zu kümmern und gesellte sich zu Rangipai.

Während in einer eigens errichteten Küche abseits der Hauptgebäude Speisen zubereitet wurden, saß Rangipai mit ihrer Tante und Stammesverwandten zusammen und beschrieb immer wieder unter Tränen, was ihnen zugestoßen war. Auch die Zuhörer weinten. Immer wenn Rangipai die Namen der Getöteten aussprach, gab es erneut ein Jammern und Klagen. Tareti und Rangipai saßen beisammen, sangen und klagten, um ihrer tiefen Trauer Ausdruck zu verleihen.

»Ich muß Tante Mihi in ihr Haus bringen. Dort wird sie sich wohler fühlen.« Rangipai entschied, dass ihre Tante so gut wie möglich gepflegt werden sollte, und dass das am besten in ihrem eigenen Haus möglich war.

Was Tawhiro mehr als alles andere Sorgen bereitete, war sein Eindruck, dass Tante Mihis Verstand unter den grausamen Qualen gelitten hatte. Denn hatte sie nicht sowohl ihren Mann als auch ihr kleines Baby sterben sehen?

Der Hohepriester sagte voller Mitgefühl zu seiner Nichte: »Sorge dafür, dass sie die allerbesten Speisen zu sich nimmt, und sieh zu, dass sie niemals alleingelassen wird. Wir müssen ihr Ruhe gönnen, wenn sie sich erholen soll.«

Rangipai pflichtete ihm bei: »Ich werde dafür sorgen, dass wir zwei Frauen haben, die nichts anderes tun, als sich um sie zu kümmern. Es erschüttert mich, sie in diesem Zustand zu sehen, Onkel.«

Als Rangipai sprach, wischte sie sich eine Träne aus dem Augenwinkel, während eine andere an ihrer Nase herablief.

Sanft legte ihr der Hohepriester seinen Arm um die Schultern und sagte: »Mach dir keine Sorgen, meine Liebe, deiner Tante Mihi wird es bald wieder besser gehen. Sie ist meine jüngste Tante und eigentlich deine Großtante. Die Götter sind den Mitgliedern unserer Familie gemeinhin wohlgesonnen und sorgen dafür, dass wir lange leben. Du wirst schon sehen, dass ich recht habe.« Er lächelte ihr aufmunternd zu. »Du hast dich jetzt einen ganzen, anstrengenden Tag lang um deine Tante gekümmert. Geh zu Tapuae und ruhe dich etwas aus. Ich werde zwei Frauen hinschicken, die sich um Mihis Wohlergehen kümmern werden.«

Dankbar betrat Rangipai das Haus ihres Häuptlings, gesellte sich zu ihren älteren Verwandten und schlief bald tief und fest.

4

In dieser Nacht, als die beiden Frauen, die der Hohepriester geschickt hatte, eingenickt waren, stand Tante Mihi auf, verließ das Haus und kam nie zurück.

Tante Mihi lag mit ihrem Kopf am dicken Ende des geschnitzten Dachpfostens. Sie versuchte zu begreifen, wo sie war.

Verzweifelt suchte sie mit den Augen die Wände ab, betrachtete die Menschen, die bei ihr waren, und bemühte sich, einen Vertrauten zu erkennen. Es war jetzt ziemlich dunkel im Haus. Sie versuchte aufzustehen, doch ihre Beine wollten sich nicht bewegen.

Wie seltsam alles schien. Konnte sie da wirklich Menschen sehen? Winzige Gestalten versammelten sich um sie herum. Verdutzt streckte sie ihre Hand aus, um sie zu berühren, doch sie lösten sich in Nichts auf. Als sie ihre Hand zurückzog, kamen sie zurückgehuscht, schwatzend und lachend, mit hohen, pfeifenden Stimmen. »Rina, Rina!« Sie konnte das winzige Gesicht lächeln sehen, dann verschwand es.

Über ihr war eine Schnitzfigur, die sie in einem orangefarbenen Licht mit finsterem Blick ansah. Die geisterhafte Erscheinung kam auf sie zu. Mihi versuchte, um Hilfe zu schreien, doch sie brachte keinen Laut heraus. Langsam drehte sich die Gestalt, und Mihi wurde von einer nie gekannten Furcht ergriffen. Sie spürte, dass eine unbekannte Macht immer näher kam. Sie zitterte.

Allmählich verstärkte sich das orangefarbene Licht, und Mihi begann zu verstehen. Weinend und schluchzend sagte sie: »Oh, Motu, Ich wusste ja nicht, ich wusste ja nicht, dass du es bist. Wie konnte ich so dumm sein – du, der du zu mir zurückgekommen bist, mein Liebster, mein Geliebter!«

Sie schluchzte erneut und konnte nicht mehr weitersprechen. Aus weiter Ferne ertönte eine Stimme: »Mihi, mein Liebling, komm zu mir.« Die Worte vibrierten, hallten wider und wurden lauter, immer lauter, bis jede Silbe zu einem Befehl wurde, der sie in seinen Bann zog. Langsam erhob sich Mihi und folgte der Stimme.

»Motu, ich komme, Motu, Motu, warte auf mich. Oh warte, zeig mir, wo du bist.«

Sie tastete nach der eigentümlich erleuchtete Stelle, an der Nebel waberte, bevor sie ganz auf ihren zitternden Beinen stand. Mit jedem Schritt wuchs ihr Vertrauen. Bald schon raste sie wild in die dunkle Nacht und schrie aus vollem Hals: »Motu, wo bist du? Motu?«

Plötzlich stolperte sie und fiel...

Tante Mihi hatte den eisigen Regen nicht gespürt, der ihr ins Gesicht wehte. Keine Fackel war nötig gewesen, um ihren Weg zu erhellen, als sie durch die Nacht rannte und aus dem Haupttor hinaus zur Klippe. Die Wachen auf dem Aussichtsturm hatten sie auf ihrem letzten, verzweifelten Weg gesehen, doch bevor sie noch hinunterrennen und sie von ihrem Vorhaben abhalten konnten, war Mihi von der Spitze der Klippe gesprungen.

Der Hohepriester und Rangipai waren von ihrem Tod zutiefst erschüttert. Der gesamte Stamm trauerte.

Mihis armer, zerschmetterter Körper lag aufgebahrt und abgedeckt neben Tapuae, das ihr so vertraut gewesen war.

Hunderte ihrer Verwandten und Freunde kamen zum tangi, um ihr die letzte Ehre zu erweisen und Rache für ihren Tod zu fordern.

Mit vor Schmerz bebender Stimme nahm der Hohepriester Abschied von ihr.

»Fahre hin, Tante Mihi,
Zu deinen Ahnen nach Tawhiti,
Nimm den Weg über die Wogen,
Die sich hebende und senkende Brust
Hinemoanas, der Meeresjungfer,
Beschreite den PfadTanes
Nach Tawhitinui, Tawhitipamamao,
Und dort steige auf
Über die *Toi Huarewa*
Zum höchsten Himmel
Und dort ziehe ein in Rangiatea,
Lass uns trauernd

An diesen fernen Ufern zurück.
Lebewohl, Tante Mihi, lebewohl.«

Spät in dieser Nacht hatten Krieger Tante Mihis Leiche zu einer geheimen Höhle gebracht, die tief im Wald lag. Dort hatte man sie zur Ruhe gebettet. Und so war Tante Mihis Wunsch erfüllt worden. Nach ihrem Tode, so wusste man, würde man ihre Leiche neben die geliebten Gebeine ihrer Vorfahren legen, auf den heiligen Boden des *urupa* der Familie.

5

Die tiefe Trauer, die er über Tante Mihis Tod empfand – so lästig sie ihm auch manchmal gewesen war – ließ den Hohepriester wieder einmal an seinen Schützling denken, den jungen Priester Tiwai Wharepapa. Tiwai würde ihm helfen, Trost zu finden.

Er mochte es, wie der junge Priester seinen Anweisungen nachkam, selbst wenn es darum ging, lange Stunden mit ihm zusammen im Wald zu verbringen, angeblich, um mit den Göttern zu sprechen – zumindest dachte das jeder im *pa*.

Am Anfang hatte Tiwai Einwände gegen einige der Initiationsriten des Hohepriesters, aber nachdem ihm erst einmal versichert worden war, dass er auf diese Art ein tieferes Verständnis der Menschen erlangen würde, hatte er sich den Anweisungen des Hohepriesters gefügt.

Jenen Anweisungen des Hohepriesters hatte sich noch nie ein Schützling widersetzt.

Einmal hatte der Hohepriester während einer geheimen Sitzung gesagt: »Was ich dir jetzt zeigen werde, ist etwas Wunderbares. Es ist in der Tat die beste Methode, die wir Menschen kennen, um das *mana* von einer Person auf eine andere zu übertragen.

Ein Teil meines *mana* muß in dir wohnen, in dir wirksam werden, Teil von dir werden. Dann wird das Wissen, das ich dir schenken will, viel leichter dein eigenes Wissen werden. Ich offenbare dir das heilige Wissen deiner Ahnen, das weit in die Vergangenheit zurückreicht und von Generation zu Generation weitergegeben wird. Es geht zurück auf Tane, der mit Hilfe seines *tiki* die erste Frau hervorbrachte, indem er Geschlechtsverkehr mit Hineahuone hatte, der Jungfer, die von den Göttern selbst erschaffen wurde. Und wie du weißt, Hineahuone gebar eine Tochter, Hinetitama, die Jungfer der Morgenröte. Sie war die Erste der Menschheit, und ihre Existenz brachte das heilige weibliche Element in die Welt.

Nun, und da dieses besondere Element auch heute existiert, kann man daraus folgern, dass hier der Anfang der menschlichen Rasse lag!

Ich hoffe, du begreifst, wie ungeheuer wichtig das nun Folgende ist, das ich dir zeigen werde?«

»Ja!«

»Worte allein genügen nicht. Du mußt eine besondere Technik kennenlernen, mit deren Hilfe *mana* übertragen wird.

Was ich dir jetzt zeigen werde, ist von herausragender Bedeutung. Deshalb müssen wir sehr vorsichtig sein, niemand darf wissen, was wir hier tun. Es ist höchst geheim.«

»Ich verstehe. Aber was willst du mir denn zeigen?« fragte der jüngere Mann ängstlich.

»Zunächst legst du alle deine Kleider ab, dann komm zu mir, nackt.«

Tiwai fand daran nichts Schlimmes. Hatte er nicht schon oft mit dem Hohepriester bei vielen Riten und religiösen Zeremonien eng zusammengearbeitet?

Er zog sich aus und stand nackt vor dem Hohepriester.

»Gut! Gut!« sagte dieser und befühlte die goldbraune Haut, spürte zwischen Daumen und Zeigefinger, wie zart sie war, als er seine Hand an Tiwais Seiten hinunterführte. »Wirklich schön!« flüsterte er zufrieden. »Wunderschön!«

Dann kniete der Hohepriester nieder, nahm Tiwais Genitalien in seine rechte Hand und sprach dabei: »Viele Menschen denken, Wissen kommt nur über deinen Kopf zu dir. Das ist nicht so. Es gibt Wissen von großer Bedeutung, das hier hindurch kommt!«

Er nahm Tiwais Penis und sagte: »So wird wahres *mana* weitergegeben; *mana*, das in meinem Inneren verschlossen liegt, wird an dich weitergegeben. Denk dran, diese Quelle nutzte schon Tane, um den Menschen in diese Welt zu bringen. Es gibt keine größere Macht auf Erden, und sie kann von einem Menschen zum anderen nur auf diese Weise übertragen werden.«

Während er Tiwai um den unteren Teil seines Bauches herum massierte, hoch oben zwischen seinen Beinen und dann auf den Innenseiten beider Oberschenkel, sang der Priester leise: »Versuche, an nichts zu denken. Ruhig…. ruhig… ruhig…« Dann flüsterte er: »Jetzt!«

Tiwai fühlte, dass etwas Warmes und Feuchtes seinen Penis umschloss.

Er schaute weiterhin geradeaus, versuchte, an nichts zu denken und sich zu entspannen.

Plötzlich glaubte er, eine warme Blase zu spüren, die durch seinen Körper wanderte. Sie entflammte all seine Nerven; dann zerplatzte sie in eine Million winziger Sphären von Licht, während er keuchend zusammenzuckte.

Als Tiwais Bewusstsein wieder einsetzte, hatte jemand seinen Umhang um seine Schultern gelegt. Der Hohepriester stand neben ihm.

»Sehr gut, Tiwai. Das war deine erste Lektion in der Übertragung von Macht. Wie fühlst du dich?«

»Seltsam. Irgendwie kann ich mich nicht an viel erinnern.«

»Mach dir darüber keine Sorgen. Später wirst du das Verständnis erlangen. Dann werden wir einander helfen können; und ich werde dich lehren, andere Dinge zu tun – an mir.«

Tiwai war völlig in der Gewalt des Hohepriesters.

Die Leute dachten, sie wüßten Bescheid, als sowohl Tiwai als auch der Hohepriester zwei Tage nach Tante Mihis Beisetzung zum *pa* zurückkehrten. Natürlich hatten sie sich um die vielen spirituellen Pflichten kümmern müssen, die bei solchen Feierlichkeiten anfielen. All das nahm viel Zeit in Anspruch. Und außerdem hatte der junge Tiwai ja noch so viel zu lernen. Es war sehr freundlich vom Hohepriester, dass er ihn schon in so zartem Alter an die Hand nahm.

17. Kapitel

Von Sieg, Niederlage und Tränen

Als Renata ins Häuptlingshaus hineingestürzt kam, war Raumoko dabei, einigen Kindern Tutus Künste vorzuführen. »Jetzt können wir morgen in den Wald gehen und dabei zusehen, wie Tutu die anderen Vögel in die Reichweite unserer Speere lockt. Dann bekommt ihr Kinder endlich einmal ordentlich Federwild zu essen«, sagte der Große Mann. Seine Worte wurden mit begeisterten Freudenschreien aufgenommen. Raumoko und die Kinder verstanden sich bestens.

»Ich habe meinen Speer schon dabei!« rief ein kleiner Junge und hielt einen Speer hoch, den er selbst gefertigt hatte.

Plötzlich wurde er harsch von Renata unterbrochen, der versuchte, die Schreie der Kinder zu übertönen, indem er mit lauter Stimme die Aufmerksamkeit Raumokos verlangte.

»Unsere Späher haben berichtet, dass Waru Taka sein *pa* mit einer großen Kanuflotte verlassen hat. Er soll geschworen haben, in unser Gebiet einzufallen.«

»Was?« Raumoko traute seinen Ohren kaum. Die Kinder wurden still, auf ihren Gesichtern spiegelte sich Enttäuschung wider.

»Sie kommen, um unser *pa* anzugreifen«, wiederholte der Späher.

»Diese Dreistigkeit verdient eine Lektion. Ich nehme an, Waru Taka versucht, uns von Tawhitiroa wegzulocken, um das *pa* anzugreifen, wenn unsere Männer ihm auf dem Ozean hinterherjagen.«

Viele seiner Krieger hatten sich um Raumoko versammelt und unterhielten sich aufgeregt. Der Große Mann wandte sich an die Menge.

»Das kann uns nur von Nutzen für unser Treffen mit Tawhiro sein. Wir werden immer noch genug Zeit haben, um nach der Schlacht hierher zurückzukehren, um mit Tutu auf die Jagd zu gehen«, lachte er die enttäuschten kleineren Mitglieder des Stammes an.

Sie brüllten einstimmig: »Wir warten auf dich!«

»Kommt Männer, wir wollen heute abend Segel setzen und diese Hunde überraschen, die es wagen, unseren Stamm herauszufordern!«

Diese Bemerkung löste großen Jubel aus. Tutu, den der Lärm aufregte, saß kreischend auf der Schulter seines Herrn und schrie protestierend »Patu!«, als Raumoko ihn in seinen Käfig setzte.

2

Lange vor Tagesanbruch hatten Raumokos Späher in weiter Ferne die Umrisse der ahnungslosen Feinde erblickt, die vom Motu zur Bucht von Whitianga segelten. Raumoko bewegte sich auf dem Wasser vorsichtig in die Nähe des Feindes und befand sich nun in geeigneter Entfernung, um angreifen zu können. Im Dunst des Morgens lag ein großer Teil der See noch im Schatten, so dass Raumokos Taktik, den Feind zu überraschen, aufgehen würde.

Zu spät erkannte Waru, dass er einen Fehler gemacht hatte. Er wendete sein Kanu und versuchte verzweifelt, seine Krieger zu retten, die bereits von Raumokos gewaltigen Kriegskanus angegriffen wurden.

Raumokos Flotte eröffnete östlich von der Bucht von Whitianga völlig unerwartet die Schlacht gegen Waru Taka und trieb dessen Kanus in Richtung See auseinander. Der Große Mann, der gegen das Schlachtgeschrei und das Brausen von Wind und Meer anbrüllte, um seine Männer anzutreiben, wurde in seiner Begeisterung zunehmend poetisch: »Kommt, oh kommt Männer. Die wirbelnde Gischt trifft mein Antlitz wie feurige Pfeile, vorwärts in den Kampf, auf dem weißen Schaum der See springen wir *Tangaroa* entgegen und siehe! Der Duft des Sieges erfüllt die Luft, schmeckt süß wie Nektar in meiner Kehle, während aus der Ferne Whakaaris Federbusch hell leuchtet.«

Raumoko, der am Heck seines mächtigen Kriegskanus Te Awa O Te Manu stand und sein gewaltiges *taiaha* hoch erhoben hielt, befahl: »Bewegt die Paddel so, dass sie das Meer fest im Griff haben, und lasst Te Awa O Te Manus durstige Zunge die Seestraße nach Tawhitiroa sauber lecken!«

Daraufhin strengten sich einhundert Ruderer noch einmal so

kräftig an, und das Meer strömte an beiden Seiten des Kriegsschiffs vorbei, als würde es ihrer Wut Ausdruck verleihen wollen. Vorwärts schwebten sie, direkt auf das Leitkanu des Feindes zu.

Ein weiterer Befehl von Raumoko ertönte: »Wendet das Schiff!« Alle Ruderer auf der Steuerbordseite beschleunigten daraufhin ihren Schlag, während die Ruderer auf der Backbordseite ihre Ruder festhielten und ins Wasser hängen liessen.

Nun strahlte Raumoko siegessicher und schrie seinen Männern zu: »*Tangaroa* und der Kriegsgott von Tuanuku schenken uns den Triumph in der Tiefe!« Der Große Mann zeigte mit seinem *taiaha* auf die Männer, die ins Wasser gefallen waren und um sich schlugen: »Tötet sie! Tötet sie alle! Unser Zorn ist so groß, dass keiner entkommen wird!«

Als würde er eine Peitsche in der Hand halten, schlug Raumoko mit seinem *taiaha* auf die See und befahl dem Steuermann, das Kriegsschiff über die feindlichen Krieger, die im Wasser um ihr Leben kämpften, gleiten zu lassen.

Die See begann, sich vor Blut rot zu färben, und es dauerte nicht lange, bis Raumoko ausrief und aufs Wasser zeigte: »Schaut! Tangaroa schickt seine Krieger, um uns beizustehen.« Schwarze Haiflossen schossen um die kämpfenden Kanus herum. Die Fische machten sich gegenseitig die Kriegsbeute streitig.

Raumoko war entzückt: »Selbst die Haie spüren die Macht Raumokos und geniessen Rehuas Festmahl!« Voller Stolz ließ der Große Mann seinen Blick über den Ort seines Wirkens schweifen und rief zu einem Kanu, das ihn begleitete, hinüber: »Wieviele haben wir versenkt, Atawhai?«

Atawhai hielt zweimal beide Hände hoch. Beide Male waren alle Finger ausgestreckt. »Die Götter schenken uns den Sieg, doch einer ist noch auf der Flucht. Ich werde Waru verfolgen, bevor er uns entkommt. Folgt mir – wir werden versuchen, ihn in die Enge zu treiben und an Land zu zwingen«, sagte der Häuptling.

Später am Nachmittag kam ein Sturm auf, und Raumoko mußte sehr widerwillig die Verfolgung des fliehenden Waru Taka abbrechen. Der Häuptling schrie dem davonfahrenden Kanu hinterher: »Heute retten dich die Götter, doch morgen schon wird dich mein *taiaha* erschlagen. Geh und vergiß nicht, dass du des Todes bist!«

3

Als sie sich nach der Schlacht versammelten, stellte der Große Mann fest, dass er nur ein Kanu verloren hatte und der Großteil der Männer gerettet worden war.

Am nächsten Tag kehrten alle Besatzungen nach Tuanuku zurück, zufrieden mit ihrem Sieg, aber müde.

Raumoko hatte allen Grund, hocherfreut zu sein. Der Sieg hatte die Männer in ihrer Tapferkeit bestärkt und war eine gute Vorbereitung für die Endabrechnung mit den Ngati Whakaari.

Nachdem die Kanus von den Kriegern ans Ufer gezogen worden waren, sagte Raumoko: »In zwei Tagen laufen wir in Richtung Tawhitiroa aus. Dann beginnt die Schlacht, auf die wir uns so lange vorbereitet haben.«

Die folgenden zwei Tage verbrachten die Krieger gemeinsam mit Raumoko. Während sie gut speisten und sich ausruhten, kümmerten sich die Sklaven um die Ausrüstung der Kanus. Unter den stets wachsamen Augen von Raumokos persönlichen Wachmännern wurden die Schiffe für den großen Angriff fertiggemacht. Am Tag nach der Schlacht ging Raumoko mit Tutu und den Kindern im Wald jagen, wie er es versprochen hatte. Der verräterische Tutu spielte seine Rolle gut und lockte die armen nichtsahnenden Tauben und *kakas* in die Reichweite der Speere, so dass nicht nur Raumoko an diesem Spiel seinen Spass hatte. Die Kinder waren begeistert.

4

Da das Wetter schlecht war und sich Raumokos Kriegskanus weit von der Küste entfernt aufgehalten hatten, konnten keine Nachrichten von Warus Unglück nach Tawhitiroa gelangen. Doch Waru war nicht in der Lage, Tawhitiroa beizustehen, selbst wenn er es gewollt hätte.

Einen Tag später wurde Whare Haunui überraschend von den wütenden *Whakatohea* überfallen. Waru starb im Kampf vor seinem *pa*, das bis auf den Erdboden niederbrannte. Diejenigen, die nicht fliehen konnten, wurden versklavt. Warus Krieger zogen seine verstümmelte Leiche aus den Farnen am Rande des Pfades, der zum *pa* hinauflief, und brachten sie in Sicherheit.

5

Eintausend bewaffnete Krieger säumten zu beiden Seiten den Pfad, der zu den Haupttoren von Tawhitiroa hinaufführte. Langsam und schweigend schritten die übriggebliebenen, verzweifelt wirkenden Stammesmitglieder von Warus Volk voran. Einige Frauen und ein Dutzend unbewaffneter Krieger führten die Gruppe an, um zu zeigen, dass sie in Frieden kamen. Viele Menschen säumten die Palisaden. Hin und wieder konnten sie von einem der Männer aus der Gruppe der Ankömmlinge einen Sprechgesang hören, als sie sich dem *pa* näherte.

»Großer Tawhiro, erinnere dich unser, ich bin Rima, einer deiner Freunde, die einst als willkommene Gäste dein *pa* unter unserem Häuptling Eru Taka besuchten, dem engen Verwandten deiner Tante Mihi.

Wehe! Wir sind die Letzten unseres Stammes, und es ist unser tiefer und aufrichtiger Wunsch, dass es uns erlaubt sein möge, uns den Ngati Whakaari anzuschliessen, damit wir den Kampf gegen Raumoko fortsetzen können. Lasst uns gemeinsam gegen Raumoko kämpfen, so dass unsere Speere die unzähligen Tode rächen mögen, die er unserem Volk angetan hat. Höre unser Bitten, großer Tawhiro, höre unser Bitten, denn in dich allein setzen wir unser Vertrauen.«

Der Hohepriester, der in der Mitte des Durchgangs stand, hob seine Hand und verlangte nach Schweigen.

Er bat Haukino, vorzutreten, und bedeutete auch Rangipai, zu ihm zu kommen.

Dann rief er aus: »Eru Takas Familie und seine Krieger sind uns in unserem *pa* willkommen. Wieviele seid ihr?«

Die Stimme erwiderte: »Zehn Frauen, zwei Kinder und einhundert Krieger, viele verwundet und pflegebedürftig.«

»Was ist mit den anderen geschehen?«

»Sie wurden gefangengenommen und von den *Whakatohea*, die

einst Freunde von Raumoko waren, in die Sklaverei verschleppt. Die übrigen wurden bei der Verteidigung Whare Haunuis getötet. Die *Whakatohea* haben unser *pa* zerstört, selbst die Vögel sind verschwunden, und nicht ein einziges Blatt ist mehr zu sehen.«

»Ist unter euch eine *ariki* – eine junge Frau, die mit Haukino Te Onewa vermählt ist, dem Kriegshäuptling dieses pa?«

»Ja! Ja! Sie ist hier«, und man konnte Stimmen hören, die sie drängten, vorzutreten. Innerlich fühlte sich der Hohepriester sehr erleichtert, dass Awanui offensichtlich noch lebte. Doch Haukinos plötzlicher Gesichtsausdruck, auf dem sich zugleich Bestürzung und Erstaunen widerspiegelte, war selbst für den sonst eher nüchternen Hohepriester beinahe zuviel. Ganz nebenbei bemerkte er zu seinem Kommandanten der Wache: »Mein Geschenk ist zu seinem rechtmäßigen Empfänger zurückgekehrt, wie ich vorhergesagt habe, Haukino.«

Der Kommandant der Wache wollte gerade etwas erwidern, als er von der klagenden Rangipai unterbrochen wurde: »Oh, meine Freunde, gibt es keine Nachricht von Waru?«

Sogleich antworteten die Besucher: »Unser mächtiger Krieger, Waru Taka, starb in der vergangenen Nacht bei der Verteidigung Whare Haunuis. Sein Schicksal wird allen Kriegern, die nach Größe streben, für alle Ewigkeit ein leuchtendes Beispiel sein. Sein Geist wird uns für immer den Weg weisen. Doch heute trauern wir mit dir um den schweren Verlust deines Verlobten.«

Die Nachricht von Waru Takas Tod betrübte die gewaltige Menschenmenge, die sich auf dem *marae* versammelt hatte. Viele erinnerten sich an ihn. Für Haukino gab es noch einen besonderen Grund, sich an Eru Takas Sohn und sein Können zu erinnern. Denn es war Waru gewesen, der vor kaum zwei Jahren seine Schulter berührt hatte, als die Besucher die Gastgeber herausgefordert hatten. Alle Augenpaare ruhten nun auf der jungen Prinzessin Rangipai, als Awanui, die an der Spitze des Zuges stand, vortrat. Der Gedanke an den Tod Waru Takas erfüllte Rangipai mit Schmerz, doch sie begegnete dem fest auf sie gerichteten Blick tausender Menschen ihres Volkes so, wie man es von ihr erwartete. Sie stand aufrecht und stolz in einem Umhang von schön gefärbten Taubenfedern, den sie über einem Oberteil aus festgewebten taniko und einem Rock von feingesponnenem Flachs trug. Klaren Blickes und ohne im geringsten ihre Gefühle zu verraten, hieß sie Awanui auf Tawhitiroa willkommen. Ein weiteres Mal wurden die Stammesmitglieder mit einer Neuigkeit konfrontiert, die besonders Haukino erschütterte. Er sah seinen eigenen Sohn, dessen Existenz er nicht einmal vermutet hatte. Rangipai sagte zu Haukino: »Und was für ein hübscher Junge! Ist er dein Sohn?«

»Ja! Das ist sein Vater!«, und Awanui zeigte mit dem Finger auf Haukino. Aber sie sagte kein weiteres Wort, und Rangipai spürte die Feindseligkeit, mit der die Frau Haukino begegnete. Nun war Haukino an der Reihe, sich seiner Frau zu nähern, aber sie ging geradewegs an ihm vorbei, mißachtete jegliche Stammesbräuche und übersah ihren Mann völlig. Haukinos Blicke wurden zunehmend ärgerlicher, war ihr Verhalten doch mehr als beleidigend.

Awanui legte ihre Arme um Rangipais Hals und begrüßte sie mit dem Nasenkuss. Dann begann sie mit der Trauerklage über den Verlust von Waru und Eru Taka. Scharen von wehklagenden Frauen stimmten sofort mit ein.

Der Hohepriester und seine Krieger beobachteten die traurige Prozession auf ihrem Weg nach Tapuae. Dann wandte er sich an Haukino und befahl: »Bring die Gäste herein. Lass die Sklaven ihre Wunden salben. Bereite ihnen Unterkünfte, und sorge dafür, dass man ihnen zu essen gibt. Denke daran, solche treuergebenen Männer werden wir nie wieder sehen. Ich bin stolz, sie in unserem *pa* zu haben.

Diejenigen, die noch kampffähig sind, sollen ihren Wunsch erfüllt bekommen und morgen auf Raumoko treffen. Und jetzt, Haukino, solltest du besser gehen und heute abend nach deiner Frau sehen. Doch denk daran, kein Sex. Wir müssen morgen bei Sonnenaufgang unsere Seelen und Waffen dem Kriegsgott weihen, also wirst du deinen Kopf bei der Arbeit behalten müssen.«

6

Sobald die beiden Frauen Tapuae betraten, griff Rangipai nach Awanuis Arm.

»Ist es wirklich wahr, was ihr sagt? Waru, mein Waru – ist doch sicher nicht tot?«

Awanui nickte und flüsterte sanft. »Doch! Die meisten unserer

Leute verdanken Waru ihr Leben. Er war ein großer Krieger. Er hat vielen das Leben gerettet.«

»Wann ist es geschehen?«

»Erst gestern. Wir sind die Nacht durchmarschiert, um zu entkommen, als das *pa* niederbrannte.«

Sie zeigte auf die Krieger, die sie begleitet hatten. »Diese tapferen Männer beschlossen, mich mitzunehmen. Sie wollten euch gegen Raumoko beistehen und so den letzten Wunsch ihres Häuptlings erfüllen.

Rangipai wurde von ihren Gefühlen beinahe überwältigt. Das, was sie soeben erfahren hatte, war zu viel für sie nach den gerade überstandenen Qualen. Sie fühlte sich schwindlig. »Waru, oh Waru!« murmelte sie immer wieder vor sich hin. Dann sang sie ihrem Geliebten ein Abschiedslied, während Tränen ihr Gesicht hinabliefen.

Schließlich wandte sie sich an Haukino: »Deine Frau ist sehr mutig. Geh hin und heiße sie auf unserem *marae* willkommen, und sorge dafür, dass man ihr zu essen gibt.«

Selbst in ihrer Trauer war Rangipai der offensichtliche Mangel an Wärme zwischen Awanui und ihrem Mann nicht entgangen. Dies verwirrte sie. Haukino hatte Awanui bislang noch nicht einmal willkommen geheißen.

»Möchtest du Awanui wieder als deine Frau annehmen, Haukino?« fragte sie ruhig, als sich sich dem Versammlungshaus näherten.

»Das müßte ich mir überlegen«, erwiderte der berühmte Anführer der Hundertvierzig Krieger des Kriegsgottes, der sich an die anstrengende Nacht erinnerte, die Awanui ihm bereitet hatte. Er mußte auch daran denken, wie sie ihn bloßgestellt hatte, als sie ihn bei der Begrüßung übersehen hatte.

»Sie ist die Mutter deines Sohnes. Du mußt auch an sein Wohlergehen denken.«

»Was soll ich mit einem Kleinkind?« protestierte Haukino. »Du liebe Zeit – ich stehe kurz davor, die Männer in die alles entscheidende Schlacht unserer Geschichte zu schicken.«

»Ich könnte mich um deinen Sohn kümmern, wenn du es nicht tun willst.«

»Aber er hat doch eine Mutter.«

»Sie ist hier nur eine Sklavin.«

»Awanui ist meine Frau, und ich werde entscheiden, was zu tun ist, solange sie hier ist. Das ist meine Sache. Es ist eine Familienangelegenheit. Und ich sage es noch einmal – sie ist keine Sklavin. Sie ist meine Frau.«

»Du hast gerade gesagt, dass du die Angelegenheit überdenken möchtest. Mach das, aber wenn Awanui wieder davonläuft, dann mußt du mit *muru* rechnen.«

»*Muru*!« Haukino war entsetzt.

»Jawohl! *Muru*!« erwiderte Rangipai und fügte hinzu: »Wir alle kennen das Gesetz von *muru*. In diesem Fall bedeutet es, dass wir alle dein Haus plündern dürfen, wenn du nicht auf deine Frau aufpassen kannst. Oh! Da ist sie ja.«

Awanui hatte die beiden beobachtet, als sie sich dem *pa* näherten.

Die Gestalt Haukinos rief viele Erinnerungen in ihr Gedächtnis zurück, die verdrängt wurden von den Schreien der Sterbenden in Hakatere. All dies war plötzlich wieder da, und auch an den Tod ihres Vaters mußte sie denken. Erinnerungen an jene Nacht des Schreckens wurden lebendig. Siegeshochzeit, so nannte man sie. Doch Awanui hatte einen passenderen Namen gefunden, keinen sehr erfreulichen.

Sie blickte an Rangipai vorbei und sah Haukino an. Ihre Miene verdunkelte sich, während ihr Herz sich anfühlte wie Stein.

Einige lange Minuten standen die drei so da und schauten sich schweigend an, dann sprach Haukino und zeigte auf das Baby: »Er ist ein netter Junge!« sagte er unbeholfen.

»Ja, die Besten wachsen in der Asche des heißesten Waldbrandes«, erwiderte Awanui und blickte Haukino direkt an. Als sie versuchte, ihre Gefühle zu beherrschen, bebte ihre Brust. Auf ihrem Gesicht spiegelte sich die Anspannung des zurückgelegten Weges wider.

»Du und dein Kind sind uns willkommen. Ihr seid eingeladen, bei uns zu bleiben«, sagte Rangipai, die hoffte, dass das Mädchen etwas sagen würde.

Haukino blieb stumm und betrachtete Awanui. Sie war noch immer sehr attraktiv, obwohl ihr Haar viel kürzer war und sich um ihren Mund herum Fältchen gebildet hatten. Sie war vorteilhaft in einen Federumhang gekleidet, einem Geschenk Eru Takas, der sie vor einiger Zeit so verehrt hatte. Doch außer ihr selbst wusste nur der Hohepriester von diesem Geheimnis.

Rangipai versuchte es noch einmal. »Awanui, Haukino ist dein Mann – warum bleibst du nicht hier, um herauszufinden, ob eure Ehe Bestand haben kann? Ihr habt einen reizenden kleinen Jungen, der eines Tages wie sein Vater ein großer Krieger sein könnte.«

»Krieger bringen nur Tod und kein Glück«, erwiderte sie, wodurch sie sehr deutlich zeigte, was sie fühlte.

»Mein eigener Vater fiel im Kampf«, sagte Rangipai. »Du siehst also, dass ich deine Gefühle gut nachvollziehen kann!«

»Aber was kann ich hier tun? Ich habe keine Stellung in eurem Stamm – eigentlich bin ich für euch nur eine Sklavin.«

»Sklavin!« brüllte Haukino plötzlich vor Ärger, als ob er erst in diesem Moment an die eigentliche Bedeutung ihrer Vermählung dachte. »Niemand darf es wagen, meine Frau Sklavin zu nennen, oder der Tod wird ihnen für immer ihr schändliches Maul verschliessen! Awanui, du bist meine Frau und teilst als solche den Status unserer Besten. Lasst mich das wiederholen«, und seine Stimme zitterte, als er sprach. »Kein Mensch wird die Gabe des Hohepriesters je als Sklavin bezeichnen! Kein Mensch wird je sagen, dass die Siegeshochzeit nur für eine Sklavin gut sei.

Frau, du bist mit Haukino Te Onewa vermählt, dem Kriegshäuptling dieses Stammes unter unserem Hohepriester. Geh hin und schreite auf diesem *marae* mit Selbstvertrauen, denn du bist mein, und dein Sohn ist von meinem Blut, dem Blut der Häuptlinge.«

»Wohl gesprochen, Haukino!« Die sanfte Stimme hatte sie erschreckt. Als sie sich umdrehten, stellten sie fest, dass der Hohepriester auf leisen Sohlen zu ihnen getreten war. »Ich bin hocherfreut, Awanui, dass du in unser *pa* gekommen bist. Ich wusste, dass du zurückkehren würdest.« Er schaute Haukino an: »Habe ich dir nicht gesagt, dass du eines Tages eine sehr freudige Überraschung erleben wirst?« Diesmal lächelte er Awanui an. »Kommt! Und lasst uns alle an der Freude eines Mannes teilhaben, den wir alle bewundern. Da du diesen *marae* als die Frau meines führenden Kriegers betreten hast, erlaube mir, dir diesen fürstlichen Umhang zu überreichen.«

Noch während er sprach, legte er sein persönliches Walknochen-mere in die Hand Haukinos und um die Schultern Awanuis den zeremoniellen Umhang, der einst seiner nun schon lange verstorbenen Mutter gehört hatte.

Der Hohepriester wandte sich der schnell anwachsenden Menschenmenge zu und rief, so dass alle es hören konnten: »Bezeugt dies, meine Freunde und Verwandten! Seht unsere neue *ariki*, die junge Frau unseres großen Kriegers Haukino Te Onewa.« Diese priesterlichen Verkündigungen kamen für Haukino und Awanui völlig unerwartet, doch Tawhiro fügte sogar noch hinzu: »Geht hin und schreitet inmitten eurer Freunde und Verwandten. Von nun an seid ihr beide *ariki*.«

Der Hohepriester war äußerst froh, dass Awanui nach Tawhitiroa gekommen war. Jetzt würde es mit Haukino keinen Ärger mehr geben. Ah! Diese Geschichte mit Eru... Er würde sie für sich behalten, niemanden ging das jetzt noch etwas an.

7

Die plötzliche Wendung der Ereignisse kam für Rangipai überraschend. Gerade eben waren Awanui und Haukino doch noch ganz unentschlossen, was ihre zukünftige Beziehung anging, und sie fürchteten sich davor, wie der Stamm reagieren würde. Doch jetzt konnte Rangipai, ebenso wie der übrige Stamm, nur über die Macht des Hohepriesters staunen. Was sollten sie nur ohne ihn tun?

Kurz bevor er sich umwandte, um zu gehen, vertraute der Hohepriester Rangipai an: »Ich mußte dies tun, um Awanui zu schützen. Unsere Frauen hätten sie in Stücke gerissen, und Haukino hätte sich an ihnen gerächt. Jetzt sind alle zufrieden. Niemand wird es mehr wagen, sie zu berühren.

Was Awanui und Haukino nun miteinander anfangen, ist allein ihre Sache. Unser Volk ist durchaus bereit, die Dinge so laufen zu lassen, wie Awanui und Haukino es wollen. Aber sie sind beide *ariki*, was die Beziehungen innerhalb des Stammes betrifft. Zumindest ist so kein Keil zwischen unsere Familien getrieben worden!« lächelte er seine Nichte an. Es war Zeit für ihn, sich von ihr zu verabschieden. Morgen würden sich die Ngati Whakaari zum Krieg bereitmachen.

»Du wirst morgen vorsichtig sein, Onkel, nicht wahr? Meine Gebete werden bei dir und deinen tapferen Kriegern sein, auf dass ihr alle siegreich wiederkehrt.«

»Der Kriegsgott wird uns beschützen!«

»Er scheint in letzter Zeit sehr beschäftigt zu sein. Onkel, ich hoffe, dies ist die letzte große Schlacht, und wir können dann endlich in Frieden leben.«

Rangipai schaute ihren Onkel scharf an.

Der Priester, der seine Nichte kannte, lächelte und fragte: »Nun?«

»Ich möchte, dass du Whitikau und dreihundert Krieger der Wache mitnimmst.«

»Das gab es noch nie.«

»Ich weiß.«

»Wieso?«

»Solltest du plötzlich im entscheidenden Moment zusätzliche Männer brauchen, dann ist es sinnlos, dass diese Männer nur bei den Palisaden in Bereitschaft stehen.«

»Ich bin mir unseres Sieges sicher, meine Liebe.«

»Onkel, nimm meine Krieger mit – eine Last wäre von mir genommen.«

»Aber in der Vergangenheit haben wir niemals die Anzahl der Wachen verringert. Wieviele Männer bleiben dann zurück?«

»Fünfzig.«

»Ich glaube, wir sollten die Wachen hier lassen.«

»Und was, wenn sich im Laufe der Schlacht das Glück gegen dich wendet?«

»Du bist eine Pessimistin.«

»Nein!«

»Einer deiner Träume?«

»Nun, das nicht – nur ein Gefühl.«

»Oh! Erzähl mir von diesem Gefühl – beschreibe es.«

»Nun, ich fühle, dass es gerechtfertigt ist, Whitikau mitzuschicken.«

»In Ordnung. Wenn du dich dann besser fühlst, werde ich Whitikau sicherlich willkommen heißen. Er ist einer unserer besten Krieger, aber ich dachte, er sollte lieber das *pa* verteidigen. Was würde zum Beispiel geschehen, wenn alle unsere Sklaven rebellierten und unser *pa* plünderten? Was, wenn sie sogar dich töteten, während ich fort bin und gegen Raumoko kämpfe? Das wäre genauso, als ob wir die große Schlacht verlieren würden.«

»Daran habe ich gedacht, Onkel. Doch Whitikau glaubt, dass die Sklaven mit ihrem Leben bei uns mehr als zufrieden sind, seitdem sie besser behandelt werden. Takarehe ist gut zu ihnen, genau wie es Motu Turei war.«

»Fünfzig gut bewaffnete Krieger sind nicht genug. Nehmen wir an, ich ließe dir stattdessen einhundert hier?

»In Ordnung. Lass mir diese einhundert Krieger, und ich werde Tawhitiroa bewachen. Es ist das Mindeste, was ich tun kann. Damit hast du zweihundertfünfzig zusätzliche Männer unter Whitikau, einem unserer besten Krieger.«

»Dann ist es abgemacht. Wähle die hundert Krieger aus, die du am liebsten hier hättest.«

»Ich danke dir, Onkel. Ich werde für deinen Sieg zu unseren Göttern beten.«

Rangipai trat vor, um den Hohepriester mit einem *hongi* zu verabschieden.

Ohne ein weiteres Wort presste er zum Lebewohl seine Nase an die seiner Nichte. Tawhiro machte sich Sorgen wegen einer Vorahnung. Er sah einen Umhang aus *kiwi*-Federn über einem Holzklotz liegen, und zwar einen Umhang, den er nicht als seinen eigenen erkannte. Es war der Umhang Raumokos. Was den Hohepriester beunruhigte, war, dass er bereits während des Tages den Umhang vor seinem inneren Auge vor sich sah. Das war in vieler Hinsicht ein gutes Zeichen, doch es bedeutete auch Tod.

Infolgedessen dauerte sein Abschieds-hongi mit Rangipai länger und war tränenreicher als gewöhnlich.

Als sie ihm beim Weggehen nachblickte, fühlte auch Rangipai, dass sie ihren Onkel vielleicht zum letzten Mal sah.

In dieser Nacht zogen Haukino und Whitikau mit den Hokowhitu a Tu und dem Hohepriester hinaus, um sich für die besondere Zeremonie vorzubereiten. Dort würden sie das Zeichen von Tumatauenga empfangen und unbesiegbar werden.

Am kommenden Tag sollten sich alle Krieger des Stammes, insgesamt fast fünftausend Männer, versammeln, um an den Kriegsvorbereitungen teilzunehmen. Die letzte Kraftprobe zwischen den beiden mächtigsten Stämmen der ganzen Küste eilte ihrem schrecklichen Höhepunkt entgegen.

18. KAPITEL

Reisst die Palisaden nieder!

»Dieser Lärm ist wirklich ohrenbetäubend! Ich hoffe nur, dass Raumokos Krieger vor Angst fliehen, wenn sie das hier sehen!« sagte Rangipai zu Tareti, die durch heftiges Nicken ihre Zustimmung zeigte.

Sie befanden sich im Foyer der Ahnenhalle und beobachteten, wie die Stimmung langsam ihren Siedepunkt erreichte. Viele Führer der Unterstämme waren dem Kriegsaufruf des Hohepriesters gefolgt und hatten sich bereits in Begleitung ihrer Krieger auf dem *marae* versammelt.

Immer wieder ertönte das Röhren der *hakas* über dem *marae*, wenn keilförmig aufgestellte Männergruppen aufeinander losgingen, um sich auf die bevorstehende Schlacht vorzubereiten. Nur wenige Zentimeter vor den rauchenden Speerspitzen schwenkten sie zur Seite und verfehlten einander kaum um Armeslänge.

»Schau dir deinen Onkel an!« schrie Tareti, fast heiser vor Aufregung. »Er hat seinen Hundefellmantel abgelegt – jetzt hockt er nur noch in seinem *maro* da!«

Rangipai schaute gebannt zu, wie Tawhiro ein großes *taiaha* ergriff und dabei seine Rückenmuskeln sowie die Arm- und Oberschenkelmuskeln spielen ließ. Die großflächigen Tätowierungen, die seinen Körper bedeckten, sahen jetzt aus wie große Insekten, die über seine Haut krochen.

Plötzlich erklang mehrmals der tiefe, dröhnende Kriegsgong. Das war das Signal, auf das alle gewartet hatten. Jetzt würde der Kriegsrat beginnen.

Mit einem furchterregenden Schrei brach eine wild tanzende Gestalt aus dem hohen, geschnitzten Foyer der Ahnenhalle hervor. Rasend schnell ließ sie das *taiaha* herumwirbeln, so dass es aussah, als würde eine undurchdringliche Wand entstehen, aus der plötzlich trotzig eine Zunge aus roten Federn hervorschoß – eine Todeswarnung an ihre Feinde.

Der Auftritt des Häuptlings brachte die versammelten Stämme zum Schweigen. Er tanzte nach vorne und drehte sich dabei wie ein Wirbelwind. Dann schoß er wie ein Pfeil auf die Kriegerreihen zu. Alle Anwesenden beobachten ganz genau jede seiner Bewegungen. Denn jeder noch so kleine Fehler konnte als mögliche Warnung der Götter vor einem Unglück gedeutet werden. Zum Abschluss eines besonders furchteinflößenden *haka* sprang er fünf Fuß in die Luft, wobei er seine Füße so angezogen hatte, dass sie völlig unter seinem *maro* verschwunden waren.

Plötzlich schnellten die Beine wieder unter dem *maro* hervor, und er landete sicher auf seinen tanzenden Füßen. Das Gesicht hatte er den anderen Häuptlingen zugewandt, und sein ganzer Körper bebte. Er wusste nun, dass die Götter mit ihm waren.

Rasch auf und ab stolzierend, stieß der Hohepriester wilde Zischlaute aus. Dann rief er so laut er konnte: »Ich habe den Rat des Kriegsgottes Tumatauenga eingeholt!«, und während seiner nun folgenden Rede schrie er von Zeit zu Zeit wie bei einem *haka*, um seinen Worten Nachdruck zu verleihen.

»Unser großer Kriegshäuptling Te Hau O Te Rangi ist im Kampf gefallen, und nun tropft die untergehende Sonne wie Blut von seinen Palisaden und schreit, schreit nach Rache!«

Tawhiros zornige und furchteinflößende Rede traf die versammelten Krieger wie ein Donnerschlag.

»In Te Hairini,
Dem schützenden pa!
Reisst nieder die Palisaden!
Die großen Palisaden,
Alle Palisaden!
Nieder, nieder, zieht sie zu Boden!
Aufgehäuft und im Feuer verbrannt.
Keine Zuflucht, kein Rückzug!
All ihr Stämme, hört meine Stimme!
Der Kriegsgott spricht!
Oh gefürchteter Gott,
Gott von Ehre,
Dessen Pfade
Die Myriaden beschreiten.
Um nie – niemals zurückzukehren!
Tu! Tu! Tu!
Dem Kriegsgott Tumatauenga!
Wir werden kämpfen,

Die Ngati Whakaari werden nicht zurückweichen
Nicht einen Schritt!
Kampf bis zum Tod,
Kampf bis zum Ruhm,
Kampf bis zum Sieg!«

2

Haukino stand da wie erstarrt, doch er sagte nichts, denn er wusste, dass Tawhiro derjenige war, der das seltene Privileg genoß, mit den Göttern sprechen zu können.

Er schaute zu den anderen Führern, die um ihn herum standen, und sah, dass auch sie die Worte des Priesters mit Bestürzung aufnahmen. Dennoch taten sie es ihm gleich und schwiegen.

Als der *haka* beendet war, fuhr Tawhiro fort:

»Wenn Raumoko an Land geht, wird er nur die rußgeschwärzten Gipfel von Te Hairini sehen. Er wird denken, dass dieses *pa* von Feinden geplündert wurde. Das wird seine Pläne durcheinanderbringen und ihn zwingen, einen anderen Angriffsort zu wählen. Wir werden tausend Männer direkt vor seiner Nase verstecken, im Sumpf unterhalb des ehemaligen *pa* Te Hairini. Auf diesen Gedanken wird Raumoko niemals kommen, denn es wird kein *pa* mehr geben, das er angreifen könnte.

Tawhitiroa hingegen fordert seinen Angriff geradezu heraus wie eine saftige Frucht, die reif ist, gepflückt zu werden. Wir hoffen, dass Raumoko der Versuchung nicht widerstehen kann und direkt in unsere Falle laufen wird.«

Er legte eine Kunstpause ein und achtete genau darauf, wie die Männer seinen Plan aufnahmen. Dann sagte er mit so leiser Stimme, dass alle sich anstrengen mußten, ihn zu hören:

»Te Hau O Te Rangi wird lächeln, wenn er im Land der Seelen unserer Vorfahren im fernen Tawhiti davon erfährt, dass sein *pa* für den Niedergang unseres Feindes Raumoko verantwortlich war.«

Bei der Erwähnung des toten Häuptlings brach die Witwe Waiherere erneut in schrilles Wehklagen aus, in das alle versammelten Frauen einfielen. Wieder erhoben die Krieger voller Zorn ihre

Stimmen und verlangten nach Rache. Tawhiros Stimme wurde lauter. Anstelle des *taiaha* ergriff er nun ein *mere* aus Grünstein, das er so in seiner Hand hin- und herbewegte, dass es wie ein Streifen grünen Lichts flackerte. »Der Kriegsgott Tu hat gesprochen!«

Auf dem ganzen *marae* Tawhitiroas sprangen fünftausend Krieger auf die Beine. Diesmal schlossen sich auch die vielen Frauen dem herausfordernden Kriegstanz an.

Bei der Ausführung des peruperu achteten sie darauf, dass alle ihre Bewegungen zugleich ausführten, das heisst, dass alle Beine sich gleichzeitig hoben und dann wieder gleichzeitig senkten. Niemand durfte aus dem Schritt kommen.

In der vordersten Reihe der Krieger führte der berühmte *taiaha*-Kämpfer Haukino die Tänzer an. Er brannte darauf, den Tod seiner Verwandten zu rächen.

Mit einer Stimme, die immer mehr zu einem Schreien wurde, verhöhnte er den Feind:

»Schick uns den Raumoko,
Oh großer Gott Tu,
Lass seine Myriaden
Süßes Fleisch sein,
Das die Bäuche unserer Krieger füllt,
Uns verlangt nach dem Rauch
Von Kochfeuer
Das unsere Nüstern kitzelt
Mit dem Duft brutzelnden Fleisches!
So saftig!
Wie Honig auf unseren Zungen!
Legen wir Raumoko,
So dass sein Kopf ruht
Auf glühendem Stein,
Und wütende Hitze
Seinen Magen aufbläht,
Exkrement
Aus seinem Anus schießt
Ah! Ha! Ha!
Das werden wir tun!
Das müssen wir sehen!

Das werden wir sehen!«

Um den Worten Nachdruck zu verleihen, stiessen die Krieger die Enden von fünftausend Speeren und Knüppelgriffen gleichzeitig im Takt auf den Boden, während fünftausend Fußpaare zugleich auf die Erde stampften, so dass es krachte, und das wilde, furchteinflößende peruperu wie Donner grollte.

Die schrillen Stimmen der Frauen, die sich vor Anspannung und Aufregung beinahe überschlugen, verschmolzen mit den tiefen Stimmen der Männer, so dass das wilde Kriegs-*haka* eine unglaubliche Kraft ausstrahlte. »Tod dem Raumoko!« schallte es immer wieder über den ganzen *marae*.

»Volk von Te Hairini, schließt euch euren Verwandten an, kommt und verbindet euch mit jenen, deren Blut wir alle teilen.« Indem er mit seinem Grünstein-*mere* in die Richtung des *Makeo* zeigte, gab Tawhiro seinen Leuten einen Ratschlag in Form eines Liedes, das sich *Te Maunga* nennt.

»Geht hin zum Berg, zum großen Berg, zum einzelnen, hochaufragenden Berg,
Dem Berg, den keines Feindes Fuß je betrat,
Dem Berg, der über unsere Stämme wacht,
Dem Berg, der das Wasser aus den Wolken zieht,
Um den Durst unseres Volkes zu stillen, wenn die Sonne niederbrennt.
Dem Berg mit seinen tiefen Gruben, wohlbestellt mit *kumara*
Wo die fetten Tauben zum Rupfen reif auf den *puriri*
nisten
Und wo die Sprossen des *pikopiko* in wilder Fülle glänzen.
Dem Berg, der uns Nahrung schenkt wie eine Mutterbrust,
Wo hungrige Mäuler süßes Wasser aus der Erde an ihrem höchsten Gipfel saugen können,
Dem Berg, der die Winde des Himmels lenkt,
Dem Berg, dessen Größe kein Mensch je erreichen wird.«

Dann führte Tawhiro die Leute zum letzten Mal nach Te Hairini.

Den Gesang der Baumträger auf den Lippen, machten sich Gruppen von Arbeitern sofort daran, die Palisaden, die einst Te Hairini umschlossen, niederzureißen.

Sklaven wurden zur Eile angetrieben, die von bewaffneten Kriegern überwacht wurden. Sie trugen Brennstoffe und Vorräte auf ihren schmerzenden Rücken.

Frauen mit neugeborenen Babys im Arm und Kleinkindern, die sie in Tüchern auf ihre Rücken gebunden hatten, folgten ihnen. Dicht hinter ihnen stapften viele Kinder den staubigen Pfad entlang. Aus Angst, vergessen zu werden, kamen Hunde herbeigerannt, um sich ihnen anzuschliessen. Sie jaulten und kämpften beim Laufen mit ihren Artgenossen.

Tawhiro hatte Haukino beauftragt, die Zerstörung des *pa* zu überwachen. Dieser rannte wie wild herum und ermunterte die Leute, indem er ihnen versprach, für ihre Mühen belohnt zu werden. Als einige mutige Arbeiter innehielten, um sich zu erkundigen, worin denn die Belohnung bestehen sollte, brüllte Haukino sie ungeduldig an und schüttelte eindrucksvoll sein *taiaha*: »Kein dummes Gerede hier! Beeilt euch und macht, dass ihr vorankommt.« Es gab keine weiteren Fragen mehr.

Als eine der Letzten brachen die Stammesältesten auf. Dazu gehörten die alten Häuptlinge Te Amokura und Peta, die sich beide schon lange nicht mehr direkt an einer Schlacht beteiligt hatten, aber immer noch gerne um Rat gefragt wurden. Te Amokura, der Vater Tawhiros, war der größere der beiden und humpelte vorwärts, indem er sich auf einen Stock stützte.

»Raumoko wird eine große Überraschung erleben, wenn er hierherkommt und dann nichts mehr vorfindet«, bemerkte Te Amokura mit einem zahnlosen Grinsen.

»Ich würde zu gerne sein Gesicht sehen, wenn er über den Hügel bei Opape kommt«, erwiderte Peta. Alle lachten vergnügt, als sie sich das entsetzte Gesicht des feindlichen Häuptlings vorstellten. »Ich sehe ihn schon direkt vor mir, wie er dort am Strand landet. Du nicht auch, Amokura?«

»Ja, wir stopfen ihm eintausend Krieger unter den *rapaki*, und dann geben wir ihm den Rest.«

Die beiden alten Häuptlinge hielten am Haupttor von Te Hairini an und ruhten sich etwas aus, bevor sie ihren Marsch fortsetzten. Ehrfurchtsvoll, aber auch traurig sahen sie zu, wie die gewaltigen Palisadenpfosten aus dem Boden gezogen wurden.

»Seht nur! Seht euch an, was da passiert«, rief der alte Te Amokura, als er beobachtete, wie Haukino die Anweisungen des Hohepriesters befolgte.

Als der hochgewachsene Krieger das Interesse der beiden alten Männer bemerkte, kam er auf sie zu, um ihnen das Vorgehen zu erklären: »Es ist alles gar nicht so schwer, wenn viele Hände dabei helfen, die Pfosten an den Rand der irdenen Schutzwälle zu befördern. Ihr könnt sehen, wie sie von dort wie wild den steilen Abhang hinunterrollen. Achtet auf die kleinen Lawinen von Stein, Staub und krachenden Bäumen, die sich ihren Weg zum Fuß des Berges bahnen. Gelegentlich geschieht es, dass ein Pfosten mit enormer Kraft in eine Felsnase knallt und dann beinahe zwanzig Fuß in die Luft springt. Schaut! Da ist gerade wieder so einer!«, und schon eilte er davon.

Immer wenn sich dieses Ereignis wiederholte, beschwerte sich Te Amokura bitterlich und dachte an all die Jahre, die er hinter den Palisaden verbracht hatte. »Ich fühle, dass es auch mich zerreisst«, und er legte die Hand auf sein Herz. Wieder stürzten die Pfosten den Abhang hinunter. Jedesmal erklang ein gewaltiger Schrei aus den Kehlen der vielen Menschen, die sich im Tal versammelt hatten und warteten. »Seht euch an, wie die Stämme springen, sie fliegen, sie fliegen!«

Die Anführer hatten genug damit zu tun, den Arbeitern Anweisungen zu erteilen, die ganz verschmiert waren durch den Staub. »Wartet, bis die Stämme nicht mehr weiterrollen. Bleibt zurück, zurück. Jetzt, jetzt ist es soweit!« klang es aus einhundert Kehlen, als die Stämme zum Halt kamen.

Scharen von Arbeitern strömten aus dem Tal und standen erwartungsvoll neben dem nun zerschlagenen Bauholz. Auf das Kommando eines wild tanzenden Vorarbeiters riefen sie: »Hebt! Hebt hoch, jetzt!« Und unzählige eifrige Hände hoben die Stämme vom Boden. Man schleppte sie zum Flussufer und stapelte sie zu einem beinahe 30 Fuß hohen Haufen auf.

Auch bei Nacht wurde ohne Unterbrechung weitergearbeitet. Große Feuer und lodernde Fackeln erhellten die Landschaft mit einem unheimlichen Leuchten, das rot flackerte. Vom Berg herab rief man den Leuten am Fluss zu, wie die Arbeit voranging. Endlich kündigte ein enormes Donnern das Herannahen des letzten Palisadenpfostens an. Plötzlich brach der Gipfel des Berges in Flammen aus und sandte einen sprühenden Funkenregen in den Nachthimmel. Die verlassenen Häuser der Leute brannten. Männer brüllten Befehle, Frauen kreischten und Kinder heulten. Über allem erklangen die klagenden Kriegstrompeten, die niemanden unberührt liessen. Der durchdringende Nachhall des Kriegsgongs dröhnte durch die Nacht.

4

Früh am Morgen, vor Sonnenaufgang, zerrten und zogen Hunderte Männer in der Halle der Ahnen am gewaltigen Dachpfosten. Viele andere trugen die geschnitzten Figuren der Vorfahren zu einer eigens geweihten Stelle im nebelverhangenen Sumpf des heiligen *taniwha*.

Haukino fühlte sich beklommen. Er mochte es nicht, wie der klebrige Schlamm an seinen Beinen hängen blieb, und die geisterhafte Gestalt des Hohepriesters, die vor ihm ging, wirkte ebenfalls recht furchteinflößend. Es waren ausschließlich solche Dinge, bei denen sich der große Haukino unwohl fühlte. Es war weitaus besser, einem Feind direkt gegenüberzustehen, um ihm dann die Zähne zu zeigen, als sich auch nur im entferntesten am Rande des Ungewissen zu bewegen.

Während der Hohepriester schnell hintereinander Worte ausstieß, die nur die Götter verstanden, tanzte und wiegte sich seine weißgekleidete Gestalt über dem Sumpf. Langsam zog Haukino seine Kreise über dem bebenden Grund. Es schien, als würde er im Nebel schweben, während seine tanzenden Füße das blaue Feuer der Teiche berührten.

Er tanzte weiter, wurde schneller und schneller. Langsam stellten sich Haukinos Nackenhaare auf, und ihn ergriff ein seltsames Gefühl, das an seinem Herzen zu zerren schien. Nun wusste er, dass die Macht der Götter für eine kurze Zeit im Reich der Menschen ruhte.

Er spürte den kalten, klebrigen Schlamm nicht mehr, als alle im Sumpf allmählich zu tanzen begannen.

Ein Ausruf der geisterhaften Figur: »Legt sie ab, legt sie ab« – und unwillkürlich stimmte Haukino gemeinsam mit Hunderten Stimmen den Sprechchor an:

»Sanft bettet diese
Heiligen Schnitzereien
Unserer Ahnen
Aus Te Hairini
Dass ihre Seelen
Im fernen Hawaiki
Nicht gestört werden in ihren Träumen.
Sachte! Sachte! Sachte!
Nieder! Nieder! Nieder!
In die wartenden Arme
Von *Papatuanuku*,
Nimm sie zurück,
Denn sie sind dein,
Hüte sie vor sterblichen Augen,
Bis unsere Rufe
Zum Sieg erklingen
Und die Himmel erwecken!«

Lauter Jubel zerriss die Luft, als die letzte Schnitzfigur langsam im Sumpf versank und die tanzende Gestalt im Morgennebel verblasste.

Die Leute aus Te Hairini hatten nun beim *Makeo* ihr Lager aufgeschlagen. Über ihren Köpfen zogen schwarze Wolken vom Ozean heran, und man hörte Donnergrollen in den nahen Tälern. An den Flussufern des Waiaua bereiteten sich Tawhiro und fünftausend Krieger darauf vor, dort die Nacht zu verbringen. Angespannt warteten sie auf das Zeichen des Kriegsgottes.

Plötzlich erschienen wie aus dem Nichts rote Flammenzungen, die zwischen den gestapelten Palisadenpfosten umherzutanzen schienen. Langsam bildete sich eine Rauchsäule und drehte sich wie ein vom Teufel besessener Tänzer. Alle schauten in ängstlicher Erwartung zu, wie der Rauch höher und höher stieg. Dieses Schauspiel wiederholte sich minutenlang, als versuche der Rauch, eine Entscheidung zu treffen. Eine Ewigkeit schien vergangen zu sein, als er endlich wegtrieb und dabei aussah wie ein gewaltiger Finger, der auf die breite Sandfläche vor dem *pa* deutete.

Einen monotonen Gesang wiedergebend, bewegte sich Tawhiro leichtfüßig vor seinen Männern. »Seht dieses Zeichen, hier ist die Stelle, wo wir angreifen werden. Dies wird der Ort sein, an dem wir Raumoko besiegen, dies ist der Strand der Entscheidung.«

Zur Antwort erklang ein gewaltiger Ruf der Männer: »Es ist die Entscheidung des Gottes, des Kriegsgottes Tu!

Auf den nahegelegenen Hügelspitzen wurden die Signalfeuer entfacht, die die Stämme zum Krieg riefen.

5

Zu den nächsten Verwandten Rangipais gehörte die Witwe Tareti, die als die jüngere Schwester ihres verstorbenen Onkels Motu Turei ihre Tante war. Tareti war gekommen, um mit Rangipai zu sprechen.

»Die Hälfte der Bevölkerung hat davon gesprochen, hinter den massiven Palisaden von Te Hairini Zuflucht suchen zu wollen und sich nicht ums Kämpfen zu scheren, also hat dein schlauer Onkel diese wundervolle Gelegenheit genutzt, um die Leute zusammenzubringen. Siehst du, da gab es einen oder zwei Häuptlinge, die uns nicht dabei helfen wollten, Raumoko entgegenzutreten. Deshalb hat unser Priester dieses mächtige *pa* zerstören lassen. Jetzt müssen alle kämpfen.«

»Aber warum wollten die Häuptlinge den Feind nicht zurückschlagen?«

»Oh, immer dasselbe. Sie sagen, ›Ich bin Häuptling auf meinem *marae*, und warum sollte ich kommen und euch aus eurem Ärger helfen?‹ Du weißt ja, wie sie reden, und nun, wo Te Hau O Te Rangi tot ist, hätten sie auf niemanden gehört. Aber sie meinen es nicht wirklich ernst und warten nur darauf, dass man ihnen einen besonders überzeugenden Grund liefert, um umso entschlossener zu kämpfen.«

Rangipai lächelte: »Aber mein Onkel hat sie das Fürchten vor den Göttern gelehrt. Er hat ihnen mehr als genug Gründe geliefert. Jetzt, ohne *pa*, in dem sie sich verstecken könnten, müssen sie kämpfen.

»Er ist ein großer Priester und Häuptling.«

»Weiß man denn nun, wann genau die Schlacht mit Raumoko stattfinden wird?« fragte Rangipai, als sie sich fertigmachte, um zu ihrem Haus zurückzugehen. Sie wollte zunächst die Befestigungen des *pa* überprüfen und anschliessend eine Inspektion der Wache durchführen.

»Unsere Leute an der Küste haben berichtet, dass Raumokos Kanuflotte Tuanuku vor ein oder zwei Tagen verlassen hat und sich vor Omaio sammelt. Sie sollte morgen am frühen Morgen hier sein.«

Nachdem Rangipai gegangen war, lief Tareti vom *pa* zum Aussichtsturm hinüber, von dem man eine gute Sicht über die Klippe hinaus aufs Meer hatte. Die See war vollkommen ruhig, und am Horizont zog als Gutwetterbote eine lange weiße Wolke von Whakaari westwärts. Tareti sprach ein paar Minuten lang mit einem hochgewachsenen Krieger, der für die Wache verantwortlich war.

»Hast du Manaia gesehen?«

»Wenn du bis heute mittag wartest, dann kommt er von seinem Wachdienst von den äußeren Palisaden dort unten zurück.«

Tareti schaute, wie die Sonne stand, und wusste, dass sie nicht lange zu warten hatte. Sie mußte Manaia einfach sehen, bevor er am Morgen mit den anderen Kriegern in den Kampf ziehen würde. Je öfter sie mit ihm zusammen war, desto glücklicher fühlte sie sich. Sie wusste, sie hatte jemanden gefunden, der die große Leere füllen würde, die Hata, ihr verstorbener Mann, hinterlassen hatte, und ein Gefühl von Glück durchströmte sie. Sie hatte dem Hohepriester von Manaia erzählt. Er war froh, dass sie wieder jemanden gefunden hatte, solange sie noch jung war und dem Stamm neue Krieger gebären konnte, und hatte ihr seinen Segen gegeben.

Er hatte den Tod von Taretis erstem Mann während eines Kanu-Unglücks vor einigen Jahren sehr bedauert und hoffte, dass Manaia, der ein ausgezeichneter Krieger war, Tareti ein guter Mann sein würde.

Tawhiro hatte auch immer ein besonderes Interesse an ihrem Sohn, dem jungen Hata, gezeigt, den man nach seinem Vater benannt hatte. Hata genoß das Privileg, auf die ›Schule der Gelehrsamkeit‹ gehen zu dürfen.

Da der Junge am liebsten bei seinem Großvater wohnte, sah Tareti ihn nur gelegentlich.

Noch wusste niemand von Taretis und Manaias Geheimnis. Doch sobald der Krieger von der großen Schlacht heimkehren würde, würde Tareti seine Schlafmatte in der Halle der Vorfahren mit ihm teilen. Dann würden alle Bescheid wissen.

Sie schaute sich um, weil sie eine Stimme hörte, die ihren Namen rief. Sie lächelte und war angenehm überrascht: »Manaia! Ich habe dich erst später erwartet.«

»Man hat uns früher gehenlassen«, sagte er und lachte. Sie hielten sich eng umfasst und pressten ihre Nasen aufeinander. Schweigend sogen sie ihren Atem ein, keiner wollte den anderen loslassen. Niemand konnte sie so sehen, unter der Aussichtsplattform waren sie vor Blicken sicher.

Er flüsterte: »Du wirst auf mich warten?«

»Du gehst schon heute abend?«

»Ja.«

»Aber heute hätte unsere gemeinsame Nacht sein sollen!«

»Ich weiß, aber Raumoko kommt einen Tag früher als erwartet – was sehr rücksichtslos von ihm ist«, fügte er ärgerlich hinzu.

»Du wirst doch vorsichtig sein?«

»Tawhiro sorgt dafür, dass wir von den Göttern den besten Beistand erhalten, der nur möglich ist. Heute abend werden wir das besondere Ritual durchführen, und morgen früh wird das *tapu* des Kriegsgottes auf uns gelegt.«

»Das *tapu* des Kriegsgottes?« wiederholte Tareti in ehrfürchtigem Flüstern. »Ich hoffe mit all meiner Kraft, dass dir nichts zustößt.«

»Das wird es nicht, wenn die Macht der Götter mit uns ist. Ich werde zurückkehren«, erwiderte er voller Zuversicht.

Manaia war von mittlerer Größe und gedrungen. Man kannte ihn als einen der schnellsten Läufer des Stammes. Er war einer der wenigen, die von Haukino auserwählt worden waren, um für die Ngati Whakaari den herausfordernden Speer in den gegnerischen Kriegstrupp zu schleudern. Doch in diesem Moment hatte Manaia nur Augen für einen einzigen Menschen, die Frau an seiner Seite.

Sie lagen zusammen am Rande der Böschung, gebettet auf Bündel von Binsen, mit denen man sonst Häuser deckte. Dort unter der Plattform fühlte sich Tareti mit ihrem Mann sicher, aber die Sorge, dass er niemals zurückkommen könnte, ließ sie nicht los. Sie wollte ihn jetzt.

Sanft streichelte sie seinen Hals und ließ ihre Hände seinen Rücken hinuntergleiten. Er genoß diese Berührungen, liebkoste Tareti und fuhr mit seinen Fingerspitzen über ihren schlanken Bauch und ihre Schenkel. Ihre Atemzüge wurden immer schneller und trugen sie in eine neue Welt. Mit der roten Perle des miro wurden sie zurückversetzt zum Beginn der Schöpfung, wo die Zeit keine Bedeutung hatte und ihr allmächtiger Gott *Tane* den Menschen schuf, auf dass er sein ganzes Reich bewohne. In dieser kurzen Sekunde der Ewigkeit, in der Tareti und Manaia eins wurden, floß die mächtigste, allumfassende Kraft des Universums, um ein neues Leben zu beginnen.

Langsam kamen sie zurück aus dieser anderen Welt, und Manaia flüsterte: »Tareti, mein *aroha*, meine Liebe gilt nur dir.«

Später am Abend zog Manaia mit Tawhiros Verstärkungstruppen los, um an dem besonderen Ritual teilzunehmen, das man als die »Segnung der Krieger des Kriegsgottes« kannte.

6

Taretis Sohn Hata war fest entschlossen, die beste *moari*-Schaukel zu bauen, die es je gab. Als sie fertig an der Böschung des Flusses unterhalb Tawhitiroas stand, kamen Scharen von Kindern herbeigelaufen, um sie zu bewundern.

Rangipai hatte mehrere älteren Sklaven die Anweisung gegeben, bei der Aufstellung der Schaukel zu helfen.

Sie wollte unbedingt, dass die Kinder eine Beschäftigung fanden, die sie von den Kriegsvorbereitungen ablenkte.

Also wurde ein hoher Pfosten im Boden verankert und aufgestellt. Von seiner Spitze hingen acht sehr lange Seile herab, die an einem Drehgelenk befestigt waren und sich abrollten, als der Pfosten in seine aufrechte Postition gehoben wurde.

Endlich stand die Schaukel.

»Ich zeige euch, wie man schaukelt«, sagte Hata begeistert, »dann könnt ihr euch abwechseln, immer acht auf einmal.«

»Schaut!«

Er hielt sich am Ende des geflochtenen Flachsseils fest und lief die Böschung hinauf. Er rannte so schnell er konnte, bis er ganz am Rand, 15 Fuß über dem Fluss, angekommen war.

Dann sprang er, das Seil fest im Griff. Hata segelte durch die Luft, bis er beinahe dreißig Fuß parallel über dem Wasser hing. Dann ließ er sich fallen und landete platschend mit den Füßen voran in der tiefsten Stelle des Flusses.

Sekunden später tauchte er wieder grinsend auf und schwamm zurück ans Ufer.

Für den Rest des Tages wechselten sich die meisten Kinder beim Schaukeln ab. Aber keines von ihnen konnte so hoch oder so weit schaukeln wie Hata.

Es war alles sehr aufregend und stellte eine große Herausforderung dar. Keines der Kinder dachte auch nur ganz entfernt an die wichtigen Vorbereitungen, die um sie herum stattfanden.

Auch ein paar Mädchen machten mit bei dem Spass. Die beste von ihnen war Tapene, Awanuis kleine Kusine, die das Blutbad in Hakatere überlebt hatte. Viele der älteren Jungen bewunderten ihre Geschicklichkeit, während einige sie sogar um ihr Können beneideten.

Als andere seinen Platz an der Schaukel einnahmen, forderte Hata seine Spielkameraden zu einem Wettkampf der Kreisel heraus.

»Ich habe den besten Kampfkreisel, einen gewaltigen Krieger« sagte er vergnügt.

»Nein! Meiner ist ein besserer Krieger als deiner«, erwiderten mehrere Jungen zugleich.

»Dann beweist es.«

»Lasst uns einen Wettkampf abhalten! Der Kreisel, der sich noch als letzter dreht, ist Sieger«, schrie Kani, ein junger Neffe von Haukino.

»Los! Du wählst dir deine Mannschaft und ich mir meine. Mein Kreisel wird deinen mit Leichtigkeit schlagen, du wirst schon sehen!« erwiderte Hata.

Kani hatte einen großen neuen Kreisel, den er mit Haukinos Hilfe aus *puriri*-Holz gefertigt hatte.

Hata hingegen besaß einen enormen braunen *totara*-Kreisel. Andere Jungen hatten Kreisel aus *manuka*, *tawa*, *rimu* und *ka-*

hikatea. Es gab tatsächlich Kreisel von jeder Form und Farbe. Aber Kampfkreisel wie Hatas und Kanis waren sozusagen die Könige in der Welt der Kreisel. Sie waren die *toa*-Kreisel – die Tapferen.

Whitikau rief also den Frauen und Sklaven, die auf die Kinder aufpassten, zu: »Es gibt ein Fleckchen Erde nicht weit von jener Baumgruppe da hinten. Dort ist der harte, glatte Boden für euren Kreiselkampf genau richtig. Geht dorthin, und genießt euren Wettkampf. Ich werde von den Palisaden aus Wache halten.«

Bald war der Umkreis des Platzes dicht mit jungen Zuschauern besetzt. Zwanzig Jungen, zehn auf jeder Seite, jeweils angeführt von Hata oder Kani, stellten sich mit den Gesichtern zueinander an den gegenüberliegenden Seiten des Feldes auf. Takarehe gab das Startzeichen.

Er ging in die Mitte des Feldes und stellte sich genau auf halber Höhe zwischen den beiden Mannschaften auf. Er schwang seinen Speer und rief: »Peitschen! Kreisel! Dreht euch!«

Mit einer schnellen Drehung aus dem Handgelenk liessen die Mannschaften ihre in Flachs gewickelten Kreisel langsam zu Boden gleiten.

Dann schlugen die Wettkämpfer wild auf ihre Kreisel ein. Immer schneller drehten sich die Kreisel, die aufrecht auf ihren angespitzten Enden standen. Zwei Reihen summender Kreisel rückten aufeinander zu wie Puppen, die an den Enden schlagender Peitschen tanzten und kleine Staubwolken aufsteigen liessen – wie Krieger, die sich aufeinander zu bewegten. Die kleinen Zuschauer jubelten aufgeregt und feuerten die Spieler an.

Die Kampfkreisel waren im Moment das einzige, was zählte.

Die Wettkämpfer umkreisten einander, warteten, bis sich ein günstiger Moment bot. Das Jubelgeschrei der Kinder wurde immer lauter.

Plötzlich peitschten die Spieler ihre Kreisel so fest sie nur konnten und liessen sie gegen ihre Gegner krachen.

Immer wenn sich die wild drehenden Kreisel berührten, so dass es krachte, sprangen sie hoch in die Luft. Manchmal verlor einer an Geschwindigkeit, drehte sich auf die Seite und schied so aus dem Wettkampf aus. Es kam auch vor, dass sich ein Kreisel nach mehreren harten Zusammenstößen überschlug und der Sieger dieser Begegnung wieder aus dem Staub auftauchte.

Nach und nach schieden die großen Kreisel aus dem Wettkampf aus. Dies tat dem Jubelgeschrei der Jungen und Mädchen keinen Abbruch. Im Gegenteil – sie feuerten ihre Favoriten nur noch mehr an.

Schließlich blieben nur noch Kani und Hata übrig, deren Kampfkreisel bereits Schrammen vom Kampf davongetragen hatten.

Der schwere *puriri*-Kreisel drehte sich nicht so schnell wie Hatas großer, leichter *totara*-Kreisel, doch als sie gegeneinander prallten, brachte Kanis Kreisel seinen Gegner aus dem Gleichgewicht, der sich wie wild drehte. Hata schlug heftig mit seiner Peitsche, und es gelang ihm, seinen *toa* in die nächste Runde hinüberzuretten.

Noch einmal krachten die Kreisel gegeneinander. Doch diesmal überschlug sich der große *totara*-Kreisel und schied aus.

Kanis Kreisel wurde als der mächtige Häuptling der *toa*-Kreisel bejubelt, als der Meister unter den Besten, als Kani ihn noch einmal kreiselnd vorführte. Kani lächelte, als er zusah, wie Hata seinen Kreisel aufhob und fortging.

»Wir sind jetzt an der Schaukel dran!« rief Hata, rannte zur Uferböschung und rief über die Schulter zurück: »Beim nächsten Mal wird mein Kreisel deinen fertig machen, Kani, du wirst schon sehen.

Die Kinder genossen ihren Tag am Fluss.

Später, viel später erst sollten sie sich an diese sorglosen Tage ihrer Kindheit erinnern.

Jedoch in diesem Moment, und niemand in Tawhitiroa ahnte bislang etwas davon, hatte eine aussichtslose Situation in Tuanuku, dem *pa* des mächtigen Raumoko, ihr Ende gefunden.

19. KAPITEL

Raumoko

»Macht sofort den Pfad zu den Kanus frei!« befahl die dröhnende Stimme von der Klippe herab.

Raumoko war gekommen um nachzusehen, weshalb seine Krieger den Flüchtlingen im kleinen Kanu nicht gleich entschieden nachsetzten. Er wandte sich seinem stets aufmerksamen Häuptling zu und befahl: »Atawhai, bring mir das Messer, mein *taiaha*.«

Die Situation ließ ihm keine andere Wahl. Schon dreißig seiner besten Krieger waren verwundet worden oder hatten den Tod aus den Händen des verzweifelt kämpfenden Kriegers gefunden, der den Pfad zu den Kriegskanus verstellte.

Nun nahm Raumoko, der größte Krieger von allen, es auf sich, die Blockade zu durchbrechen.

»Zurück, zurück, alle zurück, macht den Pfad frei, Raumoko kommt!« schrie Atawhai.

Langsam kletterten Raumokos Krieger wieder zurück auf die Klippe und ließen Te Hau O Te Rangi auf der Hälfte des Weges allein zurück. Als ihm keine Krieger mehr entgegenkamen, wusste er, dass etwas im Gange war. Er blickte auf und beobachtete, wie sich alle zurückzogen – dann sah er die Gestalt Raumokos, wie sie langsam zu ihm hinabstieg.

Obwohl er hungrig und müde war und schon fast im Stehen einschlief, rief er aus: »Raumoko, du wartest wohl, bis ich müde bin, bis ich den ganzen Tag mit deinen Kriegern gekämpft und viele getötet habe, erst dann kommst du frisch in den Kampf. Was für ein Häuptling bist du, dass du nicht genug Mut aufbringst, früher zu kämpfen?«

Er bekam sofort seine Antwort: »Alle haben schon von mir und meinem Lieblings-*taiaha*, auch Schlachtmesser genannt, gehört – von dir haben nur wenige jemals gehört. Wie sollte ich also wissen, dass mich ein solcher Herausforderer erwartet? Sonst wäre ich zuerst hier gewesen.«

»Dann komm her, und erprobe dein *taiaha* an meinem *mere*, lass dein Schlachtmesser auf meinen ›Spiegel der Götter‹ treffen!«

»Aha, du bist es also, der den ›Spiegel der Götter‹ besitzt. Ich habe das Gefühl, dass er bald wieder in meiner sicheren Obhut sein wird. Aber ich will zugeben, dass deine Kampfeskunst beachtlich sein muß, denn nur große Kämpfer besitzen diese Waffe.«

»Sehr wahr, Raumoko. Gibst du nicht zu, dass sie würdig ist, dein *taiaha* herauszufordern?«

»Ha, mein Freund! Du scheinst nicht zu begreifen. Allerdings bist du da keine Ausnahme. Mein *taiaha* kennt keine Widersacher – es kennt nur Besiegte.«

»Dann komm endlich hier herunter, und zeige mir, aus welchem Holz du geschnitzt bist! All das Gerede nutzt mir nichts«, rief Te Hau O Te Rangi Raumoko zu.

»Das soll geschehen, doch warte noch einen Moment: Du sagst, dass du müde bist und den ganzen Tag gekämpft hast – da will ich dir zustimmen. Wie wäre es, wenn wir erst morgen früh kämpfen würden und uns einen schönen Tag machten? Etwas Ruhe und eine gute Mahlzeit werden deine Lebensgeister wieder wecken.«

»Jetzt glaube ich, dass du wirklich ein großer Häuptling bist: Du läßt mich von fetten Tauben essen und schickst mir Sklavenmädchen, um meine Schmerzen zu lindern; und das alles, damit ich dir in einem guten Zustand gegenübertrete, damit der ›Spiegel der Götter‹ sich mit dir vergnügen kann.«

»Sklavenmädchen? Du verlangst wahrhaftig viel! Ich hätte gedacht, die fetten Tauben würden reichen. Ich habe den Verdacht, dass du gar nicht so müde bist, wie du behauptest. Bist du dir sicher, oder würdest du nicht lieber jetzt kämpfen?« Der Große Mann klang sarkastisch.

»Ja, von mir aus kannst du sehr gerne gleich herunterkommen, aber denk an die bittere Enttäuschung der Leute, wenn mich die Müdigkeit schwächer erscheinen läßt als ich bin und wenn es uns nicht gelingt, dies zu einem unvergesslichen Kampf zu machen. Ziehst du es da nicht vor, dass ich zuerst deine Gastfreundschaft gebührend würdige?«

»Wie du willst!« rief Raumoko mit einem Lachen. »Also zuerst die Sklavenmädchen und die fetten Tauben! Nimm dir das Schlafhaus der Krieger unten am Strand bei den Kriegskanus. Ich werde dafür sorgen, dass man dich nicht stört. Die Sklavenmädchen und Tauben werden dir sofort hinuntergeschickt.

Du hast deine Aufgabe erfüllt. Es ist also, glaube ich, nicht nötig, dein Ende schnell herbeizuführen. Und fliehen wirst du nicht können. Die Kriegskanus kann man nur mit 50 Mann in Bewegung setzen, und sie werden stark bewacht sein; außerdem reicht das Meer direkt bis an die Klippen.«

Raumoko zeigte auf seinen Gegner und stieß erneut ein Lachen aus: »Erhol dich, und sammle Kräfte für den Morgen. Ich bitte nur um einen guten Kampf. Main *taiaha* ist wie eine Dame, sie ist ein wenig verspielt, also sei nicht enttäuscht, wenn sie den Todesstoß hinauszögert. Sei bei Sonnenaufgang dort an dem Felsvorsprung, wo du gerade stehst. Von dort aus werden dich meine Männer auf meinen *marae* begleiten, wo unser Kampf stattfinden wird.«

2

Mit einem Wink seines *taiaha* verschwand der große Häuptling in Richtung seines *pa* Tuanuku. Ihm folgten mehrere hundert Krieger, die sich ein Grinsen nicht verkneifen konnten und die in Aussicht auf den bevorstehenden Zweikampf aufgeregt sprachen. Es versprach, der Kampf aller Kämpfe zu werden. Raumoko, der seinen Kriegshäuptling um Kopf und Schultern überragte, ging mit Atawhai voran.

»Er ist ein tapferer Mann«, sagte der Große Mann nachdenklich.

»Ja, das hat er bewiesen, aber ich muß schon sagen, es war sehr edel von dir, ihm eine solche Chance zu geben.«

»Nun, er ist ein sehr guter Krieger, und da muß man einfach Zugeständnisse machen – es ist seine Art, die mir gefällt. Er ganz allein hat uns daran gehindert, unsere Kriegskanus zu Wasser zu lassen. Er allein hat uns daran gehindert, seine Verwandten einzuholen, die das kleine Kanu gestohlen hatten. Ich frage mich, wie sie uns entwischen konnten?« fragte der Große Mann. »Das alles ist die kleine Verzögerung wert, Atawhai, schon weil er ohnehin sterben wird. Wir sollten ihm seinen kurzen Aufenthalt bei uns so angenehm wie möglich machen.«

»Oh, da bin ich deiner Meinung Herr, – aber Sklavenmädchen? So eine Frechheit!«

Raumoko begegnete dieser Bemerkung mit brüllendem Gelächter und mußte sich auf sein *taiaha* stützen, um sich wieder zu fassen.

»Atawhai, mein Freund, du nimmst die Dinge zu wörtlich, du scheinst keine Phantasie zu haben.«

»Ich hoffe, du vergibst mir, Herr, doch mein armer, einfacher Verstand hat Probleme, dir zu folgen.«

»Der muß wohl sehr einfach sein, Atawhai«, lachte der Häuptling herzhafter denn je. »Erinnerst du dich an diese Sklavinnen, die nackt und bis zum Bauch im Schlamm des *taro*-Feldes arbeiten? Und weißt du, wie sie stinken, wenn sie da rauskommen? Nun, die werde ich ihm schicken – ungewaschen und ganz und gar mit Schlamm bedeckt.«

Nun war es Atawhai, der lachte. »Was für ein großartiger Scherz! Oh, was du für einen Sinn für Humor hast, Herr.« Dann blickte er ernst drein. »Aber unternimmst du etwas wegen der Tauben?«

»Darauf bestehe ich. Er muß die allerbesten Speisen erhalten, um für den Morgen Kräfte sammeln zu können. Aber ich werde sicherlich nicht zusehen, wie er seine ganze Kraft an Sklavenmädchen vergeudet.« Mit lautem Gelächter gingen sie bis zu den Haupttoren des *pa*.

»Ich gäbe was drum, sein Gesicht zu sehen, Atawhai, wenn diese schlammbedeckten Frauen mit den Tauben ankommen«, sagte der Große Mann.

»In dem Augenblick dabei zu sein, das wäre mir noch einige Tauben wert«, erwiderte er.

»Wenn du so scharf darauf bist, warum nimmst du nicht ein paar Krieger mit hinunter, die dir helfen können, bei den Kanus die Wache aufzustellen? Die Sklavenmädchen können zur gleichen Zeit zu unserem Gast geleitet werden.«

Raumokos erster Offizier zu sein, war für viele Männer nicht gerade erstrebenswert, aber Atawhai hatte das Talent, seinen Häuptling zufriedenstellen zu können. Er war auch als geschickter Läufer weithin bekannt. Das bedeutete natürlich, dass ihm die zweifelhafte Ehre zukam, den finster dreinschauenden Schlachtreihen eines schnell heranrückenden Feindes das herausfordernde *wero* entgegenzuschleudern. Sollte Atawhai einmal eingeholt werden, dann wäre das ein Zeichen dafür, dass ihre Gegner die Götter auf ihrer Seite hatten und die Schlacht sich gegen sie wenden könnte. Bislang waren die Götter dem tätowierten Sprinter noch wohlgesonnen.

Tatsächlich war Atawhai am ganzen Körpers so stark tätowiert, dass er stets bekleidet schien. Jetzt beeilte er sich, um Raumokos Wünschen zu gehorchen, und begann sofort mit der Zusammenstellung der erforderlichen Krieger.

Mit offensichtlichem Vergnügen wählte er nun gerade diejenigen Sklavinnen aus, die am dicksten mit Schlamm beschmiert dem *taro*-Feld entstiegen waren.

3

Als er endlich allein war, stieg Te Hau O Te Rangi den schmalen Pfad hinab. Mehrere tiefe Schnitte und häßliche Prellungen auf seiner linken Schulter und seinem rechten Unterarm begannen ihn zu schmerzen. Er erreichte den Strand und ging sofort zur Schlafhütte der Krieger.

Hier sprach er mit einigen Männern, die gerade noch seine Gegner gewesen waren. Sie schienen sich gerne mit ihm zu unterhalten, einige betonten sogar, dass sie ihm persönlich nichts nachtrugen, sondern sehr an dem bevorstehenden Kampf interessiert seien. Sie zeigten sich wegen seiner Verletzungen besorgt, weil sie eine Beeinträchtigung seiner Kampfkraft befürchteten.

Ein dünner, hochgewachsener Mann, viel dunkler als die anderen, kam herüber und sprach ihn an. Er war Te Maru, Raumokos kundiger Kräuterheiler. »Ich kann dir ein Heilmittel aus den heiligen Reben von Tuanuku geben. Das wird deinen Schmerz lindern und deine Wunden schnell heilen lassen.«

»Ich muß schon sagen, das ist sehr freundlich von dir, aber wieso bist du so um mich besorgt?«

Bevor der Kräuterheiler antworten konnte, fiel ihm ein Chor von Stimmen ins Wort: »Wir wollen, dass du für den Zweikampf morgen in guter Verfassung bist!« Um ihren Worten Nachdruck zu verleihen, tanzten mehrere Krieger einen *haka*.

Te Hau O Te Rangi konnte sich nun unbesorgt entspannen und legte sich lächelnd zurück, während Te Maru seine Wunden salbte. Doch etwas verwirrte ihn noch immer, und sein müdes

Gesicht legte sich in Falten, als er fragte: »Aber spürt denn keiner von euch Hass gegen mich – wo ich doch viele eurer Männer getötet und verwundet habe?«

Ein stark gebauter Mann mit mehreren Verletzungen und einem gebrochenen Arm kam herüber, um mit ihm zu reden. Te Hau O Te Rangi blickte auf und bemerkte, dass er gegen diesen Mann gekämpft hatte. Er erinnerte sich an ihn als einen guten Krieger, doch er wusste auch noch, dass er seinen ›Spiegel der Götter‹ auf dessen Verteidigung hatte niederfahren lassen und wie er ihn auf die Felsen niederstreckte.

Der verletzte Kämpfer stieß mit seinen Worten bei allen auf Zustimmung: »Die Toten schweigen zu deinen Fragen, während die Lebenden das Leben als das nehmen, was es ist – Fehler werden begangen und Siege errungen. Du hast uns geschlagen, weil du deine Lehren aus dem Krieg gezogen hast. Das nehmen wir dir nicht übel, sondern wir machen uns für unsere Fehler selbst verantwortlich und hoffen, sie nur einmal zu begehen.«

Diesen Worten folgten Beifallsrufe, und einige sagten: »Te Wehi spricht für uns alle!«

Te Hau O Te Rangi fühlte sich seltsam wohl in dieser Gesellschaft, einer Gesellschaft von starken Männern und großen Kriegen, unter denen einzig der Mut im Kampf zählte.

Ein Ruf zog die Aufmerksamkeit aller auf sich: »Hier kommt Atawhai mit den Sklavinnen!« Alle schauten erwartungsvoll auf. Ein paar lachten und amüsierten sich über den Anblick der drei schlammverschmierten Sklavinnen, die unbeholfen versuchten, sich hinter ihren Körben zu verstecken.

Langsam näherte sich Raumokos erster Offizier der Gruppe vor dem Versammlungshaus. Während er sprach, herrschte respektvolles Schweigen. »Willkommen, Herr, im Land des Raumoko. Willkommen, ja, ein dreifaches Willkommen selbst hier am Tor zum Tode, das nun dein einziger Ausgang ist. Sei dafür dankbar, denn es führt weiter zum Pfad, der ins Land der Seelen unserer Ahnen führt, zum fernen Hawaiki. Und so Herr, darf ich dich zuerst zum Leben und dann zum Tode willkommen heißen.«

Er erntete begeisterte Zustimmungsrufe von allen Kriegern. »Auf das Leben, auf den Tod!«

Während Atawhai sprach, traten die Sklavinnen mit den Taubenkörben nach vorne und setzten sich Te Hau O Te Rangi ver-

unsichert zu Füßen. »Hier ist ein besonderes Geschenk für dich
– schöne Frauen und fette Tauben«, lächelte Atawhai. Daraufhin
lachten alle Krieger aus vollem Halse.

Te Hau O Te Rangi, der behende aufsprang, so als ob er keine
Schmerzen hätte, erwiderte: »Ich danke dir, Atawhai, und auch
euch, ihr Krieger des Raumoko. Ich danke euch dafür, dass ihr
meine Wunden gesalbt habt. Lasst uns nicht vergessen: Jeder Tag
ist ein guter Tag zu leben, und jeder Tag ist ein guter Tag zu sterben. Wer kann je die Zukunft vorhersagen? Wahrlich, schon morgen könnten wir alle bei unseren Ahnen sein.«

Als er die Sklavinnen, die vor ihm saßen, betrachtete, ignorierte er bewusst ihren erbärmlichen Zustand und befahl: »Öffnet
diese versiegelten Behälter mit den Tauben. Ich werde morgen
wahrhaftig in guter Form sein. Schaut euch das hier an«, und er
tauchte eine Hand hinein, um eine große Taube herauszuheben,
die man köstlich gegrillt und in ihrem eigenen Fett eingelegt hatte. Vorsichtig zog er die saftigen Happen auseinander, während er
gleichzeitig laut daran saugte und dabei schmatzte.

Mit vollem Mund sprach er weiter: »Die Gastfreundschaft
Raumokos findet ihresgleichen nur im vollen Saft seiner Tauben
und in der bezaubernden Schönheit seiner Frauen. Mit so reizenden Geschöpfen wie diesen sollte dies eine aufregende Nacht
werden.«

Als Hau O Te Rangi die Schlafhütte betrat, folgten ihm die drei
Frauen. »Sorgt dafür, dass wir nicht gestört werden«, rief er über
die Schulter zurück.

Betretenes Schweigen breitete sich aus. Raumoko hatte strenge
Anweisung gegeben, sie unbedingt in Ruhe zu lassen. Niemand
wagte es, ihnen zu folgen. Atawhai fühlte sich um seinen Spass betrogen, und andere ärgerten sich über diese unerwartete Wendung.
Zornig murmelten sie: »Nur gut, dass er morgen auf Raumoko
trifft und seine Lektion bekommt«, stimmten sie überein.

Während der Nacht sang eine Gruppe von Kriegern vor der Tür
der Schlafhütte grobe Spottlieder.

»Hier ist Te Hau O Te Rangi
Ein Mann mit so starkem Schwanz
Er stört sich kein Lot
An Gestank oder Kot
Beim Buhlen im hitzigen Tanz.«

Es folgte viel Geschrei und wüstes Gelächter, als das Lied mehrmals wiederholt wurde. Von drinnen jedoch kam kein Laut.

Hätten sie gewusst, dass ihr Gefangener tief und fest schlief und dass die drei Frauen eine friedliche Nacht genossen, dann wären sie wohl stutzig geworden. Aber sie wussten nicht, dass Te Hau O Te Rangi auf ihre Kosten zuletzt lachen sollte.

Te Hau O Te Rangi ahnte nicht, dass die drei Mädchen, die man ihm geschickt hatte, die Töchter Takarehes waren, dem Verwandten Tante Mihis, und er wusste auch nicht, dass diese Mädchen nun in Tuanuku in Gefangenschaft lebten, nachdem man sie in Te Mahia gefangengenommen hatte. Die Mädchen ängstigten sich vor dem furchteinflößenden Häuptling und gaben von sich aus kein Wort preis. So kam es, dass sie kaum miteinander sprachen. Später – viel später – sollten sie bei einer ganz anderen Gelegenheit erfahren, wer der Krieger gewesen war, dem sie in dieser schicksalsträchtigen Nacht Gesellschaft geleistet hatten.

4

Scharen von Menschen brachten den *marae* in Tuanuku beinahe zum Überquellen. Aus allen Gegenden kamen die Krieger zusammen. Viele diskutierten lebhaft über den anstehenden Zweikampf. Es versprach, ein ganz besonderer Tag zu werden.

Noch nie hatte es eine solche Gelegenheit gegeben, einen Kampf auf Leben und Tod so aus der Nähe zu sehen. Davon würde man noch seinen Kindern erzählen, wenn man in einer kalten Nacht vor einem lodernden Feuer saß. Niemand zweifelte auch nur für einen Augenblick daran, wie der Kampf ausgehen würde. Die wichtigste Frage war jedoch, wieviel Zeit Raumoko dem Kampf einräumen würde. Einige sprachen von Minuten oder sogar nur Sekunden, während andere die Hoffnung äußerten, dass der Kampf möglicherweise bis zum Mittag andauern könnte. Denn zu dieser Zeit nahm der Große Mann immer gern sein Mittagessen zu sich, und er verabscheute es, wenn man seinen Tagesrhythmus durcheinanderbrachte.

Neben dem Haupttor des *pa* und keinen Speerwurf von den Palisaden entfernt lag das auserwählte Übungsfeld der Krieger.

Es hatten sich bereits viele Menschen im Halbkreis um diese Fläche aufgestellt, die man den Pfad der Schädel nannte, weil eine große Zahl von Schädeln früherer Feinde einzeln und in Gruppen von hohen, beschnitzten Pfosten herabhingen, die den Pfad säumten.

Allmählich verstummte die Menge. Eine Gruppe von Kriegern war erschienen, die einen hochgewachsenen, gutaussehenden Mann eskortierte, in dessen Gürtel ein *mere* aus Grünstein steckte. Der Herausforderer war eingetroffen.

Alle waren ganz offensichtlich froh, ihn zu sehen. Einige riefen ihm Ratschläge zu, es gab Rufe wie »Hast du gut geschlafen?«, andere stellten ihm Fragen. Alles geschah gleichzeitig, und die Aufregung machte es jedem schwer zu verstehen, was gesagt wurde.

Die Aufmerksamkeit richtete sich nun auf die Halle der Vorfahren, als ein Riese von einem Mann, fast sieben Fuß groß, vortrat. Sein Name war sogleich in aller Munde, Raumoko. Er trug seine bevorzugte Waffe, das *taiaha*, auch Schlachtmesser genannt.

Auf einen Befehl von Atawhai hin stürmte Raumokos Elitetruppe emsig aus den Toren hinaus und stellte sich so um den Pfad der Schädel herum auf, dass sie eine Art Mauer bildete. Das würde die Menge zurückhalten und dafür sorgen, dass die Wettstreiter sich in einem fairen Wettkampf gegenübertreten konnten. Unter Androhung der Todesstrafe hatte Raumoko sehr deutlich gemacht, dass er sich jegliche Einmischung in den Kampf verbot. Tatsächlich betrachtete er den Kampf als Möglichkeit, noch mehr an Ansehen zu gewinnen. Darin konnten ihm seine Krieger nacheifern.

Die Widersacher nahmen nun ihre Stellungen in zwei getrennten Gruppen ein, Te Hau O Te Rangi stand bei seiner Kriegereskorte, während Raumoko einfach stehenblieb und so tat, als habe er seinen Gegner gar nicht bemerkt. Der Große Mann überragte sein Gegenüber um mindestens einen Kopf.

Plötzlich begann der Kampf – die große Zuschauermenge schrie auf, als Te Hau O Te Rangi von seiner Eskorte wegsprang, direkt in die Mitte des Pfades der Schädel hinein. Sein *mere* spiegelte in funkelnden Blitzen die Strahlen der Morgensonne wider. Niemand würde es mehr wagen, sich ihm zu nähern, es sein denn, man wollte den Tod herausfordern.

Er schrie aus vollem Hals: »Schickt mir Futter für den ›Spiegel der Götter‹!«

Raumoko reagierte sofort: »Wir werden bald sehen, wer hier verfüttert wird!« und ließ sein *taiaha* in einem tödlichen Schwung niederschnellen.

Auf halbem Weg trafen die beiden Waffen aufeinander. Die beiden Männer waren so wild aufeinander losgegangen, dass ein krachendes Geräusch, hervorgerufen durch den Zusammenstoß von hartem Holz auf Stein, über den Palisaden widerhallte. Die Ausrufe der Zuschauer zeugten von Ehrfurcht.

Da Raumokos Abwärtsschlag von Te Hau O Te Rangi abge-blockt wurde, sprang er mit ganzer Kraft vorwärts und wechselte sein *taiaha* geschickt in die linke Hand. So zwang er seinen Geg-ner auf raffinierte Weise, sich hastig zu verteidigen, anstatt erneut anzugreifen. Gleichzeitig schleuderte er die mit Federn besetzte Waffenspitze hasserfüllt gegen den Bauch seines Gegners.

Diese List hatte ihn immer zum Sieg geführt, weil er seine tödliche Waffe auf gänzlich unerwartete und fast nie zuvor gese-hene Weise einsetzte. Einzig die vielen besiegten Krieger hatten Raumokos Stoß in den kurzen Sekunden vor ihrem Tode gesehen, weil sie es gewagt hatten, das Schicksal herauszufordern.

Blitzschnell drehte Raumoko nun sein *taiaha* um und schlug boshaft mit der breiten, flachen Schneide gegen die Kehle seines Gegners. Nur die sagenhafte Schnelligkeit, mit der Te Hau O Te Rangi seinen Körper zur Seite drehte und gleichzeitig fortsprang, rettete ihn vor dem sicheren Tod. Er zog eine Grimasse und streck-te seine Zunge heraus. Dann tanzte er in ein wildes *haka*, schüt-telte sein *mere* drohend vor Raumokos Augen: »Es will dein Blut, Raumoko! Nur Blut wird seinen Hunger stillen.« Er machte einen Satz nach vorne und streifte dabei die Schulter seines Gegners.

Das erzürnte Raumoko, der kraftvoller denn je und mit solcher Heftigkeit angriff, dass Te Hau O Te Rangi sich zum ersten Mal in seinem Leben während eines Kampfes zurückziehen mußte. Manchmal war er sogar gezwungen, eilig zurückzuweichen, wenn Raumoko ihn unter dem Spottgeschrei der Zuschauer um den Pfad der Schädel herumjagte.

Fast außer sich vor Aufregung rief Atawhai: »Bleib stehen und kämpfe! Wieso zeigen deine Füße in die falsche Richtung?«

»Er rennt nur in die richtige Richtung, wenn er Sklavinnen jagt!« höhnten andere, die daran dachten, wie enttäuscht sie ver-gangene Nacht gewesen waren.

Doch dann gelang es Te Hau O Te Rangi, Raumokos Angriff mit zwei bösen Schlägen auf den Kopf zu stoppen. Ein Schlag war so heftig, dass Raumoko beinahe umfiel. »Bleib mit deinem dicken Kopf von meinem *mere* weg!« rief Te Hau O Te Rangi sarkastisch.

Die Zuschauer stöhnten auf. Sorgenvoll beobachteten sie ihren Häuptling, der gestolpert war, doch er erholte sich rasch und griff erneut an.

»Ich muß dir wohl eine Lektion in guten Manieren erteilen«, spottete Raumoko. »Ist das die richtige Art, einen zuvorkommenden Gastgeber zu behandeln?«

Te Hau O Te Rangis *mere* hätte Raumoko während eines Angriffs vielleicht treffen können, aber der Große Mann schien mit dem Zweiten Gesicht gesegnet zu sein und bewegte sich knapp außer Reichweite der Waffe, wann immer Te Hau O Te Rangi das Manöver versuchte.

»Komm näher, gib mir einen Nasenkuss, vergiß nicht, du bist auf einem Abschiedsbesuch, um uns Lebewohl zu sagen«, frotzelte Raumoko, als sie einander auf dem Pfad der Schädel umschlichen.

Von Zeit zu Zeit hielten die Zuschauer den Atem an, wenn die beiden Männer einander nur um Haaresbreite verfehlten. Irgendwie gelang es ihnen aber immer wieder, im entscheidenden Moment der tödlichen Gefahr auszuweichen.

Die Schatten, die die Morgensonne über den Pfad der Schädel warf, waren nun viel kürzer und bewiesen den Zuschauern, dass nur ein wahrhaftig großer Kämpfer dem Großen Mann so lange standhalten konnte.

Und unglaublicherweise erhielt Te Hau O Te Rangi seine Chance. Raumoko war wahrscheinlich etwas ermüdet und hatte seine Waffe nicht in Verteidigungsstellung gebracht. Dadurch entstand eine kleine Lücke, gerade breit genug für den ›Spiegel der Götter‹. Der Sieg war ganz nah. Mit gesammelter Kraft schlug Te Hau O Te Rangi seinem Widersacher mit dem vollen Gewicht der schweren Waffe gegen den Kopf.

Nun war es aber so, dass Raumoko in genau demselben Augenblick, in dem sein Gegner sich bewegte, seinerseits eine Verteidigungslücke entdeckte. Er reagierte meisterhaft und ließ blitzschnell sein *taiaha* niedersausen. Raumoko hatte den ersten Punkt gemacht.

Es war der erste richtige Schlag, den einer der beiden Männer während des ganzen Zweikampfs gelandet hatte, und mehr war nicht nötig. Durch die Wucht seiner eigenen Attacke gefangen, konnte Te Hau O Te Rangi nicht entkommen. Er spürte, was auf ihn zukam. Er biss sich auf die Zunge, um nicht aufzuschreien, als die Waffe sein Schlüsselbein zerschmetterte. Der Schwung seines eigenen Angriffs ließ sein *mere* auf die plötzlich erhobene Scheide von Raumokos *taiaha* krachen. Sein *mere* wurde zurückgeschleudert und traf ihn am Kopf. Aus einer kleinen Wunde über seinem Auge tropfte Blut. Te Hau O Te Rangi versuchte, sich zurückzuziehen, doch seine ganze linke Seite war unnatürlich erschlafft, und sein linker Arm baumelte herab. Er spürte, wie das Blut herabströmte, und immer wenn sein linker Fuß den Boden berührte, hinterließ er große rote Flecken im Sand. Der Schmerz wurde stärker. Er wusste, dass der Kampf vorüber war. Wenn er doch nur noch einen guten Schlag landen konnte – doch es sollte nicht sein.

Raumoko tauchte vor ihm auf, höhnte: »Jetzt suchst du dein Entkommen in den Schatten des Todes!« Er schlug nach Te Hau O Te Rangi, verpasste ihm einen harten Schlag auf den Kopf und zwang den edlen Krieger so auf die Knie. Te Hau O Te Rangi brach zusammen, und der ›Spiegel der Götter‹ fiel aus seiner tauben Hand.

Wieder einmal hatte Raumoko Recht behalten: Nur die Besiegten kannten sein *taiaha*, das Schlachtmesser.

Zum ersten Mal, seit der Zweikampf begonnen hatte, herrschte Stille. Nicht einmal ein Murmeln war zu vernehmen, so beeindruckt war die Menge. Wie verzaubert warteten alle auf ein Zeichen von ihrem Häuptling.

Mit sich selbst zufrieden spazierte Raumoko den Pfad der Götter entlang und zeigte eine aufsehenerregende Darbietung seines unübertrefflichen Könnens mit dem *taiaha*. Dabei stieß er ein lautes Zischen aus. Dann sprang er in ein Sieges-*haka*.

Jetzt erklangen die Stimmen der Menschenmenge in rasendem Jubel. »Raumoko! Raumoko! Der Große Raumoko siegt!« Gleichzeitig stimmten die Krieger den Kriegsgesang der Familie an: »Raumoko zu den klingenden Himmeln.«

Blutrünstig riefen andere: »Töten, töten, töten!«

Das jämmerliche, blutverschmierte Opfer lag stöhnend auf dem Rücken, sein *maro* war verrutscht und lag auf seinem Bauch. Der stechende Schlag gegen seinen Kopf hatte seinen Körper erschlaffen lassen. Plötzlich schrie jemand: »Er bepisst sich!« Während sie dabei zusahen, begannen alle zu lachen.

Raumoko trat vor und und drehte die zusammengekrümmte Gestalt mit dem Ende seines *taiaha* auf die Seite.

Jetzt würde er ein Ende machen…

Als Raumoko vorsprang, um ihm den Todesschlag zu versetzten, schaffte es sein edler Gegner, ihm zuzukeuchen: »Da ich sterben werde, möge es durch eine befreundete Waffe geschehen.«

»Sie befindet sich an deiner Kehle«, stieß sein Gegenspieler hervor.

»Ich meine nicht deine – diese hier, den ›Spiegel der Götter‹ meine ich, auf dass ich den Schlag sanft spüren möge.« Jedes Wort keuchte er einzeln hervor, mit langen Pausen dazwischen.

»Ich werde sehen, dass dein Wunsch erfüllt wird. Niemand könnte mehr tun«, erwiderte Raumoko. »Immer muß ich den Leuten irgendeinen Gefallen tun«, sagte er nebenbei zur Menge gerichtet. Gelächter ertönte.

Raumokos Krieger legten eine wilde Vorstellung an den Tag und versuchten, einige der Fertigkeiten ihres Anführers mit dem *taiaha* nachzuahmen.

Raumoko zeigte auf ein paar Bäume. »Legt ihn dort ab.«

Sofort ergriffen zwei Krieger die auf dem Bauch liegende Gestalt und trugen sie, gefolgt von Menschenscharen, zu einem der pohutakawa-Bäume, die über den Strand hinausragten.

»Komm her, Atawhai! Bring mir den ›Spiegel der Götter‹, damit ich Te Hau O Te Rangi seinen letzten Wunsch erfüllen kann.«

Die Stimme Raumokos schallte über die ganze Bucht. Der besiegte Krieger zwang sich auf die Knie, erhob sich mühsam und betrachtete das Sonnenlicht auf dem Meer. Sein Kopfschmuck, den er einst so stolz getragen hatte, war zerstört, und eine gebrochene, einsame *huia*-Feder hing seitlich hcrab, während eine andere blutig und staubig am Boden lag.

Die langen Strahlen reichten vom Horizont über den Ozean hinüber und schienen seine Füße zu berühren.

Es gab einen dumpfen Schlag irgendwo im Hintergrund. Die goldenen Strahlen waren noch da. Er folgte ihnen, ging über das Meer hinaus. Keine Erinnerung verdunkelte seinen Geist, und aller Schmerz war vergangen.

Er hielt einen Moment inne, sein Bewusstsein ganz der Zukunft zugewandt, und schritt am Kriegsgott vorbei durch die Tore der Zeit hindurch.

20. Kapitel

Die Angreifer

Zuerst waren die geschnitzten Gesichter der Galionsfiguren zu erkennen, die ihre Zungen steif vor Verachtung herausgestreckt hielten. Schlanke Kriegskanus kamen wie hungrig auf den langen Wellen herangeeilt und glitten leise auf den Sand.

Aus dem vordersten Schiff sprang ein gewaltiger Mann heraus und ging an Land. Er hielt sein federgeschmücktes *taiaha* in Bereitschaft. »Stürmt die Sterne und pflückt den blutenden Mond aus dem Firmament!« Seine Augen blitzten, als er sich an seine Männer wandte, die hinter ihm heranströmten. »Fühlt den Sand unserer Eroberung unter euren Füßen! Uns, die wir über das Meer von Tikirau bis Matata hinwegjagten und die ganze Küste eroberten, steht die letzte Schlacht bevor. Auf ihr Tapferen! Ein Sieg noch, und dieses Land ist unser!«

Zweitausend Krieger brüllten ihre Antwort: »Kommt herbei, ihr Ngati Whakaari, kommt herbei, unsere Waffen werden euch wie der Blitz erschlagen, und unser Sieg wird wie Donner in den Himmeln dröhnen!«

Aus der Entfernung erschienen die Feuer von Te Hairini und Tawhitiroa so, als ob sie zurückleuchteten, und die Gesänge der Wache liessen alle wissen, dass die Festung nicht schlief. Der volle Mond der Weissagung stand hell über ihnen am frühmorgendlichen Himmel. Neben Raumoko schritt Rua Motuhora und hielt das Wahrzeichen des Kriegsgottes des Stammes, Te Rehua O Raumoko sehr fest in der Hand.

Rewi, der einzige Sohn des Großen Mannes, war bei diesem Feldzug zur Eroberung der Küste nicht an der Seite seines Vaters, da er sich noch nicht völlig von Eru Takas Schlägen erholt hatte. Auf einen Befehl strömten sechs Gruppen von Spähern in unterschiedliche Richtungen aus. In zehn keilförmigen Kampfformationen machten sich die Angreifer daran, die Küste hinunterzumarschieren. Beinhahe hundert Mann wurden dazu eingeteilt, ein Lager aufzubauen und die Kanus und Vorräte zu bewachen. Raumoko erklomm eine niedrige Düne, um den Ort des geplanten Stützpunktes rasch zu inspizieren.

Er hatte eine imposante Gestalt. Von allen war er als der mächtigste Kämpfer der Küste anerkannt, denn er hatte einen Stamm nach dem anderen mit seiner furchteinflößenden Armada von Kanus unterworfen und jeden Gegner vom Ozean gefegt. Nur die Ngati Whakaari, der große Stamm des Landes, stellten sich ihm entgegen. Sie hatten jedoch keine Kanu-Flotte und verliessen sich stattdessen auf massive Schlachtreihen mit Tausenden von Kriegern.

Das Gerücht ging um, dass Raumoko mehr als einhundert Krieger mit seinem gewaltigen *taiaha*-Messer in den Tod geschickt hatte. Man benötigte zwei Männer, um diese Waffe zu tragen, wenn er damit in den Krieg zog. Wenn sich der gewaltige Krieger Raumoko mit dieser furchteinflößenden Waffe an der Spitze seiner Kriegstruppe heranschoß, reichte der bloße Anblick aus, um selbst die tapfersten Herzen vor Furcht erzittern zu lassen.

2

Als sich Raumoko umwandte, um zu seinen Kriegern zu sprechen, war die Sonne schon aufgegangen. »Vorwärts nach Te Hairini, vorwärts nach Tawhitiroa, die dunklen Mächte des Feindes können uns nichts anhaben. Ihr alle habt euch im Wasser der heiligen Quellen Tuanukus gewaschen. Das gibt uns einen Schutz, den sonst nur die Götter geniessen. Weder der Tod meiner Mutter, Führerin unseres Stammes, noch die scheußliche Beleidigung, die man unserem Volk in Mananui zugefügt hat, wurden gerächt. Und noch immer führen die Ngati Whakaari eine freche Zunge. Die Geister unserer Ahnen schreien nach Rache. Wir werden ihnen antworten und die Schmach mit Ehre tilgen.«

Nach diesen Worten übertönte der zustimmende Jubel der Krieger das Tosen der Wellen. »Gib uns Ehre! Gib uns den Sieg!« Raumoko sprang von der Düne herunter und war mit einem einzigen Satz wieder unter seinen Männern. Er warf seinen *kiwi*-Umhang über die Schultern und gab den Befehl, vorzurücken.

»Sag mir, Atawhai«, meinte der Große Mann, als sie an der Spitze ihrer Truppen einherschritten, »wie breit ist der Fluss, dieser Waiaua, den wir überqueren werden?«

»Ungefähr sechs große Kanu-Längen und bei Flut, wie jetzt, recht tief. Wir werden schwimmen müssen.«

»Wir hätten daran denken sollen, die Kanus erst auf die andere Seite zu schaffen.«

»Der Strand dort drüben ist recht offen, und sollte der Wind drehen, könnte es schwierig werden, die Kanus wieder aufs Meer hinauszubringen.«

»Du hast vollkommen recht. Schau dir an, wie rauh die Wellen sind, Atawhai.« Der Große Mann zeigte auf die krachenden und schäumenden Brecher in der Brandung. »Die Kanus werden unter den Klippen von Opape sicherer sein.«

»Ist aber ein guter Strand. Hier gibt es bestimmt Mengen von *pipi*-Muscheln«, sagte Atawhai. »Ich weiß noch, wie meine Mutter sagte, dass sie als Mädchen immer hierhergekommen ist, um sie zu sammeln. Die besten gab es unten in Richtung Tirohanga. Naja, bald wird dieses Land uns gehören, was?« Atawhais Augen glänzten vor Aufregung. »Ich könnte dort oben ein *pa* bauen«, sagte er und deutete auf einen schön gelegenen Hügel.

»Keine schlechte Idee. Dann könnte ich dich angreifen«, lachte Raumoko.

Atawhai wollte ebenfalls lachen, doch das Lachen erstickte ihm in der Kehle, und er konnte nicht sprechen. Sie schwiegen, bis sie den Fluss erreichten.

»Renata!« rief Raumoko, und der kurze, gedrungene Krieger kam angelaufen. »Nimm zwanzig Männer, überquert den Fluss, und lasst mich wissen, wie es ist.«

Sofort sprang er mit vier Männern in den Fluss, gefolgt von den anderen, die ausgewählt worden waren. Eilig schwammen sie hinüber. »Die Durchquerung ist kein Problem. Es ist zwar ziemlich tief, aber es gibt hier keine Strömung«, rief Renata zurück.

»Dann steigt zur Spitze dieser Düne, und stellt eine Wache auf, bis ihr seht, dass die Späher zurückkommen.«

Noch einmal zwanzig Männer schwammen hinüber, und diesen folgten kurz darauf weitere zwanzig Krieger. Nachdem man den Übergang für den Fall eines Überraschungsangriffs abgesichert hatte, lief Renata zum höchsten Punkt der Düne und prüfte mit forschendem Blick die von Gestrüpp bedeckten Hügel. Er hatte weit ins Tal hinein gute Sicht.

Doch was er sah, verblüffte ihn so sehr, dass er seinen Augen kaum trauen wollte. Schnell kehrte er um und rannte die Düne in Richtung des Flusses hinunter. Das mußte er seinem Häuptling sofort berichten.

3

»Raumoko! Raumoko!« schrie der Späher, doch sein Häuptling war gerade dabei, mit den Kriegern durch den Fluss zu schwimmen und hörte ihn nicht. Auf der anderen Seite des Flusses angekommen, formierten sie sich sofort in Kampfaufstellung, bereit, ihren Vormarsch fortzusetzen.

Nach Renatas aufgeregtem Ruf: »Te Hairini ist nicht mehr!« stand Raumoko nur verwundert da.

»Was?«

»Das *pa*, nichts davon ist übrig. Die Palisaden, die Häuser, alles ist weg!«

»Renata, geh und sag Rua, dass er rasch kommen soll. Er ist noch auf der anderen Seite des Flusses.«

Raumoko durchlitt ein unangenehmes Gefühl der Vorahnung. Dieses unbegreifliche Gefühl hatte er noch nie zuvor gehabt, und er wollte mit Rua besprechen, ob die Götter ihnen gewogen waren. Er versuchte, sich damit zu beruhigen, dass die Aussicht bestand, Tawhitiroa erobern zu können, ohne an zwei Fronten kämpfen zu müssen, wie er es ursprünglich geplant hatte.

Rua Motuhora, der Vater des jungen Priesters, war Raumokos Kriegspriester und sehr gelehrt in den Überlieferungen des Stammes. Er verfügte über ein umfangreiches Wissen über die Götter. Er war es gewesen, der seinen Sohn dazu veranlasst hatte vorherzusagen, dass die Schlacht gegen Ngati Whakaari zugunsten Raumokos ausgehen würde. Das gute Omen eines verblassenden Mondes, der sich plötzlich wieder aufgehellt hatte, hatte ihn dazu veranlasst. Ohne Zweifel war das die Ankündigung eines sicheren Sieges. Schließlich hatte der stämmige und tätowierte Rua auch die entscheidende Rolle bei der Festlegung des Datums für den Angriff gespielt.

Er hatte den geheimen Vorbereitungen am Strand unterhalb Tuanukus beigewohnt und war mit seinem Sohn eigens hingegangen und hatte Raumoko noch gedrängt: »Greif sie jetzt an, warte nicht länger!«

Doch der Große Mann hatte den Kriegszug fünf kostbare Tage lang hinausgeschoben, weil mehrere seiner größten Schiffe noch nicht bereit waren. Hätte er den Angriff zu dem von Rua vorgeschlagenen Zeitpunkt begonnen, dann wären die Ngati Whakaari mitten im Abriss der Palisaden von Te Hairini gestört worden.

Plötzlich zogen Rufe der Krieger seine Aufmerksamkeit auf sich. Die Späher kehrten zurück, und er bat die Männer, ihm direkt zu berichten.

»Wer von euch war Te Hairini am nächsten?«

»Ich«, sagte ein hochgewachsener Mann, der dabei seinen Speer erhob.

»Erzähl mir genau, was du gesehen hast!«

»Es sieht so aus, als ob auf dem ganzen Berg eine große Schlacht stattgefunden hätte. Bäume und Farne sind umgerissen, und große Mengen manuka sind zu Boden gedrückt, als ob man heftig gekämpft hätte. Es stehen dort auch keine Palisaden mehr, und das ganze *pa* ist niedergebrannt.«

Raumoko schwieg dazu und zeichnete mit dem Ende seines *taiaha* etwas im Sand herum. »Noch etwas?«

»Ja. Da liegt ein sehr großer Berg von Asche am Flussufer.«

Raumoko entließ die Späher, stand stumm da und schaute die Küste hinab. Sein Blick war unbewusst in die Richtung der Kanus gewandert. Er spürte den starken Drang umzukehren. Erst beim Klang einer vertrauten Stimme wandte er sich um. Es war Rua. Schweigend gingen die beiden Männer zum Meer, wo sie ungestört miteinander reden konnten. Als sie so gingen, folgten ihnen die verwunderten Blicke der Männer.

»Rua, bedeutet dies, dass die Götter uns helfen, indem sie Te Hau O Te Rangis *pa* aus dem Weg schaffen?«

»Nein. Das glaube ich nicht.«

»Was ist das für ein seltsames Gefühl, das ich habe, dieser Drang umzukehren?«

»Das ist leicht zu erklären. Es ist die Warnung vor einer Katastrophe.«

»Aber wir können nicht zurückgehen. Wir sind bereit zum Angriff.«

»Die Götter raten uns zur Umkehr. Es wäre töricht, ihre Botschaft zu mißachten. Waren sie je im Unrecht?«

Die beiden Männer schwiegen für eine längere Zeit. Schließlich sagte Raumoko: »Wir werden Tawhitiroa jetzt angreifen.«

»Deine Entscheidung wird uns alle nach *Rarohenga* befördern. Überlege dir gut, was das bedeutet – all diese Krieger, die besten, die wir je hatten, werden vergeudet, und in Tuanuku bleiben nur noch die Frauen zur Verteidigung. Und das Schlimmste wäre, dich zu verlieren. Aber schau!« Er zeigte den Strand hinab.

In einer Entfernung von mehreren Meilen rückte aus dem morgendlichen Dunst in schnellem Schritt ein großer Kriegstrupp heran.

Die beiden Männer starrten stumm in diese Richtung. Endlich sprach Rua: »Wer ist das?«

»Das ist Tawhiro.«

»Woher weißt du das?«

»Nur die Ngati Whakaari haben einen Gesang mir zu Ehren. Hör zu…«

Die Worte klangen undeutlich aus der Ferne herüber: »Schick uns den Raumoko…« Dann rollten die Wellen heran, und der Rest des Liedes ging im Tosen der Brandung unter.

»Wieviele Krieger sind es?«

»Er hat doppelt so viele wie wir – ich würde sie auf fünftausend schätzen. Aber Zahlen bedeuten uns nichts.«

»Wir können noch immer über den Fluss zurück und umkehren, wenn wir auf die Götter hören wollen«, drängte Rua.

Doch Raumoko hatte nicht mehr auf ihn geachtet. Schon war er an der Spitze seiner Truppen. Rua folgte ihm resigniert.

Sie bewegten sich in schnellem Laufschritt, die zehn Gruppen von Kriegern hielten ihre Formation am Rande des Meeres perfekt ein. Dann sangen auf Befehl von Raumoko hin zweitausendfünfhundert Krieger ihre Herausforderung an Tawhiro. Dies wurde von den heranrückenden Verteidigern erwidert, und der Strand unterhalb von Tawhitiroa erscholl im widerstreitenden Kampfgesang der großen bevorstehenden Schlacht.

21. Kapitel

Im Zeichen von Tumatauenga

Er beobachtete die anderen, die vor ihm das Ritual ausgeführt hatten und lauschte dem Gesang. Als er an die Reihe kam, kaute auch er auf dem Querbalken der Latrine herum, genau wie es die anderen getan hatten. Er wusste nun, dass keine Tortur, wie widerlich sie auch immer war, ihn vom Erfolg abschrecken würde. Wie aus weiter Ferne hörte er, dass man seinen Namen rief: »Komm schon, Manaia, wir warten auf dich!«

Manaia, wer war Manaia? Er kam nicht darauf und brummelte weiter vor sich hin; der Name schien ihm irgendwie vertraut.

Er ging von der Latrine weg und sah, dass alle Männer nackt im Fluss standen. Sie schauten ihn an, winkten und riefen. Und wieder hörte er den Namen. »Manaia!«

Er rieb sich mit dem Handrücken die Stirn. Das bin ich, den sie rufen. Ja, das bin ich. Manaia, das ist mein Name. Wie im Traum ging er auf den Fluss zu und stellte sich zu den anderen.

Tawhiro und Tiwai bewegten sich schnell von einem Mann zum nächsten und besprenkelten mit einem Ast, den sie in den Fluss tauchten, Wasser über ihre Köpfe und Schultern und rezitierten dabei einen heiligen Gesang.

Manaia beugte seinen Kopf, als Tawhiro vorüberging. Das Wasser, das vom Ast auf ihn tropfte, fühlte sich an wie stechende Tropfen eines Eisregens, der durch jede Pore seines Körpers sickerte. Sein Herz hatte sich in ihm verhärtet, bis es wie aus Stein war, und er hatte jedes Gefühl und Schmerzempfinden verloren. Nichts bedeutete ihm mehr etwas. Er spürte, dass er ein Geist außerhalb seines Körpers war, der beobachtete, wie jemand anderes ihn benutzte. Dieser Körper würde alle Anweisungen ausführen, die Tawhiro erteilte, egal, was es auch sein mochte. Jetzt lebte er nur noch, um mitleidlos zu töten. Er beobachtete die Männer an seiner Seite. Auch sie waren verändert.

Das Zeichen des Kriegsgottes Tumatauenga war jedem Mann aufgedrückt.

Tawhiro inspizierte seine Truppen, und was er sah, gefiel ihm.

Dann sprach er zu seinen Männern: »Raumoko und sein Volk

träumen davon, unser Land in Besitz zu nehmen. Wir wollen ihnen dabei helfen. Unter der Erde von Tawhitiroa können sie bis in alle Ewigkeit davon träumen.« Er deutete mit seinem Stab in die Richtung des herannahenden Feindes und gab den Befehl »Vorwärts!«

Das war die Gelegenheit, auf die Haukino gewartet und um die er gebetet hatte. Er tänzelte vor seinen Männern umher und schwang sein *taiaha* gegen die noch weit entfernten, doch rasch heranrückenden Truppen des Feindes.

Auf den Befehl seines Häuptlings hin sprang Haukino vor und lief den Kampfverbänden voraus, die sich keilförmig aufgestellt hatten.

Da Tawhiro Manaia die Verantwortung für eine besondere Gruppe von Kriegern gegeben hatte, war es Haukinos Vorrecht, die vordersten Reihen der Truppen anzuführen.

Die Aufregung angesichts des bevorstehenden Kampfes verlieh seinen Beinen Flügel, und Haukino flog fast den Strand hinunter. Für ihn war das ein wunderbares Gefühl: die Meeresbrise im Gesicht und über sich der wilde Ruf der Möwen, die aufgeschreckt ihre Kreise zogen. Endlich fühlte er sich wieder lebendig!

Als die Feinde näherrückten, konnte er einen gewaltigen Mann an ihrer Spitze erkennen. An seiner Seite lief unglaublich leichtfüßig ein kurzer, stämmiger Krieger.

Wilde *hakas* wetteiferten mit dem brüllenden Tosen des Meeres, als die feindlichen Truppen langsam und vorsichtig auf Kampfnähe heranrückten.

Raumoko eröffnete die Schlacht mit einem gewaltigen Sprung nach vorn. Ihm folgte eine große Anzahl Krieger, die ihrem Feind Schmähungen entgegenbrüllten. Mit seinem *taiaha* schlug Raumoko eine Schneise in die feindlichen Reihen, in die seine Krieger stürmten. Atawhai schirmte mit seinen Männern sofort die Flanken vor jeder Attacke ab und, angefeuert durch Raumokos Beispiel, verwickelten seine Krieger Haukino und seine Männer in ein hitziges Gefecht.

Die entscheidende Schlacht hatte begonnen.

2

Tawhiro, der den Vormarsch seiner Männer von einem hohen Sandhügel aus beobachtete, gab seinen Häuptlingen angesichts des starken Drucks des Feindes ruhig Anweisungen.

Manaia war zum Führer von eintausend Kriegern bestimmt worden, um mit ihnen die feindliche Nachhut aus der Richtung von Te Hairini anzugreifen. Tahwiro hoffte, dass er so unter den Feinden Verwirrung stiften würde. Sein Manöver zielte darauf ab, dem Feind den Fluchtweg die Küste hinab zu den Kanus abzuschneiden.

Tawhiro hatte grimmig gelächelt, als der hochgewachsene Kriegshäuptling Whitikau, der Kommandant von Rangipais Leibwache, zu ihm gekommen war, um zu melden, dass Raumoko seine Truppen von Te Hairini abgezogen hatte und sie gegen Tawhitiroa richtete.

Der Fisch war fast im Netz. Tawhiro lächelte still vor sich hin und rieb sich die Hände. Das große *pa* war nicht vergebens zerstört worden. Einen Augenblick lang schaute er zurück auf den brandgeschwärzten Gipfel und hob seinen Kriegsstab Te *mana O Kahukura* zum Gruß: »Te Hau O Te Rangi, wir werden dich nicht vergessen.«

In einem Sumpf unweit der Mündung des Waiaua warteten Manaia und seine Männer angespannt in ihrem Versteck. Sie standen bis zum Hals in Schlamm und Wasser und lauschten zwischen Binsen und Schilf auf das Signal der Muscheltrompete. Sie dachten an ihre Freunde, die sich gerade daran machten, Raumoko anzugreifen.

Plötzlich ertönte das Signal – wild und bebend übertönte es kurz den Lärm der Schlacht. Als Antwort darauf erbebte und explodierte dann der Sumpf durch die herausdrängende, brüllende Masse von Kriegern. Mit einem Kriegsgesang auf den Lippen, griffen sie Raumokos überraschte Nachhut an.

Gleichzeitig mit diesem Vorstoß schickte Tawhiro weitere tausend Männer gegen Raumokos ungeschützte Flanke, die gegenüber einer Reihe niedriger Dünen lag. Die Speerkämpfer bahnten sich ihren Weg zum Meer und teilten die feindlichen Kräfte in zwei Gruppen.

Doch unerschrocken sammelte der Große Mann seine Truppen, die unter den harten Schlägen wankten.

Durch einen wütenden Gegenangriff führte er seine versprengten Reihen endlich wieder zusammen. Tawhiro antwortete darauf mit einem Schwenk seiner Speerkämpfer und versuchte, die Angreifer zurückzudrängen.

Raumoko griff nun erneut an. Sein gewaltiges *taiaha* beförderte zwei Herausforderer ins Jenseits. Durch seinen Siegeswillen angefeuert, folgten ihm seine Männer erneut in den Kampf.

Diesmal hatten sie Erfolg. Raumoko schlug sich mit dem Schrei »Angriff! Spießt sie auf, schlagt sie nieder, tötet, tötet!« durch Tawhiros Reihen, und schließlich gelang es ihm auch, die Verbindung zu seiner schwer bedrängten Nachhut wieder herzustellen. Nun wurden die Streitkräfte der Ngati Whakaari in Stücke geschlagen. Tawhiro mußte schnell handeln, um eine Niederlage zu verhindern.

Besorgt über die plötzliche Wendung des Kriegsgeschehens schickte Tawhiro mit Whitikau und dessen Kriegern seine letzten Kräfte mit dem Befehl in die Schlacht, bis zum Tode zu kämpfen. Angesichts dieses heftigen Gegenschlags zogen sich Raumokos Männer langsam in Flussrichtung zurück, wo der Große Mann mit den einhundertvierzig Kriegern seiner besonderen Leibwache gegen den Ansturm anzukämpfen versuchte. Stunde um Stunde, wie mächtige Felsen im Meer, verteidigten sie einen kleinen Sandhügel gegen jede List Tawhiros und gegen die Masse seiner Krieger. Doch langsam aber sicher schlossen Tawhiros Legionen ihren Griff. Die Krieger um Raumoko wurden immer weiter zusammengedrängt. Die Speerkämpfer standen Schulter an Schulter und stellten eine bewegliche Verteidigungslinie dar, die Tawhiro nicht durchbrechen konnte. Tatsächlich standen die Speere, denen sich Tawhiro gegenübersah, so dicht, dass man keine Handbreite mehr hätte zwischen sie schieben können.

In einem kritischen Moment, als es so aussah, als könne Raumoko es doch schaffen, sich aus der Umzingelung zu befreien, schrie Tawhiro aus vollem Hals und befahl seine Speer- und Pfeilwerfer in die Schlacht. »Tötet Raumoko, tötet ihn auf der Stelle! Schleudert ihm eure brennenden Speere entgegen und löscht diese heimtückische Plage aus!« Und schon hagelten Speere und zischten Pfeile auf die bedrängten Feinde nieder.

Als die Situation an dem Sandhügel aussichtslos wurde, entschloss sich der Große Mann zu einem letzten, verzweifelten Versuch, das Blatt doch noch zu wenden. Er brüllte zu seinem Priester hinüber: »Rua, der Feind umzingelt uns und kämpft uns erbarmungslos nieder!«

»Die Götter sind gegen uns, wir hätten auf ihre Warnung hören sollen!« schrie der Priester zurück.

»Dann bleibt uns nur noch eins: dein Leben, um den Kriegsgott zu besänftigen. Hier!« Und noch bevor Rua protestieren konnte, riss Raumoko ihm das Stammesabzeichen aus den Händen, ergriff ihn und schleuderte ihn mit Gewalt und schreiend den Speerspitzen der voranstürmenden Krieger Tawhiros entgegen.

Tawhiros Krieger waren verwirrt und zögerten einige Sekunden.

»Bildet einen Keil, schnell, formiert euch, formiert euch!« rief Raumoko. Seine Krieger reagierten sofort und hielten die Schäfte ihrer Speere auf Bauchhöhe. Raumoko stellte sich selbst an die Spitze des Keils und gab seinen Männern das Signal: »Stürmt voran, zerschlagt ihre Reihen, tötet jeden Mann! Der Kriegsgott Te Rehua O Raumoko, der Beschützer von Tuanuku, führt uns alle zum Sieg!«

Raumoko sprang über die vorderste Reihe der feindlichen Krieger, die ihre Speere noch im Körper seines Priesters Rua vergraben hatten und wie toll an ihnen zogen, um sie freizubekommen, und dann führte er seine Männer in einem blutigen Sturmangriff durch die aufgebrochene Lücke.

»Renata, trag du das Abzeichen unseres Kriegsgottes, es wird dich schützen«, befahl der Große Mann.

Renata stürmte mit dem drei Fuß hohen Emblem wie rasend seinen Häuptling hinterher. Sie rissen ein Loch in die Verteidigunglinie, um unerwartet genau dort anzugreifen, wo Tawhiro selbst die Schlacht leitete. Dort fielen Raumoko und seine Krieger wütend über die überraschte Elitewache her, während der Große Mann seinen Feind ausfindig machte.

Mit einem triumphierenden Siegesschrei sprang Raumoko auf seinen Gegner zu, doch Tawhiro duckte sich und schleuderte seinem Feind einen Speer entgegen. Tawhiro griff sich ein *taiaha* und stürzte nun Raumoko entgegen, aber die Wachen des Großen Mannes, die mit ihrem Häuptling durchgebrochen waren, trieben ihre Feinde bereits zurück. Während Tawhiros Männer verzweifelt darum kämpften, sich ihre Feinde vom Leibe zu halten, bereitete sich Raumoko in aller Ruhe darauf vor, dem Hohepriester den Bauch aufzuschlitzen.

Schließlich standen sich die beiden Anführer gegenüber.

Mit blitzenden Augen starrte Raumoko seinen Gegner an, brüllte, als er zum tödlichen Hieb ausholte und tanzte wild in einem grimmigen *haka* um Tawhiro herum. »Mein Messer schreit nach deinen Eingeweiden, Tawhiro. Schau! Das Blut von über einhundert Männern tropft hungrig von seiner Zunge. Es ist wie eine Königin, eine Prinzessin, die dir näherkommen will, um dir einen Nasenkuss zum Lebewohl zu geben und um dir die goldenen Pfade zu öffnen. Hier! Hier ist der Tod! Schau! Der Eingang nach *Rarohenga* tut sich vor deinen Füßen auf, schreite vor in die Arme von Hinenuitepo, die dich willkommen heißen. Ha Ha! Ha! Ha! Mein *taiaha* läßt dich von den Klippen des Lebens springen!«

Whitikau, Rangipais Häuptling und Späher, sah, was vor sich ging, und versuchte verzweifelt, die Reihen von Tawhiros überrumpelter Wache zu schliessen. Er schrie: »Rettet ihn, rettet euren Häuptling Tawhiro! Tawhiro!« Doch sie kamen zu spät. Sechs feindliche Speere hatten bereits den aufgeschlitzten Hohepriester durchbohrt, der blutüberströmt und ausgestreckt im Sand lag.

Er war nur noch eine zitternde Masse blutenden Fleisches, aus dem sein Leben davonsickerte, und er keuchte in seinem Todeskampf: »Oh, was für ein reißender Schmerz zerrt mir am Gedärm und drückt mich nieder? Dieses Gesicht! Dieses Gesicht, das sich vor meinen Augen dreht. Ist es jetzt schon Nacht? Eine fremde, rote Sonne verzehrt mich mit ihrem Feuer. Doch ich muß noch sprechen, bevor diese schreckliche Hitze mir die Kehle zuschnürt. Oh, Tu! Lass mich erkennen, was hinter diesem tätowierten Gesicht steht! Solche Rätsel! Gibt es Götter hinter diesem Gesicht – oder den Tod?«

Gegen den Druck der schrecklichen Speere zwang er sich auf einen Ellbogen und keuchte einen letzten Befehl an seine Männer: »Die Muscheltrompete, schnell – das Signal an Haukino. Kämpfe, mein Volk, kämpfe…« Das Blut, das nun aus seinem Mund sprudelte, erstickte, was er noch sagen wollte. Langsam sackte er nach hinten in die Arme von Whitikau, der vor Zorn und Verzweiflung schluchzte.

Der Himmel über ihnen öffnete sich und ein kurzer und heftiger, sintflutartiger Regen ergoß sich über sie, während ohrenbetäubende Donnerschläge krachten. Es war, als ob die Götter selbst dem Hohepriester zu seiner letzten Reise Lebewohl sagten.

3

Als nun Haukino den Kommandoposten auf den verzweifelten Ruf der Trompete hin erreicht hatte, fiel auch er bitterlich schluchzend auf seine Knie, noch während er versuchte, Whitikau dabei zu helfen, den Häuptling fortzutragen. Doch Te Tawhiro, Hohepriester und oberster *ariki* der Ngati Whakaari, war bereits tot. In diesem schrecklichen Moment der Schicksalsprüfung und in der Hitze der Schlacht konnte noch niemand wissen, dass er der letzte Hohepriester der Ngati Whakaari gewesen sein sollte.

Die tiefe Stimme Raumokos übertönte den Lärm der Schlacht, als er seine Krieger anfeuerte: »Der Sieg ist unser, der Sieg, mein Volk! Der große Tawhiro stirbt.«

Haukino, sein Gesicht war vor Wut geschwollen, machte den Großen Mann ausfindig. Er drängte seine Männer dazu, ihm zu folgen, und er stürmte mit Whitikau gegen die feindlichen Reihen an. Gerade hatten sie sich mit ihren Speeren einen Weg zu Raumoko gebahnt, als dieser sein dreizehntes Opfer ins Jenseits beförderte. Indem Haukino auf Raumoko zeigte, rief er seinen Kriegern über die Schulter zu: »Spießt ihn auf, damit er uns für Tus *hangi*-Gruben bleibt!«

Auf seinen Befehl hin richteten hundert Krieger ihre Speere wie ein Mann auf Raumoko. Im Schlachtgetümmel verteidigte die stark dezimierte Leibwache Raumokos sein Leben so gut sie konnten, doch mehrere Speere bohrten sich tief in die wild kämpfende Gestalt.

Raumoko kämpfte unbeeindruckt weiter. Er war noch immer auf den Beinen, doch aus gräßlichen Wunden schienen die Speere das Blut aus seinem Körper zu saugen.

Er versuchte, seine Männer noch einmal zu sammeln und rief: »Rehua wird selbst die schwersten körperlichen Wunden lindern. Kommt, meine Krieger, machen wir diese Schlacht zu unserem

größten Sieg, lasst den großen Rehua euren Heldenmut sehen!«
Dann, mit einem mächtigen Satz, und mit seinem *taiaha* in der erhobenen Hand, beherrschte Raumoko noch einmal das Schlachtfeld, als er rief: »Wir wollen für Rehua siegen!« Dann bereitete
er seinen Truppen so den Weg, dass die mächtigen Krieger der
Elitetruppe Haukinos wie Federn im Wind auseinanderstoben.

Haukino und Whitikau waren noch wütender als zuvor, als
sie sahen, dass Raumoko von ihren gemeinsamen Angriffen unberührt zu sein schien. Deshalb sprangen sie jetzt mit vier ihrer
Krieger dem feindlichen Häuptling entgegen und versuchten,
weitere Speere in seine Schenkel und seinen Oberkörper zu ram-
men. Gleichzeitig sprang Manaia herbei und schlug Raumoko
mehrmals mit einem schweren Stein-mere auf den Kopf.

Langsam sank der Große Mann auf die Knie. Dann, immer
noch verzweifelt kämpfend, zwang er sich erneut hoch und tötete
in letzter Anstrengung noch zwei Angreifer mit seinem berühmten *taiaha*.

Heftig blutend schwankte er aus dem wilden Tumult und rief
seinen Männern zu: »In die Keilformation, in Richtung der fernen
Berge, und siehe! Der große Rehua kommt!«

Manaia und Haukino liessen wie wahnsinnig Schläge auf ihn
niederprasseln, und endlich gelang es ihnen, Raumoko mit zwei
weiteren Speeren zu durchbohren. Und dieses Mal fiel er nach
vorn, auf seine Hände und Knie, und er schnappte nach Luft,
während das Blut aus seinem Mund strömte. Mit einer letzten
trotzigen Geste rammte der Große Mann, nun deutlich vom Blut-
verlust geschwächt, sein *taiaha* in den Sand und klammerte sich
mit einer Hand daran fest. Mit seinem großen *mere* aus Walknochen, das er aus seinem Gürtel zog, wehrte er seine Angreifer ab.
Jetzt gab er seinen letzten Befehl an seine Truppen. »Atawhai, ihr
habt alle über die Grenzen der Tapferkeit hinaus gekämpft. Lauft
zu den Kanus, solange noch Zeit ist, und sagt denen daheim, dass
ich mein Bestes gab, um zu ihnen zurückzukehren. Doch Rehua
allein bestimmt den Weg, den meine Füße beschreiten werden –
auf zum Sieg!« Raumoko lächelte und sackte bewusstlos zusammen.

Wahnsinnig vor Aufregung schrie Haukino: »Er ist mein, er ist
mein!« Er verlangte von den Sklaven, die ihn begleiteten, ein Hai-
fischzahnmesser und hackte Raumokos Kopf von dessen Schul-

tern. nter Triumphgeschrei griff er den verstümmelten Kopf beim Haar und schwang ihn dann an der Spitze einer langen Lanze hoch in die Luft. »Hier, Raumoko! Schau dich um und bewundere deinen Sieg!«

Ein gewaltiges Gebrüll erhob sich unter Haukinos Kriegern. »Der Sieg ist unser! Lasst seinen Kopf von Tawhitiroas Palisaden herunterhängen!« Und dann riefen sie: »Räuchert unsere Trophäe, räuchert ihn, räuchert ihn!«

Als sie gesehen hatten, dass ihr Anführer besiegt worden war, flüchteten Raumokos Männer in wilder Unordnung, und viele wurden getötet, als sie versuchten, den Fluss zu durchqueren.

Eine große Gruppe jedoch, geführt von Atawhai und Renata, kämpfte sich den Weg frei, zurück zu den Kanus, obwohl Haukinos Speerkämpfer ihnen die ganze Zeit über zusetzten.

Dann geschah das Unerwartete.

Renata ließ sich hinter Atawhais schwer bedrängter Nachhut zurückfallen und benutzte das Abzeichen ihres Kriegsgottes, um eine Linie in den nassen Sand zu ziehen, und rief dem heranstürmenden Haukino entgegen: »Genug, genug, du hast deinen Sieg gehabt – nun gib mir meinen!«

Haukino blieb stehen und hielt kurz vor der Linie. Er war verblüfft, und einen Augenblick lang wusste er nicht, wie er sich verhalten sollte. Dann blickte er in die gespannten Gesichter seiner Männer und schien die Verfolgung fortsetzen zu wollen. Doch im nächsten Augenblick dachte er an seine Errettung, damals, als Renata zu ihnen zum großen pohutakawa-Baum auf Raumokos Gebiet gekommen war, als er dort zusammen mit Te Hau O Te Rangi und Rangipai gewesen war.

Haukino schrie der zurückweichenden Gestalt zu: »Renata, deine Bitte sei erfüllt, doch richte Raumokos Stamm aus, dass wir ihn nur wegen deines Appells an mein Gewissen verschonen und ihm diese Gnade erweisen. Geht! Geht in Frieden.«

Während seine Krieger lautstark danach verlangten, die Jagd fortzusetzen, wandte sich Haukino um, ging den Strand hinunter und entfernte sich von den Kanus.

Niemand sagte ein Wort, als sie ihm zu der Stelle folgten, wo Tawhiro gefallen war. Als Haukino sich laut klagend neben die Leiche kniete, strömten Tränen an seinen Wangen herab. Die Leiche Tawhiros zeigte selbst im Tod noch Würde.

Schließlich erhob sich Haukino, ging zur kopflosen Leiche seines verstorbenen Gegenspielers Raumoko hinüber und heulte vor Wut: »Der Tod des großen Tawhiro ist gerächt. Wir haben deine Männer vom Schlachtfeld gejagt. Das ist unser Sieg, Raumoko. Und haben wir es nicht Atawhai gestattet, sich hinter die Linie zurückzuziehen, die unser Verwandter Renata in den Sand zog?«

Er trat gegen den Körper und rief aus: »Du in deinen besten Augenblicken konntest nie eine Linie wie diese übertreten. Nun brauche ich nicht zu fragen, ist Tu der größte Gott?«

Er deutete auf die Kochgruben und sagte: »In Ordnung, Männer, schmeisst ihn mit den anderen da rein.« Es gab Jubel und Freudenschrei, während die Männer seinem Befehl schleunigst nachkamen. Dies war eine ihrer liebsten Aufgaben, stellten sie fest, und sie begannen aufgeregt miteinander zu schwatzen. Sie erinnerten sich mit Vergnügen an frühere Gelegenheiten, wie den Fall Hakateres, des *pa*, das sie bei Ohiwa niedergemacht hatten. Rasch erschienen weitere Männer. Plötzlich stimmte ein jeder in den Todeschorus ein: »Schick uns den Raumoko, oh großer Gott Tu, lass seinen Körper zu süßem Fleisch werden…«

4

Zunächst konnte sich auch Haukino nicht erklären, weshalb die große Zahl verwundeter feindlicher Krieger nun mit eingeschlagenen Köpfen auf dem Schlachtfeld lag.

Da war jemand sehr fleißig, dachte Haukino bei sich. Diese Männer hatte man getötet, kurz nachdem sie verletzt zu Boden gestürzt waren, grübelte er weiter.

Er nahm sich vor, Tiwai sofort nach dessen Ankunft danach zu fragen.

Haukino wandte sich schließlich an seine Männer und gab seine Befehle aus. »Entfernt alle Speere, und bereitet Tawhiros Körper für das *tangi* vor.« Dann blickte er auf und fragte: »Wo bleibt Tiwai? Schickt ihn sofort zu mir.«

Tiwai Wharepapa war erst vor kurzem vom verstorbenen Tawhiro zum Priester geweiht worden. Er kannte sich gut aus in den schwierigen Gesetzen des *tapu*, besonders, wenn es sich auf

Tod und Krieg bezog. Die Männer mußten noch heute nacht vom *tapu* des Kriegsgottes befreit werden. Kein Krieger konnte einfach das Schlachtfeld verlassen oder nach Hause zurückkehren, bevor nicht diese sehr wichtige Zeremonie durchgeführt worden war. Haukino dachte auch an all die anderen Dinge, die er noch zu tun hatte, und fragte sich, ob ihn die Leute als Häuptling akzeptieren würden. Was, wenn sich plötzlich jemand zu ihm umdrehen und sagen würde: »Wer bist du eigentlich, dass du uns so herumkommandierst?« Haukino wusste, dass er die Unterstützung des Volkes brauchte. Er ging grübelnd zum Strand hinunter und nahm den Ort, an dem Raumoko gefallen war, in Augenschein. Auf seinem Weg zurück traf er auf den Priester Tiwai Wharepapa. Er konnte seine Neugier nicht bezähmen und fragte: »Wie hat Hinewai gekämpft?«

»Sie war außergewöhnlich, sie darf sich selbst vieler Toter rühmen.«

»Was für eine mutige Frau! Ist sie verwundet?«

»Das nicht, doch sie trauert über um Tod des Tawhiro«, sagte der Priester.

»Sie hat mehr Krieger getötet, als ihr Mann Koro Fische fängt«, lachte Haukino und fügte genüßlich hinzu: »Was für ein Gewinn für jeden Kriegstrupp, eine Kriegerin, eine *wahine toa*, von Hinewais Kaliber zu haben.«

»Sie ist eine außerordentliche Frau«, wiederholte der junge Priester. »Siehst du, Hinewai war entschlossen, persönlich an der Rache für den Tod ihres Bruders Motu Turei mitzuwirken. Sie bettelte den Hohepriester an: ‚Lass mich mit euch kämpfen. Mit dem *mere* kann ich so gut wie jeder Mann umgehen.‘ Und um es zu beweisen, begann sie einen Kriegstanz zu tanzen, der unserem Häuptling keinen Zweifel ließ, dass Hinewai eine Bereicherung für jeden Kriegstrupp sein würde. Der Hohepriester erkannte sofort, dass Hinewai unter das *tapu* des Kriegsgottes Tu gestellt werden mußte, um ihr vollen Schutz zu geben. Er ließ mich das tun, und so schloss sich Hinewai meiner Abteilung an.«

»Und?« fragte Haukino, der inzwischen von seinen drängenden Problemen abgelenkt war.

»Meine Männer waren entzückt, eine Frau in ihren Reihen zu haben. Das ließ den Feind erkennen, dass wir es ernst meinten, als wir in den Kampf eingriffen. Kein Verwundeter käme in Gefangenschaft, dafür würde Hinewai sorgen, und die Männer hofften auf eine demoralisierende Wirkung beim Feind.

Auch ihre Erscheinung hat uns gefallen. Sie ist die *urukehu* unserer Familie, hellhäutig und mit flammend rotem Haar, das die Männer einfach lieben.

Nun stell dir vor: Nachzügler aus Atawhais Abteilung wurden von Kriegern niedergehauen, die eine kreischende Frau anführte! Das muß eine wirklich furchterregende Erfahrung gewesen sein«, lachte Tiwai.

»Die *wahine toa*, der Stolz meiner Abteilung, hatte mit ihrem *mere* im Kampf bereits Blut vergossen« und er zeigte stolz auf viele Männer mit zertrümmerten Schädeln. »Wir stürmten alle immer weiter voran, Hinewai prügelte nach allen Seiten.

Dann schrie Hinewai, und ihr rotes Haar wehte dabei im Wind: ›Kommt, meine Brüder, lasst uns noch viele von ihnen töteten. Wir wollen Motu Turei rächen, so lange der Kriegsgott unsere Anstrengungen noch mit Wohlgefallen betrachtet! Lasst uns auf den Feind, der vor unseren Augen immer zahlreicher wird, nur noch stärker einschlagen.‹

Meine Männern erwiderten begeistert: ›Lasst uns der Frau folgen, die wie ein Mann handelt. Kia kaha! Kia kaha!‹

Wir kämpften uns durch, kamen aber erst an, als Raumoko dir bereits ausgeliefert war.« Damit beendete Tiwai seinen Bericht.

»Wenn ich nur gewusst hätte, dass Hinewai schon so nah war, dann hätte ich es ihr überlassen, Raumoko den letzten Schlag zu versetzen, bevor ich ihm den Kopf abschnitt«, sagte Haukino. »Und dann hätte ich jedermann wissen lassen, dass Raumoko von einer Frau getötet wurde.«

»Richtig, Haukino. Wenn es je eine bemerkenswerte Frau gab, und das sage ich ohne zu zögern, dann ist ihr Name Hinewai, die mächtige *wahine toa*.«

»Ja, mächtig sind ihre Taten, und verbreitet sei ihr großer Ruhm. Ich würde sagen, Motu Turei ist wahrlich gerächt«, sagte Haukino entschieden.

Dann schwieg er für eine Weile, offensichtlich war er in Gedanken versunken. Endlich sagte er: »Mir fällt es schwer zu glauben, dass der Hohepriester nicht mehr bei uns ist, Tiwai. Er war immer so sehr Teil meines Lebens. Sein Verlust ist ein schwerer Schlag – und das ausgerechnet kurz vor seinem großen Sieg.«

»Oh, was für ein Sieg! Und was für ein Tod! Jawohl! Wirklich ein ehrenvoller Tod!« erwiderte der junge Priester.

Schweigend gingen sie so einige Zeit nebeneinander her, dann sagte Haukino: »Ich gebe es nicht gern zu, aber weißt du, Tiwai, ich vermute, ich habe wohl meistens Tawhiro das Denken überlassen. Deshalb empfinde ich die Dinge jetzt so anders. Ich muß das jetzt selbst übernehmen.«

»Nun, so geht es fast allen unseren Leuten. Zum Beispiel überläßt die Elitewache das Denken dir, und auch die übrigen Krieger lassen sich von ihren Häuptlingen sagen, was sie tun sollen.«

»Ich nehme an, das hat seine Vorteile«, gab Haukino zu, wechselte dann aber völlig das Thema und bemerkte: »Es ist bedauerlich, dass Tawhiro keine Kinder hinterläßt.«

»Erinnerst du dich an den schlimmen Unfall, den er hatte, als er jung war?« fragte Tiwai.

»Nein, über die Einzelheiten habe ich nie etwas erfahren.«

»Nun, er verletzte sich sehr schwer, als er auf einen hohen Baum kletterte.«

»Hat er deshalb nie geheiratet?«

»Ja.«

»Jetzt verstehe ich. Armer Tawhiro, er ist nicht länger unter uns, und es gibt keine Kinder, die sein persönliches *mana* weitertragen könnten… Dieses ganze Gerede darüber, dass der Hohepriester nicht heiratet, weil er zu *tapu* sei, das war also alles erfunden, um einem bestimmten Zweck zu dienen?«

»Ja! Damit er sich ersparen konnte, den Frauen ständig Erklärungen liefern zu müssen.«

»Sie scheinen immer das letzte Wort zu haben«, sagte Haukino gefühlvoll, während sie weitergingen.

»Deshalb war unser Hohepriester so tüchtig. Er widmete sich ausschließlich und bis zum Äußersten dem Wohle und dem Schutz unseres Stammes.«

»Hm. Er ließ sich durch nichts ablenken«, fügte Haukino hinzu.

»Er trug wahrlich das Zeichen Tumatauengas.«

»Ich mache mir Sorgen um unser Volk, jetzt, da Tawhiro tot ist. Was wird aus Rangipai?« fragte Haukino nach einer Weile.

»Sie wird zum Oberhaupt des gesamten Stammes. Tawhiro, Motu Turei und natürlich Te Hau O Te Rangi, der neben Tawhiro aus der Linie der Erstgeborenen stammt, stünden an ihrer Stelle, wären sie heute noch am Leben – doch sie sind alle tot«, erwiderte Tiwai.

Dann schaute Tiwai Haukino geradewegs an und sagte: »Ich werde dem Volk vorschlagen, dich, da du anerkanntermaßen unser fähigster Krieger bist und nun tatsächlich Te *mana O Kahukura*, unser Stammesabzeichen, trägst, zum neuen Kriegshäuptling zu erklären und dir die Verantwortung für unsere gesamte Verteidigung zu übertragen. Natürlich liegt es bei den anderen Häuptlingen, dem zuzustimmen. Aber ich erwarte da kaum Ärger. Tawhiro sagte mir, dass du ihm nachfolgen sollst. Außerdem werde ich denjenigen, die meinen Vorschlägen nicht zustimmen, sagen, dass sie dich auf dem *marae* Mann gegen Mann herausfordern sollen.«

Haukino konnte seine Freude über diesen unerwarteten Verbündeten kaum verbergen. Doch dann wurde er misstrauisch, als er über die möglichen Gründe nachdachte, die Tiwai dazu bewegt haben könnten, zu ihm zu kommen. Weshalb war er nicht zu Whitikau oder Manaia gegangen? Oder zu einem ihrer vielen Cousins? Haukino schwieg und war von diesem Gedanken gefesselt, als sie losgingen, um Tawhiros Leiche zurück zum *pa* zu bringen.

5

Als er schweren Herzens von diesem Gang zurückgekehrt war, sah er die Männer nackt im Fluss stehen und warten. Tiwai, der ein Ritual sang, befreite sie gerade vom Bann des Kriegsgottes. Manaia fühlte sich, als würde ein großer Fels von seiner Seele gehoben. Er schaute sich um. Nun lächelten alle Überlebenden.

Die Hokowhitu a Tu hatten die volle Wucht von Raumokos Attacke abgefangen. Drei Fünftel dieser Männer waren getötet oder verletzt worden.

Als die Sonne am Horizont hinter dem Ozean unterging, kreiste ein Schwarm Seemöwen über einem Baumstamm, der halb im Sand vergraben war. Quer darüber lag ein *kiwi*-Umhang, zerrissen und blutverschmiert. Es war ganz so wie im Traum des Hohepriesters. Ein Zipfel hing schlaff in einem Priel und tauchte verloren in die Flut. Ein gewaltiges, mit Blut beflecktes *taiaha,* mit Wucht in den Strand getrieben, ragte am Wasserrand aus dem Sand.

»Lasst es dort«, hatte Haukino befohlen. »Es zeigt uns genau die Stelle, an der wir Raumoko getötet haben.«

Zwischen die Dünen, wo der Treibsand ein Stück des Flusses abschnitt, hatten die Sieger achthundert zerhackte Leichen abgelegt, und sie alle ruhten in einem See von Blut.

Was von der großen Flotte an Kriegskanus noch geblieben war, strebte über die Flussmündung hinaus, die Küste hinunter und mühsam über das Meer auf Tunanuku zu. Der Rest lag zerschlagen und brennend unterhalb der Klippen.

Von Tawhitiroa her ertönten Klänge des Wehklagens, als sich der gesamte Stamm zusammenfand, um den Verlust seines Häuptlings zu betrauern.

Außerhalb der Palisaden brutzelten und zischten auf glühend heißen Steinen die grausigen Trophäen des Kriegsgottes. Die rot leuchtenden Steine beschienen die erwartungsvollen Gesichter der noch übriggebliebenen Krieger Haukinos.

Jetzt baten viele vielversprechende junge Krieger darum, in die Hokowhitu a Tu eintreten zu dürfen, um die erlittenen großen Verluste auszugleichen. Haukino lächelte über die Zuversicht der Männer und wählte sorgfältig die fähigsten Kämpfer aus. Zur Belohnung bat er auch sie zum Festmahl von Tu – Menschenfleisch. »Jetzt«, sagte er ihnen, »seid ihr mehr als Männer – ihr seid Krieger des Kriegsgottes.«

»So gutes Essen kann man doch nicht auf dem Schlachtfeld verrotten lassen, besonders, wo wir so hungrig sind«, lachte Haukino.

Wieder klang Jammergeschrei aus dem *pa* herüber, wo Mütter und Witwen ihre Verluste beklagten.

Am Morgen würde Haukino das *tangi* für seinen verstorbenen Häuptling beginnen, die Witwen würden ihre Männer begraben und die Mütter ihre Söhne. Er würde außerdem Rangipai berichten, wie ihr Onkel in den Armen Whitikaus gestorben war und wie jener mit aller Kraft versucht hatte, den Hohepriester zu retten, und er würde ihr ebenfalls berichten, wie Whitikaus Krieger geholfen hatten, den Verlauf der Schlacht zu ihren Gunsten zu wenden.

Tief unten im Meer trieb ein Umhang mit dem Sog der Ebbe davon.

22. KAPITEL

Das tapu des Todes

Ein *tapu* des Todes hing schwer über Tawhitiroa.

Das *tangi* für den verstorbenen Hohepriester und *ariki* Te Tawhiro begann bei Sonnenaufgang.

Man hatte seinen Körper geölt und seine Wunden bedeckt.

Gekleidet in die feinsten Gewänder, lag er unter einem eigens errichteten Schutzdach auf dem *marae*, gleich rechts vom Eingang zu Tapuae.

Das Grünsteinemblem Te *mana O Kahukura* hatte man ihm an die Seite gelegt – in stiller Ehrerbietung.

Rangipai, Waiherere, Hinewai, Awanui und Tareti schritten der wehklagenden Trauergemeinde voran.

Grüne Bänder aus kawakawa-Blättern umkränzten ihre Köpfe, ihre Wangen waren von Tränen befleckt, und viele der Frauen trugen für ihren Häuptling und die vielen Gefallenen Trauerkappen aus schwarzen Federn.

Dazu gesellten sich noch mehrere hundert Frauen, die sich inbrünstig ihre Gesichter, Brüste und Arme aufschlitzten, um sich von ihrer tiefen Trauer zu erleichtern.

Und um diese scharten sich noch Tausende von Trauernden, und alle schluchzten und klagten mitleiderregend.

Der neue Kriegshäuptling Haukino begrüßte alle mit ihren Stammesnamen, so wie sie in Gruppen herbeiströmten, um dem Toten ihren Respekt zu erweisen und am *tangi* teilzuhaben.

Haukino setzte im Namen der *tangata whenua*, des Heimatvolks des *marae*, seine Begrüßung der Besucher fort und hielt eine Lobrede auf ihren toten Häuptling.

Er tänzelte vor der Bahre und ließ sein berühmtes *taiaha* über seinem Kopf kreisen. Jedes einzelne Wort, das er ausrief, setzte er gefühlvoll in Schwingung, so dass es den gesamten *marae* hören konnte:

»Siehe, die Jungfer des Nebels schwebt über dem *Makeo*!
Und Rehuas Speer blitzt fürchterlich hernieder.
Die schützende *totara* im Walde Tanes ist gefallen,
Und das Horn der Mondsichel ist abgebrochen!

Geh hin, edler Herr, zu deinen Ahnen!
Fahre nach Hawaiki und beschreite den Pfad
Der keinen Boten zur Nachhut schickt,
Entlang dem goldenen Pfad von Tu,
über die wogenden Wege der See,
Über die deine Vorfahren kamen, als die Welt jung war.
In der Ferne rieselt endlos Hinemoana,
Doch du, edler Herr, bist fort;
getragen von den Strömungen des Meeres,
Zum fernen Hawaikinui, der Zusammenkunft
Der vier Pfade. Ziehe tapfer weiter
Nach *Hawaikipamamao*,
Zu *Te Hono i wairua in Irihia*!
Schreite hinein in den wirbelnden Wind
Und steige hinauf zu Rangiatea,
Und finde deinen Weg zum *Rauroha*,
Dass himmlische Jungfern dich empfangen
In den höchsten Himmel von Io, dem Ursprung aller Dinge,
Wenn du zurückkehrst, edler Herr, in das allumfassende
Wissen Ios, dem ohne Eltern,
Und alle Erinnerung an diese Welt soll schwinden.
Lebewohl, Te Tawhiro! *Haere! Haere!*
Haere ki te po.«

Haukino wandte sich erneut an die vielen Trauergäste und hieß sie mit dem Ruf willkommen:

»*Haere mai! Haere mai! Haere mai.*«

Andere Redner des gastgebenden *pa* folgten ihm.

Endlich waren die zur Trauer geladenen Häuptlinge an der Reihe, ihm zu antworten.

Sie alle richteten ihre Reden und Sprechgesänge direkt an den Verstorbenen, priesen seine Tapferkeit und herausragende Führungskraft, als er in ihrer größten Schlacht aller Zeiten die Ehre des Stammes bewahrte. Schließlich wandten sie sich an die Lebenden und begrüßten sie mit den Worten »*Karanga! Karanga! Karanga!*«, womit sie auf deren Willkommensruf antworteten. Danach bezeugten sie der Familie und dem Volk des Hohepriesters ihr Beileid.

Nachdem viele Häuptlinge ihre Reden beendet hatten, stellten sich die Trauernden auf dem *marae* auf, um sich mit dem *hongi* zu begrüßen, ihre Nasen aneinander zu drücken und sich gegenseitig die rechte Hand zu reichen.

Die Hauptleidtragenden, die sich neben dem Verstorbenen versammelt hatten, wurden ebenfalls mit dem *hongi* begrüßt, während alle respektvoll an ihnen vorüberzogen.

Am späten Nachmittag wurde von den Frauen und Dutzenden Sklaven eine üppige Mahlzeit gereicht, um alle Trauernden zu stärken.

2

Drei Tage später weinten die Trauernden noch immer um den Toten, bis schließlich der junge Priester Tiwai Wharepapa und Haukino Te Onewa kamen, um die Leiche des Hohepriesters in eine geheime Höhle hoch oben in den dicht bewaldeten Bergen zu tragen.

Eines Tages in ferner Zukunft, wenn nur noch seine Knochen von ihm übrig sein würden, würden sie das *hahunga* abhalten, um seine geliebten Überreste vor seinem Volk auf dem *marae* der Familie auszubreiten, bevor sie dann im *urupa* des Stammes beigesetzt würden, damit sie für immer in Frieden neben all ihren großen Vorfahren ruhen konnten.

In der Zwischenzeit hatte man eine Gruppe von Männern der Elitewache auserwählt, um die Leiche auf einer Bahre in die Höhle zu tragen. Jedem der Männer hatte Tiwai ein *tapu* auferlegt.

Früh am Morgen des vierten Tages des *tangi* zogen sie los.

Kurz vor Einbruch der Dunkelheit kehrte die Trauergemeinde zurück, nachdem sie das *tapu* mit einem Bad im Fluss von ihren Leibern gewaschen hatten, begleitet von Tiwais rituellem Chorus.

Plötzlich hörte man aus den Unterkünften der Sklaven Lärm; dann den Klang von Schluchzen und Jammern.

»Ich brauche einen Schwung Sklaven für das zeremonielle Festmahl, um das *pa* vom *tapu* des Todes zu befreien«, hatte Haukino verkündet.

Tiwai und die Elitewache waren daraufhin zu den Schlafstätten der Sklaven gegangen und hatten sechs Männer getötet.

Früh am nächsten Morgen würde man ihre Leiber gründlich waschen und unter schallenden Gesängen den besonderen Herdstellen anvertrauen, die man abseits von den gewöhnlichen hangis errichtet hatte, wo noch der Rest des gewaltigen Leichenschmauses für die Trauernden kochte.

Fragend hatte Haukino seinen Priester angeblickt, um ihn dann endlich darauf anzusprechen:

»Waren es sechs?«

»Mehr als genug!« erwiderte Tiwai.

»Sind sie fett?«

»Fett genug.«

»Werden sie in Hangis zubereitet?«

»Die Steine dafür sind noch glühend heiß!«

»Brutzeln sie schon?«

»Bald!«

»Wann sind sie gar?«

»Zu Mittag!«

»Und das Ritual?«

»Ist vorbereitet.«

»Von wem…?«

»Von mir!«

»Und befreit vom…?«

»Vom tapu?«

»Ja!?«

»Erst, wenn man die Herdstellen öffnet.«

»Und was ist mit…?«

»Rangipai?«

»Nein! Sie nicht!«

»Wieso nicht?«

»Ein *ariki* kann solche Speisen nicht berühren!«

»Sie würden sie verunreinigen?«

»Schlimmer als das.«

»Ihre Unantastbarkeit?«

»Ginge verloren!«

»Dann darf sie nichts davon bekommen.«

»Richtig.«

»Jedem ein Stück…?«

»Jedem Krieger!«

»Bald! Bald ist Mittag!«

»Das Wasser läuft mir schon im Mund zusammen«, schloss Haukino, der bereits in Vorfreude lächelte.

Während man in den besonderen Herdstellen die Opfer zubereitete, wurde Tawhitiroa mit dem speziellen rituellen Sprechgesang vom *tapu* des Todes enthoben, so als verflüchtige es sich mit den aufsteigenden Dampfwolken.

Nur der Kriegshäuptling und die Krieger würden von den besonderen Herdstellen essen.

Dann begann die große Essenszeremonie zur Feier der Befreiung vom *tapu*, und alle scharten sich um die großen Herdstellen, die sich ihnen mit vielen Speisen öffneten.

Der Stamm der Ngati Whakaari bemerkte nun über die Flut ihrer Tränen, über die Trauer und ihr Mahl hinweg, dass der Hohepriester auf eine Weise verabschiedet worden war, die seiner Stellung im Leben entsprach.

Der Priester Tiwai Wharepapa aß für sich allein, doch nicht aus den besonderen Herdstellen.

Wenn er an den Hohepriester dachte, erinnerte er sich auch an andere Dinge, Dinge, von denen nur er und der Verstorbene je gewusst hatten. Sollte Haukino jemals von diesem Geheimnis erfahren, so dachte er bei sich, dann würde der große Kriegshäuptling ihn töten. Aber das war nun allein sein Geheimnis. Er lächelte und aß weiter.

Abseits vom Rest der Trauernden waren die Krieger einer Meinung darüber, dass das Ableben eines großen Häuptlings ein passender Anlass für eine Feier war. Ansonsten war es nur hin und wieder nach einer Schlacht möglich, Menschenfleisch zu geniessen.

»Ha!« lachte Haukino Manaia zu.

»Süß«, antwortete ihm Manaia und leckte sich die Finger.

»Mmmm!«

»Köstlich!«

»Was ist das für ein Stück?«

»Vom Arsch!«

»Das hab ich am liebsten!«

»Armer Kerl!«

»Er hatte Glück.«

»Wieso?«

»Schau dir nur an, welchem guten Zweck er zugeführt wird«,

sagte Haukino, während er die Fingerknochen einer Hand in das kleine Flachskörbchen spuckte, das zuvor jene Happen aus den hangis heiß gehalten hatte.

»Was ist der Mensch?« fragte Manaia nachdenklich.

»Futter für Krieger«, lachte Haukino.

»Für Krieger, nicht für Menschen?«

»Krieger bewahren das *mana* und den allumfassenden Geist des Lebens – das *tapu*.«

»Aber bei Sklaven?«

»Die haben es verloren!«

»Und taugen nur zu Arbeit und…«

Wie zur Antwort griff Haukino zum Behälter hinüber und wählte ein lecker aussehendes Stück aus. »Es ist vom Schenkel«, stellte er fest und sog geräuschvoll an seinem Happen.

3

Nach der Bestattung ihres Onkels schloss Rangipai sich beinahe eine Woche lang in ihrem Haus ein und wollte weder sprechen noch überhaupt Besucher empfangen.

Endlich gelang es Hinewai, zu ihr vorgelassen zu werden. »Wir alle trauern um den Verlust deines Onkels und deines Verlobten Waru. Wir wünschten, es gäbe etwas, womit wir dir helfen könnten. Sag es uns bitte, wenn du einen Wunsch hast. Du weißt, wir sind immer und gerne bereit, dir beizustehen.«

Rangipai schloss beide Arme um Hinewais Hals und weinte an ihrer Schulter. »Ich habe Waru geliebt, und nichts kann ihn mir zurückbringen.« Dann blickte sie ihrer Tante in die Augen und fragte, während ihr die Tränen die Wangen herunterliefen: »Wie kommt es, dass die beiden Männer, mit denen ich verlobt war, sterben mußten? Was ist mit mir los? Erst war es Nuku, Wherowheros Sohn. Jetzt Waru. Oh Tante! Was soll ich nur tun?« klagte sie verzweifelt.

Hinewai tat ihr Bestes, um ihre junge Nichte zu trösten, doch sie wusste, wie tief Rangipai dieses Mal von den tragischen Umständen verletzt war, die den Tod Warus und des Hohepriesters umgaben. Es gelang ihr, Rangipai zum Essen zu bewegen, und sie versuchte, sie aufzuheitern. Sie blieb den ganzen Nachmittag bei ihr.

In dieser Nacht hatte Rangipai einen Traum. Sie stand am großen Eckpfosten der Hauptpalisade auf dem Berg der Donnernden Meere. Als sie zum geschnitzten Kopf hinaufblickte, hätte sie schwören können, dass sie darin einen Augenblick lang das Gesicht des jungen Häuptlings Rewi Raumoko erkannte, ganz so, wie sie ihn im Wald gesehen hatte, mit nur einer tätowierten Gesichtshälfte.

Von diesem eigentümlichen Traum aus ihrer Lethargie gerissen, stand Rangipai am nächsten Tag auf und trat in den hellen Sonnenschein hinaus.

Seit über einer Woche war es ihr erster Tag unter Menschen. Alle waren hocherfreut, Rangipai zu sehen, und viele gaben sich besondere Mühe bei dem Versuch, sie aufzumuntern.

Der Tod des Hohepriesters, jener ihrer Freundin und engen Vertrauten Tante Mihi zusammen mit der kleinen Prinzessin, dann der Tod Motu Tureis und Te Hau O Te Rangis, gefolgt von den traurigen Nachrichten um Waru Taka, das alles hatte die junge Prinzessin nahe ans Ende ihrer Kräfte geführt. Aber unter Hinewais unablässiger Fürsorge begann sie, langsam ihre Gesundheit wiederzuerlangen.

Was aber niemand wusste, war, dass Rangipai für sich schon den Entschluss gefasst hatte, alles zu unternehmen, um die kriegerischen Auseinandersetzungen zwischen den Stämmen für immer zu beenden. Sie konnte keinen Sinn in dem endlosen Streben nach Macht erkennen, das nur zum Tod derjenigen führte, die man liebte.

Während sie zusahen, wie Haukino und seine Frau gemeinsam mit ihrem Sohn spielten, besprachen Hinewai, Tareti und Rangipai das neueste Vorkommnis in Tawhitiroa. Um derartige Angelegenheiten zu besprechen, saßen die Frauen am liebsten in der sonnigen Wandelhalle von Tapuae.

»Es ist schön, sie endlich so beisammen zu sehen«, sagte Rangipai, schaute zu Tareti hinüber und fragte nebenbei: »Du weißt, wie alles anfing, warum erzählst du uns nicht davon?«

»Wie ihr alle wisst, weigerte sich Awanui, Haukino auf ihrer Schlafmatte in Tapuae zu dulden, und er fing an, ungeduldig zu werden«, begann Tareti, die sich für die Geschichte erwärmte, zu erzählen. »Da Haukino oft mit seinem Sohn Hokianga gesehen wurde, erkannten unsere Leute an, dass es zwischen Vater und Sohn wirklich eine Bindung gab, auch wenn diese zwischen dem Ehemann und seiner Frau nicht bestand.«

»Ganz recht, ganz recht«, erwiderten ihre Zuhörerinnen, als sie fortfuhr.

»Eines Tages erschien die Beziehung zwischen Haukino und seiner Frau gespannter als gewöhnlich. Ihr hättet sie hören sollen!« sagte Tareti. »Es beschämte meine Ohren, wie Awanui ihren Mann anschrie: ›Wäre ich nicht die besondere Gabe in einer Siegeshochzeit gewesen, ich hätte dich schon vor Jahren verlassen, du Mörder!‹ Und ihr wisst ja, ihr Mann ist jetzt Kriegshäuptling von Tawhitiroa. Stellt euch nur vor, so mit einem Häuptling zu sprechen!«

»Was hat er dann gesagt?« fragte Rangipai lächelnd.

»Er sagte: ›Und ich wäre gerne dem Ruf gerecht geworden, den du mir so gerne zusprichst – gerne hätte ich dir deinen albernen Schädel gespalten!‹«

»Oh! Was für ein Ton!« keuchten die Frauen, während Tareti weiter fortfuhr.

»›Da sieht man's! Hast du etwa nur dazu den Mumm, Frauen den Schädel zu spalten, weil du zu dämlich bist, sie auf andere Weise zu besiegen?‹

›Halt den Mund! Ich gehe raus, um etwas frische Luft zu schnappen.‹ sagte darauf Haukino.

›Das ist auch das einzige, was je frisch an dir ist! Wieso krepierst du nicht?‹

Vor sich hin murmelnd, stürzte Haukino hinaus und suchte nach seinem alten Freund Manaia. Dort wenigstens würde er seine Ruhe haben, dachte er, als er zum Übungsplatz der Krieger marschierte.

›Bleib nicht zu langeweg‹, schrie ihm Awanui von der Tür aus nach. ›Ich gehe jetzt nach Tapuae hinüber. Unser Sohn schläft noch. Du kannst ja auf ihn aufpassen, wenn er aufwacht. Ich bin nicht deine Sklavin!‹ kreischte sie. ›Und denk dran, was euer Hohepriester gesagt hat: du mußt mich anständig behandeln.‹«

Während Tareti weitererzählte, lächelten die anderen.

»Ihr wisst, wie unsere Sklaven tratschen – nichts bleibt ihnen verborgen. Sie haben mir ziemlich viel über unseren neuen

Häuptling und seine Frau erzählt. Nun, Haukino war noch nicht lange fort, als sich der Himmel bewölkte und ein kalter Wind von den Bergen blies. Schon bald begann es, heftig zu regnen. Als er niedergeschlagen zu seinem Haus zurückkehrte, stellte er fest, dass Awanui weg war.

»Wo war sie hingegangen? Wirklich nach Tapuae?« fragten die Frauen und verursachten einen ziemlichen Tumult, als sich noch ungefähr zwei Dutzend andere zu ihnen gesellten, die ebenfalls an der Geschichte interessiert waren.

»Ja«, sagte Tareti. »Sein Sohn, der fest geschlafen hatte, erwachte, als sein Vater zurückkam. Der mächtige Krieger ging hinüber, setzte sich sachte neben seinem Sohn nieder, um ihm Geschichten von den *patupaiarehe* zu erzählen.«

»Ich kann mir vorstellen, wie er diese Geschichten erzählt«, sagte Rangipai. »Da wäre ich gerne dabei gewesen. Ich könnte mir denken, dass sie für einen kleinen Jungen ziemlich furchterregend waren.«

»Nun, es wurde später Nachmittag, bis der Regen nachließ«, erklärte Tareti. Haukino sagte: ›Du bleibst hier, Sohn. Ich gehe los und besorge uns etwas für unser Abendessen. Gibt es etwas, das du besonders magst?‹

Der kleine Junge schlug seine großen schwarzen Augen auf, lächelte seinen Vater an und sagte: ›Diese süßen roten Beeren, weißt du, die die Mutter gestern geholt hat.‹

›In Ordnung, ich gehe los und hole dir welche. Wenn ich zurückkomme, werden wir essen, dann gehen wir zu Mutter nach Tapuae.‹«

Alle hörten aufmerksam zu, als Tareti sagte: »Haukino befahl seinen Leibsklaven, die Speisen zu besorgen, dann setzte er sich neben seinen Sohn, um ihm noch mehr Geschichten zu erzählen.

Kaum waren die Sklaven mit dem Essen zurückgekommen, als sich die Himmel zu öffnen schienen und der Regen sich in Strömen ergoß. Bei Einbruch der Dunkelheit tobte ein ausgewachsener Sturm über Tawhitiroa.

Leuchtende Blitze zischten durch den tiefschwarzen Nachthimmel, während das krachende Donnergrollen von den vielen Tälern widerhallte. Der kleine Junge war froh, dass sein Vater bei ihm war und kuschelte sich an ihn.

Wie ihr wisst, hörte der Regen erst spät am nächsten Morgen

auf. Und Haukino befahl seinem Sohn, im Haus zu bleiben, während er nach Tapuae gehen wollte, um nachzusehen, wie das Gebäude den Sturm ausgehalten hatte. Er fand dort alles in Ordnung vor und sah, wie sich die Krieger geschäftig mit Manövern auf der anderen Seite des *marae* abmühten.

Allerdings erinnert ihr euch auch alle daran, dass der Fluss unterhalb des *pa*, der gewöhnlich nur zwei oder drei Kanulängen breit ist, zu einem gelben, schlammigen, reißenden Strom von über einer halben Meile Breite angeschwollen war.«

»Ja! Ja! Diesen Teil der Geschichte kennen wir! Aber was geschah dann?«

»Als Haukino sah, dass sich seine Frau im Versammlungshaus mit uns unterhielt, ging er zu seinem Sohn zurück.«

An diesem Punkt der Erzählung blickte Tareti zu Hinewai hinüber. »Du weißt besser als ich, was dann geschah. Warum erzählst du uns nicht, was du weißt?«

»Ha! Ihr hättet den armen alten Haukino hören sollen – er war ganz außer sich. ›Mein Sohn! Wo ist mein Sohn? Wenn ihr ihn nicht sofort findet, dann töte ich jeden einzelnen Sklaven in Tawhitiroa‹, schrie er wahnsinnig vor Wut, als er festgestellt hatte, dass sein Sohn weder zu Hause noch woanders aufzufinden war, wo sie auch nach ihm suchten. Wir alle fanden das zu diesem Zeitpunkt noch lustig, aber es war eigentlich ausgesprochen ernst. Denn es zeigt einem, was Kinder so alles anstellen«, sagte Hinewai ernsthaft.

»Warum? Was ist geschehen?« fragte Rangipai.

»Haukino ahnte schon etwas – doch allein der Gedanke daran, wohin sein Sohn gegangen sein könnte, verlieh seinen Beinen Flügel. Kurze Zeit später sahen die Leute ihren Kriegshäuptling wie toll durch das Haupttor rasen, hin zu der großen Schaukel, wo sein Sohn oft mit Hata, Tapene und den anderen Jungen und Mädchen aus dem *pa* spielte. Atemlos war er am Flussufer angelangt, als er mitansehen mußte, wie sein Sohn vom Seil der Schaukel in den Fluss stürzte.«

Hinewai senkte ihre Stimme, um die Wirkung ihrer Geschichte zu verstärken. »Vom Vater allein gelassen, war der kleine Hokianga aus der Tür des väterlichen Hauses geschlichen und gelangte über den hinteren Weg zur großen Schaukel. Hier würde er endlich ganz allein schaukeln können, ohne die Verbote, die ihm Hata und die Sklaven, die auf die Kinder aufpassten, immer auferlegten, weil er zu klein war.

So ein Unsinn – und das dem Sohn Haukinos, des Kriegshäuptlings von Tawhitiroa! Er würde ihnen schon zeigen, dass er nicht zu jung war und dass seine Hände das Seil genauso wie die der großen Jungen halten konnten!

Unter ihm der reißende Strom, der mit seinem Tosen alle Geräusche vom *pa* ertränkte. Deshalb hörte er weder die Schreie seines Vaters noch die Rufe der anderen Leute, die nach ihm suchten.

Hokianga war ein kleiner Junge, der sich nur vergnügen und den anderen beweisen wollte, dass auch er die große Schaukel benutzen konnte.

Er ergriff das Seil und lief die Böschung hinauf, wie er es bei Hata gesehen hatte. Das Seil straffte sich in seiner Hand, und er konnte sehen, wie es von seinen Händen bis ganz hinauf zur Spitze des Pfostens reichte.

Jetzt! Da rannte er, so schnell er konnte, den Abhang hinunter, rutschte und schlitterte auf der nassen Erde, doch das Seil verhinderte, dass er wirklich hinfiel. Immer rascher eilte ihm das Flussufer entgegen, dann gelangte er darüber hinaus, segelte höher und höher und schließlich über die wütenden Wasser. Plötzlich schlug das Seil, als es sich spannte, aus und Hokianga, dessen Finger sich nicht mehr halten konnten, glitt auf dem mit Regenwasser vollgesogenen Seil ab und stürzte Hals über Kopf ins Hochwasser.«

»O weh!« riefen alle Frauen einstimmig. »Das arme kleine Kind, der arme Haukino!«

4

Nun blickten alle Frauen auf Rangipai.

»Du weißt am allerbesten, was dann geschah. Erzähl uns, was passiert ist! Ja! Komm schon, Rangipai!« riefen sie aus.

»Ohne zu zögern, sprang Haukino mit einem verzweifelten Schrei in den Strudel von schäumendem Wasser, umherwirbelnden Stämmen und gewaltigen Bäumen. Er war flach eingetaucht und schoß mit der Kraft des Wassers an die Oberfläche. Er schwamm auf die Stelle zu, an der er seinen Sohn zuletzt gesehen hatte«, sagte Rangipai, die wirklich ganz aufgeregt wurde, während sie ihren Teil der Geschichte erzählte.

»Er dachte zuerst, ein Aal glitte an seinem Bein vorüber, aber dann schrie er auf, als er sah, dass es sein Sohn war, den er bei den Haaren gegriffen hatte.«

Hier mußten alle lachen, als sie versuchten, sich den Ausdruck auf Haukinos Gesicht vorzustellen.

»Inzwischen waren die beiden beinahe eine halbe Meile den Fluss hinuntergetrieben. Eine große Menschenmenge folgte ihnen, sie kletterten und strauchelten die Böschung entlang, den Kriegern dicht auf den Fersen, die sich alle um die Sicherheit ihres Häuptlings und seines Sohnes größte Sorgen machten.«

»Das muß ja fürchterlich gewesen sein!«

»Whitikau war der erste, der versuchte, einen Rettungsversuch zu unternehmen. ›Bringt mir ein langes Seil, schnell, beeilt euch!‹

Tareti, es war dein Junge, Hata, der den Ruf hörte. Und er sagte: ›Da, wo wir bei der Schaukel gespielt haben, ist ein Seil.‹ Doch er hätte sich darüber keine Gedanken machen müssen, denn schon war Takarehe mit mehreren Sklaven und dem Seil, das er für Hata gemacht hatte, eingetroffen. ‹Gebt es mir!‹ schrie Manaia durch das Tosen der Fluten hindurch. Eine lange Reihe von Kriegern verankerte das Seil und stellte sich an der Böschung auf, während ein halbes Dutzend tapferer Männer das lose Ende ergriffen und versuchten, der Strömung zu trotzen. Sie wurden bald zur Böschung zurückgeschwemmt. In der Zwischenzeit unternahm Haukino verzweifelte, doch erfolglose Versuche, die Böschung zu erreichen – sein Sohn zog ihn zurück.

Später sagte mir Haukino, er habe über dem Tosen der Fluten noch das gräßliche Donnern des Flusses gehört, wie dieser mit voller Wucht gegen die Granitklippen stürmte, dort in einer hoch aufschäumenden Brandung zerplatzte, bevor er sich wieder ausrichtete und wild zur offenen See hinaus stürmte. Er trieb genau auf die Klippen zu, und das Wasser trug ihn mit seiner Last so rasch wie ein schnelles Kanu.

Wisst ihr, der arme Haukino sagte mir ein paar Tage danach, dass er sich gefragt hatte, wie es wohl sein würde, zu ertrinken – und er dachte dabei sicher an seinen Sohn, wie er ihn regungslos in seinem freien Arm hielt. Bald wäre es mit ihnen vorbei – das dachte er jedenfalls.

Awanui, die beobachtete, wie sie sich im Wasser abkämpften, sah, wie Haukinos Bewegungen allmählich schwächer wurden.«

»Das muß ihr das Herz zerrissen haben! Arme Awanui, armer Junge, armer Haukino!« stimmte der Chor aller Zuhörer mit ein, die wirklich in die Geschichte versunken waren und nicht einmal die Scharen der inzwischen dazugekommenen Zuhörer bemerkten.

»Ja, so war es!« fuhr Rangipai fort. »Doch die Götter waren mit ihnen.«

»Das wird wohl Tawhiros *mana* gewesen sein«, waren sich alle einig. »Ja. Das erklärt alles. Tawhiro, der für seinen Wachkommandanten sorgt. Ah!« seufzten wieder alle, als sie die Bedeutung von Haukinos Rettung aus den Fluten erkannten. Und alle schwiegen sie in Erinnerung an ihren Hohepriester ein paar Augenblicke lang mit angemessenem Respekt. Dann tobten sie jedoch alle los: »Komm Rangipai, erzähl uns den Rest.«

»Wie von Zauberhand neigte sich ein überhängender Ast direkt über Haukinos Kopf ins Wasser. Er schnappte danach, und seine Finger klammerten sich verzweifelt um das glitschige grüne Holz.

Awanui, die alles mitverfolgt hatte, schrie den Kriegern zu: ›Hier! Hier ist er! Er hält sich an einem Ast fest; schnell, schafft schnell ein Seil zu ihm!‹

Während sie noch sprach, knickte der Ast ab, und Haukino wippte mit ihrem Sohn tiefer ins Wasser. Whitikau hatte dann die Idee, eine Schlaufe in ein Seil zu knüpfen und es zu Haukino hinunterzulassen. Das war eine knifflige Aufgabe, und es brauchte jemanden Besonderen, um sie auszuführen. Und das war dein Sohn, Tareti, und alle sind euch beiden dankbar.«

Rangipai, die bemerkte, dass ihr alle an den Lippen hingen, fuhr fort.

»Hata war von allen der Leichteste, und so schickten ihn die Männer den Ast entlang, um Haukino das Seil zuzuwerfen. Nach mehreren Versuchen, und nachdem er beinahe selbst hineingefallen war, was Tareti aufschreien ließ, konnte Hata das Seil noch immer nicht zu Haukino schaffen.

Dann hörten wir Whitikau nach Hata rufen: ›Komm Hata, du kennst dich doch mit der Schaukel aus. Ich binde jetzt dieses Seil an diesen großen Baum. Und hier mache ich eine Schleife um deinen Fuß. Kannst du dich hinausschwingen und das andere Ende des Seils hier in meinen Händen so hinter Haukino fallenlassen, dass das Wasser es ihm entgegentreibt?‹

›Ja, Onkel‹, sagte der Junge.

Hata stellte seine hohe Geburt, seine Tapferkeit und Furchtlosigkeit vorzüglich unter Beweis. Er setzte seinen Fuß in die Schlaufe, hielt sich mit einer Hand fest, schwang sich mit der Schlinge des großen Seils in der anderen Hand hinaus und ließ sie über Haukino fallen, der sie sich um seine Schultern schlang. Dann ließ Haukino den Ast los und wurde mehr tot als lebendig mit seinem Sohn aus dem Wasser gezogen.

Seinem Sohn Hokianga ging es glücklicherweise recht gut, weil sein Vater seinen Kopf über das schlammige Wasser gehalten hatte. Und schließlich ging Awanui zu Haukino, um ihm zu helfen, und seitdem sind sie zusammen«, schloss Rangipai mit einem Lächeln.

»Ich freue mich sehr für sie«, erwiderte Hinewai. Und alle lächelten und klatschten.

Später am Abend verkündete Rangipai in Tapuae: »Wir dürfen eine sehr verspätete Wiedervereinigung feiern – die von unserem Kriegshäuptling Haukino und seiner reizenden Frau Awanui!«

Donnernder Jubel schallte durch die große Halle, während alle auf das lächelnde Paar, ihren Sohn und ihre kleine Kusine Tapene schauten, die zu einem ansehnlichen Mädchen heranwuchs.

23. KAPITEL

Traurige Rückkehr nach Tuanuku

Die vielen Frauen, die von den Höhen Tuanukus gespannt auf ein Zeichen der Kanuflotte warteten, ahnten, dass Raumoko eine Katastrophe ereilt hatte.

Atawhai, der das Kanu an der Spitze befehligte, hörte die Frauen wehklagen, schon lange, bevor er das Land erreichte.

Als er mit seiner Beinverletzung ans Ufer humpelte, kam ihm als erste Tapairu Hinerangi, Raumokos Frau, fragend entgegengeeilt: »Ist Raumoko...?«

Atawahai, mit einem versteinerten Gesicht wie eine Totenmaske, beantwortete ihre verzweifelte Frage nur mit einem Nicken. Schließlich sagte er zu ihr: »Er starb tapfer.«

»Konntet ihr mir seinen Leichnam bringen?«

»Wir wurden zurückgeschlagen, als wir versuchten, ihn zurückzuholen, und dabei verloren wir zweihundert Männer. Schließlich schafften wir es nur knapp, uns zu den Kanus zurückzukämpfen. Um uns herum hörten wir die Schreie des Feindes.

Tapairu Hinerangi stieß einen schrillen Schrei aus, der in einem langgezogenen Klagen endete, das für alle Welt wie der Ruf nach einer verlorenen Seele klang. Das Klagen wurde von den anderen Frauen aufgegriffen und verstärkte sich mit jedem Kanu, das an Land kam. Besonders herzzerreißend wurde es, als Atawhai sich an Rewi wandte und ihm Bericht erstattete: »Der mächtige Raumoko ist tot!«

Ein langer, seufzender Schrei ertönte aus der Menge, und viele Stimmen fielen in die Totenklage ein.

Schließlich gelang es Atawhai, sich wieder an Rewi zu wenden: »Du bist Häuptling.«

Der junge Mann hielt mühsam seine Gefühle zurück und fragte: »Was ist meinem Vater zugestoßen?«

»Er wurde getötet, als wir kurz vor dem Sieg standen.«

»Wie kommt es, dass ihr so viele Männer verloren habt?«

»Tawhiro hatte Te Hairini zerstört, und deshalb glaubten wir, dass dort niemand mehr sei – doch er hatte viele Männer im weiter unten liegenden Sumpf versteckt. Als wir dort vorbeimarschierten, griffen sie uns an. So versperrte uns Tawhiro von vorne den Weg. Das Meer auf der einen Seite und eine große Streitkraft in unserem Rücken machten einen Rückzug zu den Kanus unmöglich.

»Du hättest Raumoko sehen sollen – er war unglaublich!« schrie ein verwundeter Krieger.

»Ich konnte gar nicht mehr mitzählen, so viele Feinde hat er mit seinem Messer getötet!« rief ein anderer.

»Aber Renata hat uns gerettet«, gab sein Gefährte zu.

»Wie kam es dazu?« fragte Rewi.

»Er ließ sich bei unserer Flucht zurückfallen und zog eine Linie in den Sand.«

»Eine Linie in den Sand?« Der junge Häuptling konnte es nicht glauben. »Schickt diesen Mann zu mir.«

Man führte einen kleinen, stämmiger Krieger, der von Tätowierungen bedeckt war, zu Raumoko, der sofort fragte: »Bist du der Künstler, der magische Striche in den Sand zeichnet, um die Feinde auf dem Schlachtfeld zurückzuhalten?«

»Der bin ich.«

»Wie ist dir dieser großartige Streich gelungen?«

»Das war ganz einfach. Weißt du, ich bin ein Vetter von Te Tawhiro.«

»Und also riefst du Haukino zu, dich zu verschonen?«

»Ja. Niemand sonst hätte es tun können.«

»Du wolltest nicht durch die Hand deiner Verwandten sterben?«

»Nein, das hätte einen bitteren Streit in unserem Stamm verursacht, und ich wusste, dass auch Haukino das erkennen würde.«

»Also hast du uns gerettet?«

»Es war ein ehrlicher Handel, Herr«, gab Renata stolz zu.

»Also hattest du einen Sieg, Renata?«

»Nun ... äh ...«

»Komm schon, gib's zu!«

»Wenn du es sagst, Herr.«

»Mit diesem Sieg hast du es unseren Männern ermöglicht, dass sie sich zu den Kanus zurückziehen konnten. Und ihr hattet Gelegenheit, die Kanus zu zerstören, die ihr nicht mit nehmen konntet.«

Erneut wandte sich Rewi an Atawhai. »Wieviele Männer haben wir verloren?«

»Achthundert.«

»Ein schwerer Schlag!«

Ihr Gespräch wurde plötzlich von einem schrecklichen Gurgeln unterbrochen. Rewi drehte sich rasch um und sah, wie seine Mutter im Sand in einer Blutlache lag.

Als er zu ihr hinübereilte, um ihr zu helfen, stellte er fest, dass sie sich mit einem Messer aus gespaltenem Obsidian ihre Pulsadern und ihre Kehle aufgeschlitzt hatte.

Es konnte nichts mehr tun, um sie zu retten.

2

Während er seine sterbende Mutter in seinen Armen wiegte und Tränen seine Wangen hinabströmten, wandte er sich zu Atawhai: »Das ist ihr Wille. Sie haben immer sehr aneinander gehangen, und Mutter wünscht, bei Vater in Hawaiki zu sein. Es steht mir nicht zu, ihre Wünsche in Frage zu stellen.« Rewi Raumoko wusste, dass noch viele Witwen dem Beispiel seiner Mutter folgen würden.

Die Klagen um die Toten und Vermissten waren lauter geworden, und Rewi wurde zutiefst von Schmerz und Reue gequält. Nach seinem Vater hatte sich nun auch seine Mutter in die furchtbaren Verluste seines Stammes eingereiht, der achthundert Gefallene und noch weit mehr Verwundete zu beklagen hatte. Sein Verstand sagte ihm, dass er als Trauernder nicht sprechen sollte, doch als *ariki* empfand er eine dringende Verpflichtung seinem Volk gegenüber. Er mußte schnell handeln.

Er erhob sich und wandte sich an Atawhai. »Unser Volk wird sich erholen, und aus dieser Niederlage heraus werden wir dem Sieg entgegengehen.«

Dann sprang Rewi hervor und richtete seine Worte an den trauernden Stamm: »Achthundert unserer edlen Krieger sind mit unserem *ariki* gestorben. Schon jetzt folgen viele ihrer Witwen dem Beispiel meiner Mutter und begeben sich auf ihre letzte Reise, um ihre Männer in das Land unserer Vorfahren zu begleiten. Lebt wohl, ihr, die ihr uns verlasst nach Hawaiki, nach Hawaikinui, nach Hawaikipamamao!

Wir werden uns wieder erheben, jawohl, so wie sich der Nebel selbst von den Tälern hebt, wenn eine neue flammende Sonne über die Welt zieht. Ich verspreche euch den Sieg über die Niederlage. Lasst uns die Niederlage mit den Tränen der Trauer für immer fortspülen und Mut unsere Herzen ergreifen. Was müssen wir denn fürchten, solange wir leben? Sind nicht die meisten unserer großen Kanus mit vielen unserer Männer zurückgekehrt? Und Tuanuku, das mächtige *pa* selbst, wurde nie von einem Menschen überfallen. Es besteht fort, stolz und herausfordernd, und es ist eine Inspiration für die Herzen unseres Volkes. Kommt, lasst uns in den Kampf ziehen, denn schon jetzt hebt sich der Trauernebel, und ein neuer Tag ist nah.«

Als die Abendsonne sich senkte, erklangen die leidvollen Totenklagen erneut lang und monoton über Tuanuku. Viele Frauen hatten schwarze Trauerkappen aus dünnblättrigen Meeresalgen aufgesetzt.

Rewi Raumoko ging allein zu Tutus Käfig, drehte dem unglücklichen Lieblingsvogel seines Vaters den Hals um und legte seinen Körper neben den seiner Mutter, um seinen Vater im Land der Seelen nicht zu enttäuschen.

Als sich die Dunkelheit ausbreitete, kam Atawhai zu Rewi: »Heute nacht fliessen die Tränen für unsere Verluste und Erinnerungen an unsere Toten.«

Rewi Raumoko schaute nach Westen, als das letzte Leuchten der Sonne weit hinter dem Horizont vom Himmel verschwand, und erwiderte aus tiefster Seele: »Und morgen, Atawhai, morgen erwacht unsere neue Sonne!«

3

Im Frühling erstrahlte die Kanuküste gelb von den Blüten des *kowhai*, die träumerisch unter dichten Nebelschwaden hervorlugten, die zum *pa* nach Tuanuku aufstiegen. Darunter, in den Tälern, die von den getrillerten Melodien des korimako erfüllt waren, floß der Strom mit seinen vielen Strudeln dem Meer entgegen, und dazwischen schwammen die wilden Entenschwärme. Und dann würde er wieder erschallen, der Ruf von irgendwo aus der Ferne. Die nackten Frauen hörten ihn jedesmal, wenn sie zum Gezeitenwechsel Schalentiere sammelten. Und immer wieder hielten sie dann kurz inne, schauten einander fragend an, um dann in Lachen auszubrechen.

Denn sie hörten die Töne einer Flöte, die aus dem Armknochen von Tawhiros Onkel Te Pai O Matatini entstanden war, dem, der ständig mit seinem Können geprahlt hatte – bis er die Macht und Stärke Raumokos erfahren mußte.

»Jetzt, nach so vielen Jahren, singt er noch immer sein kleines Lied. Jawohl! Er singt uns noch immer etwas vor«. Und zu der traurigen Melodie fischten die Frauen dann weiter.

Bald würden sie zu Rewi Raumoko zurückkehren, und er würde sie fragen, ob sie irgend etwas gehört hätten; hatten sie nicht die Töne des Sieges gehört?

Natürlich würden dann alle lachen und sagen: »Ja! Wir alle haben gehört, wie Te Pai O Matatini mit seinen Fähigkeiten prahlte«, und wie sie alle lachen würden.

Die Frauen würden dann die Sklaven hervortreten lassen, die die schweren Körbe voller *paua*-Muscheln, Miesmuscheln und Hummer trugen. Dann würde Rewi Raumoko seine Augen vor Überraschung weit aufreißen und sagen: »Ihr seid bestimmt nicht mit ›der Flöte‹ verwandt.« Und dann würden sie ihren jungen Häuptling anschauen und, damit alle ihren berühmten *haka* hören könnten, so laut wie möglich rufen: »Raumoko zu den klingenden Himmeln…« Wenigstens blieb ihnen ein Sieg – niemand würde ihnen diesen Armknochen nehmen.

Alle wussten, dass Rewi mit den großen Traditionen der Vergangenheit nicht brechen würde.

Ebenso wie die Menschen mit aller Zuversicht in die Zukunft blickten, als der *kowhai* zu blühen begann, so zeigte auch der junge Raumoko in seiner Rolle als *ariki*, was in ihm steckte.

Der Priester Tipu Tapeka sprach und bezeichnete diese Begebenheit als die Salbung des Rewi Raumoko mit den Tränen des Volkes, ergossen aus Trauer über ihre schweren Verluste. Doch die Menschen könnten beim Anblick des goldenen *kowhai* mit seiner symbolischen Botschaft von Liebe und Hoffnung Mut fassen für die Zukunft. Alle staunten über die Worte des alten Priesters – denn war dies nicht ein Ruf aus weiter Ferne, der ihre Gedanken zum Beginn der Zeit selbst zurücktrug? Und mahnte nicht dieser Ruf daran, sich wieder an etwas in der eigenen Vergangenheit zu erinnern, das in der Gegenwart Verwirklichung findet? Diese Worte des Priesters sollten dem Stamm eine zusätzliche Stärke verleihen, die dieser in der Stunde seiner härtesten Prüfung so dringend benötigte.

4

Nach zwei Tagen war das Klagen der Frauen noch immer zu hören. Geronnenes Blut bedeckte ihre Brüste und Gesichter, die sie sich mit scharfen Obsidiansplittern selbst zerschnitten hatten, um ihre Trauer zu lindern.

Die Frauen, deren Männer heimgekehrt waren, wussten ihr Glück zu schätzen. Voller Geschäftigkeit bereiteten sie die Speisen für die Trauernden und kümmerten sich, wo sie konnten, um die Verletzten.

Atawhai, der mit Hilfe eines Stockes umherhumpelte, zog alles, was an tauglichen Männern noch geblieben war, zusammen und begann, die Verteidigungsanlagen des *pa* zu reparieren. Angesichts der schweren Verluste seines Stammes und der noch weitaus größeren Zahl an Verwundeten wusste er, dass sie nicht in der Lage waren, einen längeren Angriff abzuwehren.

Eine Woche später erschienen in Tuanuku einige Reisende aus dem großen *pa* der *Whakatohea* in Omarumutu. Die Nachrichten, die sie brachten, versetzte alle in Tuanuku in Aufruhr, und wieder begannen die Frauen ihr Wehklagen. Ein Ankömmling berichtete: »Es gibt keinen Zweifel. Wir sahen, wie der Kopf eures Häuplings von Haukinos Kriegern verhöhnt wurde. Wir waren mit einigen Freunden vom Stamm der Ngati Rua nach Tawhitiroa gekommen, und dort sahen wir auf dem *marae* den geräucherten Kopf eures Häuptlings Raumoko. Haukino hat uns mit Vergnügen gezeigt, wie gut er ihn haltbar gemacht hatte.«

Lautes Klageschrei, besonders von Raumokos weiblicher Verwandtschaft trieb die Versammlung auseinander, als sie von der Entweihung des Kopfes ihres mächtigen Verwandten hörten.

Nachdem sich die Besucher entfernt hatten, sprach Atawhai: »Ich habe einen Plan, um den Kopf des Raumoko zurückzuholen.« Alle schwiegen erwartungsvoll und scharten sich um ihn herum.

»Vergraben unter der Eingangsschwelle zu unserem großen Stammeshaus liegt das Grünstein-mere, der ›Spiegel der Götter‹. Wir alle kennen die Geschichte dieses *mere*, ebenso wie die Ngati Whakaari. Ich schlage vor, dass wir Haukino dieses *mere* im Austausch für den Kopf unseres Häuptlings geben.«

Die Hoffnung, Raumokos Kopf zurückbekommen zu können, ließ viele der Ältesten aufgeregte Diskussionen führen. Sie spürten, dass dies einen Teil ihres verlorenen *mana* wiederbeleben und ihnen Ansehen zurückgeben würde.

Da sprang Rewi Raumoko plötzlich auf und rief: »Ich werde nach Tawhitiroa gehen und Haukino diesen Vorschlag machen.«

Atawhai war vorsichtig. »Nein, geh noch nicht. Wer weiß, Haukino könnte das als einen guten Vorwand benutzen, um deinen Kopf seiner Sammlung hinzuzufügen. Ich habe einen besseren Plan. Erinnerst dich an Takarehe? Ich besitze sein *patu* aus Walknochen und schlage vor, dass wir es an Rangipai zurückschicken. Wir senden die Sklavin Hine Oneone, seine Frau und seine drei Töchter.« Atawhai hoffte im Geheimen, dass die Freilassung dieser Frauen eine gewisse Wirkung auf die neue Führerin von Tawhitiroa ausüben könnte. »Wir werden die Frauen mit der Bitte um Rückgabe des Kopfes unseres Häuptlings dorthin schicken. Und dann werden wir Rangipais Antwort abwarten.«

5

Früh am nächsten Morgen verliessen Hine Oneone und ihre drei Töchter zusammen mit Atawhai und in Begleitung von vierzig Kriegern Tuanuku. Im Kriegskanu Te Awa O Te Manu fuhren sie in Richtung Tawhitiroa.

Manaia hielt gemeinsam mit Takarehe Wache, als beide bemerkten, wie das Kanu mit der Flut langsam herankam. Whitikau befahl, den Gong anzuschlagen, und ein Dutzend Krieger eilten herüber, um nachzusehen, was geschah.

»Schaut!« deutete Manaia aufs Meer hinaus. Sie alle sahen, wie das Schiff auf Sand lief und wie die Frauen, die ein kleines Bündel bei sich trugen, an Land gingen.

Das Kanu legte ab und war bereits wieder auf die See hinausgelangt, bevor jemand begriff, wer da gekommen war. Langsam begannen die vier Frauen, den Pfad zum *pa* hinaufzusteigen.

»Das sind Hine Oneone und meine drei Töchter!« schrie Takarehe, der seinen Augen kaum traute. Er raste wie toll den Berg hinab, ihnen entgegen.

Die Szene, die sich dann dort unten am Strand abspielte, war eine der anrührendsten, die man seit langer, langer Zeit gesehen hatte, denn Takarehe hatte geglaubt, dass seine Frau und seine Töchter in Tuanuku den Tod gefunden hätten, und diese hatten geglaubt, dass er in Te Mahia umgekommen sei. Sie weinten alle und umarmten einander und blieben eine ganze Stunde dort, wo sie sich getroffen hatten, bevor sie sich daran machten, den Pfad zum *pa* hinaufzusteigen. Ihre Ankunft kam einer Sensation gleich. Dann trat Rangipai hinzu, um sie zu begrüßen und um die erstaunliche Geschichte ihrer Freilassung zu hören. Unter weiteren Tränen und Klagen wurde Rangipai das Walknochen-patu überreicht, während Takarehe für sie die Geschichte des *patu* in Erinnerung rief.

Dann überbrachte Hine Oneone die Bitte Atawhais. Sie lautete: »Schickt uns den Kopf unseres Vaters Raumoko zurück, und wir werden euch das Grünstein-mere, den ›Spiegel der Götter‹ zurückgeben.«

Als oberste *ariki* der Ngati Whakaari würde Rangipais Entscheidung ausschlaggebend sein. Sie setzte sich mit Haukino zusammen, um das Angebot zu besprechen.

»Wer ist jetzt der Häuptling in Tuanuku?«

»Rewi Raumoko.«

»Glaubst du, man kann ihm trauen?«

»Das weiß ich wirklich nicht. Wir müßten sehen, wie weit er zu gehen bereit ist. Dieses Angebot könnte für uns vorteilhaft sein.«

»Dann lass Rewi Raumoko persönlich die Gabe hierher bringen. Ich werde ihm eine Botschaft zurückschicken. Bitte Whitikau, herzukommen. Ich möchte mit ihm über eine Fahrt nach Tuanuku sprechen.«

An diesem Abend wurde das Kriegskanu Tamatea auf Rangipais Befehl hin seefertig gemacht, und Whitikau stach mit einer ausgewählten Mannschaft von einhundert Kriegern mit Kurs auf Tuanuku in See, um zu verkünden, dass die Ngati Whakaari das Angebot angenommen hätten.

Am Strand vor Tuanuku begrüßte sie Atawhai. Er sprach ein paar Minuten lang mit Whitikau. Ganze Menschenscharen schauten vom *pa* aus zu, und Minuten später ruderte das Kanu schon wieder davon, und die Männer machten sich auf den Weg zurück nach Tawhitiroa.

Nach zwei Tagen war Whitikau zurück in der Halle der Vorfahren und verkündete die Botschaft: »Sie schicken Rewi Raumoko, und ungefähr dreihundert Leute werden ihn begleiten, um uns das *mere* ›Spiegel der Götter‹ zu bringen und den Kopf ihres Häuptlings heimzuführen.«

Rangipai war mit der Ausführung ihres ersten Auftrags und mit sich selbst zufrieden: »Haukino, ich denke, wir können uns auf ein Festmahl vorbereiten.«

»Kann ich sofort mit den Vorbereitungen beginnen?« fragte er eifrig.

»Ja.«

Er gab den Befehl: »Bereitet ein Festmahl! Wir verabschieden uns von einem großen Krieger und heißen das Symbol unseres Sieges auf unserem *marae* willkommen.«

24. Kapitel

Der Tanz der mareikura

Der Frieden kam mit bemalten Gesichtern, Bändern aus roten Blüten, Geißblattsträußchen, klickenden *poi* und Schürzen aus bunten Federn, die rhythmisch an wiegenden Hüften und sanft schwingenden Armen raschelten. Fünfzig junge Frauen, die vor ihren Kriegern her marschierten, wandten sich ihren zu Gästen, um sie mit dem *powhiri* zu begrüßen.

Sie waren *mareikura*, die Auserwählten von hoher Geburt. Angeführt von Rangipai tanzten und sangen sie, und ihre anmutigen Bewegungen sollten die Männer den Krieg vergessen lassen. Ihnen folgten fast tausend junge Mädchen, die alle bis zur Vollkommenheit im Spiel mit den *poi*, den Liedern und Tänzen ausgebildet waren.

Rewi Raumoko schaute ihnen aufmerksam zu. »Das Mädchen in der ersten Reihe, wer ist das?«

Keiner seiner Männer wusste es. Atawhai trat vor. »Sie ist die Tochter des großen Kriegers Heke Taia Te Amokura, eine Nichte des verstorbenden Tawhiro und stammt in direkter Linie von Tapuae ab. Ganz Ngati Whakaari ist ihr jetzt untertan.«

»Ah! Ein Mädchen von *ariki*-Abstammung. Du kennst die Abstammungslinien der Stämme gut, Atawhai.«

»Ja. Sie ist eine *mareikura*, eine Prinzessin der Ngati Whakaari. Viele junge Häuptlinge haben um sie geworben, doch sie hat sich noch nicht entschieden.«

»Sie ist sehr hübsch.«

Ein Lächeln warf Falten in die tätowierten Gesichter der Krieger, die hinter ihnen standen. Sie spürten das heftige Interesse des jungen Häuptlings. Der ganze Umkreis des *marae* und des Eingangsfoyers von Tapuae war von Tausenden Menschen vom Stamme des verstorbenen Tawhiro belagert. Nahe am Eingangsbereich standen sechs Krieger Wache. Sie standen neben einer kleinen, geschnitzten Kiste, die unter einem besonderen Dach auf Matten ruhte. Auf der linken Seite des *marae* überragten zehn gewaltige Gittergestelle vollgeladen mit Speisen, die Häuser. Langanhaltende Willkommensrufe und Antwortgesänge kündeten vom Herannahen weiterer Besucher. Sie drängten sich heran und schauten den Tänzerinnen zu. Während die Mädchen tanzten, schienen sie jeden Gast zu begrüßen. Die Vortänzerinnen zogen in einer Linie über den *marae*, bis sich zwischen ihnen eine Lücke auftat. Dann trat ein Mädchen aus der hintersten Reihe vor, und nahm die freigewordene Position ein, wobei ihre *poi* den Rhythmus hielten. Auf ein Signal von Rangipai schlüpften sie hinter die Reihen der Krieger, um sich dort neu aufzustellen.

Die stolzen Hokowhitu a Tu, einhundertvierzig ausgewählte Männer, marschierten angeführt von Haukino nach vorn. Ihnen folgten zweitausend gut ausgebildete Krieger. Ein dämonischer Schrei zerriss die Luft, und der Kriegsgesang dröhnte wie Donner.

»*Kia Kutia*!

Au, Au!

Kia Wherahia!

Au, Au!«

Die Erde bebte, und von den Bergen hallte der wilde Rhythmus des *peruperu*.

Als es beendet war, erhob sich Haukino und schritt allein in die Mitte des *marae*. Er hielt sich streng an das uralte Ritual, indem er ein Lied des Friedens sang. Er erwähnte seinen alten Freund, den Kriegsgott Tu, mit keinem Wort und sprach nur von Rongo und dem großen Io, dem Allmächtigen.

»Herr der Welten, Schöpfer der Götter, Schöpfer von Männern und der irdischen Jungfer, lass deinen Botschafter Rongo unserem ganzen Land den Frieden verkünden.«

Als Antwort darauf tanzten sechsunddreißig Frauen, die in der Gesellschaft der Gäste eingetroffen waren, vor Rewi Raumoko und seinen Kriegern. Auf Haukinos Anweisung kamen Tänzerinnen der Ngati Whakaari dazu. Nach dem Ende des Tanzes zogen auch sie sich zurück. Für Raumoko, den jungen Riesen, kam jetzt die Gelegenheit, sein Können zu zeigen.

2

Er sprang sofort vor, um seine Truppen anzuführen. Das wertvolle *mere*, das er trug, glitzerte in der Sonne. Neuerliche Gesänge rauschten über den *marae* von Tawhitiroa. Die Menge lauschte verblüfft. Nie zuvor hatten sie einen *haka* wie diesen gesehen oder gehört. Reihe um Reihe kreisten tätowierte Krieger barfüßig über den steinharten Boden, so dass Staubwolken in die sonnendurchflutete Luft aufstiegen. Die Erde bebte, als sie gleichzeitig sprangen und stampften. All das wurde noch von dem donnernden Dröhnen des stolzen Kriegsgesangs von Familie und Stamm übertönt. Es war wie der Ozean in einem gewaltigen Sturm: »Wiku, wiku mai te whiore!«

Wie ein Mann sprang die Menge auf die Beine. Alte Männer vergaßen in der Aufregung des Tanzes ihren Rheumatismus, Frauen kreischten, und Kinder heulten teils vor Schreck, teils vor Entzücken.

Dann trat plötzlich Stille ein, und das zunehmende Murmeln erregter Gespräche wurde hörbar. An diesen *haka* würde man sich erinnern.

Nun endlich war Rewi Raumoko an der Reihe, in die Mitte des *marae* zu schreiten. Hochgewachsen und breitschultrig, erreichte er schon fast die Körpermaße seines verstorbenen Vaters. Alle bemerkten mit Erstaunen, dass nur eine Seite seines Gesichts tätowiert worden war. Der für die Tätowierung verantwortliche Priester hatte den Tod gefunden, noch bevor er die zweite Hälfte des Auftrags hatte ausführen können. Niemand wagte damals, seinem Vater vorzuschlagen, einen anderen Priester damit zu beauftragen. So war die eine Gesichtshälfte untätowiert geblieben. Sein Können als Krieger wurde davon nicht beeinträchtigt, wovon jene, die ihn im Kampf herausgefordert hatten, stumm Zeugnis ablegten.

Er sang ein Lied, mit dem er dem Austausch des *mere* gegen den Kopf seines verstorbenen Vaters zustimmte.

Haukino befahl den Kriegern, die die geschnitzte Schatulle unter dem besonderen Schutzstand bewachten, sich zurückzuziehen.

Angeführt von Renata, der seinen Verwandten verschmitzte Seitenblicke zuwarf, nahmen nun Rewi Raumokos Männer ihre Plätze als Wächter der Schatulle ein. Renata befremdete es, dass er sich in dieser Lage wiederfand, und er fragte sich, was wohl geschehen wäre, wenn er seinen Verwandten nicht zur Flucht verholfen hätte. Der Gedanke, dass von diesem mächtigen *pa* dann nur Ruinen übriggeblieben sein könnten und dass wohl viele seiner Verwandten erschlagen worden wären, stärkte seine Überzeugung, das Richtige getan zu haben. Er blieb schweigend und in Gedanken versunken vor der Schatulle stehen.

Im selben Moment ging Rewi Raumoko zu Haukino. Er trug einen eindrucksvollen Umhang aus *kiwi*-Federn, verziert mit Büscheln roter Papageienfedern, und überreichte Haukino das *mere* mit dem Griff nach vorne. Für einige Augenblicke standen die beiden Häuptlinge da und blickten einander an. Die Menge wartete schweigend.

Haukino stolzierte vor der Versammlung hin und her und ergriff dann das Wort: »Kehre heim zu deinem Volk und überbringe ihm die Botschaft der Ngati Whakaari. Sag deinem Volk, dass der Ruhm des *mere*, des ›Spiegels der Götter‹, nur in der Tapferkeit von Raumoko seinesgleichen findet.

Allein auf dieser Grundlage ist ein dauerhafter Friede möglich. Indem wir diese Ehre annehmen, denken wir auch daran, dass sowohl die Tapferkeit als auch der Ruhm an vielen Orten zu Hause ist.«

Die Menge schaute schweigend zu, wie sich Raumoko erhob: »Wir freuen uns, den geweihten Kopf unseres verstorbenen und betrauerten Vaters Raumoko zu erhalten. Manchmal sind wir Sterblichen taub für den Rat der Götter. Heute haben wir etwas gewonnen, das uns der Krieg nicht geben konnte: Wir haben den Frieden zwischen unseren Stämmen erlangt.« Er wandte sich um und lud alle Anwesenden zu einer Friedensfeier nach Tuanuku ein. Die beiden Männer begrüßten einander mit einem *hongi*.

Ein gewaltiger Schrei der Zustimmung löste sich aus der Menge, als Haukino hinüberging und das *mere* an Rangipai überreichte, die es im Namen von ganz Ngati Whakaari annahm. Dann wandte er sich im Namen aller an Rangipai und bat sie, für den Stamm der Ngati Whakaari zu antworten.

Der Jubel verstummte, als Rangipai, die in ihren Umhang aus Seehundfell gekleidet war, antwortete. Sie schaute direkt auf Rewi Raumoko und sagte: »Die Fähigkeit zum Frieden ist ein Talent, das wir Frauen höher schätzen als den Sieg. Unser Volk glaubt dir, wenn du von Frieden sprichst. Lasst uns weiterhin auf unsere Traditionen stolz sein, und lasst uns glücklich sein in dem Wissen, dass all unsere Leute die Früchte dieses denkwürdigen

Ereignisses geniessen werden. Schau dich um und sieh, wie wir uns heute alle vergnügen. Vielleicht braucht es erst einen Krieg, um uns zusammenzubringen. – Lasst uns die Lehre des heutigen Tages nicht vergessen!

Lasst uns daran denken, mein Volk, dass wir heute hier sind, weil sich der mächtige Raumoko und ein großer Priester Auge in Auge auf dem Schlachtfeld gegenüberstanden, und dass sie in diesem heftigen Zusammenstoß, der nur mit dem Tod unserer beiden Oberhäupter enden konnte, wahrlich zu mehr als Männer wurden – sie sind Götter, die uns von den Gefahren des Krieges befreit haben.«

Stürmischer Applaus ertönte über den *marae* als Antwort auf Rangipais Worte. Nun sprach sie schon wie der Hohepriester, und die Leute mußten einfach das Geschick ihrer jungen *ariki* bewundern.

»Rangipai, Rangipai!« schrien sie. »Die *ariki*, die spricht wie die Götter!«

3

Während Rangipais Rede saß Haukino völlig unruhig da, kratzte sich am Rücken, gab seltsame Kehllaute von sich und spuckte auf den Boden des *marae*. All dieses Gerede über Frieden fand er sehr beunruhigend. Dann begann er, ans Essen zu denken.

Endlich blickte er sich um. Rangipai hatte ihre Rede beendet, und er bemerkte, dass einige Gäste die Öfen beäugten. Er hielt den Moment für geeignet und gab den Befehl, die Speisen herbeizuschaffen.

Manaia verschwendete keine Zeit, formte seine Hände vor seinem Mund zu einem Trichter und rief: »Aufdecken!« Der Ruf schallte über das ganze *pa*. Die großen hangis, die wie kleine Vulkane dampften, wurden gleichzeitig geöffnet. In der Hitze arbeiteten die Köche und ihre Sklaven fieberhaft und halfen den Frauen, fast dreitausend Behälter aus feingewebtem Flachs mit *kumara*, Fisch, *taro*, Aal, *puha* und *pikopiko* zu füllen. Große Mengen blieben in den Öfen zurück, um sie warm zu halten. Andere halfen dabei, zusätzliche Vorräte an eingelegten Vögeln und getrockne-

ten Speisen von den zehn gewaltigen Lagergestellen herbeizuschaffen.

Angeführt von Tareti und Waiherere näherten sich Frauen
mit blumengeschmücktem Haar in zwei langen Reihen und trugen die Körbe langsam auf den *marae*. Dabei sangen und tanzten sie. Die Prozession wand sich zwischen den beiden Gruppen
von Kriegern hindurch und stellte die Speisen vor ihnen ab. Mit
freundlichen und lachenden Gesichtern vermischten sich nun
Krieger und einfache Leute aus beiden Stämmen. Sie setzten sich
bequem vor die Behälter und begingen den letzten Akt der Friedensfeierlichkeiten, indem sie zusammen aßen.

Rangipai und Rewi Raumoko nahmen die Ehrenplätze ein, und
Rangipai sorgte dafür, dass ihre Gäste aus Tuanuku die besten
Speisen bekamen, die die großen Gärten, Fischgründe und Vor-
ratslager der Ngati Whakaari hergaben. Sie blieb jedoch vorsichtig
und setzte ihre Häuptlinge und die Tänzerinnen neben Raumoko.
So war sie mit ihrer Gesellschaft und ihren Begleiterinnen weit
genug entfernt, um ein Gespräch zwischen den beiden Gruppen
zu verhindern.

Bis auf weiteres konnten weder sie noch Raumoko einander an-
sprechen, und so war die Stammesetikette gewahrt.

Bei Rangipai befanden sich Atawhai, Peta und Te Amokura.
Weiter entfernt stritten Haukino und Manaia darüber, ob es wohl
vorteilhaft sei, dem Gott Rongo zu folgen, besonders, nachdem Tu
ihrem Volk oft so wohlgesonnen gewesen war.

Auch Haukinos Frau Awanui war für das Wohl der Gäste verantwortlich, und zum ersten Mal traf der junge Raumoko auf die
Frau, die er hätte heiraten sollen. Schon bald waren beide in ein
lebhaftes Gespräch vertieft, doch da er wusste, dass sie jetzt mit
Haukino vermählt war, blieb er umsichtig. Auch er hatte von
Haukinos wildem Temperament und seinen schlechten Launen
gehört. Der junge Häuptling achtete darauf, zu keiner Störung
Anlass zu geben. Er hatte nur seine Leibwache und einige Frauen
bei sich, und mit dem gewaltigen Ngati Whakaari konnte er es absolut nicht aufnehmen, schon gar nicht auf ihrem eigenen *marae*.

Awanui lehnte sich zu Raumoko hinüber, als sie ihm weitere
Speisen auftat. »Rangipai hat keinen Freier; und sie ist schön, wie
du siehst, vermähle dich mit ihr!« Mit diesen Worten lächelte sie

ihn strahlend an und eilte gleich wieder davon, um ihren Mann zu bedienen.

Haukino schaute sie fragend an, doch sie sprachen beide kein Wort.

»Weißt du, Manaia, die Gäste, tun mir leid, so wie sie mit ihren Friedensvorschlägen zu uns kommen«, sagte Haukino, der sich jetzt für das Ereignis erwärmte. »Sie müssen den Krieg wirklich fürchten.«

»Ich bin geneigt, dir zuzustimmen – es ist ein Wunder, dass sie überhaupt zurückgehen und ihren Familien ins Gesicht sehen können, nachdem sie besiegt wurden. Ich hoffe, wir haben nichts verdorben, indem wir es ihnen zu schwer gemacht haben.«

»Wenn wir keinen Vorwand mehr finden, um Krieg zu führen, dann bleibt uns wohl nur noch, die *kumara* umzugraben und zu fischen, anstatt zu kämpfen. Igitt.«

»Beim Gedanken daran wird mir schon schlecht.«

»Es scheint, dieses Gerede vom Frieden macht dich ein bisschen verrückt.«

»Ja, wer will das schon? Ich bin für Tu bereit, jederzeit. Er liebt jedenfalls die Tapferen.«

»Er ist ein männlicher Gott«, sagte Haukino, schlug sich auf die Schenkel und wischte sich seine Finger an seinem *taniko*-Umhang ab. Als sie so gemeinsam lachten, konnten sie es kaum glauben, dass jemand dieses Gerede vom Frieden wirklich ernst nehmen könnte.

Es war in Ordnung, die Ruhe für eine Weile wieder herzustellen und ein oder zwei Feste zu feiern. Das ließ einem Zeit, sich auf einen neuen Kampf vorzubereiten und schadete niemandem. Haukino fing insgeheim an, den Tod Raumokos zu bedauern. Das Leben konnte einfach zu friedlich sein, dachte er.

Manaia schaute zu seinem Freund hinüber. »Dein Friedenslied hat mir gefallen, besonders deine reizenden Strophen auf Rongo – aber Tu hast du mit keinem Wort erwähnt«, sagte er schelmisch. Daraufhin blitzte ihn Haukino so sehr an, dass er sich unwohl fühlte und wegschaute. Dann sah er einen Korb mit eingelegten Tauben und reichte sie seinem Gefährten.

»Hier! Steck dir die stattdessen in deinen Bauch.«

Genußvoll knackten sie die Knochen der eingelegten Tauben mit ihren Zähnen auf und sogen das Fett heraus.

Tareti und ihr Sohn Hata saßen zusammen mit Awanuis Sohn Hokianga bei Waiherere. Die beiden älteren Frauen sprachen mit ein paar Verwandten über Rewi Raumoko. »Glaubst du, er wird wie sein verstorbenen Vater werden?«

»Es könnte sein, dass dieser junge Häuptling ehrlich den Frieden wünscht«, bemerkte Waiherere zwischen zwei Bissen.

»Ich hoffe, du hast recht«, erwiderte Tareti und schob eine Platte mit geräucherten Aalen zu Hata hinüber, der sie wiederum Hokianga und Tapene weiterreichte.

Ihnen gegenüber, in der nächsten Reihe, unterhielten die *mareikura* Mädchen ihre Gäste hin und wieder mit Liedern und Tänzen.

4

Rewi Raumoko und seine Leute genossen das Festmahl offensichtlich. Sie bestätigten einander, dass Rangipai und Haukino wirklich große Häuptlinge seien, da sie willens waren, nach einem so gewaltigen Sieg ein Friedensabkommen abzuschliessen.

Rewi schaute immer wieder zu Rangipai hinüber. Sie war also der seltene weiße Reiher, von dem sein alter Vater gesprochen hatte, sie war also eine Flotte von einhundert Kriegskanus wert… Und sie war wirklich schön, ganz wie Awanui gesagt hatte. Er versuchte mehrmals, ihren Blick aufzufangen. Sie sprach dann jedoch immer gerade mit ihren Frauen und dem alten Te Amokura oder den anderen Mädchen. Immer schaute sie in eine andere Richtung als in die seine.

Als er schließlich nicht länger imstande war, seinen Eifer zu zügeln, kam er herüber und sprach mit Haukino. »Ich würde gerne eure Rangipai treffen, bevor wir heimkehren. Könnte man das einrichten?«

Haukino ließ sich diese Bitte durch den Kopf gehen. »Warte bis sie den nächsten Tanz vorführt. Wenn sie dann vor dir tanzen sollte, wird es dein Vorrecht sein, in ihr Haus geführt zu werden. Außerdem kennst du die Regeln in solchen Dingen genauso gut wie ich – oder haben sie dir in eurem *pa* keine Manieren beigebracht? Nur um sicher zu gehen, dass du nichts anstellst, solltest du unbewaffnet sein. Ihre Dienerschaft wird natürlich anwesend sein. Die Krieger Takarehe und Manaia werden mit ihrer Truppe vor ihrer Tür Wache halten. Wenn sie jedoch an dir vorübertanzen, dann ist jeder Gedanke daran verschwendet, mit ihr zu sprechen. Die Entscheidung liegt bei Rangipai allein.

Rewi Raumoko war erzürnt über die Andeutung Haukinos, er habe keine Manieren, doch er beherrschte sich.

Schweigend starrten sich die zwei Männer an. Dann höhnte Haukino plötzlich: »Dein Vater wäre noch am Leben – wenn eines nicht gewesen wäre.«

»Was war das?«

»Ich.«

Die Hand des jungen Häuptlings zitterte und glitt rasch hinunter, um ein gewaltiges *mere* zu ergreifen, das er um seine Hüfte geschnallt trug. Er war kurz davor, es herauszuziehen, doch hatte er seinen verletzten Arm ganz vergessen.

Eine mit Furcht aufgeladene Stille breitete sich plötzlich über die große Versammlung.

Rangipai erkannte, wie sich die Spannung zwischen den beiden Männern auflud, und sie spürte, wie sie sich in einer Katastrophe über der Friedensfeier entladen konnte.

»Haukino! Denk daran, diese Leute sind unsere Gäste!« rief sie und befahl den *mareikura*, zwischen die beiden Männer zu tanzen. Gleichzeitig stellte sie sich rasch neben Rewi Raumoko und wandte Haukino den Rücken zu. Sie blickte zu ihrem hochgewachsenen jungen Gast auf und sagte: »Komm und setz dich zu mir.«

Dann drehte sie sich um, trat Haukino gegenüber und bat mit einer festen und befehlenden Stimme: »Gib mir dein *taiaha* als Zeichen für deine Unterstützung und als Zeichen deines Vertrauens gegenüber deiner *ariki*.«

Langsam stand Haukino auf, betastete sein *taiaha* und drehte es in seiner Hand. Voller Zorn ignorierte er Rangipai und blitzte Raumoko an. Eine Ewigkeit lang schien keiner der beiden Männer zu sprechen oder sich zu rühren. Sie starrten einander weiter kalt an.

Als sich eine ängstliche Stille über das ganze *pa* und die vielen tausend Gäste ausbreitete, ergriff Waiherere Taretis Arm.

Voller Selbstvertrauen hielt Rangipai ihm die Hand entgegen.

Haukino zitterte, als sein Arm ganz ausgestreckt war und die kraftvollen Muskeln auf seiner Schulter zuckten.

Vielen Frauen stockte der Atem. Dann legte er das tödliche *taiaha* langsam in Rangipais Hand. Sie umfasste es fest und sagte: »Haukino, nun endlich verstehen wir einander.« In seinem Gesicht zeichnete sich die schwache Andeutung eines Lächelns ab, was Rangipai an eine frühere Gelegenheit erinnerte, bei der sie Haukino entgegengetreten war. Diesmal jedoch hatte sie gewonnen, und zwar vor ihrem versammelten Volk und den Gästen. Es war in der Tat ein bemerkenswerter Sieg für das junge Mädchen. Und sie wusste es. Ohne dass ein weiteres Wort fiel, nahm der hochgewachsene taiaha-Kämpfer seinen Platz wieder ein.

5

Wie ein frischer Wind wehten Seufzer der Erleichterung durch die Versammlung, und schnell wurden die Gespräche fortgesetzt.

Waiherere sprach zu Tareti. »Ich wette, es war das erste Mal, dass man Haukino sein *taiaha* weggenommen hat.« Dann lächelte sie: »Und noch dazu von einer Frau.«

»Ja«, erwiderte ihre Gefährtin, »er hat Rangipai tatsächlich gehorcht. Einen Augenblick lang dachte ich, dass er sie töten könnte. Das wäre durchaus möglich gewesen, weißt du!«

»Ich muß zugeben, mir ist ganz schlecht beim Gedanken, was Rangipai alles zustoßen könnte. Das war ein großer Sieg für sie. Für alle ist dies ein Zeichen ihrer Entschlossenheit. Sie wird ihre Autorität als *ariki* auf eine Weise auszuüben, die ihrem Status entspricht. Wir können alle sehr stolz auf sie sein.«

Tareti schlang ihre Arme um ihre Gefährtin: »Oh, ist das nicht wunderbar? Ich könnte heulen vor Freude.« Die beiden Frauen umarmten einander unter Tränen, und viele andere taten es ihnen gleich. Noch während Tränen die Wangen herabliefen, blühten überall auf dem *marae* wieder lebhafte Gespräche auf. Awanui beaufsichtigte wieder die Speiseaufstellung vor Rangipai. Sie lächelte und sagte leise: »Gut! Das ist allen eine Lehre – besonders ihm!«

Die Feierlichkeiten wurden rasch wieder von einem Strom des Glück durchdrungen. Haukino schien von allem unberührt. Mit

Recht nannte man ihn den Mann aus hartem, grauen Stein. Nicht einmal dieser dramatische Vorfall und der Sieg Rangipais schienen seinen Appetit beeinträchtigt zu haben.

Manaia, der neben Haukino saß, beugte sich hinter dessen Rücken hinüber zu Takarehe auf der anderen Seite und bemerkte nebenbei: »Was glaubst du, wer von den beiden hätte gewonnen, Rewi Raumoko oder Haukino?«

Takarehe machte sich nicht einmal die Mühe aufzuschauen, während er zwischen zwei Bissen sagte: »Raumoko!« Er wandte sich seiner Frau und seinen drei Töchtern zu, die sich beim Festmahl zu ihm gesellt hatten. »Vergnügt ihr euch?«

»Es ist wunderbar!« antworteten alle, schauten sich in der gewaltigen Versammlung um und sahen alle in lebhafter Unterhaltung.

Haukino, der seine Umgebung scheinbar gar nicht wahrnahm, verhalf sich zu einer weiteren Taube, seiner dritten, und lächelte Manaia und seiner Frau zu. »Rangipai kann ruhig unser Oberhaupt sein – Hauptsache, ich habe immer eine fette Taube vor mir.«

»Willst du damit sagen, es macht dir nichts aus, dass sie dir dein Lieblings-taiaha weggenommen hat?«

»Nein, kein bisschen. Es gehört jetzt ihr. Habt ihr nicht gesehen, wie ich es ihr gegeben habe?«

»Doch, natürlich. Alle haben das gesehen.«

»Gut, dann wisst ihr alle, dass ich unsere *ariki* respektiere und ihr gehorchen werde – ohne Frage.«

»Nun, jetzt wissen wir's.«

»Damit erspare ich mir eine Menge Sorgen und Kopfschmerzen. Meine Aufgabe ist jetzt ganz einfach, mit den Hokowhitu a Tu Tawhitiroa zu verteidigen.« Und damit hob er noch einen Taubenschenkel auf. Er zeigte mit dem Taubenschenkel auf Rangipai und Raumoko und bemerkte: »Das sollte euch allen zu denken geben, nicht wahr?«, lutschte weiter an dem Bein und fügte hinzu: »Das ist das beste Festmahl, das ich je hatte.«

Eine Weile kaute er schweigend vor sich hin, während er sich an die Worte des verstorbenen Hohepriesters erinnerte: »Du wirst schon merken, wann du Kriegshäuptling bist, Haukino – du wirst es wirklich merken.« Dann griff er sich seine vierte Taube, und während er weiteraß, dachte er an Awanui.

Noch einmal tanzten die *mareikura* vor der jubelnden Gesellschaft von Gästen und Kriegern. Ihnen folgten Gruppen von Kriegern, geführt von Rewi Raumoko und Haukino, die miteinander um die furchteinflößendere Aufführung wetteiferten. Viel Applaus erhielt auch Hinewai. Sie führte Tiwais Krieger an, die einige Szenen aus früheren Schlachten nachstellten.

Alle unterhielten sich noch über das Geschehen, das sich vor ihren Augen abgespielt hatte. Sie wussten, hätte irgendein anderer aus der Versammlung das versucht, was Rangipai getan hatte, dann wäre mit Sicherheit ein Kampf ausgebrochen, und die Friedensfeierlichkeiten hätten in einem Krieg geendet.

Waiherere war vor Aufregung fast außer sich. Sie rief ihren Nachbarn zu: »Rangipai handelte völlig ohne Furcht. Sie hat es vor allen Augen mit Haukino aufgenommen und uns damit gezeigt, dass die Macht der *ariki* außer Frage steht. Rangipai konnte das nur dank ihres *mana* und persönlichen *tapu* als höchstes Oberhaupt der Ngati Whakaari tun. Sie braucht keine andere Waffe, um einen mächtigen Krieger auf seinen Platz zu verweisen. Außerdem wusste niemand besser als Haukino, dass er sich das alles selbst zuzuschreiben hatte, weil er einen Gast bedrohte.« Dann ergriff sie Taretis Hand und schloss sich zusammen mit Hinewai einem Kriegstanz der Männer an.

Ja, Rangipai kannte alle Antworten. Ihr Onkel, der Hohepriester, hatte dafür gesorgt, dass sie auf alles vorbereitet war.

Die Abendsonne warf ein freundliches Licht auf die Versammelten, als sich Gastgeber und Gäste gleichermaßen anschickten, das Festmahl des Tag vor der Dunkelheit zu beenden.

Ein Hauch von unterdrückter Erregung lag in der Luft, denn Rangipai und Raumoko speisten zusammen, und alle begannen, darüber zu sprechen und wunderten sich darüber.

Dies war wirklich etwas völlig Neues in den Stammesbeziehungen, und die Klatschmäuler genossen jede Minute.

Schon nach kurzer Zeit redeten viele Leute so, als sei das junge Paar bereits vermählt, und Haukino machte bei diesen Gerüchten ein finsteres Gesicht.

6

Raumoko verweilte ganze vierzehn Tage und machte Rangipai zum Entzücken aller den Hof. Er stellte auch seine Geschicklichkeit als Fischfänger unter Beweis, als er beim großen Felsen nah am Strand viele Hummer fing.

Nachdem Raumoko sich dann auf den Heimweg gemacht hatte, ereignete sich in Tawhitiroa ein sehr interessanter Vorfall. Mehrere Krieger der Wache plünderten ihren Befehlshaber Haukino aus.

Manaias Augen tränten fast vor Lachen, als er den Kriegern von diesem *muru* erzählte.

»Da lag er also, noch benommen vom Schlaf, doch er sprang gleich auf, als er meine Gestalt im Dämmerlicht des offenen Eingangs sah. Verzweifelt griff er an die Wand, wo er immer sein vertrautes *taiaha* aufbewahrte. Doch es war verschwunden. Ich hatte es schon versteckt.

Dann griff sich jemand seine Knöchel und ließ ihn in die Arme von ein paar anderen stürzen. So eingefangen und in die Ecke bei der Feuerstelle geschleppt, brüllte er aus vollem Hals nach der Wache – stellt euch das vor, der alte Haukino schreit um Hilfe!

Als er unser wildes Gelächter hörte und die anderen Stimmen laut ›muru‹ riefen, hörte er auf, sich zu wehren. Wir setzten ihn sachte ab. Jetzt wusste er Bescheid.

Er war untröstlich, als er zuschauen mußte, wie Whitikau seinen kostbaren Vogelspeer hochhob. Matten und Umhänge verschwanden wie von Zauberhand, und der geschnitzte Türsturz wurde heruntergerissen.

Als die Männer das Haus ausgeräumt hatten, gingen sie zu seiner Grube mit *kumara* und taten sich in seinem *pataka* an den eingemachten Speisen gütlich.

Rufe erklangen wie: ›Nun, Haukino, weil ihr ja jetzt zu dritt seid, wirst du eine Menge von diesen Sachen brauchen, also nehmen wir dir nicht alles weg!‹

Natürlich habe ich meine Hand auf Haukinos Schulter gelegt und gelächelt. ›Es tut mir leid, dass wir das tun mußten, aber du weißt so gut wie ich, das Gesetz von *muru* verlangt es nun einmal

330

so! Du hast dich dem *muru* ausgesetzt, als du deinen Sohn nicht streng genug beaufsichtigt hast und er beinahe ertrank.‹

Bis zum späten Vormittag waren die Plünderer wieder abgezogen. Ich verweilte noch ein wenig. Sein Sohn saß lächelnd neben ihm. Haukino schaute auf das forschende Gesicht hinab und setzte sich den kleinen Jungen lächelnd aufs Knie. ›Komm, wir wollen uns an's Aufräumen machen, und dann gehen wir nach Tapuae.‹

›Wir gehen zum großen Haus hinauf?‹

›Ja, dort werden wir zusammen mit deiner Mutter wohnen.‹

Und er nickte.

›Gibt es da auch andere Kinder?‹

›Sicherlich.‹ Er nannte ein paar Namen.

›Ich mag Hata, er hat einen großen Drachen, und Tapene ist auch lustig. Wann gehen wir denn?‹ Der Junge sprang aufgeregt herum, und Haukino fühlte sich schon besser.«

Während die Wachen vor Lachen brüllten, fuhr Manaia fort.

»›Nun, ich nehme an, ich hab's verdient‹, sagte Haukino mir später. ›Es war sehr dumm von mir, den Jungen allein zu lassen. Wegen meiner Leichtfertigkeit wären wir beide beinahe ertrunken – jawohl! Ich habe das *muru* verdient, aber es wird nicht wieder vorkommen.‹

›Aber denk daran. Wir müssen es unserer *ariki* aushändigen›, sagte ich ihm.«

Rangipai hatte darauf geachtet, dass Awanui bei ihr war, als das *muru* stattfand. Infolgedessen hatte Haukinos Frau keine persönlichen Besitztümer verloren. Haukino dagegen war ganz und gar ausgeplündert worden und hatte viele Dinge verloren, die normalerweise für die Verwandten seiner Frau bestimmt waren, doch jetzt direkt an sie gingen. Awanui war stolze Besitzerin mehrerer Speere, *meres* und *taiahas*, außerdem ebensovieler Schmuckstücke, Umhänge und Matten von ausgesuchter Qualitiät.

Was außerdem an Awanui zurückging, war das *mere* ihres Vaters, mit dem er in der Schlacht von Hakatere fiel. Haukino hatte es unter seiner Schwelle versteckt und gleich darauf völlig vergessen, doch die Plünderer fanden es.

Es gab jedoch viele Dinge, die die Plünderer nicht anfassten, weil sie Haukino nur einschärfen wollten, umsichtiger mit seiner Familie umzugehen.

Manaia erzählte weiter: »Es vergingen viele Tage, bevor sich

Haukino auf dem Übungsplatz sehen ließ – doch was unsere Elitewachen dann erlebten, als er schließlich kam, wisst ihr alle.

Eine Zeitlang wirkte er wie ein Besessener, und ein mürrischeres und wortkargeres Wesen hatte man niemals zuvor gesehen.

Am Ende des Tages und der militärischen Übungen flehten alle Männer um Gnade, ich eingeschlossen. Aber Haukino hielt uns alle auf Trab, bis wir endlich nicht länger trainieren konnten. Zum Ausruhen schickte er uns um Mitternacht zum Schwimmen, dann ging es wieder zum Training.

Bei Sonnenaufgang war allen Männern der Elitwache das Lachen endgültig vergangen, und am folgenden Morgen exerzierten wir noch immer. Und Whtikau lachte uns von den Palisaden herunter aus. Er hatte gut lachen, er gehörte nicht zu den Hokowhitu a Tu.

Inzwischen konnte man jedoch ein leichtes Schmunzeln auf Haukinos Lippen erkennen. Er wusste, dass er mit Plünderern keinen Ärger mehr haben würde, spätestens, nachdem er uns angefahren hatte: ›Wenn mir noch einmal einer von euch mit *muru* kommt, dann schmelze ich ihm das Fett vom Rücken und befördere ihn mit Leichtigkeit nach *Rarohenga*!‹

Die Männer der Wache schauten sich mit einem wissenden Lächeln an und pflichteten Haukino bei. Er konnte sich ganz sicher sein, niemand würde ihn noch einmal belästigen.«

Schließlich sagte Manaia: »Ein paar Tage lang fragten wir uns, ob uns das selbe Schicksal ereilen würde wie diese zehn unglücklichen Sklaven Haukinos, die auf seinen Sohn hatten aufpassen sollen. Einer nach dem anderen wurden sie erschlagen und in hangis gelegt, wann immer Haukino Lust auf etwas besonders Leckeres hatte.

Besonders interessant daran war, dass Haukino die Sklaven, die er nicht sofort für eine Mahlzeit benötigte, dazu zwang, ihre Freunde zu töten und deren Körper für die hangis fertigzumachen.«

»Die Gefühle des letzten Überlebenden kann ich mir vorstellen«, sagte einer der Zuhörer.

»Oh ja! Das war in gewisser Weise sehr komisch«, erwiderte Manaia.

»Was meinst du?« fragen sie alle.

»Haukino ließ den unglücklichen Sklaven das *hangi* vorbereiten, die Steine erhitzen bis sie zischten und sich dann ins *hangi* hineinlegen. Der Sklave drückte einen spitzen Pflock fest gegen seine eigene Kehle, und kurz bevor er zusammenbrach, durchstach er seine Halsschlagader, so dass er schnell starb. Haukino lächelte die ganze Zeit und beglückwünschte den Sklaven sogar wegen seiner Geistesgegenwart, für den Pflock gesorgt zu haben.«

Die Krieger genossen den Witz, lachten herzlich und schwiegen dann, während sie an den scheußlichen Charakter ihres neuen Kriegshäuptlings dachten.

Jeder einzelne Mann war felsenfest davon überzeugt, dass es für Haukino kein *muru* mehr geben würde – nie mehr.

7

Drei Tage später war Manaia wieder bei seinem Häuptling.

In aller Ruhe schmiedeten die beiden Männer Pläne, Rewi Raumoko zu töten.

»Ich reiße mir eher das Herz aus dem Leib als dass ich damit einverstanden sein werde, dass Raumoko unser Häuptling wird. Von Rechts wegen gehört Rangipai mir!«

»Aber was ist mit unserem Volk?«

»Was meinst du damit?«

»Sie sind mit ihren *ariki* sehr wählerisch!«

»Oh! Das habe ich nie bezweifelt; Rangipai wird immer *ariki* sein.«

»Und du, Haukino?«

»Ich werde genug damit zu tun haben, mich um Tawhitiroa zu kümmern und Pläne für die Zukunft zu machen.«

»Hast du an Awanui gedacht?« hakte Manaia nach.

»Sicherlich – doch Rangipai wird ihr gegenüber selbstverständlich eine Vorrangstellung einnehmen.«

»Was, wenn Rangipai dich nicht liebt?«

»Das wird sie, Manaia, das wird sie«, lachte Haukino.

»Du weißt, ich helfe dir, so gut ich kann – und tatsächlich weiß ich, dass Rangipai Rewi Raumoko hierher zum Hummerfang eingeladen hat, wenn das Meer erst wärmer ist.«

Haukino und Manaia waren in ihr Gespräch vertieft und gingen den Strand entlang.

»Manaia!«

»Herr.« Manaia wusste immer, wann er ihn »Herr« nennen mußte.

»Würdest du es wirklich gerne sehen, wenn ich mich mit Rangipai vermählte?«

»Aber…«

»Nichts aber, antworte mir!«

»Ja, das wäre eine gute Partie, aber was würde dann mit Raumoko und seinem Volk geschehen?«

»Oh, wir könnten seinen Tod wie einen Unfall aussehen lassen.«

»Woran denkst du?«

»Nun, du weißt, dass Rewi Raumoko gerne bei Vollmond nach Hummern fischt?«

»Ja, das weiß ich.«

»Es gibt da eine Felsgruppe, in die er immer hinabsteigt, um die wirklich großen zu erwischen, mit denen er dann so gerne angibt.«

»Oh, Herr, das ist eine sehr gefährliche Sache.«

»Nicht wirklich. Es ist so einfach, dass ich mich frage, wieso ich nicht schon früher darauf gekommen bin.«

»Das mußt du mir erklären.«

»Raumoko muß sehr tief tauchen, bis auf fast zwanzig Fuß. Der Felsspalt, aus dem er die Hummer herausholt, ist kaum zugänglich, aber er kennt sich dort sehr gut aus.«

»Sprich weiter.«

»Ich bin dort unten gewesen, und es ist, als hätten die Götter mein Gebet erhört.«

»Ja! Ja!« Manaia wurde ganz gespannt.

»Es gibt dort einen großen Felsbrocken direkt über dem Durchstieg. Ich habe festgestellt, dass ich ihn bewegen kann, und jetzt liegt er bereit, in den Felsspalt zu fallen, sobald Raumoko dort hinabtaucht. Wenn der Felsbrocken erst einmal dort hineingefallen ist, kommt Raumoko nie wieder da raus.«

»Und…?«

»Er wird zu Futter für die Hummer!« lachte Haukino.

»Du bist ein Genie!«

»Nun, wirst du mir helfen?«

»Du weißt, du kannst dich ganz auf mich verlassen, Herr.«

»Gut!«

»Wann haben wir wieder Vollmond?«

»In zwei Wochen!«

»Was erwartest du dann von mir?«

»Sorg nur dafür, dass die Hokowhitu a Tu an allen Kontrollpunkten in Rangipais pa aufgestellt sind. Das wird Übung genug für Dich sein, um dann in Aktion zu treten, sobald Rangipai und Raumoko vermählt sind und er nach Hummern taucht. Es wird nun nicht mehr lange dauern, bis wir die Herrschaft übernehmen.«

»Es ist so gut wie vollbracht.«

»Ah!«

Manaia war verwirrt.

»Was, wenn du zu spät kommst, um die Hochzeit zu verhindern?« fragte er Haukino.

»Ich will die Hochzeit gar nicht verhindern – lass sie stattfinden wie vorgesehen, und zum geeigneten Zeitpunkt werde ich dann als Rangipais Tröster und Helfer in der Stunde ihrer Trauer und Not auftreten können, während sie um den armen Raumoko trauert.«

»Das ist ein großartiger Plan, und wir geraten so auch nicht mit Raumokos Volk aneinander… Aber was, wenn Raumoko nicht bei Vollmond fischen gehen will oder wenn die See zu rauh ist?«

»Der Felsbrocken wird schon auf Raumoko warten, bis er nach Hummern taucht. Er ist sehr geduldig, und es ist äußerst rücksichtsvoll von ihm, dort draußen zu warten, Monate, Jahre sogar – auf meinen Befehl…«

»Also sind die Felsen eine tödliche Falle, sobald Raumoko dort hinausgeht!«

»Selbstverständlich – das kann nicht schiefgehen. Wir werden in einem Kanu hinausfahren und so tun, als ob auch wir nach Hummern tauchen.«

»Das wird Raumoko herausfordern.«

»Richtig! Natürlich wird er in die Felsen hineinsteigen, und wir, die wir nicht so tief tauchen können, werden einfach den Felsbrocken an seinen Platz schieben.«

»Das wird ja so ein trauriger Unfall sein.«

Manaia musterte Haukino und bemerkte die Heiterkeit unter dem tätowierten Gesicht, doch sein eigenes Herz fühlte sich eisig an, und er lachte nicht.

Dann erinnerte er sich daran, wie schnell Haukino bei seinem Zusammenstoß mit Rangipai auf dem *marae* sein *taiaha* aufgegeben hatte. Jetzt weiß ich endlich, wieso Haukino das getan hat, dachte er bei sich – lass Rangipai sich mit Rewi Raumoko vermählen und so die beiden Stämme in Frieden vereinen – dann geschieht Rewi Raumoko ein Unfall, und Haukino gewinnt alles und geht als Sieger aus diesem Spiel um Liebe und Krieg hervor...

Haukino jedoch hatte andere Pläne. Sein großer Ehrgeiz war es, die mächtigen *Whakatohea* selbst anzugreifen, und er arbeitete ruhig und entschlossen auf dieses große Ziel hin – nichts durfte ihm dabei im Wege stehen. Er wusste jedoch, dass er neben seinem eigenen auch Raumokos ganzen Stamm brauchen würde. Ansonsten würden über dem *pa* Tawhitiroa nicht einmal mehr die Vögel fliegen, wenn die *Whakatohea* auch nur im geringsten Wind von seinen ehrgeizigen Plänen bekamen. »Ja! Ich werde sehr vorsichtig sein müssen«, murmelte Haukino vor sich hin. »Wirklich sehr vorsichtig.«

25. KAPITEL

Eine Hochzeit wird geplant

Es war eine lange Reise für den alten Mann, doch endlich war es ihm gelungen, Tapuae zu erreichen, und für sein Alter war er gesund und rüstig. Tipu Tapeka, der letzte der *Kawai Matamua* und Priester des Raumoko, war als besonderer Gast zum Treffen der Ältesten der Ngati Whakaari geladen worden.

Später an diesem Tag kam es zu einer Entscheidung. Haukino verkündete dem Volk: »Rangipai und Rewi Raumoko werden sich vermählen.«

Nach allem, was die Leute bei den Friedensfeierlichkeiten gesehen hatten, hatte man diese Nachricht erwartet, doch war sie einigen Teilen des Stammes nicht willkommen.

Man konnte sehen, wie drei Frauen über den *marae* in Tawhitiroa gingen und wild gestikulierten: »Ich werde Rewi Raumoko einfach nicht beachten. Er ist nicht mein Häuptling.« Hinewai bebte vor Wut, während sie sprach, und fügte hinzu: »Denkt nur daran, was sie mit meinem Bruder Motu Turei gemacht haben – ich werde Raumoko nie vergeben.«

Waiherere stimmte von Herzen zu. »Die da drüben sind eine verräterische Bande«, und ihr zitternder Finger stieß in die Richtung von Tuanuku. »Ich hasse es, sie in unserem *pa* herumschleichen zu sehen. Ich bin froh, dass sie jetzt alle nach Hause gegangen sind, besonders, wenn ich daran denke, was sie mit meinem Mann gemacht haben.«

Tareti, die jüngere Schwester von Hinewai, gab den beiden Frauen unter Tränen recht: »Ihr habt recht. Erinnert euch daran, was unseren beiden Häuptlingen und unserem Hohepriester zugestoßen ist. Raumoko ist schuld an ihrem Tod, und vergesst nicht die arme Tante Mihi und ihr Baby.«

Inzwischen hatten die drei Frauen die Eingangshalle von Tapuae erreicht und sich, weil sie sie leer vorfanden, einen gemütlichen Platz zum Sitzen ausgesucht. Sie hatten viel zu besprechen.

Hinewai war noch immer aufgeregt und äußerst zornig: »Hat Rangipai so leicht vergessen können, wie ihre drei Onkel gestorben sind?«

Tareti fügte mit Nachdruck hinzu: »Sie kann sich doch nicht im Ernst mit Raumoko vermählen wollen, nach allem, was dieser Stamm uns angetan hat? Ich kann es einfach nicht glauben.«

»Ich meine es tatsächlich ernst mit Rewi Raumoko. Und ich werde mich mit ihm vermählen!« Die ruhige, feste Stimme, die sich direkt hinter ihnen erhob, erschreckte die drei Frauen und ließ sie betreten schweigen.

Schließlich blickte Hinewai auf. »Ich werde sagen, was ich denke«, entgegnete sie herausfordernd. »Du solltest dich nicht mit Raumoko vermählen.«

»Und warum nicht?« fragte Rangipai, während sie herantrat und sich neben sie stellte.

»Weil es falsch wäre«, sagte Waiherere, die immer viel Respekt für die junge *ariki* aufgebracht hatte. »Komm und setz dich und lass uns darüber sprechen«, lud sie zum Gespräch ein.

»Ja, bitte setz dich«, sagten die anderen beiden, die sich plötzlich an ihre Manieren erinnerten, und boten Rangipai den besten Platz in der Sonne an.

Rangipai nahm das Angebot der drei Frauen dankend an und sagte: »Ich vermähle mich mit Raumoko, weil darin die einzige Möglichkeit liegt, unsere beiden Stämme in Zukunft jemals zu schützen. Seht ihr darin etwas Falsches?«

Ohne aufzuschauen antwortete ihr Hinewai in eisigem Ton: »Es wäre so, als würdest du dich mit dem Mörder meines Bruders vermählen.«

»Es tut mir leid, dass ihr das so empfindet, aber ich denke, dass ihr dabei sehr selbstsüchtig handelt und nicht an unser Volk denkt.«

Waiherere schnappte: »Was meinst du damit?«

Rangipai fragte ruhig: »Wessen Kopf war es, für den Rewi Raumoko kam, um das *mere* aus Grünstein, den ›Spiegel der Götter‹, gegen ihn auszutauschen?«

»Das war Raumokos Kopf, aber das gibt dir keinen Grund, dich mit seinem Sohn zu vermählen!« schrie Hinewai.

»Es bedeutet aber, dass Rewis Leute es ernst meinen, wenn sie sagen, dass sie nach Frieden mit den Ngati Whakaari streben. Es ist jetzt an uns, eine Entscheidung zu treffen. Rewi hatte zuallererst von seinem Volk den Auftrag erhalten, hierher zu kommen, und er ist das nicht geringe Risiko eingegangen und hat mir den

›Spiegel der Götter‹ überreicht. Erst dann habe ich ihm erlaubt, das Haupt seines Vaters zurückzunehmen.

Wir haben drei unserer obersten Häuptlinge verloren, darunter meinen Onkel, den Hohepriester, ebenso Te Hau O Te Rangi, Tante Mihi und Rina. Die Raumoko haben ihren größten Krieger ebenso wie ihren Priester verloren und doppelt so viele Männer wie wir.

Nun – und wisst ihr, was Rewi zu mir sagte, als er hierher kam?«

»Nein.« Die drei Frauen schauten Rangipai jetzt aufmerksam an und fragten sich, welches Geheimnis sie vor ihnen bewahrt hatte.

»Rewi sagte: ›Mein Volk übergibt euch das Symbol vieler Siege im Austausch für den Kopf unseres Häuptlings. Jetzt, nachdem wir Generationen gekämpft haben, haben wir keine Siege, die wir vorzeigen könnten‹.« Rangipai schaute die drei Frauen rundum an und fragte eine nach der anderen: »Begreift eine von euch, was das bedeutet?«

Es herrschte langes Schweigen, während Rangipai auf die Antwort wartete. Endlich erwiderte Hinewai: »Das bedeutet nur eines. Indem sie den Kopf ihres Häuptlings zurücknahmen, haben sie ihre Niederlage anerkannt. Das kann nur heißen, dass sie den Krieg mit uns aufgegeben haben.«

»Du hast recht, Hinewai, der lange Kampf zwischen unseren Völkern ist beendet.«

Langsam erhoben sich die Frauen und fragten fast alle zugleich: »Stimmt das wirklich?«

Hinewai hakte nach: »Bedeutet das, dass Raumoko Häuptling in unserem *marae* sein wird?«

Zum ersten Mal lächelte Rangipai. »Nein, er wird immer Häuptling in Tuanuku bleiben, doch ich werde hier euer Oberhaupt bleiben. Wenn Raumoko nach Tawhitiroa kommt, dann wird er als Gast kommen und unser Volk wird ihm wie gewöhnlich seine großzügige Gastfreundschaft anbieten.

Dasselbe wird auch für mich in Tuanuku gelten – wenn ich nach Tuanuku gehe, werde ich immer ein Gast in jenem *pa* sein.«

»Du wirst hier immer *ariki* sein?«

»Ja.«

»Wir sind alle auf deiner Seite, Rangipai«, riefen sie nun einstimmig. Dann beichteten sie. »Wir waren so verstört bei dem

Gedanken, Raumoko als unseren Häuptling zu haben. Wir wussten nicht, wo wir standen oder wer überhaupt unser Häuptling sein würde. Es war alles so verwirrend.«

Rangipai lächelte. »Ihr müßt euch keine Sorgen mehr machen.« »Jetzt nicht mehr.«

»Ich habe noch einige Neuigkeiten für euch. Haukino hat mit den Vorbereitungen für meine Hochzeit begonnen. Sie wird in drei Monaten stattfinden, und gerade eben erst haben wir etwas sehr Wichtiges herausgefunden.«

»Was denn?«

»Erinnert ich euch daran, dass unser verstorbener Hohepriester gesagt hat, ich würde mich vermählen, wenn der Stern *Kopu* und der Mond in günstiger Konstellation stehen?«

»Oh ja«, antworteten sie eifrig.

»Meine Hochzeit wird an genau dem von ihm gewünschten Tag stattfinden.«

Als die Frauen dies hörten, waren sie ganz aufgeregt und schlangen ihre Arme um Rangipai und tanzten vor Freude auf dem *marae* umher.

»Diese Hochzeit wird unter dem Schutz der Götter stehen«, sagte Hinewai.

»Es wird sein, als hätten wir den Onkel unter uns«, kommentierte Rangipai nachdenklich.

Hinewai runzelte die Stirn, als versuche sie irgendein Problem zu lösen. »Wo wollt ihr beiden eigentlich euer Haus haben, wenn ihr vermählt seid?«

»Wir bauen ein neues *pa* in Te Hairini«, gab Rangipai unerwartet zur Antwort.

»Ein neues pa!« Sie standen mit offenem Mund da. Das war für die drei Frauen ein ebenso großer Schock wie die Sache mit Rangipais Vermählung.

»Ja. Es ist nicht weit von Tawhitiroa.«

»Wer wird denn dieses *pa* bauen?« fragte Hinewai, nachdem sie ihre Überraschung überwinden konnte, und fügte hinzu: »Es kann ja nicht in einem Tag erbaut werden.«

»Schon jetzt haben Tipu Tapeka und Raumoko mehrere Dutzend Sklaven in den Wald beordert, um Bauholz zu schlagen, und Haukino wird morgen zweitausend Sklaven und die Wache an den Ort des neuen *pa* führen und sofort mit der Arbeit an den

Palisaden beginnen«, erwiderte Rangipai. »Ein Häuptlingshaus, das wir noch benennen müssen, wird nächsten Monat errichtet werden, und die Häuser sollen kurz vor der Hochzeit fertiggestellt sein. Das *pa* wird rechtzeitig für uns fertiggestellt sein. Die Hochzeitszeremonie und das Festmahl werden dort stattfinden.«

Von diesen Neuigkeiten immer noch benommen, rannten die drei Frauen los, um ihren Freundinnen davon zu erzählen.

2

Der Wind toste in den Baumwipfeln wie das Rauschen eines Wasserfalls, während die Melodien der korimakos und der tuis die Luft erfüllten.

Eine Gruppe Männer sah schweigend zu, wie der junge Priester Tiwai das Ritual sang, bevor sie den ersten Baum schlugen.

»Großer Tane, Vater der Menschen, Schöpfer aller Bäume, der du in deiner unschätzbaren Weisheit die sich erneuernden Elemente jeder Art in diesen Wald legtest, erhöre unser demütiges Gebet. Und bewillige uns meine Bitte, genügend von deinen Kindern zu nehmen, um unser neues *pa* in Te Hairini zu errichten.

Lege den Umhang des Wissens um unsere Holzfäller, damit die zahlreiche Schar der Vogelgottheiten der *Hakuturi* in keiner Weise gestört oder verletzt werde. Erhöre unser Gebet, großer Tane, erhöre unser Gebet!«

Während er sang, bereitete der Priester eine Opfergabe, um auf seine Aufrichtigkeit hinzuweisen. Er nahm ein Beil und schlug den ersten Span aus dem ersten Baum, der gefällt werden sollte.

Tiwai bot diesen Span *Tane* an: »Nimm unsere Opfergabe, oh Tane.

Wir erkennen dich an als unangefochtenen Herrscher des Waldes, führe unsere Äxte, dass unsere Bitte deinem Gesetz gemäß erfüllt werde. Erhöre uns, großer Tane, erhöre unser Gebet!«

Nachdem er so die Herrschergewalt Tanes anerkannt hatte, trat der Priester beiseite, damit die Holzfäller heranrücken konnten, um ausreichend Bauholz für das *pa* zu sichern.

Tiwai wusste, dass alles gutgehen würde. Sie hatten Tane angerufen, ihm ihre Wünsche mitgeteilt und das Ritual ausgeführt. Nun würde er sie schützen.

Während der ganzen kommenden Woche hallte es im Wald vom Krachen der fallenden Stämme und den aufgeregten Gesängen der Vorarbeiter wider, die die großen Arbeitertrupps ermunterten, während diese die Stämme herausschleppten.

Es war harte, schwere Arbeit mit nur wenigen Ruhepausen. Endlich hatte man eine ausreichende Menge an Bauholz herbeigeschafft. Schwitzende Arbeiterschwärme schleppten die gewaltigen Mengen an die für das neue *pa* vorgesehene Stelle und bereiteten so den Bau des Häuptlingshauses und der anderen Hauptgebäude vor. Es blieben nur noch zwei Monate, um das *pa* fertigzustellen. Der Wettlauf des Stammes mit dem Stern *Kopu*, der durch den Sternenhimmel hinwegstrich, würde wahrlich einen knappen Ausgang haben.

Tiwai sagte voraus: »Wir werden es sicherlich mit einem Tag Vorsprung schaffen.«

Die beiden Kriegshäuptlinge betrachteten die Szene, die sich vor ihnen abspielte, während eine große Anzahl von Sklaven und Arbeitern, überwacht von Kriegern und Wachmännern mit Speeren, wie wild daran arbeiteten, die gewaltigen Gräben auszuheben und die Schutzwälle auf einem anderen Grat als das frühere *pa* zu errichten. Haukino hatte für das Vorhaben zweitausend Sklaven und fünfhundert Arbeiter aus Tawhitiroa zusammengezogen. Erst gestern noch hatte er Takarehe und Whitikau die Anweisung gegeben: »Bis zum Ende der nächsten Woche will ich die Verteidigungsgräben vollständig bis zu einer Tiefe von 14 Fuß ausgehoben sehen – und sorgt dafür, dass sie am Grund einen Fuß breit sind! Wenn ihr damit fertig seid, dann fangt sofort auf der Bergspitze an. Ich will sie abgetragen und eingeebnet sehen. Die Erde wird euch beim Bau der Verteidigungsanlagen in der gegenüberliegenden Ecke nützlich sein. Sorgt dafür, dass die ebene Fläche ganz oben mindestens ein Ausmaß von 100 Ellen Breite auf 100 Ellen Länge hat. Tragt den Boden solange ab, bis ihr dieses Ausmaß tatsächlich erreicht habt. Denn hier werden wir das Versammlungshaus und die Hauptgebäude des *pa* aufstellen, und dort bleibt uns dann noch genug Platz für den *marae*!«

Zwischen Takarehes Sklaven und Whitikaus Kriegern hatte sich ein Wettbewerb darum entwickelt, wer an ihren jeweiligen

Baustellen die meiste Arbeit in kürzestmöglicher Zeit verrichten konnte.

Während der letzten zwei Tage hatten Takarehes Sklaven allmählich einen Vorsprung gegenüber Whitikaus Männern herausgeholt. An diesem Abend sprach Takarehe seinen Sklaven Mut zu: »Ich hatte eine Unterredung mit Rangipai, und sie hat mir versprochen, dass sie euch alle zu freien Männern machen wird, wenn ihr die Krieger übertrumpft.«

Daraufhin brach Jubel aus – was unter Sklaven selten geschieht –, und sie alle versprachen, ihr Äußerstes zu geben, um einander zur Freiheit zu verhelfen. Die Sklaven wussten natürlich, dass sie nie mehr in ihre Heimat zurückkehren konnten, da sie ihre Stämme entehrt hatten, als sie in der Schlacht gefangengenommen wurden. Takarehe hatte den Männern deutlich gemacht, dass Rangipai ihnen die Freiheit für ihren ausgezeichneten Einsatz beim Bau des *pa* versprochen hatte. Das bedeutete, dass sie als gewöhnliche Stammesmitglieder leben und sich sogar vermählen konnten, sollten sie das wünschen.

Am allerwichtigsten war, daran hatte Takarehe sie erinnert, dass sie dies von der schrecklichen Bedrohung befreien würde, von den Kriegern unter durchsichtigen Vorwänden als Opfer für irgendwelche Vorhaben oder gar für ein Festmahl ausgewählt zu werden. Kein Sklave wusste, wer von ihnen als nächster für diese Ehre ausersehen würde. Nun hatten sie die Chance, ohne diese Belastung zu leben.

Takarehe bemerkte am nächsten Tag, dass seine Männer sogar noch schwerer als zuvor arbeiteten.

Tief in Gedanken versunken, ging er unter den Sklaven umher und grübelte darüber nach, was sie so sehr antreiben konnte, wie es Peitschen und Speere nie vermochten.

3

Einen Augenblick lang sann Haukino über die seltsame Macht des Schicksals nach. Dann sagte er zu seinem Gefährten Whitikau: »Es ist noch gar nicht so lange her, da stand ich hier und riss auf den Befehl unseres verstorbenen Hohepriesters Tawhiro die

Palisaden von Te Hairini nieder. Jetzt baue ich dasselbe *pa* wieder auf, nur auf einer größeren Fläche.« Mit einem breiten Lächeln sagte er: »Mein Herz ist dabei sehr viel leichter als bei seinem Abriss.«

»Auch mir macht es eine gewisse Freude«, erwiderte sein Hauptspäher. »Wir können auch die Schnitzereien und die Balken aus dem Sumpf des heiligen *taniwha* wieder hervorholen. Diese werden dem neuen Häuptlingshaus *mana* verleihen.«

Die beiden Häuptlinge gingen in Begleitung von zehn Männern der Elitewache, die alle mit taiahas bewaffnet waren, umher und überwachten den raschen Aufbau von Te Hairini.

Haukino zeigte auf einen seiner Krieger und befahl: »Sagt den Männern, sie sollen die Pfosten für die Palisaden bis morgen aus dem Wald heraufschaffen.«

»Sie fangen jetzt damit an«, erwiderte der Krieger und fügte hinzu: »Es ist nämlich eine weite Strecke vom Wald mit den großen Bäumen bis hierher zum neuen Baugelände.«

Nach dem Tod von Motu Turei hatte man Takarehe die Verantwortung für die Sklaven übertragen. Da seine Frau und seine Töchter einst in die Sklaverei gezwungen worden waren, hatte Takarehe eine Menge Mitleid mit seinen unglücklichen Schützlingen und versuchte, sie gut zu behandeln. Oft sah er sich genötigt, ihretwegen an Haukino und der Elitewache Kritik zu üben. Denn diese würden, ließe man sie nach Gutdünken verfahren, bald wieder die alten Regeln von wilder Grausamkeit einführen.

Haukino scherte sich überhaupt nicht um die Sklaven, und gerade im Moment war er sogar eifrig auf der Suche nach einem Vorwand zur Tötung von vier Männern, um sie als Opfergaben unter die gewaltigen Eckpfosten der Palisaden des neuen *pa* legen zu können.

Er war fest dazu entschlossen, das *pa* streng der Tradition gemäß errichten zu lassen, ganz, wie man es in Tawhitiroa unter dem verstorbenen Hohepriester getan hatte. Wenn es gut genug für den Hohepriester gewesen war, dann gab es keinen Grund, wichtige Rituale jetzt zu aufzugeben.

Er sprach mit Whitikau. »Tiwai ist durchaus bereit, uns bei dem notwendigen Ritual zu helfen, wenn wir Sklaven unter die Haupteckpfosten der Palisaden legen wollen.«

»Eine wunderbare Idee«, hatte Whitikau erwidert und mit einem hinterhältigen Zwinkern hinzugefügt: »Ich könnte dir sogar helfen. Ich weiß, wo Sklaven für diesem Zweck sein könnten.«

»Das ist ja großartig!« schrie Haukino fast vor Aufregung. Dann flüsterte er heiser, kaum noch in der Lage, seinen Eifer zu zähmen: »Wo sind sie?«

»Komm heute nacht mit mir mit, und ich werde sie dir besorgen.«

»Die Götter zeigen sich sehr entgegenkommend«, erwiderte Haukino. »Wo soll ich dich treffen?«

»Bei Mondaufgang hinter Tante Mihis altem Haus.«

»Ich werde mit den Kriegern dort sein.«

4

Es wurde recht spät, bevor der Mond aufging, und das gesamte *pa* lag bereits im Schlaf, seine Sicherheit den Wachen anvertraut, die unter Whitikau auf Patrouille waren.

Haukino hatte dafür gesorgt, dass nur die vertrauenswürdigsten Krieger den Zweck ihres Besuches beim alten Haus am Ende des *pa* kannten. – Es waren die Männer, die zusammen auf Wache waren.

Leise schlichen Haukino und seine Männer durch das gewaltige, schlafende *pa*. Sie erreichten die Deckung des niedrigen Walls, ohne von jemandem gesehen worden zu sein, nachdem sie von ungefähr einem Dutzend Krieger auf Wache mit einem Lächeln durch das hintere Tor gewinkt worden waren.

Ein Schatten bewegte sich in der Dunkelheit. Haukino erkannte an seinem Profil, dass es Whitikau war, der wie angekündigt auf sie wartete. Haukino, der vorsichtig durch die quadratische Öffnung schielte, die auf der Rückseite des Hauses als Fenster diente, sah vier Männer, die auf dem Boden auf Matten schliefen.

Whitikau flüsterte an seiner Seite: »Diese Sklaven gehörten früher Motu Turei und haben sich um Tante Mihi gekümmert, als sie noch lebte. Nach ihrem Tod haben sie sich hier eingerichtet. Ich glaube, die meisten Leute haben sie mehr oder weniger vergessen.«

»Du offensichtlich nicht, Whitikau. Was für ein wunderbarer Fund!« erwiderte Haukino, heiser vor Aufregung.

»Wir werden uns beeilen müssen. Ich gehe hinein. Du folgst mir – und mach keinen Lärm.« Whitikau ließ sich lautlos auf den Lehmboden der kleinen Hütte fallen. Haukino mußte nicht lange warten. Das starke Schnarchen der vier Männer wurden bald in rascher Folge von dumpfen Schlägen zum Schweigen gebracht.

Selbst Haukino war verblüfft. »Das hat nicht lange gedauert.«

»Das dauert nicht lange, wenn man schon so lange Späher ist wie ich«, erwiderte sein Gefährte und wischte sein *mere* an seinem *maro* ab. »Sag den Männern, dass sie kommen sollen. Und treib sie an, wir haben keine Zeit zu verlieren.«

Haukino half den Kriegern durch das enge Fenster und befahl ihnen flüsternd: »Du hältst seine Schultern und du seine Beine. So ist's richtig, gleichmäßig, jetzt aus dem Fenster und dann den Pfad hinter dem Haus hinunter. Der Rest unserer Männer kommt euch bei den Palisaden entgegen und wird euch den Pfad entlang helfen, der hinter dem *pa* verläuft. Wir nehmen den Weg an den *kumara*-Anpflanzungen vorbei hinauf zum neuen Gelände von Te Hairini. So wird uns niemand sehen.

Es war eine aufreibende Arbeit, die vier Leichen in der Dunkelheit fortzuschaffen. Doch die 16 Männer, die für diese Aufgabe eingeteilt waren, vollendeten ihr Werk in Rekordzeit.

Als sie in Te Hairini eintrafen, neigte sich der Mond über der See schon zum westlichen Horizont hin. Jeder von ihnen hatte seine im voraus zugewiesene Aufgabe.

Die Leichen der Sklaven wurden auf die Löcher der vier Eckpfosten verteilt, die Whitikau in weiser Voraussicht etwas tiefer hatte graben lassen als die übrigen. Die toten Körper wurden auf den Grund der Löcher gelegt und sorgfältig mit Erde bedeckt, so dass der Boden unberührt wirkte. Jede Ausschachtung hatte die richtige Tiefe, um die gewaltigen Eckpfosten aufzunehmen, die nun an ihren Spitzen mit Schnitzfiguren und an ihrem Grund mit Opfergaben versehen waren.

Nachdem ihre nächtliche Expedition zur Tötung der Sklaven vorüber war, entspannten sich Haukino und Whitikau selbstsicher und gaben sich mit ihren Wachmännern den Anschein, als seien sie früher gekommen, um zu versuchen, den Wettkampf auf den Baustellen gegen Takarehes Sklaven wieder aufzunehmen.

»Da sind sie ja schon bei der Arbeit und versuchen, einen Vorsprung herauszuholen, indem sie vor uns anfangen!« Die Sklaven lachten ihrem Aufseher zu. »Denen werden wir es zeigen!« Und während sie sich aufgeregt unterhielten schufteten sie weiter, um am Ende des Tages einen guten Vorsprung zu haben. Takarehe war mit seinen Männern zufrieden – sie würden die Freiheit erlangen.

Haukino, der innerlich lächelte, gestand seine Niederlage großzügig ein, und niemand konnte so recht verstehen, weshalb. Doch Haukino behielt sein Geheimnis für sich.

Der Priester Tiwai Wahrepapa hatte sich mit dem wartenden Haukino bei den Haupttoren von Tawhitiroa getroffen. »Hast du alles für die Opfer arrangiert?« hatte er eifrig flüsternd gefragt.

»Alles ist bereit«, erwiderte der Kriegshäuptling.

»Und mit was für einer Gerissenheit!« bemerkte Tiwai.

»Das zeigt unsere Verehrung von Tu!«

»Ist das geheim?«

»Sicherlich.«

»Niemand, nicht einmal …?«

»… Rangipai.«

»Die Eckpfosten?«

»Verlangen nach ihren Opfern.«

»Schon bald – bei Sonnenaufgang!«

»Lass die Einweihung beginnen!«

Die festen Tritte der Wache hatten sich in Richtung der Palisaden bei Te Hairini entfernt. Später am Morgen würden diese unter dem Schweiß von hunderten Sklaven errichtet werden.

Haukino mußte einfach wieder lächeln, als er an die Opfer dachte, die bereits bereitlagen, während man die großen Pfosten in die wartenden Gruben senkte.

5

Am Strand von Tawhitiroa konnte man zwei Männer beobachten, die in einem ernsten Gespräch vertieft waren. Hinter ihnen, am Rande des Wassers, wurde ein gewaltiges Kriegskanu rasch seefertig gemacht.

Der alte Priester Tipu Tapeka befand sich auf der Heimreise.

Dennoch besprach er mit Tiwai Wharepapa einen wichtigen Gedanken.

»Dieses Lebensprinzip, das wir *mauri* nennen«, sagte der alte Priester, »durchdringt alles Leben, doch hat es für den Menschen durch die Taten Tanes eine besondere Bedeutung. Desshalb wird es in direkten Bezug zum Menschen selbst gestellt. Wir zum Beispiel leben aus dieser Kraft heraus und sind insofern ebenso *mauri* – oder *tangata mauri* – Menschen, die dieses Lebensprinzip erhalten oder zu ihm gehören. Es wird uns von den Göttern in aller Reinheit weitergegeben. Gelegentlich bezeichnen wir es als *mauri ora*.«

»Es ist auch die Quelle unserer Empfindungen.«

»Ja, unser Hohepriester sagte mir einmal, dass ein symbolischer Gegenstand, wie ein eigens geweihtes Stück Grünstein, ein Fels oder ein Holz, *mauri* genannt wird und auch dazu dient, auf dieses versteckte Prinzip hinzudeuten. Es schützt die Lebenskraft *mana* und die Fruchtbarkeit unseres Volkes, ihrer Länder, Wälder und sogar des Ozeans.«

»Du hast ganz recht«, sagte Tipu Tapeka. »Manchmal natürlich, je nach den Umständen und je nach dem, wie der Begriff benutzt wird, kann er auf das Prinzip selbst hindeuten, während wir von seinem Symbol als dem *aria* sprechen.«

»Sehr verwirrend!«

»Nicht wirklich, besonders wenn du es an so vielen Orten angewandt hast, wie ich es schon seit so langer Zeit immer wieder getan habe. Das kommt nur mit der Erfahrung«, lächelte der alte Priester.

»Ich weiß noch, dass wir es mehrmals in unseren *karakia* für das Gedeihen unserer *kumara*-Anpflanzungen angewandt haben, und dann später in einer anderen Bedeutung, als wir das besondere Holz der *totara* für das Kriegskanu Tamatea fällten. Tawhiro hat es auch einmal im Begriff *mauri kura* benutzt, als er mich über die Kräuter mit Heilkräften belehrte.«

»Und natürlich darf man den Mond am 29. Tag nicht vergessen«, stimmte der Ältere wieder ein.

»Die Anwendungsmöglichkeiten des Begriffs erscheinen fast grenzenlos«, erwiderte Tiwai.

»Weil das Leben so weitverbreitet und breit gefächert ist.«

Der alte Priester schwieg eine Weile lang, dann sagte er plötzlich: »Ich muß dich um etwas Besonderes bitten.«

Überrascht fragte der Jüngere: »Was ist es?«

»Schau dir das an.«

»Es ist ein kleines Stück Grünstein«, erwiderte der junge Priester, der seinen Augen kaum trauen konnte.

»Mehr als das.«

»Erkläre es mir.«

»Es ist dem Lebensprinzip geweiht, das wir gerade besprachen.«

»Und was möchtest du von mir?«

»Leg es unter den Pfosten des Haupttores von Te Hairini, doch sorge dafür, dass dich niemand dabei sieht!«

»Ich werde es genau so tun, wie du sagst.«

»Danke, Tiwai. Das wird Zeit sparen, wenn ich zurückkomme, um auf Rangipais Bitte hin das neue *pa* zu eröffnen.«

Die beiden Männer verabschiedeten sich eine kurze Weile mit dem *hongi*. Schließlich entfernte sich Tipu Tapeka von dem Jüngeren und ging an Bord des großen Kriegskanus, das auf ihn wartete. Es galt, einer Anzahl religiöser Verpflichtungen in Tuanuku nachzukommen – wie immer war er in Eile, und das Kanu flog fast die Küste entlang, schäumendes weißes Kielwasser hinter sich lassend. Tiwai schaute seinem Priesterkollegen nach, bis er aus seinem Blickfeld verschwand. Er überlegte, welch äußerste Sorgfalt auf das neue *pa* verwendet wurde – erst mit den Opferungen und nun diesem besonderen Symbol des *mauri*. Es würde ein *pa* mit einem außerordentlichen *mana* werden. Tiwai war mit seinen Gedanken zufrieden und ging zum *pa* zurück.

An diesem Abend, als alle nach Tawhitiroa zurückgekehrt waren, machte sich Tiwai eigens nach Te Hairini auf. Der Mond schien ihm auf seinem Weg zu folgen, und Schatten tanzten neben ihm den engen Pfad entlang. Er gelangte zu den großen, geschnitzten Pfosten, die das Haupttor bilden sollten. Die tiefen Löcher, die die breiten, einzelnen Tafeln aus dem Holz der *totara* aufnehmen sollten, waren erst an diesem Nachmittag gegraben worden. Die geschnitzten Pfosten sollten beim ersten Licht der Dämmerung aufgestellt werden. Tiwai stand einen Augenblick still da und schaute in einen Himmel voller Sterne. Dann legte er das *mauri* aus Grünstein auf den Boden des Loches, während er ein besonderes Gebet anstimmte, und bedeckte es, indem er Erde darauf fallen ließ. Am Morgen würde er die Errichtung der gewaltigen Tafeln aus dem *totara*-Holz überwachen. Er würde dafür sorgen, dass das *mauri* nicht gestört wurde.

Zufrieden mit seiner Arbeit kehrte er nach Tawhitiroa zurück.

6

Als der alte Priester wieder nach Tuanuku zurückgekehrt war, unterhielt er sich mit dem neuen Häuptling Rewi Raumoko am Eingang zur heiligen Schnitzerei.

»Von nun an wirst du den Namen deiner Vorfahren Raumoko führen. Der besondere Name, den dein Vater dir gab – Rewi – ist nicht länger zulässig. Dieser Name war nur zu seinem Gebrauch. Jetzt mußt du den Stammesnamen führen. Für unser ganzes Volk und für alle anderen bist du Raumoko, der 31. direkte Nachkömmling dieses ehrenvollen Namens.« Dann sang er noch einen *waiata*, der den Vorfahren Raumokos gewidmet war. Abschliessend sagte er: »Komm, lass uns nach den Schnitzarbeiten sehen.«

Sie standen schweigend da, während die Fachleute arbeiteten.

»Sie machen eine wundervolle Arbeit«, sagte Raumoko, der es aber nicht wagte, noch weiter zu gehen. Er hatte Angst, die Männer, die unter einem strengen *tapu* arbeiteten, zu unterbrechen. »Wann sind sie fertig?« fragte er eifrig.

»Sechzig Männer haben den ganzen letzten Monat ausschließlich daran gearbeitet, all die Schnitzarbeiten für das neue Häuptlingshaus in Te Hairini zu vollenden, das du mit Rangipai bewohnen wirst. Sie sind jetzt bei den letzten Arbeiten. Schau! Hier drüben ist unser Raumoko – sie haben ihn vor zwei Tagen vollendet. Jetzt vollenden sie Amokura, Rangipais Vorfahren.« Nach einer Pause fügte er hinzu: »Haukino hat uns vor ein paar Tagen mitgeteilt, dass das Stammeshaus, das unsere Männer bauen, größer ist als das in Tawhitiroa.«

Der junge Häuptling schaute zu, wie die groteske Gestalt ihre endgültige Form annahm. Schließlich sagte er: »Er ist fast so gut wie Raumoko.«

Der Priester, der sich an einen wohlbekannten Grundsatz erinnerte, erwiderte: »Je häßlicher eine Schnitzfigur von einer Person gemacht wird, desto berühmter war diese Person im wirklichen Leben.« Lächelnd folgerte er: »Ja, er ist fast so gut.«

Die beiden Männer schauten einander an und kehrten noch immer lächelnd nach Tuanuku zurück.

In zwei Wochen würden sie zur Hochzeit aufbrechen. In der Zwischenzeit leistete in Vorbereitung der Hochzeit, mit der man die offizielle Eröffnung des neuen *pa* feiern würde, ein jeder schwerste Arbeit.

»Wir werden dafür sorgen, dass es das größte und beste Fest wird, das je gefeiert wurde«, sagte Atawhai.

7

Das heilige Ritual der Schnitzer hatte wie gewöhnlich bei Sonnenaufgang begonnen. Langsam, wie eine Figur, die aus einer festen Nebelwand springt, nahm die Schnitzerei Gestalt an. Grotesk und furchteinflößend wand sie sich mit ihren Armen und dreifingrigen Händen aufreizend unter den Zauberhänden ihrer Schöpfer. Sie hockte auf kurzen, stämmigen Beinen in einer verwegenen erotischen Haltung und streckte eine lange Zunge der Verachtung heraus.

Die Schnitzer sangen bei der Arbeit, und die Splitter flogen von ihren Beilen aus Obsidian. Am Ende eines jeden Tages wurden alle Splitter und Späne sorgfältig eingesammelt und in einer kleinen Höhle verborgen, über der ein Gebet gesprochen wurde. Dann entließ der Priester die Schnitzer aus dem *tapu*, und sie konnten für den Abend in das Dorf zurückkehren.

Allmählich trat die Gestalt von Amokura, des großen Vorfahren der Ngati Whakaari, aus dem dunklen Nichts in die lebendige Welt des Lichts. Unablässig erklangen die Gesänge.

Atawhai sprach mit den Frauen seines Stammes.

»Wie ihr alle wisst, bauen unsere Männer das neue Häuptlingshaus in Te Hairini für unseren jungen Häuptling und seine Braut. Wäret ihr damit einverstanden, alle *tukutuku*-Tafeln für die Wände zu fertigen?«

»Ja! Wir werden auch die Schlafmatten machen«, antworteten sie.

Die Frauen sangen bei der Arbeit.

»Lasst unser Volk so zahlreich sein wie die Millionen der Sterne, die in der Milchstraße glitzern; hier kommen unsere Krieger mit Wunden in der Brust; und unsere Frauen, die auf der rechten Seite des Häuptlingshauses stehen und unsere Gäste empfangen; dort wird gerade der Sohn der *ariki* ausgebildet. Schaut! Er ist ein mannhafter Krieger, und sein *mana* gleicht den gefürchteten Zähnen des *taniwha*.«

Viele Frauen kamen hinzu, um bei diesem Vorhaben mitzuhelfen.

Als alle Tafeln vollendet waren, kamen die Männer, die das Haus bauten, und brachten entlang der Wände, zwischen den gewaltigen Schnitzfiguren der Vorfahren die fertigen Muster an.

»Fabelhaft, einfach fabelhaft«, war alles, was Atawhai sagen konnte, als er die vollendete Arbeit betrachtete.

8

Hinewai, Waherere und Awanui mit ihren Dienerinnen lachten und scherzten, während sie Rangipai für ihren großen Tag vorbereiteten.

»Das wird dafür sorgen, dass er dich auf immer umschlungen halten will,« sagte Waiherere, während sie Rangipais Arme und ihren Oberkörper mit duftendem Öl salbte.

»Ah! Aber warte nur, bis er sieht, wie ich dein Gesicht verzaubere – er wird dich stets bei sich haben wollen«, entgegnete Hinewai, während sie Ranigpais Wangen mit einem feinen Rosaton bestrich, den man aus den Füßen von Waldtauben gewonnen hatte.

Dann half eine der Dienerinnen Rangipai in einen schönen Federumhang, der von allen Frauen des Stammes für diese besondere Gelegenheit angefertigt worden war.

Hinewai trat zurück, um ihn zu bewundern, dann sagte sie stolz: »Du kannst voller Selbstvertrauen vor dein ganzes Volk treten, denn hier sind die blauen Töne der See und des Himmels vertreten, das Grün des Waldes, das Rot der Sonne, das Weiß der Wolken und das Schwarz der Erde, unserer Mutter.«

Jetzt, als sie letzte Hand an die Frisur der Prinzessin legten, begannen die Frauen zu singen.

»Kämmt aus ihr Haar in welligen Strängen,
In Liebkosung zu ihren Schultern hinab!
Ein Säckchen süßduftenden Mooses
Und ein *hei tiki* aus Grünstein um ihren Hals,
Lange Ohrgehänge von tiefster Tönung
Und einen Fußring von *taniko* geschmückt
Mit vielfarbigen Muscheln,
Legt ihren Füßen Sandalen aus goldenem *pingao* an,
Und den Stab des Hohepriesters in ihre Hand.«

Schließlich war es an der Zeit, auf den *marae* zu gehen. Rangipais großer Tag war gekommen.

KAPITEL 26

Rangipai

»Rangipai! Rangipai!« riefen die Chöre wieder und wieder. Es klang die fernen Täler hinunter und wurde vom Wind fortgetragen, bis es schien, als stimme das ganze Land in das Lied mit ein.

Sie verstummten auch dann nicht, als der Kriegshäuptling zu Ehren Rangipais sang und vor ihr tanzte.

Das ganze Volk stimmte mit einem schallenden Chor ein.

»Dies ist dein größter Tag, deine Verlobung und Hochzeitsfeier, dein *taumau* und *umu kotere*. Ja! Selbst die Eröffnung eines großen *pa* wird eigens für dich begangen, und das neue Häuptlingshaus ist dein Whare Tuatahi, um darin deine Hochzeit zu vollziehen, vor unser aller Augen.«

»Rangipai! Rangipai! Siehe! Ein Stern wird in dieser Nacht scheinen, geborgen im Schoß des Mondes. Er ist ein Zeichen, dass Rangipai auf Erden hervorbringen soll, was in den Himmeln angezeigt ist: einen Sohn des Tu, um unsere Einheit zu erhalten, wie sie heute ist. Oh, Liebe und heißes Verlangen gebären kalte Vernunft; Rangipai! Rangipai! Du Verkörperung und Seele unseres Volkes, du Geist unserer Ahnen; in deinem Schoß liegt die Zukunft unseres Volkes.

Rangipai! Rangipai! Herrlich gekleidet bist du heute, und du umhüllst uns wie ein sanfter Waldnebel. Mit deiner duftenden Haut, die mit einem Hauch von Honig und seltenen Ölen gesalbt ist, erscheinst du wie Hinetitama, die Jungfer der Morgenröte, die geduldig ihren Geliebten Tane erwartet, dass er den neuen Tag hervorbringe.«

Langsam kam aus der Richtung der Haupttore das Donnern eines Kriegstanzes und breitete sich über die stürmische Menge.

Haukino eilte hinüber, um die Besucher zu begrüßen.

»Schaut! Schaut!« schrien viele. »Raumoko hat darum gebeten, dass ein Teil der Palisaden niedergerissen wird, damit er auf eine Weise hindurchschreiten kann, die seiner Stellung entspricht.«

Und so manche riefen einander aufgeregt etwas zu, einige waren fast hysterisch.

»Kannst du dir das vorstellen!« kreischten mehrere.

»Was?« schrien andere zurück.

»Dass ein Teil unserer Palisaden niedergerissen wird, um ausgerechnet einen Raumoko einzulassen!«

»Ich kann das einfach nicht glauben!«

»Ich traue meinen Augen nicht!«

»Eine Traumhochzeit!«

»Wahrhaftig! Es ist wahr!«

»Das muß der Frieden sein! Eine Hochzeit des Friedens!«

»Nur der Frieden kann so verrückt sein! So aufregend!«

»Im Krieg können wir alle niemals so glücklich sein.«

»Es passiert so viel, dass mir der Kopf schmerzt.«

»Und mir wird gleich schlecht, ich möchte zugleich weinen und lachen!«

»Wenn du nicht aufpasst, machst du dich auch noch nass«, lachte ein anderer.

»Oh! Rangipai, bleib! Bleib bei uns und verlass uns niemals! Du bist so schön, so wundervoll; dich nur anzusehen, läßt uns jünger fühlen«, lachten mehrere ältere Frauen, die gleichzeitig auch noch weinten und klagten.

Die mächtige Palisade hinter dem großen Haupttor gab mit einem Krachen nach, und die gewaltige Gestalt Raumokos zeichnete sich gegen den Himmel ab. Jetzt besang die Menge einen neuen Namen: »Raumoko! Raumoko!« Gleichzeitig mischten sich jetzt noch Tausende unter die Leute im *pa*.

Während die beiden Stämme vor Tapuae zusammenkamen, riefen aufgeregte Menschen immer wieder ihre Grüße über den *marae*.

Rangipai war in prachtvolle Gewänder gekleidet. Flankiert von fünfzig ihrer *mareikura*-Mädchen und bedient von Hinewai, Awanui, Waiherere und Tareti, saß sie ruhig da und blickte auf die begeisterte Menge. Sie hielt das Stammesabzeichen Te *mana O Kahukura* in der Hand.

Aus der Menge erklangen weitere Rufe.

»Da kommt Raumoko!«

Frauen riefen Rangipai zu: »Solange du das *tapu* nicht aufhebst, kann keiner von uns durch die Tore nach Te Hairini hineingehen!«

»Wir sehnen uns alle danach, hineinzukommen und zu sehen, wie es aussieht«, stimmten andere mit ein. Zur Erwiderung winkte Rangipai zurück und lächelte: »Meine Freunde, ihr müßt jetzt nicht mehr lange warten.«

Während sie sprach, folgten die Menschen ihrem Blick, und sie sahen die Gefürchteten näherkommen.

»Macht Platz für die Priester!« befahl plötzlich eine strenge Stimme.

Nun trat der Kriegshäuptling Haukino hervor, und allmählich verstummte die Versammlung. Er kam in Begleitung des alten Tipu Tapeka, der einen *kiwi*-Umhang trug und mit Hilfe seines berühmten geschnitzten Stockes ging. Beide Männer wurden von Tiwai Wharepapa begleitet, der in einen *korowai* gekleidet war. Die Elitewache von einhundertvierzig Männern folgte ihnen und stellte sich dann zwei Speerlängen entfernt parallel von Raumo-kos besonderer Leibwache auf, die ebenfalls aus einhundertvierzig Kriegern bestand.

Wie durch Zauberei bahnten sich die Speerträger einen Pfad durch die lärmende Menge und machten kurz vor Tapuae auf dem *marae* halt.

Hier stellten sich der Kriegshäuptling und der alte Priester neben den Bräutigam. Dann schritten die drei Männer nebeneinander durch das Spalier der Krieger auf Rangipai zu.

Ihr Erscheinen rief in der gewaltigen Versammlung Applaus hervor, und viele Frauen riefen: »Raumoko sieht aber gut aus!«

»Ich habe noch nie einen so großen Mann gesehen!«

»Schau dir das riesige Grünstein-mere an, das er in seinem Gürtel trägt! Es muß über zwei Fuß lang sein!«

»Ich habe noch nie ein so gewaltiges *mere* gesehen. Es ist wie die grüne Zunge einer Riesenechse.«

»Das ist der ›Spiegel der Götter‹«, unterbrach Hinewai die Frau und fügte hinzu: »Du hast recht. Manchmal nennt man dieses *mere* auch Grünzunge, weil es, wie die Zunge einer Echse, so viele in den Tod geschickt hat, als seien sie Insekten gewesen.«

»Der Spiegel...«, doch vor Überraschung verschlug es der Frau die Sprache.

»Jawohl... Da schaust du! Rangipai hat es ihm zur Hochzeit geschenkt.«

»Das hätte ich nie gedacht.«

»Das war ein wirklich guter Einfall, um unsere Stämme zu vereinen«, fügte Hinewai voll Überzeugung hinzu.

»Ich glaube, du hast recht – er ist ein großer Krieger«, sagte die Frau zum Schluss.

Weitere Leute mischten sich in das Gespräch ein, und alle unterhielten sich aufgeregt miteinander.

»Er ist ein *ariki*, der unserer Rangipai würdig ist.«

»Was für ein kurzes *maro* er trägt und... oh! Was für einen schönen Umhang aus *kiwi*-Federn!«

»Er tut so, als würde er in den Krieg ziehen!« rief jemand.

»Mit nur einer tätowierten Gesichtshälfte?« erwiderte ein anderer fragend.

»Das macht nichts, er gleicht das aus. Schaut euch die Tätowierung auf seinen Oberschenkeln an!«

»Ist sein Haar nicht schön? Schaut euch an, wie man es mit *huia*-Federn hochgesteckt hat. Das Ockerrot und das duftende Öl auf seiner Haut vollenden seine Männlichkeit.«

»Seht euch nur seinen Bizeps an«, riefen weitere Bewunderer.

Dann meinte jemand: »Diese Ehe wird jede Verbitterung heilen.«

»Es ist eine wunderbare Art und Weise, den Frieden zu beschliessen«, stimmten andere zu.

Alle Augen folgten den drei Männern, die ihren Marsch fortsetzten, bis sie schließlich direkt vor Rangipai standen. Jetzt steigerten sich das Gebrüll und die Sprechchöre noch. »Rangipai, Rangipai, Raumoko, Raumoko!« wiederholte die Menge immer wieder.

Noch einmal bat Haukino mit erhobenen *taiaha* um Ruhe, und allmählich trat an die Stelle der tosenden Begeisterung ein verhaltenes, doch aufgeregtes Murmeln.

Der Kriegshäuptling Haukino wandte sich den Menschen zu und deutete auf Raumoko, der neben Rangipai Platz genommen hatte.

»Willkommen auf unserem *marae*, willkommen in unserem Stamm, dem Stamm der Ngati Whakaari. Nimm zusammen mit unserer *ariki* deinen Platz ein, mit Rangipai, diesem jungen Mädchen, mit dem du dich vermählst, und ziehe damit ein in das allumfassende *mana* unseres Vorfahren Tapuae. Nun bist du eins mit unserem Volk. »

Haukino wandte sich Rangipai zu: »Um dir ihre Liebe und ihren Respekt für dich zu zeigen, sind fünfzig deiner Untertanen damit beschäftigt, den Pfad nach Te Hairini zu fegen. So kannst du dorthin gehen, ohne dass auch nur ein Körnchen Staub deine Sandalen beschmutzt.«

Während er weitersprach, wanderte Haukinos Blick über den gesamten *marae*. »Rangipai und Raumoko werden mit den *ma-reikura*-Mädchen und ihren Begleiterinnen voranschreiten. Ich selbst und Atawhai begleiten sie mit Kriegern beider Stämme.

Wir sollten bald aufbrechen, denn die besonderen Zeremonien, mit denen das *tapu* von Te Hairini und dem Häuptlingshaus gehoben wird, müssen von Rangipai und unserem geladenen Gastpriester Tipu Tapeka ausgeführt werden, bevor Frauen oder Speisen hineingelangen dürfen. Da wir dort beides dringend brauchen, ist dies ein sehr wichtiges Ritual.

Wenn wir erst einmal alle Te Hairini betreten können, müssen wir einer weiteren wichtigen Zeremonie beiwohnen, um anzuerkennen, dass das neue Haus auch das Whare Tuatahi für Rangipai und die Gäste beider Stämme ist.

Das letzte – und von allen das wichtigste – Ritual ist das *umu kotere*, das kurz vor Mittag gefeiert werden wird.

Takarehe hat schon sehr früh heute morgen vor den Palisaden von Te Hairini diese besonderen Öfen eingerichtet, damit sie für die erste wichtige Zeremonie der Hochzeit bereit sind. Wir danken ihm für seine Voraussicht in dieser Sache, schon allein deshalb, weil wir alle eine gute Mahlzeit brauchen werden, wenn wir dort eintreffen.«

Begeisterter Jubel folgte, und die Krieger leckten sich in Vorfreude ihre Lippen.

»Rangipai und Raumoko werden die Nacht zusammen mit ihrem Volk in ihrem Whare Tuatahi verbringen. Ich weiß, dass sich viele von euch für diesen Teil der Zeremonie sehr interessieren werden.« Diese Bemerkung wurde mit Gelächter begrüßt.

Um seinen Worten Nachdruck zu verleihen, hob Haukino plötzlich sein *taiaha*. Den Stab des verstorbenen Hohepriesters hatte er an Rangipai übergeben, da sie es war, die nun für die Ngati Whakaari alle Autorität innehatte.

»Eine Prophezeiung, von einem, der nicht mehr unter uns ist, soll nun in Erfüllung gehen.«

Es herrschte eine vollkommene Stille, und ehrfürchtige Blicke lagen auf den Gesichtern, während er sprach. »Der Stern *Kopu* befindet sich in enger Verbindung mit dem Neumond, wie es von Te Tawhiro, unserem verstorbenen Hohepriester, geweissagt wurde. Wahrlich, dies ist ein feierlicher Anlass, dem die Götter mit Wohlwollen begegnen. Diese Nacht wird die Nacht der Nächte sein.

Nun ist es für uns alle an der Zeit zu gehen, da uns aufregende Ereignisse erwarten.«

Zum Abschluss seiner Rede brach über Tawhitiroa Jubel und Gesang aus wie das Tosen des Meeres.

Alle waren glücklich.

Dies war wahrhaftig ein außergewöhnliches Ereignis.

Alle schienen gleichzeitig zu reden, und niemand schien jemandem zuzuhören.

2

Endlich gelang es Atawhai, mit Manaia zu sprechen.

»Wir haben wirklich vieles, noch nie Dagewesenes geschaffen, indem wir das taumou und das uno kotere für unsere jungen *ariki* auf denselben Tag gelegt haben, und noch dazu in einer übergreifenden Zeremonie. So etwas hat es noch nie gegeben«, fügte er verblüfft hinzu und runzelte die Stirn.

»Aber dies ist ja auch wirklich ein besonderes Ereignis.« Manaia sprach langsam und bedächtig.

»Ich hoffe, es ist alles in Ordnung – sonst könnten wir die Götter beleidigen.«

»Es dürfte keinen Grund geben, sich Sorgen zu machen. Weißt du, die Priester und unsere Häuptlinge haben den ganzen letzten Monat daran gearbeitet. Schließlich haben sie entschieden, dass dies ein ganz besonderes Ereignis werden soll. Niemals zuvor ist jemandem ein ganz und gar neues *pa* als Hochzeitsgeschenk angeboten worden.«

»Und so wurden die üblichen Rituale und Zeremonien einfach alle zusammengelegt; hat man so nicht die Götter mißachtet, um einen menschlichen Wunsch zu befriedigen? Ich sage dir, mir gefällt das nicht.«

»Du bildest dir Probleme ein, ohne dich gewisser Tatsachen zu versichern. Wir haben eine Zeremonie geschaffen, mit der ein neues *pa* eröffnet und die Hochzeit der höchstgeborenen *ariki* des Landes gefeiert wird«, sagte Manaia.

»Das ist ein gefährliches Unternehmen, eine neue Zeremonie von solcher Bedeutung zu erschaffen.«

»Wir haben alle Vorsicht walten lassen, und die Priester stehen in ständiger Verbindung zu den Göttern.«

Atawhai schwieg lange Zeit. Schließlich fragte er: »Gab es irgendwelche besonderen Opfer? Ich meine, wirklich besondere Opfer?«

»Vier Sklaven – doch sag es niemandem weiter. Niemand außer dir weiß davon«, flüsterte Manaia heiser.

»Ah! Dann wurde also den Göttern das höchste Opfer zuteil.«

»Ja.«

»Das werden sie schätzen, da bin ich mir sicher. Ich wusste ja nicht, was geschehen ist. Es wird trotz allem eine wunderbare Hochzeit werden.« Endlich lächelte Atawhai.

»Wir müssen gleich aufbrechen«, sagte Manaia, der Haukino genau im Auge behielt. »Schau! Er hat sein *taiaha* aufgehoben.«

»Rangipai und Raumoko machen sich zum Aufbruch fertig. Kommt Männer, holt eure Waffen. Stellt euch auf. Vorwärts!« sagte der Häuptling aus Tuanuku.

Der Ausflug nach Te Hairini hatte begonnen.

3

Hinewai war nicht die einzige Frau, die weinte, als sie Rangipai und Raumoko auf dem sorgfältig gefegten Pfad nach Te Hairini folgten.

Mit tränenerfüllten Augen schaute sie zu, wie ihre junge *ariki* in ihrem 21. Jahr Seite an Seite mit dem *ariki* Raumoko, der beinahe ein Jahr jünger war als sie, einherschritt.

«Da geht unser kleines Mädchen«, dachte sie bei sich. »Nun wird in Tawhitiora nichts mehr so sein wie es war.«

»Sie tritt aus unserem Leben heraus«, schluchzte Waiherere. »Die arme Tante Mihi hätte auch getrauert, wenn sie dies gesehen hätte.«

Dicke Tränen tropften an Taretis Nase herab, während sie klagte: »Das sollte doch ein glücklicher Tag sein, und doch stehe ich hier und weine. Ich bin innerlich ganz durcheinander.«

»Solche Ereignisse berühren mich immer", erwiderte Hinewai. Dann weinte sie erneut. »Ich kann nicht anders«, schluchzte sie.

Viele Frauen schlossen sich ihnen an, und alle klagten sie, während sie feierlich nach Te Hairini schritten. Ihre Gestalten warfen in den Strahlen der Morgensonne lange Schatten.

Die von Rangipai und Raumoko angeführte Prozession machte kurz vor den Toren zu Te Hairini halt.

Der alte Priester Tipu Tapeka ging zu Rangipai und führte sie zu den Haupttoren hinauf.

Raumoko blieb weiterhin an der Spitze der Prozession stehen und wartete. Er stand still, kein Muskel bewegte sich an seinem Körper, noch nicht einmal seine Augen zuckten.

Vor dem Eingang hielten Tipu Tapeka und Rangipai an, direkt vor den Leuten.

Der alte Mann richtete sich an das Mädchen.

»Komm mit mir. Ich will dir zeigen, was du tun mußt, um das *tapu*, das auf dem *pa* liegt, aufzuheben.«

»Danke, Onkel«, erwiderte sie respektvoll und fügte hinzu: »Nun bin ich in deiner Macht.«

»Du könntest nicht in besseren Händen sein. Hier, setz dich auf diese Stufe zwischen den Torpfosten. Nun stelle deine Beine auf je eine Seite. Bist du soweit?«

»Ja, lass uns beginnen.«

Es gab eine kurze Pause, dann legte der Priester seine linke Hand auf Rangipais Kopf.

»Jetzt! Tritt ein in den heiligen Bezirk dieses *pa*.

Taku ohi, taku ohi!
He ohi tipua, he ohi wahine,
tenei ka takahi,
He takahi ururangi he takahi
urutau,
Whakaputaia, whakaputaia,
he Orongonui.

»Lasst dieses *pa* zu Tane gehören; lasst dieses *pa* zu Tu gehören; lasst dieses *pa* zu Rongo gehören und für immer das Wissen unserer Vorfahren bewahren. Mögen alle, die hier leben, sich vermehren und ihr Einfluss unter unseren Stämmen wachsen. Rangipai, du verkörperst das heilige weibliche Element und hast es erhalten von den Kindern des Lichts, die deine Ahnen sind und in direkter

Linie abstammen von den Nachkommen Hineahuones, geformt von den väterlichen Händen Tanes, aus dem Staub von *Papatua-nuku*, unserer Mutter Erde, unter der Führung von *Io*, der Quelle aller Dinge in den Tagen, als die Erde noch jung war.

Lass dieses *mauri ora*, das du verkörperst, diesem *pa* Stärke bringen durch Frieden und Überfluss. Wachse, mächtiges *pa*! Werde groß mit immerzu wachsendem mana!«

Der Priester richtete seine Augen gen Himmel und rief die Götter an. »Beschenkt dieses *pa* mit euren Gaben, mit Eintracht und allgemeinem Wohlstand, wie es von *Orongonui* angezeigt wird, wenn die Wärme des Sommers die Pflanzen zu einer reichen Ernte heranwachsen läßt.«

Tipu Tapeka beugte sich zu Rangipai hinab und gab ihr seine Hand. Dann half er ihr auf die Beine und sagte: »Komm und stelle dich hier an diesen Eckpfosten, unter dem die heilige Opfergabe begraben ist. Hier stehe in der Vergangenheit; hier stehe in der Gegenwart; hier stehe in der Zukunft.«

Der Priester, der sich auf seinen Stock stützte, wandte sich an das Volk und sang laut: »Das weibliche Element hat das Tor durchschritten, das *tapu* ist nun aufgehoben. Te Hairini ist frei, und ihr alle könnt nun ohne Gefahr eintreten.«

Tiwai mußte einfach die Worte und Handlungen des alten Priesters bewundern. Er hatte nicht nur den eigens geweihten Talisman benutzt, den er unter den Haupttorpfosten verborgen hatte, sondern auch tatsächlich ihre höchstgeborene *ariki*, Rangipai, um das *pa* zu eröffnen. »Oh, was für ein *mana*!«, dachte er und begann insgeheim zu fühlen, dass die Opferung der vier Sklaven vielleicht nicht zu Tipu Tapekas Zeremonie passen wollte. Dann aber gab er diesen Gedanken auf und folgte dem alten Priester.

4

Aufgeregter Jubel brach aus, und Beifallsbezeugungen kamen aus der draußen wartenden Menge.

Krieger rannten vor und entfernten einige Palisaden, damit Rangipai und Raumoko auf angemessene Weise als erste ihr eigenes *pa* betreten konnten. Erst dann folgte die Menge, die durch die Tore hineinströmte.

Gemeinsam mit Hunderten von Gästen und Besuchern schauten sich die beiden Frauen um, bewunderten das *pa* und unterhielten sich aufgeregt miteinander.

»Das *pa* ist wirklich groß – es ist besser als Tawhitiroa.« Hinewai war sehr beeindruckt.

»Schau dir das Häuptlingshaus an – die äußeren Schnitzereien sind herrlich!« erwiderte ihre Gefährtin Waiherere, die kaum wusste, was sie sich als nächstes anschauen sollte. »Natürlich, vergiß nicht, dass vieles aus dem Sumpf des *taniwha* kam. Das wird diesem Haus *mana* verleihen. Diese Schnitzereien hier zu haben, ist so, als sei Te Hau O Te Rangi noch bei uns.

Es gibt auch noch viele andere Häuser, alle bezugsfertig.«

»Ich würde gern hier leben.«

»Ich auch. Rangipai kann nicht allein hier leben, nur mit Raumoko.«

»Sie wird dieses *pa* lieben. Vergiß nicht, dass auch Takarehe herkommen wird und die von Whitikau befehligte Kriegerwache.«

»Ich freue mich so für sie, dass Haukino mit den Hokowhitu a Tu nicht hier wohnen wird.« Dann stupste sie ihre Gefährtin an. »Schsch! Da ist Awanui. Ich glaube nicht, dass sich Haukino allzu vernachlässigt fühlen wird, eh! Sie ist hübsch, und sie ist auch jung.«

»Ja! Dies ist ein Ort, der unserer *ariki* würdig ist. Sie und Haukino haben sich nie gut verstanden, und so war es sicherlich richtig, all diejenigen, die in Te Hairini leben wollen, dazu einzuladen. Das halbe *pa* entschied sich für Rangipai. Ein Großteil derjenigen, die sich ihr nicht angeschlossen haben, sind eng mit Tawhitiroa verbunden, und so beschlossen sie, dort zu bleiben. Aber sie werden alle zum Festmahl hier sein.«

»Ich wünsche unserer *ariki* nur Gutes.«

»Oh! Da gehen gerade Tiwai Wharepapa und Tipu Tapeka mit Rangipai zum Häuptlingshaus.«

»Sie müssen sich darauf vorbereiten, das *tapu* aufzuheben.«

«Hoffentlich sind diese Zeremonien bald beendet, so dass wir mit der Hochzeit weitermachen können«, sagte Waiherere und fügte hinzu: »Ich bekomme langsam Hunger.«

»Es dauert nicht mehr lange. Hör doch zu! Sie singen bereits die

Gebete und rezitieren die Namen der Schnitzfiguren im Häuptlingshaus«, sagte Hinewai mit deutlicher Erleichterung.

»Rangipai geht hinein.«

»Sie wird zu den großen Pfosten hinten im Whare Tuatahi gehen und dort niederknien, während die Priester beten. Wenn sie herauskommt, wird das *tapu* aufgehoben sein.

»Ich kann überhaupt nichts sehen«, beschwerte sich Waiherere und blickte neidisch auf ihre größere Gefährtin Hinewai.

»Jetzt kommt Rangipai heraus!« Ihr zuliebe beschrieb Waiherere weiter das Geschehen. »Ja, das *tapu* muß aufgehoben sein«, fuhr sie fort. »Da ist sie, sie steht neben Raumoko, und die beiden Priester sind auch herausgekommen. Jetzt ist Atawhai an der Reihe, das Seine zu sagen... – kannst du hören?«

»Ja.«

Sie hörten aufmerksam zu.

Der Häuptling aus Tuanuku sprach im Namen der Besucher.

»Wir kommen, um dich zu grüßen, Rangipai, dich, die du diesen Tag symbolisierst. Die heldenhaften Taten und Gebräuche deiner Vorfahren bringen erneut in Erinnerung, dass die feierlichen Riten, denen wir gerade beiwohnten, und mit denen wir nun gleich fortfahren werden, nicht tot, sondern lebendige Quellen der Energie sind, so wie das Blut, das in unseren Adern fließt.« Er fuhr mit einem Sprechgesang fort, und viele Leute aus Tuanuku sangen mit.

»Hmmm. Ein recht guter Redner, was meinst du, Hinewai?«

»Er ist nicht schlecht. Aber wir sollten jetzt besser zum Foyer des neuen Häuptlingshauses gehen. Dort werden nun die Hochzeitsgeschenke niedergelegt. Hast du deins?«

»Ja. Zwei Federumhänge. Ich habe sie den ganzen Morgen herumgeschleppt und bin froh, sie nun endlich abzulegen.«

»Ich werde meine zwei *korowai* zu deinen legen. – Was geschieht jetzt?«

»Wir präsentieren unsere Geschenke Raumoko, er wird sie dann alle Ranigpais Leuten übergeben.«

»Ich bin froh, dass auch diese alten Sitten fortgeführt werden.«

Noch immer im Gespräch gingen die beiden in Richtung Whare Tuatahi, als ihre Aufmerksamkeit sich plötzlich auf eine Menschenmenge richtete, die himmelwärts schaute. Dann rief der Priester aus: »*Tihe mauri ora!*«

»Schau!« Hinewai zeigte aufgeregt mit dem Finger. »Tipu Tape-ka hat gerade die Zeremonie zur Aufhebung des *tapu* beendet und zwei seltene weiße Tauben fliegen lassen.«

»Oh ja! Jetzt kann ich sie sehen, sind das aber schöne Vögel!«

»Es ist ein Zeichen, ein wundervolles Zeichen, dass die Götter das *pa* und Rangipai beschützen werden. Jeder Vogel trägt eine besondere Botschaft des Priesters mit sich – und wenn du genau hinschaust, siehst du, dass beide direkt hinauf zu Rangiatea flie-gen.«

Die weißen Tauben kreisten langsam am Himmel und gewan-nen allmählich an Höhe, bis sie aus dem Blick verschwanden. So etwas hatten Tauben nie vorher getan, und die Leute staunten über die Macht der Priester. Es bedeutete, dass Te Hairini die Auf-merksamkeit der Götter geniessen würde, so wie die Götter eben jetzt den Vögeln eine solch unbändigte Freiheit verliehen.

5

Die Rituale und Gebete waren beendet, und die Hochzeitszere-monie konnte beginnen.

Man hatte Rangipai und Raumoko zeremonielle Speisen aus dem *umu kotere* vorgesetzt. Beide rührten die köstlichen Gerichte nicht an, sondern saßen da und lächelten die Leute um sie herum an.

»Weißt du«, sagte Takarehe, der sich zu Manaia gesellt hatte, »ein solches Festmahl löscht viele Erinnerungen aus.«

»Ja, und es hilft, neue zu schaffen. Ich sehe gerade, dass Rangi-pai und Raumoko einen besonderen Ofen ganz für sich haben.«

»Es ist eine Schande, so gutes Essen zu verschwenden«, erwi-derte Takarehe bedauernd.

»Ja, es läßt mir das Wasser im Mund zusammenlaufen.«

»Sie isst gar nichts aus dem *umu kotere*. Es ist rein zeremoniell.«

»Ich weiß. Es ist schwer für sie beide, einfach nur dazusitzen.«

»Sie werden froh sein, wenn sie endlich essen können."

»Wann ist es soweit?«

»Morgen, zusammen mit uns allen; wenn wir nichts anderes tun werden, als im Essen zu schwelgen."

»Nehmen sie bis dahin nichts zu sich?«

»Nicht offiziell. Heute ist es für sie rein zeremoniell, aber ich habe speziell einen Korb mit heißen Speisen in einem der Öfen zurückgehalten. Die werden sie heute abend zu sich nehmen, kurz bevor sie in das Häuptlingshaus hineingehen.«

»Das ist sehr umsichtig von dir.«

Takarehe griff in den Erdofen nach einem Behälter mit saftigen Aalen und reichte sie Manaia. »Da, nimm ein Paar von denen, die werden dir Appetit auf mehr machen.« Lächelnd wählte sich der neue Befehlshaber der Wache ein großes Stück aus und begann zu essen. Er sprach zu Takarehe.

»Dieser Name *umu kotere* hat mich immer schon beschäftigt.«

»Wieso?«

»Er bedeutet doch Gesäß oder Schenkel – oder nicht?«

»Nun – natürlich; er wird heute nacht nicht gerade nach ihrem Kopf tasten.«

»Ha! Du denkst so praktisch!«

Mit sich selbst und dem Leben zufrieden, lächelten sich die beiden Männer an. Mit ihren vollgestopften Mündern waren sie nun zu beschäftigt, um weiterzureden.

Die *mareikura*-Mädchen unterhielten die Gäste mit Liedern und Tänzen.

Es war eine unvergessliche Hochzeit.

Als das neue *pa* in Te Hairini errichtet wurde, hatten Haukino und Atawahi auch dafür gesorgt, dass rechtzeitig genügend Häuser für die Hochzeitsgäste fertiggestellt wurden.

Es war die erste Nacht in Te Hairini, und das *pa* war übervoll mit Gästen und Besuchern.

Haukino war froh, diese Angelegenheit schon früh mit Atawhai besprochen zu haben, denn danach hatten Raumokos Leute mit angepackt und die zusätzlichen Unterbringungmöglichkeiten eingerichtet.

Das große Häuptlingshaus oder Whare Tuatahi, das man Amokura-Raumoko nannte, war ausschließlich Rangipai, ihrem Mann und den Häuptlingen und Ältesten beider Stämme vorbehalten. Es war bereits überfüllt, doch dem frischvermählten Paar hatte man einen besonderen Platz vorbehalten.

Bei Einbruch der Nacht betraten Rangipai und Raumoko ihr Haus, gefolgt von den übrigen vornehmen Gästen.

Whitikau und Atawhai übernahmen mit Kriegern beider Stämme die Pflichten der Wache.

Takarehe hatte mit seinen Sklaven aus beiden *pa* wahre Wunder vollbracht, denn die gewaltigen *hakari*-Plattformen mit den aufgetürmten Speisen waren nun alle sicher innerhalb der Festung aufgestapelt. Es war sogar ein besonderer Bereich für die *hangi* vorgesehen, denn auch diese hatte man in die Sicherheit des *pa* geschafft.

Als die Wachen an diesem Abend die Tore schlossen, heulten außerhalb der Palisaden nur ein paar herumstreunende Hunde.

Nur die unmittelbar Betroffenen wussten, dass man die Krieger der Wache verdoppelt hatte.

Rangipai hatte Whitikau gebeten, sie aufzusuchen, bevor sie Tawhitiroa verliessen. »Sorge dafür, dass ihr schnell und unauffällig handelt; lass niemanden auch nur ahnen, was ihr tut«, hatte Rangipai ihrem hochgewachsenen Kommandanten der Wache befohlen. »Verdoppelt die Wache im neuen *pa*. Haltet jeden auf, der verdächtig wirkt, und lasst diese neuen Rekruten, die Haukino in die Hokowhitu a Tu aufgenommen hat, nicht aus den Augen. Einige scheinen zu glauben, dass sie sich alles herausnehmen können... – Verstehst du, was ich meine?«

»Selbstverständlich, Rangipai. Deine Befehle sollen ausgeführt werden. Kein Unbefugter wird das neue *pa* bewachen.«

»Genau. Wir wollen schließlich keine, hm, Mißverständnisse, nicht wahr, Whitiaku?«

»Nicht die geringsten, Rangipai, nicht die geringsten«, lächelte der Befehlshaber der Wache, als er davoneilte.

6

Niemand hatte gesehen, wie Haukino mit Tiwai Wharepapa zur Lichtung unter den Haupttoren ging, um die Stelle in Augenschein zu nehmen, die für den neuen Wachturm vorgesehen war.

»Du hattest doch sehr enge Beziehungen zu unserem Hohepriester, Tiwai?«

«Was für Beziehungen, Haukino?«

»Ich meine die religiöse Macht, Einblicke in die Hilfe, die wir von den Göttern erwarten können.«

»Das willst du wissen?«

»Ja!«

»Warum?«

»Es wäre äußerst nützlich, die Zukunft vorherzusehen und entsprechend zu planen.«

»Das ist schwierig.«

»Komm mir nicht mit diesem Unfug. Du warst sein Schützling. Er hat dir doch sicher etwas beigebracht in all diesen Stunden, die ihr gemeinsam verbracht habt?«

»Nun, das hat er – aber es war nicht so, wie du denkst.«

»Das heisst?«

Tiwai schwieg, während ihm all die Erinnerungen an seine Verbindungen zum Hohepriester wie ein Sturzbach in den Sinn kamen, ihn überspülten und ihn in die tiefen Wasser der Seele hinunterdrückten, so dass er sich an die Oberfläche zurückkämpfte und erst nach Atem ringen mußte, um gierig die reine Luft aufzunehmen.

All das gab den Anschein, als kämpfe Tiwai mit dem Ausbruch heftigster Gefühle, während er noch mit sich selbst darum focht, das zu unterdrücken, wovon er doch wusste, dass er es sagen mußte. Endlich flüsterte er:

»Ich habe bestimmte Sachen mit ihm gemacht!«

»Was für – Sachen?« Haukinos Stimme war kaum ein Flüstern.

»Geheime Sachen – und ich weiß, ich hätte nicht tun sollen, worum er mich bat. Aber er hat mich gezwungen, und jetzt ist es mir egal, wer jetzt davon weiß – wir haben uns geliebt!« Tiwai schrie sich fast in Hysterie angesichts dieser erzwungenen Enthüllung.

Dies waren die letzten Worte, die dem jungen Priester je über die Lippen kamen.

Es gab eine sanftes, sausendes Geräusch, wie das einer Eule im Flug, wenn sie nachts ihrer Beute nachstellt, und dann einen scharfen, niederträchtigen Schlag von Stein auf Knochen und einen gräßlichen Schrei.

Zunächst hatte Haukino angesichts der schrecklichen Enthüllungen des jungen Priesters über den Hohepriester fassungslos dagestanden, doch dann kannte seine Wut keine Grenzen.

Jetzt war der junge Priester tot. Haukino murmelte etwas vor sich hin und säuberte sein *mere* in einer Pfütze schlammigen Regenwassers.

So muß es sein... Ich mußte es tun. Niemand wird je davon erfahren. Das *mana* des Hohepriesters wird in den Herzen unseres Volkes weiterleben. Mit dieser Tat heute nacht habe ich die Götter vor dem Tod bewahrt. Ich frage mich, ob mich das nicht selbst zu einem Gott macht. Hmm! Interessanter Gedanke. Jetzt muß ich zum neuen Häuptlingshaus zurückgehen. Aber zuerst lege ich die Leiche in dieses Loch und decke sie zu. Dann schicke ich morgen früh die müden Wachen auf Arbeitsdienst, und sie können diese kleine Lichtung in Vorbereitung zum Bau des Wachturms auffüllen. Ah, wenn ich nur daran denke – dort liegt ein Priester begraben, um unseren Wachturm zu schützen!

Jawohl! Vielleicht bin ich wirklich ein Gott – alles scheint sich perfekt zu fügen.

So ist es besser – jetzt ist die Leiche verdeckt.

Ich werde den Staub in dieser Pfütze abwaschen, mich etwas frischmachen und mich den anderen im Häuptlingshaus anschliessen.

7

Auf seinem Weg zum Whare Tuatahi wurde Haukino dreimal von Wachpatrouillen angehalten. Er war hocherfreut über ihre Wachsamkeit. »So ist es richtig, Männer, lasst niemanden unentdeckt durchgehen«, gratulierte er ihnen.

Aus einiger Entfernung beobachtete Whitikau schweigend, wie seine Männer den Kriegshäuptling anhielten – Rangipai würde in Sicherheit sein.

Haukino mußte jetzt immer stärker an Rangipai denken.

Schade, dass sie sich nicht mit mir vermählt, grübelte er. Dann dachte Haukino an eine längst vergangene Zeit zurück, als sie sich vor Raumoko hatten verstecken müssen und wie er Rangipai in seinen Armen gehalten hatte, um sie zu zügeln, und wie Rangipai auf ihn gehört hatte – grollend zwar, doch auf ihn gehört hatte sie.

Ah ja! In seiner Erinnerung konnte er noch immer die Süße

ihres Duftes spüren. Er fragte sich, ob man es nicht einrichten könnte... – schließlich hätte er es nur mit dem jungen Raumoko zu tun. Vielleicht könnte die Elitewache, die Hokowhitu a Tu, ihm zur Hand gehen. Haukino lächelte still über seine Gedanken, als er das Häuptlingshaus betrat...

Keiner der Anwesenden dachte in dieser Nacht etwas anderes, als dass Haukino mit dem Verlauf der Zeremonie zufrieden und über die Hochzeit entzückt sein konnte. Haukino hatte das Verschwinden des Priesters sorgfältig vertuscht.

»Ja! Er ging in den Wald, dorthin, wo er immer mit dem Hohepriester betete«, erwiderte er, wenn man ihn fragte.

Er empfand es als seine besondere Pflicht, Rangipai auf diese Weise beizustehen, da es ihre Hochzeit war.

Als einige Tage später eine große Suche begann und vom vermissten Priester noch immer keine Spur zu finden war, schloss man daraus, dass der unglückliche Mann vielleicht von irgendeinem Stoßtrupp überfallen und umgebracht worden war. Zu dieser Zeit stand der neue Wachturm schon an seinem Platz und niemand dachte auch nur daran, unter seinen schweren Stützpfosten nachzusehen. Haukinos Geheimnis blieb im Stillen verborgen.

Doch das geheime Wissen des Stammes, das Wissen, das der Hohepriester an seinen Schützling weitergegeben hatte, war für immer verloren. Es gab vieles, das selbst Rangipai oder ihre Ältesten nicht wussten.

Mit dem Tod von Tiwai wurde für den Stamm der Schatten des *mana* viel schwächer. Eine Zeit brach an, die Veränderungen mit sich brachte – Veränderungen, die im Angesicht der Weissagung wie eine Sturmflut über die Stämme kommen sollte.

27. Kapitel

Eine Prophezeiung erfüllt sich

Endlich war die Nacht gekommen, von der alle sprachen.

Rangipai und Raumoko würden sich zusammen im großen Häuptlingshaus Amokura-Raumoko zur Ruhe legen.

Der Priester hatte sich mit Hinewai und Waiherere sorgfältig beraten, um sicher zu gehen, dass die Verbindung des Neumondes mit dem Stern *Kopu* tatsächlich zu der Zeit auftrat, in der Rangipai am wahrscheinlichsten zur Empfängnis bereit war.

Endlich konnte sich Tipu Tapeka entspannen. »Ah! Das wird die allergünstigste Zeit sein. Wenn Raumoko heute nacht mit ihr schläft, dann wird sie einen Sohn bekommen. Das schwöre ich«, hatte er zu den Frauen gesagt.

Insgeheim bestaunte er die Prophezeiung des verstorbenen Hohepriesters, denn alle seine Vorhersagen waren bis ins Detail völlig richtig gewesen. Jetzt lag es an ihm, Tipu Tapeka, dem Priester Raumokos, das zu vollenden, was der Hohepriester begonnen hatte. Ihn befiel das seltsame Gefühl, dass er sein Leben dafür hingeben würde, wenn er nur die letzten Wünsche des Hohepriesters erfüllen konnte. Es war, als werde er von einem unaufhaltsamen Sturzbach ergriffen und fortgerissen. Ihm fehlte die Kraft zu widerstehen, und ihm blieb nichts anderes übrig, als sich von dieser unbekannten Macht davontragen zu lassen. Es war so, als würde jemand anderes über sein Leben bestimmen und ihn Dinge tun lassen, die er nicht verstand.

Als er sich zu den Häuptlingen und Ältesten in Amokura-Raumoko aufmachte, verbarg er ein *kawakawa*-Blatt unter seinem Umhang. Er wusste, dass es am nächsten Morgen in aller Frühe eine besondere Pflicht zu erfüllen gab.

Als Tipu Tapeka seinen Platz im Versammlungshaus eingenommen hatte, wandte er sich an Raumoko und Rangipai und sang dabei einen *waiata*, der der Unantastbarkeit der Ehe unter Hochgeborenen gewidmet war. Er rief die Götter an, auch mit Wohlwollen auf das geistige und körperliche Wohlergehen des jungen Paares zu blicken und insbesondere ihre Vereinigung zu segnen, damit Rangipai einen Erben hervorbringen konnte.

Als der Gesang beendet war, stellte sich der alte Priester vor das junge Paar. Vor allen Versammelten wandte er sich an Raumoko.

»Junger Mann, dies ist deine Hochzeit, und Rangipai ist deine Braut. Bleibe bei ihr und stärke sie alle Tage deines Lebens im Namen deiner glorreichen Vorfahren. Verlasse sie nicht. Sorge dafür, dass die Prophezeiung sich erfüllt und die Zukunft eurer beiden Stämme gesichert ist!«

Raumoko sprang auf. »Ich werde Rangipai nicht verlassen. Ich werde bei ihr bleiben und sie im Namen unserer glorreichen Vorfahren stärken, und sie soll Mein sein bis zum Tode. Die Prophezeiung soll sich erfüllen.«

Der Priester wandte sich an Rangipai. »Oh Rangipai, dies ist dein Mann Raumoko. Bleibe bei ihm und stärke ihn alle Tage deines Lebens im Namen deiner glorreichen Vorfahren. Verlasse ihn nicht. Sorge dafür, dass sich die Prophezeiung deines Onkels erfüllt und die Zukunft eurer beiden Stämme gesichert ist!«

Rangipai antwortete: »Ich werde Raumoko nicht verlassen. Ich werde bei ihm bleiben und ihn im Namen unserer glorreichen Vorfahren stärken. Er soll Mein sein bis zum Tode – die Prophezeiung soll sich erfüllen.«

Lauter Jubel schallte durch die gewaltige Halle.

Immer mehr Häuptlinge, darunter auch Haukino, Atawhai, Renata und Manaia standen ebenso wie viele der Ältesten auf, ermahnten das junge Paar, aneinander festzuhalten, und stimmten einen langen *waiata* an, in dem sie die Götter anriefen, das junge Paar zu schützen und zu leiten.

In den frühen Morgenstunden wandte sich Tipu Tapeka erneut an das junge Paar. »Nun seid ihr in der Halle eurer beiden großen Vorfahren und tupunas, Amokura und Raumoko. Ihr seid im Herzen eures Volkes. Führt, oh tapfere Generation, die uralte Weisheit eures Stammes fort.«

2

Rangipai wusste, dass sie heute nacht mit Raumoko schlafen mußte. Die Leute erwarteten von dem jungen Paar, dass es seine Ehe mit einem würdigen Höhepunkt der gewaltigen Festlichkeiten, die in der Frühe begonnen hatten, vollziehen würde. Die Priester erwarteten es, und selbst der Stern *Kopu* befand sich in günstiger Konstellation zum Neumond, was am Sternenfirmament ein seltener Anblick war. Es mußte heute nacht geschehen.

Rangipai sehnte sich nach einem Gefühl der Gewißheit. Stattdessen war da dieses Gefühl der Ungewißheit, das sich mit Spannung und Aufregung vermischte.

Sie dachte daran, wie sie genau diese Angelegenheit noch vor kurzem mehrmals mit Raumoko besprochen hatte. »Nein. Wir müssen warten, bis wir vermählt sind. Jetzt dauert es nicht mehr lange«, hatte sie gesagt.

Daraufhin unternahm Raumoko einen Versuch, ihr das *piupiu* wegzuziehen. Als sie sich wehrte, hatte er sie auf seine Arme genommen, nach Tapuae getragen und sie im Foyer der Ahnenhalle abgesetzt. »Ich bringe dich hierher, damit du vor mir sicher bist«, hatte er gelacht.

Sie war dann aufgestanden, und gemeinsam waren sie durch die Haupttore des *pa* hinaus zu den Dünen hinunter gegangen. Niemand war ihnen gefolgt.

Sie hatten im warmen, heißen Sand gespielt und waren sogar zusammen nackt im Meer geschwommen. Sie hatte Raumoko herausgefordert, und er hatte die Herausforderung angenommen. Aber er trieb sie bewusst nicht bis zu dem Punkt, an dem nur noch er gewinnen konnte. Denn Raumoko fühlte genau, dass er sie haben konnte, wenn er nur wollte. Aber er begriff, dass dies nicht im Einklang mit seinem aufrichtigen Gefühl der Liebe zu Rangipai stünde. Er fühlte in seinem tiefsten Inneren, dass er sich schon zu sehr in die schöne *ariki* der Ngati Whakaari verliebt hatte. Und er fühlte außerdem, wie sein Respekt für das junge Mädchen um so mehr wuchs, je mehr er es liebte.

Rangipai spürte das, und sie erkannte durch sein Verhalten an diesem Tag am Strand zum ersten Mal, dass sie beide wirklich ineinander verliebt waren.

All diese Gedanken schossen Rangipai jetzt wie rasend durch den Kopf.

Schüchtern blickte sie zu Raumoko auf und versuchte zu lächeln. Sie brachte aber nur ein schwaches Lächeln zustande. Das machte ihn besorgt, und er fragte sie, ob es ihr denn gut ginge.

»Ja, mein Liebster«, hörte sie sich sagen, aber in Wirklichkeit glaubte sie kein Wort von dem, was sie sagte.

Dann kam der Priester Tipu Tapeka zu Rangipai und flüsterte: »Hier, nimm dieses *kawakawa*-Blatt, lege es zur rechten Zeit, wenn du mit Raumoko schläfst, unter dich. Wenn ich dann vor Sonnenaufgang zu dir komme, gib es mir. Ich werde dir so die Zukunft deiner Familie vorhersagen können.«

Rangipai schwirrte der Kopf vor Gedanken und Ängsten, doch sie legte das Blatt sorgfältig auf ihre Hochzeitsmatte. Im Halbdunkel des Versammlungshauses hatte man weder gesehen, wie sie das Blatt erhalten, noch wohin sie es gelegt hatte.

Die fürsorgliche Nähe des Priesters beruhigte Rangipai. Jetzt fühlte sie sich sicherer und gelassener.

Häuptling Haukino hatte soeben seine letzte Ansprache beendet, und die meisten Leute waren verstummt.

Einige waren eingeschlafen, doch viele in dem Wissen wachgeblieben, dass Rangipai und Raumoko die Ehe vollziehen würden.

Es war ein beglückender Gedanke, dass da noch vor dem nächsten Morgen ein neues Leben seine große Reise aus der Welt der Dunkelheit in die Welt des Lichtes angetreten haben würde, getragen von der elementaren Wirkung des Schicksals.

Wie in einer eigenen Welt hielten sie einander in den Armen.

Einige kurze Augenblicke lang stürzten Rangipai und Raumoko in eine seltsame neue Dimension der Empfindungen.

Beide hörten weder die sanften Gesänge der alten Frauen im Hintergrund, noch die fortwährenden rituellen Gebete, die der Priester zu diesem ganz besonderen Anlass sprach, bis die Gesänge die Halle erfüllten.

Zunächst bewegten sie sich langsam im Takt der rhythmischen Gäsenge – dann schneller und schneller. Sie würden die Prophezeiung erfüllen, während der Stern hell im Schoße des Mondes schien. Und die Leute warteten.

Raumoko wusste, dass sie es nun beide wollten, er und Rangipai.

»Schwellung«, flüsterte er.

»Führ sie ein«, erwiderte sie.

»Das ist Liebe!«

»Oh! Lustvolle Zuckung!«

»Das Jungfernhäutchen?«

»Ja! Ja! Sei sanft, sachte!«

»Ist das das Paradies?«

»Heißer Erguss!«

»Süßer, süßer Schmerz.«

»Sei gelassen!«

»Meine Zauberin!«

»*Tiki*; mein göttlicher Zauberstab, *tiki*…«

»*Puke*, du Hügel zarten Verlangens.«

Der Singsang klang aus zu einem leisen Murmeln und verstummte dann sanft.

Alle in Amokura-Raumoko waren nun fest eingeschlafen.

3

Raumoko und Rangipai schliefen noch, als sie der alte Priester kurz vor Sonnenaufgang wachrüttelte. Sie folgten ihm müde hinaus in die kalte Morgenluft und gingen durch die Haupttore hinab zu einem kleinen Bach. Hier gab Rangipai Tipu Tapeka das *kawakawa*-Blatt. Er sang ein Gebet, während er das Blatt in das kristallklare Wasser tauchte und es dann der Sonne entgegenhielt, die über den fernen Bergen aufging.

Seltsamerweise schien sich ein kleiner Regenbogen um das Blatt zu winden, während der alte Priester betete. Er hielt seinen rechten Daumen ins Wasser und besprenkelte Rangipai und Raumoko. Dann warf er das Blatt in den Bach. Genau an der Stelle, wohin es ins Wasser gefallen war, hatte sich plötzlich ein kleiner Strudel gebildet, in dem das Blatt verschwand.

Langsam wandte sich der Priester um und sagte zu Rangipai: »Du wirst einen Sohn und eine Tochter haben. Dein Sohn wird zuerst geboren werden; zwei Jahre später wird dir eine Tochter geboren werden.

Wenn das letzte deiner Kinder kommt, dann wird sich die Macht der Götter auf mich richten, und ich werde sterben – wie das Blatt, das du dort im Strudel verschwinden sahst. So werde ich aus diesem Leben gerissen werden.«

Minutenlang standen sie schweigend da. Endlich sagte der alte Mann: »Kommt, wir müssen zum *pa* zurückkehren.«

Rangipai und Raumoko folgten Tipu Tapeka, beide noch vom Ritual, dem sie gerade beigewohnt hatten, in tiefes Staunen versetzt.

Plötzlich zog ein Ruf der Wache ihre Aufmerksamkeit auf sich.

»Schaut! Schaut nur! Ein seltsamer weißer Vogel mit gewaltigen Schwingen kommt über das Meer!«

Wie angewurzelt starrten Rangipai und Raumoko hinaus aufs Meer und beobachteten, wie die seltsame Erscheinung stetig näherkam.

4

Rangipai hatte eine seltsame, unerklärliche Vorahnung und fühlte, wie ihr ein kalter Schauder den Rücken hinab lief. Sie fasste nach Raumoko und hielt ihn dicht an sich gepresst.

»Was ist das, Liebster?

«Er schwieg und sagte dann schließlich: »Es ist irgendeine Art riesiges Kanu.«

In Gedanken vertieft, kehrten sie nach Te Hairini zurück und mischten sich unter die schweigende Menge, die sich auf den Klippen hoch über der See versammelt hatte.

Tipu Tapeka sprach nun aus, was sich als eine der verblüffendsten Prophezeiungen erweisen sollte. Er musterte Raumoko scharf und sagte: »Du wirst dich meiner Worte erinnern. Ich werde dir jetzt den Schlüssel zur Zukunft überreichen. Schon die Alten sprachen es aus, und es ist für heute äußerst angemessen.

Kei muri i te awe kapara he tangata ke, mana te ao, he ma!

Hinter dem tätowierten Gesicht steht ein Fremder. Eines Tages wird er es sein, der die Welt beherrscht, und er trägt keine Tätowierung!«

»Ich kann nicht glauben, dass dieser Tag je kommen wird«, sagte der junge Häuptling.

»Er wird kommen«, erwiderte der Priester.

»Du meinst, wir werden Menschen ohne Tätowierungen sehen – auf ihren Gesichtern?«

»Sind es Leute von uns?« fragte Rangipai staunend.

»Ja«, antwortete der alte Mann auf beide Fragen.

»Und unser Land?« fragte Raumoko.

»Ein Stamm von Fremden wird es beherrschen.«

»Was ist dann mit uns?«

»Nur diejenigen unseres Stammes erfahren die Antwort, die in dieser zukünftigen Zeit leben werden, denn bis dahin wäre selbst uns, die wir heute leben, unser Volk fremd«, schloss der Seher. Und er fügte hinzu: »Wir müssen zu unseren Leuten gehen, sonst denken sie noch, wir weichen ihnen aus. Ich weiß, dass sie alle nur darauf warten, Fragen über das Ding da unten zu stellen«. Er hob ruckartig seinen Arm und deutete aufs Meer hinaus.

Er hätte nicht besorgt sein müssen, denn fast der ganze Stamm war viel zu sehr damit beschäftigt zu beobachten, wie der »riesige weiße Vogel« mit jedem Atemzug näherkam.

Rangipai und Raumoko standen Arm in Arm und schauten aufs Meer hinaus. An ihrer Seite stand der alte Priester, ihr Volk hatte sich zu Hunderten um sie geschart, und sie alle versuchten, den seltsamen Besucher zu begreifen. Der Kriegshäuptling Hauki-no, mit Awanui an seinem Arm und seinem Sohn an seiner Seite, beobachtete alles von der Beobachtungsplattform aus. Er lächelte und betastete sehnsüchtig sein *taiaha*. Er hatte sich seine eigene Deutung zurechtgelegt, als er sein *taiaha* fester denn je umfasste.

»Bleib hier und kümmere dich um unseren Sohn. Ich gehe hinunter, um mir das anzuschauen.«

»Sei vorsichtig!« schrie Awanui ihrem Mann hinterher, als er durch die Haupttore hinausrannte und seinen Männern zurief, dass sie ihm folgen sollten.

Der alte Mann hatte recht mit seiner Prophezeiung.

Es war wirklich der Anfang vom Ende eines langen, langen Zeitalters der Stammesmacht. Das, was sich vor ihnen auftat, erfüllte sie mit Verwunderung, und fassungslos standen sie am Eingang einer fremden neuen Welt.

5

Es war im Oktober 1769. Kapitän James Cook hatte seine ›Endeavour‹, kurz vor der Brandung vor Anker gehen lassen, in der Weite der Meeresbucht der rauchenden Insel.

»Machen Sie das große Beiboot fertig, Maat. Nehmen Sie ein Dutzend bewaffneter Männer mit, aber benutzen sie die Schußwaffen nur, wenn Sie sich verteidigen müssen. Diese Leute, die da zum Strand herunter kommen, sehen mir nicht allzu freundlich aus … Bei diesen Eingeborenen kann man nie wissen.«

Befehle schallten über die Decks der ›Endeavour‹. »Segel einholen!« Dann kam: »Hauptsegel einrollen!« Die Befehle mischten sich mit den Rufen des Matrosen, der die Tiefe auslotete:

»Zwanzig Faden!«

»Fünfzehn Faden!«

»Zehn Faden!«

»Wir kommen jetzt rasch in Untiefen, Sir. Steuer ruhig halten, Poller an die Anker, langsam loslassen – sie hält, Sir. Scheint ein guter, sandiger Boden zu sein.«

Viele der Matrosen blickten zur Küste.

»Schaut euch diese schwarzen Scheißkerle am Strand an. Was für ein häßliches Weibstück! Scheiße! Unter diesen Kerlen möcht ich ja nicht gerne sein. Mann, die machen ’ne Kette aus deinen Eiern und aus deinem Arsch ’nen Pfannekuchen.«

»Ruhe!« Der Kapitän ergriff wieder das Wort.

»Seid sehr vorsichtig, und lasst euch auf keinen Streit ein. Bietet ihnen diese bunten Stoffballen und diesen billigen Schmuck an. Das scheint immer zu wirken. Denkt daran, wir wollen versuchen, uns mit ihnen zu befreunden. Viel Glück, Maat.«

»Beiboot zu Wasser lassen!«

»Beiboot zu Wasser lassen«, wiederholte der Bootsmann, und das schwerbeladene Boot wurde allmählich von seiner Halterung auf der ›Endeavour‹ in den Ozean hinuntergelassen.

Das Beiboot schoß von der Schiffseite davon, und mit einem Dutzend Matrosen glitt es bald auf die Küste zu.

6

»Hokowhitu a Tu!«

Der Befehl schallte von der Klippe herab.

»Sammeln! Sammeln! Wir wollen uns sammeln!« schrien die Krieger, während sie alle ihrem Häuptling zum Strand nachjagten.

Als sie sahen, wie die Krieger den Pfad hinuntergingen, wollten alle anderen im *pa* ihnen nach – alle außer den Wachmännern, die Wachdienst hatten und ihre Posten nicht verlassen konnten.

Eine große Gruppe unter Führung von Rangipai und Raumoko schritt den Pfad hinunter, um sich nahe bei den Dünen, doch in guter Entfernung vom Strand, aufzustellen.

Rangipai wusste, dass sie von hier alles sehen konnte, was vor sich ging.

»Schau, die Fremden haben die Küste erreicht«, sagte Raumoko zu Rangipai und deutete auf sie. »Das ist nicht weit vom Großen Felsen entfernt, wo ich heute nachmittag bei Ebbe Hummer fangen will.«

»Und Haukino ist auch dort unten«, erwiderte sie. »Ich hoffe nur, er ist vorsichtig.«

»Mach dir um Haukino keine Sorgen«, erwiderte Raumoko. »Es sind die Fremden, die sich hüten müssen.«

Plötzlich konnte man sehen, wie die Hokowhitu a Tu um die Fremden herumwirbelten. Und als ein paar Krieger mit seltsamen, fröhlich gefärbten Decken in den Händen zu Raumoko und Rangipai zurückgelaufen kamen, gab es aufgeregte Rufe.

Haukino Te Onewa erreichte als Erster das Beiboot, als es gerade sanft auf den abschüssigen Strand auflief.

Rasch erkannte er, dass es sich bei diesen Fremden um Männer handelte – allerdings mit weißer Haut. Und sie waren von Kopf bis Fuß in eigentümliche, baumrindenartige Umhänge gehüllt. Sie trugen dicke Bekleidungen an ihren Füßen und Beinen.

Neben einem der Fremden im Boot, der offensichtlich der Häuptling war, lag ein langes, blitzendes Ding. Haukino packte es am Griff, schwang es herum und versetzte dem Dollbord am Ruderboot einen tiefen Riss.

Die Waffe steckte im Holz fest, so dass Haukino sich in den Finger schnitt, als er versuchte, sie herauszuziehen. Sein Blut tropfte auf die Waffe. Haukino handelte, wie ein Häuptling unter diesen Umständen handeln mußte. Sein Blut war auf der Waffe, und das machte sie *tapu*. Er konnte sie jetzt unmöglich ihrem Besitzer zurückgeben. Er mußte sie wegtragen und vergraben, so dass über die Fremden kein Unglück käme. Er mußte sie schützen.

Doch was war das?

Der Häuptling der Fremden versuchte, sie zurückzunehmen.

Nein! Er konnte sie nicht zurückgeben. Er würde gegen das Gesetz des *tapu* verstoßen. Verstand denn der Fremde das nicht? Ganz bestimmt – selbst ein niederer Sklave wusste vom *tapu*.

»Geh fort, Fremder!« schrie er. »Ich tue das nur zu deinem Besten!«

Doch der Fremde schlug sich heftig mit ihm herum und schrie wieder und wieder irgendeinen unverständlichen Satz.

Haukino stieß den Mann fort, und er fiel hart auf den schweren, nassen Sand.

»Greift euch das Kanu!« brüllte Haukino seinen Männern zu, als er hinrannte, um das Beiboot daran zu hindern, wieder zur See hinaus zu gelangen.

Doch der Mann, den er in den Sand gestoßen hatte, hatte sich wieder aufgerichtet und war ins Boot gehechtet. Haukino sprang ihn mit dem Schwert an.

Ein donnerndes Krachen schallte über den Strand, und gleichzeitig schien es zu blitzen.

Inzwischen war Raumoko selbst herbeigeeilt, um festzustellen, was der ganze Tumult zu bedeuten hatte.

Es folgte ihm eine große Menschenschar, die sich aus beiden Stämmen zusammensetzte.

Er kam gerade rechtzeitig, um sehen zu können, wie Haukino, dem die Verblüffung ins Gesicht geschrieben war, zuerst vorwärts stolperte, dann schwerfällig auf die Knie sank, bevor er mit dem Gesicht nach vorn in den Sand fiel, wo er liegenblieb.

Viele Krieger schrien auf. Sie waren überrascht von der langen Zauberflöte, die ihren großen Häuptling niedergeschlagen hatte, ohne ihn überhaupt zu berühren. Der Fremde schnappte sich die lange Waffe, die Haukino in seiner Hand hatte, und unter wildem Geschrei ruderten sie alle wie wahnsinnig vom Ufer fort. Bald hatten sie den Großen Vogel mit den weißen Flügeln erreicht, der kurz vor der Brandung geblieben war.

7

Zusammen mit dem übrigen Stamm schaute Raumoko ehrfürchtig zu, wie das Schiff sich erst langsam bewegte, dann viel schneller, und wie es schließlich hinter der rauchenden Insel verschwand. Als ob er endlich von einem Zauberspruch befreit gewesen wäre, beugte sich Raumoko zu Haukino nieder, um ihm auf die Beine zu helfen. »Komm Haukino, was liegst du da herum?«

Er bekam keine Antwort. Als er den schlaffen Arm des großen Kriegshäuptlings anhob und als er ihn berührte, wusste er, dass Haukino tot war.Die Bewegung zwang den Körper auf den Rücken. Inmitten des Brustkorbes war ein kleines Loch, woraus langsam das Blut auf den Sand tropfte und die aufkommende Flut färbte. Rangipai kniete vor dem gefallenen Häuptling nieder, schob das Haar über seiner kalten, nassen Stirn zurück und schwieg in Gedanken versunken. Sie stand allein am Rande des Wassers und schaute in den Sonnenuntergang.

Als sich Rangipai zum Gehen umwandte, füllten sich ihre Augen mit Tränen, doch sie gab ihren Kriegern den Befehl und sagte schlicht: »Trefft die Vorbereitungen für Haukino Te Onewas *tangi*.

Die Hokowhitu a Tu errichteten eine Bahre aus Treibholz vom Strand und hoben den Körper an, um ihn zum *marae* zurückzutragen. Rangipai wusste, dass das Leben nie mehr sein würde, wie es gewesen war. Es schien ihr, als habe sich ein wilder Sturm im Kielwasser der weißgeflügelten Fremden selbst ausgeblasen.

Eine tiefe Stille senkte sich sanft und leise herab. Selbst die Wellen und die Seevögel waren verstummt. Kein Hund bellte. Es gab keinen Wind. Niemand sprach, niemand regte sich. Langsam wandten sich alle Köpfe um, und alle Augen blickten fest auf Rangipai und Raumoko, wie sie am Rande des Ozeans Hand in Hand dastanden, die Gesichter ihren vereinigten Stämmen zugewandt.

Es erschien ihnen zuerst wie ein Plätschern, dann wie eine rauschende Flut, die mit den widerklingenden Stimmen ihrer Vorfahren das Herz und den Verstand der Menschen erfüllte.

Geführt von ihren beiden jungen *ariki* kehrten sie singend zurück zum *pa*.

Ka huri

Ende

Glossar der verwendeten Maori-Begriffe

Aotearoa »Eine lange weiße Wolke«. Polynesischer Name für Neuseeland, der der Legende nach zur Zeit der Entdeckung der Inseln – laut einer Version durch die Frau *Kupes* – vergeben wurde.

Aria Das materielle Symbol eines Gottes, Führers oder *Tohunga*.

Ariki Häuptling oder Führer einer bedeutenden Familie.

Aroha Liebe, Mitleid, Sehnsucht; Zustimmung zeigen.

Aruhe Genießbare Wurzel des Adlerfarns (*Pteridium esculentum*).

Aue Ausruf der Bestürzung oder Verzweiflung.

Haere Abreisen; verscheiden.

Haere mai Formelle Begrüßung; Willkommen; Gruß.

Hahunga Exhumierung und Ausbreiten von Knochen Nahestehender auf dem *marae*; Zeit der Feierlichkeiten und Trauer vor der Beerdigung.

Haka Ausdrucksvoller körperbetonter Tanz ohne Waffen, Kriegstanz.

Hakari Fest; Festtag; Festmahl.

Hakuturi Wächter des Waldes in Form von Vögeln und anderen Lebewesen.

Hangi Methode des Kochens von Lebensmitteln mit Hilfe heißer Steine, die mit Blättern und Erde bedeckt werden; Erdofen oder das Mahl aus einem Erdofen.

Hapu Unterstamm, Teil eines Iwi (Groß-Stammes).

Haumia-tiketike, Haumia Gottheit der Farnwurzeln und wilden Nahrungspflanzen.

Hawaiki Mythisches und religiöses Heimatland der Maori; manchmal bildlich für den Tod.

Hawaikinui 1. Metaphorischer Verweis auf einen heiligen Tempel in *Irihia*. 2. Großes Hawaiki.

Hawaikipamamao 1. Weit entferntes Hawaiki. 2. In Raum und Zeit entferntes Hawaiki.

Hei Tiki Ein in Jade geschnitztes Symbol, einem menschlichen Embryo ähnlich. Wird an einer Kordel um den Hals hängend vor der Brust getragen.

Hinaki Eine Aal-Attrappe aus einer Weidenrute.

Hinemoana »Tochter des Ozeans«; laut verschiedenen Legenden Frau oder Schwester des Meeresgottes Kiwa.

Hinenuitepo Göttin der Dunkelheit und Beschützerin der Seelen in der Unterwelt.

Hinetitama 1. »Mädchen der Morgendämmerung«: Frau und zugleich Tochter von *Tane*. Als sie entdeckte, dass ihr Mann zugleich ihr Vater war, stieg sie in die Unterwelt hinab und wurde zu *Hinenuitepo*. 2. Metaphorischer Verweis auf die Morgendämmerung.

Hokowhitu 1. 140, die Anzahl der Männer eines Kriegstrupps. 2. Eine unbestimmte große Anzahl. 3. Te Hokowhitu a Tu: die »140 Krieger« (Wache) für den Kriegsgott Tu.

Hongi Art der Begrüßung bei den Maori, bei der man Nase und Stirn aneinanderdrückt.

Huhu Larve des Käfers *Prionoplus reticularis*, kommt in verwestem Holz vor.

Huia Ein ausgestorbener Waldvogel von seltener Schönheit (*Heteralocha acutirostris*). Die Schwanzfedern wurden von den Maori für den Kopfschmuck von Häuptlingen verwendet.

Io Die Elternlosen; die den Blicken Verborgenen; das nicht Erfassbare; die höchste Ebene im religiösen Glauben der Maori. Den Menschen im allgemeinen nicht bekanntes, Priestern vorbehaltenes Wissen.

Irihia Wahrscheinlich abgeleitet von Sanskrit-Wort *vriha* [»Reis«; »Indien«] für »Reis-Land« oder als Name für Indien.

Kahawai Australischer Lachsbarsch (*Arripis trutta*).

Kahu-kekeno Mantel oder Umhang aus Seehundfell.

Kaka Neuseeländische Papageienart.

Karakia 1. Beten. 2. Beschwörung, Zauberspruch. 3. Wiederholung von Wörtern als Zauber.

Karamu Ein Busch mit glänzenden Blättern und vielen roten Beeren (*Coprosma robusta*).

Karanga 1. Ein hochtoniger Gesang, dargeboten von trauernden Frauen. 2. Benutzt im Sinne eines Willkommensgrußes, Antwort des Gastes auf das *Haere mai* des Gastgebers. 3. Rufen.

Kawakawa Baum (*Macropiper excelsum*), dessen duftende Blätter für religiöse und rituelle Handlungen eingesetzt werden.

Kawai Matamua »Erstgeborener der Erstgeborenen«, Priester, Adeliger. Wächter des esoterischen Wissens und der religiösen Lehre eines Stammes.

Kiwi Ein flugunfähiger, meist nachtaktiver Vogel.

Koha Ein Geschenk.

Kopu Der Planet Venus.

Korowai Hochwertiger Umhang mit schwarzen, gedrehten Fransen.

Kowhai Bäume der Gattung *Sophora*, deren Blätter in Frühling und Sommer aufspringen und im Überfluss golden blühen.

Kumara Süßkartoffel (*Ipomoea batatas*).

Kupe Mythischer Entdecker Neuseelands.

Makeo Ein steil abfallender Hügel bei Omarumutu, von dem man die Bay of Plenty überschauen kann; ein schwer zu erstürmender Zufluchtsort zur Zeit der Stammeskriege.

Mamaku Baumfarn (*Cyathea medullaris*).

Mana Autorität, Prestige, Kraft; die einen Anführer umgebende psychische Stärke und Ausstrahlung.

Manaia 1. Stilisierte geschnitzte Figur. 2. Seepferdchen.

Maori Begriff für die polynesischen Einwohner Neuseelands, der von Sir Georg Grey geprägt wurde.

Marae Platz vor dem Haus des Häuptlings, Zentrum des sozialen Lebens; heute Ort des Versammlungshauses.

Marakihau Ein sagenumwobenes Seeungeheuer, oft in Schnitzereien zu finden.

Mareikura Prinzessin, Frau hoher Herkunft, Häuptlingstochter.

Maro 1. Kriegsgürtel eines Kriegers. 2. Ein kurzer *Piupiu*, der oft von jungen Frauen getragen wird.

Matariki Das Siebengestirn, ab Mitte Juni am Himmel stehend. Ihr Erscheinen bezeichnet den Beginn des neuen Jahres der Maori.

Mauri, Mouri 1. Das Prinzip des Lebens, auch Bezeichnung für den Menschen. 2. Quelle von Rührung und Gefühlsregung. 3. Talisman oder Symbol für die Werte des Lebens wie Vitalität, Mana, Fruchtbarkeit etc. Geht zurück auf Tane, den Erschaffer und Gott der Menschen und des Waldes.

Mere Eine Waffe aus Jade für den Nahkampf. Quasi eine Verlängerung der Handkante zum Ausführen tödlicher Schläge.

Moari Eine besondere Form des Schwingens.

Moki Trompetenbarsch (*Latridopsis ciliaris*).

Moko Tätowierung (traditionell in die Haut gemeißelt).

Muriwai Stammesmutter der führenden Familie des Whakatohea-Stammes.

Muru 1. Plündern, Rauben. 2. Eine Erziehung, Bestrafung, um jeden in der sozialen Struktur und Gemeinschaft des Stammes zu halten.

Ohu 1. Der Brauch, Arbeitskraft für ein Stammesprojekt unentgeltlich anzubieten. 2. Ein gemeinschaftliches Arbeitstreffen. 3. Eine Methode, jedes Stammesmitglied zur Mithilfe zu bewegen.

Ope, Ope taua Kriegstrupp.

Orongonui 1. Der Mond am 28. Tag des Mond-Monats. 2. Anpflanzzeit der *Kumara* im Spätherbst (Mai).

Pa Geschütztes, befestigtes Dorf, meist auf einem Hügel gelegen.

Panenehu Steht für die vielen Unterstämme, die vor ungefähr 12 Generationen den großen Stamm Whakatohea bildeten.

Papa, Papatuanuku Göttermutter Erde, Personifizierung der Erde.

Pataka Ein Haus oder eine Erhöhung aus Holz als Vorratskammer.

Patu Töten oder schlagen.

Patupaiarehe Geisterhafte, übernatürliche Wesen, die das Land eines Stammes für immer schützen können.

Paua Seeohr, große Muschel (*Haliotis iris*).

Peruperu Ein Kriegstanz mit Waffen.

Pikau Eine Tragetechnik mittels Rucksack.

Pikopiko Junger Trieb eines Schildfarns (*Polystichum neozelandicum*). Gekocht als Gemüse zu verzehren.

Pingao Sauergrasgewächs, das auf Sandhügeln in der Nähe des Meeres wächst (*Desmoschoenus spiralis*).Die getrockneten Blätter nehmen eine goldgelbe Farbe an und waren begehrt zum Weben.

Pipi Zweischalige Meeresmuschelart (*Soletellina nitida*).

Pito Schnur, Kordel; Nabelschnur.

Piupiu Hüftrock aus schweren Flachsfransen, an einer Kordel um die Taille getragen.

Po 1. Nacht 2. Unendlichkeit.

Pohutukawa Ein großer, an der Küste vorkommender Baum (*Metrosideros excelsa*), wegen seiner zur Weihnachtszeit blühenden roten Blüten auch als »Neuseeländischer Weihnachtsbaum« bezeichnet.

Poi Ein kleiner, leichter Ball aus Flachs an einer Schnur, der beim Tanz rhythmisch geschwungen wird.

Pokokohua Schlimmste Beschimpfung der Maori (etwa: »Koch dir deinen Kopf«).

Pounamu, Pounemo Grünstein, Jade.

Powhiri Begrüßungsrede; Begrüßung mit Gesang oder Tanz.

Puha Gänsedisteln (Gattung *Sonchus*). Gekocht ein Gemüse.

Puhi Jungfrau, Frau von hohem Rang.

Puke 1. Hügel. 2. weibliches Schambein.

Puriri Lippenblütler-Baum (*Vitex lucens*), Hartholz.

Putorino Ein Windinstrument, Flöte.

Rangi, Ranginui Göttervater Himmel; Personifizierung des Himmels.

Rangiatea 1. Der höchste Himmel. 2. Name einer Insel in der Nähe Tahitis; eine der ursprünglichen Heimatinseln der Maori.

Ranginui e tu nei Personifizierung des Himmels.

Rapaki Von der Taille bis zu den Knien reichender Kilt.

Rarohenga Die Unterwelt.

Rauroha 1. Vorplatz oder *Marae* des *Io* im höchsten Himmel. 2. Allmacht und unbegrenzte Kraft..

Rehua 1. Einer der Begleiter des *Io* und Wächter *Rangiateas*. 2. Blitz in Richtung Erde, Rehuas Speer. 3. Der Stern Antares. 4. Der Kriegsgott Raumokos, bekannt als der Stern Antares, Bote des Sommers und der unbesiegbare Diener der Jahreszeiten; steht für Stärke, Kraft und fortdauerndes Kriegsglück eines Stammes.

Rimu Rimu-Harzeibe (*Dacrydium cupressinum*), Nutzholz.

Rongo, Rongomatane Gott des Friedens und der Landwirtschaft.

Rourou Kleiner runder oder quadratischer Flachsbehälter für heiße Nahrung.

Rua aruhe Aufbewahrungsort für Farnwurzeln.

Ruru Neuseeland-Kuckuckskauz (*Ninox novaeseelandiae*).

Taiaha Hartholz-Waffe für den Nahkampf. Eine Seite hat die Form einer hervorstehenden Zunge, die andere ist die glatte, flache Klinge.

Taku ohi »Taku ohi, taku ohi, he ohi tipua, he ohi wahine.« Ein ritueller Gesang bei der Einweihung eines *Pa*. Er bedeutet, dass ein junges Mädchen das *pa* betritt, die Schwelle des *tapu* überschreitet und es somit aufhebt.

Tane, Tanemahuta 1. Erschaffer und Gott der Menschen und des Waldes. 2. Die Sonne.

Tangaroa 1. Mond des 27. Tages. 2. Gott des Meeres. 3. Planet Neptun.

Tangata whenua 1. Die Menschen des Landes. 2. Die Menschen des Heimat-*Marae*.

Tangi 1. Weinen, klagen. 2. Singen. 3. Abkürzung für *Tangihanga*.

Tangihanga Ein Trauerlied; Bestattungsfeierlichkeiten, können mehrere Tage dauern.

Taniko Dekorative Art des Webens, bei den Maori sehr bewundert.

Taniwha Ein mythisches Ungeheuer, kommt in Flüssen, Seen und Teilen des Ozeans vor.

Tapu Heiliger Ort; unantastbar; durch religiöses Gesetz verboten.

Tara whakairo Spezielle Tätowierung an den weiblichen Geschlechtsteilen.

Taro Aronstabgewächs (*Colocasia esculenta*). Kulturpflanze mit großen genießbaren Wurzeln und Blätter.

Taumau Verlobung.

Tawhiti 1. Historischer Name für Tahiti. 2. Metaphorisch für: entfernt, weit weg. 3. Vorgeschichtliche Heimat der Maori in Asien. 4. Metaphorisch für: in den Tod gehen.

Te Hono i wairua Die heilige Spitze des Berges in *Irihia*, auf der das Gebäude *Hawaikinui* steht.

Tekoteko Geschnitzte Figur an der Spitze des Buges eines Bootes.

Te mana O Kahukura Stärke und Autorität des Regenbogengottes Kahukura. Sie wird durch den Stammestalisman der Ngati Whakaari zum Ausdruck gebracht, der vom Hohepriester getragen wird.

Te Maunga Der Berg.

Te Moananui a Kiwa 1. Metaphorischer Verweis auf den pazifischen Ozean als den Großen Ozean des Kiwa. 2. Die alles umfassende See. Die Maori sahen ihre Inseln, Kanus, ihre Heimat, ihr tägliches Leben und sich selbst – mit allen Gedanken und Ängsten – als Teil dieser See.

Te Reinga Abfahrtsort der Geister (Seelen). Cape Reinga an der Nordspitze Neuseelands wird als dieser Ort angesehen.

Tewhatewha Besondere Kriegskeule, die aus einem Stück Holz oder Walfischknochen geschnitzt wird, geformt wie eine Axt.

Tihe Mauri ora Eine Aufforderung, Böses zu unterlassen (nach dem Niesen). Metaphorisch verwendet, wünscht es Besuchern Gutes, wenn sie den *Marae* betreten.

Tiki Personifizierung des Penis des Gottes *Tane*.

Tipuna Vorfahre; älterer Verwandter.

Toa Ein Krieger.

Tohi-Ritus Besondere religiöse Zeremonie an Neugeborenen. Die Nabelschnur wird entfernt und das Kind den Göttern gewidmet.

Tohunga Priester mit religiösen Pflichten; Lehrer.

Toi Huarewa Wege zum Himmel, die die Totenseelen nach *Rangiatea* führen. Laut verschiedenen Legenden Wirbel oder Spinnenfäden.

Toroa Großer Albatros.

Totara Steineibe (*Podocarpus totara* und *Podocarpus cunninghamii*).

Tukutuku Schmückende Täfelung bzw. Einsätze zwischen Holzplatten im Haus des Häuptlings, später im Gemeinschaftshaus.

Tumatauenga (Tu) Gott des Krieges, Kriegsgott.

Tupuna, Tipuna Vorfahre, Gründungsvater.

Turituri »Still!«; jemanden besänftigen.

Tu Tamure Berühmter Krieger, Vorfahre des Whakatohea-Stammes bei Opotiki.

Tutu Gerbenstrauch mit saftigen Beeren, die sehr giftig sind, wenn sie nicht ordentlich gefiltert werden, um die Samen zu entfernen (*Coriaria arborea*).

Uhi Stichel eines Tätowierers, normalerweise aus einem Flügelknochen eines Königsalbatrosses hergestellt.

Umu Erdofen: in in den Boden gegrabenes rundes Loch.

Umu Kotore 1. Hochzeitsfeier. 2. Besondere Hochzeitszeremonie: Berühren der Schenkel des jungen Paares.

Upoko ariki Ein hochstehender Häuptling.

Ure Penis.

Urupa Friedhof.

Urukehu Hellhaarig, blond, rothaarig.

Utu 1. Zurückzahlen, beantworten. 2. Rache, Ausgleich, Gegenseitigkeit: Ausgleichs- und der Befriedungskonzept zwischen Individuen oder Gruppen durch Geschenke oder kriegerische Handlungen.

Wahine Toa Eine Kriegerin.

Weka Flugunfähige Rallenart (*Galliralus australis*).

Wero 1. Ein besonderer Pfeil oder Speer. 2. Herausforderung durch das Werfen eines Pfeiles oder Speeres.

Whaikorero Eine formelle Ansprache oder Rede.

Whakapapa Ahnenforschung; Ahnentafel.

Whakatohea Ein Stamm bei Opotiki in der Bay of Plenty.

Whare Tapere Haus oder Ort für gesellschaftliche Anlässe.

Whare Tuatahi Haus des Häuptlings für Zeremonien.

Whare Wananga Schule, in der die Kinder von Adligen von *tohunga* unterrichtet wurden.

---

* Kettenlänge (chain) = 20,1168 m

Wichtige Personen und Maori-Stämme

Ngati Whakaari-Stamm	Untergliedert in *Tawhitiroa* und *Te Hairini* (Hauptansiedlungen).
Te Tawhiro	Hohepriester und Häuptling des Stammes.
Te Rangipai	Prinzessin und Ranghöchste der *Ngati Whakaari*.
Tante Mihi	Tante des Hohepriesters, einflussreiche Person.
Motu Turei	Ein junger Häuptling.
Manaia	Ein bedeutender Krieger.
Haukino Te Onewa	Ein gnadenloser Krieger, Anführer der Elitetruppe *Hokowhitu a Tu* des Hohepriesters *Tawhiro*.
Whitikau	*Rangipais* persönlicher Späher, verantwortlich für die Wachtruppen in *Tawhitiroa*.
Takarehe	Ein sympathischer und verständnisvoller Mann.
Te Hau O Te Rangi	Kriegshäuptling von *Te Hairini*.
Waiherere	Die Frau von *Te Hau O Te Rangi*.
Hinewai	Eine kriegslüsterne Frau, die ältere Schwester von *Motu Turei*.
Tareti	Jüngere Schwester von *Motu Turei*.
Tiwai Wharepapa	Schützling des Hohepriesters.
Te Amokura	Der Vater des Hohepriesters.
Ngati Aotea-Stamm	Verbündete der *Ngati Whakaari*.
Te Wherowhero	Häuptling der *Ngati Aotea*.
Nuku	Der Sohn von *Wherowhero*.
Eru Taka-Stamm	Verbündete der *Ngati Whakaari* und nahe Verwandte von *Tante Mihi*. Hauptansiedlung ist Whare Haunui.
Eru Taka	Häuptling des Stammes.
Waru	Einziger Sohn des Häuptlings *Eru Taka*.
Raumoko-Stamm	Hauptansiedlung ist *Tuanuku*.
Raumoko	Berühmter, kriegerischer Häuptling, genannt ›der Große Mann‹.
Tapiru Hinerangi	Die Frau von *Raumoko*.
Rewi Raumoko	Der Sohn von *Raumoko*.
Atawhai	Kriegshäuptling und Verwalter von *Tuanuku*.
Tipu Tapeka	Seher und Priester der *Raumoko*, Lehrer der »Schule der Gelehrsamkeit«, letzter Nachkomme der *Kawai Matamua*.
Renata	Bedeutender Krieger mit nahen und bedeutenden Verwandten im verfeindeten Stamm *Ngati Whakaari*.
Kura	Frau von *Renata*.
Hotene	Tätowierer der *Raumoko*.
Rua Motuhora und Sohn	Priester der *Raumoko*.
Taupiri	Häuptling von Hakatere in der Nähe *Ohiwas*. Verbündeter *Raumokos*.
Awanui	Die Tochter von *Taupiri*, wurde *Rewi Raumoko* versprochen.

Inhalt

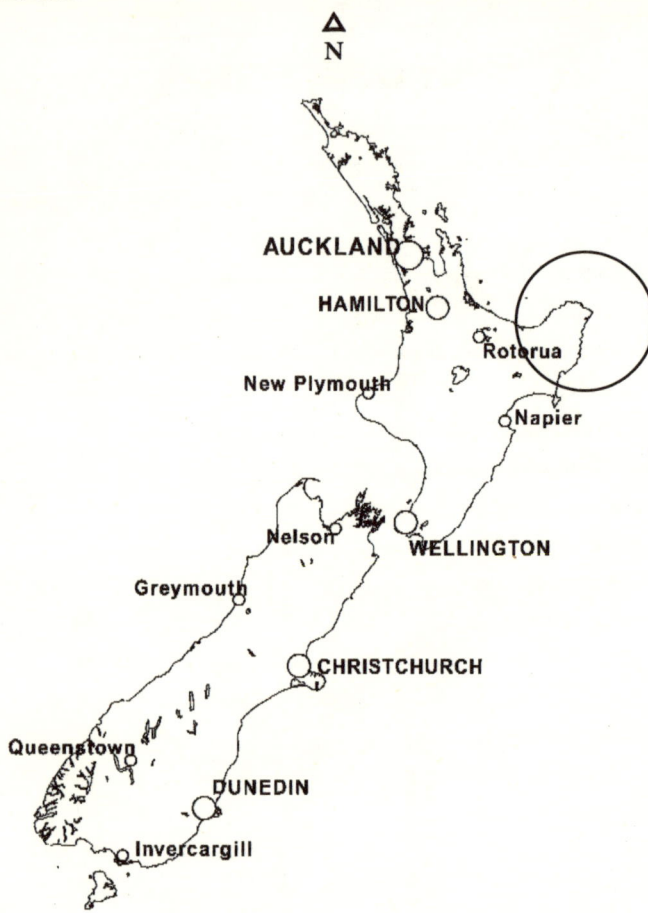

LEGENDE FÜR DIE KARTE RECHTS

✗   Schauplatz der letzten großen Schlacht um die Vorherrschaft an der Küste, am Strand vor Tawhitiora.

؛   Rangipais Weg nach Whare Haunui.

C   Der Ort, wo Raumokos Krieger Rangipai abfingen, kurz hinter dem Motu River.

▰   Die Bucht von Whitianga, Schauplatz der Seeschlacht zwischen Waru Taka und Raumoko.

     Seeroute von Rangipai und den anderen Überlebenden in ihren Kanus auf ihrer Flucht aus der Pohutukawa-Bucht

(Hier zwang Rewi Raumoko Waru Taka im Kampf zurück nach Whare Haunui.

◂   Ort der Landung des Kanus Hotumatuas im Jahr 1100

     Ort der Landung des Kanus Rehu Marinos im Jahr 1350

     Position der wichtigsten *pas*.

Anmerkungen:

Im Laufe der Zeit landeten viele Kanus an der Canoe Coast. Die letzten paar hundert Kilometer fanden sie ihren Weg mit Hilfe der gewaltigen Dampfwolke des Whakaari, des aktiven Vulkans White Island, die über **10.000** Fuß in den Himmel reichte und sich

Tikirau ist die Maori-Bezeichnung für Cape Runaway. Heute benutzt man die Namen East Cape und Gisborne.

Der Mount Hikurangi ist im Sommer der erste Ort der Welt, der vom Sonnenstrahl eines neuen Tages begrüßt wird (nur zwei Minuten vor dem Fujiama in Japan).

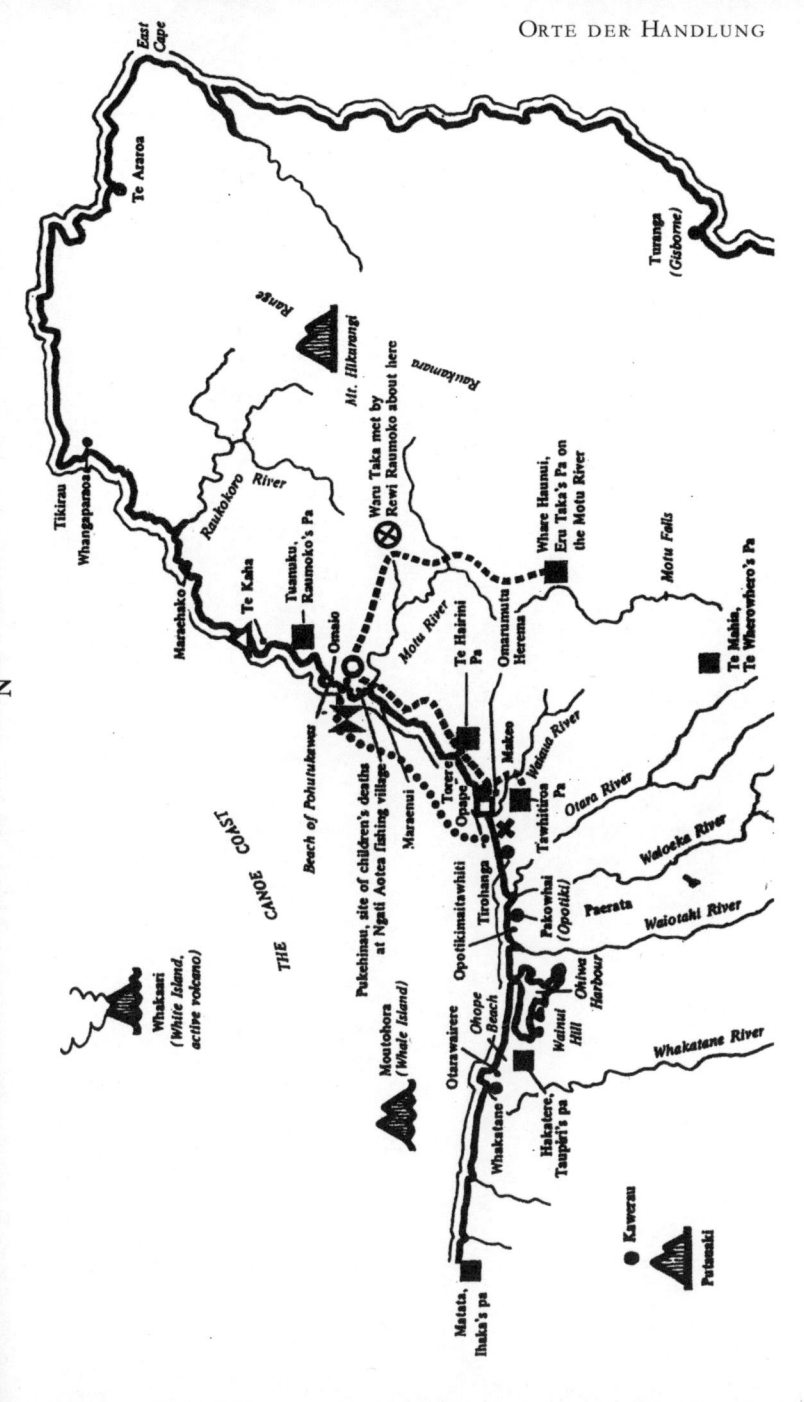

N

East Cape

Te Araroa

Tikirau
Whangaparaoa

Mt. Hikurangi

Range

Raukokoro River

Maraehako

Te Kaha

Tuamoku, Raumoko's Pa

Omaio

Raukumara

Waru Taka met by Rewi Raumoko about here

Whare Haumui, Eru Taka's Pa on the Motu River

Motu River

Te Hairini Pa

Omarumutu Herema

Motu Falls

Te Mahia, Te Wherowhero's Pa

THE CANOE COAST

Beach of Pohurukawa

Pukehinau, site of children's deaths at Ngati Aotea fishing village

Maraenui

Terere
Opape

Makeo

Wainui River

Tawhitiroa

Otara River

Waioeka River

Opotikimaitawhiti

Tirohanga

Pakowhai (Opotiki)

Pacrata

Waiotahi River

Turanga (Gisborne)

Moutohora (Whale Island)

Whakaari (White Island, active volcano)

Otarawairere

Ohope Beach

Whakatane

Wainui Hill

Ohiwa Harbour

Hakatere, Taupiri's pa

Whakatane River

Kawerau

Putauaki

Matata, Ihaka's pa